Nora Nyberg

FEUERKRIEGER – 3. Band der Sichelmond-Saga

Die Sichelmond-Saga

1. Band: Sichelmond	(erschienen 07/2020)
2. Band: Windsohn	(erschienen 12/2020)
3. Band: Feuerkrieger	(erschienen 07/2021)
4. Band: ?	(geplant 2022)
5. Band: ?	(geplant 2023)
6. Band: ?	(geplant 2024)
7. Band: ?	(geplant 2025)

Cover & Illustration: RonjaForleo-Design
Lektorat & Korrektorat: Elena Küsel, Tobias Helms

1. Auflage

E-Mail: kontakt@nora-nyberg.de
Website: www.nora-nyberg.de
Rolande-Thaumiaux-Straße 9 in 25348 Glückstadt
KDP-ISBN: 9798737445003
Imprint: Independently published

Feuerkrieger

3. Band der Sichelmond-Saga

von

Nora Nyberg

Was bisher geschah …

Lija wurde als Rotblut geboren. Schwach, machtlos und in die Knie gezwungen wünscht sie sich nichts sehnlicher, als von den Göttern erwählt zu werden, aber ihre Gebete bleiben unerhört – bis zu jener Nacht, in der Lija von der Nachtgöttin Nyxiel berührt wird. Anstelle des ersehnten goldenen Blutes lässt die Göttin sie jedoch mit nichts weiter als einem schwarzen Sichelmond in ihrer Hand zurück.

Nach dem Untergang ihres Dorfes ahnt Lija, welche Gefahr Nyxiels Zauber birgt. Gemeinsam mit dem kleinen Wassergeist Mimpo schließt sie sich dem Katzenfürsten Tigon Samtpfote an, um den dunklen Fluch zu brechen. Ihre Reise endet jäh, als sie der *Frau aus Licht* begegnen. Nur durch Samtpfotes Opfer können Lija und Mimpo entkommen. Als sie die Goldstadt ohne den liebgewonnenen Kater erreichen, trägt Lija das Abzeichen ihrer Mutter an der Brust. Als vermeintliche Soldatin wird sie in den Dienst der Wache gestellt.

Ohne goldenes Blut kommt die Kaserne einer Todesfalle gleich. Nur dank Mimpos Magie und dem Götterzauber des Katers kann Lija ihre Täuschung aufrechterhalten. Trotzdem erübrigt kaum jemand mehr als Herablassung für die Schandtochter der berühmten Roielle Mizulin – dem Lieblingskind der Kaiserin. Doch nicht alle Soldaten der sechzehnten Kompanie sind Feinde.

Mit Hilfe der Wasserblüter Lorell und Halvar sowie dem Windblut Samju gelingt es Lija, sich sogar gegen die Kommandantensöhne Sirio und Tahro zu behaupten. Diese verachten sie aufgrund ihres Mischblutes und lassen sie dies bei jeder Gelegenheit spüren. Während eines Streits mit ihnen unterläuft Lija ein folgenschwerer Fehler: Sie berührt Halvar mit dem Sichelmond.

Um ihn und sich selbst vor dem Fluch zu retten, muss Lija endlich den Mann finden, zu dem der Kater sie geschickt hat: Jawih Windsohn. Einen längst verstoßenen Verräter, dessen Spuren ins Nichts führen.

Während der Suche kreuzt sich ihr Weg immer wieder mit dem des *Spielers*, dem meistgesuchten Dieb der Stadt. Dieser hat es auf die wertvolle Katzenkralle abgesehen. Schließlich gelingt es ihm, den Zauber zu stehlen. Lija und Lorell versuchen gemeinsam, den Dieb aus seinem Versteck zu locken und die Katzenkralle zurückzugewinnen. Dafür setzen sie sogar das Tränenjuwel, eine Reliquie aus dem Erbe der Mizulin-Familie, aufs Spiel. Noch bevor ihre Falle zuschnappen kann, gerät Lorell in Gefahr. Der Wachturm der sechzehnten Kompanie fällt der Magie des Sichelmondes zum Opfer. Lorell wird unter dessen Trümmern begraben. Nachdem Halvar und Lija ihn bergen können, streift Lorell versehentlich ihre Hand – ob er dabei den Fluch berührt hat, kann keiner von beiden sagen. Lija weiß nur eines: Sie wird auf keinen Fall riskieren, dass der Fluch Lorell und Halvar tötet. Also muss sie endlich Jawih Windsohn finden.

Die Magie des Tränenjuwels führt Lija ins Totenhaus. Dort begegnet sie nicht nur dem Balsamierer Ginra, sondern auch den Gefallenen der zwölften Kompanie. Die tödlichen Wunden erkennt Lija sofort wieder: sie stammen von den Waffen der Frau, die sich ihr und Samtpfote im schwarzen Wald in den Weg gestellt hat. Jene Begegnung stellt sich als schicksalshafte Fügung heraus: Lija kann ihr Wissen über die Wunden gegen die Katzenkralle eintauschen.

Doch selbst mit dem Götterzauber ist Lija nicht imstande, Halvar zu retten. Bei einer Mission wird er vor ihren Augen von Onen gerissen. Verzweifelt nutzt Lija die letzte Möglichkeit, die sich ihr bietet, um Lorell vor demselben Schicksal zu bewahren. Sie bricht in das Gefängnis der Goldstadt ein, in dem sie Jawih Windsohn vermutet. In derselben Nacht greifen die Wolfskönige die Goldstadt an. Lija bietet sich die Chance, sich an Werion zu rächen … doch bevor sie oder Piron Feuersohn den älteren König töten kann, beendet Jawih Windsohn den Kampf.

Während des Kampfgetümmels verliert Lija Lorell aus den Augen. Stattdessen findet sie sich dem Göttersohn gegenüber, den sie so lange gesucht hat. Doch als sie ihn bittet, den Fluch zu brechen, antwortet Jawih mit nicht mehr als einer Drohung: *»Beweise mir, dass du es wert bist, gerettet zu werden. Aber wenn du es nicht bist … wenn du unsere Sache gefährdest … oder wenn du mich verrätst, werde ich nicht zögern, dich zu vernichten.«*

AUSZUG AUS DEM REGISTER

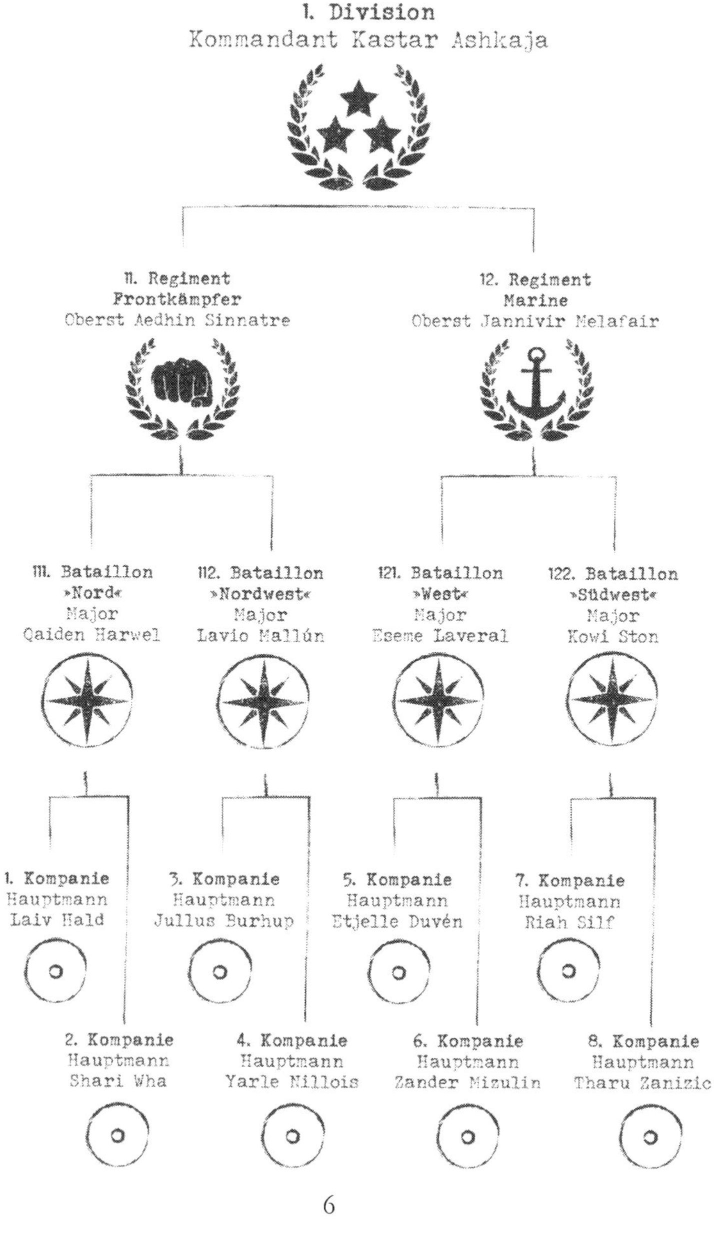

DER GOLDSTADT-WACHE

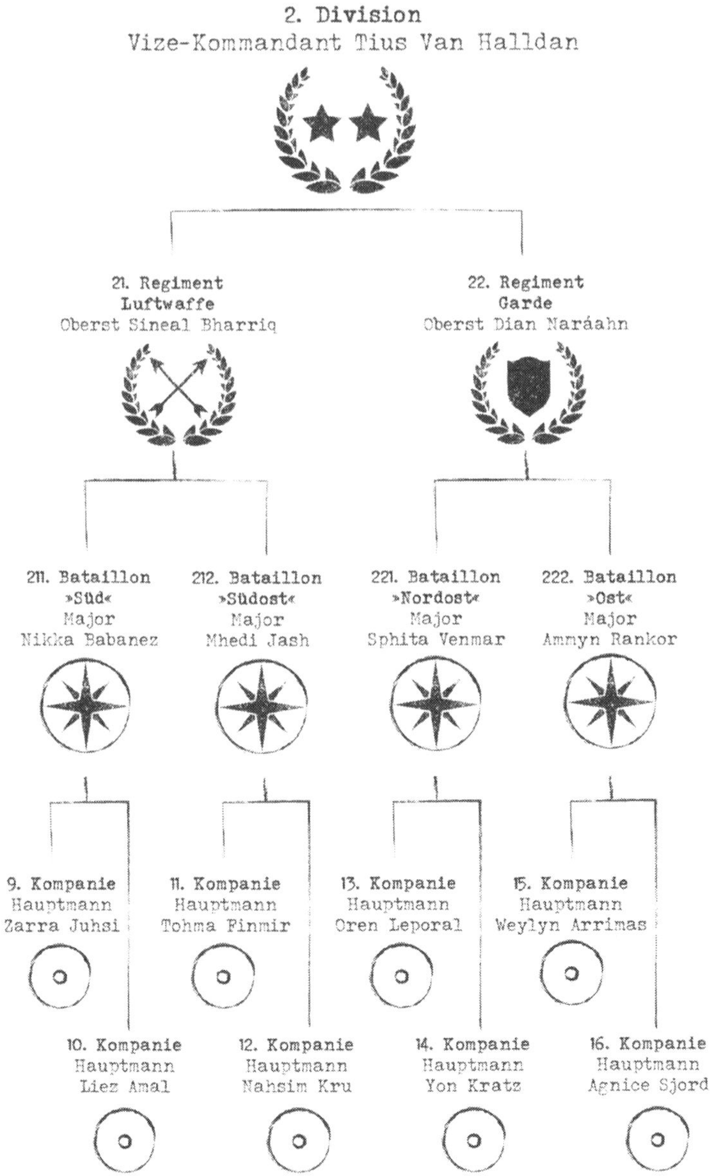

PROLOG

Der Graf hatte viel Elend in seinem langen Leben erdulden müssen, doch das Ausharren, zu dem dieses vermaledeite Weibsbild ihn zwang, war eine Pein, die man ihm nie zuvor abverlangt hatte.

Die Zelle, in der man ihn verrotten ließ, war finster. Eine steinerne Kammer ohne Fenster, verriegelt mit einer schweren Eisentür. In den ersten Tagen war er aufgrund der durch die abscheulich stinkenden Waffen verursachten Wunden so gut wie bewegungsunfähig. Die Heilung hatte nur sehr langsam eingesetzt. Was auch immer man benutzte, um diese Waffen zum Schießen zu bringen, war pures Gift für schwarzes Blut.

Das rechte Ohr des Grafen, das solch ein Schuss erwischt hatte, war neben anderen Wunden nur sporadisch verheilt. Auch hatte er nie zuvor eine Narbe in seinem schönen roten Pelz gehabt, doch jene an seinem Bein hatte eine kahle Stelle hinterlassen. Diese störte ihn mehr als alles andere. Sie ließ ihn wie einen schäbigen Vagabunden erscheinen.

Als sich sein jämmerlicher Zustand so weit verbessert hatte, dass er sich bewegen konnte, hatte er sich der Eisentür genähert. Er war mit seinen Krallen darübergefahren – Krallen, die Knochen von Ebern und Hirschen zum Bersten bringen konnten –, doch das Eisen war so fest, dass diese am Metall brachen, anstatt es zu zerkratzen. Darüber hinaus stank es auf dieselbe abscheuliche Art wie alles andere in dieser Zelle. Ein abartig säuerlich fauliger Gestank, der jede Witterung, die dem Grafen Hinweise über seinen Verbleib hätte geben können, unmöglich machte.

Der schmale Schlitz unter der Tür war die einzige Öffnung zu der dahinter liegenden Welt. Es drangen weder viel Licht noch Spuren anderer Gerüche hindurch. Letzteres beunruhigte den Grafen am meisten. Denn diese weit entfernten Spuren, die die Wächter mit sich brachten, wenn sie etwas Wasser und Nahrung unter dem schmalen Schlitz hindurchzwängten, verwirrten ihn genauso wie die Tatsache, dass man ihm Fleisch gab.

*Onen*fleisch.

Zudem war jenes Fleisch überaus eigenartig. Weder war der Geschmack noch die Konsistenz eine Freude. Es war nicht nur fad, sondern auch so zäh, als wäre das Tier ein Leben lang verkrampft gewesen. Egal wie mühevoll der Graf auch darauf herumkaute, versuchte zu schmecken, von welcher Beute es stammte – er kam zu keinem Schluss. Zumindest zu keinem anderen, als dass das Fleisch völlig gehaltlos war. Denn obgleich sie ihm dreimal am Tag eine Portion davon brachten, sättigte es ihn nicht. Und so blieb ihm nichts anderes übrig, als seinem eigenen Verfall an diesem kummervollen Ort so lange beizuwohnen, bis sich die Eisentür endlich öffnete.

Selbst als die Pforte aufschwang, drangen kaum weitere Spuren in sein Verlies. Abgesehen von den Gerüchen der Wächter, die sich auf dem Gang gesammelt hatten. Es waren sieben Menschen. Eine Frau trat aus der Reihe hervor. Ihr dunkelblondes Haar war streng zurückgekämmt. Sie trug eine Uniform, wie der Graf es von Menschensoldaten gewohnt war. Er entdeckte keines dieser lächerlichen Abzeichen, mit denen sich die Goldblüter schmückten. Allerdings hatte er den profanen Geruch des roten Blutes ohnehin längst gewittert, als sie in seine Kammer getreten war. Daher erstaunte es ihn umso mehr, dass sich jemand wie sie traute, den Blick in Anwesenheit des Grafen mit solch gelangweilter Miene umherschweifen zu lassen.

»Ich grüße Euch, Madam«, erhob er mit einem Anflug von Empörung die Stimme, weil sie ihn um ihre Aufmerksamkeit bitten ließ. Dabei versuchte er vergeblich, sein löchriges Hemd glatt zu streichen. Es passte dem Grafen nicht, angesichts seiner Feinde derart heruntergekommen zu erscheinen. Außerdem ärgerte es ihn, dass er sich nach dieser kurzen Floskel räuspern musste. Es war schwer zu sagen, ob sich seine Kehle derart eigenartig anfühlte, weil er seine Stimme so lange nicht benutzt hatte oder weil sie bereits begann, sich aufzulösen.

Die Frau verzog den Mund, bevor sie in abfälliger – ja, geradezu degradierender – Manier »Katzen« schnaubte. Sie deutete mit einem Nicken den Befehl an, den sie kurz darauf laut und unmissverständlich aussprach: »Beweg dich, Kater.«

Der Graf, wenn auch verärgert über diese respektlose Anrede, sah keinen Sinn darin, Widerstand zu leisten. Also folgte er der Soldatin, die den kleinen Trupp anführte. Die übrigen sechs Soldaten, zwei neben ihm und vier in seinem Rücken, behielten ihre Eisenrohre auf ihn gerichtet, während man ihn durch die Gänge führte.

Es dauerte eine Weile, bis er etwas anderes als das stinkende Metall wittern konnte. Das Verlies musste unterirdisch liegen, denn erst nach einigen Treppenstufen wehte ihm eine Brise frische Luft entgegen, die er tief durch sein Näschen sog. Konzentriert zerlegte er die Düfte darin in ihre Bestandteile. Ein Runzeln schlich sich auf seine Stirn.

Das alles ergab keinen Sinn.

Das Erste, das er roch, war Frühling. Sattes, feuchtes Gras. Blätter, so saftig, dass sie zu platzen drohten. Beeren und Früchte, leicht säuerlich, bitter gar, weil sie noch nicht ausgereift waren. Doch für Frühling war die Luft zu heiß. Auch der Boden unter seinen Pfoten war zu warm. Und dann diese Geräusche in weiter Ferne … sie erschienen ihm verzerrt, verkommen, versimpelt. Trotzdem erkannte er die Klänge.

Wie viele seiner Artgenossen hielt diese fürchterliche Person hier gefangen? Und wie lange schon? Der Graf spitzte seine Ohren, lauschte noch angestrengter, doch konnte er trotz aller Mühe die Stimmen zwischen diesen kläglichen Lauten nicht verstehen.

Das Dritte, das ihn beunruhigte, waren die Schritte. Wirre, dumpfe Klänge. Kurz, abgehakt und durcheinander. Wie prasselnde Regentropfen. Verursacht von abertausenden Füßen – abertausenden Menschen.

Angespannt ließ der Graf seinen Blick umherschweifen. Hoffend, ein Fenster oder eine kleine Öffnung zu finden, sodass er sich ein Bild davon machen könnte, wohin sie ihn gebracht hatten. Das hier konnte nicht nur irgendeine Menschensiedlung sein. Nein … Das hier war das, wovon sie geträumt hatte. Das, was er für unmöglich gehalten hatte.

Bei Schneebelles Fell, grollte der Graf mit jedem weiteren Ton, der in seine Ohren, und jeder weiteren Witterung, die in sein Näschen drang. Hoffentlich hatte dieses verdammenswerte Weib das Mädchen nicht bekommen.

Der Graf nahm einen tiefen Atemzug. Und noch einen. Jede Spur, die sich in der Luft verbarg, zerlegte er, wühlte, suchte darin nach dem Duft dieses bedauernswerten Menschenkindes. Doch all seine Versuche, das Kind auszumachen, fanden ein jähes Ende, als der kleine Trupp die Tür erreichte. Der Gestank drang aus jeder Ritze, erschlug ihn mit solch einer Wucht, dass sich sein Nackenfell aufstellte. Jedoch schien der Graf der Einzige zu sein, der den Gestank bemerkte. Natürlich. Die Sinne eines Menschen gingen kaum über das Sehen und Hören hinaus.

Die Soldatin mit dem gelangweilten Gesicht straffte die Schultern, ehe sie anklopfte. Die Aufforderung zum Eintreten erklang noch ehe ihre Knöchel das Holz berührten.

»Geh«, zischte die Soldatin dem Grafen zu, als sie die Tür aufdrückte. Dieser legte sich aus purer Gewohnheit eine Pfote ins Kreuz. In einem kurzen Anflug von Vergesslichkeit schwang er seine andere Pfote, als hielte er noch seinen Spazierstock darin. Es war ihm gänzlich entfallen, dass er diesen aufgegeben hatte – hoffentlich nicht umsonst. Da er nun jedoch nicht wusste, was er mit der freien Pfote tun sollte, legte er auch diese in sein Kreuz, bevor er eintrat.

Es irritierte ihn zunächst, dass es in diesem Gemach so viele unterschiedliche Quellen des Gestanks gab. Von überall her schlugen die Gerüche auf ihn ein. Einer davon vermochte es, seine ganze Aufmerksamkeit auf sich zu ziehen. Der Graf spähte in eine der Ecken hinüber. Dort entdeckte er einen Tisch, auf dem die Karte lag, von der diese erschreckende Geruchsnote ausging.

Wie bei Schneebelles Fell hatte sie dieses Stück in die Hände bekommen?

Das Rascheln von Stoffen zog seine Aufmerksamkeit zurück in den Raum. Sie hatte sich erhoben, war einige Schritte auf ihn zugetreten. Als sich ihre Blicke trafen, sträubte sich sein Fell umso mehr.

Sie hatte sich wahrlich verändert.

Es war zu viel Zeit vergangen.

Dazu hätte es nicht kommen dürfen.

»Euer Gnaden«, grüßte sie förmlich, als bemerkte sie weder die aufgestellten Ohren, das gesträubte Fell noch den buschigen Schwanz. Sie knickste sogar, dieses Biest. Also senkte auch der Graf zur Höflichkeit gezwungen sein Haupt.

»Es ist lange her«, entgegnete er jedoch nur spitz anstelle einer Begrüßung. Es brachte sie zum Lachen.

»Habt Ihr mir noch nicht verziehen? Ich wünschte, ich hätte Euch diese gewaltsame Begrüßung im Wald ersparen können. Doch wenn ich Euch erinnern darf, wart Ihr an diesem kleinen Kampf nicht unbeteiligt.« Ein verschmitztes Lächeln stahl sich auf ihre Lippen, als sie hinzufügte: »Die Schuld trifft immer zwei.«

»Natürlich«, räumte er tonlos ein und folgte ihrer stummen Aufforderung, sich auf die adrett gepolsterte Sitzbank zu begeben. Während sie ihm eine Tasse samt Unterteller aus weißem Porzellan reichte, suchte der Graf den Raum nach weiteren Artefakten ab. Dabei blieb sein Blick an einer Gestalt hängen, die er zuvor nicht bemerkt hatte.

Ein Mann mit ausgeblichenen, fast weißlichen Haaren stand regungslos in einer Ecke. Durch seine Bewegungslosigkeit wirkte er bemerkenswert leblos. Der hohe Kragen seiner Kleidung verbarg die untere Hälfte seines Gesichtes, was es nur noch schwieriger machte, ihn als Menschen zu erkennen. Und ob diese starren Augen etwas betrachteten oder nicht, war unmöglich zu sagen.

Wie war es möglich, dass der Graf diese Person erst jetzt bemerkte?

Hatte der Gestank der Magie ihn derartig abgelenkt?

Der Graf ließ sein Näschen zittern, um die Luft sorgfältiger zu untersuchen, trotzdem gelangte er nur wieder zu demselben Schluss, den er für unmöglich gehalten hatte: Dieser Mann hatte keinen Geruch.

»Das ist Jasaran vom Wüstenrand. Einer meiner Generäle«, stellte sie den Stummen vor, als sie den Blick des Katers bemerkte. Im Augenwinkel nahm der Graf wahr, dass sie ihm die Tasse reichte, doch war er noch nicht imstande, den Blick von dieser Person zu lösen. Es brauchte eine ganze Weile, bevor er den Geist erkennen konnte, der sich in die schwarzen Umhänge eingenistet hatte. Jenes Geschöpf, das die Luft um den General – wie sie ihn so lobend genannt hatte – derartig verbog und verdrehte, dass es sowohl die Witterung als auch den Blick des Grafen trübte. Dieser rümpfte empört über seine Erkenntnis die Nase.

Es schien eine neue Unart der Geister zu sein, sich an die Schicksale einiger Menschen zu knüpfen. Es hatte ihn bei dem kleinen Wassergeist schon überrascht, doch bei diesem Windgeist irritierte es ihn noch mehr. Diese Kameradschaft musste einer tiefen Verzweiflung entspringen – und das erinnerte den Grafen daran, den wahren Feind nicht aus den Augen zu lassen. Widerwillig löste er also seinen Blick von diesem Mann, um die Tasse entgegenzunehmen, die sie ihm immer noch anbot.

»Zu meiner Schande muss ich gestehen, dass Ihr mich beeindruckt habt, Teuerste«, begann er bemüht, sein Fauchen unter Kontrolle zu halten und nicht darauf zu achten, wie spitz ihre Lippen waren, während sie an ihrer Tasse nippte. »Ich hätte nie ahnen können, welche Züge Euer Größenwahn annehmen könnte.«

Sie erübrigte sich eine Antwort darauf, doch ließ sie ihre Tasse sinken, um ihn ihr geschmeicheltes Schmunzeln sehen zu lassen.

»Und was genau ist dieser Ort nun, an dem ich mich befinde?«, sprach er weiter, auch wenn ihre Genugtuung ihn ärgerte. »Eine Stadt? Ein Königreich?«

»Eine neue Welt.«

»Aaaaah, natürlich. Eine *neue Welt*«, sagte er zungenschnalzend. »Ein Königreich wäre nun auch nicht anmaßend genug gewesen.«

Ihr glockenhelles Lachen übertönte das Klirren ihrer Teetasse auf dem Unterteller. Sie brauchte sogar einen Moment, um sich wieder zu beruhigen.

»Ihr habt mir gefehlt, Euer Gnaden«, seufzte sie schließlich, bevor sie den Kopf von ihm abwandte. Die Melancholie, die sich dabei auf ihrem Gesicht ausbreitete, war Absicht. Obwohl ihre Inszenierung so deutlich war, wusste der Graf doch, dass es keine Maske ohne Substanz war. Jene Sehnsucht war nicht gespielt. Zumindest nicht zur Gänze.

»Denkt Ihr manchmal an damals zurück?«

Es fiel ihm schwer, auf diese Frage zu antworten. Gerne hätte er gelogen, doch hatte es einst eine Zeit gegeben, in der sie keine Feinde gewesen waren. Eine Zeit, die ihm kostbar war, auch wenn er es nach dem, was sie getan hatte, nicht zugeben mochte. Trotzdem zwang ihn diese Sentimentalität zu einer ehrlichen Antwort: »Öfter als mir lieb ist.«

Ob diese Ehrlichkeit sie überraschte, ließ sich durch ihre melancholische Dramatik nicht eindeutig erkennen. Und ob ihr langes Zögern bedeutete, dass ihr jene Zeit genauso teuer gewesen war, konnte er nur an ihren nächsten Worten bemessen: »Er fehlt mir sehr.«

Der Graf brauchte ebenso lange wie sie, um dieses Geständnis zu verarbeiten. Schließlich nickte er schweren Herzens. »Mir auch, Teuerste. Mir auch …«

»Dann wird Euch die Nachricht meiner Boten wohl ähnlich überraschen wie mich«, entgegnete sie dieses Mal ohne zu zögern. Als hätte sie nur darauf gewartet, es endlich aussprechen zu können: »Man hat ihn entdeckt!«

Der Graf war so überrascht, dass seine ruhevolle Fassade für die Dauer eines Augenaufschlages ins Wanken geriet. Er bemühte sich durch ein würdevolles Aufrichten und einen galanten

Schwung seines Schweifes, sich nichts anmerken zu lassen – allerdings war es schon immer schwer gewesen, sie zu täuschen.

»Ich war ebenso überrascht wie Ihr«, deckte sie seine unzulängliche Darbietung von Gleichgültigkeit auf. »Schließlich hat er sich jahrelang so sorgfältig versteckt. Ich konnte es kaum glauben, dass er sich nun so plötzlich vor den Toren der Goldstadt gezeigt hat.« Wieder glitt ihr Blick in die Ferne. Und abermals legte sich die Melancholie über die feinen, lichten Linien ihres Gesichts. »Es soll ein wahres Spektakel gewesen sein. Man hat mir erzählt, er habe den Himmel mit seinem Sturm aufgerissen …«

»Bescheidenheit ist nie seine Stärke gewesen.« Dieses Mal gelang es dem Grafen nicht, sein Fauchen zurückzuhalten. Der Ärger war zu groß. Was hatte diesen Bengel dazu getrieben, solch einen Fehler zu begehen?

Die Züge in ihrem Gesicht veränderten sich, als sie den Kopf zurückdrehte, um ihn anzusehen. Es fiel dem Grafen schwer, ihrem Blick standzuhalten. Wie viele Stunden hatte er mit der Frage zugebracht, warum sie ihn am Leben gelassen hatte? Wie viele schreckliche Antworten hatte er sich darauf ausgemalt? Und warum schockierte es ihn nun derartig, dass die naheliegendste Antwort die richtige gewesen war?

»Wo ist eigentlich Euer wertvoller Spazierstock?«, begann sie ihren ersten Vorstoß. Der Graf schindete Zeit, indem auch er seine Tasse auf dem Tischchen abstellte und erneut erfolglos sein ramponiertes Hemd und seine Weste glattzustreichen versuchte. Dabei spendete es ihm ein wenig Trost, dass sie das Mädchen nicht zu fassen bekommen hatte. Ansonsten hätte sie ihm diesen Gegenstand direkt vor die Nase gehalten. Dieser kurze Moment der Erleichterung zerschlug sich jedoch schnell, da er wusste, wonach sie als Nächstes fragen würde. Was er allerdings unterschätzt hatte, war ihre Dreistigkeit. Wie selbstverständlich streckte sie die Hand aus, um die einzig andere Sache in seinem Besitz einzufordern, die ihr von Nutzen war: »Eure Uhr, Euer Gnaden.«

Die Demütigung, ihr diese überreichen zu müssen, hätte sie sich sparen können. Es wäre ihm lieber gewesen, sie hätte ihn getötet, um dieses Stück seinen toten Pfoten zu entreißen. Oder es ihm zumindest zu entwenden, wenn er im Verlies hilflos seinen Verletzungen erliegend dahinvegetierte.

»Ich werde Euch kein zweites Mal bitten.«

»Ihr habt noch nie um etwas gebeten, Teuerste«, entgegnete der Graf spitz. Widerstrebend schob er die Pfote in seine Westentasche. Alles an ihm sträubte sich, ihr die Uhr zu überlassen. Im Gegensatz zu seinem Spazierstock war dieses Stück nur ein einfacher, beinahe alberner Zauber. Ethiel hatte so viel Beeindruckenderes erschaffen. Bedeutungsvolleres. Vieles davon befand sich in diesem Raum und war doch vollkommen nutzlos für sie.

»Ich kann kaum in Worte fassen, wie viel Selbstbeherrschung ich aufbringen muss, um Euch nicht die Hand abzubeißen«, fauchte der Graf, während er die Taschenuhr hervorzog, um sie in ihre offene Hand zu legen.

»Schade«, entgegnete sie matt. »Ich hätte gern gesehen, wie Ihr es versucht.«

Das Weibsbild wog die zierliche, goldene Taschenuhr in der Hand. Zwischen ihren Fingern wirkte diese grotesk klein und musste sich ebenso merkwürdig leicht anfühlen, sodass man ihren Wert kaum erahnen konnte. Trotzdem raunte sie ehrfürchtig, während sie den Deckel öffnete: »Ich habe dieses Stück schon immer bewundert.«

Der Graf spürte, wie sich seine Muskeln bei diesen Worten verkrampften. Auch wenn es nur ein einfacher Zauber war, offenbarte er ihr doch eine Wahrheit, die sie nicht wissen musste.

Als sie die Zeit von dem einzigartig verzierten Zifferblatt ablas, bewegten sich ihre Lippen auf kaum ersichtliche Weise und wurden doch um solch eine Nuance schmaler, dass man nicht übersehen konnte, welch schadenfrohes Grinsen sie sich zu verbergen zwang.

»Oh, Euer Gnaden … Das tut mir leid! Ich hatte ja keine Ahnung.« Sie ließ den Deckel geräuschvoll zuschnappen. »Lasst uns lieber von schöneren Dingen sprechen.« Mit einer eleganten Bewegung überschlug sie die Beine und stützte ihren Arm darauf. Je weiter sie sich zu ihm lehnte, umso stechender wurde ihr Blick. Der Graf spürte, wie sich sein Nackenfell sträubte. Wie sich seine Augen weiteten. Und dieser Gestank! All das … es war kaum zu ertragen …

»Erzählt mir von dem Mädchen, das Euch so teuer zu stehen kommt.«

Der Graf verstand sie durch das Surren ihrer Magie hindurch kaum noch. Dieses Stechen, die grellen Augen, all das drang zu tief in ihn hinein. Es brachte alles in Unordnung. Seine Gedanken verloren ihre natürliche Struktur, sodass er fast nicht bemerkt hätte, dass sich der stumme General in der Ecke bewegte, den er schon wieder vergessen hatte.

Der Krampf in seinem Körper verfestigte sich. Er hörte, dass sie etwas fragte. Irgendetwas Belangloses, auf das sie keine Antwort erwartete. Trotzdem versuchte er, sich für eine Antwort zu sammeln. Für eine boshafte Bemerkung, die ihm aller Anstrengung zum Trotz nicht über die Lippen kam. Er kannte die Worte, doch formten sie sich nicht.

Und das hieß, dass es begonnen hatte.

Es war lange her, dass der Graf eine Angst gespürt hatte, die sich nicht von Verzweiflung unterscheiden ließ. Ihm fiel nicht mehr so recht ein, was man tun musste, um solch eine Panik zu verhindern. Alles, was ihm blieb, war, sich an diesen letzten Gedanken zu klammern, der ihm entgleiten wollte. Die Erinnerung – oder die … *Ahnung*? –, dass das Menschenmädchen die Stadt erreicht haben mochte. Und dass sie den Burschen tatsächlich gefunden hatte. Denn er würde … wie hieß es noch gleich? … *begreifen*. Er war klug. Er würde … wissen … was …

Ja, er würde …

… *wissen* …

KAPITEL 1

REGEN

»Insgesamt fanden 2.431 Soldaten während des Wolfssturms den Tod. 1.214 fielen im privaten Heer des Generals; 782 der ersten Division (473 Frontkämpfer, 28 Marinematrosen, 114 Bataillonsoldaten, 167 Kompaniesoldaten) und 432 der zweiten Division (11 Luftwaffenpiloten, 141 Gardisten, 186 Bataillonsoldaten, 94 Kompaniesoldaten).
Demgegenüber zählte man nur 1066 Wolfskadaver auf dem Feld. Die Königsbrüder waren nicht darunter.
[...]
Eure Majestät sollte die Aufforderung des Generals zumindest in Erwägung ziehen. Schließlich wollen wir doch alle dasselbe: Gerechtigkeit.«

Zitiert aus einem Bericht von Jaquel Mizulin, Wesir der Diplomaten-Gilde der Goldstadt an Neria Wassertochter, XVI. Kaiserin Pangaeas

Hätte man Lija nach dem Kampf gefragt, was abgesehen von den Wölfen den größten Schaden im Heer angerichtet hatte, so hätte sie ohne zu zögern *Feuer* geantwortet. Je länger sie sich jedoch über das Schlachtfeld bewegte, umso sicherer wurde sie, dass der Regen noch schlimmer war.

Dieser hatte mit dem Mittagsläuten eingesetzt. Dunkle Wolken – völlig untypisch für den Spätsommer der Goldstadtprovinzen – hingen seither dicht über dem Feld, sodass es auch am zweiten Tag nach dem Wolfssturm kaum hell geworden war. Stattdessen gingen schwere Regentropfen in solchen Massen nieder, dass der Boden schon nach kurzer Zeit zu feucht war, um das Wasser aufzusaugen. Aus den saftigen, grünen Weiten der nördlichen Ebene wurde zusehends grauer Morast. Pfützen, so groß wie Teiche, entstanden überall. Irgendwann bildeten sich aus den Wasserlachen Rinnsale, die alle in Richtung Westen zum Ufer des breiten Flusses Thyss abflossen. Gnadenlos nahmen sie dabei die Reste der Toten mit sich, von denen nur noch bröckelige Asche übriggeblieben war.

Auch an Lija zerrte das Wasser. Die schweren Tropfen verfingen sich in ihren Haaren, drangen durch den Kragen hindurch unter ihre Uniform. Die Pfützen, in denen sie kniete, ließen Schlamm in ihre Stiefel laufen. Ihr war schrecklich kalt. So kalt, dass ihre Zähne beim Zittern aufeinanderschlugen. Trotzdem machte sie weiter. Mit beiden Händen schob sie den grauschwarzen Matsch zur Seite, denn so lautete ihr Befehl: Finde Überlebende. Oder bringe die Gefallenen heim – wenn genug von ihnen übrig ist.

Mit dem nächsten Schub hatte Lija endlich einen Teil der Uniform freigelegt. Erschöpft legte sie eine Hand auf den schwarzen Stoff, stützte sich für einen Augenblick darauf ab, machte sich seine Beschaffenheit bewusst … die *Einzigartigkeit*. Denn dieser Stoff war auf eine Weise besonders, die Lija bis zum heutigen Tage egal gewesen war.

Dieser Stoff war Erzelin.

Es gab nur wenige Schmiede, die die Kunst beherrschten, das weiße Metall der Südminen so dünn zu gießen, dass es zu Fäden verarbeitet werden konnte. Jenes widerspenstige Erz musste dafür auf solch absurde Temperaturen erhitzt werden, dass es ohne Glutgeister nicht möglich war. Doch wenn es gelang, so hielten die Fäden der Magie der Feuerblüter stand. Jede Uniform der Goldstadt-Wache war aus diesem metalldurchzogenen Material hergestellt worden. Daher hatte Lija unzählige leere Jacken, Hosen und Stiefel im Matsch gefunden, die dem Feuer hatten standhalten können, doch das Fleisch darin nicht. So viele Soldaten waren vollkommen zu Asche verbrannt …

Aber diese Uniform hier wölbte sich.

Diese war nicht leer.

Mimpo, der zwar nicht fror, doch seine Schuppen mitfühlend im selben Takt mit Lijas klappernden Zähnen klirren ließ, verstummte erschrocken, als sie den Kopf des Toten freilegte. Das Gesicht war nicht mehr zu erkennen. Der Schädel war aufgebrochen, in gewölbte Teile zerfallen, die nur an einigen Stellen dürftig von der übriggebliebenen Haut zusammengehalten wurden. Wahrscheinlich war ein Wolf darauf getrampelt.

Eine Welle der Erschöpfung brach über Lija herein. Auch diesen Soldaten würde man nicht nach Hause bringen. Wenn der Regen versiegte, würde man ihn mit den anderen zur Unkenntlichkeit verstümmelten Leichen verbrennen. Nur eine einzige Sache würde von ihm überdauern …

Mühsam schob Lija den Schlamm beiseite, bis sie den Brustkorb freigelegt hatte. Das dort befestigte Abzeichen war auffällig. Anders als jene, die Lija bisher gefunden hatte. Die meisten Soldaten stammten aus einfachen Familien und hatten daher auch nur einfach gearbeitete Abzeichen. Diese unterschieden sich in ihrer Schlichtheit und ihren Materialien kaum voneinander. Aber dieses hier … es zeigte ein kunstvoll gefertigtes Kastanienblatt. Kein simples Buchenblatt, das man zu Hunderten fand, weil dessen Schmiede schnell und preiswert war. Und der Untergrund … die feinen, goldenen Verzierungen hatte man auf glatt polierte Jade aufgebracht. Dieses Abzeichen musste ein Vermögen gekostet haben … dieser Tote war seiner Familie ein Vermögen wert gewesen.

Lija betrachtete das runde Kunstwerk in ihrer Hand für eine ganze Weile, bevor sie es umdrehte. Auf der Rückseite war der Name des Soldaten eingraviert. Lija kannte ihn nicht. Trotzdem tauchten Gesichter vor ihrem inneren Auge auf. Schemen seiner Angehörigen. Imaginäre Münder verzerrten sich bei dem Anblick der grünen Edelsteine, weil sie begriffen, dass ihr Sohn, ihr Enkel, ihr Gemahl, ihr Vater, nicht mehr heimkehren würde. Bei diesem Gedanken wurden Lijas Arme schwer wie Blei. Mit schwerfälligen Bewegungen zog sie sich den vom Regen schweren Stoffsack vom Rücken. Diesen hatte man ihr gegeben, als Oberst Bharriq sie zurück zum Feld gebracht hatte.

Es klirrte ohrenbetäubend laut, als Lija das grüne Abzeichen zu den anderen hineinfallen ließ. Gedankenverloren wanderte ihr Blick vom goldenen Kastanienblatt zu den dutzenden Buchenblättern und weiter zu den unzähligen goldenen Tränen, die alle gleich aussahen. Plötzlich kam ihr ein lähmender Gedanke.

Würde sie Lorells Abzeichen erkennen?

Sie hatte es so oft gesehen, ohne es je wirklich zu betrachten. Waren die Verzierungen darauf besonders gewesen? Sie nahm es an. Es wäre doch eigenartig, wenn der Ururenkel der Kaiserin kein extravagantes Symbol seiner noblen Herkunft trug. Nur hatte sie es sich nie eingeprägt … Hatte sie es vielleicht längst von einem der verkohlten Körper abgekratzt, ohne es zu bemerken?

Ihr Nacken fühlte sich steif an, als sie den Kopf hob. Suchend wanderte ihr Blick umher, doch war durch den dichten Regen und die Nebelschwaden, die durch das Aufprallen der Tropfen aufstiegen, kaum etwas zu erkennen. Ihr Blick reichte nur wenige Meter weit. Schwarze Schemen schleppten sich schwerfällig von einem Ort zum anderen.

Einer der Schatten bewegte sich auf sie zu. Als er näher kam, erkannte Lija kein bekanntes Gesicht. Lediglich sein Abzeichen und die goldene Zacke an seinem Ärmel, die wie das Fragment einer Windrose aussah, verrieten ihr, wer er war: ein Feuerblut-Soldat des Nordost-Bataillons.

»Du lebst ja«, stellte er fest. Beim Sprechen prustete er die Wassertropfen von seiner Oberlippe, die sich dort sogleich wieder sammelten. »Bist du verletzt?«

Lija schüttelte den Kopf, sah teilnahmslos dabei zu, wie sich das Feuerblut mit einer beherzten Geste über das Gesicht wischte. Sein Blick wanderte zu der Leiche im Schlamm und zu den Rinnsalen, die allmählich ihren Weg zurück in den zerklüfteten Schädel fanden.

»Scheiße …«, befand er. Wie schwer wohl der Beutel auf seinem Rücken wog? So verbissen, wie er aussah, nicht weniger als Lijas. »… Diese scheiß Wölfe.«

Lija nickte kaum sichtbar. Sie grub die nasse Erde so lange beiseite, bis sie das Schwert fand, das der Tote noch in seiner Hand hielt. Sie rammte es neben ihn in den Boden, fest genug, damit es nicht fortgeschwemmt werden könnte. So würde man den Körper wiederfinden, wenn der Regen aufgehört hatte. Denn erst dann würde man ihn holen, verbrennen und in Frieden ruhen lassen.

»Sie werden wiederkommen.« Das Feuerblut war stehen geblieben, hatte Lija eine Weile zugesehen. Seine Stimme klang gleichermaßen erschöpft und verheißungsvoll. Sie ersparte sich eine Antwort darauf. Jeder wusste, dass er recht hatte. Jeder wusste, was Wölfe taten, die man nicht tötete: Sie standen wieder auf. »Und wenn sie kommen, ist es seine Schuld.«

Nun drehte Lija doch den Kopf, um ihn anzusehen. Die Haltung des Soldaten war verkrampft. Sie verriet, welcher Zorn sich in seinem Inneren aufbaute.

»Dieser beschissene Verräter«, fluchte er weiter, ohne die Augen von dem verstümmelten Kameraden zu lösen, der langsam wieder im Schlamm versank. »Wenn dieser dreckige Windsohn nicht aufgetaucht wäre …«

Leise, zischende Geräusche tönten zwischen dem Rauschen des Regens auf. Die Haut des Soldaten erhitzte sich vor Wut, sodass die aufprallenden Regentropfen auf seinem Körper verdampften. Seine Gedanken ließen sich leicht von seiner Stirn ablesen. Es waren dieselben, die Lija heute schon so oft gehört hatte.

Wenn Jawih Windsohn den Kampf nicht zerschlagen hätte, hätte General Piron Feuersohn beide Wolfskönige töten können. Angesichts dieses Sieges über das schwarze Volk wäre die Bedeutung der Verluste, die die Wache erlitten hatte, eine andere gewesen. Doch wegen Jawihs Einmischung blieb dem Soldaten nichts anderes übrig, als zerknirscht zu urteilen: »Alles umsonst.«

Sein Blick heftete sich so unerwartet auf Lija, dass diese zusammenfuhr. Das Gemisch aus seiner Hitze und dem Regen bildete einen schweren Dunst zwischen ihnen, trotzdem erkannte Lija seine fest zusammengepressten Lippen. Er sah sie so eindringlich an, als würde er in ihrem Gesicht dieselbe Wut suchen. Als er den Kopf wieder von ihr abwandte, konnte Lija nicht sagen, ob er enttäuscht war. Er murmelte lediglich ein gedankenverlorenes »Halte durch, Kamerad«, bevor er sich in Bewegung setzte.

Für einen Moment überlegte Lija, ihn aufzuhalten. Ihm von Oberst Bharriq zu erzählen, die sie ins Teehaus gebracht hatte. An jenen Ort, an dem sich Jawih Windsohn, der Hochverräter, versteckte. Doch bevor ein Wort ihre Lippen verließ, ertönte die Warnung in ihren Ohren: *Wenn du unsere Sache gefährdest … wenn du mich verrätst, werde ich nicht zögern, dich zu vernichten.*

Lija fürchtete sich nicht vor seiner Drohung. Wenn sie ihn verraten würde, würde Piron Feuersohn ihn töten, bevor er diese wahrmachen könnte. Und ein Teil von ihr wollte das. Dieser Teil, der ihn auch für einen Verräter hielt. Der sich vor Wut verkrampfte, weil er die Wölfe gerettet hatte. Weil er den Kampf beendet hatte, bevor der General siegen konnte. Bevor sie einen zweiten Pfeil hatte schießen können, der sein Ziel nicht verfehlt hätte. Wegen ihm hatte sie Werion nicht töten können, der ihre Heimat zerstört hatte – und das würde sie ihm nie verzeihen.

Aber der Fluch …

Wenn sie Jawih verriet, würde er diesen nicht brechen. Also schwieg sie und der Soldat ging seines Weges. Nach wenigen Schritten verschwand er im dichten Regennebel. Als Lija ihn nicht mehr sehen konnte, legte sie den Kopf erschöpft in den Nacken. Die Tropfen knallten in ihr Gesicht, sodass sie die Augen schließen musste.

Weiter, hörte sie es dazwischen flüstern. Sie ließ ihren Kopf wieder sinken, brauchte beide Arme, um sich vom Boden hochzustemmen. Mimpo hatte recht. Sie mussten weitersuchen. Sie hatten Lorell immer noch nicht gefunden.

Mühsam watete Lija durch den Schlamm. Mimpo bemühte sich, den Schauer über ihrem Kopf zu teilen, doch das Wasser war überall. Es spritzte mit jedem Schritt hoch, wehte ihr mit jeder Brise ins Gesicht. Trotzdem blieb Lija von Zeit zu Zeit stehen, um zu lauschen. Sie konzentrierte sich darauf, Klänge jenseits der aufschlagenden Regentropfen und des Rauschens dazwischen zu hören. Doch da war nichts. Jedes Mal, wenn ihr Blick über das Feld glitt, sah sie nur halbdunklen Dunst und weit entfernte Schemen. Und jedes Mal, wenn sie auf festen Grund trat, war es nur ein weiterer Toter ohne rotes Haar.

Still!

Augenblicklich erstarrte Lija in ihrer Bewegung. Mimpo glitt über die Ränder des Abzeichens und erhob sich über die Saphire, um seine Nase in den Regen zu halten. Lija spürte seinen Sog. Sein Drängen. Er hatte etwas gehört.

Dort!

Sie rannte los. Blindlings folgte sie dem Ziehen an ihrer Brust. Mimpo wies den Weg mit seiner Kälte bis auch sie es hören konnte: »Hier!«

Die Rufe kamen von zwei Soldaten. Sie hockten am Boden und wühlten im Schlamm.

»Der hier lebt!«, rief einer der beiden. Sein nasses Haar klebte an seiner Stirn und in seinem Bart hatten sich so viele Regentropfen verfangen, dass dieser zu glitzern schien. Angestrengt schaufelte er den Schlamm über dem reglosen Körper beiseite. Lija ließ sich neben ihm auf die Knie fallen, um ihm zu helfen. Der andere Soldat, dessen nasser, kurzgeschorener Stachelkopf ähnlich glitzerte wie der Bart, hatte bereits den Kopf aus dem Morast gezogen und auf seinen Schoß gelegt.

»Hier! Wir brauchen eine Trage!«, rief er ohne aufzusehen über das Feld. Dabei befreite er das Gesicht, den Mund und die Nase des Verletzten von der matschigen Erde, damit der flache Atem dadurch nicht endgültig erstickt wurde.

»Ich kenne ihn!« Erschrocken zog sie ihre Finger aus dem Schlamm. Sie musterte das schmutzige aschblonde Haar, das von all dem Dreck dunkel erschien. An der Stirn entdeckte sie eine Platzwunde, aus der goldenes Blut sickerte. Der Strubbelkopf musste die Wunde aufgerissen haben, als er den Kopf aus dem Schlamm gezogen hatte. Nun lief es über sein Gesicht und tropfte in seine halbgeöffneten, dunklen Augen. »… Tahro …«

»Wer?« Der Strubbelkopf griff unter Tahros Schultern und versuchte, ihn anzuheben. Ein Stöhnen drang aus der Kehle des Feuerbluts. Der erste Beweis dafür, dass er wirklich am Leben war.

»Ashkaja …«

»Ein Kommandantensohn?« Die Augenbrauen des Bärtigen schossen in die Höhe. Neugierig betrachtete er das reglose Gesicht, folgte dem Fluss des goldenen Blutes bis zu dem Kragen, an dem es sich mit schwarzen Blutflecken mischte. »Es heißt, die Ashkaja-Söhne hätten wie Bestien gekämpft …«, murmelte er dabei mit unverhohlener Ehrfurcht. »Sie sollen mehr Wölfe getötet haben als mancher Frontkämpfer!«

Lija nickte zaghaft. Wie viele Wölfe Sirio und Tahro getötet hatten, wusste sie nicht. Aber sie hatte sie auf dem Feld kämpfen sehen. *Bestien* war kein Ausdruck dafür …

Abermals spürte Lija, wie Mimpos Magie an den Regentropfen auf ihrer Uniform zerrte. Alarmiert blickte sie zu den beiden Kameraden, die sich vollkommen dem Verletzten widmeten. Während der mit dem Strubbelkopf ein Erdblut war, war der Bärtige ein Feuerblut. Somit waren sie taub für Mimpos Klänge, als er vom Abzeichen sprang. Lija stutzte, als dieser sich über die Platzwunde an Tahros Stirn legte. Schließlich hasste Mimpo Feuer. Er hatte nicht das Geringste für die arroganten Kommandantensöhne übrig. Und doch ließ er seine Magie in die Wunde sickern. Er verschloss damit die aufgeplatzte Haut und nahm Tahro vielleicht sogar einen Teil seiner Schmerzen.

Weil es das Richtige war.

Eilig legte Lija ihre Hand über Tahros Schläfe, um Mimpo vor den Augen der anderen zu verbergen. Als sie spürte, wie die

Haut an ihren Fingerspitzen war, wurde ihr mulmig zumute. Ein Feuerblut war für gewöhnlich nicht so kalt. Es sei denn, es hatte zu viel seines brennenden Blutes verloren … abgelenkt von diesem Gedanken strich sie ihm das verklebte Haar aus der Stirn. Sie hatte ihn kaum berührt, da bewegte sich sein Kopf. Nur einen Millimeter. Doch genug, sodass er sie durch halb geschlossene Lider ansehen konnte. Selbst das Rot seiner Iris wirkte verglüht. Er musste wirklich am Ende sein … und doch fand er genug Kraft, um zu zischen: »Fass mich nicht an, Mischblut.«

Der Strubbelkopf lachte auf: »Wenn Feuerblüter noch zetern können, geht es ihnen besser, als sie aussehen.« Er reckte seinen Kopf in die Höhe, als sich ein weiterer Soldat näherte. Dieser musste die Rufe gehört haben, denn er hatte eine Trage dabei, die er neben Tahro in den Matsch legte.

»Na komm, Kamerad.« Mit diesen Worten griff der Bärtige erneut unter Tahros Schultern. Lija und die anderen halfen ihm dabei, den Rumpf und die Beine auf die Trage zu hieven. Zu viert trugen sie den Verwundeten zum Feldlager, was sich als quälender Kraftakt herausstellte. Der weiche Untergrund gab unter jedem Schritt nach. Ständig rutschten die Füße der Soldaten weg. Schon durch ihre Erschöpfung fiel es ihnen schwer genug, auf den Beinen zu bleiben, aber der Regen tat sein Übriges, sodass der Weg zum Feldlager schier endlos erschien.

Als sie dieses endlich erreichten, fühlte es sich an, als würden sie ein Haus betreten. Um das Lager herum war der Boden einigermaßen trocken. Die Wasserblüter teilten den Regen mit ihrer Magie, als hätte man eine Glaskuppel über das Lager gestülpt. Sogar die prasselnden Geräusche des Regens glitten daran ab. Trotzdem war es darunter nicht still. Hier herrschte ein anderer Krach. Ein allgegenwärtiges Gemisch aus Rufen, Befehlen und Schreien, das immer lauter wurde, je näher sie den Zelten der

Heiler kamen. Das Chaos, das dort herrschte, erschien Lija noch schlimmer als das auf dem Schlachtfeld.

Die unzähligen provisorischen Feldbetten bestanden aus nicht mehr als aufgebockten Tragen. Man hatte sie so dicht nebeneinander gereiht, dass Lija und die anderen Probleme hatten, Tahro durch die schmalen Wege hindurchzuschleppen, geschweige denn, einen Platz für ihn zu finden. Immer wieder liefen Heiler in schmutzigen weißen Kitteln an ihnen vorbei. Allzu oft änderten diese beim Laufen die Richtung, stürzten kopflos von einem Verwundeten zum nächsten, begannen hier eine Arbeit und beendeten dort eine andere. Offensichtlich gab es viel zu wenig Ärzte für viel zu viele Verletzte.

»Legt ihn hier hin!«, rief ihnen schließlich ein Heiler zu. Er hatte sich eigentlich nur an ihnen vorbeischieben wollen, bevor sein Seitenblick Tahro streifte. Daraufhin blieb er abrupt stehen und riss dessen Jacke auf. Lija holte hörbar Luft, als sie Tahros Oberkörper sah: Unzählige Einblutungen neben offenen, mehr oder minder stark blutenden Bisswunden – es tat allein beim Hinsehen weh.

»Verbände!« Ungeduldig suchte der Heiler die Umgebung ab. Dabei sah Lija zum ersten Mal sein Gesicht und erschrak über die tiefen Augenringe. Auch die Blässe um seine Nase war besorgniserregend. Er musste seit Stunden, vielleicht schon seit dem Wolfssturm, auf den Beinen sein. »VERBÄNDE!«, brüllte er erneut, weil ihm niemand Beachtung schenkte. Schließlich entschied er sich, diese selbst zu holen. Lija sah ihm hinterher, als er durch die Reihen rannte. Irgendetwas sagte ihr, dass er nicht zurückkommen würde. Der Bärtige schien etwas Ähnliches zu ahnen, denn er klopfte Tahro auf die Schulter und brummte »Viel Glück, Kamerad«, bevor er sich zum Gehen wandte. Der Strubbelkopf und der andere Soldat folgten ihm. Sie würden nach weiteren Überlebenden suchen. Das wäre auch Lijas Aufgabe, doch sie blieb neben Tahro stehen und starrte ihn an. Für andere musste es so aussehen, als würde sie die Wunde an seinem Kopf sorgenvoll betrachten, allerdings betrachtete sie nur den frostigen Schimmer darüber. So konzentriert, dass ihr das kurze, rote Aufflackern entging.

»Glaub bloß nicht, dass ich mich bedanke …«, brummte Tahro leise. Er musste ebenfalls glauben, dass sie *ihn* anstarrte.

»Dann lasse ich dich nächstes Mal besser liegen«, gab sie unbeeindruckt zurück. Tahros Mund verzog sich. Vielleicht, weil er noch etwas sagen wollte. Vielleicht war es aber auch nur der Schmerz. Oder die Anstrengung, weil er den Kopf zu dem Tumult drehte, der nicht weit entfernt ausbrach. Lija folgte seinem Blick, während Mimpo die Chance nutzt, um ungesehen auf ihr Abzeichen zurückzuspringen.

Ein paar Reihen weiter schossen Köpfe von Soldaten in die Höhe. Fluchend erhoben sie sich von ihren Liegen. Einen von ihnen erkannte Lija sofort: Sirio.

Er stürzte förmlich von seinem Feldbett. Die aschgrauen Augen hafteten wie hypnotisiert an seinem Bruder. Verbissen kämpfte er sich durch die Masse der Verwundeten auf ihn zu. Er war offensichtlich ebenfalls verletzt. Sein Bein war geschient und gab bei jedem Schritt nach. Deswegen stützte sich Sirio auf allem ab, was er zu fassen bekam – auch wenn das die Wunden seiner Kameraden waren.

Als er die Liege erreichte, hob Tahro seine zur Faust geballte Hand. So langsam und mühsam, als wäre es das letzte Aufbegehren seiner Kraft. Lächelnd schlug Sirio seine dagegen.

»Wo bist du nur hingekrochen?« Die Erleichterung in seiner Stimme war nicht zu überhören. Die Kraftlosigkeit in Tahros ebenso wenig: »An die Front.«

»Wohin sonst?« Sirio lächelte. Lija war sich sicher, dass es das erste Mal war, dass sie den Kommandantensohn ohne die Spur von Gehässigkeit oder Herablassung lächeln sah. Mit einem letzten Blick auf dieses ungewohnt freundliche Gesicht wandte sie sich ab. Schön, dass Sirio mit seinem Bruder wiedervereint war – sie jedoch hatte Lorell immer noch nicht gefunden. Aber vielleicht hatte sie genauso viel Glück, ihn in diesem Zelt zu entdecken.

Also wanderte Lija durch die Reihen der Feldbetten. Sie versuchte, den umherhetzenden Heilern und Soldaten mit immer neuen Tragen nicht im Weg zu sein. Ihr Blick glitt indes über jedes einzelne Gesicht und jeden Haarschopf. Sie kniff die Augen zusammen, um auch die letzte Liege in der Ferne inspizieren zu können. Daher sah sie die Gestalt nicht kommen, die sich auf sie stürzte.

»Du bist es wirklich!« Arme schlangen sich um ihre Mitte. So fest, dass es ihr die Luft aus den Lungen presste. Als Lija hinabsah, erblickte sie im ersten Moment nichts anderes als grüne Blätter und ausgetrocknete Blumen.

»Du lebst!«, wiederholte Rona, ehe sie einen Schritt zurücktrat. Prüfend inspizierte sie Lijas Gesicht und ihre Uniform. Das klatschnasse Haar. Den Dreck an ihrer Hose und ihren Stiefeln. Sie fand kein Blut. Daher klang es noch erleichterter, als sie seufzte: »Dir ist nichts geschehen.«

Es war eigenartig, was Ronas Anblick in Lija auslöste. Das passendste Wort dafür wäre wohl Erleichterung. Aber das beschrieb diesen Drang, ihre Arme um sie zu schlingen, nicht einmal ansatzweise. Oder warum sich Lija an ihr festhalten musste, als würde sie ohne sie zusammenbrechen. Und obgleich Rona einen ganzen Kopf kleiner war, obgleich sie so zart und gebrechlich schien, war sie imstande, Lija zu halten. Zumindest bis die nächste Verwundete an ihnen vorbeigeschleppt wurde.

»Was macht ihr da?« Forsch befreite sich Rona aus Lijas Umarmung. Zwei Soldaten hatten eine Verwundete an Armen und Beinen ins Zelt getragen. Die arme Frau schrie dabei wie am Spieß.

»Sadisten!«, brüllte ein weiterer Heiler, der gemeinsam mit Rona zu ihnen eilte.

»Wir hatten keine Trage!«, gab einer der Soldaten zurück. Zu viert hievten sie die Verletzte auf eine Liege. Von ihrem Gesicht war kaum noch etwas zu erkennen. Ihr Kopf und ihr Hals – alles war verbrannt.

»Das ist übel …«, murmelte der Heiler, als er die Jacke öffnete, um nur noch mehr verbranntes Fleisch freizulegen. Die Haut war mit dem Erzelin regelrecht verklebt. Ausgedünnte Fetzen rissen ab, als sich der Stoff davon löste. Ruckartig schoss der Kopf des Heilers in die Höhe. Er reckte den Hals und ließ seine Augen von einem weißen Kittel zum nächsten wandern. Er schien nicht zu finden, was er suchte, denn schließlich zeigte er mit ausgestrecktem Finger auf Lija: »Wasserblut! Komm her!« Er deutete auf das geschundene Fleisch, als sie an die Liege trat. Lija betrachtete es nur flüchtig, denn sie konnte sich nicht gegen den Ekel wehren, der sie bei dem Anblick überkam.

»Kühl sie!«, wies der Heiler sie an.

»Das ist nicht nötig!«, fuhr Rona sofort dazwischen. Dabei sah sie Lija nicht an. Und indem sie ihr keine Aufmerksamkeit schenkte, hoffte sie, auch den Heiler von ihr abzulenken. Denn jener konnte nicht wissen, dass Lija nicht die Magie besaß, um dieser Frau zu helfen. »Ich kann …«

»Das muss gekühlt werden!« Der Heiler warf Rona einen verständnislosen Blick zu, ehe er Lija mit derselben Schärfe aufforderte: »Na los!«

Zaghaft trat Lija näher an die Liege heran. Die Soldatin gab Töne von sich, die zwischen schmerzverzerrtem Schreien und erschöpftem Stöhnen einzuordnen waren.

»Ich habe etwas Besseres als Kälte«, beharrte Rona, die Lija immer noch nicht ansah. Die Botschafterin hob die Arme, drehte die Handflächen zur Decke, aber Mimpo war schneller. Er zerrte abermals am Wasser in Lijas Uniform, bis sie seinen Bewegungen folgen musste. Ihre Finger blieben nur wenige Zentimeter über dem Kopf der Soldatin hängen. Stumm flehte Lija den kleinen Geist an, es nicht zu übertreiben. Nicht zu viel seiner Magie herzugeben. Nicht zu vergessen, dass er kein Heiler war. Doch Mimpo ließ sich nicht beirren. Er überzog Lijas nasse Finger mit Frost, bis seine Kälte in das verbrannte Fleisch hinabtropfte und der Heiler zufrieden nickte.

»Sie muss ins Hospital«, seufzte Rona unüberhörbar erleichtert. Mit lautem, wiederholtem Fingerschnippen hielt sie einen Soldaten auf, der gerade das Zelt verlassen wollte. »Ihr! Helft uns!«

Kaum hatte der Soldat die Liege erreicht, fasste er nach den Griffen an einem Ende und der Heiler nach denen am anderen. Rona trat einen Schritt zurück, um Platz für den Transport zu machen.

»Kümmert Euch um die offenen Wunden, Madam«, rief der Heiler ihr über seine Schulter zu, bevor er Lija anwies: »Und du machst weiter, Soldat.«

Eilig brachten sie die Verbrannte aus dem Zelt und eilten quer durch das Lager. Etwas außerhalb hatte man einen provisorischen Flugplatz errichtet. Dort landeten und starteten ununterbrochen Segler, die die Verwundeten zum Hospital transportierten. Bei einem davon blähte sich das Segel startbereit auf.

»Wir haben noch eine!«, brüllte der Heiler und beschleunigte seine Schritte. Ein großgewachsener Mann drehte sich um. Es überraschte Lija, wie verwittert sein Gesicht wirkte, denn nichts an der Haltung hatte auf einen alten Mann hingewiesen. Aber genau das war er: Ein Greis. Nach einem kurzen Blick auf das verbrannte Fleisch scheuchte der Mann den Soldaten am Fußende mit einer Handbewegung fort und fasste selbst nach den Griffen.

»Und du: Schön weiter kühlen!«, wies er Lija an. Sie nickte gehorsam, denn ein Blick auf das Abzeichen des Greises hatte ihr verraten, dass sie es hier mit niemand Geringerem als dem Stabsarzt zu tun hatte. Dem höchsten Offizier der Militärheiler.

Der Heiler rannte in dem Moment zurück zum Feldlazarett, als sie die Trage auf dem Deck des kompakten Transportschiffes abgelegt hatten. Lija hingegen wurde vom Stabsarzt aufgefordert, nicht von der Seite der Verbrannten zu weichen. In unbequem gebückter Haltung kauerte sie daher zwischen den Liegen, um Mimpos Kälte nahe genug an die heiße Haut zu halten.

»Flieg bloß ruhig!«, wies der Stabsarzt den Piloten an. Dieser antwortete mit einem knappen Nicken, bevor er die Arme in Richtung Himmel hob. Der Schiffsrumpf folgte gehorsam dem Fluss der Windmagie.

»Was für ein Chaos ...« Der Offizier wischte sich beherzt den feinen Schweißfilm von der Stirn und lehnte sich an die Reling. Von Zeit zu Zeit warf er einen warnenden Blicke zum Piloten, wenn ihm dieser nicht gleichmäßig genug flog.

»Schon einer gestorben?«, rief er irgendwann zu Lija hinüber. Diese war sich nicht sicher, ob das eine ernstgemeinte

Frage war. Zaghaft spähte sie umher, betrachtete die reglosen Körper und versicherte sich, dass sich jeder Brustkorb noch hob und senkte.

»Sieht nicht so aus.«

Der Stabsarzt lachte auf. Also doch eine rhetorische Frage.

»Von dir habe ich schon gehört, Soldat«, fuhr er fort und verschränkte lässig die Arme vor der Brust, wodurch er noch jünger wirkte. Mit einem Nicken deutete er auf ihren Schopf: »Dein rotes Haar. Du bist Nerias Enkelin, von der alle reden. Aber die haben wenig Nettes über dich zu sagen … abgesehen von der Botschafterin, natürlich.«

»Rona«, entfuhr es Lija wie eine Frage. Denn es überraschte sie, dass das Erdblut über sie sprach. Vor allem zu diesem fremden Mann.

»Sie hat mir erzählt, dass sie sich deinetwegen als Freiwillige gemeldet hat«, nickte der Stabsarzt. »Dafür muss ich dir danken, Soldat. Ein solches Talent wie das der Botschafterin ist mir seit Jahren nicht untergekommen.«

»Ja …« Nachdenklich sank Lijas Blick zurück auf ihre Hände. Jene, die Rona schon unzählige Male versorgt und verbunden hatte. »… sie ist unglaublich.«

»Das kannst du laut sagen – Festhalten!« Ein Ruck ging durch das Schiff, als es auf dem Steg an der Mauerkrone anlegte. So heftig, dass einige der Verletzten von ihren Liegen rutschten.

»Fliegst du zum ersten Mal, du Hampelmann?« Der Stabsarzt wedelte mit geballter Faust in Richtung des Piloten, der entschuldigend den Kopf einzog. Er hatte sich sicherlich nicht absichtlich so ungeschickt zwischen den ablegenden Schiffen hindurchgequetscht. Vermutlich war auch er am Ende seiner Kraft, denn wahrscheinlich flog er schon den ganzen Tag pausenlos zwischen dem Hospital und dem Feldlager hin und her.

»Los, fass mit an, Soldat!« Der Stabsarzt schüttelte noch einmal ärgerlich den Kopf über die ruppige Landung, dann schob er den ersten Verwundeten zurück auf die Liege und hob diese an. Lija beeilte sich, ihm zu helfen. Woher der alte Offizier seine Kraft nahm, war ihr ein Rätsel. Sie tat sich überaus schwer damit, das Gewicht der Trage zu stemmen und über die Reling zu hieven. Schon nach der ersten verlor der Stabsarzt die Geduld mit ihr und brüllte einen der unzähligen Heiler von der Mauerkrone herbei.

Lija wich beschämt zurück, um den Helfern nicht im Weg zu sein. In einem steten Strom hoben sie die Schwerverletzten über die Reling, trugen diese durch das bogenförmige Tor zu den Treppen und weiter hinab ins Raphaelen-Hospital. Dabei kamen ihnen unzählige Heiler mit anderen Tragen entgegen. Auf diesen lagen scheinbar leichter Verletzte, die man wahrscheinlich in ein anderes Hospital verlegte. Eine davon fiel Lija auf, weil diese nicht von weißgekleideten Heilern, sondern blau uniformierten Soldaten getragen wurde.

Palastwache, schoss es ihr beim Anblick der auffälligen Kleidung durch den Kopf. Neugierig kniff sie die Augen zusammen, um durch den Regen mehr erkennen zu können. War das etwa … dieses Haar … *Lorell!*

Durch die Verbände an seinem Kopf waren nur wenige der auffälligen Strähnen zu sehen. Ohne diese hätte sie ihn nicht erkannt, denn Gaze bedeckte jeden Zentimeter seines Gesichts. Darin schimmerten frische goldene Flecke. Lija verkrampfte sich, als sie das sah. Das … das war viel zu viel Blut!

Innerlich zitternd, unfähig sich zu bewegen, starrte sie auf die Verbände. Als die Männer Lorells Trage über die Reling eines Luftschiffes hievten, fühlte es sich an, als würde ein Blitz in ihr einschlagen.

»Lorell!« Ohne nachzudenken stürzte sie auf das Schiff zu, wollte an Deck springen, doch wurde sie zurückgestoßen.

»Verschwinde, Mischblut!« Der Wesir, ähnlich in Blau gekleidet wie die Männer der Palastwache, baute sich wie eine Mauer vor ihr auf. Sein stechender, eiskalter Blick passte hervorragend zu seinen gebleckten Zähnen und den Zornesfalten auf seiner Stirn.

»Wohin bringt Ihr ihn?« Lija erwiderte seinen Blick mit vorgerecktem Kinn. Sie wich keinen Zentimeter zurück. Und wahrscheinlich erhielt sie deswegen keine Antwort. Der Wesir verzog nur den Mund, bevor er sich abwandte. Lija wollte ihm nachlaufen, doch hielt eine Hand sie am Arm zurück.

»Lass den Blödsinn, Soldat.« Der Stabsarzt drängte sie zurück zur Mauerkrone. »Hilf lieber deinen Kameraden.«

Auch wenn Lija nickte, war sie unfähig, die Augen von dem Luftschiff abzuwenden. Es legte ab, kaum dass der Wesir an Bord war. So langsam, als würde es die denkbar kostbarste Fracht transportieren, flog es in Richtung der Stadt. In Richtung des Palastes. Tausend Gedanken wirbelten durch ihren Kopf, während sie dabei zusah, wie das Schiff in der Ferne immer kleiner wurde.

Lorells Verletzungen … das war ihre Schuld. Dieser verdammte Mond … Lija hörte sein Jauchzen zu deutlich in ihren Ohren. Die fremde Stimme, die ohne Worte sprach. Und doch verstand sie die Drohung vollkommen klar: Er würde sich Lorell holen.

Angespannt stach Lija ihren Fingernagel so tief in den kribbelnden Sichelmond, dass sie die Zähne vor Schmerzen zusammenbeißen musste.

Das würde sie nicht zulassen.

Sie würde Jawih dazu bringen, den Fluch zu brechen, *bevor* er Lorell töten könnte.

Sie würde dafür sorgen, dass ihm nichts geschah.

Und daher empfand sie sogar eine Art Dankbarkeit, dass man Lorell fortgebracht hatte. Weit weg von der Wache. Weit weg vom Befehl des Generals. Dorthin, wo ihm erspart blieb, was nach dem Regen kam …

KAPITEL 2

GERECHTIGKEIT

»Eine vollständige Taxonomie des schwarzen Volkes berücksichtigt nicht nur die Vielfalt dieser Kreaturen, sondern ebenso deren Lebensweise. Diesbezüglich sind die jagenden von den raubenden Onen zu unterscheiden:
Die Jägervölker töten und fressen jeden ihrer eigenen Art, der ihnen nicht entkommen kann.
Die raubenden Völker hingegen ernähren sich von der Essenz und Magie der Geister. Auch wenn ihnen Waffen wie Fangzähne, Krallen oder Schnäbel fehlen, ist ihre Gefährlichkeit nicht zu unterschätzen. Für den Menschen sind sie genauso todbringend wie jeder Jäger des schwarzen Volkes.«

Zitiert aus Kowi Erdalls »Onenkunde«

Der verdammte Regen hatte sechs Tage angedauert. Danach hatte es weitere vier Tage gedauert, bis die Ingenieure die grünen Weiten vor den nördlichen Toren von den Wassermengen befreit hatten. Mit provisorischen Kanälen hatten sie das durchweichte Gelände so weit begehbar machen können, dass der General samt seinen Truppen die Stadt am elften Tag nach dem Wolfssturm hatte verlassen können.

Sein Ziel war der schwarze Wald.

Piron Feuersohn hatte den Angriff der Wolfskönige eine Kriegserklärung genannt. Ein Verbrechen, das nicht ungesühnt bleiben dürfte. Lija erinnerte sich genau an die Worte des Generals, auch wenn sie diese nicht aus seinem Mund gehört hatte. Der Hauptmann hatte sie verlesen, nachdem genug Kameraden – der schnellen Heilung ihres Goldblutes gedankt – aus den Feldlagern und Hospitälern zurückgekehrt waren. Lorell war nicht darunter gewesen.

Seit jenem kurzen Moment auf der Mauer hatte Lija ihn nicht mehr gesehen. Natürlich erhielt sie auch keine Nachricht über seinen Zustand aus dem Palast, in dem sich Leibärzte und Koryphäen um ihn kümmerten. Alles, was sie zu hören bekam, war das Flüstern der Lästerzungen.

Es hieß, dass ein Wolf Lorells Kopf erwischt hätte. Sein Schädel soll zwischen dessen Zähnen gesteckt haben. Bevor der On die Knochen hatte zermalmen können, war die Kreatur jedoch getötet worden. Trotzdem hörte man immer wieder jemanden mit Bedauern in der Stimme sagen, dass das hübsche Gesicht des Wesirssohns – sollte er seinem andauernden Wundbrand nicht schließlich doch erliegen – nie wieder dasselbe sein würde.

Dieser Gedanke war wie Gift für Lija. Er erinnerte sie daran, wie nutzlos sie sich gefühlt hatte, als ihre Mutter von den Wölfen gerissen worden war. Wie verlassen, hilflos, machtlos sie gewesen war, als man sie nicht zu ihr ins Hospital gelassen hatte. Als es nichts gegeben hatte, was Lija hatte tun können. Nichts außer den Lästerzungen zu lauschen, die damals genau dasselbe geflüstert hatten wie heute: *Niemand überlebt solche Wolfsbisse.*

Wahrscheinlich hatten die Worte des Generals deswegen eine solch tiefe Resonanz in ihr. Denn Lija wollte die Vergeltung, die er versprach. Sie wollte den Krieg, zu dem er aufrief. Sie verzehrte sich mit jedem Funken ihrer Seele danach. Spürte das aufgeregte Kribbeln, während sie neben ihren Kameraden vor den Grenzen des Waldes stand.

Die Fanfaren kreischten ohrenbetäubend laut. Jedes Mal, wenn eine weitere Einheit in die schwarze Provinz vorrückte, schmetterten sie ihre blechernen Töne über die Kronen der Bäume hinweg. Der General wollte es so. Die Onen sollten wissen, dass sie kamen.

Mit jedem Mal, dass die Signale ertönten, stieg Lijas Ungeduld. Ihre Augen glitten über die Reihen vor ihr. Wanderten weiter zu den anderen Kompanien, die vor ihnen ausharrten und ebenso unruhig auf ihr Signal zum Aufbruch warteten wie sie. Schließlich hob sich ihr Blick zum Horizont, vor dem sich das dunkle Grün des Nordwaldes erstreckte. Die aufragenden Banner zeichneten sich selbst aus der Ferne deutlich davor ab. Es kam Lija falsch vor, dass diese nicht das gewohnte Kaiserinnenblau zeigten, sondern das Feuerrot des Generals. Doch letztlich war es ihr gleich, unter welcher Fahne sie kämpfte. Für sie zählte nur, gegen welchen Feind sie zog.

Werion, Lykon und ihr ganzes Rudel … sie würden für das büßen, was sie getan hatten. Für ihre Mutter. Für ihren Vater. Für Hano. Ihre Heimat. Ihre Kameraden. Für Lorell. Für all das würden sie bluten.

Ein Ziehen, schwankend zwischen einem aufgeregten Prickeln und unangenehmer Taubheit, doch die Grenze des Schmerzes nicht überschreitend, kroch ihren Arm hinauf. Die Stimme, die sie nicht vergessen konnte, erklang in ihrem Ohr: *Du willst es ihnen heimzahlen?*

Vorsichtig ballte Lija ihre Hand zur Faust, drückte ihre Fingerkuppen warnend in den wispernden Sichelmond. Trotzdem hörte dieses betäubende Kribbeln nicht auf.

Ich kann dir die Macht dazu geben.

Lijas Blick sank auf ihre rechte Hand. Zur Sicherheit hatte sie die Bandagen unter dem Handschuh doppelt so dick gebunden wie sonst. Denn wenn der Mond zu gierig wurde, fraß sich das Mal durch das Erzelin wie heißes Eisen durch Schnee. Aber der Stoff war nur eine armselige Barriere. Weder konnte er den Fluch lange von der Welt fern halten noch seine Stimme ersticken. Und wenn Lija nicht aufpasste, wenn ihre Gefühle ihr Herz übermannten, dann verlor sie sich in diesem Flüstern. Dann war sie nicht mehr Herr ihrer Sinne.

Das durfte heute nicht geschehen.

Sie durfte die Kontrolle nicht verlieren.

Das nächste Signal ertönte. Ein Segler rauschte vor der Kompanie vorbei. Auf diesem erkannte sie zwei Soldaten. Der eine war ein Pilot der ersten Division, der andere niemand anderes als der Kommandant Kastar Ashkaja selbst. Er hatte den Befehl, die Ordnung und das Vorrücken der Truppen zu beaufsichtigen, vom General persönlich erhalten. Während die meisten Krieger des Kommandanten bereits im Wald waren, streifte dieser mit einer solch nichtigen Aufgabe betraut umher, als wäre er nur irgendein beliebiger Offizier.

Seit dem Wolfssturm ging das nun schon so. Die meisten konnten nicht verstehen, warum der Kommandant – einer von Pirons berühmtesten Erben, ein Krieger, wie es ihn in der Goldstadt-Wache wohl kaum ein zweites Mal gab – nur noch drei Schritte hinter dem General marschieren durfte. Warum keines seiner Worte mehr Beachtung beim obersten Heerführer fand. Lija hingegen wusste nur zu gut, woher die strafende Gleichgültigkeit des Generals rührte. Sie hatte jenes unbedacht dahergeredete Versprechen gehört. Jenes, das der Kommandant gegeben hatte, weil er Jawih Windsohn weit fort gewähnt hatte. Weil er geglaubt hatte, dass dieser keine Gefahr für die Pläne des

Feuersohns wäre. Dieses Versprechen hatte der Kommandant nicht halten können – und das hatte den General den Sieg gegen die Königsbrüder gekostet.

Das nächste ohrenbetäubende Signal ertönte. Die nächste Einheit zog in den Wald. Mit ihrem Abmarsch wurde Lija noch ungeduldiger. Sie beobachtete, wie Feuer- und Rauchsäulen über den Baumkronen aufstiegen. Jedes das Zeugnis der Schlacht, die dort in den Wäldern tobte. Und mit jedem weiteren Feuerzeichen befürchtete Lija, dass sie heute keinen einzigen Kampf kämpfen könnte. Dass all die Soldaten vor ihr nicht mehr von der Gerechtigkeit des Generals für sie übriglassen würden als Kadaver, die die letzten Einheiten aufsammeln müssten. Denn jeder tote On sollte in die Bäume gehangen werden. Ihre Köpfe sollten auf Pfähle gespießt, ihre Pelze abgezogen und auf Speere gespannt werden. Damit das ganze schwarze Volk die Nachricht des Generals verstand.

»LOS!«, brüllten Hauptmann Sjord und die anderen übriggebliebenen Befehlshaber endlich, als das letzte Signal ertönte. Die Soldaten setzten sich im Gleichschritt in Bewegung, marschierten gemeinsam bis zur Baumgrenze. Direkt dahinter teilten sich die Kompanien auf. Nach einer Weile trennten sich auch die Züge und schließlich die Gruppen. Auf diese Weise deckten die Soldaten den größtmöglichen Bereich ab.

Immer tiefer marschierte Lija in den Reihen ihrer Gruppe in den Wald, ohne auch nur einem einzigen toten oder lebendigen On zu begegnen. Eine gespenstische Stille durchzog die Zedern-Provinz, die Lijas Unruhe nur befeuerte.

Das Laub, feucht vom Regen der letzten Tage, lag leblos am Boden. Unter normalen Umständen hätten sich die Laub- und Samengeister, die darin wohnten, vor Freude schütteln und tanzen müssen, sodass ein Sturmrauschen zu hören gewesen wäre … aber nicht ein einziges der Waldgeschöpfe zeigte sich auf ihrem Weg. Jene mussten vor den Stiefeln, dem Feuer und der Wut der Soldaten geflohen sein. Trotzdem blickte Lija sich suchend um. Doch das einzig Lebendige waren ihre Kameraden.

Einige davon kannte Lija nicht. Fünfunddreißig Soldaten der sechzehnten Kompanie waren während des Wolfssturms gefallen – sechsunddreißig, wenn man Lorell mitzählte. Das war rund ein Fünftel der Einheit. Dieser Umstand hatte Leutnant Plofond dazu gezwungen, die Gruppen neu zu besetzen, um die Defizite auszugleichen.

Krysander, ein Erdblut-Soldat aus Ztihts Zug, war ebenso wie Cirill und Yoph, ein Wasser- und ein Feuerblut aus Kas Zug, ihrer Gruppe zugeteilt worden. Lija kannte ihre Gesichter, hatte sie schon oft in der Kaserne gesehen, doch hatte sie nie zuvor mit einem von ihnen den Drill absolviert oder an ihrer Seite gekämpft. Derjenige, der ihr in dieser Einheit am vertrautesten war, war Samju.

Wie von selbst schweifte ihr Blick zu ihm hinüber. Samju marschierte am Boden anstatt sich von den Baumkronen aus einen Überblick zu verschaffen. Während die meisten ihre Hände am Knauf ihrer Schwerter hatten, verbarg er die seinen in den Jackentaschen. Das hatte er sich nach dem Wolfssturm angewöhnt. Sie wusste, dass es ihm unangenehm war, trotzdem konnte Lija nicht anders, als darauf zu starren.

Bei dem Versuch, das Feuer von seinen Kameraden fernzuhalten, waren seine Hände übel verbrannt. Die ersten beiden Tage hatte es schon geschmerzt, die nässenden Blasen und die aufgetriebene Haut nur anzusehen. Erst am dritten Tag waren die Verletzungen besser geworden. Wenn man das so nennen konnte. Denn nicht einmal sein Goldblut hatte verhindern können, dass sich ein dickes Narbengeflecht an seinen Händen gebildet hatte, das kaum angenehmer zu betrachten war als die frischen Wunden.

Anfangs hatte Samju noch Handschuhe getragen, um die Narben zu verbergen. Lange hatte er dies jedoch nicht ausgehalten. Durch den Stoff hindurch fiel es ihm schwer, seine Windmagie zu wirken. Er musste die Luft zwischen seinen Fingern spüren, um sie bewegen zu können, hatte er Lija erklärt. Und so blieb ihm nichts anderes, als seine entstellten Hände in die Jackentaschen zu schieben, wann immer er konnte.

Als Samju Lijas Blick bemerkte, stieß er einen leisen Pfiff aus. Augenblicklich löste sie die Augen von den ausgebeulten Taschen und hob den Kopf. Er lächelte sie zwar an, doch wirkte es steif. So, als erwartete er, dass sie irgendetwas sagte. Was auch immer das sein sollte, es kam ihr nicht über die Lippen. Daher wandte sie sich ab und beschleunigte ihre Schritte. Sie hörte Samju hinter sich seufzen.

»Ein Jammer, dass Lorell nicht hier ist. Der könnte mir sagen, was mit dir nicht stimmt.«

»Mit mir ist alles bestens.«

»Sicher.«

Lija warf ihm einen warnenden Blick zu. Das steife Grinsen hing unverändert auf seinem Gesicht. Auch die Hände hatte er noch in den Taschen. Selbst durch den Stoff hindurch konnte sie erkennen, dass diese zu Fäusten geballt waren.

»Was ist dein Problem?«, fragte er, ohne sich Mühe zu geben, es nicht wie eine Provokation klingen zu lassen. Abermals löste Lija den Blick von seinen Jackentaschen, um ihm in die Augen zu sehen.

Sie beide wussten, dass es nicht um Samjus verbrannten Hände ging. Narben beeindruckten sie nicht. Es ging darum, dass sie ihm – selbst wenn er ihr während des Wolfssturms das

Leben gerettet hatte – nicht traute. Ihm, dem Sohn des Obersts, der einen Hochverräter versteckte. Einen, der gedroht hatte, Lija zu töten.

Wenn du unsere Sache gefährdest …, erinnerte sie sich an Katzenauges Worte. Dabei spürte sie, wie sich ihr Kinn immer weiter anhob. Was auch immer diese *Sache* war, Lija konnte es nur erahnen. Aber sie hatte das, was der Bibliothekar ihr erzählt hatte, nicht vergessen: dass Jawih Windsohn damals selbst hatte Kaiser werden wollen. Dass er nicht nur schuld an Auran Feuersohns Tod und Pirons gescheiterter Machtergreifung war, sondern auch Neria hintergangen hatte.

Er war ein Verräter.

Er war ein Feind.

Und die Bharriqs waren ihm treu.

»Gar nichts«, murmelte Lija schließlich und wandte sich von ihm ab.

»Tse«, machte Samju leise. Es klang immer noch wie eine Provokation. Selbst wenn er sich das abfällige »Nordmensch« verkniffen hätte.

Es dauerte noch eine ganze Weile, während Lija Samjus Schritte stets hinter sich hören konnte, bis sie den ersten Kadaver fanden. Keine Wölfe. Nur ein paar Ratten, die von den Soldaten vor ihnen regelrecht überrannt worden waren. Es waren fünf Stück, jede halb so groß wie Lija, den Schwanz nicht mitgezählt. Sie mussten dort schon eine Weile liegen. Das Eis der Speere, das sie durchbohrt hatte, taute bereits. Tiefe Wunden klafften im Fleisch, aus denen das schwarze Blut aufgehört hatte zu sickern. Diese Schnitte stammten entweder von Schwertern aus Stahl oder von Klingen aus Wind.

»Los!«, zog ein harscher Ausruf Lijas Aufmerksamkeit von den toten Ratten. Tahro und Sirio waren an diese herangetreten.

Mit brennenden Fingern fuhren sie über die gefrorenen Speere. Das Eis schmolz in der Dauer eines Augenaufschlags.

Zikan und Krysander traten ebenfalls vor. Ersterer hob seine Arme, deutete auf einen der dicken Äste, der über ihren Köpfen verlief. Zweige gerieten in Bewegung, die sich zur Rinde ausbreiteten, bis sich der Ast schließlich gen Boden neigte. Krysander legte indes seine Hände auf die Erde. Der Waldboden bäumte sich unter den Ratten auf, hob diese himmelwärts. Rarosha und Yoph packten schließlich die Schwänze der Onen und banden sie um den gebeugten Ast. Knarzend bog sich dieser zurück ins Blätterdach, als sie damit fertig waren.

Es war ein widerlicher Anblick, wie die Ratten an den Schwänzen angebunden in der Luft baumelten. Genauso wie die schwarz gesprenkelten Pelze der Hasen, die sie abzogen und an die Baumstämme nagelten. Oder die Hirschköpfe, die sie abschlugen, um die Geweihe so lange mit den Ästen der Bäume zu verheddern, bis diese darin hielten.

All das fühlte sich nicht so gut an, wie Lija es erwartet hatte. Das hier … das war nicht die Vergeltung, die sie sich wünschte. Nicht das, warum sie gekommen war. Und nicht das, was den Sichelmond zum Schweigen bringen würde. Das hier war nicht genug.

Sie wollte nicht nur die Kadaver von Onen aufsammeln, die sich nicht hatten wehren oder fliehen können. Lija wollte nicht die Beute – sie wollte die Jäger. Daher beschleunigte sie ihren Marsch. Je schneller sie wurde, umso heftiger prickelte ihre Haut. Immer wieder stach sie mit den Fingernägeln in ihre Handfläche, um zu prüfen, ob der Stoff noch intakt war, und um den Fluch zu warnen, sich ihrer nicht zu bemächtigen. Er würde bekommen, was er verlangte. Dafür würde sie sorgen.

Die nassen Blätter am Boden knirschten und quietschten unter ihren Füßen. Es erschien ihr unnatürlich laut, wurde immer schriller, je näher sie den Ashkajas kam, die an der Spitze des Zuges voranpreschten. Sie versuchte, sie einzuholen, den Takt ihrer Schritte zu finden, doch dann hob Krysander plötzlich seine Hand – das Signal zum Stehenbleiben.

Augenblicklich hielten die Soldaten inne. Keine Stiefel wühlten das Laub mehr auf und doch brach das Rascheln nicht ab. Samju sprang hinauf in eine Baumkrone. Geschickt hangelte er sich von Ast zu Ast, suchte konzentriert die Umgebung ab. Lija sah im Augenwinkel, wie Zikan und Krysander ihre Hände auf die Erde legten. Das Vibrieren darin verriet ihnen so viel mehr als Samjus Augen.

»Keine Soldaten«, erklärte Krysander, was alle bereits ahnten. Lijas Herzschlag beschleunigte sich. Dieses beklemmende Gefühl hatte sie schon einmal gespürt … Langsam zog sie die Katzenkralle von ihrem Rücken. Schon während der Reise zum schwarzen Wald hatte sie Kas gewöhnlichen Langbogen gegen den Götterzauber ausgetauscht. Dass sie jedoch keinen Pfeil aus dem Köcher zog, bemerkte wahrscheinlich niemand, denn all ihre Kameraden spähten wachsam umher.

Ein leises Knarzen ertönte, als Lija die Sehne spannte. Der Pfeil spaltete sich von den Fasern ab, wuchs entlang der Bewegung ihrer Finger. Seine Wärme kitzelte an ihrer Wange, als die Pfeilnocke diese berührte. Dennoch gelang es ihr nicht, auf etwas anderes zu achten als auf diesen Punkt im Dickicht, der sich so seltsam anfühlte.

»Es kommt näher«, verkündete Zikan, der sich kerzengerade aufrichtete. Tahro und Sirio erhoben kampfbereit ihre Fäuste. Ihre Blicke wanderten wachsam umher. Auch die anderen Soldaten stellten sich auf, um sich gegenseitig Deckung zu geben.

Denn das Vibrieren im Boden war so beständig und das Rascheln so laut, dass man unmöglich sagen konnte, aus welcher Richtung es kam. Lija hatte nur diese Ahnung …

»Wehe, du schießt wieder daneben, Prinzessin«, hörte sie Raroshas grimmige Stimme. Diese zog neben Lija das Schwert, den Blick konzentriert in die Büsche gerichtet.

»Garantiert nicht«, raunte Lija zurück. Die Katzenkralle hatte ihr Ziel noch nie verfehlt. Und hätte sich Lykon nicht vor seinen Bruder geworfen, wäre der ältere König durch ihren Pfeil gefallen. Genauso wie das fallen würde, was auch immer da auf sie zugerannt kam.

»Wie viele sind es?« Yoph drehte seinen Kopf in alle Richtungen. Krysander öffnete den Mund, doch bevor ein Ton seine Lippen verlassen konnte, durchschnitt Samjus Geschrei die Luft: »ZUR SEITE!«

Köpfe drehten sich nach oben. Samju schoss zwischen dem Blattwerk hindurch auf sie zu. All das beachtete Lija nicht. Sie starrte stur auf jenen Punkt, der dieses eigenartige Gefühl verursachte.

»ES SIND ZU V…«

Ein Blitz schoss durch Lijas rechte Hand. Ihre Finger ließen den Pfeil los. Das rote Fell war gerade erst aufgeleuchtet, die Pfoten hatten sich kaum durch das Unterholz gezwängt, da krachte der Fuchs schon zu Boden. Sein schmerzverzerrtes Gebrüll, als sich der Pfeil zwischen seinen ausgestreckten Vorderläufen hindurch in seine Brust bohrte, wurde gnadenlos von dem Getrampel verschluckt, das ihm folgte.

Im Augenwinkel sah Lija, wie ihre Kameraden zu den Seiten sprangen und zwischen den Bäumen Deckung suchten. Nur die Ashkaja-Brüder blieben stehen. Mit glühenden Fäusten stellten sie sich gegen den Strom. Es gab keinen Feind, vor dem sie weichen würden. Sie verließen sich auf ihre Stärke, entzündeten ihre Feuermagie einem höllischen Inferno gleich. Das Rauschen der Flammen vermischte sich so leicht mit dem fremden Flüstern. Ja … die Ashkajas würden nie weichen. Und Lija würde es auch nicht.

Sie spannte die Sehne aufs Neue, als Tahro sein Feuer in Richtung des Dickichts stieß. Doch anstatt, dass es das Geflecht aus Zweigen und Blättern zerriss, wurde es von einem Strom aus Hörnern, Geweihen, Hufen und Fell durchstoßen. Hirsche, Füchse, Spinnen. Ratten, Luchse, Spatzen. Lija glaubte, die glasigen Flügel von Insekten zu sehen. Diese Tiere jagten einander für gewöhnlich, waren die Beute ihres Nächsten. Aber in diesem Augenblick würde sie nichts auseinandertreiben können. Sie einte ein einziges Ziel: Überleben. Und dieses überwog den Willen der Soldaten, sie zu töten.

Die Onen brachen den Widerstand.

»SCHEISSE!«, brüllte jemand. Es musste Samju gewesen sein, denn Lija hörte das Fluchen nahe an ihrem Ohr, als sie um ihre Mitte gepackt und zur Seite gestoßen wurde. Gerade rechtzeitig genug, um nicht von dem ausladenden Geweih eines Hirsches aufgespießt zu werden. Schmerzhaft rutschte Lija über das Wurzelwerk am Boden. Rufe. Gebrüll. Klingen reflektierten Licht. Bebende Erde. Flammen überall darüber.

Dieses verdammte Feuer.

Lija versuchte, ihr Gesicht vor den Funken zu schützen. Die Hitze schmerzte mehr als die Steine, die sich in ihren Rücken bohrten. Weder die Ashkajas noch Rarosha oder Yoph achteten auf ihre Kameraden. Wenn sie liegen blieb, war die Gefahr zu verbrennen genauso groß wie von Hufen und Tatzen totgetrampelt zu werden.

Ächzend drückte Lija sich vom Waldboden hoch, duckte sich vom Feuer weg. Sie rannte, taumelte, stolperte auf bebendem Boden. Stieß gegen Bäume, stürzte über Wurzeln, sprang Hörnern und Geweihen aus dem Weg. Wann hörte dieser Strom nur endlich auf?

Kaum hatte sie eine Stelle gefunden, in der die Luft nicht voll mit Funken war, riss sie den Bogen in die Höhe, obwohl sich kein Ziel bot. Die Onen rasten an ihr vorbei, nahmen sie überhaupt nicht wahr. Ihre schiere Kraft, die Gewalt ihrer verzweifelten Flucht, brachten Lija immer wieder aus dem Gleichgewicht, sodass sie den Bogen kaum gespannt halten konnte. Trotzdem senkte sie ihn nicht.

Ein schriller Ton durchschnitt das Chaos in ihrem Kopf. Mimpo legte sich über ihr Herz. Er warnte sie, bat sie zu laufen. Sich zu retten, so lange sie es konnte. Nicht auf diese Stimme zu hören, die ihr einflüsterte, wohin sie die Pfeilspitze richten sollte. Er war unbeirrbar, hörte nicht mit seinen Versuchen auf, den Gesang des Sichelmondes zu übertönen, während sie mit den Augen die vorbeirasenden Kreaturen verfolgte. Und … er war zu laut … sie hörte nicht mehr … War das wirklich die richtige Richtung, in die sie zielte?

Nein.

Das Gebrüll kam von der Seite. Als Lija den Kopf drehte, sah sie im ersten Moment nichts anderes als einen dunklen Berg, der auf sie zukam. Es dauerte erschreckend lange, bis sie begriff, was es war.

Ein Eber.

So groß, dass sie ihn erst für einen Bären hielt. Sein Stockmaß überragte Lija beinahe um das Doppelte. Seinen gedrungenen, mächtigen Kopf, aus dessen Unterkiefer vier dicke Hauer hervorragten, warf er hin und her, um die Baumstämme zur Seite zu stoßen, die ihm im Weg waren.

Und er war schnell.

Zu schnell, als dass Lija ihn mit der Katzenkralle ins Visier nehmen konnte, bevor er sie überrannt hätte. Sie warf sich zur Seite, schlug Haken und rannte um ihr Leben. Aber der Eber blieb ihr auf den Fersen. Sein enormes Gewicht und die Gewalt, mit der er den Boden unter sich ächzen ließ und die Bäume umstieß, sodass sie brachen oder ihr Wurzelwerk aus der Erde riss, erschwerten Lija die Flucht. Immer wieder verloren ihre Füße den Halt auf der bebenden Erde. Also versuchte sie, sich im Unterholz zu verbergen, doch der On jagte ihr hinterher, egal wohin sie rannte.

Er stieß fürchterliche Laute aus. Ohrenbetäubend und dröhnend, sodass Lija sie in ihren Knochen spüren konnte. Verzweifelt suchte sie eine Anhöhe oder eine Deckung, von der aus sie mit dem Bogen auf ihn zielen könnte. Denn wenn sie sich einfach umdrehte, würde er sie töten, bevor sie die Katzenkralle überhaupt erhoben hätte. Er war zu nah. Aber lange würde sie diese Hetzjagd nicht durchhalten … Sie spürte bereits, dass sie die Kraft verließ. Ihre Beine begannen zu schmerzen. Ihre Schritte wurden kleiner. Wenn sie nicht sterben wollte, musste sie etwas tun. Egal was.

Also drehte sie sich um.

Mit einer einzigen Bewegung riss sie die Katzenkralle nach oben. Der Eber war näher, als sie geglaubt hatte. Es ging schnell, das wusste sie. Trotzdem erschienen ihr die Dinge, die alle gleichzeitig geschahen, grotesk langsam und strukturiert. Es kam ihr vor, als hätte sie Zeit genug, um den Koloss zu betrachten. Sie bemerkte die schwarzen Sprenkel in dem braunen Fell. Offene Wunden klafften in der Haut. Wahrscheinlich stammten diese von Windklingen oder von Schwertern. Eigenartiger Weise entdeckte sie jedoch keine Spuren einer Verbrennung.

Im nächsten Moment begriff sie, dass der Eber schon zu nahe war. Ein Pfeil könnte sie nicht mehr retten. Die Katzenkralle hatte das lange vor ihr erkannt und die Form des Bogens abgelegt. Lija spürte deutlich, wie sich die Fasern zwischen ihren Finger veränderten. Sie zogen sich in die Länge, bis sie einen Speer in den Händen hielt. Beinahe unbeteiligt beobachtete sie, wie sich die Spitze in das linke Auge des Ebers bohrte. Die Wucht des Aufschlages riss Lija von den Füßen.

Die Katzenkralle gab nicht nach.

Sie bohrte sich tiefer und tiefer in den Schädel. Der Eber brüllte vor Schmerzen und hörte doch nicht auf zu rennen. Er erfasste Lija. Auch sie glaubte, schmerzverzerrt zu kreischen, als einer der vorstehenden Hauer in ihre linke Seite stieß.

Der Eber stolperte weiter vorwärts, riss Lija mit sich, die verzweifelt am Speer festhielt. Vieles von ihr war schon zu taub, um zu bemerken, was geschah. Sie verstand erst, dass der Eber krachend in einen Baum stürzte, als ihr Kopf gegen den Stamm schlug. Danach wurde alles wieder seltsam klar und scharf. So scharf, dass sie jeden Splitter der Rinde spüren konnte, der sich in ihren Rücken bohrte. Dass der Kopf des Ebers sich nicht mehr rührte, in dessen Auge die Katzenkralle steckengeblieben war. Und sie spürte jeden Tropfen Blut.

Es rann heiß über ihre Lippen. Von dem metallischen Geschmack wurde ihr schlecht. Sie versuchte, es auszuspucken, hustete und keuchte, doch das Blut kroch stur ihre Eingeweide hinauf, bis es ihren Mund wieder gefüllt hatte. Hilflos sah Lija an sich hinab. Einer der Hauer hatte ihre linke Seite durchbohrt. Mit zittrigen Fingern versuchte sie, eine Stelle zu finden, auf die sie ihre Hände pressen könnte, um die Blutung zu stillen. Doch je mehr sie sich bewegte, desto schlimmer schien es zu werden. Verzweifelt betrachtete sie die roten Tropfen, die von ihrem Mund auf das Weiß des Hauers fielen. Das war zu viel Blut. Und diese Taubheit. Der Schwindel. Der Schmerz. Die Ruhe. Das konnte nur eines bedeuten. Zweifellos … So fühlte sich sterben an.

Weinte Mimpo deswegen so bitterlich?

Es war schwierig für sie, ihn zu erkennen. Sie konnte nur anhand der Kälte erahnen, dass der kleine Wassergeist versuchte, sie zu heilen. Dass er eine Stelle suchte, an der er an dem Hauer vorbeikommen konnte. So, wie er weinte, fand er keine.

»Mimpo …« Lija war sich nicht sicher, ob ihre Kraft reichte, um wirklich zu sprechen, doch Mimpo hielt inne. Seine Kristalle waren stumpf, während er in ihr Inneres lauschte, in dem er nur eine Bitte finden konnte: *Hol Hilfe.*

Die Kälte verschwand nicht.

Und sie hörte seine Melodie, auch wenn sie ihn nicht sehen konnte. Blieb er etwa bei ihr? Wollte er sie nicht allein lassen, wenn sie starb? Lohnte es sich wirklich nicht mehr, Hilfe zu holen?

Ein Schatten trübte ihren Blick. Ihr Kopf war so schwer geworden … Sie hatte keine Kraft, um ihn aufrechtzuhalten. Ab und zu klarte das Bild des weißen Hauers in ihrem Bauch durch den Nebel auf. Nach jedem Mal verloren die Kontraste weiter an Intensität. Die Farben verblassten. Wieder übermannte sie der Schwindel. So heftig, dass es sich wie eine Bewegung anfühlte. Schmerz zuckte durch ihren Bauch.

Wieder Blut in ihrem Mund.

Angst.

Sie hörte etwas.

Ihre eigene Stimme, die leise krächzte: »Nicht …«

KAPITEL 3

EISNARBE

»Die Morphologie der Schäden, die durch eine Vereisung entstehen, ähnelt in bemerkenswerter Weise der einer Verbrennung. Der Verlauf ist allerdings ein gänzlich anderer: Ein Kältebrand zieht nicht die gefürchtete Verbrennungskrankheit nach sich, da die betroffene Haut innerhalb von Sekunden abstirbt. Es findet keine weitere Ausdehnung statt. Daher ziehen manche Militär-Heiler die Vereisung dem Ausbrennen von Wunden vor. Doch CAVE: Diese Methode erfordert eine absolute Präzision. Dringt das Eis zu tief, so kann der Patient meist nur noch durch großflächige Abtragungen der Haut oder durch die Amputation der betroffenen Gliedmaßen gerettet werden. Manch einen Soldaten verstümmelt ein Kältebrand mehr als eine Verbrennung.«

Zitiert aus Sapir Trastritcz Lehrbuch »Kriegsmedizin«

Noch lange, nachdem Lija die Augen geöffnet hatte, blieb sie reglos liegen. Ihre Gedanken waren trüb und zäh, sodass es ihr schwerfiel, sich bewusst zu werden, ob sie gestorben war. Lebendig fühlte sie sich jedenfalls nicht.

Ein Schleier hing vor ihren Augen. Ein vertrauter Nebel, den ihr Blick nur sehr langsam durchdringen konnte. Irgendwann erkannte sie eine unverputzte Decke über sich. Alt und von tiefen Rissen gezeichnet. Sie war also nicht mehr im Wald.

»Lija …«, hörte sie ein Flüstern. Hände fuhren über ihre Stirn. Ein Gesicht tauchte vor ihr auf – zu nah. Es machte ihren mühevoll erkämpften Fokus zunichte. Heftige Kopfschmerzen überkamen sie, die sie dazu zwangen, ihre Augen wieder zu schließen. »Bist du wach?«

Die Frage klang resigniert. Als wäre sie schon hunderte Male gestellt worden, ohne je beantwortet worden zu sein. Vielleicht strengte sich Lija deswegen so an, ein »Mhm« aus ihrer Kehle zu pressen.

»W-was?« Der Ausruf war zu laut. Der Krach verstärkte die Kopfschmerzen. Da halfen auch die zarten Hände nichts, die ihr immer wieder liebevoll über die Stirn fuhren. »Mach das nochmal.«

»Mhh«, brummte Lija matt. Es kostete sie erstaunlich viel Kraft, ihre Augen aufs Neue zu öffnen. Über ihr schwebten immer noch die Konturen des Gesichtes, von dem sie nicht mehr erkennen konnte als die leuchtenden Augen. Grün wie frisches Gras.

»Du bist wach!«, bohrte sich die schrille Stimme noch tiefer in ihre Ohren. »Bei allen Göttern!«

Gewaltsam durchdrang der Ton jede Faser ihres Körpers, sodass sich ihre Glieder unwillkürlich verkrampften. Dies löste einen Schmerz aus, der Lija zurück an den Rand der Bewusstlosigkeit trieb. Ächzend krümmte sie sich. Denn jede kleine Bewegung – und sei es nur ein Atemzug – fühlte sich an, als würde ihr ein glühendes Eisen direkt in die Magengrube getrieben werden.

»Beweg dich nicht!«, mahnte Rona streng. Ihre Hände ließen von Lijas Gesicht ab. Gnadenlos präzise, sodass es keine Bewegung zu viel auslöste, drehte sie Lija aus der gekrümmten Haltung auf den Rücken und schlug das dünne Laken zurück.

»Gut«, seufzte sie erleichtert. »Es ist nicht aufgegangen. Halt still!«

Lija wollte der Anweisung folgen, doch wie von selbst hob sich ihr Kopf, um zu sehen, woher dieser bestialische Schmerz kam. Ihr Oberkörper war mit nichts weiter als einem dünnen Hemd bedeckt, das Rona unterhalb der Brust abgetrennt hatte. Wahrscheinlich um leichter an die Verbände zu kommen, die um ihren Bauch gewickelt waren. Diese schnitt die Botschafterin beherzt auf. Darunter entblößte sich das Massaker, das an dem kaum zu ertragenden Stechen schuld sein musste.

Es war ein grausiger Anblick. Die Haut an ihrer linken Seite war uneben, stark gerötet und gleichzeitig von Furchen durchzogen. Es erinnerte Lija gleichermaßen an die hässlichen Wolfsbissnarben an ihrem rechten Unterarm und Samjus vom Feuer verstümmelten Hände.

»Was ist das?«, entfuhr es ihr irritiert. Sie wollte sich weiter aufsetzen, doch die Schmerzen hielten sie davon ab. Die vernarbte Haut spannte, als wäre sie zu eng. Als könnte sie auseinanderreißen, wenn Lija sich bewegte. Wahrscheinlich griff Rona deswegen so forsch nach ihren Schultern, um sie festzuhalten.

»Nicht bewegen, habe ich gesagt!« Ärgerlich schüttelte sie den Kopf und drückte Lija zurück auf die Liege. Sanfter hakte sie nach: »Erinnerst du dich wirklich an nichts?«

Lija schüttelte den Kopf und versuchte, ihr von wirren Gedanken gefülltes Gedächtnis zu sortieren. Allerdings fühlte es sich an, als wäre dort nichts anderes als dichter Nebel. Die ersten halbwegs klaren Bilder in ihrer Erinnerung waren Schemen von Hörnern, Geweihen und Pelzen, die wie eine Welle über sie hereinbrachen. Danach – nichts.

»Ein Eber hat dich erwischt.« Rona trat an einen kleinen Tisch, der vor der feuchten Wand aufgebaut worden war. »Im Wald. Während der Vergeltungsmission«, präzisierte sie, während sie kleine Fläschchen hin und her schob, als würde sie etwas Spezielles suchen. Neugierig ließ Lija ihren Blick weiter wandern. Sie brauchte nicht lange, um zu erkennen, dass sie sich nicht in einem Krankenzimmer des Hospitals befand. Dazu war es zu dunkel. Diese Kammer, wo auch immer sie war, hatte keine Fenster. Und die Luft war so kühl und modrig, dass es Lija an die ausladende Atmosphäre des Totenhauses erinnerte.

Abgesehen von der Liege und dem Tisch gab es keine Möbel. In einer der Ecken entdeckte sie lediglich einen alten Kessel, in dem Rona die benutzten Verbände gesäubert und abgekocht haben musste. Daneben stapelte sich ein kleiner Stoffhaufen, bei dem ihr das Waschen wohl nicht gelungen war. Die Streifen und Tücher waren mit solch einer Menge getrockneter rotbrauner Flecken übersät, dass Lija für einen Moment das Herz stehen blieb.

War das alles ihr Blut?

Ein leises Plätschern zog Lijas Aufmerksamkeit zurück zum Tisch. Rona tauchte mehrfach ein Tuch in eine Schüssel, wrang es aus und tränkte es erneut. Sie musste den Inhalt des gesuchten Fläschchens dort hineingekippt haben, denn ein leerer Glasflakon stand neben ihr auf dem Tisch. Ein schwerer Duft breitete sich beharrlich im Raum aus. Die Botschafterin brachte noch mehr des herben, fast scharfen Aromas mit sich, als sie mit dem Tuch zurück an die Liege trat.

»Es brennt, aber es wird helfen. Versuch einfach, still zu halten.« Mit diesen Worten drückte sie das Tuch auf ihren Bauch. *Brennen* war allerdings eine maßlose Untertreibung. Die Schärfe der Lösung war schlimmer als der Schmerz der Verletzung selbst. Lija entfuhr ein erschrockener Aufschrei, ihre Augen pressten sich zusammen. Sie wollte Ronas Hände fortschieben, doch fehlte ihr dazu die Kraft. Unbeeindruckt drückte diese das feuchte Tuch weiter auf Lijas Wunde. Nach einer Weile trat die Linderung ein, die sie versprochen hatte. Das Brennen und die Verkrampfungen lösten sich auf. Die Qualen ebbten ab, sodass Lija die Augen wieder öffnen konnte.

»Für eine Soldatin bist du ziemlich feinfühlig.« Ob Ronas Bemerkung scherzhaft gemeint oder einfach nur spitz war, vermochte Lija nicht zu sagen. Eine Weile lang blieb sie stocksteif liegen, wagte es nicht, sich zu bewegen. Wachsam horchte sie in sich hinein. Das leicht taube Gefühl, diese ruhevolle Schwere … es hatte die Schmerzen fast vollständig aufgelöst. Unmöglich, dass das nur ein einfacher Kräutersud war …

»Ist das Magie?«, fragte Lija wohl nicht laut genug, denn sie erhielt keine Antwort. Vorsichtig wagte sie es, ihre Glieder zu bewegen. Erst die Hände, dann die Arme. Als kein Schmerz einsetzte, der sie aufhalten konnte, rotierte sie zaghaft den Oberkörper, richtete sich zunächst halb und schließlich ganz auf.

»Langsam!«, mahnte Rona sogleich. »Linderung ist keine Heilung!«

Sie schien zu erwarten, dass Lija sich auf diese Warnung hin wieder zurücklehnen würde, doch stattdessen schwang diese ihre Beine über die Kante der Liege und setzte sich aufrecht hin. Ronas tadelndes Seufzen mündete darin, dass die junge Frau erschöpft in sich zusammensackte. Mit fahrigen Bewegungen wischte sie sich ein paar Haarsträhnen aus dem Gesicht und nahm auf dem kleinen Hocker Platz, der vor der Liege stand.

»Du siehst müde aus …« Lija strich ihr eine der schulterlangen, braunen Strähnen aus dem Gesicht. Eines der Blätter hatte sich aus ihrem Blumenkranz gelöst. Die ergrauten Blüten darin waren so weit geöffnet, als wären sie kurz davor zu verblühen.

»Das bin ich …«, gab Rona zu. Sie sah Lija direkt in die Augen. Trotz der blassen Haut und der tiefen Augenringe leuchtete das Grün ihrer Iris satt daraus hervor. Ein Anflug der Melancholie überkam Lija beim Anblick dieser herrlichen Farbe. Denn ihre Augen sahen genauso aus wie die von Hano. Genauso sanft. Genauso gütig.

Betreten von der Erinnerung wandte Lija sich ab. Nachdenklich betrachtete sie die einzige Öllampe auf dem Tisch, die nur spärlich Licht spendete. Ihr Blick glitt weiter über die unzähligen Schüsseln, Flakons und Kolben bis zu dem Berg aus Verbänden am Boden. All das waren Spuren der Arbeit, die Rona hier geleistet hatte. Beweise für das, was Lija ihr verdankte.

»Du hast mich gerettet«, flüsterte sie tonlos, doch fand sie dabei den Mut, Rona wieder in die Augen zu sehen. Diese nickte. Und Lija war sich sicher, eine Spur von Stolz hinter der Erschöpfung zu entdecken.

»Ja. Das habe ich.« Bevor Lija ein *Danke* hinzufügen konnte, setzte Rona mit derart gerunzelter Stirn nach, dass es wie ein Vorwurf klang: »Und das war alles andere als leicht!«

Die junge Frau erhob sich unerwartet energisch. Sie wischte ihre Hände an ihrer Schürze ab, bevor sie ein Stück Mull vom Stapel der frischgewaschenen Verbände nahm. Dieses bestrich sie mit einer geruchlosen, weißen Salbe, die sie mit einem Spatel aus einem der Tiegel kratzte.

»Arme hoch!«, befahl sie in Offiziersmanier und drückte die Gaze auf Lijas Wunde. Die Salbe war so klebrig, dass der Stoff auch haften geblieben wäre, wenn Rona nicht einen breiten Verband darüber gewickelt hätte. Und den Göttern sei Dank brannte sie bei Weitem nicht so stark wie die Tinktur.

»Sei bloß vorsichtig mit dieser Wunde«, erklärte Rona, als sie die Enden des Verbandes verknotete. »Sie ist noch nicht lange zu. Und du kannst dir nicht vorstellen, was es für eine Arbeit war, sie überhaupt zu verschließen. Die Naht ist dutzende Male aufgegangen.«

Dutzende Male, wiederholte Lija im Geiste, da es ihr schwerfiel, das Gehörte einzuordnen. Verwirrt sank ihr Blick auf ihren verbundenen Bauch. »Wie lange bin ich denn schon hier? Und wo ist *hier* überhaupt?«

»In den Kellergewölben unter der Mauer.« Rona wischte sich abermals die Hände an der Schürze ab und setzte sich wieder auf den Hocker. »Wir konnten dich nicht ins Hospital bringen. Du hast zu stark geblutet.«

»*Wir*?«

»Der junge Soldat. Bharriq … *Samju*. Er hat dich aus dem Wald geholt und zu mir gebracht. Er hat mir geholfen, dich hier zu verstecken. Und er hat das alles …« Sie machte eine ausladende Bewegung in Richtung des Tisches. »… gestohlen, damit ich dich behandeln kann.«

»Er hat …« Mühsam ließ Lija ihre Gedanken zurück in den Wald wandern. Ihr Geist suchte nach den passenden Erinnerungen. Dem Gebrüll des Ebers, der sie gejagt hatte. Den Moment, in dem Samju aufgetaucht war. Den Ausdruck auf seinem Gesicht, als er sie gefunden hatte. Den Weg zurück zur Goldstadt. Ronas Stimme, die sie zu wecken versuchte – nichts.

»Noch jemand, der dein Geheimnis kennt«, knirschte Rona mit offensichtlichem Unbehagen. Natürlich beunruhigte es sie, dass es außer Lorell noch jemanden gab, der nicht nur von Lijas Bluttäuschung wusste, sondern auch herausgefunden hatte, dass Rona eine Blutsverräterin war. Denn jeder Mitwisser war gefährlich – für sie beide. Trotzdem machte Rona nur eine wegwischende Bewegung und seufzte, als würde sie sich selbst aufmuntern wollen: »Aber wenn er es in den letzten Wochen nicht verraten hat, wird er es jetzt wohl kaum noch tun.«

»Ich war *wochenlang* bewusstlos?«, horchte Lija auf. In der kleinen Kammer klang ihr plötzlicher Ausruf wie Gebrüll, sodass Rona zusammenzuckte.

»Nein. Nicht die ganze Zeit. Du warst immer mal wieder wach, nur nicht besonders klar. Bei deinem hohen Fieber war das aber kein Wunder. Trotzdem warst du manchmal sogar in der Lage, aufzustehen. Dann habe ich gedacht, du hättest das Schlimmste überstanden – wenn nur nicht diese *verdammte* Wunde immer wieder aufgegangen wäre!«, rief sie wie eine Anklage aus. Dabei deutete sie auf den Verband. Ihr Gesicht wurde dabei so finster, als wäre diese Verletzung ihr persönlicher Todfeind.

Wie von selbst wanderte Lijas Blick zurück zu dem Haufen schmutziger Verbände. Das Blut zu sehen … diese Erzählung zu hören … es kam ihr vor, als spräche Rona über jemand anderen. Denn abgesehen von den unklaren Erinnerungen und dem Spannungsgefühl unter dem salbengetränkten Verband fühlte sich Lija eigentlich wie immer. Nur etwas müder.

»Ich habe so oft gedacht, dass du stirbst …«, fuhr Rona fort, als sie ihrem Blick folgte. »Manchmal konnte ich die Blutungen einfach nicht stoppen. Und als der Wundbrand …« Ihre Stimme brach ab. Für einen Augenblick wurden ihre Augen so glasig, als würden sich Tränen darin sammeln. »Ohne Mimpo hätte ich es nicht geschafft, ihn zu behandeln … Sein Eis war das Einzige, das geholfen hat.« Sie nahm einen tiefen Atemzug und als sie die Augen schloss war sich Lija sicher, dass sie sich bemühte, nicht zu weinen. »Der kleine Kerl ist unendlich tapfer – aber er ist wahrlich kein Heiler. Er hat so viel Magie dafür opfern müssen … ein paar Mal wäre er beinahe versiegt …«

Diese Worte schnürten Lija die Kehle zu. Es war nicht das erste Mal, dass der Wassergeist seine Magie für sie verbogen hatte. Aber dass er bereit war zu versiegen, um ihre Wunde zu vereisen … allein die Vorstellung, wie er dabei gelitten haben musste, brach ihr das Herz, das im selben Zuge vor unbeschreiblicher Dankbarkeit zu schwer zum Schlagen wurde.

»Mimpo …«, hauchte sie leise. Jede Silbe hatte dabei eine lockende Melodie. Sie versuchte, seine Eisschuppen in dem Berg aus schmutzigen Verbänden zu erkennen. Diese müssten vor Freude über so viel Wäsche wie tausend Diamanten funkeln … Als sich jedoch nichts regte, summte sie weiter. Schließlich war es Rona, die ihr antwortete: »Er ist nicht hier.«

»Nicht?«, entfuhr es Lija überrascht. »Aber … Wo ist er?«

»Bei Lorell.«

»*Lorell?*«, wiederholte sie, um sicherzugehen, dass sie sich nicht verhört hatte. Kaum kam sein Name über ihre Lippen, überschlug sich ihr Herz. Die Lästerzungen hatten sich also geirrt. Man *konnte* solche Wolfsbisse überleben. Lorell war seinem Wundbrand *nicht* erlegen. Und trotzdem musste Lija sich noch einmal vergewissern: »Er *lebt?*«

»Er ist putzmunter«, nickte die Botschafterin. Ein Schmunzeln schlich sich auf ihre Lippen. »Nun ja, *größtenteils*. Man kann ja über den Wesirssohn sagen, was man will, aber ein Handwerker schlummert nicht in ihm. Er hat ganz schön gejammert, wenn er hier unten war.«

»*Handwerker?*« Lija Stirn runzelte sich verwirrt. Abermals hatte sie das Gefühl, den Erzählungen nicht folgen zu können.

»Der Wachturm der Sechzehnten«, antwortete Rona, als wäre das offensichtlich. »Deine Kompanie hat bei der Vollendung des Wiederaufbaus geholfen.«

Auch das klang so befremdlich, dass Lija vor lauter Irritation den Kopf schüttelte. Dass der eingestürzte Wachturm wieder stehen sollte kam ihr vor, als hätte sie ein halbes Leben verpasst.

Und dass sie sich nicht daran erinnern konnte, dass Lorell bei ihr gewesen war … ihr Cousin, den sie so vermisst hatte. Von dem sie befürchtet hatte, dass sie ihn nie wieder sehen würde …

»Ich will zu ihm!« Lija versuchte aufzustehen, doch Rona war schneller. Sie sprang zuerst auf ihre Füße und hielt Lija fest.

»Nur Geduld, du wirst ihn früh genug sehen.«

»Wann?«

»Er kommt fast jeden Abend hierher.« Mit sanftem Druck zwang Rona sie dazu, sich wieder auf die Liege zu legen. »Er wird Augen machen, wenn er sieht, dass du zu dir gekommen bist. Er hatte so eine Angst um dich …«

Der Blick der Botschafterin wirkte, als würde sie durch Lija hindurchsehen. Als wären ihre Gedanken ganz woanders, während sie ihr zart durch das Haar strich. »Es mag dir vielleicht wegen des Mohns nicht so vorkommen …« Sie deutete mit einem Nicken auf den Verband um Lijas Mitte. »… aber du bist dem Tod näher als dem Leben. Also ruh dich aus. Ich bin bald zurück.« Rona gab ihr einen Kuss auf die Stirn, bevor sie sich zur Tür wandte. Kurz bevor sie diese ins Schloss fallen ließ, steckte sie noch einmal den Kopf hindurch und zwinkerte: »Und ich bringe dir etwas zu essen mit!«

Erst nach einer ganzen Weile löste Lija den Blick von der Tür. Die eingekehrte Stille erschien ihr ebenso beklemmend wie die feuchte Luft und das flackernde Lichtchen. Daher versuchte sie, es sich etwas bequemer zu machen, kuschelte sich in die Decke und richtete den Blick auf die unverputzte Decke.

Lorell lebt.

Sie würde ihn wiedersehen. Früher oder später … Wann er wohl kommen würde? Wie spät war es überhaupt? Lija drehte den Kopf zur Wand, auch wenn sie wusste, dass dort kein

Fenster war, durch das sie sehen könnte, ob die Sonne oder der Mond am Himmel stand.

Enttäuscht richtete sie den Blick wieder zur Decke. Da es nichts anderes zu tun gab, horchte sie neugierig in sich hinein.

Dem Tod näher als dem Leben hatte Rona behauptet. Aber das erschien Lija albern. Ja, den Druck in ihrer Seite spürte sie. Und das Spannen der Haut, wenn sie sich bewegte. Und ja, vielleicht fühlte sich ihr Körper schwerer an als sie es gewohnt war, aber darüber hinaus … Nein. Sie war lebendig. Es ging ihr gut. Sie hatte genug geruht.

Also stand sie von der Liege auf. Einen Moment musste sie warten, da sie ein leichtes Schwindelgefühl überkam, doch dieses löste sich schnell auf. Sie griff nach ihrer Uniform und stellte fest, dass Rona sie nicht nur gewaschen und gefaltet, sondern auch gestopft hatte. Sogar die Stiefel waren poliert. Keine Rückstände von Blut oder Erde hafteten daran. Und nicht nur das … auch Lija selbst war makellos rein. Rona hatte sogar ihre Haare gewaschen. Wie albern, dass es dies vor allen anderen Dingen war, das sie fast zu Tränen rührte.

Etwas ungelenk schlüpfte Lija in die Hose und zog sich die Jacke und die Stiefel über. Es war reine Gewohnheit, dass sie danach die Finger in ihre Taschen gleiten ließ. Verdutzt zog sie ihre rechte Hand wieder hervor. Abgesehen von den übertrieben dicken Verbänden, die Rona um den Sichelmond gewickelt hatte, war diese leer.

Die Katzenkralle fehlte.

Bei diesem Gedanken blitzten Bilder vor ihren Augen auf. Sie erinnerte sich, wie sie den Eber mit der Katzenkralle getötet hatte. Sie hatte ihm den Speer in die Augenhöhle getrieben. Aber sie erinnerte sich nicht, diesen wieder herausgezogen zu haben. Samju musste ihn an sich genommen haben. Schließlich wusste er, was die Katzenkralle war. Er hätte den Zauber sicher nicht im schwarzen Wald zurückgelassen. Trotzdem wandte Lija sich um, um den Raum abzusuchen. Vielleicht hatte Rona die Figur irgendwo anders als in ihrer Uniform verwahrt. Als sie jedoch nichts auf dem kleinen Tischen fand, spähte sie sogar unter die Liege – nichts. Eine unangenehme Ahnung überkam sie, als sie sich wieder aufrichtete. Denn Samju wusste nicht nur, was die Katzenkralle war, sondern auch, wie viel sie ihr bedeutete. Und wenn er sie ihr nicht zurückgegeben hatte, dann konnte das nur bedeuten, dass sie noch bei ihm war …

Ein Grund mehr, diesen Keller zu verlassen.

Abrupt drehte Lija sich zur Tür und trat eilig auf einen Flur hinaus. Dieser war sogar noch dunkler, sodass sich ihre Augen für einen Moment an die Finsternis gewöhnen mussten, bevor sie weitergehen konnte. Schon nach wenigen Metern war sie erneut zum Stehenbleiben gezwungen. Denn ihre Arme, ihre Beine … sie waren schwer wie Blei. Es kostete eine immense Kraft, diese zu bewegen. So, als wäre ihr Körper um Jahrzehnte gealtert. Ihre Bettlägerigkeit und ihre Verletzung hatten offenbar doch mehr Spuren hinterlassen als Lija im ersten Moment geglaubt hatte.

Sie nahm sich einen Moment Zeit, um genug Kraft zum Weitergehen zu sammeln. Allerdings schaffte sie es wieder nur ein kurzes Stück weit, bevor ihre Schritte kleiner wurden. Auf diese Weise dauerte es eine gefühlte Ewigkeit, bevor sie einen Aufgang erreichte. Jene steinerne Treppe konnte nicht oft benutzt werden. Sie war feucht vom Moos, das aus jeder Ritze wuchs, glitschig und alt. Lija wäre beinahe zweimal auf einer der ungleichmäßig hohen Stufen ausgerutscht. Es war ihr Glück, dass die Tropfsteingeister, die es sich im Moos und der modrigen

Feuchte gemütlich gemacht hatten, ihre Füße stützten, bevor sie fiel.

»Danke«, murmelte Lija und setzte sich einen Moment neben die Geister, um zu Atem zu kommen. Sie war weder gerannt noch war es ein besonders langer Weg gewesen, doch fühlte sie sich, als hätte sie einen Langstreckenlauf absolviert. Und je länger sie wartete, dass die Erschöpfung nachließ, umso bewusster wurde ihr, welches Wunder Rona mit der brennenden Salbe bewirkt haben musste.

Als sie endlich genug Kraft gesammelt hatte, um die Spitze der Treppe zu erreichen, verbrauchte sie diese gleich wieder, um die sich dort befindende Tür aufzuschieben. Auf der anderen Seite war einiges Gerümpel vor den Durchgang geschoben worden. Wahrscheinlich um ihn zu verbergen. Demnach musste das hier der Weg sein, den Rona nahm.

Vorsichtig spähte Lija hinter dem wackligen Regal hervor. Sie fand sich in einem menschenleeren, halbdunklen Raum wieder. Offenbar wurde er als Lager genutzt. Dutzende solcher Schränke standen hier herum, allesamt voll mit alten Tüchern, gesprungenen Karaffen und allerlei anderem Zeug, deren dicke Staubschicht verriet, dass sie keinen Nutzen mehr hatten.

Kurzatmig marschierte Lija auf die einzig andere Tür zu, durchquerte diese und die nächste, erreichte eine weitere Treppe und schließlich die hell erleuchtete und geschäftige Haupthalle des Mycaelen-Hospitals. Absurd erschöpft wanderte Lija zwischen den Heilern, Pflegern und Besuchern hindurch. Nur selten schenkte ihr jemand Beachtung, dem das rote Haar auffallen musste. Manch einer drehte ihr sogar mit irritiert gehobenen Augenbrauen den Kopf hinterher, doch Lija erwiderte keine Blicke. Sie beeilte sich nur, so schnell es ihr möglich war, den Ausgang zu erreichen.

Draußen auf der Straße war es um einiges finsterer als in der Eingangshalle. Nur die lichten orangelila Farben über der Mauerkrone verrieten, dass die Sonne aufging. Die Farben waren jedoch zu schwach, um zu sagen, ob die Morgenglocken schon geläutet hatten oder nicht.

Gespannt ließ Lija ihren Blick über die Mauerkrone gleiten, bis sie ihn fand: den neuen Wachturm der sechzehnten Kompanie. Dieser sah exakt so aus wie der alte. Allein das ließ ihr Herz höherschlagen. Und mit jedem weiteren Schritt, den sie sich der Kaserne näherte, pochte ihr Herz noch wilder. Schließlich schlug es so kräftig, dass es ihr vorkam, als würden sogar ihre müden Beine schneller werden.

Als sie das Tor durchquerte, entdeckte sie ihre Kameraden sofort. Die Morgenglocken mussten schon geläutet haben, wenn sich die Soldaten zum Frühsport sammelten. Als der Erste auch sie bemerkte, hörte sie das verblüffte »Ist das …?« schon aus der Ferne. Flav stand der Mund offen, als könnte er nicht glauben, was er sah. Seine sonst so schmalen Schlitzaugen wurden kugelrund. Und er war nicht der Einzige, der Lija ansah, als wäre sie von den Toten auferstanden. Sie schaute in ein ungläubiges Gesicht nach dem anderen. Keinen der Blicke erwiderte sie lange. Zögerlich schritt sie immer weiter vor, suchte und suchte – und wurde endlich fündig.

Da war er.

Der leuchtend rote Schopf.

Langsam trat Lorell aus der Menge hervor. Seine Schritte waren schwerfällig, wodurch er ebenso überrumpelt wirkte wie die anderen. Den Ausdruck auf seinem Gesicht konnte sie durch ihren Tränenschleier nicht erkennen.

Er lebt.

Die Erleichterung schoss wie Adrenalin durch ihre Adern. Wie von selbst rannten ihre Füße los. Als sie näher kam, wurde aus den unscharfen Schemen ein klares Bild – eines, das sie erschreckte. Es war die eine Sache, bei der die Lästerzungen sich nicht geirrt hatten: Lorells Gesicht war nicht mehr dasselbe.

Am schlimmsten hatte es seine linke Wange erwischt. Ein tiefer Krater zog sich vom Jochbein über das Auge bis hinauf zur Stirn. Es musste schwierig gewesen sein, das Auge zu retten. Selbst das Lid hatte Schaden genommen. Auch an seiner rechten Schläfe erkannte sie weitere Bissspuren. All diese groben Narben verliehen ihm eine Härte, die er nicht haben dürfte. Sie machten ihn fremd.

Doch seine Augen …

Das klare Blau leuchtete so seelendurchdringend wie sie es kannte. Und er roch wie immer, als er sie in seine Arme schloss. So frisch wie die abgekühlte Luft nach einem Regenschauer.

»Du lebst«, murmelte er, als hätte er nicht mehr daran geglaubt. Er presste sie fest an sich. Lija schlang die Arme um seinen Hals, drückte ihr Gesicht an seine Schulter.

»*Du* lebst.« Mit diesen Worten fiel eine Last von ihren Schultern. Ihre Augen glitten hinauf in den Himmel, in den sie tausend stumme Dankgebete schickte, auf dass jeder Gott sie hören mochte.

»Du lebst …«, wiederholte sie leise, während ihr Blick zurück zur Erde sank. Sie ließ ihn über ihre Kompanie gleiten. Nur wenige andere traten vor, um sie zu begrüßen. Die meisten schauten Lija nur immer noch verblüfft an. Allen voran Tahro.

Vollkommen bewegungslos stand er neben Sirio. Letzterer sah sie mit solch verächtlich verzogenem Mund an, als wäre es ihm lieber gewesen, wenn sie totgesagt geblieben wäre. Tahros Mund hingegen stand einen Spalt offen. Trotz der Entfernung war das Glühen in seinen dunklen Augen deutlich zu erkennen. Und dieser rote Schimmer …

Plötzlich traf es Lija wie ein Blitz.

Der Geschmack von Blut in ihrem Mund. Die Angst zu sterben. Ein heftiger Schmerz in ihrer linken Seite. *Feuer.*

Ihre Wunde.

Ihre *verdammte* Wunde.

Das war keine Eisnarbe.

KAPITEL 4

VERMEIDBAR

»Ich kann nur erahnen, was genau die Kaiserin damit bezweckt. Warum sie so bestrebt ist, alle daran zu erinnern, wer Roielle Mizulin war – und dass auch dieses Mädchen von ihrem Blut ist. Wenn Neria wirklich glaubt, dass dieses Schandkind ihr von Nutzen sein kann, dann muss ihre Verzweiflung groß sein. Vielleicht stimmt es, was geflüstert wird. Vielleicht ist ihre Zeit vorbei.«

Zitiert aus einem Brief von Iyllois Melafair, Finanzminister der Goldstadt an seine Ehefrau Fellin Melafair, sechste Hochrichterin der Goldstadt

Da ist ein Geräusch. Lija hört es kaum.

Es knistert.

Es knirscht.

Es kommt näher. Sie bemerkt den Schatten. Stiefel tauchen in ihrem Augenwinkel auf. Ihr Kopf ist zu schwer, um ihn zu heben, aber sie muss hinsehen. Also sammelt sie die Kraft, die nicht da ist, kann das Gewicht nicht halten. Ihr Kopf kippt nach hinten gegen den Baum, dreht sich auf ihre Schulter. Trotzdem erkennt sie auf diese Weise durch schwere Lider hindurch den Soldaten, der vor ihr steht.

Aschblondes Haar.

Rotglühende Augen.

Warum bei Schneebelles Fell hat Mimpo ihn geholt?

Und wo ist er? Sie kann seine Stimme nicht hören. Sie kann seine Schuppen nicht sehen. Nicht eine Spur von ihm … Tahro ist allein gekommen – und er bleibt keine drei Schritte entfernt stehen. Funken scheinen aus dem roten Ring in seiner dunklen Iris zu sprühen, während er mit angeekelt verzogenem Mund den Eberhauer betrachtet, der in Lijas Bauch steckt. Und das rote Blut, das daran klebt.

Er sagt nichts.

Sein Blick gleitet zum Speer, den Lija in die Augenhöhle des Ons getrieben hat. Sie kann die Zeit nicht einschätzen, doch kommt es ihr wie eine Ewigkeit vor, die er den Eber anstarrt.

»Missgeburt …«, hört sie ihn schließlich knurren. Unmöglich zu sagen, ob er das Tier meint oder sie.

Ein Schritt. Tahro zieht sein Schwert. Mit einem einzigen Hieb spaltet er die Schnauze, mit einem zweiten trennt er den Hauer ab. Noch ein Schritt. Er kniet sich zu ihr hinab, bis sie sein Gesicht direkt vor ihrem sehen kann.

Er wird sie töten.

Lija kann es in seinen Augen lesen. Sie spürt eine Bewegung an ihrer Seite. Mit einem Ruck zieht er den Hauer aus ihrem Fleisch. Ihr Körper reagiert mit einem Krampf. Wärme dringt durch ihren Brustkorb. Wieder Blut in ihrem Mund. Sie verliert das Gleichgewicht, kann sich nicht gegen die Schwerkraft wehren, die sie zu Boden zieht. Doch Tahro drückt an ihre Schulter. Gewaltsam presst er sie gegen den Baum, bevor sie in sich zusammensackt.

»Nicht …«, krächzt sie, als die Hitze seiner glühenden Hand sie erreicht. Sie weiß, was jetzt passiert. Sie will mehr sagen, ihn bitten, es nicht zu tun, doch das Blut verstopft ihre Kehle. Alles, was sie hört, ist seine Stimme. Knurrend. Wütend. Warnend.

»Wehe, du schreist.«

Lija erinnerte sich an alles. Selbst an den unmenschlichen Schmerz, als Tahro seine glühende Faust in ihre Wunde gedrückt hatte. Der Gestank ihres eigenen verbrannten Fleisches tauchte so intensiv in ihrer Nase auf, als geschehe es just in diesem Moment. Sie erinnerte sich an das Zischen ihrer Haut und an das Gefühl, vor Schmerzen ohnmächtig zu werden.

Diese dumpfe Anspannung, tänzelnd an der Grenze zur Panik, betäubte sie. Es verzerrte ihre Sinne, sodass sie kaum wahrnahm, wie Leutnant Plofond an seinem Schreibtisch ungeduldig mit den Fingern trommelte, weil sie ihm nicht antworten konnte.

»Wo bist du gewesen, Soldat?«, hakte er erneut nach. Er hasste es, eine Frage mehr als einmal stellen zu müssen. Deswegen wurde die Luft im Raum auch so kalt, dass Lijas Atem kleine Wölkchen bildete. Die Kälte half ihr, sich von den Bildern in ihrem Kopf zu befreien und sich stattdessen auf den Offizier hinter dem Schreibtisch zu konzentrieren.

»Hab mich verlaufen«, entgegnete sie langsam. Sie straffte die Schultern und richtete sich zu voller Größe auf. Denn wenn es etwas gab, das Plofond noch mehr hasste als Nachfragen und vage Antworten, so war es ein Soldat, der keine Haltung hatte.

»Verlaufen«, wiederholte der Leutnant gedehnt. Seine Augenbrauen hoben sich bis zu seinem perfekt gekämmten Scheitel. »Du hast dich also im Wald *verlaufen*? Drei Wochen lang?«

Lija nickte zaghaft. Es gefiel ihr nicht, wie das Glas seiner Brille gefror. Auf diese Weise konnte sie die Augen des Leutnants nicht erkennen. Alles, was sie sah, waren zwei weiße Kreise in einem reglosen Gesicht, das genauso gut zu einer Statue gehören könnte.

»Soso.« Der Leutnant trommelte weiter mit seinen Fingern auf dem Tisch. »Schön, dass du es nicht nur unverletzt und gut genährt, sondern auch so sauber aus dem Onenwald zurückgeschafft hast.«

Plofond zog sich die vereiste Brille von der Nase. Die Augen dahinter waren zwar etwas zu klein für das lange Gesicht, doch verlieh ihm genau dies einen argwöhnischen Schliff. Das und die Lippen, die er zu einer schmalen Linie zusammengepresst hatte. Mit einer knappen Bewegung seines Kinns deutete er auf ihre Jacke.

»Und deine Uniform konntest du also auch noch stopfen?«

Er zog ein ordentlich gefaltetes weißes Tuch aus seiner Brusttasche, mit dem er die Brillengläser polierte. Als er sich das Gestell zurück auf die Nase setzte, war kein Eis mehr daran zu sehen. Allerdings brauchte es nur eine Sekunde, bis sich wieder weiße Schlieren an den Rändern bildeten. Ebenso wie an der Glasscheibe hinter ihm. Es war in seinem Arbeitszimmer so kalt geworden, dass es Lija nicht wundern würde, wenn es plötzlich anfangen würde zu schneien.

»Ich …«, setzte sie an, doch unterbrach er sie mit einer Bewegung seiner Hand.

»Wenn ich es nicht besser wüsste, würde ich denken, du hättest dich unerlaubt von deiner Gruppe entfernt und dir eine erholsame Zeit außerhalb der Kaserne gegönnt.«

Das Eis breitete sich über den Boden aus. Lija spürte es genau, denn es kroch selbst durch die dicken Sohlen ihrer Stiefel hindurch. Doch war die Kälte nichts im Vergleich zu dem schneidenden Ton in Plofonds Stimme: »In dieser Wache haben wir keine Toleranz für Deserteure.«

Die Hände mit den langen Fingern faltend, lehnte er sich in seinem Stuhl zurück. Die Brillengläser waren wieder vollständig gefroren. Genauso wie jeder Muskel seines Gesichts. Lija hingegen zitterte wie Espenlaub.

»Und doch …« Seine Pause hatte eine so eigenartige Länge, dass seine nächsten Worte wie inszeniert wirkten. Überbetont und zurechtgelegt. So, als sollte sich Lija zu gegebener Zeit daran erinnern, dass er dies anstelle eines Urteils gesagt hatte: »Die Kaiserin wird überaus froh sein zu hören, dass du wohlauf bist.«

»Die *Kaiserin*?«, wiederholte Lija, nicht sicher, ob sie ihn richtig verstanden hatte. Der Leutnant tat, als hätte er es nicht gehört. Das machte sie noch stutziger.

»Also …«, zischte er mit unverändert schneidender Stimme und Eis auf seinen Brillengläsern, bevor er die Formulare vor sich mit einer ruckartigen Bewegung unterschrieb. »Glaube ich dir. Schließlich ist es ja nicht das erste Mal, dass du allein im schwarzen Wald überlebt hast – nicht wahr?«

Lija nickte, ohne ihn aus den Augen zu lassen. Schließlich sah sie es in seinem steifen Gesicht und seiner überkorrekten Haltung: Er glaubte ihr kein Wort.

Warum entließ er sie also ohne eine Strafe?

Er hätte sie an den Füßen an der Mauer aufhängen müssen, weil sie ihm keinen besseren Grund für ihr Fehlen hatte nennen können. Zumindest wenn er es gut mit ihr meinte. Wäre er streng, hätte er sie vor ein Kriegsgericht stellen können, das ihr das Abzeichen abnehmen und sie mit Schimpf und Schande aus der Wachen-Gilde vertrieben oder sogar hingerichtet hätte. Aber der Leutnant tat nichts weiter, als sie zur Brücke zu schicken. Dort sollte sie zu ihren Kameraden stoßen, die sich für den Drill bereit machten.

Diese kalkulierte, so widerspenstige Milde haftete genauso nervtötend an ihr wie sein Frost. Erst als sie das nächste Stockwerk erreichte, hörte sie endlich auf zu zittern. Stattdessen versteifte sich ihr Körper mit jeder weiteren Stufe. Ihre Schritte gerieten ins Stocken, als mit dem Nachlassen der Kälte die

Erinnerungen in ihre Glieder krochen: Der Eberhauer. Die glühende Faust in ihrem Fleisch. Der beißende, stechende, brennende Schmerz. Der Geruch ihrer verbrannten Haut. Und der Geschmack von Blut in ihrem Mund.

Blut, das Tahro gesehen hatte.

Wie lange würde es dauern, bis er sie verriet?

War sie denn wahnsinnig, hinauf zur Mauer zu laufen?

Augenblicklich machte Lija auf dem Absatz kehrt. Sie musste verschwunden sein, bevor Tahro irgendjemandem von ihrem Blut erzählte. Sie musste untertauchen. Spurlos verschwinden – doch wohin?

Man würde sie verfolgen. In den Kellergewölben unter der Mauer hätte man sie schnell aufgespürt. Dorthin konnte sie nicht zurück. Aber wenn sie ohne Pause rannte, wäre sie dann schnell genug, um die Stadt zu verlassen, bevor man sie einholte?

Niemals.

Aber vielleicht könnte sie das Teehaus erreichen, ehe jemand bemerkte, dass sie fort war. Ob man dort einem Rotblut wohl genauso Asyl gewährte wie einem Hochverräter?

Sie hatte den unteren Treppenabsatz des dritten Stockwerkes noch nicht erreicht, da mischte sich der Hall weiterer Schritte in ihre. Kurz darauf erklangen Stimmen. Lija erstarrte in ihrer Bewegung, lauschte. Das dunkle Brummen, in dem wenig Muße für eine Konversation zu erkennen war, gehörte zu Ztiht. Und die andere Stimme, den eisigen, nüchternen Ton von Leutnant Plofond, hatte Lija nur kurz zuvor gehört.

Sie war zu langsam gewesen.

Über diesen Weg kam sie nicht hinaus. Daher drehte sie sich wieder um, um die Treppe hinaufzueilen, ehe Plofond bemerken würde, dass sie seinem Befehl nicht gehorcht hatte. Oben auf der Mauer würde sie einen anderen Weg finden müssen.

Doch als sie die Mauerkrone erreichte, rutschte ihr Herz in ihren Bauch. Ihre Kameraden waren schon dort, hatten wie gewöhnlich die Aufzüge aus dem Innenhof genommen. Nun sammelten sie sich vor den Stegen der Brücke – und versperrten ihr den Weg.

Zögernd ließ Lija den Blick über die Kameraden schweifen, während sie im Halbschatten des Torbogenaufgangs verborgen blieb. Denn sobald sie aus diesem hinaustreten und Tahro sie entdecken würde, wäre es vorbei. Mit hämmerndem Herzen malte sie sich aus, wie sich sein Finger hob. Wie er *Rotblut* schrie. Die fassungslose Stille. Den ersten empörten Ausruf. Der Befehl, sie zu ergreifen. Der Moment, wenn sie sie erwischten …

Vorwärts könnte sie unmöglich über die Mauer entkommen. Aber zurück … Vorsichtig drehte sie den Kopf, spähte durch den Torbogen, hinter dem der Weg zum Luftwaffe-Wachturm führte. Sie hatte nicht einmal die Gelegenheit, den ersten Schritt zu tun, als die Scharniere der Tür knarzten, hinter der die Treppen lagen. Nur einen Augenblick später traten die Offiziere in den Gang.

Kein Ausweg.

Hilflos sprang Lija zurück. Der Klang der Stiefelschritte trieb sie unter dem Torbogen hervor in Richtung der Soldaten. Zunächst beachtete sie niemand sonderlich. Doch dann geschah es: Der erste Kopf wandte sich ihr zu.

Tahro.

Seine Fäuste waren geballt. Nichts an seinem Körper regte sich. Abgesehen von den tausenden Kaskaden aus Wut und Verachtung, die über sein Gesicht glitten. Seine Kiefer waren so heftig zusammengepresst, dass dieses kantiger wirkte als Sirios. Ab und zu traten seine Wangenmuskeln scharf hervor, als würde er mit Gewalt Worte zurückzuhalten versuchen. Lija wusste genau, welche das waren. Doch anstatt dass sein Schweigen sie beruhigte, machte es sie noch nervöser.

Worauf wartete er?

»Ist dir schlecht?« Samju kam aus dem nichts. Er nahm sie in den Schwitzkasten und lachte über ihr erschrockenes Japsen. »Du guckst, als würdest du gleich tot umfallen!«

»Lass das!« Windend entglitt sie seinem Griff und nutzte es aus, dass er den Kopf beim Lachen in den Nacken warf. So war es ein Leichtes, ihn am Kragen zu packen, damit er ihr nicht entwischen könnte. »Wo ist die Katzenkralle?«

Das Lachen erstickte sofort. Obwohl das schelmische Blitzen in seinen karamellfarbenen Augen nicht abbrach, hoben sich seine Augenbrauen. Gespielt unschuldig fragte er: »Die was?!«

»Das weißt du ganz genau!«, zischte Lija ungeduldig. »Ich hatte sie bei mir.« Ihr Blick glitt über ihre Schulter. Tahro stierte sie immer noch an, seine Augen verengten sich zu skeptischen Schlitzen, als er auch Samju forschend musterte.

»Ich habe den Eber damit getötet …«, murmelte sie leise. Sie löste ihre Finger von Samjus Kragen, konnte Tahro jedoch nur schwer den Rücken zuwenden. »Du musst den Speer doch gesehen haben.«

Samju wog sich unschlüssig hin und her. Sein Blick glitt durch sie hindurch, als würde er angestrengt überlegen. Schließlich schob er seine verbrannten Hände tief in seine Jackentaschen und murmelte: »Da war nichts.«

Lija war sich nicht sicher, ob das die Wahrheit war. Aber wenn nicht, würde es bedeuteten, dass er die Katzenkralle gestohlen hatte. Und das würde wiederum bedeuten, dass er tatsächlich der Verräter war, den sie in ihm befürchtete.

Stur versuchte sie, die Spuren einer Lüge in seinem Blick zu finden. So verzweifelt, dass sie nicht wusste, was sie sah oder nicht. Hilfesuchend blickte sie daher zu Lorell hinüber. Dieser nahm es gar nicht wahr. Er lehnte etwas abseits mit dem Rücken an einer Reling. Mimpos Frost schillerte zu stark auf seinem Abzeichen, als dass es nur die Reflexion des Sonnenlichts sein könnte. Es war sein Gesang. Und Lija ahnte, was er erzählte: Er flüsterte Lorell die Erinnerung an Tahros Feuer ein. Jene Bilder hatte der Geist so deutlich in ihr sehen können, als wäre er dort gewesen. Während Lorell ihm lauschte, furchten immer tiefere Falten seine Stirn. Nur um sein linkes Auge herum hatten die Narben seine Haut so derb werden lassen, dass diese sich nicht bewegte.

»Sie war dort«, flüsterte Lija wieder an Samju gewandt. »Und ich brauche sie. Mein Leben hängt davon ab.«

»Glaubst du, das weiß ich nicht?« Sein Gesicht wurde ungewöhnlich ernst. Wachsam umherblickend lehnte er sich noch näher zu ihr, bis sein Atem ihr Ohr streifte. Bevor er jedoch sagen konnte, was ihm auf der Zunge lag, schmetterte Ztihts Gebrüll durch die Luft: »PILOTEN!«

Samju sprang so schnell über die Reling, dass es Lija vorkam, als würde er vor ihr fliehen. Sie hatte indes Schwierigkeiten, ihm zu folgen. Ihre Glieder waren nach wie vor schwer und lahm. Sie schaffte es erst an Bord, als Lorell ihr unter die Arme griff. Mimpos Stimme klingelte dabei aufgeregt in ihren Ohren. Die Töne waren so unruhig, dass sie ihm nicht folgen konnte.

»Ssht«, summte Lorell auf sein Abzeichen hinab. Er spähte prüfend umher, um sicherzugehen, dass kein Wasserblut auf das laute Gezeter aufmerksam geworden war. Mit jeder verstreichenden Sekunde glätteten sich dabei die Falten auf seiner Stirn. Lija bewunderte ihn für sein Talent, auf diese Weise lügen zu können. Denn niemand würde bei seinem Anblick ahnen, welche drohenden Worte er ihr zuraunte: »Dir darf kein Fehler mehr passieren.«

Sie nickte verbissen, während sie ihre Fingernägel in ihre Handfläche presste. Als Lorell den Kopf drehte, folgte sie seinem Blick. Dort drüben stand Tahro in einiger Entfernung. Sein Gesicht war hart wie Granit. Seine Iris brannten lichterloh – im wahrsten Sinne des Wortes. Und er ließ Lija nicht eine Sekunde aus den Augen. Nicht während des Fluges zur Übungsanlage der fünfzehnten Kompanie. Nicht während des Marsches zu dem künstlichen Forst. Nicht einmal, als die Leutnants die Soldaten davor in einer Reihe aufstellten, um mit ihrer Lektion zu beginnen …

»Ein gedankenarmer, undisziplinierter, ehrloser Haufen.« Leutnant Plofond nahm sich die Brille von der Nase. Mit seinem lupenreinen weißen Tuch polierte er die Gläser und Lija kam nicht umhin, sich zu fragen, ob dies eine seiner Pedanterie geschuldeten Gewohnheit war oder ob die Brille einfach wieder angefangen hatte zu frieren. Mit einer steifen Geste setzte er sie sich zurück auf die Nase, ehe er jeden einzelnen Soldaten musterte. »Das ist es, was ich sehe.«

Leutnant Ztiht brummte zustimmend. Breitbeinig stand er neben dem anderen Offizier. Sein narbiger Glatzkopf war etwas geneigt, was ihn konzentriert wirken ließ, doch Lija glaubte eher, dass er bereits jetzt die Lust auf so viel Gerede verloren hatte.

»Das, was bei dem Angriff der Dachse in den Nordost-Gebieten und während des Wolfssturms geschehen ist, waren vermeidbare Fehler«, fuhr Plofond fort. Er verschränkte die Hände hinter dem Rücken. Auf diese Weise wirkte er wie eine spindeldürre Stange, die man in den Boden gerammt hatte. »Fehler, die in dieser Kompanie immer und immer wieder passieren«

Behäbig verlagerte Ztiht sein Gewicht von einem Bein aufs andere. Es hatte etwas Stures an sich, wie er auf den Boden starrte, während Plofond fortfuhr. Wie ein bockiges Kind, das unverdienterweise abgestraft wurde.

»Eine Einheit darf sich während des Kampfes mit Onen nicht trennen lassen. Ein einzelnes Goldblut, egal wie mächtig, hat kaum eine Chance gegen ein Schwarzblut. Wir haben nur deshalb so große Verluste erlitten, weil wir unklug gehandelt haben. Kraft allein …«

»Ihr Feiglinge dürft eure Kameraden nicht im Stich lassen!«, platzte es mit einem Mal aus dem Kampfmeister heraus. »AUFTEILEN!«

»Er hat lange durchgehalten«, flüsterte Samju etwas zu laut, sodass es nicht nur Hroka hörte, nur war die Windblut-Soldatin aus dem dritten Zug die Einzige, die ein belustigtes Prusten nicht unterdrücken konnte. Deswegen traf sie ein einzelnes Hagelkorn so gnadenlos an der Stirn, dass es eine kleine Platzwunde hinterließ. Plofond hatte seine Brille wieder abnehmen müssen, weil die Gläser abermals zugefroren waren. Wahrscheinlich wirkten seine Augen deswegen so klein und zusammengekniffen, als er goldene Armbinden an eine der zwei Gruppen austeilte.

»Die Marken dürfen euch nicht abgenommen werden. Es hat die sofortige Disqualifikation zur Folge«, erklärte Leutnant Plofond dabei. Er würdigte Ztiht keines Blickes mehr, als dieser die Reihen der anderen Gruppe auf und ab ging, um schwarze Armbinden zu verteilen. »Es wird euren Gegnern nicht gelingen, sie zu stehlen, wenn eure Einheit zusammenbleibt. Allerdings …«

»Wer keine Marken stiehlt, bekommt nichts zu fressen!«, fiel Ztiht ihm abermals ins Wort. Als er den gefrorenen Boden unter Plofonds Füßen bemerkte, fügte er entschuldigend hinzu:

»Nichts für ungut, Ellar, aber sonst stehen wir hier morgen noch.«

Mit einem Wink seines Fingers befahl Ztiht den Soldaten, sich in Bewegung zu setzen. Die Gruppen gehorchten sofort. Während sich die mit den goldenen Marken auf den Weg zum nördlichen Rand machte, sammelte sich die mit den schwarzen, zu der auch Lija und Lorell gehörten, am südlichen.

Lija hatte große Probleme, mit ihren Kameraden Schritt zu halten. Ihr Körper wehrte sich gegen jede einzelne Bewegung. Je mehr sie sich jedoch dazu zwang, nicht zurückzufallen, umso mehr spürte sie ein leichtes, warnendes Brennen in ihrer linken Seite.

»Am besten bleiben wir einfach hier stehen«, schlug Krysander halbernst gemeint vor, als sie zwischen den ersten Bäumen hindurchmarschierten. »Dann verlieren wir keine Marke und müssen nicht hungern.«

»Der Plan eines Feiglings«, verurteilte Rarosha seine Bemerkung. Die Soldatin mit dem kurzen, schwarzen Haar marschierte flankiert von Yoph und Flav an der Spitze der Gruppe. »Wer nicht kämpft, bekommt nichts!«

Samju warf Lorell und Lija einen vielsagenden Blick zu. »Die Weisheit des Feuers«, spottete er. »Hroka! Ezran! Wir drei sind schnell genug. Eine kräftige Böe und wir haben die goldenen Marken gestohlen, bevor die Mittagsglocken läuten!« Samju legte den beiden Windblütern je einen Arm um die Schultern, die seinen Vorschlag mit einem verwegenen Grinsen quittierten.

»Die Torheit des Windes«, seufzte Lorell kopfschüttelnd. Samju drehte sich daraufhin strahlend zu ihm um.

»Aber wenn es funktioniert, hätten wir einen ganzen Nachmittag dienstfrei!«

»Ja. *Wenn.*« Lijas Geste war reine Gewohnheit. Sie rollte mit den Augen und drehte den Kopf über ihre Schulter. Doch anstatt, dass Halvar dort stand, der mit gelangweiltem Gesicht ihr Augenrollen erwidern würde, war dort niemand. Es machte ihr mit einer erstaunlichen Heftigkeit bewusst, dass es ihn nicht mehr gab. Halvar würde nie wieder die Augen über so albernes Geschwätz verdrehen. Weil er gefallen war, als sich ihre Gruppe beim Dachsangriff getrennt hatte. Genauso wie sich das Heer des Generals von den Wölfen hatte zerschlagen lassen, was so vielen Soldaten das Leben gekostet hatte. Selbst beim Vergeltungsschlag hatten die Einheiten ihre Formation nicht aufrechterhalten. Und so hatte der Eber Lija erwischen können.

Ein vermeidbarer Fehler.

Nervös ließ Lija ihre Finger tanzen. Sie hatten zwar noch nicht begonnen taub zu werden, doch wusste sie nur zu gut, dass diese Leere in ihrem Inneren dem Sichelmond nie entging. Geistesabwesend schob sie die Hände in ihre Taschen. Wenn sie doch nur die Katzenkralle hätte …

Ein leiser Pfiff ließ sie aufhorchen. Die Feuerblüter an der Spitze wichen zu den Seiten, pressten ihre Rücken gegen Baumstämme oder zogen sich hinter Sträucher zurück, um nicht gesehen zu werden. Lija und die anderen taten es ihnen gleich.

»Die sind schnell gewesen«, murmelte Lorell, als er neben ihr in Deckung ging.

»Willst du wetten, wer da vorausgeprescht ist?«, raunte Samju zurück. Lorell schnaubte nur ungerührt. Lija tat es ihm gleich, denn das war keine Wette wert. Dafür kamen nur Zwei infrage. Und noch bevor Mimpo sie mit leisen Tönen warnen konnte, schoss eine Feuersäule durch die Bäume hindurch.

Instinktiv warf Lija sich auf den Boden und legte ihre Hände schützend über den Kopf, über den die Funken hinwegstoben.

»Lasst euch nicht auseinandertreiben!«, warnte Krysander. Das Erdblut hatte sich nicht weit entfernt in einem Busch zurückgezogen. Die nächsten Funken flogen. Sie verfingen sich an den Ästen und den Rinden. Ein lautes Knistern erklang, als die Bäume Feuer fingen.

»Löschen!« Samju hob seine vernarbten Hände, um die Flammen mit seinem Wind zurückzutreiben.

»Bleib unten!«, zischte Lorell, bevor er sich wie die anderen Wasserblüter aus der Deckung erhob. Er hielt seine Handflächen gegeneinander, sammelte das Wasser aus der Luft dazwischen. Er goss es über all die brennenden Zweige und Büsche – aber es war zu wenig.

»Mimpo …«, keuchte Lija. Sie hätte es beinahe nicht geschafft, sich vom Boden zu erheben. All ihre Muskeln schienen gegen sie zu arbeiten. Die Kameraden bekamen das Feuer nicht unter Kontrolle … aber die Magie des kleinen Geistes war mächtiger als die vieler Wasserblüter um sie herum. Tapfer spuckte Mimpo seine Fontänen in den Brand, als Lija es endlich geschafft hatte, sich zu erheben. Doch fiel es ihr so viel schwerer als gedacht, auf den Beinen zu bleiben.

Immer wieder schossen Feuerbälle aus allen Richtungen. Es war kein Inferno, das die Soldaten umfing, sondern kleine Kugeln, die wie Hagelkörner überall einschlugen. Es ging schnell. Die Abstände zwischen den Soldaten wurden größer. Die Windblüter wandten sich voneinander ab, um die unzähligen Feuerpfeile in der Luft zu zerschlagen. Die Wasserblüter konnten kaum einen Brand löschen, ehe ein weiterer entstand. Immer wieder schlugen Funken ein, die sie auseinandertrieben.

Dieses verdammte Feuer.

Lija wich den ersten Schritt zurück. Ein brennender Pfeil verfehlte sie nur um wenige Zentimeter. Mimpo vermochte den nächsten zu löschen, doch ein weiterer zischte knapp über ihre Schulter hinweg. Sie sprang erschrocken zur Seite, doch die Hitze kam von überall. Schützend hob sie die Arme vor ihr Gesicht, als sie das Gefühl hatte, in einem Inferno zu versinken. Immer weiter wich sie zurück, rannte blindlings dorthin, wo kein Knacken mehr zu hören war. Wo sich keine Funken in ihren Haaren verfingen oder sengend heiß in ihre Haut bissen.

Sie rannte – zumindest versuchte sie es. Stolpernd und schwankend stürzte sie fort von der Hitze. Die schützenden Hände hatte sie noch nicht von ihrem Gesicht gelöst, da hörte sie Mimpos Kreischen. Die Aufforderung, sich zu verstecken. Als hätte sie noch eine Chance dazu. Als wäre sie nicht in die Falle gelaufen, in die sie getrieben worden war.

»Rotblut.«

Das Knurren ertönte hinter ihr. Leise und doch ging es ihr durch Mark und Bein. Wie gegen einen Widerstand ließ Lija die Arme sinken. Sie wusste genau, wer dort stand, und trotzdem hoffte sie, dass sie sich irrte. Dass sie, wenn sie sich umdrehte, nicht in dunkle Augen blicken würde, in deren Iris ein widernatürlich roter Ring loderte.

Noch bevor sie ihn entdeckte, hatte er sich bewegt. Und Tahro war schnell. Viel zu schnell. Mit nur einem Sprung überwand er die Distanz zu ihr, packte sie an der Kehle, schmetterte sie mit dem Rücken gegen einen Baum.

»Warum bist du zurückgekommen?«, fuhr er sie an. Lija konnte es kaum hören. Ein Fiepen klingelte in ihren Ohren und die Flammen um seine Hand bissen zu schmerzhaft in ihre Haut. »Das war deine Chance zu fliehen!«

»I-ich …«, keuchte sie atemlos. Er packte zu fest zu. Sie bekam keine Luft. Ihre Stimme versagte. Tahro schien ihre Antwort ohnehin nicht hören zu wollen. Denn die Hand an seiner

Kehle wurde noch heißer. So, als würde er versuchen, sie zu schmelzen.

»Nicht …« Die Töne kamen kaum aus Lija heraus. Sie wurden von der Panik erstickt, die in ihr aufstieg. Eine Panik, die immer lauter klirrte, bis sie vom Abzeichen brach.

Eis zog sich über Tahros Hand. Tausende gefrorene Kristalle, gefährlicher als jede Messerspitze. Trotzdem zog er sie nicht zurück, sondern schlug mit seiner freien Faust fest gegen Lijas Schlüsselbein, unter dem das Abzeichen festgemacht war. Sie hörte es knacken, bevor sie ein heftiger Schmerz durchfuhr. Doch das Wimmern kam nicht von ihr.

Tahros Schlag hatte Mimpo vom Abzeichen getrieben. Verzweifelt kreischend bäumte sich der Geist vom Waldboden auf, auf dem er gelandet war. Seine sonst so weiche, runde Form zog sich in die Länge. Sein Kopf wurde kantig, bis er an den einer Echse erinnerte. Er brüllte drohend, presste Eissplitter zwischen spitzen Zähnen hervor. Mit aufgerissenem Maul schoss er vor, hätte Tahros Arm beinahe zu fassen bekommen, wenn sich dieser nicht in letzter Sekunde zurückgeworfen hätte.

Lija schnappte verzweifelt nach Luft, als sich seine Hand von ihrer Kehle löste. Unwillkürlich sackte ihr Körper in sich zusammen. Tahro hingegen hatte sein Gleichgewicht längst wiedergefunden. Wachsam musterte er, wie Mimpo sich schützend um Lija schlang und drohend in Richtung des Feuerbluts brüllte.

»So täuschst du also alle.« Sein Blick glitt über jede Schuppe, jeden spitzen Zahn aus Eis. Und wenn Lija sich nicht von diesem unnatürlichen, drohenden Glühen um seine Pupillen hätte ablenken lassen, hätte sie den Angriff vielleicht kommen sehen. Sich rechtzeitig zur Seite geworfen. Und dann hätte Tahro Mimpo vielleicht nicht erwischt, der sich ihm tapfer entgegenwarf, um sie zu beschützen.

Als Tahros Tritt Mimpos Kopf traf, erklang ein Ton, der an brechendes Glas erinnerte. Scherben rieselten zu Boden. Wasser spritzte über die Erde. Weißer Dampf stieg zischend auf. Die Reste von Mimpos Magie, die im Feuer zergingen. Ein weiterer brennender Ball schlug auf der Stelle auf, an der der Wassergeist verzweifelt versuchte, seine Form zurückzuerlangen. Für einen schrecklichen Augenblick glaubte Lija schon, dass dieser letzte Schlag Mimpo vollkommen ausgebrannt hätte, doch dann sah sie die Reflexionen frischer Eisschuppen zwischen den Sträuchern, als der kleine Wassergeist floh.

»Feigling!«, brüllte Tahro ihm hinterher, ehe er sich zu Lija umdrehte. Und sein Gesicht … die Züge waren so gemeißelt, so scharf, dass jeder einzelne davon seinen Hass verriet. Es erschreckte sie mehr als die glühenden Hände, die er in ihre Richtung hob. »Ich hätte dich gleich töten sollen.«

»Warte!« Ihre Stimme zerbröckelte, während sie rückwärts stolperte. Verzweifelt sah sie sich um, doch gab es keinen Fluchtweg. Keinen Mimpo. Keine Katzenkralle. Keinen Lorell und keinen Samju, die sie retten könnten. Und nicht das kleinste bisschen Wasser in ihrem Blut. Sie hatte nichts, das sie ihm entgegensetzen könnte.

Das hier war das Ende.

Und deswegen hob sie die Fäuste.

Sie lauschte der Stimme, die sich in ihr ausbreitete. Jene, die sie so lange nicht mehr gehört hatte. Jene, die sie so tief in sich verschlossen hatte, dass es Vergessen gleichkam.

Kopf nach oben! Lija hob ihn so weit an, bis sich ihr Kinn provokant nach vorne reckte.

Du musst dich wehren! Und das würde sie. Immer. Denn so hatte Mutter es ihr beigebracht.

Ob Tahro nun erwartet hatte, dass sie sich vor ihm auf die Knie warf und um ihr Leben bettelte oder dass sie sich ohnmächtig dem Feuertod ergab, ihr Widerstand reizte ihn nur weiter. Er entfesselte ein Meer aus Flammen, das über Lija hereinbrach. Auch wenn sie versuchte, tapfer zu sein, spürte sie, wie sich ihre Augen voller Angst weiteten, als ihr das lodernde Gemisch aus Orange und Rot entgegenschlug. Die Hitze war nicht zu ertragen. Jeder Atemzug brannte in ihren Lungen. Es war reiner Instinkt, dass Lija ihre Arme hob, obgleich sie wusste, dass nichts die Flammen zurückschlagen konnte.

Die ersten Funken schlugen auf. Die Verbände an ihren Händen verbrannten – aber nicht ihre Haut. In dem Moment, als das Feuer ihre Hand berührte, geschah etwas Eigenartiges.

Es verschwand.

Lija spürte, wie es durch ihre Poren trat. An der Stelle, an der der Sichelmond jauchzend an ihrer Haut riss. Wie es sich durch ihn hindurch in ihre Adern hineinbrannte. Immer mehr davon geriet in ihr Blut. Es fühlte sich an, als würde sie von innen heraus schmelzen. Das Feuer verbrannte die Angst. Den Schmerz in ihrem gebrochenen Schlüsselbein oder den in ihren Narben. Es löschte die Erschöpfung aus. Ließ nichts mehr übrig. Nichts mehr außer Feuer.

KAPITEL 5

FUNKEN

»Ein Wille, der wie Feuer brennt.
Eine Seele, die mit Stürmen rennt.
Ein Herz, das wie die Erde liebt.
Ein Geist, der klar wie Wasser sieht.

Und wovon träumen jene, die nichts davon besitzen?«

Zitiert aus einer privaten Gedichtsammlung von Qhell Windsohn, II. König des Ostlandes

»Was war das?«, hörte sie Tahros Stimme durch diesen merkwürdig fiebrigen Zustand. Er stand ihr wie erstarrt gegenüber. Sein Mund hing ein Stück offen und er blinzelte verwirrt, als könnte er nicht glauben, was er gesehen hatte.

»Was war das?«, wiederholte er, als Lija nicht sofort antwortete. Ungeduldig öffnete er seine Faust, bildete einen weiteren Flammenball einer Drohung gleich über seiner Handfläche. Auch dieses Mal wich Lija nicht zurück. Es fiel ihr so leicht, sich nicht vor der flimmernden Kugel zu fürchten, dass sie vor Erstaunen keinen Ton herausbrachte.

»Sprich, Ro…«

Wind schnitt ihm das Wort ab. Dieser traf Tahro so heftig von der Seite, dass es das Feuerblut von den Füßen riss. Samju sprang ihm hinterher, den Arm ausgestreckt, um nach der goldenen Armbinde zu greifen. Beinahe wäre es ihm gelungen. Es hätte nicht viel gefehlt, aber Tahro warf sich in letzter Sekunde zur Seite. Zwar tauchte dort schon Rarosha auf, doch auch sie war nicht schnell genug, um ihn zu fassen zu kriegen.

Immer mehr Kameraden mit schwarzen Marken umzingelten die kleine Lichtung. Tahro mochte Lija von ihrer Gruppe getrennt haben, doch damit hatte er auch sich selbst isoliert. Und nun nutzten sie ihre Chance.

Krysander legte seine Hände auf die Erde. Für einen Moment sah es aus, als würden die aus dem Boden schießenden Wurzeln Tahros Fuß festhalten können, aber das Feuerblut brannte sie einfach nieder. Die Stränge hatten ihn nicht einmal lange genug gefesselt, dass Hroka ihn fangen konnte. Er wich ihr mit einer weiteren Drehung aus – und tauchte wieder vor Lija auf.

Sein Schlag zielte auf ihr Gesicht. Instinktiv riss sie ihre Arme nach oben, wie sie es in den Zweikampfübungen gelernt hatte. Seine Faust krachte auf ihre Unterarme, die sie wie Schilde vor sich hielt. Es knackte wie zuvor an ihrem Schlüsselbein. Lija wusste, dass es schmerzen müsste, doch das tat es nicht.

Abermals holte Tahro aus. Auch dieses Mal hatte er es auf einen Treffer in ihrem Gesicht abgesehen. Wollte er etwa …? Dieser Gedanke ließ Lija im falschen Moment zögern. Sie hob ihre Arme nicht schnell genug. Trotzdem gelang es Tahro nicht, sie zu erwischen.

Ein Gemisch aus Wasser und Magie traf ihn von der Seite. Heftig genug, dass es ihn aus dem Gleichgewicht brachte und Lorell Lija an den Armen packen und zu sich ziehen konnte. So dicht, dass sie Mimpos Stimme auf dem Abzeichen an seiner Brust hörte.

Der kleine Wassergeist war nicht geflohen.

Er hatte ihre Kameraden zu ihr geführt.

Trotz der Wucht, mit der Lorell und Mimpo ihn erwischt hatten, landete Tahro auf seinen Füßen. Samju nutzte seine nächste Chance, schnellte auf das Feuerblut zu. Was dann geschah, ging zu schnell. Lija konnte es mit bloßen Augen nicht nachverfolgen. Doch schließlich lag Samju am Boden. Goldenes Blut tropfte aus seiner Nase. Und Tahro sprang durch die Bäume hindurch, als wäre er derjenige, der den Wind beherrschen könnte.

»Der ist weg«, verkündete Hroka enttäuscht.

»Weil du zu langsam warst, Windblut!«, fuhr Rarosha sie an.

»Du hast ihn doch auch nicht erwischt.«

»Das hat keiner von euch!« Das Gebrüll ließ die Soldaten herumfahren. Leutnant Ztihts Glatzkopf tauchte im Gestrüpp auf. Die Zweige bogen sich allerdings so eilig aus seinem Weg, als fürchteten sie sich vor ihm. »Er war allein und ihr wart zu zehnt. Wie kann es sein, dass er euch durch die Lappen geht?«

Je länger er die Truppe musterte, umso stärker wurde das Glänzen an der Spitze seines Kahlkopfes. Als sein Blick an Lija haften blieb, knirschte er so laut mit den Zähnen, als würde er auf Sand kauen.

»War ja klar«, brummte er mit vertrauter Enttäuschung. Lija sah ihn fragend an, ehe sie ihren Arm musterte, auf den er deutete. Ein ärgerliches Schnauben entfuhr ihr. Tahro hatte ihre Armbinde erwischt. Dieses Aas war wirklich verdammt schnell.

»Du hast nicht einmal eine halbe Stunde durchgehalten, Prinzessin. Verzieh dich«, knurrte Ztiht kopfschüttelnd. Er deutete mit seinem Daumen über seine Schulter.

Lija bemerkte Samjus und Lorells wachsamen Blicke, die sie verfolgten, bis sie den Forst verlassen hatte. Das Beben auf ihrem Abzeichen hielt sie zunächst für ihren eigenen, rasenden Herzschlag, denn dieses gab keine Ruhe, während sie zurück zu den Luftschiffen stapfte. Doch als sie sich im Schneidersitz auf dem Boden niederließ und sich mit dem Rücken an einen der Rümpfe lehnte, konnte Mimpo sich nicht länger zusammenreißen. Mit kläglichen Tönen sprang er vom Abzeichen auf ihren Schoß. Er besang seine Furcht mit einer herzzerreißenden Melodie, hob bitterlich weinend seine kurzen Ärmchen.

»Ist ja gut …«, übertönte Lija leise summend seine Aufregung. »Du warst so tapfer, Mimpo. Der tapferste Geist der Welt«, hauchte sie gemeinsam mit zarten Küssen auf die Schuppen seines Melonenkopfes, die geschmeichelt zu schimmern begannen. Sie blitzten sogar noch heftiger, als Lija die Melodie ihrer Mutter anstimmte, die Mimpo so mochte. Schon nach wenigen Tönen verstummte er, um ihr zu lauschen. Ihrer Dankbarkeit. Ihrem Stolz. Der unbändigen Liebe zu ihm, die sie nicht in Worte fassen konnte, doch die er in jeder Note der Melodie hörte, bis seine Schuppen heller funkelten als das Sonnenlicht, das diese reflektierten.

Nach einer Weile lehnte Lija ihren Kopf an den Schiffsbug und schloss die Augen. Da Tahro die Verbände verbrannt hatte, legte sie ihre Hände mit himmelwärts gerichteten Handflächen auf ihre Knie. Sie rührte sich keinen Millimeter, um nicht versehentlich irgendetwas – und schon gar nicht Mimpo – mit dem Sichelmond zu berühren. Dieser pochte unaufhörlich. So wie jeder andere Zentimeter ihrer Haut. Ihr war so heiß … Was hatte der Fluch nur mit dem Feuer getan?

Es fühlte sich an, als hätte er es … *gefressen*. Denn sie konnte es spüren. Überall in ihrem Blut. Eine zehrende Hitze. Eine nervenzerreißende Unruhe. Das Fehlen von Erschöpfung. Die vage Erinnerung an den Schmerz, der in ihrer Seite, in ihrem gebrochenen Schlüsselbein und ihrem verletzten Unterarm tobte und den sie doch nicht wirklich bemerkte. Stattdessen rang sie mit dem Drang, auf ihre Füße zu springen. Sich zu bewegen. Zu rennen, bis sie nicht mehr konnte, damit diese Anspannung endlich aufhörte. Und der Fluch …

Ihr dürft den Mond nicht füttern, hatte Samtpfote sie gewarnt, als sie durch den schwarzen Wald gereist waren. Hatte er dies damit gemeint? Lija ballte ihre Faust, bis sich ihre Fingernägel in den Sichelmond bohrten. Der Fluch genoss, was in ihr geschah. Er jauchzte mit jeder Welle, die die Hitze durch ihren Körper jagte. Er brannte mit diesem fiebrigen Gefühl um die Wette, das ihr beinahe den Verstand raubte. Sie hielt den Atem an, als könnte sie den Fluch damit ersticken. Natürlich brachte das gar nichts.

Zaghaft ließ sie ihren Blick in ihre Handfläche sinken. Die Haut um das schwarze Mal war zwar gerötet, als hätte sie sie gegen etwas Warmes gedrückt, doch war sie nicht verbrannt. Aber die Sichel … Lija hob ihre Hand nahe vor ihr Gesicht. Mit dem Zeigefinger fuhr sie die Rundungen und Spitzen des Mondes nach. Es waren scharfe Linien. Nur die Haut darunter … es sah so aus, als würde die schwarze Farbe über die Konturen hinauslaufen. Wie ein Klecks Tinte, der sich in die Fasern von Papier zog.

Er wurde größer.

Plötzlich brach Chaos in ihrem Kopf aus. Eine jede Stimme, die sie je belehrt, je gewarnt hatte, schrie durcheinander. *Du darfst den Fluch nicht benutzen. Du musst dich wehren! Schneebelle allein weiß, was geschieht, wenn dieser Fluch noch größer wird. Das täuscht dich. Wählt nicht den falschen Weg, Aurelija. Das war deine Chance zu fliehen!*

Die letzten Worte durchzuckten Lija wie ein Blitz. Denn sie bedeuteten, dass Tahro ihr Blut gesehen und sie trotzdem leben gelassen hatte. Das Ausbrennen ihrer Wunde war kein gescheiterter Versuch gewesen, sie zu töten … Aber warum? Er hatte doch keinen Grund dazu … außer … Hatte es etwa mit Mimpos

Hilfe nach dem Wolfssturm zu tun? Hatte ihn *das* so milde gestimmt? Lija schüttelte den Kopf über ihre eigenen Gedanken. Das war doch Blödsinn. Es gab keinen Grund, warum er eine Bluttäuscherin begnadigen sollte … aber was auch immer ihn dazu bewegt hatte, er konnte unmöglich gewollt haben, dass sie zurückkehrte. Denn das machte seine Gnade zu einem Fehler.

»Wir sitzen tief in der Scheiße.«

Lija hob überrascht den Kopf. Sie hatte nicht bemerkt, dass Lorell aus dem Forst zurückgekehrt war. Seine Armbinde fehlte und er hatte einen Kratzer auf seiner narbenlosen rechten Wange, der von einem Faustschlag stammen musste. Leise schnaubend setzte er sich neben sie ins Gras, wo er sich ebenso mit dem Rücken gegen den Schiffsrumpf lehnte. Lija musterte ihn dabei aus dem Augenwinkel. Weder hatte sie ihn jemals zuvor fluchen gehört noch mit einem derart finsteren Blick gesehen, mit dem er unaufhörlich in Richtung des Forstes starrte. Nachdenklich fuhr er sich mit dem Daumen über seine Unterlippe.

»Tahro wird mich verraten«, sprach sie aus, was ihn ebenso beschäftigen musste. Es überraschte sie allerdings, dass er daraufhin vehement den Kopf schüttelte.

»Das kann er nicht.«

Zweifelnd runzelte sie die Stirn. Natürlich konnte er. Deswegen sah Lorell sie doch auch immer noch nicht an. Stattdessen starrte er stur zum Forst hinüber, aus dem von Zeit zu Zeit ein weiterer Kamerad herausgestapft kam. Die meisten von ihnen gehörten der schwarzen Gruppe an. Sie grüßten Lorell und Lija nur mit einem knappen Nicken, bevor sie sich irgendwo hinsetzten, um allein in ihrem enttäuschten Ehrgeiz und verletzten Stolz zu zergehen.

Mimpo hatte sich auf Lijas Abzeichen zurückgezogen, um nicht von einem der anderen entdeckt zu werden. Seine Kälte glitt über die Ränder des Goldes hinaus, doch spürte Lija nichts davon. Das Feuer unter dem Sichelmond verursachte ein anhaltendes Brennen, dass sich wie Fieber anfühlte.

»Wenn er dich beschuldigt, wird er erklären müssen, woher er von deinem Blut weiß.« Lorell sprach so leise, als rede er nur mit sich selbst. »Das heißt, er müsste zugeben, dass er dich nicht nur am Leben gelassen, sondern auch über dein Blut geschwiegen hat.« Nun drehte er den Kopf zu ihr. Die Härte, die die Narben ihm verliehen, traf Lija völlig unvorbereitet, doch Lorell tat, als würde er die unwillkürliche Abscheu nicht bemerken, die er in ihren Augen erkannt haben musste. »Wenn er dich anklagt, beschuldigt er sich selbst. Dafür, dass er wissentlich eine Bluttäuscherin hatte entkommen lassen, wird man ihn als Verräter verurteilen. Und *das* würde er niemals zulassen.«

Lija nickte steif vor Bemühung, seine Narben nicht anzustarren, die sich nicht bewegten, wenn er sprach. Es musste so offensichtlich und so angestrengt wirken, dass das Wasserblut leise auflachte.

»Das …«, erklärte er auf sein Gesicht deutend, wobei er keck zwinkerte. »… war schon mal schlechter. Es ist ein wahres Wunder, was die Botschafterin bewirken konnte. Im richtigen Licht sehe ich manchmal aus wie früher.«

Lija lächelte. Es war genauso gestellt wie sein Lachen. Schließlich wusste er ganz genau, dass er nie wieder aussehen würde wie früher. Daher lehnte sie sich vor und hauchte einen flüchtigen Kuss auf den tiefen Krater an seiner Wange.

»Du weißt, dass du dich irrst«, murmelte sie. Er irrte bei beidem. Bei seinen Narben *und* bei Tahro. »Er kann mich verraten, ohne sich selbst zu schaden«, sprach sie weiter, während ihre

Augen zurück zum Forst wanderten. »Er muss mich nur verletzen. So, dass es alle sehen.«

Es war genau das, was Tahro versucht hatte. Das, was er immer wieder versuchen würde, bis es ihm gelang. Daher nickte Lorell mit eingefrorenem Gesicht.

»Er darf keine Gelegenheit dazu bekommen.«

Als sie das Teehaus erreichten, war die Nacht bereits hereingebrochen. Mit dem langsam vorübergehenden Sommer wurden nicht nur die Tage kürzer. Die ganze Stadt veränderte sich. Die Sonne hatte nicht mehr genug Kraft, um die Steine so zu erhitzen, dass sie des Abends diesen wohligen Duft in den Straßen verteilten. Ein kalter Wind aus Osten zerrte stattdessen an den Flammen in den Laternen und ließ die Lichter der fliegenden Kerzen flackern. Doch selbst das kühlte Lijas glühende Haut nicht ab. Ihr war so heiß, dass sie sich am liebsten die Uniform vom Leib gerissen hätte und in einen der Kanäle gesprungen wäre. Manchmal glaubte sie, dass es besser wurde, wenn sie sich bewegte. Und obwohl Lorell neben ihr große Schritte machte, erschien er ihr so langsam, als würde er gemütlich spazieren.

»Beruhig dich«, raunte er ihr vor den Toren des Teehauses zu. Die alten Fassaden wurden aus einer strahlenden Mischung aus Lampions und fliegenden Kerzen erhellt, die die Risse im Putz und den abgeblätterten Lack überstrahlten. Ihr ganzer Körper rebellierte dagegen, dieses Haus zu betreten. Allein bei der Vorstellung der vollgestopften Halle, in der die Luft verbraucht und warm von der überwältigenden Anzahl der Menschen darin war, wurde ihr noch heißer. Aber sie musste dort hinein. Denn dort drinnen war *er*.

»*Katzenauge*, ja?«, flüsterte Lorell einen der Namen des Windsohns, als sie das Außentor durchquerten. Sein Blick wanderte zu den Türmen des Teehauses hinauf. »Ich kann es kaum erwarten, diese Augen zu sehen …«

Lija nickte entschlossen. Sie war sich sicher, dass sie ihn aus seinem Versteck locken würde, wenn sie das Teehaus betrat. Denn es musste etwas geben, das Jawih von ihr wollte. Ansonsten wäre es eine Dummheit gewesen, sie nach dem Wolfssturm am Leben zu lassen. Und der Windsohn war sicherlich vieles, aber kein Narr. Es gab einen Preis für seine Hilfe. Und niemand könnte diesen besser in Erfahrung bringen als Lorell.

»Lass dich nur nicht ablenken«, brummte sie mürrisch, kaum dass sie die Söldnerinnen am Eingang des Teehauses erblickte. Die Gesichter der jungen Frauen erhellten sich schlagartig, als sich ihre Augen an Lorell hefteten. Und dieser schenkte ihnen so unmittelbar seine ganze Aufmerksamkeit, dass Lija nur noch lauter brummte.

»Lorell!« Clarin kam ihnen mit federnden Schritten entgegengeeilt. Hemmungslos warf sie sich dem jungen Soldaten um den Hals. »Schau dich an!« Sie strich ihm mit der Hand über die Narbe. Lija konnte zu wenig von Lorells Gesicht sehen, um zu sagen, ob es ihn störte, doch drehte er weder den Kopf weg noch stieß er Clarin von sich.

»Du siehst ja wie ein echter Soldat aus«, rief das andere Mädchen herüber. Es notierte etwas auf einem Zettel, der so aufgeregt zappelte, dass sie ihn mit den Ellenbogen auf dem Tisch festhalten musste, an dem sie saß. Lija erinnerte sich nur zu gut an diesen kleinen Papiergeist. Und sie wusste, wohin er flitzte, kaum dass das Mädchen von ihm abgelassen hatte.

»Und du, meine teure Disar, wie eine echte Söldnerin«, entgegnete Lorell mit einem trotz der Narben erstaunlich schmeichelhaften Schmunzeln.

»Und ich?« Clarin hakte sich bei ihm ein, lehnte sich dicht an ihn heran.

»Ooooh, Clarin, du …«, raunte er leise. Sein Blick richtete sich auf ihre Lippen, während er den Kopf zu ihr hinabbeugte.

»Wir brauchen einen Tisch«, sagte Lija daher etwas zu laut. Clarin erwiderte ihren giftigen Blick wie eine Herausforderung. Kampflustig und mit leicht gerümpfter Nase musterte sie flüchtig das rote Haar, bevor sie von Lorell abließ.

»Deine Schwester mag mich nicht besonders«, spottete sie. Lija wollte schon protestieren, dass sie nicht seine Schwester war, als Lorell ihr zuvorkam.

»Sie mag niemanden. Nur mich.«

Disar und Clarin kicherten, sodass Lija nicht anders konnte, als den Kopf über diese albernen Mädchen zu schütteln. *Wilde Bestien*, hatte Lorell sie bei ihrem ersten Besuch im Teehaus genannt. Das war wohl kaum sein Ernst gewesen.

»Hör auf, die so verrückt zu machen«, zischte sie ihm ärgerlich zu. Sie hatte den Kopf noch über die Schulter verdreht, um Clarins herausfordernden Blick zu erwidern. Je länger sie diese ansah, umso deutlicher spürte sie das Knistern von Funken in ihrer geballten rechten Hand. Hätte Lorell sie nicht so forsch vor sich her über die Schwelle des Teehauses geschoben, wäre sie sicher umgekehrt, um der Söldnerin ihre Selbstherrlichkeit aus dem Gesicht zu brennen.

»Kann ich nicht«, grinste er nur noch breiter. Zumindest so breit, wie seine Narbe es zuließ. »Das ist angeboren.«

»Pfft«, stöhnte Lija augenrollend auf. Lachend knuffte Lorell ihr in die Seite und schob sie weiter vor sich her, bis sie die prunkvolle untere Halle erreichten.

Das Teehaus schien aus allen Nähten zu platzen. Es war kaum möglich, sich durch die Menschenmasse hindurchzubewegen. An jeden Tisch waren ein paar Stühle zu viel geschoben worden. Manche Gäste hatten sich sogar auf die Tischkanten gesetzt, um irgendwo dazwischen zu passen. Die Luft, voll von Stimmen und fliegenden Kerzen, hatte für Lija wenig Unterschied zu der in einem Ofen. Unruhig zupfte sie am Kragen ihrer Uniform, wischte sich über die Stirn, fächerte sich Luft zu, doch half nichts gegen die Hitze. Das Feuer saß einfach zu tief.

Lorell schob Lija ungeachtet ihres Widerstandes tiefer in das Gedränge. Ellenbogen trafen sie in der Seite, wann immer eine Gruppe von Gästen ihre Krüge für einen Trinkspruch hob.

»GENERAL!«, donnerte es dann durch die Halle. Dass jemand auf die Kaiserin trank, hörte Lija kein einziges Mal. Die Krüge hoben sich nur zu Mündern, wenn Lobeshymnen auf Piron Feuersohn gesungen wurden. Und irgendwann ertönte dazwischen ein lautes: »Lorell! Lija!«

Samjus dunkler Lockenkopf tauchte über der Menge auf. Er winkte überschwänglich und musste auf einen Tisch gesprungen sein, so schnell, wie er sich auf sie zubewegte. Lautes Gebrüll ertönte, da er mit jedem Schritt Kelche und Teller auf der langen Tafel umstieß. Ein paar Mal schoss jemand wütende Funken oder Hagelkörner in seine Richtung, doch Samju war zu schnell, um von diesen erwischt zu werden.

»Ihr habt alles verpasst! Seht euch das an!« Aufgeregt hielt er ihnen seine hohlen, vernarbten Hände entgegen. Fünf Goldmünzen mit stumpfer, abgegriffener Oberfläche lagen darin.

»Hast du die gestohlen?«, fragte Lija halb im Scherz. Denn Samju gewann Wetten nur äußerst selten. Er gehörte zu den armen Seelen, die beim Spielen meist vom Glück verlassen wurden, es aber trotzdem immer wieder versuchten.

»Ich musste vielleicht etwas nachhelfen«, gestand er wenig schuldbewusst. »Kann ja nicht jeder so gesegnet sein wie der.« Mit einer beiläufigen Bewegung deutete er auf Lorell, der amüsiert schmunzelte. Lija hingegen rang es nicht mehr als ein müdes Stirnrunzeln ab.

»Du verstehst das nicht, Lija!«, warf das Windblut daraufhin ein. »Wenn ich nichts unternommen hätte, hätte ich mir eine Hand als Pfand abschlagen lassen müssen. Und weißt du, was noch weniger Mädchen anzieht als ein Soldat mit zwei verbrannten Händen? Ein Soldat mit nur einer verbrannten Hand!«

Zur Demonstration hielt er sich eine davon hinter den Rücken und die andere direkt vor ihre Nase. Es konnte ihr immer noch kein Lächeln abringen.

»Und was hast du stattdessen als Pfand bezahlt?«, fragte sie gelangweilt, ohne besonderes Interesse, die Antwort zu hören – bis ihr ein erschreckender Gedanke kam.

»Wehe, du hast die Katzenkralle versetzt.« Mit wachsendem Groll sah sie dabei zu, wie sich ein steifes Entsetzen auf seinem Gesicht ausbreitete. Eines, das in jeder Hinsicht inszeniert war und dadurch umso mehr wie Schuldbewusstsein wirkte.

»Gnaden dir alle Götter, wenn …«, drohte sie ihm, bemerkte gar nicht, dass sie die Fäuste hob.

»Ich habe dir doch gesagt, dass ich sie nicht habe!« Samju wich einen Schritt zurück. Lija setzte ihm augenblicklich hinterher: »Und ich glaube dir kein Wort!«

»Beruhig dich!« Lorell fasste nach ihren Schultern, um sie zurückzuziehen, doch sie schüttelte seine Hände ab. Sie konnte keine Berührung ertragen. Ihr war so heiß, sie brannte so vor Wut, dass sie am liebsten beide verprügelt hätte, nur um diese Anspannung loszuwerden.

Dieses verdammte Feuer …

»Lügt er?«, fuhr sie Lorell heftiger an, als sie wollte. Dieser tauschte einen kurzen Blick mit Samju. Nichts an seinem Gesicht veränderte sich. Und die einzige Antwort, die sie von ihm bekam, war: »Er ist nicht dein Feind, Lija.«

Sie öffnete den Mund, wollte etwas entgegnen, sich streiten, doch Lorell fuhr ihr vehement dazwischen: »Lass dich nicht ablenken! Vergiss nicht, warum wir hier sind.«

Sie hielt Lorells Blick stand, bis sie das Gefühl hatte, dass seine Besonnenheit auf sie abfärbte. Trotzdem schaffte sie es nur unter größter Anstrengung, ihre Fäuste zu öffnen und zu nicken. Denn Lorell hatte recht. In diesem Moment war Katzenauge wichtiger als die Antwort darauf, was mit der Katzenkralle geschehen war – aber sie würde nicht vergessen, dass Samju ihr diese schuldig war. Der auffordernde Blick, den sie dem Windblut zuwarf, verfehlte jedoch seinen Zweck.

»Ich weiß, was gegen so eine Miene hilft!«, grinste Samju, als würde er es darauf anlegen, sie zu provozieren. »Der erste Krug Wein geht auf mich!« Er riss seinen Arm in die Luft und winkte abermals ausladend über die Köpfe sämtlicher Gäste hinweg.

»Ich werde ihn umbringen«, drohte Lija leise, sodass nur Lorell es hörte.

»Was glaubst du, wie oft Halvar das vorhatte?«, raunte er ebenso leise zurück. Lija hasste es, wie schuldig sie sich fühlte, wenn jemand seinen Namen sagte. Und wie schlecht sie dann Luft bekam. Wie trocken ihre Kehle wurde. So, als hätte sie seit Tagen nichts getrunken. Ein Krug Wein wäre bei Weitem nicht genug, um dieses Gefühl zu vertreiben.

»Hier! Wir verdursten!«, rief Samju, als er eine Magd auf sich aufmerksam gemacht haben musste. Lija erkannte sie sofort wieder. Ylmi balancierte ein volles Tablett in je einer Hand und eines auf dem Kopf. Als sie Lorell erblickte, erhellte sich ihr gesamtes Gesicht. *Junger Herr!*, konnte Lija selbst aus der Entfernung von ihren vollen Lippen ablesen. Ihre kugelrunden Augen glänzten feucht und ihre Wangen schimmerten vor Aufregung, als sie näher kam.

»Ich dachte, ich sehe Euch nie wieder! Es hieß, die Wölfe hätten Euch …«, schluchzte sie. Dabei trat sie so ungehalten auf ihn zu, als hätte sie die Tablette vergessen. Lorell griff nach einem Teller, der gefährlich weit über eine Kante rutschte und Samju schaffte es in letzter Sekunde, den Krug auf ihrem Kopf zu halten, bevor er umfiel.

»Euer Gesicht!«, japste Ylmi. Wie eine Puppe an Fäden hing sie zwischen Lorells und Samjus Armen. Sie blinzelte ein wenig, während ihre Augen über die harten Furchen glitten, als würde sie diese erst jetzt bemerken. »Ihr seid ein richtiger Krieger, junger Herr.«

Samju ließ kopfschüttelnd den Krug los, als sich Ylmi gesammelt hatte. Trotzdem hörte sie nicht damit auf, Lorell anzuhimmeln, als gäbe es auf dieser Welt keinen Zweiten wie ihn.

»Wie macht er das nur?« Das Windblut warf Lija einen fragenden Blick zu und schob seine vernarbten Hände in seine Taschen. Ratlos zuckte sie mit den Schultern. Vielleicht war es doch angeboren.

»YLMI!«

Das ohrenbetäubende Gebrüll ließ Lija nicht minder heftig zusammenzucken als die junge Magd.

»Welche Gäste lässt du da auf ihre Bestellung warten?« Oza tauchte aus dem Nichts auf. Mit nur einer einzigen Bewegung ihrer Hand trieb sie die junge Magd davon. Als Ylmi nicht mehr zu sehen war, drehte sich die Händlerin mit in die Hüften gestemmten Fäusten zu Lorell um. »Du hältst schon wieder meine Mädchen vom Arbeiten ab.«

Lorell erwiderte diese Rüge mit einem schuldbewussten, schiefen Lächeln, das Ylmi wahrscheinlich zu Tränen gerührt hätte. Selbst die Händlerin ließ sich davon erweichen. Die strenge Miene löste sich auf und wich einer Milde, die Erleichterung glich.

»Wie schön, dass du lebst.« Ungeniert trat sie an ihn heran. So nahe, dass kein Bogen Papier mehr zwischen die beiden passte. Oza stellte sich auf ihre Zehenspitzen, um ihm etwas ins Ohr zu flüstern. An der Art, wie sich Lorells Mimik veränderte, wie die hübsche Frau ihren Körper gegen seinen drückte, konnte sie ihm nichts anderes als ein unanständiges Angebot gemacht haben. Und Lija hätte ihrem Cousin am liebsten in den Bauch geboxt, als er Oza so bereitwillig folgte.

»Shirosh«, raunte der Rothaarige Samju im Vorbeigehen zu, woraufhin dessen Mund aufklappte.

»Shi-*was*?«, fragte Lija. Sie löste die Augen nicht von Oza, doch egal wie sehr sie es sich wünschte, Mimpo spuckte ihr nicht einmal eine kleine Fontäne in den Nacken.

»*Shirosh*, Lija«, wiederholte er aufgeregt, als würde Lija begreifen, was das ist, wenn er die Silben deutlicher betonte. »Ich glaube es nicht!«

Von einem Bein aufs andere hüpfend packte er Lijas Handgelenk. Er zog sie hinter Lorell und Oza her zu der großen Treppe nahe dem Eingang. Diese führte zu einer höher gelegenen Galerie, die wie eine Aussichtsplattform über der großen Halle lag.

»Beeil dich!«, trieb er sie an, wobei er so fest an ihr zerrte, dass sie die Füße kaum auf der Erde behalten konnte. Sie stürmten die nächste Treppe empor, auf der Lija herrliche kühle Luft ins Gesicht schlug. Für einen Moment hörte das fiebrige Glühen in ihren Wangen und ihrer Stirn auf. Genießerisch schloss sie die Augen und beugte sich über das Geländer in den Abendwind.

An dieser Treppe war eine der Wände offen. Ein atemberaubender Blick breitete sich über das Panorama des Vergnügungsviertels hinter der Mauer und den Grünanlagen im Inneren aus. Dort unten erkannte Lija zwischen all den kunstvollen Beeten üppige Badehäuser mit weitläufigen Becken. Diese mussten beheizt sein, denn weiße Dampfschwaden stiegen daraus empor. Die Gäste in den Becken waren nackt und schienen sich nicht im Geringsten daran zu stören. Manche ließen sich sogar hemmungslos auf der Oberfläche neben schwimmenden Tabletten mit kleinen Gläsern treiben. Andere saßen beieinander oder hatten ihre Köpfe auf ihre verschränkten Arme gebettet, mit denen sie sich am Beckenrand festhielten. Sie alle frönten einer vornehmen Stille – ganz im Gegensatz zum ausgelassenen Gezeche in der Halle.

»Trödel nicht!«, mahnte Samju sie abermals, packte ihren Arm mit beiden Händen, als müsste er eine widerspenstige Wurzel aus der Erde ziehen. Er war so grob, dass es sich anfühlte, als würde er ihr den Arm ausreißen, nur um sie ans obere Ende der Treppe zu schleifen, an dem ihr Ziel lag.

Jener Raum, zu dem Oza sie führte, war ein mit opulenten Wandteppichen geschmückter Salon. Hier herrschte weder der Lärm der Hallen noch die Stille der Thermen. Nur wenige kleine Feuergeister, die in goldenen Schalen an Kohlen knabberten, spendeten Licht. Dichte Schwaden mit einem herben Kräuteraroma hingen in der Luft, umkreisten die Köpfe der wenigen

Gäste, die sich auf Chaiselonguen und großen Polstern um einen flachen Tisch herum gesammelt hatten. Lija hatte kaum den ersten Schritt hineingetan, als sie erschrocken stehen blieb. Aufmerksam ließ sie ihren Blick umherstreifen. Denn selbst in diesem dichten Dunst hatte sie die verräterische Spur von Zitrone und Minze sofort erkannt.

Katzenauge war hier.

KAPITEL 6

SHIROSH

»Dieses Spiel ist auf Shirosh Windtochter zurückzuführen. Sie spielte es mit ihren ersten Kindern, um sie in der Kunst zu lehren, wann man eine Lüge wie die Wahrheit klingen lassen muss und wann man die Wahrheit wie eine Lüge benutzen sollte, um zu gewinnen.«

Zitiert aus Uffhan Windsohns »Verbindliches Regelwerk für Glücksspieler und andere verlorene Seelen«

Wo bist du, Jawih?

Gespannt musterte Lija jede Person in dem prachtvollen Salon. Es waren knapp ein Dutzend Gäste, die sich wohlig den Dünsten hingaben. In einer Ecke labten sich auf Chaiselonguen gelümmelt ein paar grün gekleidete Frauen an Trauben und Wein. Ein Feuerblut, der Länge nach in die großen Polsterkissen am Boden gesunken, das Mundstück einer Wasserpfeife in der Hand und offensichtlich schlafend, lag neben einem weiteren Mann in ebenso roter Kleidung, der dasselbe tat. Am Tisch im Zentrum des Salons saß eine alte Frau. Mit ihrer auffällig bunt lackierten Tabakpfeife war sie maßgeblich an den schweren Dunstschwaden im Raum beteiligt. Vom Windsohn jedoch war nichts zu sehen. Die feine Note von frischer Minze und sommerlicher Zitrone war längst verschwunden.

»Kaum zu glauben, dass Oza Lorell spielen lässt«, raunte Samju ihr zu. Er hielt sie immer noch am Handgelenk fest, an dem er sie durch den Raum zog. »Sie hat ihn schon vor Ewigkeiten der Tische verwiesen.«

»Warum?« Lija ließ sich neben Samju auf ein großes Polsterkissen sinken. Vor ihnen, direkt am Spieltisch, tat Lorell dasselbe.

»Er hat so oft gewonnen, dass sie ihn für einen Betrüger halten«, flüsterte Samju aufgeregt.

»Wen? *Lorell?*«, entfuhr es Lija überrascht. Mit einem kurzen Seitenblick musterte sie ihren Cousin, der rhythmisch mit den Fingern auf die Tischplatte trommelte, als ob er es nicht erwarten könnte. Es machte den Anschein, als wollte Samju nicht, dass irgendjemand hörte, was er als Nächstes zu sagen hatte, denn er lehnte sich so nahe zu ihr, dass sie seinen Atem an ihrem Ohr spüren konnte. »Wer Shirosh gegen Lorell spielt, kann ihm sein Geld auch einfach schenken.«

»Wieso? Was ist Shirosh?«

Empört schnalzte das Windblut mit der Zunge: »Wie kannst du das nicht wissen? Kennt ihr im Norden gar keine Art von Spaß?«

Lijas scharfen Blick schien er gar nicht zu bemerken, denn als ihm ein Domestik in schlichten, hellblauen Gewändern ein Tablett entgegenhielt, fielen ihm beinahe die Augen aus dem Kopf. Lija glaubte sogar, seinen Speichel fließen zu hören, so gierig blickte er darauf. Es war beladen mit kleinen Weinkelchen, Gebäck und mit geschmolzenem Zucker überzogenen Früchten. Samju schämte sich nicht, sich so viele Häppchen von den Tabletten zu nehmen, wie er halten konnte. Er war so gierig, dass Lija sich peinlich berührt nicht traute, nach mehr als einem Stück zu greifen, obwohl ihr leerer Magen ebenso knurrte wie seiner.

»Da'on wirsch 'u do'ni satt!«, rügte Samju sie prompt, nachdem er sich bereits einen Großteil seiner Beute in den Mund gestopft hatte. Ohne Widerworte zu akzeptieren, drückte er ihr ein paar seiner Häppchen in die Hände. »Ischdasch«, forderte er sie schmatzend auf. Es kostete Lija alle Willenskraft, nicht zu schmunzeln. Sie war immer noch wütend, weil er ihr nicht sagte, was er mit der Katzenkralle angestellt hatte, doch wusste sie auch, wie ungern er sein Essen teilte.

Dieser alberne Windschädel.

»Shirosh ist ein Spiel, Lija«, nahm Samju seine Erzählung wieder auf, während er seine übrige Beute vor sich auf dem Sitzkissen ausbreitete. Bevor er weitersprach, steckte er sich eine weitere Teigtasche in den Mund. »Esch gib'fasch einhun'art verschie'ne Ar'en, esch'uschpiel'n.« Er schluckte geräuschvoll. »Ich bevorzuge wildes Shirosh. Meiner Meinung nach die lustigste Art. Aber im Teehaus spielt man altes Shirosh.« Er schnippte ein Plätzchen in die Luft, legte den Kopf in den Nacken und fing es mit dem Mund auf. »Seksch Schpielah 'nd sekschunddraischig Kart'n.«

»Wer redet denn da die ganze Zeit mit vollem Mund?«

Überrascht über den grimmig-scharfen Ton drehte Lija sich um. Hinter ihr, keine Armeslänge entfernt, stand ein Mann. So klein, dass er im Stehen so groß war wie sie im Sitzen.

»*Raahschaahfaah*?«, schmatze Samju mit überrascht gehobenen Augenbrauen.

»Was?« Der Alte kniff seine winzigen Äuglein zusammen, als könnte er den jungen Mann direkt vor ihm nicht erkennen. Abermals schluckte der Soldat geräuschvoll herunter.

»Du bist ja schon wieder kleiner geworden, Rajha-*pha*!«

»Wer ist das?«, beschwerte sich der Alte, als würde er tatsächlich nichts sehen. »Bist du das, Khanji?«

»Wirst du jetzt auch noch blind?« Ungeniert griff Samju ihm in die Brusttasche, aus der er eine Brille hervorzog, deren Gläser so dick waren wie Lijas Zeigefinger und der Rand so übertrieben vergoldet, dass sie zu schwer sein dürfte, um auf einer Nase zu sitzen. Doch schien der breite, krumme Zinken, auf den Samju das massive Gestell schob, dem Gewicht ebenbürtig zu sein.

Die fahlen Augen, stark vergrößert durch das lupendicke Glas, blinzelten heftig. Als er Samju erkannte, breitete sich schlagartig eine tiefe Enttäuschung auf dem Gesicht des Alten aus: »Ach so … *du* bist das.«

Offensichtlich gekränkt zog Samju den Kopf ein. Er schien Verachtung nicht gewohnt zu sein, denn er murrte schmollend: »Denkst du nicht, dass es Zeit wird zu sterben, wenn du nicht einmal mehr richtig gucken kannst?«

»Das musst du dir gar nicht wünschen. Denn wenn ich sterbe, kriegst du gar nichts. Dafür sorge ich«, entgegnete der Alte grimmig. Sein Blick flitzte neugierig umher, als würde er mit seiner Brille nun zum ersten Mal sehen, wo er sich befand. Und er schien etwas zu entdecken, das ihn in Erstaunen versetzte. »Bei Ethiels acht Winden …«, murmelte er wie in Trance vorwärtsstolpernd. Er kletterte durch die beiden am Boden sitzenden Soldaten hindurch, stieg über ihre gefalteten Knie und Beine, trat Lija dabei auf den Fuß, aber dachte gar nicht daran, sich zu entschuldigen, als diese schmerzhaft zischte.

»Mein Großvater«, erklärte Samju und schüttelte ärgerlich den Kopf. »Der garstigste Mensch auf dieser schönen Welt. Einhundertzweiundsiebzig Jahre, acht Monate und zweihundertneunundneunzig Tage alt. Der lebt nur deswegen so lange, damit niemand von uns etwas erbt.«

Lija legte den Kopf schief. Einhundertzweiundsiebzig Jahre war selbst für ein Goldblut ein stolzes Alter. Sie beobachtete, wie der kleine Mann mit seinen kurzen Beinen in einem erstaunlichen Tempo zum Tisch marschierte, bis er neben Lorell zum

Stehen kam. Auch dieser konnte ihm im Sitzen direkt in die von den dicken Brillengläsern vergrößerten Augen blicken.

»Ihr!«, rief der Alte empört aus.

»Meister Rajha«, grüßte Lorell freundlich, als hätte er die Feindseligkeit unter den buschigen Augenbrauen und dem dichten Schnauzbart nicht bemerkt.

»Ihr wurdet der Tische verwiesen!« Anklagend streckte der alte Rajha einen Zeigefinger aus. Er drehte den Kopf, doch Lija konnte durch die Rauchschwaden und das schummrige Licht hindurch nicht erkennen, wohin er seinen Vorwurf rief: »Von dem hat niemand etwas gesagt!«

»Meister Rajha!« Einer der Gäste trat aus dem Hintergrund hervor. Ein Mann in edlen, maßgeschneiderten blauen Roben und dem Abzeichen eines Beamten an der Brust. »Ihr vergesst Euch. Wisst Ihr denn nicht, wer das ist?«

»Natürlich weiß ich, wer das ist. Ich bin alt, nicht schwachsinnig, Minister!« Er drehte den Kopf zurück zu Lorell. »Das ist der Wesirssohn, den die Wölfe nicht totgebissen haben.«

»Rajha-*pha*«, seufzte Samju. Die Taktlosigkeit des alten Mannes schien ihn wirklich peinlich zu berühren. »Setz dich einfach hin.«

Meister Rajha zögerte, ließ noch einmal seinen Blick durch den Raum gleiten, ehe er schließlich um den Tisch herumstapfte.

»Steht auf!«, murrte er das Feuerblut an, das immer noch in den Polsterkissen lag wie in einem Bett. Als dieses sich nicht rührte, trat der alte Griesgram gegen sein Bein, woraufhin der Oberkörper in die Höhe schoss. Viel erkannte man von dem Feuerblut nicht. Seine leuchtend roten Roben, verziert mit goldenen Fäden und feinen Stickereien, die ein Vermögen gekostet haben mussten, waren bei dem Nickerchen vollkommen verrutscht. Auch seine Bewegungen wirkten fahrig und träge, als er allmählich zu sich kam.

»Steht auf!«, wiederholte der alte Rajha ungeduldig und setzte sich an einen der freien Plätze am Tisch. Im Sitzen war er so klein, dass ihm die Platte bis zur Brust reichte. Mit einem letzten, abfälligen Blick in Richtung der Polsterkissen verkündete er: »Es beginnt.«

Die Art, wie er es sagte, machte Lija stutzig. Als würde er damit etwas gänzlich anderes meinen. Also folgte sie seinem Blick. Das Feuerblut hatte seine Roben noch nicht gerichtet. Die Kapuze seines teuren roten Kaftans hing ihm tief ins Gesicht, sodass nicht viel davon zu erkennen war, doch Lija erkannte die überhebliche Eleganz seiner Haltung sofort.

Katzenauge.

Und war das etwa … sie kniff die Augen zusammen, um das Abzeichen an seiner Brust besser erkennen zu können. Offensichtlich war es gestohlen, denn es zeigte eine opulent verzierte Flamme auf rubinrotem Grund. Als Lija das Gilden-Zeichen erkannte, hätte sie beinahe laut mit der Zunge geschnalzt. Der Kerl war dreist genug, sich für einen Aristokraten auszugeben.

Der alte Rajha faltete die Hände auf dem Tisch zusammen, als Katzenauge sich neben ihn setzte. Mit einem Nicken deutete er über den Tisch auf Lorell. »Behaltet diesen Lümmel im Auge, Hoheit. Er ist ein Betrüger!«

Katzenauge hob den Kopf. Dabei blitzte genug seines bildhübschen Gesichts auf, dass die alte Dame mit der lackierten Pfeife zu seiner Linken nach Luft schnappte. Und an der Art, wie Lorell den Kopf schief legte, war Lija sich sicher, dass auch er mehr sehen wollte.

Dabei war die Vollkommenheit seines Gesichts verzerrt. Schwarze Linien zeichneten sich auf Katzenauges hellen Haut ab. Es waren solche Bemalungen, wie Lija schon gehört hatte, dass einige Stämme im Süden sie trugen. Sie waren kunstfertig, mühevoll aufgebracht, faszinierend in ihrem Muster und doch gefielen sie Lija nicht. Denn auch wenn er immer noch atemberaubend schön war, veränderten die schwarzen Linien sein Gesicht so erstaunlich, dass es vollkommen fremd erschien.

»Was Ihr nicht sagt«, antwortete Katzenauge dem alten Rajha mit einem Akzent, den Lija noch nie gehört hatte. Doch Samju schien dieser um ein Vielfaches mehr zu verstören als sie. Kaum hatte Katzenauge das Wort erhoben, verschluckte er sich an seinem Häppchen. Hektisch schlug er sich mit der Faust gegen sein Brustbein und gab so klägliche Töne von sich, als würde er ersticken. Lija kam ihm zur Hilfe, trommelte auf seinen Rücken, bis Samju wieder Luft bekam. Erblasst griff er zu seinem Kelch, den er in einem Rutsch leerte. Als er das Gefäß absetzte, glitt sein Blick zurück zu der roten Kapuze. Und in dem Moment begriff Lija, dass auch Samju genau wusste, wer sich darunter verbarg. Und … war das etwa Furcht in seinem Gesicht?

»Einsätze«, zog der Domestik in den feinen Kleidern die Aufmerksamkeit auf sich. Er mischte sorgfältig einen Stapel Karten, bevor er vor jedem Spieler zwei verdeckt ablegte. Wie die anderen betrachtete auch Lorell kurz sein Blatt, dann zog er einen Beutel unter seiner Jacke hervor. Aus diesem sammelte er einige Goldmünzen, Silberlinge und bronzene Dubel heraus und legte sie vor sich auf den Tisch.

»Der höchste Einsatz erkauft sich den ersten Zug«, erklärte Samju, ohne den Blick von Katzenauge zu lösen. Dieser legte nur ein paar Dubel vor sich hin. Der Spieler, der den höchsten Einsatz über den Tisch schob, war der Minister.

»Der muss ein ziemlich mieses Blatt haben«, flüsterte Samju weiter. »Der erste Zug ist der sicherste. Das Beste bei schlechten

Karten. Den sollte man sich kaufen, wenn einem das Glück fehlt.«

Mit einem Wink seiner Hand sprach der Domestik dem Minister den ersten Zug zu. Unmittelbar danach legte dieser eine seiner Karten verdeckt auf den Tisch, die der Diener gegen eine neue tauschte.

»In jeder Runde hast du die Möglichkeit, eine deiner Karten zu tauschen.« Samju lehnte sich etwas nach rechts, um an Lorell vorbei zu sehen, was die anderen Spieler taten. Doch mit Ausnahme des Ministers gab niemand eine Karte ab. »Das Ziel ist es, in jeder Runde ein höheres Kartenpaar zu haben als dein Vorgänger. Deswegen tauschst du die Zwei immer. Es sei denn, du hast zwei davon – die schlagen alles!«

»Achtundfünfzig«, verkündete der Minister, kaum dass er sich seine neue Karte besehen hatte.

»Sechsundsechzig«, überbot Lorell, der rechts daneben saß.

»Neunundsechzig«, kam es von dem jungen Erdblut-Händler rechts und »Einhundertsieben« von der Alten mit der lackierten Pfeife, die sich nicht von Katzenauge abwenden konnte. Dieser schob eine seiner Karten zum Domestiken. Sein Lächeln steckte die Dame an, als er sich in ihre Richtung drehte und behauptete: »Einhundertneun.«

»Nie im Leben!«, stieß sie sogleich aus. »So viel Glück habt Ihr nicht, Hoheit!«

»Sicher?« Katzenauge deckte seine Karten auf. Eine zeigte die stilistische Zeichnung einer bildhübschen Frau, die niemand anderen darstellen konnte als die Göttin Njoriel, die an einem Ufer kniend versuchte, ihre schäumenden weißblauen Locken zu besänftigen. Die zweite Karte zeigte eine so kunstvoll mit Flammen verzierte Neun, dass man das Gefühl hatte, der Karton würde brennen.

»Jede Götterkarte wertet hundert Punkte. Beim alten Shirosh gibt es nur vier davon im Deck. Wenn du eine hast, kannst du fast sicher sein, zu gewinnen.« Samjus Augen leuchteten vor Aufregung, während er das Geschehen am Tisch verfolgte. Die Alte schnalzte enttäuscht über ihr fehlendes Götterkartenglück mit der Zunge. Scharfe Linien furchten die Lachfalten um ihren Mund, als Katzenauge sich vorbeugte und mit beiden Händen die eingesetzten Münzen in der Tischmitte zu sich strich.

»Du darfst lügen«, flüsterte Samju und schob sich ein weiteres Häppchen in den Mund. »Wirst du ertappt, gewinnt der, der dich erwischt. Wirst du zu Unrecht beschuldigt, gehört der Sieg dir.«

»Aaah«, machte Lija, die damit alles vom Spiel verstanden hatte, was sie wissen musste. Beim Shirosh ging es um Menschenkenntnis. Darum, ob man jemandem an der Nasenspitze ablesen konnte, ob dieser die Wahrheit sagte oder log – Lorell konnte dieses Spiel gar nicht verlieren.

Der Domestik nahm die abgelegten Karten entgegen und mischte aufs Neue, während die Gäste und Zuschauer sich einander zuwandten.

»Wo kommt Ihr her, Hoheit?«, nutzte der Minister die Pause. Interessiert wandte er sich Katzenauge zu, während er die Goldmünzen vor sich auf dem Tisch klimpern ließ. »Ich habe Euch hier nie zuvor gesehen.«

»Aus dem Geysirkraterdorf.«

»So weit aus dem Süden?«, hakte der Minister interessiert nach. »Was treibt Euch her?«

»Mein jüngster Bruder dient im Heer des Generals«, log Katzenauge so spielerisch, als wäre es die Wahrheit. Lija biss sich fast die Zunge ab, um nicht verächtlich aufzulachen. »Ich bin ihm nachgereist, als ich vom Wolfssturm hörte. Wollte sehen, ob der Hitzkopf überlebt hat. Allerdings hatte ich auf dem Weg hierher eine unschöne Begegnung mit einem Adler, die mich mein gutes Schiff gekostet hat.«

»Ja«, nickte der Minister, als würde er die Angriffe eines Adlers nur zu gut kennen. »Wahrlich gefährliche Zeiten, um zu reisen.«

»In der Tat. Njoriel sei Dank hatten meine Männer und ich das Glück, es bis vor die Tore der Goldstadt zu schaffen. Wo sonst könnte ich ein besseres neues Luftschiff bekommen als in der Werft der Rajhas?« Katzenauge drehte beim Sprechen den Kopf zu dem Alten, der mit vor der Brust verschränkten Armen dahockte und niemandem Beachtung schenkte.

»Wohl wahr«, stimmte der Minister zu und wandte sich ebenfalls dem Griesgram zu. »Dabei fällt mir ein: Habt Ihr schon entschieden, wie Ihr mit der Werft verfahren wollt, solltet Ihr – Njoriel möge es verhindern – auf die andere Seite gehen? Es an Eure Kinder zu vermachen kommt sicher nicht infrage. Schließlich sind die allesamt Soldaten und keine Ingenieure.«

Meister Rajha machte ein Geräusch, als wäre er lieber nicht daran erinnert worden. »Geehrter Herr Finanzminister«, brummte er wie eine Beleidigung. »Mein Erbe geht Euch nichts an. Ihr bekommt nichts davon.«

»Ich könnte Euch zumindest einen Teil der Werft abkaufen. Dann …«

»Dafür habt Ihr wohl kaum die Mittel übrig, wenn ich mit Euch fertig bin!«

»Rajha-*pha*«, rügte Samju leise, als sich sein Großvater ungeduldig auf den Tisch stemmte, als wollte er dem Domestiken die Karten aus der Hand nehmen. Mit einer steifen Geste drehte der Finanzminister den Kopf, musterte den jungen Soldaten erst abschätzig, doch dann blitzten seine Augen auf, als er erkannte:

»Wenn das nicht der Sohn von Oberst Bharriq ist!« Nach einem letzten scharfen Seitenblick zum alten Rajha wandte er sich Samju gänzlich zu. »Wie geht es Eurer Mutter? Ist sie schon zurück?«

Die Frage war reine Provokation. Denn wenn Sineal Bharriq in die Stadt zurückgekehrt wäre, wäre es in aller Munde. Schließlich waren sie und ihre besten Piloten vom Kommandanten entsandt worden, um Jawih Windsohn zu fangen. Über dessen Verbleib kursierten allerlei Gerüchte. Ein jeder schien es besser zu wissen, wohin dieser nach dem Wolfssturm geflohen war. Überall meldeten sich Zeugen, die ihn gesehen haben wollten. Die meisten dieser Berichte kamen aus dem Ostland. Doch waren das alles falsche Fährten. Denn Jawih Windsohn war hier. Genau an diesem Tisch.

»Ich wäre nicht überrascht, wenn sie mit leeren Händen aus dem Osten zurückkehrt«, überlegte der Minister mit einer gewissen Bösartigkeit in der Stimme laut weiter, während er neugierig zwischen dem alten Rajha und Samju hin- und herblickte. »Verübelt es mir nicht, wenn ich es ausspreche – es sind nicht meine Worte –, aber es gibt wenige, die glauben, dass Oberst Bharriq ihren eigenen Urahn ausliefern würde.«

Samju schien sich anzustrengen, Lija entgeisterten Blick nicht zu bemerken. Trotzdem musterte sie ihn mit zu Schlitzen verengten Augen. Tausend Worte lagen ihr auf der Zunge, die sie alle mühsam herunterschluckte.

Das war also der Grund.

Deswegen war Samju ihr nie von der Seite gewichen. Deswegen wahrte er so selbstverständlich ihr Geheimnis. Deswegen hatte er die Katzenkralle gestohlen, von der Lija sicher sein konnte, dass sie sich ebenso in diesem Raum befand wie Jawih Windsohn.

Die Rajhas und die Bharriqs – das alles waren seine Erben.

Und sie alle waren Verräter.

»Ich richte ihr Eure Bedenken aus, wenn ich sie das nächste Mal sehe«, beendete Samju mit erstaunlich fester Stimme und überzeugend unbeeindrucktem Schulterzucken das Verhör des Ministers. Dessen Oberlippe zuckte unzufrieden, obwohl er an seinem höflichen Lächeln festhielt. Für einen Moment sagte niemand mehr ein Wort. Schließlich war es der Erdblut-Händler neben Lorell, der als erster unter dem Schweigen zusammenbrach.

»Ich habe gehört, dass der Windsohn gar nicht im Ostland ist. Meine Verwandten in der Waldstadt schwören Stein und Bein, dass sich Jawih bei der Nordkönigin versteckt.« Er winkte einen der Domestiken mit einem Handzeichen herbei, um ihm mehr Wein einzuschenken.

»Seltsam …« Katzenauge hielt dem Domestiken ebenfalls auffordernd den Krug entgegen. Ein Lächeln umspielte seine Lippen, als würde er sich köstlich amüsieren. »Bei uns im Geysirkraterdorf heißt es, dass der Windsohn die Goldstadt nicht verlassen hätte. Angeblich fürchtet er den General nicht.«

»Aber das sollte er.«

Selbst das letzte, leise Gemurmel erstarb. Köpfe reckte sich neugierig in ihre Richtung, aber Lija erwiderte nur einen einzigen Blick. Auch wenn ihr bei dem Anblick der goldgelben Augen die Hitze in die Wangen schoss, war sie nicht bereit, sich davon um den Finger wickeln zu lassen. Unbeirrbar fuhr sie fort: »Piron Feuersohn wird nicht aufhören, ihn zu jagen.«

Katzenauge tat nicht mehr, als den Kopf ein wenig schief zu legen. Und die Gleichgültigkeit, mit der er das tat, machte sie rasend. Also klagte sie ihn weiter an: »Wegen Jawih Windsohn sind die Wolfskönige entkommen. Wegen ihm sind tausende Soldaten umsonst gestorben.«

Lija spürte, dass Samju ihren Arm warnend berührte. Trotzdem hob sie ihr Kinn nur noch höher, als Katzenauges sie nichtssagend betrachtete. Irgendwo zischte jemand zustimmend »Abschaum«, ein Zweiter murmelte für alle hörbar »Verräter«, doch das letzte Wort nahm sich der alte Rajha heraus.

»Tja«, brummte er ungerührt. »Selber schuld. Der, der nichts Besseres kann, wird Soldat. Und dann stirbt er eben auch wie einer.« Er klopfte mit seiner kleinen Faust auf den Tisch, um dem Domestiken zu verstehen zu geben, dass er die neue Runde eröffnen sollte. Dieser tat wie geheißen, teilte und tauschte die Karten aus.

»Vierunddreißig«, verkündete Katzenauge, der sich den ersten Zug mit seinem Gewinn erkauft hatte. Auffordernd blickte er den alten Rajha an, der ihn mit brummend wackelndem Schnurrbart überbot.

Während die anderen Spieler ihre Augenzahl ausriefen, schielte Lija zu Lorell, dessen Blick beiläufig durch die Runde glitt. Er beobachtete, wie der Finanzminister um die Gunst des vermeintlichen Aristokraten buhlte und sich die Dame mit der bunten Pfeife von Katzenauge um den Finger wickeln ließ. Belustigt sah er dem alten Rajha dabei zu, wie dieser mit seinem Leben an seinen Münzen zu hängen schien, während der Erdblut-Händler seine Einsätze halbherzig verspielte.

Immer wieder kehrten Lorells Augen zu Katzenauge zurück, dessen Gesicht er mit seinem seelendurchdringenden Blick sezierte. Geduldig nahm er die Bestandteile auseinander, suchte nach dem Charakter, der unter der blendenden Schönheit verborgen war – und Lija tat dasselbe mit Lorell. Sein Lächeln wirkte unbekümmert, seine Augen leuchteten amüsiert. Er erheiterte die Runde mit kleinen Scherzen, während er über die der anderen herzlich lachte. Niemand würde bezweifeln, dass ihm all das hier große Freude bereitete. Und wenn irgendjemand die ab und an aufblitzende Härte überhaupt bemerkte, war es leicht, den Narben oder dem Spiel die Schuld daran zu geben. Doch Lija wusste es besser. Lorells aufgesetzte Heiterkeit war nicht mehr als ein Spiegel dessen, was er im Gesicht des Windsohns fand: Nämlich gar nichts.

»Neunundachtzig«, überbot Katzenauge die Achtundachtzig seines Vorgängers, als er zum zweiten Mal an der Reihe war. Lija horchte bei dieser Behauptung nicht als Einzige auf. Der Finanzminister lehnte sich ein ums andere Mal vor und zurück, wirkte zweifelnd, ob er den Aristokraten einer Lüge bezichtigen sollte. Schließlich war es nicht möglich, mit einer einzigen getauschten Karte aus einer Vierunddreißig im nächsten Zug eine Neunundachtzig zu machen.

Geräuschvoll trommelte Lorell mit seinen Fingern auf der Tischplatte. Eine Geste, die jeder sofort verstand. Katzenauge hob seinen Kopf, sah seinem Gegenüber direkt in die Augen. Das helle Braun der Iris schimmerte wie Gold, als er seine Karten umdrehte. Eine Neun und eine Acht.

Lija entfuhr ein ärgerliches Zischen. Dieses Aas hatte gelogen – bei seinem ersten Zug. Und Lorell … hatte er diese Lüge nicht bemerkt? Hatte er wirklich verkannt, dass Katzenauge bei der zweiten Runde die Wahrheit gesagt hatte? Hatte er den Windsohn getestet oder sich geirrt?

»Hervorragender Zug, Eure Hoheit«, schmeichelte der Minister, während Katzenauge seinen Gewinn einstrich. Jener war schließlich der Erste, der seine Einsätze verspielte und vom Tisch ausschied. Sonderlich betrübt schien er darüber nicht zu sein. Er klopfte dem Händler, der als Nächstes bankrott ging, kameradschaftlich auf die Schulter und führte ihn zum Wein. Dort konnte er sich einem offenen Ohr für allerlei geschäftliche Dinge sicher sein, sodass Lija bezweifelte, ob der Minister überhaupt wegen des Spiels das Teehaus besucht hatte.

Während der darauffolgenden Runden wurde die Stimmung immer ausgelassener. Die Ausgeschiedenen und die Zuschauer tranken, wodurch der Geräuschpegel im Salon stetig zunahm. Samju, der nur zu Beginn die angebotenen Weinkelche abgelehnt hatte, lallte mittlerweile und wurde bei jedem von Lorells Siegen immer lauter.

Schließlich stach dieser auch den alten Rajha aus. Der kleine Mann fluchte und schrie »Betrüger!«, während er auf Lorell zeigte, der ihn beim Lügen erwischt hatte. Katzenauge lachte so herzlich über das Gebrüll, dass man der alten Dame an der Nasenspitze ablesen konnte, wie ihr Herz dabei schmolz. Und Lija fürchtete fast, dass sie einen ähnlichen Ausdruck auf dem Gesicht hatte, obgleich sie den Windsohn misstrauisch beäugte. Denn er und Lorell waren die letzten Spieler.

»Letzte Runde«, verkündete der Domestik daher, nachdem Samju seinen Großvater mühsam vom Tisch gezerrt hatte. Auch dieses Mal erkaufte Katzenauge sich den ersten Zug. Mit welchem Kartenpaar bekam Lija jedoch nicht mit, denn Meister Rajha diskutierte so lautstark über seine Niederlage, verfluchte jeden, der ihm widersprach als »BETRÜGER!« und wehrte sich so heftig gegen Samjus Griff, dass in dem Gerangel Weinkrüge umfielen.

»Zeigt her«, hörte sie es erst wieder, als der Alte wutentbrannt aus dem Raum gestürmt war und etwas mehr Ruhe einkehrte. Es war Katzenauges Aufforderung an Lorell. Dieser zögerte, ließ seine Hand über seinem Blatt liegen, das vor ihm auf dem Tisch lag. Schließlich drehte er die Karten mit steifen

Bewegungen um. Applaus brach aus. Und das konnte nur eines bedeuten: Katzenauge hatte Lorell beim Lügen erwischt.

»Waaa…«, stöhnte Samju. Er fiel beinahe um, als er sich über den Tisch lehnte. »Lohrell fahlirrrt nieh!«, erklärte er Lija lautstark, als diese ihn festhielt.

»Mag sein«, schnurrte Katzenauge. Er ließ die beiden nicht aus den Augen, während er seine Münzen vom Tisch sammelte. Dabei warf er Lorell einen kurzen Seitenblick voll diebischer Freude zu, ehe er sich Lija zuwandte, als gelten seine nächsten Worte nur ihr: »Aber ich gewinne immer.«

Gelder wechselten von einer Hand in die andere. Offenbar hatten die Zuschauer um den Ausgang der Shirosh-Partie gewettet. Erst jetzt fiel Lija auf, wie voll der Salon geworden war. Katzenauge verschwand spurlos in der Masse, kaum dass er sich erhoben hatte. Augenblicklich sprang sie auf die Füße, doch das leise »Lass es …« ließ sie zögern.

In sich zusammengesunken hockte Lorell am Tisch und starrte apathisch auf seine Karten. Es versetzte ihr einen Stich, ihn so gekrümmt zu sehen. Menschen zu lesen war seine Gabe, aber gegen Katzenauge hatte sie ihm nichts genutzt. Deswegen hielt sie seine nächsten Worte auch für nicht mehr als verletzten Stolz: »Du erreichst gar nichts.«

»Werden wir sehen«, rief sie über ihre Schulter, bevor sie in das Menschenmeer tauchte. Es war kein Zufall, dass Katzenauge in diesem Salon gewesen war. Gäbe es nichts zu erreichen, wäre er in seinem Versteck geblieben.

»KATZ…«, setzte sie an, als sie auf den leeren Flur hinausstürmte. Der Ruck, mit dem sie von den Füßen gezogen wurde, presste ihr jedoch den restlichen Atem aus den Lungen. Kalter Wind trieb sie hinauf ins Gebälk, zerrte an ihren Haaren und ihren Nerven. Sie *hasste* fliegen.

Irgendwann berührten Lijas Füße endlich wieder den Boden. Sie wurde so schwungvoll fallengelassen, dass sie vorwärts stolperte, ihr Gleichgewicht nicht rechtzeitig fand und hart mit den Knien aufschlug. Ärgerlich knurrend hob sie den Kopf – und sah nichts als Chaos.

Egal wohin sie schaute, überall zappelte und regte es sich. In diesem Raum, dessen balkengestützte Decke und teppichbehangenen Wände eher die Ausmaße einer Halle hatten, war weder der Boden noch die Oberflächen der Tische, Stühle und Bänke zu erkennen. Überall lagen Papiere, Stoffe und Gegenstände, die sie nie zuvor gesehen hatte. Bücher und Pergamente waren so zerknickt, als wäre man mehrfach darauf getreten. Hinter jeder Ecke und in jedem Stapel raschelten Papier- und Kohlegeister, die entweder schuld an der Unordnung waren oder sich an ihr labten. Mitten darin stand Katzenauge.

Die Hände hatte er locker in die Hüften gestemmt, die Kapuze seines roten Gewandes zurückgeschlagen. Ein belustigtes Grinsen umspielte seinen schönen Mund, während er Lija betrachtete, die stocksteif zwischen all dem Rumpel stand.

»Ein interessantes Gefolge, das du da mit dir herumschleppst«, spottete er, während sie sich erhob. »Darf ich fragen, zu welchem Zwecke?«

»Um dich dazu zu bringen, den Fluch zu brechen.«

»Aaaaah«, rief er nickend aus. »Mit Gewalt? Ich zittere vor Angst!«

»Das ist nicht lustig!« Ärgerlich machte Lija einen Schritt vor. »Ich habe getan, was du wolltest. Ich habe dich nicht verraten. Und jetzt halte deinen Teil der Abmachung!«

Katzenauge legte den Kopf schief. Er betrachtete sie einen Moment, wirkte gleichermaßen enttäuscht und gelangweilt.

Schulterzuckend wandte er sich ab. »Wir haben keine Abmachung.«

»Warte!« Aber er wartete nicht. Er entfernte sich immer weiter und ließ sie achtlos in diesem Chaos zurück. Sollte das schon alles gewesen sein? Hatte er ihr so wenig zu sagen? Aber wenn dem so wäre, warum hätte er sie herbringen sollen?

»Warte!«, gab sie nicht nach. Sie stolperte ihm über das lose Papier hinterher, suchte einen Grund, ihn zum Stehenbleiben zu bewegen. Und sie fand einen: »Der junge Mann, gegen den du gespielt hast …«

Abrupt stoppten die Schritte. Interessiert spähte der Windsohn über seine Schulter. »Du meinst den Wesirssohn? Den, der ohne seine Narben so schön wäre wie du?«

Diese Worte trafen sie unvorbereitet. Denn … Lorells Narben … Angespannt schüttelte Lija ihre rechte Hand, stach warnend den Fingernagel in den Sichelmond, der zu flüstern begann. Der Fluch musste still sein. Er durfte sie jetzt nicht ins Wanken bringen.

»Diese Narben hat er wegen mir.«

Nun wandte Katzenauge sich ihr vollkommen zu. Die schamlosen Grübchen in seinen Wangen verschwanden. Lija schaute ihm direkt in die Augen. Sie suchte nach der Ruhe, die sie brauchte. Denn das Nächste, das sie sagen würde, war nur eine halbe Wahrheit. Nur eine Vermutung. Und das dürfte er nicht bemerken, wenn sie seine Aufmerksamkeit nicht wieder verlieren wollte.

»Ich habe ihn mit dem Fluch berührt.«

Abermals leuchtete ein goldenes Blitzen in den schmalen Augen auf. Einer seiner Mundwinkel zuckte amüsiert. »Wenn dem so wäre, wäre er längst tot.«

Lija stach fester in den Sichelmond, dessen Flüstern zu laut wurde. Doch genau diese leise Stimme ließ sie entschlossen bleiben, nicht nachzugeben.

»Du weißt, dass das nicht stimmt«, behauptete sie unbeirrt. Eines der Grübchen fand seinen Weg zurück in seine Wange. Dieses halbe Lächeln ließ ihn ein wenig beschämt erscheinen. Lija wusste nicht, ob sie erleichtert oder schockiert sein sollte, als er gestand, dass sie ihn beim Lügen erwischt hatte: »Es gibt wahrlich nichts, das langsamer und qualvoller tötet als der Fluch des schwarzen Mondes.«

Lija nickte matt. Die Stimme des Fluches war so schlagartig verstummt, als würde er andächtig den Geschichten seiner eigenen Grausamkeit lauschen. Und er ließ es Lija spüren. Jede Angst. Jede Schuld. Jede Reue.

»Wenn du mich nicht retten willst, dann sei es so«, schob sie die beklemmenden Gefühle zur Seite und versuchte, sich nicht von den Bildern ablenken zu lassen, die in ihrem Kopf auftauchten. Wie sie blutend in den Trümmern des eingestürzten Wachturms hockte und Lorell den Sichelmond berührte, weil er versuchte, sie zu retten. Denn das war der Grund, warum sie nicht nachgeben durfte. Warum ihre Stimme nicht zittern durfte, wenn sie drohte: »Aber ich lasse nicht zu, dass *er* stirbt.«

Katzenauges Gesicht erhellte sich. Er bewegte sich, nur ein wenig, doch plötzlich stand er so dicht vor ihr, dass sie den Kopf heben musste, um ihm in die blitzenden Augen sehen zu können. Lija hasste es, wie seine Nähe ihren Zorn zum Verrauchen brachte. Diese einnehmende Aura, die ihn umgab … sie war gefährlich. Gefährlicher als Pirons Stolz oder Nerias Brillanz. Daher hielt Lija den Atem an, um nicht auch noch diesem herrlichen Duft zu erliegen, der ihren Geist so weich machte.

»Du sagtest, dass ich meinen Wert beweisen soll«, brachte sie eisern hervor, auch wenn sie sich am liebsten in seinem roten Kaftan vergraben hätte, um mehr von diesem Duft zu haben. Mehr von ihm. »Wie?«, flüsterte sie weiter, fuhr mit den Augen die schwarzen Linien auf seinem Gesicht nach. »Was ist der Preis für deine Hilfe?«

»Du könntest ihn nie bezahlen.« Kein Schnurren in seiner Stimme. Keine Grübchen in seinen Wangen. Er bewegte sich erneut, wich langsam zurück. Und mit jedem Schritt, den er sich von ihr entfernte, gab er ein Stück von ihr frei. Mit jedem Zentimeter zwischen ihnen wurden Lijas Gedanken klarer. Zumindest klar genug, sodass sie bemerkte, wie sich seine Augen veränderten, bis sie nichts mehr mit denen eines Menschen gemein hatten.

»Der Graf wollte nicht, dass du gerettet wirst. Hätte er es gewollt, hätte er den Fluch selbst gebrochen.« Seine Worte klangen absolut. So, als hätte er damit alles gesagt, was es zu sagen gäbe. Als wäre dies sein endgültiges Urteil.

»Mag sein«, hielt Lija ihm stand. Auch wenn der Sichelmond sie noch nie so gequält hatte, durfte sie das Wesentliche nicht aus den Augen verlieren: Es gab einen Preis für seine Hilfe. Also hielt sie an der Hitze des Feuers fest, das gespannt knisterte. Das sie tapfer genug die Stimme erheben ließ: »Aber hätte er gewollt, dass ich sterbe, dann hätte er mich auch selbst getötet.«

»In der Tat«, stimmte Katzenauge ihr mit einem Grinsen zu, das kampflustig durch die schwarzen Bemalungen schnitt. »Doch stattdessen hat er dich mir aufgebürdet. Was also soll ich mit dir tun, *Aurelija*? Was hat er zu dir gesagt?«

Nun kam er wieder näher. Einen ersten Schritt, dem Lija standhalten konnte. Erst vor dem zweiten wich sie zurück.

Etwas hatte sich verändert. Die Luft war dünner geworden. Und seine Augen … Kein Zweifel. Das Spiel war vorüber.

»Warum hat er riskiert, dass dein Fluch ihn vernichtet?«, sprach Katzenauge weiter. Seine Stimme war kaum mehr als ein Fauchen: »Wieso war dein Leben den Preis des seinen wert?«

Sie musste ihn aufhalten. Irgendetwas hinter diesen schmalen Pupillen, hinter der täuschend schönen Fassade, hatte seine Menschlichkeit verloren. Und wenn sie jetzt nicht einlenkte, wenn ihr die richtigen Worte nicht über die Lippen kamen, war da nichts mehr übrig, das Gnade für sie empfinden könnte.

»Jawih …«, krächzte sie also hilflos. Nur um Zeit zu gewinnen. Doch was auch immer ihre dünne Stimme auslöste, es veränderte alles. Katzenauge wich zurück, als würde er sich an seinem eigenen Namen verbrennen. Sein Mund verzog sich. Ein Knurren drang aus seiner Kehle.

»Ich hasse diesen Namen.«

Ein Fingerschnippen. Es brauchte nicht mehr. Die Windböe, die Lija daraufhin ins Gesicht schlug, war kräftig genug, um sie zurückzuschieben, auch wenn sie sich mit ihrem ganzen Gewicht dagegen lehnte. Mit beiden Füßen fest auf dem Boden rutschte sie haltlos durch das Gemisch aus Pergament und Papier, bis ihr Rücken die Wand berührte, die nicht da war. Denn die Teppiche und Stoffe an den Wänden – das war keine Zierde. Es waren Vorhänge. Lija glitt widerstandslos durch sie hindurch. Gnadenlos drückte der Wind sie über die Schwelle, bis sich über ihr der schwarze Himmel auftat und unter ihr das Nichts.

KAPITEL 7

GLUT

»Ich weiß, was alle sagen, aber ich habe es doch gesehen! Die fliegenden Kerzen haben den Pavillon absichtlich angezündet! Ich stand doch genau daneben. Ich konnte jeden einzelnen Geist sehen, der zum Baldachin hinaufgestiegen ist. Wie sie dort schwebten, bis die Stoffe Feuer fingen. Und wie der erste von ihnen vom Himmel gefallen ist ...«

Zitiert aus dem Brief von Thorah Qrell, der jüngsten Tochter des Barons des Schluchtgassendorfes an ihren Großvater Bahltar Qrell

»Brauchst du eine Einladung, Prinzessin?«

Ztihts Brummen ließ Lija zusammenfahren. Er stand dort, wo er immer stand, wenn er die Soldaten beim Drill beobachtete und trotzdem kam es ihr so vor, als wäre er aus dem Nichts aufgetaucht. Sein narbiger Kahlkopf schimmerte gefährlich in der Nachmittagssonne, wodurch Lija vermuten konnte, wie lange sie dort am Startpunkt gedankenverloren ausgeharrt hatte.

»Beweg dich!«, bellte er ungeduldig, als sie ihn zögerlich anblinzelte. Selbst den kleinen Stein, den er in ihre Richtung schnippte – was er stets zu tun pflegte, wenn sie ihm zu langsam war – sah sie nicht kommen. Ihre Gedanken waren zu weit entfernt. Zu zäh. Erst als Ztiht brüllte: »WILLST DU MICH WÜTEND MACHEN?«, setzten sich ihre Füße in Bewegung.

Wütend.

Das war genau das, was sie war. Die Wut brannte so lichterloh in ihrem Bauch, dass sie sich regelrecht fiebrig fühlte. Und dieses falsche Fieber schien ihre Knochen zum Bersten bringen zu wollen, sodass sie sich kaum bewegen konnte. Mit jedem schweren Schritt, der sie näher zum Startpunkt vor der Wand brachte, wanderten ihre Gedanken zurück zum Teehaus. Ein leises Knurren drang dabei aus ihrer Kehle.

Katzenauge hatte versucht, sie zu töten.

Er hatte sie aus einem Turmfenster geworfen. Wenn Mimpo sie nicht mit dem Wasser aus den Bädern des Gartens aufgefangen hätte, wäre sie am Boden zerschellt. Katzenauge hatte nicht einmal in Erwägung gezogen, ihr zu helfen. Nein, er hatte sie in den Tod gestoßen. Und nun hockte er gemütlich in seinem Asyl, flanierte in gestohlenen Roben und tat oder ließ, wonach immer ihm der Sinn stand.

Dieser Verräter …

Sein Name brannte ihr auf den Lippen. Wie gerne hätte sie diesen laut über den Platz geschrien. Wie gerne würde sie dabei zusehen, wie Piron Feuersohn seinen Bruder an den Füßen aus dem Teehaus zerrte. Das Feuer steigerte ihre Wut bis hin zu törichtem Trotz.

Katzenauge wollte sie nicht retten?

Schön!

Dann würde sie weiterkämpfen, solange sie eine Soldatin war. Sie würde jeden On vernichten, der ihren Weg kreuzte. Und wenn ihr Ende gekommen war, weil der Fluch sie verschlang, weil ein On sie riss oder Tahro sie verriet, dann würde sie eben sterben. Sie hatte ihr Leben ohnehin verwirkt, als sie sich von Nyxiel so leicht hatte verführen lassen.

Aber Lorell …

Zaghaft ließ sie ihren Blick über ihre Schulter gleiten. Ihr Cousin hatte den Parcours bereits hinter sich gebracht, stand zwischen den anderen Kameraden am Rand und lauschte schmunzelnd dem Blödsinn, den Samju von sich gab. Verzweifelt versuchte sie, sich daran zu erinnern, was in den Trümmern des Wachturms geschehen war. Was hatte sie gespürt? Hatte Lorell den verdammten Sichelmond berührt oder nicht?

Der Fluch blieb ihr die Antwort schuldig. Auch wenn das sachte Ziehen in ihrer rechten Hand sie warnte, sich keiner trügerischen Hoffnung hinzugeben.

»WIRD'S BALD?!«

Lija zuckte zusammen. Sie bemühte sich, das Ziehen und die aufsteigende Hitze zu ignorieren, als sie am Startpunkt in Position ging.

»Mimpo …«, hauchte sie, während sie langsam ihren Atem ausstieß. Erst hörte sie leise Töne, dann spürte sie das aufgeregte Beben auf dem Abzeichen, das sie wissen ließ, dass er bereit war. Mittlerweile hatte der kleine Wassergeist Gefallen am Klettern gefunden. Dies war eines der wenigen Dinge, die er am Leben in der Kaserne nicht verabscheute.

Lija wartete auf das letzte leise Klirren, das Mimpo von sich gab, als er das erste Eis auf die Wand spuckte – dann sprang sie. Mit einer Kraft, die sie erschreckte. So hoch, dass sie den Zapfen verfehlte. Sie erwischte ihn gerade noch mit dem Fuß anstatt mit den Händen. Es war purer Instinkt, dass sie sich daran für einen weiteren Sprung hochdrückte. Mimpos Verwunderung hielt hingegen so lange an, dass Lijas Hände kurz vor der Kante der Wand ins Leere griffen, weil er kein weiteres Eis daran gefror. Doch das machte Lija nichts aus. Ihr Körper reagierte wie von selbst: Ihr Blick sank zurück zum Eiszapfen, auf den sie sich fallen ließ. Konzentriert ging sie in die Knie. Dieses Mal ahnte sie, wie hoch sie kommen könnte. Sie stieß sich mit aller Kraft ab, kam der Kante der Wand so nahe, dass sie nicht nur mit den Fingern danach greifen, sondern sich auch hinaufschwingen konnte. Ihre Füße berührten den Grund. Ihr Herz raste.

Unglaublich.

Ehrfürchtig starrte sie in ihre Hände, als stünde dort die Erklärung, was da gerade geschehen war. Der Sichelmond pulsierte kräftig, doch hatte sein Takt nichts mit ihrem Herzschlag zu tun. Er brannte mit dem Feuer um die Wette.

Wie von selbst glitten ihre Augen zu ihren Kameraden am Boden. Offene Münder. Gehobene Augenbrauen. Eine verwirrt gerunzelte Stirn neben der anderen. Und dazwischen Ztihts schimmernder Glatzkopf.

»WAS STEHST DU DENN DA OBEN RUM, SOLDAT?« Er stampfte mit dem linken Fuß auf. Lija spürte das darauffolgende Beben deutlich am Schwanken der Wand. »WEITER!«

Augenblicklich richtete sie ihren Blick auf den ersten Balken. Sie ging in die Knie, hielt den Atem an, als sie das Hindernis anvisierte. Die Kälte auf ihrem Abzeichen wurde stärker. Leise Zweifel krochen über die Ränder des Goldes hinweg. Mimpo traute dieser fremden Kraft nicht. Aber … er musste es doch spüren! Bekam er nichts von dieser Hitze mit? Dieser Energie, die nicht erlosch?

»Mimpo.« Den Ton in ihrer Stimme erkannte sie nicht. Wollte sie ihn überzeugen? Bitten? Warnen? Denn dieses Mal wartete sie nicht auf seine Antwort. Sie war sich sicher, Funken zu schmecken, als sie sprang. Weiter als je zuvor. Sie brauchte Mimpos Eis nicht, das er an den schräg stehenden Baumstamm gespuckt hatte. Sie erreichte die Rinde ohne ihn, setzte die Füße auf, ging wieder in die Knie. Aufgeregt wandte sie sich zum nächsten Balken. Ihr rasendes Herz eilte ihr voraus. Sie konnte es kaum erwarten, als sie die Kraft sammelte, um sich wieder abzustoßen. Zum nächsten Balken. Und zum nächsten.

Feuer, dachte sie, während sie jede ihrer Bewegungen auskostete. Testete, wie hoch sie kam, wie schnell sie sein konnte. Sie hatte sich noch nie so gefühlt. So entschlossen. So furchtlos. So ... *frei*.

Das war also die Magie des Feuers.

Lija sprang und rannte immer weiter. Sie hatte das Netz nie zuvor erreicht. Geschweige denn die Schwebebalken oder die Gräben. Sie brauchte für Letztere nur einen schmalen Grat aus Eis, den Mimpo von einer Seite zur anderen gefrieren ließ. Keiner ihrer Schritte ging daneben. Sie hatte nicht einmal die Sorge, dass sie stürzen könnte. Und als sie mit beiden Beinen fest auf der anderen Seite stand, konnte sie es kaum glauben – sie hatte es geschafft. Sie hatten den Parcours überwunden. Zum ersten Mal hatte sie nicht versagt.

Ihre Aufregung war so groß, dass jeder ihrer Schritte schwingende Hüpfer machte, als sie zu ihren Kameraden zurückkehrte. Mit geschwollener Brust erwiderte sie den Blick des Leutnants. Dessen kahler Schädel schillerte immer noch in der Sonne. Je länger sie ihn ansah, umso enger zogen sich seine Augenbrauen zusammen.

»Was guckst du so blöd, Prinzessin?«, fuhr er sie an. Harsch und ungeduldig, sodass Lija verwirrt die Stirn kraus legte. War der etwa sauer?

»Was?«, bellte er nochmal. »Willst du jetzt etwa ein Lob, weil du getan hast, was du solltest? Sollen wir dir jetzt die Füße küssen, weil du *einmal* nicht gestürzt bist?«

Vorsichtig wich Lija zurück. Das Stapfen seines Fußes löste so ein deutliches Beben aus, dass sie schon glaubte, die Erde würde sich unter ihr auftun. Mit ausgestrecktem Zeigefinger deutete er auf den Startpunkt. Auch seine Worte bebten, als er befahl: »Nochmal!«

Eilig lief sie zur Wand zurück. Dabei streifte ihr Blick die Soldaten am Rand der Anlage, die sie auf völlig unterschiedliche Arten ansahen.

Lorell konnte offensichtlich nicht glauben, was er gesehen hatte. Und das, was er nicht verstand, besorgte ihn.

Samju hingegen hatte ein aufgeregtes Staunen in den Augen. Eine Begeisterung, die nur das auslösen konnte, was man niemals für möglich gehalten hätte.

Auch Tahros Blick fiel ihr auf. Mit unnatürlich harten Kanten auf seinem Gesicht, die er nur hatte, wenn er seine Kiefer gewaltvoll zusammenpresste, starrte er sie an. Damit hatte er seit ihrer Rückkehr in die Kaserne nicht aufgehört. Keine Sekunde. Er sah sie ständig an, als würde er sie jeden Augenblick töten. Doch in diesem Moment mischte sich etwas anderes in seine Verachtung: *Empörung*.

Schließlich kannte er die Wahrheit. Er wusste, was sie durch ihr Blut imstande war zu tun – und was nicht. Und dass das, was er gesehen hatte, Blendwerk war. In diesem Moment war sie für ihn noch mehr eine Betrügerin als je zuvor. Es machte ihn so wütend, dass seine glühenden Hände zu zittern begannen.

Mit mulmigem Gefühl kehrte sie ihm den Rücken zu und ging abermals am Startpunkt in die Knie. Dieses Mal war etwas anders. Es mochte an Tahros stechendem Blick in ihrem Nacken liegen, doch ein Teil der Entschlossenheit war verraucht. Schon beim ersten Sprung spürte sie, dass mit dem ungezähmt wilden Takt ihres Herzens auch die Kraft in ihren Beinen geschwunden war. Die Hitze – sie ließ nach. Die Kraft des Feuers war endlich. Und mit jedem Sprung, mit jedem Aufbäumen ihrer Kraft spürte sie, wie es erlosch. Wie sie es regelrecht verbrauchte. Aber das war nicht das Schlimmste. Das, was ihr bis zur Verzweiflung zusetzte, war, dass sie mit dem Schwinden der Magie das Ausmaß ihrer Verletzungen immer deutlicher spürte. Jeder Schritt wurde schwerer. Das Stechen in ihrer Seite ging wieder los. Dort in der Narbe, die laut Rona so schlecht heilte.

Nur unter größter Anstrengung brachte sie den Parcours ein zweites Mal zu Ende. Ihre Beine zitterten, als sie zu ihren Kameraden hinüberschritt. Kälte breitete sich in ihren Knochen aus.

Unruhig blickte sie über ihre Schulter zu Tahro. Er starrte sie immer noch an. Daher bemühte sie sich, ihre Erschöpfung zu verbergen. Die Schwäche nicht zu zeigen, die sie übermannte. Stattdessen gab sie diesem Drang nach, ihr Kinn widerspenstig vorzurecken – sein verachtender Blick ließ ihr keine andere Wahl.

Es provozierte ihn sofort. Sie hörte den Sand über die Entfernung unter seinen Schritten knirschen. Sie war sich sicher, dass, wenn er sie erreichte, er seine Faust so lange in ihr Gesicht schmettern würde, bis ihr rotes Blut aus Mund und Nase lief, das niemand übersehen könnte. Er war bereit, es hier und jetzt zu beenden – doch Samju war schneller. Er trat Tahro mit einem leichtfüßigen Sprung in den Weg.

»Geh zur Seite, Bharriq«, forderte das Feuerblut prompt. Samju ließ sich davon nicht beeindrucken. Weder von den Worten noch den Funken. Er grinste nur provozierend: »Du zuerst.«

Tahro verzog den Mund, dann machte er den ersten Schritt. Samju öffnete augenblicklich seine Hände, sammelte die Luft darin, bis der Sand unter ihm zu kreisen begann. Für einen Moment glaubte Lija jedoch, dass es ihm nichts nützen würde. Dass Tahro seine Windmagie einfach ausbrennen würde – ein plötzlicher Ausruf hielt ihn jedoch davon ab.

»Seht euch das an!« Hroka deutete mit ausgestrecktem Zeigefinger in Richtung der Stadt. Rauchschwaden stiegen hinter der Mauer auf. Lija wunderte sich noch, warum die Glocken nicht läuteten, als sie just in diesem Moment zu tönen begannen.

»Feuer!«, rief jemand völlig überflüssig.

»Das sehen wir, du Genie!«, bellte Ztiht den Schuldigen an. Kopfschüttelnd wandte er sich dem Rest der Kompanie zu: »ABMARSCH!«

Im Gleichschritt eilten die Soldaten zu den Luftschiffen. Die Piloten trieben diese so schnell in Richtung des Rauchs, dass Lija ab und zu entsetzte Japser entfuhren. Oh, wie sie fliegen *hasste* …

Das Feuer war im Handwerkerviertel ausgebrochen. Schon in den Straßen der Randbezirke herrschte ein wildes Durcheinander. Frauen standen in den Rahmen offener Haustüren und hingen über Fensterläden, um das Geschehen zu beobachten. Mit Rufen und ausgestreckten Fingern brüllten sie zu den Soldaten auf den Luftschiffen hinauf, schickten sie tiefer in das Viertel hinein.

»Bei Ethiels acht Winden …«, murmelte Samju mit finsterem Blick, als er erkannte, in welche Richtung die Bürger wiesen. »… das ist Rajha-*phas* Werft!«

Die aufsteigenden Rauchschwaden verteilten sich über das Gelände. Dadurch bekam man den Eindruck, dass die gesamte Luftschiffwerft brannte. Beim Anlegen erkannte Lija jedoch, dass nur ein einziges Schiff in Flammen stand: Ein aufgebockter Rumpf mit irrwitzigen Ausmaßen. Auf diesem Frachter könnte man ganze Armeen transportieren.

»Löscht das Feuer!« Ztiht sprang mit einem Satz von Bord. Einer der aufgeregt umherrennenden Ingenieure kam ihm entgegen. In wirren, viel zu schnell gesprochenen Worten erklärte er, was geschehen war: Kohlegeister hatten Glutnester aus der

Schmiede verschleppt. Lija konnte nur verständnislos mit dem Kopf schütteln, als sie das hörte. Denn es musste ein ziemlich dämliches Rudel sein, wenn es versucht hatte, sich einen Vorrat in einem hölzernen Schiffsrumpf anzulegen.

»Das faule Gesinde hat nicht aufgepasst!«, beendete der Ingenieur seine Schilderung und deutete mit einem abfälligen Nicken über seine Schulter. Dort kauerte eine kleine Gruppe von Sklaven auf dem Boden. Keiner von ihnen konnte älter als vierzehn Jahre sein. »Die haben die Kohlegeister aus der Schmiede entkommen lassen!«

»Und du Windbeutel hast nicht bemerkt, dass sie sich im Rumpf eingenistet haben!«, brüllte eine bekannte Stimme. Erst als Lija den Blick zum Boden richtete, entdeckte sie Meister Rajha. Dieser flitzte trotz seiner kurzen Beine und seines hohen Alters erstaunlich schnell durch die Gegend.

»Haltet das Feuer auf!«, wies er sowohl seine Arbeiter als auch die Soldaten an. So, als wäre er der Leutnant und nicht Ztiht. »Es darf nicht auf die Hallen übergehen!«

Die Windblüter der Wache und der Werft schwangen sich auf die Dächer der umliegenden Gebäude. Sie hoben ihre Hände, erzeugten einen Wirbel um das brennende Schiff, in dem sie die Flammen gefangen hielten. Die Wasserblüter sammelten sich am Boden. Es fiel ihnen offenbar schwer mit dem Löschen zu beginnen. Sie versuchten, Wasser aus der Luft zu ziehen, doch war diese von dem anhaltenden Brand bereits so trocken, dass es eine gefühlte Ewigkeit dauerte, bis die ersten Tropfen auf den Rumpf niederregneten.

Meister Rajha rannte währenddessen durch die Wasserblut-Soldaten hindurch und brüllte sie an, wie nutzlos sie wären. Irgendwann geriet er so in Rage, dass man seine sich überschlagenden Beschimpfungen nicht mehr verstehen konnte. Erst als der Meister abrupt stehen blieb und mit ausgestrecktem Finger auf einen Punkt zwischen den Hallen deutete, hörte man ihn klar und deutlich rufen: »Das waren Eure Geister!«

Lija folgte seinem Fingerzeig. Dort bei den Hallen tauchten zwei Männer auf. Der humpelnde Ältere musste der Schmied sein. Der Jüngere trug ebenfalls das Schmiede- und das Feuerabzeichen. Wahrscheinlich war das sein Lehrling.

»Den Schaden werdet Ihr mir bezahlen, Helphtar!«, kreischte Meister Rajha, sodass es der alten Oberin Malfa Konkurrenz hätte machen können. Die Augen des Schmiedes weiteten sich mit jeder Silbe, während auch sein Mund immer weiter aufklappte. Lija konnte die Panik darüber, wie teuer ihn die Forderung des Werftmeisters zu stehen käme, an dem feinen Schweißfilm auf seiner Stirn ablesen. Genauso wie den Moment, in dem er sich entschied, wem er die Schuld dafür geben könnte: »Ihr nutzloses Dreckspack!«

Der Schmied zerrte die aufgewickelte Peitsche von seinem Gürtel. Er ließ den Riemen auf die Jungen hinabsausen, die ihre Gesichter instinktiv in den Boden drückten, ihre Köpfe mit den Händen schützten und sich so klein wie möglich machten. Jeder Hieb ging Lija durch Mark und Bein.

Wie oft hatte sie dort unten gekauert …

Wie oft hatte Dreizehn solche Schläge einstecken müssen …

Plötzlich wurde sie am Kragen gepackt und zurückgezogen. War sie etwa auf die Jungen zugelaufen?

»Wasserblüter zum Löschen!«, wiederholte Ztiht zähneknirschend seinen Befehl und trieb sie vor sich her zurück in Richtung des brennenden Wracks.

»Aber das ist nicht ihre Schuld« Lija konnte ihre Augen nicht von den Rotblütern lösen. Was Ztiht entgegnete, verstand sie nicht. Ein Knall zerriss die Luft. Ohrenbetäubend. Wie eine

Explosion. Ebenso verwirrt wie Ztiht, drehte Lija sich zum brennenden Schiffsrumpf um. Hatten die Kohlegeister diesen Lärm verursacht? Aber … Entfernte Spuren in der Luft, die rochen, wie sich Säure auf der Haut anfühlen musste, stiegen ihr in die Nase. Das kam nicht vom Schiff. Orientierungslos sah Lija umher, bis ihr Blick wieder am Schmied hängen blieb.

Dieser lag auf dem Boden. Die Peitsche hatte er noch in der Hand. Er bewegte sich nicht, auch wenn seine Augen reglos in den Rauch über der Werft starrten. Der Anblick seiner Brust ließ Lijas Herz einen Schlag aussetzen.

Sie war zerfetzt.

Schwarze Klumpen und goldener Schimmer. Ein regelrechtes Loch, aus dem Knochensplitter und Hautfetzen ragten. Es sah beinahe so aus, als hätte man eine brennende Faust hindurchgetrieben.

»Was hast du getan?«, rief irgendjemand. Der Lehrling hatte sich über den Schmied gebeugte und zuckte heftig zusammen. Erschrocken blickte er auf seine Hände, als würde er erst jetzt bemerken, dass diese in Flammen standen.

»Ich war das nicht!«, rief er sofort. Rückwärts stolpernd wich er Ztihts ausgestrecktem Zeigefinger aus: »Ergreift ihn!«

Zikan und Rarosha traten aus der Menge hervor. Sie waren mit ihrer Erd- und Feuermagie keine Hilfe beim Löschen und schienen überaus erpicht darauf, sich auf diese Weise nützlich zu machen.

»Nein …« Der Lehrling stolperte weiter zurück. »Habt ihr ihn nicht gesehen? NEIN!«

Es sah für Lija nicht nach böser Absicht aus, als er Zikans Arm zur Seite schlug. Es war die Panik, die man in seinen Augen ablesen konnte. Trotzdem war es ein Fehler. Denn die Hand des

Feuerbluts zog einen brennenden Schweif hinter sich her, mit dem er das Erdblut im Gesicht erwischte.

»Packt ihn!«, befahl Krysander. Er kam mit ein paar weiteren Soldaten hinzu, als er Zikan schreien hörte. Rarosha war die Erste, die mit ihren Flammen vorsprang.

»Ich war das nicht!«, hörte der Lehrling nicht auf zu schreien, der wie von Sinnen sein Feuer gegen ihres hielt. Querschlagende Funken stoben auf. Sie trafen die hölzernen Wände der Hallen gleichwohl wie die Soldaten. Diese wehrten sich mit nur noch mehr Flammen dagegen.

Idioten, schoss es Lija durch den Kopf. Sie musste sich zu Boden werfen, um einer Feuersäule auszuweichen.

»Worauf wartet ihr?«, brüllte Zikan, der neben ihr in Deckung gegangen war. Lija folgte seinem wütenden Blick zu einem Hallendach hinauf. Von dort aus beobachteten die Ashkaja-Brüder den Kampf. Tahro hielt Sirio am Arm fest und verhinderte so, dass sich sein Bruder auf den Lehrling stürzten. Während der Dunkelhaarige das Feuerblut nicht aus den Augen ließ und ungeduldig versuchte, seinen Arm freizuschütteln, hatte der Blonde nur Lija im Visier. Er musterte sie, als hätte er irgendeine Erwartung. Und Lija ahnte, was Tahro sehen wollte: Dass sie mit den Flammen des Lehrlings dasselbe tat wie mit seinen. Als die nächste brennende Kugel an ihr vorbeischoss, sprang sie jedoch nur hilflos zur Seite.

Es war Rarosha, die das Feuer auffing. Sie hielt es zwischen ihren Händen fest, schien jedoch große Mühe zu haben, die fremde Magie unter Kontrolle zu bringen.

»FANGT IHN ENDLICH EIN!«, kreischte sie, ohne den Blick von dem Feuerball zu lösen. Krysander und Zikan nickten, doch auch sie kamen nicht nahe genug heran, um den Lehrling mit ihren Ranken zu fesseln. In wilder Raserei verbrannte dieser alles, was ihm zu nahe kam.

»*AAH*-SHKAJA! *BEH*-SHKAJA! LOS!«, brüllte nun Ztiht zu den Brüdern hinauf. Sirio zerrte noch ungeduldig an Tahros Hand. Dieser ließ jedoch erst los, als er erkannte, dass Lija nichts anderes tun könnte, als vor dem Feuer zu fliehen. Missmutig verzog er den Mund, bevor er sich an der Seite seines Bruders vom Dach stürzte. Innerhalb von Sekunden rangen sie den Lehrling zu Boden.

»Ich war das nicht!«, hörte das Feuerblut nicht auf zu schwören. »Da war ein Geist! Ihr müsst ihn doch gesehen haben!«

Lautes Zischen übertönte seine Schreie. Cirill und ein weiteres Wasserblut hatten sich vom Schiffswrack entfernt, um auch seine letzten Flammen mit Eis zu übergießen. Erdblüter hielten seine Arme und Beine mit Ranken am Boden fest, bis der Lehrling begriff, dass ihm niemand zuhörte und er keine Chance hatte zu entkommen. Plötzlich lag er genauso leblos da wie der Schmied.

»Was hat er gesagt?« Samju landete mit einem langen Sprung neben Lija. »Ein *Geist?*«

Diese erwiderte sein irritiertes Stirnrunzeln. Sie hatte noch nie davon gehört, dass Geister, die in Städten wohnten, irgendeinem Menschen Schaden zugefügt hätten. Schließlich lebten sie freiwillig unter ihnen. Langsam drehte sie sich zu dem Toten um, den einige ihrer Kameraden mit Tüchern umwickelten. Durch die Laken waren die Wunden nicht mehr zu erkennen. Doch sie musste sie auch nicht sehen. Der Wind trieb ihr den Gestank in die Nase, sodass sie diese vor sich sehen konnte: aufgerissenes Fleisch. Schwarze Krusten. Asche und Verbrennungen, die nicht von Feuer stammten.

Nein … das war nicht das Werk eines Geistes.

KAPITEL 8

ERBSCHULD

»Schwer wiegen die Taten derer, die vor uns waren.«

Zitiert aus dem Vorwort von Jawih Windsohns »Erben des Windes«

Der Geruch ließ Lija tagelang nicht mehr los. Mit jedem Atemzug hatte sie das Gefühl, dass ihr dieser säuerlich faulige Gestank in die Nase stieg. Es erinnerte sie permanent an den Toten. An seine Wunden. Und unweigerlich dachte sie dann an die Frau aus Licht und ihre Soldaten.

Rebellen.

Da war sich Lija sicher. Und dass der Geruch ihrer Waffen an dem toten Schmied gehaftet hatte … nie im Leben war das das Werk eines Geistes.

Rebellen!

Dieser Gedanke trieb ihr abermals den sauren Geruch in die Nase. Hilflos stach Lija ihren Fingernagel tief in ihre Handfläche. Es war völlig nutzlos. Diese Gefühle entgingen dem Sichelmond nie. Er zerrte bebte in ihrer Hand, breitete sich von dort wie eine Taubheit aus. Und dann weckte er auch noch die verdammten Reste von Tahros Feuermagie. Diese hafteten genauso an ihr wie der Gestank des Toten. Das Kribbeln, die Taubheit, die Hitze, die Unruhe – all das machte sie wahnsinnig. So wahnsinnig, dass sie sich auf nichts anderes konzentrieren konnte. Weder auf die laut tönende Musik noch auf den Lärm der weingetränkten Unterhaltungen. Und wenn Samju nicht zum wiederholten Male überlaut »Dieser Glückspilz!« geseufzt hätte, hätte Lija niemals die Augen von ihrem Handschuh gelöst.

Ohne besonderes Interesse an dem, worüber er geplappert hatte, folgte sie seinem Blick durch die überfüllte Halle. Dort, inmitten der Edelleute, entdeckte sie Lorells roten Schopf, dem die Worte gegolten haben mussten.

Seit ihrer Ankunft im Palast hing Lorell am Arm seiner Mutter. Diese ließ keine Sekunde von ihm ab. Nach jeder Runde, die sie mit ihm durch den Festsaal stolzierte, führte sie ihm ein neues adrettes Mädchen in blauem Ballkleid und mit Njoriels Träne auf ihrem Abzeichen vor. Eines hübscher als das andere und alle von überaus nobler Herkunft. Samju hatte Lija – obwohl ungefragt – erklärt, dass die gnädige Frau seit Längerem auf der Suche nach einer passenden Braut für den Ururenkel der Kaiserin wäre. Dabei war das Letzte, dem dieses Fest dienen sollte, die Brautschau.

Neria hatte die Einladung überaus kurzfristig ausgesprochen. Angeblich zur Feier der Helden, die nach dem Wolfssturm lebendig heimgekehrt waren. Trotzdem war nicht das gesamte Heer anwesend. Ähnlich wie beim Fest zur Ankunft des Generals waren auch bei diesem vor allem die ranghohen Offiziere und die Sprösslinge der großen Familie der Goldstadt geladen. Allen voran der Kommandant mit seinen beiden Söhnen.

Kastar Ashkaja stand nicht allzu weit entfernt, hatte eine Hand auf der Schulter eines jeden Sohnes und redete so laut, wie es seine Art war. Voller Stolz gab er die Geschichten über Sirios und Tahors Leistungen während des Wolfssturms zum Besten. Sein Gegenüber war über das, was er hörte, offenkundig verblüfft. Zu Recht, denn die Taten dieser beiden jungen Männer überragten die vieler anderer kampferprobter Soldaten. Und diese Tatsache machte Lija geradezu wütend. Sie verdrehte die Augen, als sie die Beweihräucherung der *mutigen, tapferen, zu talentiert für die Sechzehnte, als Frontkämpfer viel besser geeigneten* Erben des Wachenkönigs nicht mehr ertrug.

Der Wesir hingegen kniff seine Augen zusammen und reckte den Hals nur weiter, um zu überwachen, was es mit den Lobeshymnen auf sich hatte. Er drehte nämlich ganz andere Runden als seine Frau und sein Sohn. Sein wachsamer Blick und seine gespitzten Ohren schienen einen jeden Gast und ein jedes Gespräch zu verfolgen. Er blieb nur selten stehen, um eine eigene Unterhaltung zu führen. Ab und an hatte Lija den eisigen Blick auch auf sich gespürt. Und wenn sie den Kopf daraufhin gehoben hatte, hatte der Wesir ihr mit zusammengepressten Lippen und offener Verachtung selbst aus der Ferne zu verstehen gegeben, was er ihr auf der Mauerkrone des Hospitals gesagt hatte: *Verschwinde, Mischblut.*

»Schon wieder leer?«, setzte Samju seine einseitige Unterhaltung fort. Sowohl er als auch Lija spähten in den Kelch in ihrer Hand, aus dem sie noch keinen einzigen Schluck getrunken hatte. Mimpo hingegen hatte jeden Tropfen Wein aufgesogen und schillerte am Boden des Gefäßes wie ein kleiner Rubin. Er rührte sich nicht einmal mehr, als Lija den Krug schüttelte. Samju stieß einen Pfiff aus, der durchaus beeindruckt klang.

»Den Einzigen, den ich je kannte, der so viel trinken konnte wie dieser kleine Kamerad, war Halvar.«

Lija hasste die Art, wie die Erwähnung dieses Namens reichte, um das taube Gefühl noch schlimmer zu machen. Anders als Lorell fehlte Samju jedoch die Empathie, um zu bemerken, wie sie sich bei der Erinnerung an ihn wand. Er sah sie völlig ungeniert und neugierig an: »Vermisst du ihn?«

»Stell nicht so blöde Fragen.«

Samju lehnte sich näher zu ihr, als er nach ihrem Kelch griff. »Du hättest dir ein Erdblut-Abzeichen stehlen sollen. Das wäre bei deinem ungesunden Maß an Misstrauen und deiner Freudlosigkeit glaubwürdiger gewesen.«

»Ich bin nicht freudlos«, gab Lija bissig zurück. Sie kippte den kleinen Wassergeist in ihre hohle Hand. Durch den Wein war er erstaunlich klein und fest geworden, sodass sie ihn wie einen Edelstein in der Tasche ihrer Festtagsuniform verstauen konnte, ehe sie Samju den Kelch überließ. »Und mein Misstrauen hält mich am Leben.«

Samju seufzte überspitzt: »So einen Unsinn kann nur ein Nordmensch sagen.«

Mit warnend funkelnden Augen verfolgte sie das Windblut, das zu einem der Tafeln herüberschlenderte, um Nachschub zu besorgen. Dabei streifte Lijas Blick eine Person, die sie schon fast vergessen hatte. Trotzdem erkannte sie das faltige Gesicht des alten Direktors sofort, dem sie auf dem letzten Fest im Palast begegnet war. Auch heute hielt der hagere Mann einen Teller voller Köstlichkeiten in der Hand, während er sich unterhielt. Den Mann neben ihm erkannte Lija ebenfalls. Es war der Finanzminister aus dem Teehaus. Der, der gegen Lorell Shirosh gespielt und verloren hatte.

Während der alte Direktor erzählte, mit den Händen gestikulierte und ab und zu kicherte, bewegte sich der Minister in seiner steifen Robe kaum. Sein Gesicht war immer leicht vom Direktor abgewandt, als habe er keine besondere Muße, sich mit ihm zu unterhalten.

»Die meisten hassen die Myralls«, raunte Samju ihr ins Ohr. Lija fuhr heftig zusammen. Sie hatte nicht bemerkt, wie schnell er zurückgekehrt war.

»Warum?«, hakte sie nach. Samju reichte ihr den Kelch, ohne sie anzusehen. Und Lija tat, als würde sie nicht bemerken, dass er seine verbrannte Hand daraufhin sofort wieder in die Jackentasche seiner blauen Festtagsuniform schob. Für einen Moment beobachtete Samju den alten Mann, der entweder genug Wein getrunken hatte, um die Ablehnung nicht zu bemerken, oder diese einfach zu gewohnt war, um sich daran zu stören.

»Hmm …«, machte er schließlich. »Kommt drauf an, wen du fragst. Die meisten würden dir antworten, dass sie selbst schuld sind.«

»Warum?«

Samju senkte seine Stimme deutlich, bevor er antwortete: »Der Direktor ist bekannt dafür, dass er einen Teil der Handelserträge hinab in die Rotten bringen lässt.«

»Er tut *was*?« Noch während sie sprach, bildete sich ein Knoten in ihrer Brust. Ihre Gedanken wanderten zurück zu jenem Tag im Tempel, als man sie zum Tode verurteilt hatte. Sie erinnerte sich nur zu gut daran, wie Hano von seinem Vater und seinem Onkel angesehen worden war, als er ihr bei ihrer Verurteilung beistand. Wie viel Hass er für ein bisschen Freundlichkeit gegenüber einem Rotblut auf sich gezogen hatte. »Das ist Leichtsinn …«, murmelte sie, während ihr Blick zurück zum Direktor glitt. »Da, wo ich herkomme …«, setzte sie an, doch wollte sich der Satz nicht vollenden lassen. Trotzdem nickte Samju.

»Du siehst doch das Gesicht des Ministers. Wenn der alte Myrall nicht einer solch großen und alten Familie angehören würde, hätte man ihn längst aus der Stadt gejagt. Sein Name ist das Einzige, das ihn schützt. Das und die Freundschaft der Valois.«

Als hätte Samju sie mit der Erwähnung ihres Namens heraufbeschworen, trat die Teehausherrin zwischen den Gästen hervor. Atemberaubend schön, jeder Schritt so anmutig, als würde sie schweben, und doch mit einem Gesicht voller Gnadenlosigkeit. Lija hatte ihr gegenüber noch nie zuvor so wenig Ablehnung empfunden wie in diesem Moment, als sie neben den Direktor trat und den arroganten Minister auf diese Weise zwang, den Kopf zu ihm zu drehen.

»Schön, dass du nicht nur mich so feindselig anguckst«, lachte Samju. Lija warf ihm einen scharfen Blick zu.

»Ich gucke nur die so an, die es verdienen.«

»Lija …« Samju wirkte unbeeindruckt. So, als hätte er nur darauf gewartet, dass sie wütend wurde.

»Was?«, erwiderte sie patzig. »Verdienst du es etwa nicht?« Sie trat einen Schritt vor, wollte ihn dazu zwingen, vor ihr zurückzuweichen. Er blieb jedoch eisern stehen und ließ jedes ihrer anklagenden Worte über sich ergehen: »Du wahrst mein Geheimnis also aus reinster Nächstenliebe? Dich hat niemand geschickt, um mich im Auge zu behalten?«

»Lija.« Dieses Mal klang sein Ton warnender, doch sie hörte nicht hin. Sie ignorierte die Zornesfalte auf seiner Stirn genauso stur wie er ihr vorgerecktes Kinn.

»Keine Angst.« Zum ersten Mal an diesem Abend nahm sie einen Schluck aus dem Kelch. Der rote Wein legte sich schwer über ihre Zunge und kratzte an ihrem Gaumen, sodass ihre nächsten Worte trocken klangen: »Ich habe die Warnung nicht vergessen. Ich werde eure *Sache* …«

»Damit habe ich nichts zu tun.«

»Denkst du, ich glaube dir?« Wütend funkelte sie ihn an, suchte die Reaktionen in seinen Augen, die das aufkochende Feuer zufrieden stellen würden. Dass er zurückwich. Dass er ihrem Blick nicht mehr standhalten könnte. Dass er endlich zornig werden würde. Doch er gab nicht nach. Und das machte sie noch wütender. So, als würde sie mit aller Macht gegen den Wind rennen und keinen Zentimeter vorankommen. Also sprach sie das aus, was ihr schon so lange auf der Seele brannte: »Schließlich bist du der Sohn einer Verrät…«

»Hör auf!« Er presste ihr seine Hand gewaltsam auf den Mund. Es war purer Instinkt, ihn zu beißen, doch als Lija den Ausdruck auf seinem Gesicht sah, erstarrte sie. Für einen quälend langen Augenblick bewegte sich keiner von beiden. Schließlich war Samju der Erste, der sich rührte. Vorsichtig löste er seine Hand von ihrem Mund.

»Du bist der Sohn einer Verräterin«, sprach Lija zu Ende. Leise. Für niemand anderen hörbar als ihn. Doch sie musste es sagen. Denn es kam dem am nächsten, was ihr nicht über die Lippen kommen wollte – dass sie sich von *ihm* verraten fühlte.

»Und du die Tochter einer Blutmischerin«, gab Samju ebenso leise zurück. Und zwischen diesen Worten klang die verborgene Wahrheit so laut, dass Lija glaubte, sie durch den ganzen Saal schallen zu hören: Sie war diejenige, die alle betrog.

Samjus linker Mundwinkel zuckte, als er sah, wie ihr Kinn sank. Er schob seine Hände zurück in die Taschen, lehnte sich noch näher zu ihr und brach ihren Zorn so spielend leicht mit diesem schiefen Grinsen: »Sieht aus, als wären wir beide Verbrecher.«

Vorsichtig schielte er zu den Seiten, prüfte, ob ihr Streit irgendwelche unerwünschte Aufmerksamkeit erregt hatte, bevor er weitersprach: »Karten auf den Tisch: Vielleicht hat meine Mutter mich gebeten, dich im Auge zu behalten, als du in die Kaserne kamst. Aber sie sagte nicht mehr, als dass du mutterseelenallein bist. Dass du nicht kämpfen kannst und niemanden hättest, der es für dich tut. Das war alles. Und ich bin *ihm* …« Die Art wie er es betonte, ließ keinen Zweifel daran, wen er meinte.

»… nur einmal begegnet. An dem Tag, als ich dich aus dem Wald gebracht habe.«

Überrascht horchte Lija auf. »Er war dort?«

Samju nickte knapp. Sein Blick glitt über seine Schultern, um sich abermals zu versichern, dass keiner der Gäste oder sonst eine Seele ihnen Beachtung schenkte.

»Er kam aus dem Nichts und hat mir den Weg versperrt.« Sein Ausdruck wurde so ernst, wie Lija es nie zuvor gesehen hatte. Es ließ ihn um einige Jahre älter und deutlich blasser aussehen.

»Und du hast ihm einfach so die Katzenkralle gegeben?«, schlussfolgerte Lija aus seiner Erzählung. »Bist du verrückt?«

»Was hätte ich denn tun sollen? Gegen ihn *kämpfen*?«, gab Samju zähneknirschend zurück. »Wenn du gesehen hättest, wie wütend er war … er hätte uns beide getötet.«

»Das hättest du nicht tun dürfen«, murmelte Lija benommen. Ihren Worten fehlte jede Schärfe. Denn zum ersten Mal wurde ihr wirklich bewusst, dass er sie gerettet hatte. Und dass es stimmte, was Lorell behauptet hatte: Er war nicht ihr Feind. Das war er nie gewesen.

»Gern geschehen«, grinste Samju breit, als wäre das die einzig passende Antwort auf ihr substanzloses Bestreben, an ihrem Widerstand festzuhalten, von dem sie beide wussten, dass sie ihn aufgab. Beschämt ließ Lija ihren Blick sinken, da sie es nicht wagte, ihm in die Augen zu sehen. Sie stutzte überrascht, denn dabei fiel ihr auf, dass ihr Kelch schon wieder leer war. Abgesehen von dem Klumpen am Boden, der in allen Facetten schimmerte, die Rot zu bieten hatte.

Ein gutes Herz erkennt ein anderes, erinnerte sie sich an das, was Mimpo ihr schon so oft versucht hatte, begreiflich zu machen. Diese Klänge, die sie glaubte, in seinem Gelalle zu hören, mischten sich in die Leere, die ihr verrauchter Zorn übriggelassen hatte.

Ja … ein gutes Herz erkannte ein anderes … Was also sagte es über sie, dass sie dies nicht konnte?

»Schon wieder leer?« Samju spähte ebenfalls in ihren Kelch. Er nahm ihn Lija ab, kippte den immer noch lallenden Geist in ihre hohle Hand und lachte: »Ich eile, kleiner Freund!«, bevor er abermals zu den Tafeln zurückkehrte. Gedankenverloren sah Lija ihm hinterher, hielt an Mimpo fest, der immer noch *Herz* brummte, als hätte er Angst, dass sie es vergessen könnte. Er wurde erst leiser, als sich Schritte näherten, und verstummte ganz, als die Stimme erklang: »Ich habe mich schon gefragt, wo du steckst.«

Als Lija sah, wer dort neben ihr stand, stellten sich all ihre Nackenhärchen auf. Die kühle Aura legte sich wie Tau über sie. Sie spürte, wie sich ihre Augen weiteten. Vor Überraschung. Vor Ehrfurcht. Vor Aufregung.

Denn das war die Kaiserin.

»Jaquel, warum spreche ich sie erst jetzt?«, fragte die Kaiserin über ihre Schulter. Mit einem kurzen Seitenblick erkannte Lija den Wesir in ihrem Schatten. Dieser sah aus, als würde er auf Steinen kauen.

»Mein Fehler, Majestät«, räumte er ein. Neria überging den widerwilligen Unterton.

»Lass mich dich ansehen, Kind!« Sie fasste grob nach Lijas Kinn, drehte ihr Gesicht in alle Richtungen und bewegte ihr eigenes dabei synchron, als würde sie in einen Spiegel schauen. Sie betrachtete Lija so konzentriert, dass sie nicht einmal bemerkte, wie diese unauffällig den festgewordenen Mimpo in ihre Tasche schob und ihn still anflehte, leise zu sein.

»Wahrlich«, hauchte die Wassertochter schließlich zufrieden. »Du bist das Abbild deiner Mutter.«

Lija wäre dem Blick der Kaiserin gerne ausgewichen, doch ließ der feste Griff um ihr Kinn es nicht zu.

»Nur deine Augen …«, erörterte diese weiter. »So viel Erde … aber mir ist es recht.«

»Eure Majestät!« Empörung schwang in der Stimme des Wesirs mit. In einer Heftigkeit, als hätte die Kaiserin Lija mit dieser Bemerkung geadelt. »Wenn Ihr Euch für einen Moment …«

Die Kaiserin überging ihn ungerührt: »Ich habe davon gehört, wie du Lykon, den jüngeren *König* …« Sie betonte dieses Wort so laut, dass Lija zusammenzuckte. »… mit einem Pfeil getroffen hast. So zielsicher, dass er nicht mehr auf die Beine gekommen ist. Es ist nicht einmal dem General geglückt, einen der Wolfskönige zu verwunden. Aber du …« Die Kaiserin ließ ihren Satz unbeendet. Und Lija war sich sicher, dass sie all die unausgesprochenen Worte in der Luft surren hören konnte, die einen um den anderen Edelmann dazu brachten, neugierig den Kopf zu ihnen zu wenden.

»Majestät«, versuchte der Wesir einzulenken, der all die Aufmerksamkeit für einen Fehler zu halten schien. Doch Neria hörte nicht auf.

»Du bist eine Kriegerin, Kind«, verkündete sie. Was auch immer dieser Unterton war, aus der Ferne musste er wie Stolz klingen. Ähnlich dem Lob, das der Kommandant über seine Söhne ergossen hatte. »Genau wie deine Mutter.« Sie drehte den Kopf. Über die gesamte Halle trafen sich der Blick der Kaiserin und der des Generals. Mit vorgerecktem Kinn und lauter Stimme erklärte sie: »Genau wie ich.«

Die Luft im Raum wurde unangenehm dick. Sie war zu gleichen Teilen feucht und warm, sodass es eine Qual war, sie einzuatmen.

»Majestät«, lenkte der Wesir abermals ein, doch die Kaiserin war auf dem Ohr taub, in das er zu flüstern versuchte.

»Ihr müsst doch stolz sein, so jemanden in Eurer Wache zu haben, Kommandant?«

Kastar Ashkaja schien unter größtem Widerwillen seinen Kopf zu drehen. Die Anrede der Kaiserin führte dazu, dass sich die Augenpaare eines jeden Edelmannes an ihn hefteten. Die Kiefer des Kommandanten mahlten, während er sich seine Antwort zurechtlegte. Seine Wangenknochen stachen dabei wie gemeißelt hervor.

»In der Tat«, sprach er schließlich die Worte aus, zu denen Neria ihn zwang. »Doch gibt es Tausende in meiner Wache, die mehr geleistet haben, als nur den Kampf zu überleben. Die nicht nur Wölfe verwundet, sondern tatsächlich getötet haben.« Mit einer ausladenden Geste deutete er gleichermaßen auf die hochdekorierten Majore, Hauptmänner und alle anderen anwesenden Soldaten, die tapfer gekämpft hatten. Es war deutlich zu sehen wie die Brust eines jeden vor Stolz anschwoll, als der Kommandant sie mit seinem anerkennenden Blick bedachte.

Damit hatte er der Kaiserin den Wind aus den Segeln genommen. Es gab nichts, das Neria darauf entgegnen könnte, ohne ihrer gesamten Wache vor den Kopf zu stoßen. Also tat sie das Einzige, das ihr blieb: Sie hob ihren Kelch.

»Auf die Helden des Wolfssturms!«

Etliche weitere Krüge und Hände reckten sich mit ihrem in die Luft. Unzählige Stimmen wiederholten ihren Trinkspruch.

»Auf den Wachenkönig!«, verkündete jedoch eine aus der Mitte der Gäste heraus. Unzählige Stimmen mehr jubelten ihm zu und stürzten ihren Wein hinunter. Neria trank nicht. Sie starrte nur weiter den General an, der seinen Kelch in einem Zug leerte, bevor Applaus über ihn hereinbrach.

»Erstick daran«, murmelte die Wassertochter so leise, dass es außer dem Wesir und Lija unmöglich jemand anderes gehört haben konnte.

»Kümmere dich um sie, Jaquel«, forderte die Kaiserin mit einem letzten, erwartungsvollen Blick an Lija, bevor sie sich abwandte.

»Natürlich«, antwortete der Wesir, doch sah er Lija nicht einmal an, bevor er Neria folgte und zwischen den Adligen verschwand.

»Das muss sich doch wunderbar anfühlen.«

Lija fuhr erschrocken zusammen, als sie die Stimme des Kommandanten so nahe neben sich hörte. Dieser war an sie herangetreten, kaum dass Neria verschwunden war. Seelenruhig schwenkte er seinen Kelch und wirkte dabei viel zu zufrieden.

»Alle Augen der Welt ruhen auf dir und warten nur darauf, von dir beeindruckt zu werden – *Aurelija.*« Mit einem kurzen Wink deutete er auf die Adligen, die die Köpfe zusammensteckten und hinter vorgehaltenen Händen tuschelten. Auch wenn Lija das Wort *Mischblut* nicht hörte, wusste sie genau, worüber sie sprachen. Und der Kommandant wusste es auch. Seine Augen musterten das Abzeichen an ihrer Brust zu lange. Das Grinsen auf seinem Mund wurde noch breiter. »Also streng dich an, Soldat! Es wäre doch jammerschade, wenn sie nicht zu sehen bekämen, was *ich* sehe.«

Mit diesen Worten drehte er sich um. Die Gäste auf seinem Weg wichen ehrfürchtig zur Seite. Fast jeder neigte respektvoll den Kopf. Nur der General nicht. Dieser drehte sich nicht einmal um, als der Kommandant ihn ansprach. Es gab keine Gunst mehr, die Piron für ihn erübrigte. Und die Art, wie das gewinnende Lächeln erstarb, rang Lija eine schadenfrohe Genugtuung ab.

Zum ersten Mal an diesem Abend hatte sie das Bedürfnis, einen ganzen Kelch Wein in einem Zug zu leeren. Daher ließ sie ihren Blick zu der Tafel wandern, zu der Samju gelaufen war. Dabei streifte Lija Tahro mit einem Seitenblick. Sofort verkrampfte sich jeder ihrer Muskeln, denn er starrte sie schon wieder auf diese Weise an. Mit glühenden Augen. Mit unverhohlener Wut. Mit offener Verachtung. So, als wollte er sie tot sehen. Und dann setzte er sich in Bewegung.

Scheiße.

KAPITEL 9

PREIS

»Ja ... Rückblickend betrachtet, war das der erste Tag vom Ende.«

Zitiert aus den Memoiren von Kajika Rajha

Lija wirbelte herum, bevor sie sich entschieden hatte, was sie tun wollte. Sie musste weg, so viel war sicher. So wie Tahro sie ansah, würde er einen Streit anfangen. Irgendeinen banalen Grund finden, um sich zu prügeln. Es würde reichen, wenn er ihr dabei die Nase brach. Der ganze Hof würde dann ihr rotes Blut in ihrem Gesicht kleben sehen. Sie musste verschwinden, bevor er sie erreichte. So schnell und so weit wie möglich. Egal wohin. Also rannte sie auf das erste Tor zu, das sie erblickte.

Zum ersten Mal an diesem Abend dankte sie der Hitze und der Unruhe in ihrem Körper, die seinem Feuer geschuldet waren. Denn sie wusste, dass ihr Körper am Ende seiner Kraft war. Dass die Wunde vom Eberhauer noch nicht ganz verheilt war. Dass jeder Muskel müde vom Drill war, bei dem sie sich mehr abverlangt hatte, als sie leisten konnte. Und trotzdem konnte sie wegen der Feuermagie jeden ihrer Schritte größer machen, während sie den dunklen Gang am Rande der Gärten hinabrannte.

Sie musste den Park erreichen. Dort könnte sie sich verstecken. Im Dickicht der Hecken, wo die fliegenden Kerzen nicht beleuchteten. Dort, wo auch Tahros Vater und der General sie nicht bemerkt hatten.

Sie rannte die kurze Treppe hinab, die auf die gepflegten Sandwege führten. Das Knirschen ihrer Stiefel darauf erschien ihr viel zu laut, daher lenkte sie ihre Schritte auf die Grasflächen. Und wenn sie dies ein wenig früher getan hätte, wäre sie ihm vielleicht entkommen. Doch noch bevor sie die Hecken sehen konnte, traf sein Tritt sie in die Seite. Gnadenlos. Mit einer Wucht, die sie von den Füßen riss. Haltlos rollte sie über den Boden. Fühlte sich, als würde jeder ihrer Knochen dabei brechen. Aber es durfte sie nicht aufhalten. Sie musste aufstehen. Laufen. Verschwinden.

Mit aller Kraft, die sie zusammenkratzen konnte, richtete sie sich auf. Mimpo kullerte dabei aus ihrer Tasche. Schreiend rollte er sich über den Boden, wobei er rote Pfützen spuckte. Er schien seinen Orientierungssinn verloren zu haben, denn keiner seiner Tropfen traf.

»Aus dem Weg.« Mit schweren Schritten kam Tahro näher. Heldenhaft warf Mimpo sich in seinen Weg, bäumte sich schützend vor Lija auf. Seine Töne waren schrill, schief und vollkommen nutzlos. Feuerblüter waren taub für die Klänge des Wassers. Und selbst wenn Tahro sie gehört hätte, hätten sie ihn nicht geschert. Achtlos trat er auf Mimpo, der seine weinversetzte Form kaum eine halbe Armlänge über den Boden hatte erheben können. Die rote Flüssigkeit spritzte in alle Richtungen. Der kleine Geist war durch all den Wein zu verdünnt. Die Tropfen kullerten über den Boden. Es fehlte ihm an Willenskraft und Konzentration, um sich wieder zusammenzufügen.

Tahro marschierte gleichgültig durch die verstreuten, unwillkürlich plätschernden Pfützen. Es war sicher nicht seine Absicht, Mimpo zu schaden, aber er war ihm im Weg. Tahro wollte nur eines – und deswegen musste Lija endlich aufstehen.

Ächzend kämpfte sie sich auf ihre Beine. Das Atmen fiel ihr schwer. Wahrscheinlich hatte Tahro eine Rippe mit seinem Tritt gebrochen. Trotzdem stolperte sie trotz der Schmerzen vorwärts.

»Du bist eh nicht schnell genug, Rotblut«, spottete er über ihren Fluchtversuch. Er ließ ihr nicht einmal Zeit, den Kopf zu ihm zurückzudrehen. Das Feuer schoss bereits auf sie zu.

Das, was Lija daraufhin tat, war etwas anderes als ein Instinkt. Sie hielt ihre rechte Hand dem brennenden Sturm entgegen. Die Bewegungen waren präzise. Furchtlos. Und nicht ihre eigenen. Die Ruhe kam nicht aus ihr selbst, sondern aus der schwarzen Sichel. Der Fluch fürchtete das Feuer nicht. Egal, wie rücksichtslos es sich durch ihren ohnehin so dünn gewordenen Handschuh fraß. Der Mond verschlang jeden Funken, verzehrte jede Flamme, erstickte jede Glut unter ihrer Haut. Bis sie das Brennen in ihren Adern kaum mehr aushalten konnte – denn dieses Mal hörte Tahro nicht auf.

Dieses Mal überraschte es ihn nicht, dass sein Feuer im Nichts verschwand. Er brannte einfach weiter. Die Farbe der Flammen veränderte sich. Die Wucht veränderte sich. Es fühlte sich an, als würde er diese gewaltsam in das Mal hineinpressen. Er schien den Punkt überwinden zu wollen, an dem das, was ihm Widerstand leistete, vor seiner Kraft kapitulieren musste. Aber der Fluch hätte niemals nachgegeben. Die Einzige, die nicht standhalten konnte, war Lija.

Das, was geschah, überschritt die Grenzen dessen, was sie auszuhalten imstande war. Für die Dauer eines Herzschlags löste sich ihr Blut auf. Es blieb nur noch Feuer übrig, das dort nicht hingehörte. Vielleicht drängte es sich deswegen so schonungslos aus ihr heraus. Es fühlte sich an, als würde ihre Haut platzen. Überall waren Rauch und Flammen. Und sie mitten darin.

Das Nächste, das Lija mitbekam, war, dass sie gekrümmt auf der Erde lag. Die Aufregung und die Unruhe waren verschwunden. Es war keine Magie mehr übrig, die ihre Schmerzen überdeckte. Stattdessen spürte sie den Schaden der Tritte und Schläge überdeutlich. Sie krümmte sich am Boden, schloss und öffnete die Augen, doch mit jeder Bewegung – egal wie klein – jagte ein Reißen durch ihre linke Seite.

»Wie machst du das?«, hörte sie Tahros Stimme. Er musste ihr ganz nah sein, doch konnte sie ihn trotzdem kaum verstehen. Ein Fiepen in ihren Ohren übertönte die Laute der Welt. Ihr war so übel, dass ihr schwindelig wurde, und so schwindelig, dass ihr übel wurde.

»Rede, Rotblut!«, befahl er schroff. Ein weiterer Schmerz. Tahro trat auf ihr rechtes Handgelenk, presste ihren Arm tief in den heißen, glutbedeckten Boden. Lija schrie auf, doch das interessierte ihn nicht.

»Was ist das?«, fragte er erneut und deutete mit seinem ausgestreckten Finger auf den Sichelmond. Entgegen des Widerstandes ihrer Muskeln drehte sie den Kopf. Ihr verschwommener Blick wanderte zu ihrer Hand, die sie hinter Tahros Stiefel nicht sehen konnte. Resigniert schloss sie ihre Augen, als eine weitere Woge der Erschöpfung durch sie flutete.

»Ein Fluch.«

»Ein *Fluch*?« Sein Ton verriet, dass er ihr nicht glaubte. Trotzdem bohrte er seinen rotglühenden Blick in ihre Handfläche. Er starrte so konzentriert auf die schwarze Sichel, als könnte er darin lesen, ob sie die Wahrheit sagte oder nicht.

Schließlich drehte er den Kopf. So plötzlich, als hätte er schlagartig das Interesse an dem schwarzen Mal verloren. Als er sein Gewicht verlagerte, schmerzte es nur noch mehr an ihrem

Handgelenk. Ohne das Feuer in ihren Adern spürte sie all diese Schmerzen, all diese Schwäche so deutlich …

»Du hattest deine Chance«, knurrte er wie ein Urteil. »Deine Schuld, dass du sie nicht genutzt hast.«

»Warte!«

Tahro wartete nicht. Er ging in die Knie, um an den Schaft seines Stiefels zu greifen. Ein kleiner, silbriger Dolch kam zum Vorschein. Wie eine Drohung drehte er die Klinge in seiner Hand, zielte mit der Spitze auf ihr Gesicht.

Erschrocken starrte sie auf den grauen Stahl. Sie wusste, was er vorhatte. Er würde ihr erst das Gesicht aufschlitzen, dann würde er sie töten. Auf diese Weise könnte sie ihm nicht schaden, wenn er sie zurück in den Palast zerrte, um aller Welt ihr Blut zu zeigen. Für einen Moment glaubte sie, die Spiegelung fremder Gesichter auf dem Stahl zu erkennen. Unbekannte Edelleute mit Augen voller Entsetzen und vor Abscheu verzogenen Mündern, als ihnen eine tote Bluttäuscherin vor die Füße geworfen wurde.

Sie würde sterben.

Wenn sie jetzt nichts tat, würde sie sterben.

»Jawih!«, presste sie verzweifelt hervor. Es war das Einzige, das ihr einfiel. Und kaum, dass es ihr über die Lippen kam, erstarrte der Soldat in seiner Bewegung.

»Was hast du gesagt?«

»Jawih …« Selbst die Erleichterung darüber, dass sich die Klinge nicht weiter bewegte, erschöpfte sie. Genauso wie der Zweifel darüber, was sie tat. Aber ihr fiel nichts anderes ein. Dies war das Einzige, das sie für ihr Leben bieten konnte: »Ich weiß, wo er ist.«

Tahro verharrte völlig still. Er schien nicht einmal mehr zu atmen. Denn sein Vater hatte ganze Streitkräfte entsandt, um den Windsohn aufzuspüren. Kastar Ashkaja hatte seine Luftwaffe in den Osten geschickt. Ein Suchtrupp der Garde durchkämmte den Norden. Eine Marineflotte den Westen. Ein Großteil der Frontkämpfer war auf Geheiß des Kommandanten gen Süden aufgebrochen. Denn dieser war besessen davon, dem General seinen verräterischen Bruder auszuliefern, um die Gunst des Feuersohns zurückzugewinnen.

Für eine ganze Weile kauerte Tahro schweigend und reglos über ihr, die Spitze des Dolches keine Handbreit über ihrem rechten Auge. Seine Hand war so heiß geworden, dass der Stahl zu glühen begonnen hatte.

»Du lügst«, entschied er schließlich. Lija schluckte trocken, biss sich auf die Zunge, um ihn nicht panisch vom Gegenteil zu überzeugen. Sie zwang sich lediglich, ihm am glühenden Dolch vorbei in die Augen zu sehen und zu schweigen. Wenn sie ihren einzigen Trumpf – Jawihs Versteck – nicht aus der Hand geben wollte, gab es nichts, das sie nun sagen könnte. Er musste ihr glauben. Er musste nur den leisesten Zweifel haben, dass sie dies nicht nur behauptete, um sich ihr Leben zu erkaufen.

»Du lügst«, wiederholte er zähneknirschend. Aber er trieb ihr den glühenden Dolch nicht in die Haut. Dies war jenes Zögern, das ihr das Leben retten würde. Leise, kaum hörbar und trotzdem so standhaft, dass seine Augen zu glühen begannen, beharrte sie: »Ich *weiß,* wo er ist.«

»Dann rede.« Die winzige Bewegung fühlte sich wie ein heftiger Ruck an. Als würde er die Klinge direkt in ihr Auge treiben. Diese hing so nahe über ihrer Iris, dass Lija es nicht einmal wagte, zu blinzeln, weil sie fürchtete, dass ihr Lid dabei von dem glühenden Eisen geteilt werden könnte.

»Der Fluch«, ächzte sie. Jeder Muskel in ihrem Körper krampfte unter seinem Gewicht und seiner Hitze. »Ich muss ihn loswerden. Nur Jawih weiß wie.«

Tahro regte sich nicht. Er starrte sie mit zusammengepressten Kiefern und stechenden Augen an. Und dieses Glühen darin … das weit entfernte rote Leuchten in der dunklen Iris … Es zeugte von seiner Gnadenlosigkeit, wegen der er ihre Hand nicht freigab. Seine Skrupellosigkeit, wegen der er den Dolch nicht zurückzog. Und seine Gleichgültigkeit, mit der er sie töten würde, wenn sie ihm keinen Grund gab, es nicht zu tun. Also sammelte sie ihre letzte Kraft, damit ihre Stimme nicht zitterte, als sie schwor: »Wenn er den Fluch gebrochen hat, kannst du ihn haben.«

Es dauerte eine Ewigkeit, bis Tahro sich rührte. Langsam zog er die Klinge zurück und erhob sich vom Boden. Er wirkte wie ein Riese, während er voller Verachtung auf sie hinabschaute.

»Dein Leben für seines«, willigte er ein. Erleichtert schnappte sie nach Luft, als er sich abwandte und seine Hitze mit sich nahm. Seine Worte übertönten das Knirschen seiner Schritte auf dem Kies: »Du schuldest mir einen Verräter.«

Die kühle Abendluft, in der er sie zurückließ, linderte das Brennen auf ihrer Haut jedoch nur für einen Augenblick. Mit jedem Atemzug durchzuckte ein neuer Schmerz ihren Körper. Die Rippe war sicherlich gebrochen. Wenn nicht sogar ein paar mehr. Jede Dehnung ihres Brustkorbs fühlte sich an, als würden sich Krallen in ihre Lungen bohren. Trotzdem sammelte sie ihre Kraft, um sich auf die Seite zu rollen.

»Mimpo?«, krächzte sie in die Dunkelheit. Die chaotischen Töne seines Wimmerns schienen von überall zu kommen, so viele Pfützen wie im Gras zerstreut waren. Er hatte es also noch nicht geschafft, seine Tropfen zusammenzufügen.

»Ich komme …« Stöhnend schob sie sich über den Boden. Mit ihrer linken Hand schöpfte sie die ersten roten Tropfen auf, sammelte eine Lache nach der anderen. »Ich hab dich«, raunte sie beruhigend, denn je mehr sie von ihm zusammenfügte, umso lauter wurde sein Weinen. Sie presste ihn an ihr Herz. Ob er spürte, wie leid es ihr tat? Er hasste das Feuer, fürchtete nichts mehr, als darin zu versiegen, und hatte sich trotzdem wieder hineingeworfen – für sie.

Dieser tapfere Geist.

Und nun fehlte ihm die Kraft, sich an ihr festzuhalten. Er war zu schwer vom Wein, zu zerfressen von Erschöpfung, um auf dem Abzeichen zu gefrieren.

»Du brauchst Wasser«, flüsterte sie. Gegen den Widerstand ihrer Muskeln hob sie den Kopf, sah sich in der Dunkelheit um. Es gab unzählige Zierteiche im Palastgarten. Zu einem davon musste sie ihn bringen, damit er seine Essenz reinigen konnte. Aber in diesem Zustand konnte sie nicht aufstehen. Ihr wurde schwindelig, wenn sie es versuchte. Daher bewegte sich Lija kriechend über den Boden. Ihre linke Seite brannte bestialisch. Wegen dieser verdammten Rippe konnte sie ihren Oberkörper nicht drehen. Trotzdem biss sie ihre Zähne fester zusammen. Ächzte und stöhnte bei jeder Bewegung, dennoch schwand ihre Entschlossenheit nicht. Und wenn es sie umbrachte – sie würde Mimpo helfen.

»Was zum …« Stiefel tauchten vor ihr auf, obwohl sie keine Schritte gehört hatte. Noch bevor sie den Kopf heben konnte, packten Hände nach ihr, zogen so unachtsam, dass ihr schwarz vor Augen wurde.

»Ich hole Hilfe!« Dieses Mal erkannte sie Samjus Stimme. Sie wollte etwas sagen, als er seinen Umhang über sie bettete, um sie zu verbergen, doch er verschwand zu schnell.

»Mimpo …«, entfuhr es Lija beängstigt, als eine absolute Stille einkehrte. Der Park war menschenleer. Die Lichter so weit entfernt. Und Mimpos Gesang … warum hörte sie seine Stimme nicht?

Im nächsten Moment spürte sie Hände an ihrem Kopf. Zarte Finger tasteten über ihren Bauch.

»Was ist geschehen?«, fragte Rona leise.

»Sie war plötzlich verschwunden«, tauchte Samjus Stimme wieder auf. »Ich habe sie überall gesucht. Als ich sie gefunden habe, sah sie schon so aus.«

»Die Wunde ist aufgegangen.« Weitere Berührungen an ihrem Körper, als würde die Botschafterin sie notdürftig untersuchen. Dabei klarte Lijas Sicht auf. Sie erkannte Lorell über sich, auf dessen Schoß ihr Kopf ruhen musste. Samjus dunkler Lockenschopf tauchte kurz hinter seiner Schulter auf, verschwand dann jedoch gleich wieder.

»Wir müssen sie ins Badehaus bringen«, entschied Rona, nachdem sie Lijas Jacke geöffnet hatte. »Seht nach, dass niemand dort ist!«, rief sie Samju zu. Kurz danach hörten die dumpfen Laute seiner Schritte auf. »Könnt Ihr sie tragen?«, fragte sie an Lorell gewandt, der nicht zögerte. Er schob eine Hand unter Lijas Knie, mit der anderen stützte er ihren Rücken. Er versuchte, sie anzuheben, doch trieb er Lija mit diesem sanften Ruck zurück an den Rand ihres Bewusstseins.

»Vorsicht!«, ermahnte Rona abermals. Augenblicklich legte Lorell Lija zurück auf die Erde. Die Botschafterin nahm einen hörbaren Atemzug, als sie sich neben ihr auf den Boden kniete. Eine Hand legte sie an die hübsche Brosche, die an ihrem

Kragen festgemacht war, die andere Hand hielt sie vor sich in die Höhe. Ihre Augen waren konzentriert geschlossen. Nach einer Weile bemerkte Lija dünne, grüne Linien über Ronas Händen. Zunächst konnte sie diese nicht zuordnen. Erst als sich an der Spitze pralle, kugelrunde Knospen bildeten, stockte ihr vor Erstaunen der Atem. Wuchsen diese Blumen etwa aus Ronas *Haut*?

Unmöglich.

Lija hatte noch nie von einem Erdblut gehört, das so etwas fertig brächte. Die Magie der Erde lag in eben dieser. Ein Erdblut konnte Sträucher, Blumen und Früchte – ja, ganze Bäume – zum Wachsen zwingen, wenn deren Samen bereits im Boden lagen. Sie konnten die Größe verändern, den Geschmack und die Farben, doch konnten sie nichts erschaffen, was es nicht schon gab. Das, was Lija sah, konnte also unmöglich der Wirklichkeit entsprechen. Und doch geschah es. Verdutzt schielte sie zu Lorell, der so gefasst zusah, als hätte er diesem Wunder schon tausende Male zugesehen.

Mit einem Ruck zog Rona die Brosche von ihrem Kleid. Sie benutzte die Verschlussnadel, um die Knospen aufzuschlitzen. Eine dicke, weiße Flüssigkeit trat aus, die sie in ihrer hohlen Hand auffing.

»Trocknet es«, befahl sie Lorell, dem sie die Flüssigkeit auffordernd unter die Nase hielt. Gehorsam legte der Soldat seine freie Hand über die weiße Milch, doch kostete es ihn einige Anstrengung, die Bestandteile von Ronas Magie zu zerlegen. Das konnte Lija deutlich an den schmal zusammengepressten Lippen und dem starren Blick erkennen. Es dauerte eine Weile, bis er das Wasser in der milchigen Flüssigkeit gefunden hatte, und noch länger, bis er es vollständig vom Rest trennen konnte. Schließlich blieb nicht mehr zurück als ein bröckliges Pulver, das

Rona ohne das kleinste Wort der Warnung in die offenen Stellen in Lijas Seite rieb. Es brannte so höllisch, dass es sie zum Schreien brachte.

»Still! Oder willst du, dass uns jemand hört?«, tadelte Rona verbissen. Etwas sanfter fügte sie hinzu: »Es ist gleich vorbei.«

Mit gnadenlosem Druck legte die Botschafterin beide Hände auf die Wunde. Quälend langsam sickerte ihre Magie hinein. Und noch langsamer breitete sich diese in Lija aus. Es dauerte, bis ihr Geist ähnlich schwer wurde wie ihre Glieder. Doch dann zogen ihre Gedanken so große, ausschweifende Kreise, dass sie die Schmerzen einfach vergaß. Stattdessen rauschte Ruhe wie Erleichterung durch ihren Körper. Die Nacht hatte plötzlich eine andere Tiefe. Lija fand mehr Blau als Schwarz in dem sternenlosen Himmel, der sich über ihr wölbte. Nach kurzer Zeit verschwamm das dunkle Blau zu einem helleren Ton, der Lija an die Kaiserin erinnerte. Wie Flüsse verliefen die Farben unter der Decke. Erst als Lorell sie auf den warmen Steinen absetzte, die ein Mosaik ergaben, von dem Lija schwindelig wurde, begriff sie, dass sie im Badehaus angekommen waren.

Zu abgelenkt von all den Farben und den Aromen in der feuchtwarmen Luft nahm sie weder wahr, wie Rona ihre Jacke und das Hemd auszog, noch mit welch finsterem Blick sie den dicken Bluterguss an ihrem linken Brustkorb begutachtete. Oder die dunkelroten Schlieren, die beharrlich aus kleinen Rissen an der großflächigen Brandnarbe heraussickerten.

»Das ist ganz schön viel Blut …«, bemerkte Samju leise, der sich in der Nähe der Tür aufhielt, um Wache zu stehen. Rona nickte mit zusammengepressten Lippen.

»Wir müssen die Wunde verschließen.« Auffordernd sah sie Lorell an, der neben Lija kniete. »Ich brauche Euer Eis.«

Lorell zögerte. Er warf der Botschafterin einen unsicheren Blick zu, bevor er leise murmelte: »Ich weiß nicht, wie man Wunden vereist.«

Rona schien das völlig egal zu sein. Mit einer abwinkenden Handbewegung erklärte sie: »Aber ich. Ich sage Euch, wenn es genug ist.«

Es schien Lorells Zweifel kaum zu zerstreuen. Trotzdem spürte Lija seine kühlen Finger auf ihrer Haut. Sie hatte erwartet, dass es stechen würde, wenn das Eis die Wundränder verödete, doch spürte sie kaum etwas. Nur eine angenehme Kälte, die der Nachtluft sehr ähnlich war.

»Stopp!«, rief Rona plötzlich. Sie stieß Lorells Hände beiseite, der erschrocken zusammenfuhr. Ruckartig drehte er den Kopf zu Lija. »Alles in Ordnung? Wie geht es dir?«

Seine Frage und sein aufgebrachtes Gesicht brachten sie zum Lächeln. Sie fand seine Sorge rührend. Er war so ein freundlicher Mensch. Er bedeutete ihr so viel, dass ihr die Worte dafür fehlten. Und dann hatte er ihr auch noch das Leben gerettet. Wie sollte es ihr also schon gehen?

»Fantastisch …«, hauchte sie verzückt. Sie konnte sich nicht daran erinnern, wann sie das letzte Mal so zur Ruhe gekommen war. Ungeschickt drehte sie den Kopf, damit sie Rona ansehen konnte, der sie all das verdankte. »Du bist fantastisch.«

Samju lachte laut auf. »Ihr seid ja eine Wundertäterin, Madam! So friedlich habe ich sie noch nie gesehen«, gab er mit unverhohlener Anerkennung zu. Ein breites Grinsen legte sich über seinen Mund. »Habt Ihr von diesem Zeug auch etwas für mich?«

Rona schnalzte tadelnd mit der Zunge. »Glaubt mir, das wollt Ihr nicht. Die Wirkung des Mohnpulvers hält nicht sehr lange an. Sie wird sich gleich sterbenselend fühlen.«

»Unsinn«, widersprach Lija leise. Es erschien ihr unmöglich, dass sie sich jemals wieder nicht so ruhend fühlen könnte. Mit einem genussvollen Seufzen ließ sie ihren Kopf zur Seite fallen. Dabei glitt ihr Blick zum Becken hinüber, in das sich Mimpo gestürzt hatte, kaum dass sie im Badehaus angekommen waren.

Er hatte den Wein schon ordentlich aus sich herausgewaschen. Die rote Farbe hatte sich weitgreifend im Becken verteilt. Der kleine Geist planschte vor lauter Erleichterung, am Leben zu sein so wild, dass das Wasser über die Kanten trat und bis zu Lijas Stiefeln schwappte. Sie konnte bei den ganzen roten Schlieren auf den Fliesen schon gar nicht mehr sagen, was davon der Wein und was ihr Blut war.

»Wer hat dir das angetan?« Auch Samju besah sich das Gemisch aus Wasser, Wein und Blut.

»Tahro«, seufzte Lija in demselben verzückten Ton, in dem sie *fantastisch* gehaucht hatte.

»Tahro?« Lorells Augenbrauen schossen in die Höhe, bevor sie sich ruckartig zusammenzogen. »Wie bist du ihm entkommen?«

»Bin ich nicht.« Mit einem Mal wogen die Worte schwer auf ihrer Zunge. So, als hätte sie den Mund voll mit Silben.

»Beweg dich am besten nicht.« Rona schien nicht zu entgehen, dass sich Lijas Muskeln anspannten. Sie tupfte ihr die Stirn mit einem der Handtücher ab, die in kleinen, mit kunstvollen Schnitzereien verzierten Regalen neben den Becken auslagen. »Und versuch, dich zu konzentrieren. Du musst ihm entkommen sein. Die Wunden, die du hast, fügt dir nur jemand zu, der dich töten will.«

»Er wird mich nicht töten«, beteuerte Lija und versuchte, den schalen Geschmack auf ihrer Zunge herunterzuschlucken. Sie wollte sich bewegen, da der Druck in ihrer Brust zunahm, doch blockierte ein Stechen ihre Bewegungen, sodass sie weiter in sich zusammensackte. »Wir haben eine Abmachung.«

»Eine *was*?« Eine Überraschung, die Entsetzen glich, trieb Lorells Augenbrauen aufs Neue in die Höhe. Er beugte sich vor, wollte sie dazu bringen, ihn anzusehen, doch Lija sank krampfend in sich zusammen.

»Die Wirkung lässt nach«, erklärte Rona mit einer Dringlichkeit, als wäre dies das Einzige von Bedeutung. Und als hätte sie weder gehört, was der eine noch der andere gesagt hatte. »Wir müssen sie ins Hospital bringen. Ich brauche bessere Medizin als Mohnpulver.«

Lorell tat seinerseits so, als hätte die Botschafterin nichts gesagt. Mit Nachdruck wiederholte er seine Frage: »Was ist das für eine Abmachung, Lija?«

»Jawih …«, presste sie müde hervor. Verzweifelt klammerte sie sich dabei an den Nebel in ihrem Kopf, der sich stetig lichtete und dessen Nachlassen Platz für die Schmerzen schaffte, die sie ganz vergessen hatte. »Sein Leben für meines.«

Rona hielt schlagartig inne. »Du hast ihnen *Jawih* ausgeliefert? Bist du wahnsinnig? Sie werden ihn hinrichten!« Es war das erste Mal an diesem Abend, dass Ronas Blumenkranz zu welken begann. »Er kann deinen Fluch nicht brechen, wenn er tot ist!«

»Ich bin keine Närrin«, gab Lija gequält zurück.

»Sie wird ihn erst ausliefern, wenn er den Fluch gebrochen hat«, führte Lorell ihren trotzigen Kommentar aus, was Samju resigniert zum Seufzen brachte.

»Keine Närrin, ja?« Er verschränkte die Arme vor der Brust, sorgsam darauf bedacht, seine verbrannten Hände dabei zu verstecken. »Wie lange glaubst du denn, dass du die Ashkajas hinhalten kannst? Wenn ich dich erinnern darf, hat Jawih es bisher nämlich nicht besonders eilig gehabt, deinen Fluch zu brechen.«

»Wenn er es überhaupt tun wird«, ergänzte Rona bitter. Lija entgegnete stur das Einzige, das sie darauf sagen konnte: »Ich bringe ihn dazu.«

Diese Worte machten Ronas Gesicht weich. Vielleicht lag es daran, dass Lijas Stimme so schwach geklungen hatte. Oder dass sie sich krümmte, weil sie den Druck in ihrem Bauch kaum noch ertragen konnte.

»Wie willst du das tun?«, fragte sie leise und strich ihr liebevoll die verschwitzten Haare aus der Stirn. Lija wusste keine Antwort darauf. Keine andere außer: »Ich muss …«

Samjus lautes Aufstöhnen hallte in der großen Badehalle wider. Er raufte sich das Haar und nahm einen tiefen Atemzug, der ihm zu helfen schien, seine Gedanken zu sortieren: »Vielleicht sollten wir Jawih vergessen. Ihn und diese alberne Abmachung. Ich kann uns ein Schiff besorgen. Und ich kenne die Wege aus der Stadt. Ich kann Lija fortbringen. Irgendwo verstecken, wo sie niemand findet. Wo all das …« Er deutete mit einer einzigen Bewegung auf die roten Pfützen am Boden und Lijas verkrampfte rechte Hand »… keine Rolle spielt.«

»Und wo bitte soll das sein?«

Lija war überrascht, wie vehement Rona Samjus Idee widersprach. Auch dass sie auf die Füße sprang und die Hände in die Hüfte stemmte, als würde sie ein unvernünftiges Kind rügen. »Habt Ihr vergessen, was geschehen wird? Der Fluch wird sie töten! Sie und alles, was er berührt. Es gibt auf dieser Welt keinen Ort, an dem das keine Rolle spielt!«

»Habt Ihr eine bessere Idee?«, gab Samju unbeeindruckt zurück. Es nahm Rona die Kraft für ihre stolze Haltung. Sie ließ ihren Kopf mit dem Blumenkranz, der immer dunkler wurde, sinken. Langsam drehte sie sich zu Lorell, der schweigend am Rande des Beckens hockte.

»Was sollen wir tun?«, fragte sie ihn, als wäre er der Einzige, der eine Antwort darauf wissen könnte. Doch Lorell schwieg. Lange. Sorgenfalten zeichneten sich auf seiner Stirn ab, die wie ein Blitz von der hässlichen Narbe durchkreuzt wurden. Sein klarer Blick haftete an Lija. Plötzlich wurde sein Gesicht steinhart.

»Ich sehe nur einen Weg.« Sein Ton jagte Lija einen kalten Schauer über den Rücken. Doch fröstelte ihr mehr, weil sie ihn noch nie so angsteinflößend gesehen hatte. Mit den kalten Augen, die Seelen durchdrangen. Mit der toten Haut seiner Wolfsbissnarben, die sich beim Sprechen nicht bewegte: »Wir haben nur eine Möglichkeit, Jawih dazu zu bringen, den Fluch zu brechen.« Sein Gesicht wurde noch härter. Sein Blick so stechend scharf, dass Lija ihn kaum mehr wiedererkannte. Schon gar nicht, als er mit der fremden, kalkulierten Stimme eines Diplomaten sagte: »Du musst ihn mit dem Fluch berühren.«

KAPITEL 10

GEIST

»Feuergeister sind unbändige, freie und wilde Kreaturen. Wer in ihre brennenden Höhlen und Krater steigt oder in den heißen Quellen badet, unter denen sie hausen, läuft gern Gefahr, diese nie mehr zu verlassen. Kaum eine Geistergattung sucht so selten die Nähe der Menschen wie diese. Nicht einmal zu denen, die ebenso wild und unzähmbar sind wie sie.«

Zitiert aus »Register der Geister, Reliquien und Zauber« (Autor unbekannt)

Selbst drei Tage später konnte Lija sich noch nicht wieder normal bewegen. Ohne die salbengetränkten Verbände um ihren Bauch könnte sie sich wahrscheinlich nicht einmal aufrecht halten. Bitter dachte sie daran, dass sie Rona noch nie so viel hatte fluchen hören wie an jenem Abend nach dem Fest. Die Botschafterin hatte versucht, Lija mit Diebesgut aus dem Hospital so zusammenzuflicken, dass diese den Drill absolvieren konnte. Damit niemand misstrauisch oder gar auf ihre Wunden aufmerksam werden würde. Jeden Tag setzte Rona daher einen neuen bitteren Trank auf, den Lija in einem kleinen Flakon in ihrer Tasche aufbewahrte. Die Arznei hatte eine herrlich betäubende Wirkung, doch leider hielt diese nie sehr lange an. Und jedes Mal, wenn der Schmerz in ihren Rippen und ihrer Bauchwunde zurückkehrte, schwanden ihre Zweifel.

Jawih mit dem Sichelmond zu berühren war der schnellste Weg, ihn dazu zu bringen, eben diesen zu brechen. Wahrscheinlich sogar der einzige. Jede mögliche Alternative hatten Samju und Lorell bis zur Ermüdung ausdiskutiert. Sie waren jedoch stets am selben Punkt angekommen: Wenn es um sein eigenes Leben ginge, würde Jawih sicher nicht zögern, den Fluch zu brechen. Daher schob Lija die angespannte Enge in ihrer Brust auf ihre Verletzungen, während sie Lorell und Samju in Richtung des Teehauses folgte.

Einatmen.

Mit erzwungener Aufmerksamkeit ließ sie ihren Blick über die Straßen des Vergnügungsviertels gleiten. Sie machte sich jedes noch so kleine Detail der Häuser und Menschen bewusst, um sich von dem Kribbeln in ihrer rechten Handfläche abzulenken. Die Bandagen hatte sie bereits in der Kaserne abgenommen. Lediglich der schwarze Stoff der Handschuhe verdeckte das Mal, das so aufgeregt an ihrer Haut zerrte, als wüsste es genau, was ihr Ziel war.

Ausatmen.

Langsam und kontrolliert stieß sie ihren Atem aus. Dabei konzentrierte sie sich auf ihren Herzschlag und versuchte, diesen mit ihrem bloßen Willen zu verlangsamen. Wenn sie die Unruhe nicht bald überwand, würde sich der Fluch durch den Handschuh gefressen haben, bevor sie das Teehaus überhaupt erreichten.

»Du siehst nicht gut aus.« Lorell warf einen Blick über seine Schulter. Was er in ihrem Gesicht entdeckte, gefiel ihm offenbar nicht. Er blieb abrupt stehen, um auf sie zu warten.

»Was, wenn es nicht funktioniert?«, murmelte sie leise, als auch Samju zu ihnen trat. Dabei schob sie ihre Hand tief in ihre Jackentasche. Aus reiner Gewohnheit. Und auch wenn sie wusste, dass die Tasche leer war, tastete sie hindurch. Was würde sie nur in diesem Augenblick für die Wärme der Katzenkralle geben …

»Du meinst, wenn du ihn nicht erwischst? Berechtigter Zweifel«, entgegnete Samju, als hätte er sich dieselben Gedanken gemacht. »Nimm es nicht persönlich, aber du bist nicht besonders schnell. Ich denke, es ist besser, wenn *ich* versuche, ihn zu fangen. Meine Chancen sind höher. Vielleicht kann ich ihn lange genug festhalten. Vorausgesetzt, er ist überhaupt noch im Teehaus und spricht mit uns.«

»Darum geht es nicht«, warf Lorell ein. Er sah Samju nicht einmal an, sondern wog nur sacht seinen Kopf von der einen zur anderen Seite, während er Lija gedankenversunken betrachtete.

»Ach nein?« Samju hob die Augenbrauen, musterte ihn einen Moment unschlüssig und wandte sich dann an Lija. »Hast du Angst, dass er dich tötet, wenn du ihn verfluchst?«

»Dann wäre er verloren.« Wieder ließ sie ihren Blick auf ihre kribbelnde Handfläche sinken. »Wenn der Fluch auf ihn abfärbt, reicht mein Tod nicht aus, um ihn zu retten …« Das Prickeln des Sichelmondes vermischte sich mit jedem von Lijas beklemmenden Gedanken zu einer zähen Bitterkeit. Denn wenn ihr Tod den Fluch brechen könnte, hätte Samtpfote sie nicht am Leben lassen können, nachdem er den Mond berührt hatte. So groß konnte selbst seine Barmherzigkeit nicht gewesen sein. Schließlich hatte er gewusst, wie schnell er dem dunklen Zauber erliegen könnte. Und es war genau das, wovor Lija sich fürchtete: Dass sie Katzenauge auf diese Weise tötete, bevor er den Fluch brechen könnte. Und wenn er starb, dann starb ihre einzige Chance auf Erlösung mit ihm.

»Ich weiß, dass das nicht leicht ist …«, raunte Lorell voller Mitgefühl. Er konnte jeden dieser Gedanken in der Art erkennen, wie Lija seinem Blick auswich. Wie sie die Augenbrauen leicht zusammenzog. An ihren verkrampften Schultern und der rechten Hand, die sie zur Faust geballt immer wieder schüttelte. Sie spürte seine kühlen Fingerspitzen an ihrer Schläfe, als er ihr eine rote Strähne aus der Stirn strich. Es mochte wie eine liebevolle Geste wirken, doch war es seine Art, sie zu zwingen, ihm in die Augen zu sehen. Und das tat sie.

Für einen Moment verschluckte das Halbdunkel der Dämmerung die Narben in seinem Gesicht. Seine Augen leuchteten so hell und klar daraus hervor, als wären sie Wasser, durch dessen Oberfläche man den Grund erkennen könnte. Und für diesen Moment sah er sie an, als wäre sie unersetzbar. Als wäre kein Preis zu hoch für ihr Leben – und Lija wäre kein Preis zu hoch für seines. Ob sie ihn nun in den Trümmern des Wachturms berührt hatte oder nicht, der Sichelmond würde ihn nicht kriegen. Sie würde alles tun, um das zu verhindern. Daher fühlten sich seine nächsten Worte an, als würden sie jede Faser ihres Körpers durchdringen: »Wir müssen es versuchen.«

Erst als sie nickte, ließ Lorell seine Hand von ihrer Wange sinken. Mit einem zufriedenen Lächeln wandte er sich ab. Samju blickte seinem Kameraden skeptisch hinterher.

»Du weißt schon, dass er jedes Mädchen so ansieht, um zu bekommen, was er will?«, raunte er Lija nicht allzu leise zu.

»Fällst du mir etwa gerade in den Rücken?«, horchte Lorell sogleich auf.

»Ich kann nicht anders«, zuckte Samju mit in den Taschen steckenden Händen und breitem Grinsen die Schultern: »Das ist mein Verräterblut. Mütterlicherseits.«

Lija entfuhr ein leises, vielleicht sogar ein erheitertes Schnauben über diesen Scherz. Dabei dachte sie gar nicht darüber nach, als sie die Augen über ihre Schulter verdrehte. Dorthin, wo

Halvar nicht mehr stand. Trotzdem tauchte die Erinnerung an sein ernstes Gesicht, das sich kein Lächeln über so einen Unfug erlaubt hätte, so lebhaft vor ihr auf, als wäre er da. Augenblicklich zwang sie sich dazu, den Fokus zu verlieren. Sie ließ ihren Blick immer weiter in die Ferne gleiten, um das trügerische Bild zu zerstreuen.

Einatmen.

Abermals konzentrierte sie sich auf jedes Detail der Welt, um sich abzulenken. Sie studierte ein jedes Licht der fliegenden Kerzen, jede Reflexion davon auf dem Gold von Ringen, Ketten und Abzeichen. Jede Laterne, jedes erleuchtete Fenster, jede Fassade. Ihr Blick glitt immer weiter, hinein in jede offenstehende Türe, in jede Gasse. Auch in jene, in der sich keine fliegenden Kerzen befanden. Das einzige Licht, das den schmalen Gang zwischen zwei Wirtshäusern erhellte, fiel von der Hauptstraße hinein und reichte gerade aus, um Schemen zu erkennen.

Zwei Menschen verbargen sich in den Schatten. Eine der beiden Gestalten kauerte auf dem Boden. Die andere, über ihn erhoben wie ein Berg, ließ mit ausholenden Bewegungen den Arm niedersausen. Das Schnalzen der Peitsche war nicht laut genug, um den Lärm auf der Straße zu übertönen, doch fuhr Lija jeder der Schläge trotzdem durch Mark und Bein.

»Nicht …«, hörte sie Samju dicht an ihrem Ohr. Sie hatte nicht einmal bemerkt, dass sie losgelaufen war. Erst als er sie an den Schultern packte und zurück zerrte, erkannte sie, wie nahe sie der Gasse gekommen war. »Damit erreichst du nichts!«

Lija versuchte, sich aus seinem Griff zu winden. Eine unbändige Wut stieg in ihr auf. Und diese Wut galt Samju mehr als dem, was in der Gasse geschah – weil er Recht hatte. Es gab für einen Soldaten der Goldstadt-Wache keinen Grund einzugreifen. Jeder Herr durfte seine Rotblüter für was auch immer und wie auch immer bestrafen. So wie ihnen der Sinn stand. Niemand wusste das besser als sie. Wie oft war sie ausgepeitscht worden? Wie oft hatte man sie geschlagen und in den Dreck getreten? Jedoch …

Mutter.

Sie hatte Lija vor jeder unrechten Strafe, jedem Schlag zu viel beschützt. Sie hatte nie geschwiegen, nie nachgegeben, keine Grausamkeit geduldet. Sie hatte Lija davor bewahrt, in dunklen Gassen auf den Boden gestoßen zu werden. Aber dieser Mann … er hatte niemanden. Also schlug Lija Samjus Arm zur Seite.

»Hör auf!«, zischte nun auch Lorell. »Du kannst nichts tun.« Er hielt sie an beiden Schultern fest, zwang sie dazu, sich umzudrehen und ihn anzusehen. Er redete auf sie ein – beschwichtigend, warnend – bis ein Knall seine Worte zerriss.

Für einen Moment hielten die drei inne. Der Knall war so laut gewesen, dass Lija glaubte, es hätte eine Explosion gegeben, doch die Menschen auf der Straße reagierten überhaupt nicht. Sie plapperten und spazierten ungerührt weiter. Nur Samjus und Lorells überraschten Gesichter verrieten ihr, dass sie sich diesen Krach nicht eingebildet hatte.

»Was zum …« Samju brauchte nur einen Satz, um zur Gasse zu flitzen. Die beiden hatten Lija so weit fortgezogen, dass diese nicht sehen konnte, was darin geschehen war. Sie sah lediglich Samjus aufgerissenen Augen, als er in das Dunkel starrte.

»Was ist?« Lorell hechtete an dessen Seite. Kaum hatte er von Lijas Schultern abgelassen, stürmte auch sie in den dunklen Gang.

Das Rotblut kauerte auf der Erde. Völlig reglos. Nicht einmal zitternd. Es starrte auf den Körper, der ebenso bewegungslos vor ihm lag. Die Frau in den grünen Kleidern hatte die

Peitsche noch in der Hand. Kleine Funken glühten über ihr in der Luft. Wie aufgewirbelte Asche, die sich langsam zu setzen begann.

»Warst du das?« Samjus Schritte hallten bedrohlich von den Häuserwänden wider. Das Echo donnerte gnadenlos auf den Sklaven ein, sodass es diesen aus seiner Starre löste.

»Ich …« Heftig zitternd kroch der Mann über den Boden. Er wirkte gleichermaßen verzweifelt und unentschlossen. So, als würde er abwägen, ob ihm eine Flucht gelänge oder ob er sein Gesicht Gnade flehend in den Dreck pressen sollte. Seine Augen weiteten sich panisch, je näher Samju ihm kam. »… i-ich war das nicht, Herr!« Er sprang auf seine Beine, doch taumelte er. Halt suchend tastete er sich an der Wand entlang, während er schrie: »E-ein Geist!«

»Immer mit der Ruhe.« Samju hob beschwichtigend die Arme. Das Rotblut schüttelte daraufhin nur noch heftiger den Kopf.

»F-feuer!« Mit ausgestrecktem Finger zeigte er auf einen Punkt vor einer der Häuserwände, wo nichts war. Nichts weiter als die glühenden Aschefunken, die sich auf den Boden und den Körper legten.

»Was redest du da?« Für einen kurzen Moment drehte Samju den Kopf, um sich die Stelle neben der Toten zu besehen, auf die der Sklave zeigte. Es war die Chance, die das Rotblut brauchte, um in den Schatten der Gasse zu verschwinden. »He!« Samju machte einen Satz vorwärts, doch Lija trat ihm in den Weg.

»Zur Seite!«, befahl er. Lija bewegte sich keinen Millimeter. Stattdessen breitete sie die Arme aus, um ihm deutlich zu machen, dass sie ihn nicht vorbeilassen würde.

»Er ist ein Zeuge!«

»Er hat nichts gesehen!«

Samju verlagerte sein Gewicht unruhig von einem Bein aufs andere. Er könnte mühelos über sie hinwegspringen. Er wäre selbst jetzt noch schnell genug, um das Rotblut einzuholen, bevor es eines der Löcher erreichte und in der Rotte verschwand. Doch er tat es nicht.

»Ihm wird nichts geschehen«, behauptete Samju zähneknirschend. Seine Kiefermuskeln traten scharf hervor. Sein ruheloses Wiegen ließ ihn so unentschlossen wirken, dass sich Lijas Kinn wie von selbst hob.

»Du weißt, dass das nicht stimmt«, sagte sie laut, fast schon herausfordernd. Sie beide wussten, dass das Wort des Rotbluts gar nichts zählte. Dieser Mann war kein Zeuge. Er war bestenfalls ein Sklave, der seine Herrin nicht beschützt, oder schlimmstenfalls einer, der die Hand gegen sie erhoben hatte. Käme auch nur ein einziges Goldblut auf die Idee, ihm die Schuld an dem zu geben, was geschehen war, würde die Hölle über die Rotten hereinbrechen. Und Samju war stehen geblieben, weil er das wusste.

Rottenfreund.

»Seht euch das an!«, brach Lorell die angespannte Stille. Er kniete von seinen Kameraden abgewandt neben der Toten, als hätte er keinen Anteil an dem genommen, was geschehen war. Stattdessen hatte er die Frau auf den Rücken gedreht. In ihrer Brust klaffte ein Loch. Es erinnerte Lija stark an die Wunde in ihrem Bauch, nachdem der Eber diesen mit seinem Hauer durchstoßen hatte. Nur waren die Ränder ihres Fleisches goldgetränkt, die Haut gleichermaßen verbrannt wie aufgerissen und überall klebte schwarze Asche.

»Wartet hier.« Samju bewegte sich ruckartig. Er ließ sich vom Abendwind auf das Dach des anliegenden Hauses hinauftragen. »Ich mache Meldung!«, rief er über seine Schulter, bevor er verschwand. Während Lija ihm mit mulmigem Gefühl im Bauch nachsah, schien Lorell gar nicht weiter bemerkt zu haben, dass Samju aufgebrochen war.

»*Das* soll ein Geist verursacht haben?«, murmelte er kopfschüttelnd. Er hatte die grünen Stoffe vorsichtig zur Seite geschoben, um die Wunde noch besser inspizieren zu können. »Der muss riesig gewesen sein.«

Lija fiel es schwer, ihre Arme sinken zu lassen, die sie immer noch ausgebreitet hatte. Das mulmige Gefühl, dass das Rotblut nicht in Sicherheit war, dass sie zu wenig getan hatte, ließ nicht von ihr ab. Auch nicht, als ihre Schritte in Lorells Richtung die Asche aufwirbelten. Oder als ihr jener bekannte Gestank in die Nase stieg.

»Hast du so etwas schon einmal gesehen?«, fragte Lorell, ohne den Blick von der Wunde zu lösen.

»Ich bin mir nicht sicher …«, murmelte sie, als sie sich neben ihn kniete. Dieser Gestank war ohne Zweifel derselbe, den sie von den Waffen kannte, mit denen die Soldaten der Lichtfrau Samtpfote angegriffen hatten. Jener, der auch an den Gefallenen der zwölften Kompanie gehaftet hatte. Aber diese Wunde … sie war anders. Die Soldaten der Zwölften hatten ausgesehen, als wären sie von Klauen zerrissen worden. Daher hatte der Kommandant es auch für das Werk von Berglöwen gehalten. Aber diese Wunde sah aus, als wäre ein Loch in die Brust gebrannt worden. Knochensplitter ragten aus den goldgetränkten und schwarz verkrusteten Hautfetzen heraus. Und überall darum waren kleine Löcher zu erkennen, als wären Funken in die Haut geschmolzen. Genauso wie bei dem Schmied, der in der Werft getötet worden war.

Sah so etwa der Biss eines Feuergeistes aus?

»Zurück!«

Lorell reagierte schneller als Lija. Er packte sie an den Schultern, als Samju in Begleitung von Leutnant Plofond, Ka und einigen anderen Soldaten ihrer Kompanie zurückkehrte.

»Was ist das? Was ist hier passiert?« Mit konzentriertem Blick suchte Plofond die Gasse ab. Ka hingegen beugte sich sofort zur Toten hinab, als seine Füße die Erde berührten.

Lija schwieg, während Lorell meldete, was sie gesehen hatten. Angespannt stand sie neben ihm, löste die Augen nicht von der Wunde. Sie hatte keine Ahnung, ob diese von einem Geist oder einer Waffe verursacht worden war – doch es gab jemanden, der dies beantworten könnte. Und sie musste nur eines tun, um mit ihm zu sprechen: Warten.

Ka und Samju waren für Lijas Geschmack sowohl viel zu hoch als auch viel zu schnell geflogen. Sie hatte sich so krampfhaft an den Mast geklammert, dass Lorell ihre Arme nun mit Gewalt davon lösen musste und der Waffenmeister verständnislos den Kopf schüttelte.

»Du siehst aus, als könnten wir dich gleich hierlassen, Prinzessin. Ihr Nordmenschen vertragt wirklich gar nichts!« Ka packte einen der Griffe an der Trage, auf der sie die in Laken eingewickelte Tote festgemacht hatten, und bedeutete den drei Soldaten, dasselbe zu tun. Auf diese Weise war es ein Leichtes sie ins Totenhaus zu tragen.

Kaum hatten sie die Eingangspforte durchschritten, verloren die Soldaten ihren Gleichschritt. Während Samju und Lorell langsamer wurden und sich mit einem gewissen Anflug von Ekel umsahen, machte Lija immer größere Schritte. Obgleich sie die

Kälte, die modrige Feuchte und die Dunkelheit ebenso unbehaglich fand. Kas Tempo veränderte sich hingegen nicht.

»Ginra!«, rief er ungeniert in die halbdunklen Gänge, als würde ihm weder das Dämmerlicht noch die unnatürliche Stille etwas ausmachen. »Bist du hier?«

Dass er keine Antwort erhielt, schien den Waffenmeister wenig zu überraschen. Er wartete gar nicht auf eine solche, sondern rief einfach immer weiter. Lija musste sich auf die Zunge beißen, um ihm nicht mit einem Zischen das Wort abzuschneiden. Jedes ihrer Nackenhaare stellte sich auf, weil er an solch einem Ort, der so eindrücklich nach Stille verlangte, solch einen Krach machte. Doch stand es Lija nicht zu, einen Leutnant zu kritisieren – selbst wenn es nur Ka war. Also biss sie sich noch fester auf ihre Zunge, als dieser in die kuppelbedachte Haupthalle brüllte: »Ginra, du Gauner! Wo bist du?«

Keine Antwort.

Suchend glitten Lijas Augen über die Wände, an denen sich die Bahren mit verhüllten Menschenresten bis unter die Decke stapelten. Und dort fand sie ihn: Den Schatten, der sich durch die Schatten bewegte.

»Tse«, machte Ka, als auch er den Balsamierer entdeckte. »Da bist du ja. Warum antwortest du nicht? Hast du mich nicht gehört?«

Ohne den kleinsten Laut von sich zu geben, drehte sich die Öffnung der Kapuze. Dadurch ließ sich erahnen, dass der Balsamierer jeden einzelnen der vier Soldaten musterte. Als er den Körper auf der Trage erblickte, bewegte er den Kopf in eine andere Richtung. Ein stummer Befehl, die Tote auf einer der leeren Steinplatten im hinteren Bereich der Halle aufzubahren.

»Wird dir gefallen, was wir mitgebracht haben«, verkündete Ka, kaum dass sie den Körper von der Trage losgebunden hatten. »Die Knirpse haben die arme Frau im Vergnügungsviertel gefunden. Kannst dir Zeit mit der Begutachtung lassen. Ellar erwartet deinen Bericht nur bis gestern.« Ka sah den Balsamierer so erwartungsvoll an, als würde er glauben, dass dieser über seine Worte lachen würde. Natürlich tat er dies nicht. Der Leutnant seufzte theatralisch.

»Ist es dir hier auf die Dauer nicht zu still, Ginra?« Kas Stimme war nun leiser. Andächtiger. Und sein Blick … das Grinsen war verschwunden. Stattdessen hatte sich ein Ausdruck auf seinem Gesicht ausgebreitet, der Lija an Wehmut erinnerte. »Man wird komisch, wenn man sich nur mit Toten umgibt.«

»Dafür ist es bei dem ein wenig zu spät …«, flüsterte Samju kaum hörbar in Lijas und Lorells Richtung. Letzterer nickte mit eingefrorener Miene. Auch wenn er sonst so bedacht darauf war, einem jeden mit Freundlichkeit zu begegnen, bemühte er sich nicht einmal, seine Ablehnung für den Balsamierer zu verbergen.

Nach einer Weile des Schweigens seufzte Ka noch lauter: »Ach, mir geht es prächtig. Danke der Nachfrage. Der alte Herr lebt und lebt und lebt und die Kinder wachsen und gedeihen. Kennst du eigentlich schon meinen jüngsten Neffen? Sineals Sohn?«

Lija blinzelte irritiert, als Ka Samju eine Hand auf die Schulter legte. Sofort blickte sie zwischen den beiden hin und her. Das dicke Haar … die sonnengebräunte Haut … das schiefe Grinsen … War denn die ganze Wache von Jawihs Sippe infiltriert?

Als der Balsamierer immer noch nichts auf das Gerede des Waffenmeisters erwiderte, klopfte Ka seinem Neffen lobend auf dic Schulter.

»Gut gemacht, Junge. Das war das anerkennendste Schweigen, das ich je von ihm gehört habe!« Er gab Samju einen kleinen Schubs in die Richtung seiner Kameraden, bevor er seine Hände aneinander abwischte, als wäre sein Tagewerk verrichtet. »Aber genug davon. Ich kann nicht die ganze Nacht hier stehen und mit dir plaudern, alter Junge. Es ist wirklich eine Unart, wie du den Menschen das Ohr abkaust.« Er schnippte mit den Fingern und deutete auf die Tür, um den Soldaten den Abmarsch zu befehlen. Samju und Lorell wandten sich so prompt um, als könnten sie es kaum erwarten, die Halle zu verlassen. Lija hingegen blieb stehen, als wäre sie am Boden festgewachsen.

»Lija, wir gehen!«, rief Samju über seine Schulter, doch Ka gab ihm einen Klaps gegen den Hinterkopf.

»Die ist nicht blöd. Die kommt schon.« Er trieb die Burschen vor sich her zu den Toren, bevor er sich noch ein letztes Mal umdrehte: »Hat mich auch gefreut, dich zu sehen, Ginra. Ich richte Sineal deine Grüße aus. Das wird allmählich Zeit.«

Der Balsamierer entgegnete weder den kleinsten Laut, noch bewegte er sich. Er fügte sich so nahtlos zwischen all den Toten ein, dass Lija allmählich daran zweifelte, ob er wirklich dort stand oder ob es nicht nur leere Umhänge waren. Doch der Waffenmeister war hartnäckig, eine Reaktion von ihm zu ertriezen: »Grüße du Korrin von mir. Oder sprichst du nicht einmal mehr mit ihr?«

Das Verhallen der Schritte, das verriet, dass die Soldaten das Totenhaus verlassen hatten, erweckte Ginra zum Leben. Langsam, fast geräuschlos, trat er an die Bahre heran, auf die sie den Körper gelegt hatten. Kaum hatte der Balsamierer die Tücher zurückgeschlagen, stieg der beißende Gestank in der Halle auf. Die Kapuze drehte sich schlagartig, sodass sich Lija – auch wenn sie Ginras Gesicht nicht sehen konnte –, sicher war, dass sich sein Blick an die Brust heftete.

»Diese Wunden …« Mit bemüht leisen Schritten trat sie ebenfalls an die Bahre heran. »… sind es dieselben wie bei den Soldaten? Oder dem Schmied aus der Werft?«

Keine Antwort.

»Stammen sie von denselben Waffen?«

Schweigen. Argwöhnisch beäugte Lija die abgewandte Kapuze. Sie ließ ihm genug Zeit zu antworten, aber er nutzte diese nicht. Also bohrte sie weiter: »Es gibt jemanden, der gesehen hat, wie diese Frau getötet wurde.«

Stille.

»Er sagt, dass es ein Geist war.«

Für einen kurzen Moment erstarrten die Hände, die vorsichtig begonnen hatten, die blutgetränkte Kleidung zu entfernen. Lija glaubte sogar, dass sich die Kapuze bewegte, als würde er sie ansehen wollen, doch letztlich ignorierte er sie unbeirrt. Lija hob genauso unbeirrbar ihr Kinn. So leicht würde er sie nicht vertreiben. Sie kannte die Sturheit der Erde. Sie kam auch aus dem Norden.

»Könnte diese Wunde von einem Geist stammen?«, hakte sie daher nach, sprach sogar etwas lauter, damit die Wände den Hall ihrer Stimme zurückwarfen. Doch auch das brach Ginras Schweigen nicht. Das tat jemand anderes für ihn.

»Welch interessanter Gedanke.«

Die Stimme erklang direkt neben ihr. Erschrocken fuhr sie zusammen, als der goldblonde Schopf aus dem halbdunklen Nichts auftauchte.

»Was meinst du, alter Freund? Könnten die Waffen so funktionieren? Es wäre zumindest eine Erklärung dafür, warum sie bei goldenem Blut einen solchen Schaden anrichten könnten«, überlegte Katzenauge laut. Er betrachtete die stinkende Wunde zwar neugierig, doch kräuselte sich seine Nase angeekelt. Es hätte nur noch gefehlt, dass er sich ein weißes Seidentüchlein davor presste. »Aber welche Geister gäben ihre Magie für so etwas her?«

Er streifte Lija mit einem Seitenblick, die wie gebannt neben ihm stand. Er war ihr so nahe … keine Armlänge entfernt. Sie müsste nur die Hand heben, um ihn zu berühren. Aber … das hübsche Gesicht … die vor wilder Aufregung leuchtenden Augen … der verführerisch lähmende Duft von Minze und Zitrone …

»Es wäre überaus praktisch, wenn ich mich einer dieser Waffen bemächtigen könnte …«, schnurrte Katzenauge, als wäre ihm dieser Gedanke just bei ihrem Anblick gekommen. Erst hatte sie geglaubt, dass sein Schnurren das Beben nur in ihrem Inneren ausgelöst hatte, doch als der Windsohn den Blick von ihr löste und demütig in Ginras Richtung flüsterte: »Vergib mir, alter Freund. Ich vergaß …« verstand sie, dass es das Werk des Balsamierers war. Seine Warnung.

Lija spürte eine Berührung an ihrem Rücken. Katzenauge zog sie fest an sich, während er sie mit seinem Wind von den Füßen riss. Schwindelerregend schnell trug er sie durch die Deckenfenster hindurch zum Kuppeldach, wo er sie achtlos auf allen Vieren aufschlagen ließ. Sofort krallte Lija sich an die Erhebungen der Eckrippen und kämpfte um ihre Balance, da sie kaum Halt auf dem gewölbten Grund fand.

»Wo ist es geschehen?«, hörte sie Katzenauge aufgeregt jauchzen. Er tanzte über die Ziegel, als kümmere ihn die Schwerkraft nicht. Seine goldenen Augen wanderten dabei in Richtung der Stadt. »Wohin ist der Schütze geflohen?«

»Ich weiß es nicht. Ich habe nichts gesehen.« Lijas Stimme zitterte ebenso wie ihre Beine. Sie hatte einen Vorsprung gefunden, an dem sie nicht abrutschte und einigermaßen sicher stehen konnte. Wachsam behielt sie den Windsohn im Auge. Dieser drehte sich scheinbar ziellos in alle Richtungen.

»Dann bring mich zu dem, der es gesehen hat«, forderte er, ohne sie anzusehen. Sprach er wirklich mit ihr? Denn seine goldenen Augen jagten dem Wind hinterher, als würde dieser ihm antworten. »Du hast doch von einem Zeugen gesprochen.« Er fand einen Punkt, den er wie hypnotisiert anstarrte. Mit ausgebreiteten Armen lehnte er sich in den Wind – und drehte ihr den Rücken zu.

Das war der Moment.

Augenblicklich ging Lija in die Knie. Sie zerrte an dem Handschuh ihrer rechten Hand, während sie die Distanz abschätzte. Ein gezielter Sprung. Es bräuchte nicht mehr, um seinen nackten Arm zu packen. Und solange er so unkonzentriert war, hatte sie eine echte Chance, ihn zu erwischen … aber er machte den Schritt, bevor sie es konnte.

Katzenauge starrte immer noch diesen Punkt an. Was auch immer er dort sah, es zog ihn an wie ein Magnet. Der Wind zerrte an den Umhängen seines verschlissenen, sandfarbenen Kaftans, als würde er ihn hinauf in den Himmel locken wollen. Panik stieg in ihr auf, als sie begriff, dass er verschwinden würde. Dass sie nicht schnell genug sein würde. Also tat Lija das Einzige, dass ihr einfiel, um ihn aufzuhalten.

»Jawih!«, rief sie den Namen, den er hasste. Wie erstarrt blieb er stehen. Jenen kurzen, zögerlichen Moment nutzte Lija, um sich von den Ziegeln abzustoßen. Sie sammelte alle Kraft, suchte verzweifelt nach Resten der Feuermagie, die sie weit genug springen lassen könnten, doch fand sie nicht mehr als die Erinnerung daran. Sie war weder stark noch schnell genug … und als sie das erkannte, überkam sie die Angst, noch bevor die Luft verschwand.

Eine Spannung nahm sie gefangen, die sich wie nichts anfühlte und doch so fest war, dass es sie zu zerreißen drohte. Katzenauge stand noch am selben Fleck wie zuvor. Seine Augen hatten jede Menschlichkeit verloren. Jene schmalen Linien musterten sie mit einer Schärfe, die ein Jäger für seiner Beute erübrigte.

»Ich hasse diesen Namen.«

All die verschwundene Luft brach über sie herein. Eine Sturmböe traf sie wie ein Faustschlag im Magen. Sie verlor das Gleichgewicht, rutschte vom Dach. Verzweifelt streckte Lija die Hände nach ihm aus. Wünschte, flehte, betete zu allen Göttern, dass er nach ihr greifen würde. Dass er sie davon abhielt, zu stürzen, wie es Samtpfote damals am Abgrund getan hatte. Und dass er den Mond dabei berühren würde. Doch Katzenauge bewegte sich keinen Millimeter. Er tat das, was der Graf hätte tun sollen: Er ließ sie fallen.

Ihre Augen glitten hilflos zum Firmament. Ihr Herz rutschte bis in ihren Hals hinauf. Ihre Eingeweide verkrampften sich ineinander, während sie immer weiter fiel. Immer tiefer. Bis sie glaubte, den Aufprall schon spüren zu können. Doch kam dieser Druck in ihrem Rücken nicht von den Pflastersteinen, sondern von Samjus Armen.

»Hab dich!«

Er fischte sie aus der Luft, wie er es schon tausende Male getan hatte, wenn sie vom Parcours gestürzt war. Mit einem energischen Ruck setzte er sie auf dem Boden ab, bevor sein Blick zur Kuppel hinaufglitt. Dort war nichts anderes zu sehen als der sternenlose Nachthimmel. Katzenauge war verschwunden.

Sie hatte ihre Chance vertan.

Sie war zu langsam gewesen.

Und zu feige.

Die Frustration übermannte sie so heftig, dass sie sich an Samju festhalten musste. Hilflos presste sie ihr Gesicht gegen seine Schulter, damit er es nicht sehen konnte.

»Heulst du?«, hörte sie ihn trotzdem fragen. Er musste ihr Zittern spüren. Das Beben verschluckter Schluchzer.

»Gut gefangen …«, versuchte sie ihn abzulenken.

»Du heulst«, ging er nicht darauf ein. Abermals spähte er zum Dach hinauf. Lija spürte, wie er sich anspannte, als ihn die Ahnung überkam: »Er war dort …« Bei ihrem nächsten Schluchzer versteifte er sich noch mehr. Seine Stimme war fast zu leise, um sie zu verstehen: »Du hast ihn nicht erwischt …«

Enttäuschung.

Lija war sich sicher, den Anflug davon in seinem Ton gehört zu haben. Bitter sickerte sein resigniertes Seufzen, das Hängenlassen seiner Schultern, das Abwenden seines Kopfes in sie hinein, bis es auf Widerstand traf.

So würde das nicht enden.

Sie würde nicht in Jawihs Gleichgültigkeit untergehen.

Sie würde ihn erwischen.

Aber ihr Wille allein reichte dazu nicht aus. Ihre Verzweiflung war nicht genug. Sie musste stärker sein als das. Furchtlos. Wild entschlossen. *Skrupellos*. Ja … Um den Windsohn zu fangen, musste sie ein Krieger sein …

… und die stärksten Krieger hatten Feuer im Blut …

KAPITEL 11

SCHWÄCHE

»Diejenigen, die lange genug lebten, um davon zu berichten, erzählen, dass die Grausamkeit des Fluches in der Machtlosigkeit liegt. Dass man in dem Wissen der Unvermeidbarkeit die Qualen ertragen muss, die der schwarze Mond einem auferlegt. Er verzehrt den Körper, den Geist, das Herz, bis nichts mehr übrig ist.
Und das ist erst der Anfang. Denn wenn der Gezeichnete erst gebrochen ist, wird er die Finsternis nie wieder aufgeben.«

Zitiert aus »Register der Geister, Reliquien und Zauber« (Autor unbekannt)

Mittlerweile war sich Lija sicher, dass man ihre Spuren im Innenhof sogar vom Wachturm aus sehen konnte. Seit dem Abendessen drehte sie im Schatten der Mauer neben dem Hauptgebäude einen Kreis nach dem anderen. Währenddessen bat Mimpo ununterbrochen darum, dass sie es sich anders überlegen sollte. Manchmal brachte er ihre Entschlossenheit mit seinem Summen so ins Wanken, dass sie stehen blieb, um einen nervösen Blick zum Eingang zu werfen.

»Wir haben keine Wahl«, flüsterte sie dann jedoch nur. Eher zu sich selbst als zu dem kleinen Geist. Denn wenn sie Katzenauge fangen wollte, gab es nur diesen Weg. Und er führte mitten durchs Feuer.

Also drehte sie ihren nächsten Kreis. Und den nächsten. Wartend, dass die Ashkaja-Brüder endlich aus der Kaserne kamen, um sich ihren freien Abend in der Stadt zu vertreiben. Aber diese ließen sich Zeit. Erst als die Sonne so weit hinter dem Horizont verschwunden war, dass kein Licht mehr in den Innenhof fiel, kamen sie mit ihrem Gefolge von Feuerblütern aus der Haupthalle spaziert. Die Soldaten redeten wild durcheinander, lachten und rangelten, sodass keiner von ihnen Lija bemerkte. Auch wenn ihre Füße sich wehrten, zwang sie sich dazu, aus den Schatten der Mauer zu treten und wurde trotzdem nicht bemerkt.

»*Beh*-shkaja!«, rief sie daher. Vielleicht ein wenig zu laut, um nicht aufgeregt zu erscheinen. Irritiert drehten sich die Köpfe der Soldaten in ihre Richtung.

»Was hat sie gesagt?« Flav bleibt mit einigen anderen stehen, als er Lija entdeckte. Er hielt sich eine Hand wie einen Trichter ans Ohr. »Hat sie dich gerade *Beh*-shkaja genannt?«

»Die traut sich ja was«, stimmte Yoph zu und verschränkte die Arme vor der Brust. Denn *Aah*-shkaja und *Beh*-shkaja waren eine Bezeichnung, die sich nur der Hauptmann und die Offiziere herausnahmen, um die Brüder auseinanderzuhalten. Jeder andere tat es nur, wenn er es auf einen Streit mit einem der beiden anlegte. Daher verwunderte es niemanden, dass Tahro mit glühenden Fingerspitzen und stechendem Blick aus der Gruppe trat.

»Geht vor. Ich poliere noch die Mauer mit ihrem Gesicht.«

Flav lachte. »Halt dich nicht zurück, Tahro. Dann passt es auch wieder besser zum Narbenmaul ihres kleinen Prinzen.«

Augenblicklich zuckte Lijas Blick zu ihm hinüber. Eine kreischende Welle jagte durch ihre rechte Hand. Stumm flehte sie, dass Mimpo Flavs abstehenden Ohren vereiste, bis diese abfielen, oder ihn mit einem Eissplitter in die schlitzförmigen Augen traf, aber der kleine Geist rührte sich nicht. Er flüsterte nur immer fort seine Warnung: *Weg vom Feuer*. Doch dieses kam direkt auf sie zu.

»Was willst du?« Die Luft um Tahro flimmerte. Das Glühen hatte sich von seinen Fingerspitzen über die gesamte Hand ausgebreitet. So wie er sie ansah, musste es ihn einige Beherrschung kosten, ihren Kopf nicht wirklich gegen die Steine zu schmettern. Doch Lija war Verachtung gewohnt. Das erschreckte sie nicht. Sie wusste, wie sie solcher begegnen musste. Also ballte sie die Fäuste, damit man nicht sah, dass ihre Hände zitterten, straffte die Schultern und hob das Kinn, damit er nicht auf sie herabsehen konnte.

»Es geht um Jawih«, fing sie mit erzwungener Ruhe an. Vorsichtig schielte sie zu den Seiten, um sicherzugehen, dass keiner seiner Kameraden stehen geblieben war, um sie zu beobachten oder zu belauschen. »Es gibt ein … Problem.«

Tahro fragte nicht nach. Nur seine gefährlich zuckenden Finger ermahnten sie, sich nicht bitten zu lassen, weiterzusprechen.

»Er wird den Fluch nicht freiwillig brechen«, krächzte sie. Sie versuchte, sich zu räuspern, doch die Hitze, die ihn umgab, trocknete sowohl die Luft als auch ihre Kehle aus. »Ich muss ihn zwingen.«

Wieder entgegnete Tahro nichts. Es war offensichtlich, dass er die wenige Geduld, die er von Natur aus besaß, bereits verlor und schon gar nicht genug übrig hatte, um zu fragen, was sie deswegen von *ihm* wollte. Daher flüsterte Lija weiter: »Dazu brauche ich Feuer.«

»*Feuer*«, wiederholte Tahro nach einer schier endlosen Weile, in der er abgewogen haben musste, was er damit anfangen sollte. »Kannst du haben.«

Was diesen Worten folgte, kam der Hölle gleich.

Das Feuer sprang von seinen Händen auf sie zu. Lija warf sich zur Seite, trotzdem musste Mimpo eine Fontäne spucken, damit der Flammenschweif sie nicht erwischte. Angespannt starrte sie dem knisternden Glutball hinterher, der in einiger Entfernung verglühte. Daher bemerkte sie nicht, dass Tahro sich bewegt hatte. Und zwar schnell. Mit wenigen Schritten hatte er die Distanz zu ihr überwunden. Zu überrumpelt sah sie den Tritt nicht kommen, mit dem er sie in der Magengrube traf. Er erwischte sie mit solcher Kraft, dass sie über den Boden rollte. Als die Reibung sie endlich ausbremste, dachte sie für einen Moment, dass sie gestorben wäre, da sie keine Schmerzen spürte. Doch diese setzten einen Atemzug später ein. So heftig, dass sie sich wünschte, sie wäre tot.

Keuchend krümmte sie sich unter dem Gefühl, auseinanderzureißen. Tahro trat an sie heran, betrachtete sie schweigend, während sie auf allen Vieren kniend versuchte, Luft zu bekommen. Es fiel ihr so schwer, dass sie sich sicher war, dass er ihr schon wieder eine Rippe gebrochen hatte. Dieses Mal so heftig, dass sich diese in ihre Lunge bohren musste. Was waren ihre Knochen bloß für ihn? Zweige?

»Was ist?«, fragte Tahro, der mit angewidert verzogenem Mund beobachtete, wie Lija versuchte, sich zurück auf die Füße zu kämpfen. »Wenn du das Feuer willst, nimm es dir.«

Funken sprangen von seiner Hand. Sie brannten sich wie Nadelstiche in Lijas Haut. Eilig zerrte sie an ihrem rechten Handschuh. Faserige Reste der Verbände rieselten hinab. Der Sichelmond hatte diese in seiner Aufregung vollkommen zerfressen. Und nun hielt Lija die schwarze Sichel in den glühenden Regen, damit er mit der Glut dasselbe tat.

Als er den Mond erblickte, wog Tahro neugierig seinen Kopf zur Seite. Er betrachtete, wie die Funken darum in Lijas Haut schmolzen. Diese presste eisern ihre Zähne zusammen, trotzdem entfuhren ihr schmerzverzerrte Töne.

»Du kannst es nicht kontrollieren«, stellte er enttäuscht fest, als der Sichelmond nicht einen einzigen Funken verschlang. Bevor Lija etwas darauf entgegnen konnte, wurden ihre Worte jäh abgeschnitten.

»*Beh*-shkaja!«, brüllte Ka über den Hof, während er mit großen Schritten auf sie zukam. »Ist das etwa Feuer?«

Die Hitze verschwand. Schlagartig. Es war verboten, Blutmagie innerhalb der Kaserne zu verwenden. Zu oft hatten Soldaten damit unnötige Brände oder sonstige Schäden verursacht. Wurde jemand dabei erwischt, hängte man ihn einen ganzen Tag lang mit den Füßen voran an der Mauer auf. Lija wurde allein bei der Vorstellung mulmig, doch Tahro entgegnete seelenruhig: »Feuer? Wo?«

»Verarsch mich nicht, Soldat«, fauchte der Waffenmeister, als er die beiden erreichte. Sein warnender Blick glitt vom Feuerblut weiter zu Lija, die durch den Schmerz in ihrem Brustkorb verkrampft dastand.

»Fliegende Kerzen«, log sie mit fest zusammengebissenen Zähnen als Antwort auf seine unausgesprochene Frage. Der strenge Ausdruck in seinem Gesicht wandelte sich schlagartig zu irritierter Skepsis.

»*Fliegende Kerzen*?«, wiederholte er spitz. Lija zwang sich dazu, mit einer Schulter zu zucken, obgleich ihre Rippe bestialisch dagegen rebellierte.

»Die sind überall«, versuchte sie sich an Tahros gleichgültigen Tonfall. Ob sie Ka damit täuschen konnte, vermochte sie nicht zu sagen. Lustig fand er es jedenfalls nicht, denn er befahl harsch: »Verzieh dich, *Beh*-shkaja!«

Tahro schien sich zum Salutieren zwingen zu müssen, so steif waren seine Bewegungen. Als er sich in Richtung des Tores abwandte, hörte Lija »Übungsplatz«. Sein leises Zischen wurde jedoch selbst von Kas ungeduldigem Fußtippen übertönt.

»Schneller!« Er schnippte mit seinen Fingern. Ein kräftiger Wind traf Tahro im Rücken und drückte ihn harsch vorwärts. Sobald der Soldat außer Hörweite war, wirbelte Ka zu Lija herum. Jedes scharfe Wort fühlte sich wie ein Schnitt auf ihrer Haut an: »Ich begreife nicht, dass ich ausgerechnet *dir* erklären muss, wie groß dein Bogen um *fliegende Kerzen* sein sollte!« Er warf einen letzten Blick zum Tor, durch das Tahro verschwunden war, bevor er sich abwandte. »Die Ashkajas sind schlechte Feinde, Prinzessin. Und noch schlechtere Freunde.«

Lija nickte steif. Natürlich hatte Ka recht. Aber sie brauchte weder einen Feind noch einen Freund. Das Einzige, das sie brauchte, war die Magie des Feuers. Daher ließ sie auch den letzten scharfen Blick schweigend und abwartend über sich ergehen. Zum einen wartete sie darauf, dass der Waffenmeister in seiner Lagerhalle verschwand, zum anderen, dass Mimpos Kälte durch die Maschen der Erzelin-Uniform drang. Das Eis legte sich über die Haut ihres Brustkorbs, bis die Magie die Schmerzen betäubte. Es war keine Heilung, das wusste sie. Nur Linderung. Doch mehr brauchte sie im Moment nicht. Das reichte aus, um aus der Kaserne und von dort aus zum nächsten Stadttor zu laufen, um Tahro zum Übungsplatz zu folgen.

Es dauerte, bis Lija die Anlage erreichte. Mit den Transportschiffen war es von der Mauerkrone aus ein Weg von wenigen

Minuten – ein Sturzflug, um genau zu sein –, doch über die Straßen der Stadt brauchte sie eine ganze Weile. Als sie den Sandplatz endlich erreichte, pochte ihr Herz wie wild. Nicht nur wegen der Anstrengung, sondern vor allem auch wegen dem, was sie erwarten würde.

Aufmerksam sah Lija sich um. Auch wenn die Sonne schon verschwunden war, schwebte ein düsteres Leuchten über dem Horizont. Das Licht, das vom Tag noch übrig war, warf blaue Schatten über den leeren Sandplatz und den Parcours, sodass es schwierig war, Details und Umrisse zu erkennen. Sie entdeckte Tahro nur, weil seine roten Augen wie zwei Funken im Dämmerlicht glühten.

Er hatte sich vor der Wand auf dem Boden niedergelassen. Als Lija auf ihn zukam, erhob er sich. Sein gesamtes Gesicht war so hart, dass es wie gemeißelt wirkte. Jeder Knochen, jeder Muskel stach scharf und kantig hervor.

»Ich habe die Lösung für dein Problem, Rotblut«, knurrte er, nachdem er gewartet hatte, bis Lija ihn erreichte. »Bring mich zu Jawih. *Ich* zwinge ihn, den Fluch zu brechen.«

»Vergiss es«, entfuhr es Lija prompt. Das würde sie niemals tun. Denn Jawih war der einzige Grund, warum er sie am Leben ließ. Warum er sie nicht schon längst verraten hatte. Wenn er Jawih in die Finger bekäme, bevor dieser den Fluch gebrochen hätte, gab es für ihn keinen Grund mehr, sich an ihren Pakt zu halten. »Wenn ich dich zu Jawih bringe …«, erklärte sie, ohne das Knirschen seiner Zähne zu beachten. »… wirst du ihn festnehmen, deinem Vater übergeben und mich umbringen.«

Tahros Mundwinkel zuckten, bevor sie sich in ein selbstherrliches Grinsen verzogen. »Wahrscheinlich. Aber wenn du glaubst, dass *du* einen Göttersohn zu irgendetwas zwingen könntest, bist du verrückt. Wie willst du das anstellen?«

Lijas Kehle war so trocken, dass sie glaubte, die Worte nicht herausbringen zu können. Vielleicht klang ihre Stimme deswegen so eigenartig, als spräche jemand Fremdes: »Mit dem Fluch.«

Sein Schnauben ähnelte einem Lachen. Es war so herablassend, als hätte er nie etwas Dümmeres gehört. Aber er wusste auch nichts vom Sichelmond. Er hatte keine Ahnung, was sie damit anrichten konnte.

Also musste sie es ihm zeigen.

Dieser Gedanke war für Lija so einleuchtend, dass es sich wie ein Zwang anfühlte. Trotzdem spürte sie einen Widerstand, dem sie sich zum Trotz zum Boden hinabbeugte. Der sie scheinbar davon abzuhalten versuchte, ihre nackte, rechte Handfläche in das kühle, von der Abendluft feuchte Gras zu legen.

Zunächst geschah nichts.

Dann kräuselten sich die ersten Halme. Sie verloren ihre Farbe, trockneten aus, zerfielen zwischen ihren Fingern. Darunter bildete sich die erste kahle Stelle und je länger sie den Mond auf die Erde presste, umso größer wurde sie.

»Der Fluch vernichtet alles, was er berührt«, erklärte sie, während ihr Blick dem Sterben des Grüns folgte. Ihre Hand brannte sich in den Boden, fühlte sich an, als würde sie daran kleben. Da war eine Freude in ihrem Bauch, dabei zuzusehen, wie die Erde zerging. Wahrscheinlich war diese auch der Grund dafür, warum es sie so erstaunlich viel Überwindung kostete, ihre Hand vom Boden zu lösen. Einen Herzschlag später hörte das Sterben auf. Auch wenn das Lechzen in ihrem Innern anhielten. Warnend stach sie einen Fingernagel in die schwarze Mondsichel, nahm einen tiefen Atemzug, konzentrierte sich auf Mimpos wohltuende Kälte. Schließlich fand sie die Ruhe, um weiterzusprechen: »Wenn ich Jawih mit dem Fluch berühre, wird er ihn brechen müssen, um zu überleben.«

Tahro betrachtete den schwarzen Kreis aus totem Gras, in dem Lija stand. Sie folgte seinem Blick. Je länger sie sich die ausgedorrte Erde ansah, umso mehr ließ die fremde Aufregung nach und wich einer beklemmenden Scham.

»Aber dafür muss ich ihn zu fassen bekommen. Ein einziges Mal. Nur bin ich dafür nicht schnell genug. Nicht …« *Stark genug.* Diese Worte kamen ihr nicht über die Lippen. Nicht, wenn Tahro sie so voller Herablassung musterte. »Deswegen brauche ich …«

Das Licht blendete sie. Es kam so unerwartet, dass es ihr die Stimme abschnitt. Überrascht starrte sie auf Tahros rechte Hand, die er vor sich erhoben hatte. Und in die knisternde Kugel, die darüber wie eine kleine Sonne brannte.

»Feuer«, beendete er ihren Satz. Ihre Kehle wurde trocken, als sie nickte. Wie hypnotisiert starrte sie in das orangerote Licht, das er ihr anbot. Das Feuer, das sie brauchte und das direkt vor ihr war. Nur wie sollte sie es …

»Nimm es«, knirschte Tahro ungeduldig.

»Ich weiß nicht wie«, gab Lija leise zu.

»Mit dem Fluch«, erklärte er so trocken, als läge es auf der Hand.

»Ich kann es nicht kontrollieren«, erinnerte sie ihn spitz. Diese Worte machten Tahro so wütend, dass sich die Farbe des Feuers veränderte. Es wurde heißer, brannte selbst aus dieser Entfernung auf ihrem Gesicht. Nervös sah sie dabei zu, wie die gelborange Sonne zu einem brennenden, blauen Kometen wurde.

»Tu dasselbe, das du im Forst getan hast.« Tahro schien sichtlich darum bemüht, vor Wut nicht die Kontrolle über seine Magie zu verlieren, obwohl sie ihm allem Anschein nach schon entglitt. »Deine Hand!«

Es war ein Befehl. Trotzdem zögerte sie, diese in seine Richtung zu strecken. Sie hatte keine Ahnung, was im Forst oder im Palastgarten geschehen war. Konnte sie sich darauf verlassen, dass der Fluch das Feuer bannte? Einfach so?

Tahro verlagerte sein Gewicht. Kaum sichtbar, doch jagte diese kleine Bewegung Lija eine Heidenangst ein. Denn ihn kümmerten ihre Zweifel nicht. Er würde das Feuer direkt auf sie stoßen und abwarten, was geschah. Aber wenn es nicht funktionierte … Panisch starrte sie in das blaue Glühen, das auf sie zukam. Die ersten Funken bissen in ihre Haut.

Weg vom Feuer.

Lija ließ sich zu Boden fallen. Schützend legte sie die Hände über ihren Kopf, während das Inferno über sie hinwegfegte. Für eine Sekunde war es still. Dann hörte sie seine Stimme.

»Willst du mich verarschen?«

»Das war zu viel«, knirschte Lija. Leise, damit er es nicht hörte. Sie beeilte sich, wieder auf die Füße zu kommen. Offensichtlich nicht schnell genug, denn er bellte: »Steh auf! Nochmal!«

Mit einem tiefen Atemzug machte sie sich bereit. Breitbeinig stellte sie sich auf.

Zweimal, ermahnte sie sich. Zweimal hatte es schon funktioniert. Das war kein Zufall. Sie konnte das. Auch Tahro machte sich bereit. Abermals hob er seine Hände, über denen er neue Feuerbälle aufglühen ließ.

»Wenn du wegläufst …«, warnte er, als er für den Wurf leicht in die Knie ging. »… prügle ich die Scheiße aus dir raus.«

Weg vom Feuer, kreischte Mimpo noch ehe Tahro zu Ende gesprochen hatte. Panisch glitt der kleine Geist über die Ränder des Abzeichens, zerrte an ihrer Kleidung, damit sie mit ihm floh.

Sie spürte seine Angst wie ihre eigene – und versuchte, diese zu nutzen.

Hano.

Vater.

Samtpfote.

Halvar.

Jedes einzelne Gesicht rief sie in sich wach. Suchte den Duft längst verbrannter Asche und den Klang von Wolfsheulen in ihrem Kopf. Doch der Sichelmond blieb stumm. Nervös ließ Lija die Finger ihrer rechten Hand tanzen und bemühte sich, das Kribbeln darin zu spüren – aber es kribbelte überall in ihrem Körper. Da war kein Fokus, kein Punkt, an dem die Fäden zusammenliefen. Da war nur ihre eigene Angst, die sich mit fremder mischte. Genauso viel Zweifel wie Entschlossenheit, die sich voneinander abstießen, sodass nichts von beidem übrigblieb.

Als das Feuer auf sie zuraste, ermahnte, nötigte, zwang sie sich, stehenzubleiben. *Nicht weglaufen. Nicht weglaufen. Nicht weglaufen!*, wiederholte sie immer wieder stumm – trotzdem warf sie sich auf den Boden.

Wütend schlug sie mit der flachen Hand auf die Erde. Heiße Tränen brannten in ihren Augen. Sie biss sich fast die Zunge ab, um nicht vor Frust aufzuschreien. Was war sie nur für ein Feigling …

»Lauf um dein Leben.«

Lijas Blick zuckte nach oben. Tahro hatte sich in Bewegung gesetzt. Jeder seiner Schritte wurde schneller. Sofort sprang sie auf ihre Füße, rannte, schlug Haken, versuchte, ihm zu entkommen. Aber er jagte sie. Egal wohin sie lief, sein Feuer war überall. Zwar entzündete sich das Erzelin ihrer Uniform nicht, doch die Funken drangen durch die Maschen. Das eingewobene Metall des Stoffes wurde so heiß, dass sie nicht mehr sagen konnte, ob sie es fertigbrachte, ihm zu entkommen, oder schon in Flammen stand.

Sie schlug einen weiteren Haken, das Feuer krachte kurz hinter ihr auf die Erde. Ihre Seite schmerzte heftig, während sie versuchte, davonzurennen, obwohl sie wusste, dass es kein Entkommen gab. Er hatte die Geduld verloren. Vielleicht sogar die Kontrolle. Das hier war ein riesiger Fehler gewesen.

Den nächsten Haken hatte Tahro kommen sehen müssen, denn kaum hatte sie auf dem Absatz kehrt gemacht, stand er vor ihr. Seine lodernde Faust war wie ein gespannter Pfeil in ihre Richtung gestreckt. Er zielte auf ihren Kopf. Die Stelle, die nicht von Erzelin geschützt war.

Das war kein Spiel.

Das war keine Lektion.

Er würde sie töten.

Lijas Hand hob sich wie von selbst. Dieses Mal spürte sie das Prickeln in ihrer Handfläche deutlich. Nur dort. Nichts anderes an ihr zitterte. Leere in ihrem Kopf. Keine Stimmen in ihrem Ohr. Außer die des Sichelmondes, der mit ihr in den Flammen versank.

Die Funken traten durch das schwarze Mal hindurch. Lija spürte sie nicht auf ihrer Haut, sondern in ihrem Blut. Sie konnte fühlen, wie jeder einzelne davon durch ihre Adern jagte. Wie sie die Angst in ihrem Geist auslöschten. Die Müdigkeit in ihren Knochen. Die Schmerzen in ihrer Brust und ihrer Seite. All das brannte das Feuer aus, bis sie erleichtert aufatmete.

»Nochmal«, forderte Tahro, kaum dass sie Luft geholt hatte. Sein Gesicht war steinhart. Es entbehrte jeder Überraschung, jeder Zufriedenheit, jeder Geduld. Er schoss die nächsten Flammen in ihre Richtung. Und dieses Mal floh Lija nicht.

»Nochmal!«, brüllte er, kaum dass seine Magie verschwunden war. Direkt danach versank ein weiterer glühender Pfeil im Sichelmond. Ein nächster. Und noch einer. Bis Lija zu wissen glaubte, was geschah. Es war mehr eine vage Ahnung, als dass sie behaupten würde, sie könnte es willentlich lenken. Im Prinzip war es nicht mehr als die Gewissheit, dass der Fluch sie nicht im Feuer sterben lassen würde. Sein Wille zu Leben war so stark wie ihrer. Also konnte sie sich darauf verlassen, dass der Sichelmond die Flammen fraß. Auch wenn es zunehmend unangenehmer wurde.

Schließlich erreichte es einen Punkt, an dem ihr Blut zu kochen begann. An dem eine neue Art von Schmerz in ihren Knochen aufloderte, die nichts mit ihrer gebrochenen Rippe oder ihrem geschundenen Körper zu tun hatte. An diesem Punkt drohte es, ihr zu entgleiten. Sie konnte die Magie kaum noch festhalten. Es war zu viel Feuer. Gewaltsam dehnte es sich aus, bis sie das Gefühl hatte, es würde durch ihre Haut treten.

»Halt«, murmelte sie außer Atem. Leichter Schwindel, heißkalte Schauer rannen ihren Nacken hinab. Doch Tahro hörte erst auf, als die Nachtglocken anschlugen.

Es war wie ein Befreiungsschlag, der Lija vor Erleichterung in sich zusammensacken ließ. Sie fiel auf ihre Knie, stützte sich mit den Händen auf dem Boden ab, um nicht umzufallen. Ihr Körper fühlte sich an, als würde sie in Flammen stehen. Sie spürte nichts anderes als das Glühen. Keine Brüche. Keine Abdrücke seiner Schläge. Nur das Fehlen von Luft in ihren Lungen.

Schritte knirschten in der Asche, die sie auf dem Feld hinterlassen hatten. Tahro kam direkt vor ihr zum Stehen. Sie musste ihn gar nicht ansehen, um zu wissen, auf welche Art er sie musterte.

»So fängst du Jawih nie«, urteilte er zähneknirschend. Als sie im Augenwinkel sah, dass er sich zu ihr hinabkniete, hob sie den Kopf. Alarmiert spannte sich jeder Muskel ihres Körpers an, denn dieses Rot in seiner Iris ließ sie befürchten, dass er ihr seine Faust ins Gesicht schmettern würde. Doch stattdessen starrte er sie einfach an. Seine Kiefer mahlten, als versuchte er, die Worte zu zerbeißen, die ihm auf der Zunge lagen. Offensichtlich hatte er damit keinen Erfolg, denn als er sich erhob, knurrte er: »Du schuldest mir einen Verräter.«

Er entfernte sich schnell. Schon mit dem nächsten Glockenschlag war er nicht mehr zu sehen. Und Lija müsste sich ebenso beeilen, um rechtzeitig zurück in der Kaserne zu sein, aber sie blieb zitternd auf der Erde hocken. Ihr Kopf, schwer von diesem falschen Fieber, sank hinab, ihr Blick legte sich auf ihre Handfläche.

Die Haut um das Mal war übersät von Brandspuren. Sorgfältig besah sie sich das gerötete Fleisch und die aufgetriebenen Blasen. Keine davon schmerzte. Auch nicht der eigenartige schwarze Fleck, in dem die dunkle Mondsichel unnatürlich deutlich zu erkennen war. Zaghaft rieb Lija mit dem linken Daumen darüber. Es überraschte sie nicht, dass sich die Schwärze nicht abwischen ließ. Denn das war keine Asche – es war ihre Haut.

Der Fluch wurde größer.

Er hatte begonnen, sich auszubreiten.

Es war genau das, wovor Samtpfote sie gewarnt hatte.

Doch anstelle von Angst spürte sie das Feuer unter ihrer Haut. Die Art, wie sie sich bewegen konnte, obwohl sie grün und blau geschlagen war. Die Freiheit, so tief einzuatmen wie sie wollte, auch wenn ihre Rippen gebrochen waren. Die Abwesenheit von Schwäche. Ja … genau so fühlte sie sich. Nicht schwach.

Das … das war genau die Stärke, die sie brauchte, um Jawih dazu zu bringen, den Fluch zu brechen.

Langsam erhob sie sich vom Boden. Sie konnte die Funken in ihrem Blut förmlich knistern hören. Und dazwischen die weit entfernte Stimme. Jenes stetige Echo, das in jedem Herzschlag widerhallte.

Ich kann dir die Macht dazu geben.

KAPITEL 12

WIDERSTAND

»Goldenes Blut lässt sich nicht mischen. Die Magie des einen Gottes stößt die der anderen ab. Das Blut zweier Linien kann gekreuzt nie einen Erben hervorbringen. Rotes Blut hingegen ist versatil. Es ist das einzige, das sich mit einer jeden Goldlinie verbinden kann.«

Zitiert aus Arture LeMalls »Blutstudien – Band I«

Selbst am nächsten Morgen hatte die fiebrige Hitze nicht nachgelassen. Das eigenartige Gefühl, das sich permanent an der Grenze zwischen Taubheit und Schmerz bewegte, ohne je wirklich die Form des einen oder anderen anzunehmen, war auf ebenso absurde Weise gleichzeitig angenehm und kaum auszuhalten. Für Lija war es in diesem Zustand äußerst schwer, länger als eine Sekunde ruhig zu sitzen oder strammzustehen. Wie machten es Feuerblüter bloß, dass sie sich mit dieser Energie nicht ständig bewegen mussten?

Erst als Leutnant Ztiht die Soldaten neben dem Übungsplatz aufmarschieren ließ, erstarb dieser Drang. Lija hatte das Gemurmel schon auf dem Luftschiff gehört. Die überraschten Ausrufe all derer, die sich nicht fürchteten, über die Reling zu blicken. Aber selbst vom Boden aus erkannte man, was sie gemeint hatten: Die kahlen Stellen.

Lija bemühte sich angestrengt, nicht hinzusehen. Trotzdem zeichnete sich der schwarze Kreis, den sie mit dem Fluch hinterlassen hatte, deutlich ab. Auch wenn er sich kaum von den vielen anderen ausgedorrten Stellen unterschied, an denen Tahros Feuer das Feld verbrannt hatte.

»Was – ist – *das*?« Ztiht marschierte von einem Fleck zum nächsten. Seine Stiefel knirschten in der kalten Asche mit seinen Zähnen um die Wette. »Immer das Gleiche …« Er wirbelte zu den Ashkaja-Brüdern herum, als hätte ihr Name neben den schwarzen Kreisen gestanden. Die Art, wie Tahro daraufhin nicht zu grinsen versuchte, war Geständnis genug. Und dass seine Augenbrauen sich provozierend hoben, als der nächste Schritt des Leutnants die Erde erbeben ließ, wunderte Lija kaum. Die Ashkaja-Brüder hatten keine Angst vor den Offizieren oder dem Hauptmann. Im Gegenteil: Sie reizten deren Respekt und Gehorsam für ihren Vater bei jeder Gelegenheit aus. Denn egal was die beiden taten, der Kommandant machte eine Heldentat daraus. Doch auch ohne dessen Schutz fürchteten sie sich nicht vor Konsequenzen. So wie Tahro den Leutnant ansah, legte er es sogar genau darauf an. Doch als Ztihts wütender Blick von ihm weiter zu Sirio wanderte, der mit leicht gerunzelter Stirn das Feld musterte, erstarb etwas von Tahros Widerspenstigkeit.

»Glaubt ihr, diese Anlage dient eurem persönlichen Vergnügen?«, fauchte der Leutnant, als er vor dem Dunkelhaarigen zum Stehen kam. Ohne die Augen von ihm abzuwenden, deutete er mit ausgestrecktem Finger auf den Parcours. »Rauf da bis euch die Füße bluten!«

Tahro wandte sich unbeeindruckt ab. Sirio folgte ihm, ohne auch nur zu versuchen, seine Unschuld zu beteuern. Stattdessen schielte er über seine Schulter. Seine Stirn war immer noch seltsam skeptisch gerunzelt, während seine aschgrauen Augen suchend umherwanderten – bis sie an Lija hängen blieben. Und die Art wie er sie ansah … das gefiel ihr nicht. Was war das für ein

Blitzen? Feindseligkeit, keine Frage. Aber noch etwas anderes … Hatte Tahro seinem Bruder etwa vom Pakt erzählt? Kannte er die Wahrheit? Nahm er diese unverdiente Strafe deswegen ohne Widerworte hin?

»Die anderen: RÄUMEN!«

Die Erdblüter traten als Erste vor. Sie legten ihre Hände auf das Gras und speisten es mit ihrer Magie. Einige der ausgedorrten Halme erblühten dadurch aufs Neue. Andere waren so verbrannt, dass jede Hilfe zu spät kam. Und egal wie viele Erdblüter sich um den schwarzen Kreis sammelten, an dem Lija ihre Hand auf die Erde gelegt hatte … dort keimte kein einziger grüner Halm.

»Bah«, machte Ztiht verächtlich, als er den schwarzen Kreis inspizierte. »Verdammtes Feuer. AUFSTELLEN!«

Die Truppe folgte seinem Fingerdeut zum Sandplatz. Obgleich der Drill für gewöhnlich mit dem Hindernislauf begann, waren die Einzigen, die an diesem Tag über den Parcours sprangen, die Ashkaja-Brüder. Wie oft sie die Runden aufs Neue beginnen mussten, konnte Lija irgendwann nicht mehr mitzählen. Nur dass sich eine zufriedene Glätte über den Narbenkopf des Kampfmeisters legte, als er die ersten feinen Schweißperlen auf der Stirn der Feuerblüter erblickte.

»Immer weiter, Jungs«, kehrte er ihnen den Rücken zu, um die Haltung, Schläge und Paraden der anderen Soldaten bei der Zweikampfübung zu inspizieren.

Samjus hatte wie gewöhnlich Lija gegenüber Stellung bezogen. Mit diebischer Freude beobachtete er die Ashkaja-Brüder, die abermals die Wand erklommen. Offenbar bekam er davon genauso gute Laune wie Ztiht. Sogar als er seine Fäuste für die Übung hob, blieb ein Teil seiner Aufmerksamkeit am Parcours hängen. Mit Lija als Gegnerin brauchte er seine volle

Konzentration nicht. Und das ließ sein albernes Wackeln mit den Augenbrauen wie eine Provokation wirken. Für ihn war ein Kampf gegen sie nicht mehr als ein Scherz. Eine Scharade, um sie vor echten Schlägen und Verletzungen durch andere Kameraden zu schützen. Doch weder wollte sie diese Gutmütigkeit, die doch nicht mehr als Herablassung war, noch brauchte sie sie. Nicht heute …

Langsam zog Lija an den Fingerspitzen ihrer Handschuhe. Samju bemerkte diese kleine Bewegung zunächst nur flüchtig, doch als er genauer hinsah, wischte es ihm das Grinsen aus dem Gesicht. Verwirrt suchte er ihren Blick. Und Lija tat nichts anderes, als ebenso albern mit den Augenbrauen zu wackeln wie er.

»Na schön«, raunte er interessiert. Ein letztes Mal schielte er zu ihrer rechten Hand, bevor er nach einem Ausfallschritt seine Fäuste öffnete. Der Wind zog so plötzlich auf, als hätte er einen Sturm darin verborgen. Sogar der Sand geriet in Bewegung, als die Ströme in Lijas Richtung schnellten. Diese blieb wie ein Fels stehen und tat genau das, was sie beim Kämpfen mit Tahro getan hatte: Sie hielt den Sichelmond mitten in den Wind. Doch anstatt, dass der Fluch ihn genauso gierig aufsog wie das Feuer, teilte sich die Luft an ihrer Handfläche. Nichts davon drang durch ihre Haut in ihr Blut. Dort war kein Platz dafür. Das Feuer darin beanspruchte alles für sich. Die eine Magie stieß die andere wie einen gegensätzlich gepolten Magneten ab. Und diesen Widerstand konnte Lija nutzen, um den Wind zur Seite zu stoßen.

Für eine Sekunde starrte Samju sie fassungslos an. In der darauffolgenden stieß er einen anerkennenden Pfiff aus. Noch währenddessen schnippte er mit den Fingern. Er tänzelte aufgeregt herum, als könnte er kaum erwarten, was sie mit dieser Böe tun würde.

Diese war stärker. Lija musste sich mit ihrem ganzen Gewicht hineinlegen, stemmte sich gegen den Druck. Die Kraft des Gegenwindes war so stark, dass er Lija rückwärts über den Boden drückte. Mit zusammengepressten Zähnen hielt sie die Spannung, wartete auf den Moment, in dem der Widerstand am größten war – dann stieß sie ihre Hand Richtung Boden. Der Wind folgte ihr. Wie einen Geysir trieb es den Sand in die Höhe. Der feine Staub nahm Lija die Sicht. Sie versank in der Wolke, wodurch sie nicht bemerkte, dass Samju vorgesprungen war. Er riss sie mit einem gezielten Tritt von den Füßen. Sie stürzte, schlug erst mit dem Rücken, dann mit dem Kopf auf dem Sandboden auf.

»Hilft dir nicht im Nahkampf«, stellte Samju fest, während er grinsend auf sie hinabschaute. »Ich kenne Grashalme, die nicht so leicht umknicken wie du.«

»Nochmal!« Lija packte Samjus ausgestreckte Hand, um sich von ihm auf die Füße ziehen zu lassen. Zähneknirschend nahm sie ihre Position wieder ein. Die Frustration steigerte den fiebrigen Zustand ins Unermessliche. Jetzt hatte sie schon Magie in ihrem Blut und landete trotzdem noch im Dreck. Ihr Körper war immer noch so gebrechlich wie zuvor. Er gab nicht her, was er tun sollte – aber das musste er, verdammt noch mal!

Daher zerrte Lija stur an jedem Funken, den sie in sich finden konnte. Sie nutzte die fremde Kraft, um weiter vorzuspringen als je zuvor – und trotzdem war Samju schneller. Sie warf sich zu den Seiten, um Hieben auszuweichen, denen sie nie zuvor entkommen war, und doch traf sie stets ein Tritt oder eine Faust so, dass sie das Gleichgewicht verlor.

»Nochmal!«, forderte sie nach jedem Sturz. Hob hunderte Male die Fäuste wieder vor ihr Gesicht. Wenn sie nicht einmal Samju erwischte – wie sollte sie Jawih Windsohn fangen?

Ein nächster Treffer.

Ein weiterer Sturz.

»Nochmal!« Lija spuckte den Sand aus, der in ihren Mund gedrungen war. *Einmal.* Sie musste doch wenigstens ein einziges Mal nahe genug an ihn herankommen.

»Dass dir das nicht langweilig wird«, scherzte Samju. Er musterte sie prüfend, denn ihm konnte nicht entgangen sein, wie schwer sie atmete. Jeder Atemzug wurde stechender. Sie spürte das Ziehen in ihrer Seite. Die gebrochenen Rippen, die sich bemerkbar machten. Und die Hitze, die nachließ. Kalter Schweiß klebte an ihrer Stirn und ihrem Nacken. Es wurde schwerer, die Windstöße beiseitezudrängen. Die Magie, die unter dem Sichelmond war, reichte nicht mehr aus, um sie abzustoßen.

Weiße Lichtpunkte flimmerten in ihrem Sichtfeld auf. Schwindel überkam sie, während sie Samju zu fixieren versuchte.

Da stimmte etwas nicht.

Zwischen den schmerzenden Atemzügen und den zittrigen Schauern knisterten Funken auf. Es fühlte sich an, als würden sie ihr entgleiten, durch ihre Haut nach außen dringen. Sie verkrampfte sich, versuchte, es festzuhalten. Ein eigenartiger Geruch stieg ihr in die Nase. Kühl. Erdig. Wie Moos. Ein Fiepen tönte in ihren Ohren auf, wurde immer lauter, bis sie die Worte deutlich verstehen konnte.

Wo bist du?

Die Stimme durchwühlte ihren Geist. Blitze greller als Licht zuckten vor ihren Augen. Schatten flossen hindurch und für einen Moment glaubte sie, Konturen erkennen zu können.

Wach auf.

Die Silhouetten zerrissen zu rotem Haar und blauen Augen. Über sie gebeugt strich Lorell lose Strähnen aus ihrer Stirn. Lija musste ein paar Mal blinzeln, ehe sie begriff, dass ihr Kopf auf seinem Schoß ruhte. Sie war klatschnass – und ihr war kalt. Hatte man sie etwa mit Eis übergossen?

»Was ist los?«, fragte Samju, dessen Lockenschopf über ihr auftauchte. »Du bist umgefallen wie ein Stein.«

»Was soll schon passiert sein?« Zikans Kopf mit dem kurzgeschorenen Haar tauchte neben Samjus auf. »Du hast sie fertig gemacht. So ein Mischblut hält doch nicht viel aus.«

»Und wir alle wissen ja, wie schwach ausgeprägt das Gold in ihrem Blut ist«, fügte Rarosha spottend hinzu, die sich ebenfalls über Lija beugte. Mit einem Nicken deutete sie auf Lorell: »Genauso wie beim kleinen Prinzen hier.«

»Rarosha!«, tadelte Lorell. Seine Stimme klang überspitzt und er grinste, als wäre es nur eine nichtige Neckerei. Aber Lija erkannte es an seinem Ton. An der subtilen Schärfe, mit der er ihren Namen aussprach. Und an der eisigen Kälte, die in seinen meerblauen Augen aufblitzte.

Er hasste es, wenn man diese Scherze über ihn machte.

Er hasste es, wenn man ihn *kleiner Prinz* nannte.

Und er hasste es, dass er einen Streit gegen Rarosha nicht gewinnen konnte. Er war nicht kräftig genug, um sie in einem Kampf eines Besseren zu belehren, oder zumindest für ihren Spott büßen zu lassen. Ihm blieb nur eine Waffe, die er gegen sie einsetzen konnte. Die einzige Macht, die er besaß: Seinen Charme.

»Das verletzt meine Gefühle«, säuselte er immer noch so überspitzt, als würde er scherzen. Sein Blick schien sich dabei mit Raroshas kampflustig funkelnden Augen geradezu zu verhaken. Und Lija konnte den Moment erkennen, als sich das Feuerblut in diesem Blau ohne Grund verlor. Wie er ihre Streitlust ertränkte. Wie er sie um den Finger wickelte, bis sie zahm gurrte: »Nichts für ungut …«

Ihre Augen lösten sich von seinen, wanderten lüstern hinab in Richtung seiner Lippen – bis ihr Blick die Narben streifte. Sie blinzelte so überrascht, als hätte sie diese vergessen. Ihr Mund verzog sich zwar nur um eine Nuance, doch wirkte sie trotzdem abgestoßen. Und Lorell … er verlor zwar nicht sein Lächeln, aber Lija bemerkte, wie sich seine Hände versteiften, die immer noch an ihrer Schläfe ruhten. Und wie kalt seine Fingerspitzen wurden…

»Was ist hier los?« Ztiht schob die Schaulustigen unwirsch zur Seite. Erst blickte er durch die Runde, dann sank sein Blick hinab zu Lija. »Ist sie tot?«, fragte er rhetorisch.

»Wahrscheinlich nicht«, erlaubte sich Samju, mit einem frechen Grinsen zu antworten. Ztiht quittierte es mit einem daumennagelgroßen Stein, den er von der Erde hochschnippte und gegen seine Stirn knallen ließ.

»Was liegst du dann da herum wie ein totes Stück Fleisch?«, fuhr er Lija an und zog mit seiner Magie einen weiteren Stein vom Boden. Diesen ließ er drohend über ihrer Stirn hängen. »Hoch mit dir, Prinzessin!«

Samju und Lorell halfen ihr dabei, aufzustehen. Obgleich die ersten Schritte wackelig waren, ließ dieses Gefühl schnell nach. Sie fand die Hitze des Feuers wieder, die trotz des kalten Wassers auf ihrer Haut nicht erloschen war. Zumindest nicht gänzlich. Aber sie hatte nicht mehr genug, um Samju während der restlichen Übung auch nur nahe zu kommen.

Nach dem Läuten der Abendglocken hatte ihre Laune den Tiefpunkt erreicht. Ärgerlich hockte sich Lija neben ihre Kameraden auf das Luftschiff und horchte in sich hinein. Das Feuer war da. Genug davon. Daran lag es nicht, dass sie Samju nicht hatte besiegen können. *Sie* war das Problem. Die Stärke von Tahros Magie reichte wahrscheinlich aus, um ganze Dörfer niederzubrennen, aber sie hatte keine Ahnung, wie man sie benutzte. Sie *beherrschte* sie nicht. Sie hielt sie nur gefangen.

Das reichte nicht.

Daher suchte sie während des Abendessens ständig Tahros Blick. Sie starrte ihn unermüdlich an, doch er wiederum tat ebenso unermüdlich, als würde er es nicht bemerken. Als das Feuerblut seine Mahlzeit endlich beendet hatte und aufstand, sprang auch Lija auf ihre Füße. Sie wollte auf ihn zugehen, doch wurde sie jäh zurückgehalten. Ohne ihren Widerstand zu beachten, zog Lorell sie hinter sich her.

»Was soll das?«, zischte Lija und drehte ihren Arm wild in jede Richtung, damit er losließ.

»Ich bringe dich ins Hospital.«

»Ins Hospital?« Vor Überraschung hörte sie auf sich zu winden und ließ sich mitziehen. »Warum? Es geht mir gut.«

Lorell überging ihre Behauptung ungerührt: »Hast du deine Hände gesehen?«

Wie von selbst sank ihr Blick hinab. Sie hatte ihre Handschuhe längst wieder angezogen. Doch als sie bei der Übung mit Samju ohnmächtig geworden war, musste Lorell ihre brandblasenübersäte Haut gesehen haben.

»Was glaubst du, was du da tust?«, fuhr Lorell mit seinen Vorwürfen fort, während er sie unablässig die Straße hinab in Richtung des Mycaelen-Hospitals schleppte.

»Ich rette mein Leben – und deines.«

»Mit diesem Pakt?« Lorell blieb abrupt stehen und wirbelte herum. »Denn der nutzt dir sicher nicht so viel wie ihm.« Er deutete mit einem Nicken über ihre Schulter. Dort, in einiger Entfernung, stand Tahro vor dem Tor der Kaserne. Er musterte sie gleichsam neugierig und misstrauisch. Dabei sah er vor allem Lorell an.

Instinktiv trat Lija einen Schritt vor. Sie machte sich so groß wie sie konnte, um Lorell hinter sich zu verbergen. Natürlich konnte sie diesen gefährlichen Verdacht damit nicht zerstreuen. Jenen, den man so deutlich aus dem glühenden Blick ablesen konnte.

Blutsverräter.

»Du glaubst doch nicht ernsthaft, dass die Ashkajas dich begnadigen werden, wenn du ihnen den Windsohn auslieferst«, raunte Lorell leise, als er wieder nach ihrem Handgelenk griff. Während er sie weiter hinter sich herzog, ließ Lija Tahro nicht aus den Augen. Sie glaubte sogar, die zwei roten Punkte seiner Iris noch deutlich erkennen zu können, als er aus der Entfernung kaum noch zu sehen war.

»Ohne seine Hilfe werde ich Jawih nicht erwischen«, zischte sie durch vor lauter Anspannung zusammengepresste Zähne. »Und ich habe sein Wort: Jawihs Leben für meines.«

»Ach ja?«, gab Lorell ungeduldig zurück. »Was glaubst du, wird passieren? Sie bekommen ihren Verräter und tun dann so, als wüssten sie nicht, was du bist?«

Lija hatte ihren Cousin noch nie so wütend gesehen. Es gefiel ihr nicht, mit ihm zu streiten. Aber es lag nicht in ihrer Natur, nachzugeben. Das war nicht der Weg, den Mutter sie gelehrt hatte. Daher schob sie ihr Kinn vor und fragte patzig: »Hast du eine bessere Idee?«

»Ja, die habe ich«, entgegnete Lorell nicht weniger trotzig. Auch sein spitzes Kinn hob sich in ihre Richtung. Für einen Moment starrten sie sich grimmig an. Keiner von beiden rührte sich. Der Erste, der einen Ton von sich gab, war Mimpo. Sein schiefer, unsicherer Ton brachte auch Lija dazu, sich zu rühren. Grimmig stapfte sie an Lorell vorbei durch das Eingangstor des Hospitals.

»Möchtest du nicht einmal hören, was das wäre?«, rief er ihr nach. Sie tat, als hätte sie es nicht gehört. Nach wenigen Schritten holte er sie ein, doch schweig er von da an. Stur geradeausblickend ohne den anderen auch nur mit einem Seitenblick zu bedenken, marschierten sie nebeneinander her, bis Lorell eine der Schwestern anhielt: »Wo finden wir die Botschafterin Talmond?«

Die Schwester wies sie zu den Gärten, die sich im Erdgeschoss befanden. Ein kleiner Seitenanbau, der vom Mauerkomplex in den Innenhof des Mycaelen-Hospitals führte. Lija sah Rona schon aus der Ferne. Die kleine Frau stand zwischen zwei anderen vor einem Beet, einen Korb auf die Hüfte gestemmt, und starrte auf die Pflanzen, die die Blütenköpfe bemitleidenswert Richtung Erde beugten.

»Madam!« Lorells Stimme klang so sorglos und unbefangen, als wäre er bei bester Laune. Lija warf ihm einen Seitenblick zu, fand aber nicht einmal die kleinste Spur des Streites in seinem freundlichen Lächeln und seinen leuchtenden Augen. Er war so ein verdammt guter Lügner …

Die Botschafterin drehte überrascht den Kopf. Als sie die beiden Mizulins entdeckte, rutschte ihr beinahe der Korb aus der Hand.

»Was ist passiert?«

»Gar nichts«, rief Lija prompt hinüber, doch der Blick der Botschafterin glitt schon zu Lorell, bevor sie überhaupt etwas gesagt hatte. Ganz so, als rechnete sie nicht einmal damit, dass das die Wahrheit sein könnte.

»Ohnmacht«, antwortete dieser, bevor er provokant grinsend Samjus Darstellung der Ereignisse wiederholte: »Sie ist umgefallen wie ein Stein.«

»So?« Mit skeptisch zusammengekniffenen Augen drückte Rona einer der Schwestern den Korb voll Erde in die Hand. »Dann folgt mir.«

»Aber Madam!«, rief die Schwester ihr hinterher. »Was ist mit den Wurzelgeistern?«

»Gebt ihnen die Erde!«, wies Rona sie an. »Das wird sie beschwichtigen, bis ich zurück bin.«

»Hungrige Genossen?« Interessiert warf Lorell einen Blick über seine Schulter zu den Pflanzen mit den hängenden Köpfen. Nachdenklich schüttelte die Botschafterin den Kopf.

»Nein, hungrig sind sie nicht … Irgendetwas hat sie wütend gemacht. Sie wühlen die Beete mit den Heilkräutern auf. Unsere ganzen wertvollen Pflanzen gehen zugrunde. Als Schwester Viv sie beruhigen wollte, hat einer von ihnen nach ihr geschlagen. Sie lassen niemanden an sich heran.«

Verdutzt legte Lija den Kopf schief. Ein Wurzelgeist, der Menschen angriff? Das hatte sie ja noch nie gehört. Diese kleinen Erdgeister hatten eine überaus genügsame und friedfertige Natur. Niemand wusste das besser als sie. Denn als kleines Kind hatte sie diese manchmal gebissen, wenn sich einer in Vaters Kleidung verfangen hatte. Diese Geschöpfe sahen den köstlichen weißen Möhren, die am Waldrand wuchsen, nämlich zum Verwechseln ähnlich. Doch egal, wie fest sie die Geister wegen dieses Irrtumes gebissen hatte, hatte keiner Lija je geschlagen. Was konnte sie nur derartig aufgebracht haben?

Kaum hatte sich Lija diese Frage gestellt, ballte sie von einer üblen Ahnung befallen ihre rechte Hand zur Faust. Reichte die Magie des Sichelmondes, mit der sie die Erde vor der Stadt berührt hatte, etwa wirklich bis hierher?

»Hier hinein«, riss Rona Lija aus ihren Gedanken, als sie eine der unzähligen Türen aufstieß, die sich eine nach der anderen den Flur hinabreihten. »Setz dich dahin.« Sie deutete auf die schmale Liege unter dem Fenster. Kaum hatte sich Lija auf eben dieser niedergelassen, legte die Botschafterin ihr eine Hand auf die Stirn.

»Du hast ja Fieber!«, stellte sie erschrocken fest. Lija schüttelte den Kopf.

»Habe ich nicht.«

»Lija, du glühst.«

»Ist kein Fieber«, beharrte sie kopfschüttelnd.

»Es ist Feuer.«

Rona drehte sich ruckartig zu Lorell um. »*Feuer?*«, wiederholte sie ungläubig. Der Soldat deutete kommentarlos auf Lijas Hände. Lija konnte gar nicht reagieren, so schnell hatte Rona ihre linke Hand gepackt und den Handschuh abgezogen.

»Was bei Mycaels Laub …« Entsetzen spiegelte sich auf ihrem Gesicht ab, als sie die Brandblasen inspizierte. Deutlich vorsichtiger hob Rona die Hand an, um sie von allen Seiten zu betrachten. »Das sind schlimme Verbrennungen! Und dein kleiner Finger … der ist gebrochen …«

Zum ersten Mal fiel Lija auf, dass der kleine Finger ihrer linken Hand geschwollen war. Und dass er sich nicht wie die anderen knicken ließ.

Rona zog den Ärmel der Uniform nach oben, um zu prüfen, wie weit die Verbrennungen reichten. Das, was sie fand, erschreckte sie so sehr, dass sie ohne Vorwarnung die Knöpfe an Lijas Jacke aufriss. Mit jeder Prellung und jedem Bluterguss, den sie fand, weiteten sich ihre Augen noch mehr. Offensichtlich überfordert glitt ihr Blick über Lijas geschundenen Körper. Schließlich schüttelte sie hilflos den Kopf, als wüsste sie nicht, womit sie beginnen sollte.

»Wie kannst du dich bewegen?«

Mit geübter Präzision tastete Rona über die unteren Rippen der rechten Seite. So, als könnte sie den Bruch durch die Haut hindurchsehen. Sie drückte erst zart, dann bestimmter auf die vorstehende Erhebung. Lija spürte den Druck, doch war es auszuhalten.

»Warum schreist du nicht?« Ronas Stimme war so spitz, ihre Augen so skeptisch zusammengekniffen, dass es Lija wie ein Vorwurf vorkam.

»Es tut nicht weh«, erklärte sie bemüht, die Aufregung in ihrer Stimme zu verbergen. Denn dass sie weder die Blessuren noch die Verbrennungen oder die Brüche spürte, kam ihr wie ein Wunder vor. So groß war die Stärke des Feuers. Es kannte keine Schwäche. Es machte sie wach, selbst wenn sie müde war. Es ließ sie vergessen, welche Grenzen ihr Körper hatte.

»Der Fluch«, hörte Lija Lorell sagen. Es schien die Antwort auf den fragenden Blick zu sein, den Rona ihm zugeworfen hatte. »Sie benutzt ihn, um Feuer zu … *beherrschen*?« Ein provozierendes Blitzen leuchtete in seinen Augen auf, als er sich Lija zuwandte. »Würdest du es so nennen?«

Lija erwiderte seinen Blick mit derselben Schärfe. Denn die Art, wie er es sagte, zog es ins Lächerliche.

»Das ist verrückt«, rief Rona aus, bevor Lija etwas sagen konnte. Ihr Gesichtsausdruck schwankte zwischen Zorn und Ratlosigkeit. »Wie auch immer du das Feuer benutzt, dein Körper kann das nicht. Siehst du nicht, dass er am Ende ist? Er hat Grenzen, die du nicht ignorieren kannst.«

»Darauf kann ich keine Rücksicht nehmen«, entgegnete Lija leise. »Wenn ich Jawih fangen will …«

»Auf diese Weise stirbst du bei dem Versuch«, ließ Rona sich nicht beirren. Deutlich sanfter, als würde sie wissen, wie bitter ihre nächsten Worte für Lija waren, sprach sie weiter: »Dein

Körper ist für die Magie des Feuers nicht gemacht. Du kannst sie nicht beherrschen. Du bist kein Goldblut.«

»Es funktioniert.« Lija gab sich Mühe, ihre Stimme ungerührt klingen zu lassen. Nüchtern. Nicht zu offenbaren, an welcher Wunde Rona gerührt hatte. Doch konnte sie die Botschafterin, die jahrelang die Tempelglocken hatte hören müssen, die Lija noch vor dem Morgenläuten angeschlagen hatte, mit ihrer falschen Gelassenheit nicht täuschen. Rona wusste nur zu gut, dass Jawih nicht der einzige Grund war, warum Lija jede einzelne Wunde an ihrem Körper egal war. Sie ahnte, welcher Versuchung sie erlag. Und dass es nichts weiter als Blendwerk war.

»Das wird scheitern, Lija.«

Hilfesuchend glitt ihr Blick zu Lorell. Warum verstanden die beiden nicht, dass es kein Irrsinn, sondern eine Chance war. Dass sie das *konnte*.

»Du hast mich doch gesehen …«, raunte sie ihm zu. Schließlich war er dort gewesen. Er hatte jede ihrer Bewegungen auf dem Platz beobachtet. Wie schnell sie gewesen war. Wie sie den Wind gebändigt hatte. Sie mochte Samju nicht geschlagen haben, doch hatte sie ihm und seiner Magie Widerstand leisten können. *Echten* Widerstand.

Lorell, der mit dem Rücken an der Wand neben der Tür lehnte, die Arme vor der Brust verschränkt, sah sie eine ganze Weile schweigend an. Er musterte sie forschend, blätterte jede Schicht ihrer Verzweiflung zur Seite, bis er erkennen konnte, wie ernst es ihr war. Wie sehr sie sich nach dieser Stärke sehnte. Wie tief diese Wunde reichte. Er *sah* sie. Sie und ihre Schatten, die er selbst zu gut kannte. Er wusste genau, was es bedeutete, machtlos zu sein. Und deswegen veränderte sich seine Stimme, als er antwortete: »Ja. Das habe ich.«

»Was redet Ihr denn da?« Rona wandte sich entsetzt um, als wäre er ihr mit diesem flüchtig anerkennenden Unterton in den Rücken gefallen. »Ihr könnt sie doch nicht in diesem Irrsinn bekräftigen! Sie wird blind in ihr Verderben rennen und das wisst Ihr genau!« Verzweifelt rüttelte die zarte Frau an seinen vor der Brust verschränkten Armen, als könnte sie ihn so zur Vernunft bringen. »Das kann doch nicht die einzige Möglichkeit sein, Jawih zu fangen. Ihr habt doch sonst so gute Einfälle, Lorell – es muss doch einen anderen Weg geben als das!«

Argwöhnisch beobachtete Lija, wie Lorell Rona betrachtete. Die Art, wie er sie so zustimmend ansah, ließ sie befürchten, dass er sich auf die Seite der Botschafterin stellen würde. Dass er ihr seine *bessere Idee* aufzwingen würde – zumindest bis sie seine Lüge hörte.

»Nein«, raunte Lorell mit einem Ton, der nach echter Ratlosigkeit klang. Und sein Gesicht … seine Mundwinkel zogen sich kaum sichtbar hinab. Seine Augen senkten sich wie beschämt, auch wenn Lija das Leuchten darin nicht übersehen konnte, als sein Seitenblick an ihr hängenblieb. »Den sehe ich nicht.«

Verblüfft sah Lija mit an, wie Lorell seine Seite wählte. Obwohl er glaubte, dass sie im Unrecht war. Obwohl er fürchtete, dass sie sich in ihr Verderben stürzte. Weil er sie kannte. Er wusste, dass sie diesen Preis ohne zu zögern zahlen würde, um zu bekommen, was sie wollte. Und trotzdem wählte er *sie*. Und in diesem Moment liebte sie Lorell auf eine Weise, an die sie sich kaum mehr erinnern konnte. Eine, die so bedingungslos, so unumkehrbar war, wie sie sie nicht einmal für ihre Mutter empfunden hatte. Nur für ihren Vater.

»Es wird scheitern«, presste Rona ein letztes Mal hervor. Zaghaft ließ sie von Lorell ab, ging ein paar unsichere Schritte zurück. Als ihr fahriger Blick an Lija hängen blieb, wirkte es so, als würde sie ihre letzte Kraft für einen Verzweiflungsakt sammeln: »Ist Hano *dafür* gestorben?«

Lija zuckte zusammen, als hätte Rona ihr eine Ohrfeige verpasst. Ihre Schultern sanken unter der Last zusammen, die Rona ihr mit diesen Worten aufbürdete: Den Wert des Lebens ihres Bruders.

Die zarte Frau betrachtete Lija mit der Härte, die nur ein Erdblut zustande bringen konnte. Und mit derselben Unerschütterlichkeit drehte sie den Kopf zurück zu Lorell.

»Und wir?«, fragte sie ihn leise. »Warum setzen wir alles aufs Spiel, wenn dieser Weg eh im Totenhaus endet?«

Lorell gab nicht so leicht nach wie Lija. Unbeeindruckt erwiderte er ihren Blick, verlor weder seine Haltung noch seine Entschlossenheit. Ihm schien dieses Opfer nicht zu groß zu sein. Er schien den Preis nicht zu fürchten, denn er sagte unerschrocken: »Weil es der Weg ist, den wir gewählt haben.«

KAPITEL 13

AUSHALTEN

»Wahrlich, sie ist ein außergewöhnliches Kind. Ohne Euch zu nahe treten zu wollen, Madam, aber ich glaube, ihre Fähigkeiten übertreffen sogar die Euren. Ihre Auffassungsgabe ist ebenso geschliffen scharf wie ihre Konzentration. Und die Art, wie sie ihre Magie benutzt, die Kraft, die sie hat ... ihr Talent ist unbeschreiblich.
Meine einzige Sorge betrifft ihren Charakter. Denn meiner bescheidenen Meinung nach darf jemand, der so leicht beeindrucken kann, selbst nicht so leicht zu blenden sein.«

Zitiert aus einem Brief von Kanie Valois, Privatlehrer am kaiserlichen Hofe an Norelle Mizulin

»Wie viele wissen von deinem Blut?«

Tahro stand immer noch am Tor, als Lija aus dem Hospital zurückkehrte. Er musterte die mit kühlen Salben getränkten Verbände, die Rona zur Behandlung der Brandblasen an ihren Händen angelegt hatte. Von dort wanderte sein Blick weiter zu der Wunde an ihrem Bauch, die er zwar nicht sehen konnte, doch wusste, dass es sie gab – und dass sie nicht von selbst geheilt war.

»Mindestens ein Heiler«, sprach er ihre Befürchtung aus, als sie ihn erreichte. Dabei glitt sein Blick hinüber zum Mauerabschnitt, in dem das Mycaelen-Hospital lag und in dem Rona wahrscheinlich noch weit in die Nacht hinein mit Mimpos Hilfe versuchen würde, die Wurzelgeister in den Gärten zu besänftigen. Immer fort wanderten seine flackernden Iriden über die Mauer, bis sie am Wachturm hängen blieben. »Wie viele Blutsverräter sind da drin?«

»Nur einer.« Es kümmerte Lija nicht, dass Tahros Augen auf diese unnatürliche Weise zu glühen begannen. Natürlich wusste sie, wie unklug es wäre, ihn zu reizen. Aber sie wusste auch, wie gefährlich seine Vermutungen waren. Denn der Pakt schützt nur ihr Leben. Nicht Lorells. Nicht Samjus. Nicht Ronas. Daher sprach sie unerschrocken weiter: »Und wenn sie mich erwischen, wenn sie mich fragen, wer mir geholfen hat, dann ist dein Name der einzige, der mir einfällt.«

Tahro verkrampfte sich sichtbar. Wie schwer musste es ihm fallen, sie für diese Worte nicht windelweich zu prügeln? Sie nicht umzubringen für die Frechheit, die sie sich einem Goldblut gegenüber erlaubte? Wie viel Verachtung passte noch in sein Gesicht?

Auch wenn ihr seine Hitze sengendem Wüstenwind gleich entgegenschlug, sodass sie sich am liebsten schützend die Hände vor das Gesicht gehalten hätte, rührte sie sich nicht. Mit vorgerecktem Kinn kämpfte sie den Impuls nieder, in ihre Tasche zu greifen, in der sich die Katzenkralle nicht mehr befand. Was hätte sie dafür gegen, ihm in diesem Moment eines seiner hässlichen Augen damit auszustechen? Vor allem als sie sein leises Knurren hörte: »Du kennst deinen Platz nicht.«

Jedes einzelne Wort war gleichsam eine Warnung und eine Provokation. Es trieb Lija dazu, ihr Kinn nur noch höher zu heben. »Das habe ich nie.«

Tahro schnaubte. Sein Mund verzog sich fast belustigt. Für einen Moment glaubte sie sogar, dass sich das Rot in seiner Iris lichtete, doch wandte er den Kopf zu schnell von ihr ab, um sicher zu sein.

»Komm«, murmelte er, während er seine Hände schüttelte, als könnte er damit das Glühen seiner Finger löschen. Ob diese wohl auch kribbelten, wenn er die Kontrolle über seine Magie verlor?

Lija folgte ihm in einigem Abstand durch die Straßen, denn er strahlte eine solche Hitze ab, dass es ihr selbst fünf Schritte hinter ihm noch den Schweiß auf die Stirn trieb. Manches Mal, wenn er um eine Ecke bog, eskalierte seine Magie derartig, dass sie sich noch weiter zurückfallen lassen musste. Es war beinahe verwunderlich, dass er in dem Erzelin, dessen Metallsubstanz die Wärme nur verstärkte, nicht einfach schmolz.

Eine ganze Weile liefen sie entlang der nordwestlichen Grenze des Vergnügungs- und Handwerkerviertels, bis sie einen kleineren Park erreichten. Dieser war erstaunlich leer, da die meisten Bürger ihren Feierabend entweder in den Wirts- und Spielhäusern des Vergnügungsviertels oder in ihren Heimen verbrachten. Nicht zwischen ihren Werk- und Arbeitsstätten.

Kaum hatte Tahro eine kleine Lichtung in den dicht bewachsenen, für die Verhältnisse der Goldstadt geradezu verwilderten Flächen erreicht, riss er sich die Jacke und das Hemd vom Leib, als könnte er seine eigene Hitze keine Sekunde länger ertragen. Kurz darauf trieb er seinen ersten Faustschlag so heftig in Lijas Magen, dass sie zu Boden ging. Er gab ihr nicht einmal Zeit aufzustehen, bevor er sie mit dem nächsten traf. Danach hörte er mit der Prügel nicht mehr auf.

Er griff Lija kein einziges Mal mit Feuer an. Dieses hätte sie mit dem Sichelmond fangen und zurückstoßen können. Dagegen hätte sie sich wehren können, doch gegen seine Fäuste … diesen hatte sie nichts entgegenzusetzen. Und genau darauf schien er es abgesehen zu haben.

Nach einem der unzähligen Tritte, die sie alle an derselben Stelle – der Brandwunde an ihrer linken Seite – trafen, krümmte sich Lija verzweifelt keuchend am Boden. Mit jedem seiner Treffer wurden ihre Arme schwerer. Ihre Beine begannen beim Aufstehen zu zittern, bis sie schließlich unter ihr nachgaben. Irgendwann konnte sie ihm gar nicht mehr ausweichen. Und schließlich schaffte sie es nicht mehr, ihren Oberkörper vom Boden zu erheben. Das war der Moment, in dem er genug hatte.

Als sie sich ein letztes Mal aufzubäumen versuchte, drückte er mit dem Fuß gegen ihre Schulter, sodass sie wieder auf den Rücken fiel. Er stand neben ihr, sah voller Abscheu auf sie hinab, bevor er sein Bein erneut bewegte. Sie konnte den Kopf gerade noch drehen, sodass sein Tritt sie nicht im Gesicht, sondern an der Schläfe traf. Er presste ihren Kopf mit seinem Stiefel in den Boden. So fest, dass Lija glaubte, dass ihr Schädel zerspringen würde.

»Hör auf!«, kreischte sie, doch kümmerte es ihn nicht. Er drückte nur noch fester.

»Was ist?«, fragte er gelangweilt. »Was ist mit deinem losen Mundwerk passiert?« Er stemmte mehr seines Gewichtes auf sie, bis sie nicht anders konnte, als schmerzverzerrt zu schreien.

»Hör auf!«, bat sie erneut.

»Dann beantworte mir eine Frage, Rotblut.« Er sagte dies vollkommen ruhig. So, als hätte er so etwas wie Vernunft, mit der man verhandeln könnte. »Wo ist Jawih?«

Abermals schrie Lija auf. Weniger vor Schmerzen als vor Wut. Er scherte sich nicht um den Pakt. Seine Geduld hatte nicht einmal drei Tage gehalten. Er würde nicht länger darauf warten, dass sie ihm Jawih auslieferte. Er würde sie dazu zwingen, es gleich zu tun.

Sollte er es nur versuchen!

Denn wenn er glaubte, dass es nicht mehr als Gewalt bräuchte, um sie zum Sprechen zu bringen, war er ein Narr. Für sie stand zu viel auf dem Spiel. Selbst wenn Tahro die versprochene Gnade walten ließ, nachdem sie Jawih verraten hätte, wäre sie dem Untergang geweiht. Die Ashkajas würden dem General dessen Kopf zu Füßen werfen – und tot könnte der Windsohn den Fluch nicht brechen. So oder so würde sie sterben. Also biss sie die Zähne noch fester zusammen. Egal wie sehr er sie quälte … sie würde schweigen.

Ungeduldig drehte Tahro seinen Fuß hin und her, sodass seine Stiefelsohle über ihre Haut ratschte. Sie bemühte sich, nicht zu schreien, ihm nicht die Genugtuung zu gönnen, doch konnte sie die gequälten Töne nicht zurückhalten.

»Wo ist der Verräter?«, fragte er seelenruhig weiter, als führten sie eine ganz normale Unterhaltung. Mittlerweile fühlte sich die Erde wie ein Nadelkissen an ihrer Wange an.

»Hör auf!«, brüllte sie wieder. Wutknisternde Feuerreste loderten unter der schwarzen Sichel ihrer Hand auf. Wie von selbst ballte sich diese und holte aus. Sie traf ihn am Knie, das widerstandslos unter ihrem Schlag nachgab. Er geriet ins Wanken, musste sein Bein zurückziehen, um sein Gleichgewicht wiederzufinden. Es war der Moment, in dem sie sich unter einem letzten Aufbegehren ihrer Kraft zur Seite rollen konnte. Weg von ihm. Weit genug, um sich vom Boden zu erheben.

Die Schmerzen waren kaum zu ertragen. Wie gerne hätte sie sich einfach fallen lassen, sich gekrümmt und nicht mehr bewegt bis es aufhörte, wehzutun. Stattdessen blieb sie stehen, auch wenn ihr ganzer Körper zitterte. Tahro rang es nicht mehr als ein missmutiges Knurren ab.

»Sieh dich an.« Er deutete mit einem abfälligen Nicken auf ihre halbgekrümmte Haltung, ihren schweren Atem, ihre zittrigen Beine. »Du fängst Jawih nie.«

»Ich werde es versuchen«, presste sie hervor. Ihre Stimme war kaum lauter als ihr Atem und doch so unerträglich laut in ihren eigenen Ohren, dass sie Kopfschmerzen bekam. »Und du wirst mich nicht aufhalten.«

Für einen Moment sagte Tahro nichts. Das Glühen in seiner Iris loderte mit jeder Sekunde stärker auf – bis er den Kopf abwandte. Seine Kiefer mahlten, während sich sein Blick in den Boden bohrte. Er verkrampfte sich, als stünde er ähnliche Schmerzen aus wie sie. Schließlich seufzte er.

»Du musst lernen, Schmerzen auszuhalten«, brummte er unzufrieden. Die Worte schlugen ihr bitter auf.

»Glaubst du, ich weiß nicht, wie das geht?« Ihre Stimme triefte vor Zorn. Sie hatte ihr ganzes Leben nichts anderes getan als das zu ertragen, gegen das sie sich nicht wehren konnte. Sie war ein *Rotblut*. Sie hatte immer wieder in die Knie gehen, immer wieder den Kopf beugen müssen. Was wusste *er* schon davon? Die Wut reichte aus, um sich über den Schmerz zu erheben, sich noch ein bisschen größer zu machen, um ihm in die Augen sehen zu können, als sie knurrte: »Belehre mich bloß nicht über Schmerz.«

»Tue ich nicht.« Er klang nicht weniger wütend als sie. Langsam öffnete er eine seiner Fäuste. So angestrengt, als täte er es gegen einen Widerstand. Eine Flamme loderte darin auf, die er ihr entgegenhielt. »Ich spreche von Stärke.«

Ebenso verkrampft wie er, hob auch sie ihren Arm. Sie hatte verstanden, was er ihr anbot. Einen Waffenstillstand. Einen echten Pakt. Doch mit seinem Stiefelabdruck im Gesicht fiel es Lija schwer, irgendetwas zu akzeptieren, das er zu bieten hatte. Aber sie brauchte die Magie …

Zögerlich hielt sie den Mond an das Feuer, der es gierig aufsaugte. Die Hitze schoss ihren Arm hinauf, verteilte sich in ihrer Brust, stieg in ihren Kopf, bis sie glühte. Und sofort hörte das Zittern auf. Die Schwäche versiegte. Stille kehrte ein – für einen Moment.

»Auf den Boden«, befahl Tahro schroff, als er sah, dass sie sich wieder bewegen konnte. Irritiert hob Lija die Augenbrauen. Sie glaubte erst, dass er einen Scherz gemacht hatte, doch ihr zweifelnder Blick brachte ihn zum Brüllen: »Bei Raphaels Glut!« Er machte einen Schritt vor. »Hast du mir nicht zugehört? Du musst stärker werden! Also runter!« Er packte sie am Kragen, warf sie förmlich zurück auf die Erde, von der sie sich so mühsam hochgekämpft hatte.

Er ließ sie Liegestütze machen. Ohne Unterbrechung. Nach kurzer Zeit war die Kraft des Feuers verbraucht. Lija spürte deutlich, wie erst die Hitze abnahm und dann ihre Kraft. Wie sie erst durch die kühle Abendluft zu zittern begann und dann vor Erschöpfung. Bis ihr die Tränen in die Augen stiegen. Das interessierte ihn nicht. Er zwang sie, fortzufahren, trat ihr zwischen die Schulterblätter, stemmte sein Gewicht auf sie, um es ihr noch schwerer zu machen. Lija hielt dagegen. Sie drückte mit aller Kraft gegen den Widerstand. Es dauerte aber nicht lange, bis sie sich nicht mehr rühren konnte. Kleine weiße Lichter blitzten vor ihren Augen auf, bevor sie in gänzliche Schwärze fiel.

»Weiter!«, befahl Tahro trotzdem, den es nicht interessierte, dass ihr Körper so schnell an seine Grenzen gekommen war. Er wartete kaum ab, dass sie ihr Bewusstsein zurückerlangte. Gewaltvoll presste er sein Feuer in den Mond und brüllte ununterbrochen denselben Befehl: »Weiter!«

Ztiht war nichts dagegen.

Tahro trieb sie über ihre Grenzen hinaus, wiederholte seine Prozeduren, die mehr Folter als Drill ähnelten. Nacht für Nacht. Tagelang.

Schon nach kurzer Zeit reichten ihm einfache Liegestütze nicht mehr aus. Er hielt abwechselnd Lijas rechten und linken Arm auf ihrem Rücken verdreht fest, sodass sie sich nur mit einer einzigen Hand hoch und runter stemmen musste. Schließlich war auch das nicht mehr genug. Er zwang sie in den Handstand, sodass sie ihr gesamtes Gewicht dabei ausbalancieren musste.

Wochen lang ging das so.

Morgens taten Lijas Arme so weh, dass sie diese kaum mehr heben konnte. An manchen Tagen bekam sie ihr Frühstück nicht herunter, da – auch wenn sie die Schmerzen durch all das Feuer in ihrem Blut nicht spüren konnte – ihre Arme selbst diese simple Leistung des Gabelhebens nicht mehr leisteten. Manchmal fiel sie vor lauter Erschöpfung, die sie nicht spürte, einfach um. Während der Übungen, des Aufwärmens oder sogar schon auf dem Weg zur Brücke. Ihr Körper brach ohne Warnung unter der aufgebürdeten Last zusammen. Als würde er mit ihrem Willen nicht mithalten können. Und jedes Mal, wenn sie die Augen öffnete und den Himmel über sich sah, wurde sie wütend.

Dieses elende, schwache Rotblut.

Das Einzige, dass sie an diesem Irrsinn festhalten ließ, war, dass es funktionierte. Lija wurde kräftiger. Jedes Mal, wenn sie den Punkt überschritt, den ihr Körper nicht aushalten konnte. Und sie wurde schneller. Mittlerweile hatte sie Tahros Schlägen und Tritten so oft ausweichen müssen, dass sie sie kommen sah. Ihre Kraft reicht aus, um im richtigen Moment zu reagieren. Den Schwung ihrer Sprünge zu nutzen, wie er es tat, um einen Gegenangriff zu starten. Und anstatt, dass sie sich nur noch auf die

Erde warf, um seinen Flammen zu entkommen, konnte sie diese immer besser … *halten.*

Es war schwer zu erlernen gewesen. Der Sichelmond schien von fremder Magie nie genug zu bekommen, daher war es alles andere als leicht, ihn nicht jede Flamme verschlingen zu lassen. Er wollte immer mehr. Und mit jedem Funken wurde er stärker. Trotzdem hatte Lija lernen müssen, ihn zu zügeln. Denn wenn zu viel Feuer in ihren Adern geriet, verlor sie die Kontrolle. Dann erreichte sie diesen Punkt, an dem die Flammen aus jeder Pore ihres Körpers heraustraten. An dem das Feuer die Schwäche nicht mehr übertünchte, sondern verursachte. Wenn dieser Punkt erreicht war, hielt Lija es nicht mehr aus. Dann musste sie das Feuer loswerden, trieb dazu ihre Faust fest in den Boden, was zu einer regelrechten Explosion führte, in deren Zentrum sie zusammenbrach. Egal wie stark sie wurde, wie abgehärtet ihre Muskeln mittlerweile waren, *das* hielt ihr Körper nie aus. Und deswegen musste sie sich gegen diesen Punkt wehren. Auch wenn Tahro es ihr immer schwer gemacht hatte – genau wie in diesem Moment.

»Halt es fest!«, brüllte er, als auch er merkte, dass ihr der Flammenstoß, den sie zwischen ihren Händen balancierte, zu entgleiten drohte. Und dann drückte er noch fester. Es war seine Angewohnheit, immer stärker anzugreifen je müder sie wurde. Ihr mehr abzuverlangen je weniger sie leisten konnte.

Funken sprangen aus dem orangeroten Meer auf ihre Arme. Sie roch den Gestank von verbranntem Fleisch und verbranntem Haar, doch kümmerte es sie nicht. Sie konzentrierte sich voll und ganz darauf, die Welle, die über ihr zusammenzubrechen drohte, zurückzuhalten. Mit jeder verstreichenden Sekunde wurde es schwerer. Schließlich ahnte sie, dass sie es nicht schaffen würde … sie musste weg vom Feuer.

Entschlossen wischte sie den Flammenstoß zur Seite. Auf diese Weise zwang sie Tahro aus seiner Balance. Dies dauerte jedoch nie sehr lange an. Er konnte seine Kraft viel zu schnell zurückerlangen, also musste sie sich beeilen. Was sie vorhatte war riskant, doch versuchen würde sie es trotzdem. Denn einen Treffer zu landen … ein einziges Mal *seine* Knochen knacken zu hören … das war es wert. Also sprang sie durch das Feuer hindurch, holte mit ihrer rechten Faust aus.

Tahro war schneller. Mit einer einzigen Bewegung wich er ihrem Schlag aus und bekam gleichzeitig ihren Arm zu fassen. Er schleudert sie über seine Schulter. Sie prallte mit solcher Wucht auf dem Boden auf, dass es ihr die Luft aus den Lungen presste.

»Schäbiger Versuch«, knurrte er. »Wenn du so etwas machst, mach es richtig.«

»Habe ich«, gab Lija zurück. Die Antwort darauf kannte sie nur zu gut. Trotzdem war sie nicht schnell genug, um rechtzeitig auszuweichen. Sein Fuß erwischte sie in der Seite. Genau an der Stelle, an der seine Brandnarbe sich durch ihr Fleisch zog. Die Stelle, wegen der sie immer zu Boden ging, wenn er diese traf.

»So geht das«, brummte er. Lija hasste diesen Ausdruck, mit dem er sie ansah. Diese Selbstherrlichkeit in seinem Grinsen. Den nie schwindenden angeekelten Funken in seinen Augen. Und dieser andere Ausdruck … jener, der Verachtung so ähnlich war.

»War nicht dein bester Treffer«, murrte sie leise, als sie sich aufrichtete. Und lauter, damit er es ja hörte: »*Arsch*-kaja.«

»Pass auf, was du sagst, Rotblut«, warnte er. Mit einem Fingerschnippen ließ er beißende Funken auf sie niederregnen. Auch so etwas erschreckte sie schon lange nicht mehr. Es brauchte nur noch eine wegwischende Bewegung ihrer rechten

Hand, um sie erlöschen zu lassen. Tahro wirkte verbissen, als er dabei zusah, wie die Lichter verglühten.

»Ich verstehe nicht, warum du den Fluch brechen willst.«

»Wie kann man das nicht verstehen?«, entfuhr es ihr verständnislos. Für einen Moment betrachtete sie ihn dabei, wie er auf die schwarze Sichel starrte. Und auf den schwarzen Fleck, der sich mittlerweile fast über ihre ganze Handfläche ausgedehnt hatte. Wie konnte er denn immer noch nicht begriffen haben, was der Sichelmond war?

»Er ist das Einzige, das dich von denen unterscheidet«, entgegnete er schließlich genauso verständnislos. Und er sprach *denen* mit einer Verachtung aus, die Lija auf die Füße zwang. Furchtlos trat sie ihm entgegen, hob widerspenstig ihr Kinn. Seine Worte waren jedoch um ein Vielfaches herausfordernder als das: »Es ist dumm, so eine Macht aufzugeben.«

»Du hast doch keine Ahnung!« Lija hoffte, dass ihre Worte genauso hart klangen wie seine. Was wusste er schon vom Sichelmond? Was verstand er von diesem Flüstern, das sie stets daran erinnerte, was sie angerichtet hatte … Das sie nie vergessen ließ, wie ausgeliefert sie ihm war. Und das genau in diesem Moment so laut wurde, dass sie es nicht ertrug.

Angespannt stach Lija ihren Fingernagel in die schwarze Sichel, schloss die Augen, konzentrierte sich auf ihren Herzschlag – doch das war nicht genug. Der Fluch trieb das Feuer vor sich her, fing an, es abzustoßen, sodass Lija die Reibungen in sich spüren konnte. Den Widerstand der einen Magie gegen die andere … es drohte ihr zu entgleiten.

»Lern endlich, es auszuhalten.«

Schlagartig öffnete sie die Augen. Tahro hatte sich bewegt, sich halb von ihr abgewandt. Seinem Gesicht fehlten die harten Kanten. Seine Augen brannten nicht. Das war eindeutig kein

Zorn, den sie dort sah. Eher etwas wie … Neugierde. So, als könnte er erahnen, was in ihr tobte. Als würde er verstehen, wogegen sie kämpfte. Nicht gegen Schmerz, sondern gegen Schuld.

Trotzdem gab er ihr keine Gelegenheit, etwas zu sagen. Er hatte sein Interesse verloren. Er griff nach seinem Hemd und seiner Jacke und wendete sich mit denselben Worten ab, die er jeden Abend knurrte: »Du schuldest mir einen Verräter.«

Als Lija die Augen öffnete, blendete sie der blaue Himmel. Sie lag am Rand des Übungsplatzes. Eine Spur führte durch den Sand, als hätte man sie an den Füßen darüber gezogen. Sie musste schon wieder umgefallen sein.

So eine Scheiße.

»Diesmal warst du wirklich lange weg.«

Die Stimme erklang neben ihr. Zikan und Krysander standen nur wenige Schritte weit entfernt und schienen ihren Kampf unterbrochen zu haben, als Lija sich aufgesetzt hatte.

»Das muss doch irgendeine Krankheit sein«, überlegte Zikan laut. Er rieb sich mit der flachen Hand über sein kurzgeschorenes Haar, während er sie prüfend musterte.

»Gesund ist das jedenfalls nicht«, pflichtete sein Kamerad ihm bei. Er grinste belustigt, vielleicht sogar ein wenig herablassend, aber er hielt Lijas Arm fest, als diese nach dem Aufstehen benommen zur Seite wankte. »Wenn ich du wäre, würde ich mich totstellen. Ztiht hat wegen dir ziemlich schlechte Laune.«

»Der hat schon überlegt, dich auszumustern«, raunte Samju ihr zu, der wie aus dem Nichts auftauchte. Er legte ihr einen Arm um die Schultern und fügte kaum hörbar hinzu: »Hör auf, es zu übertreiben.«

Forsch schob sie seinen Arm beiseite. Das würde sie sicher nicht. Das *konnte* sie nicht. Denn sie hatte ein Ziel – und sie war so nah dran. Zweimal hatte sie Samju während der Zweikampfübungen schon mit der Faust erwischt. *Zweimal.* Obwohl er und sein Wind so verdammt schnell waren. Und wenn sie ihn erwischen konnte, dann würde sie auch Katzenauge …

»Armselig«, brach ein leises Knurren ihre Gedanken ab. Tahro hatte sich den gehässigen Seitenkommentar nicht verkneifen können, als sie an ihm vorbeistapfte, um ihren Platz für den Zweikampf wieder einzunehmen. Er hasste es, wenn sie zusammenbrach.

»Rede lauter, wenn du etwas willst!«, fuhr sie ihn an und ignorierte das halbherzig geseufzte »Lija …«, von dem Samju wusste, dass es sie eh nicht von einem Streit abhalten würde.

»Ich sagte, dass du armselig bist!«, brüllte Tahro so laut, dass es jeder auf dem Platz verstehen konnte.

»Ich höre dich nicht!«, schrie sie genauso laut zurück. Es verfehlte nicht seinen Zweck. Erst fingen Tahros Augen, dann seine Fäuste an zu brennen.

»Ich warne dich, Rot…«

»Was?«, fuhr sie ihm dazwischen. Nicht, um ihn aufzuhalten, sondern um ihn noch weiter zu triezen. Um ihn unter das Joch ihres Paktes zu zwingen, von dem sie wusste, dass er sich daran halten würde: Ihr Leben für Jawihs. Und daher konnte er sie nicht verraten. Ihr nicht seine Faust ins Gesicht schmettern, bis sie blutete. Und diese Machtlosigkeit, die ihm die Hände band, machte ihn rasend. Das Rot fraß sich durch seine gesamte Iris, bis kaum noch etwas von der dunklen Farbe übrig war. Seine Kiefer presste er so fest zusammen, dass sie glaubte, dass sie durch die Gewalt brechen könnten. Seine Selbstbeherrschung beeindruckte sie beinahe, als er hervorpresste: »…haar.«

»*Rothaar*?«, wiederholte Lija kopfschüttelnd. »Dein Verstand ist eindeutig nicht dein stärkster Muskel.«

Sie glaubte schon, dass sie es nun übertrieben hatte. Dass Tahro vor Wut platzen und den Pakt vergessen würde. Und das hätte er sicherlich, wenn Rarosha nicht so laut zu lachen angefangen hätte.

»Entweder bist du mutig oder wahnsinnig, Prinzessin!«

»Wahnsinnig«, brummten Samju und Lorell im Chor. Sie standen in angespannter Haltung neben Tahro und schienen bereit, einzugreifen, wenn dieser explodierte.

»Oh«, seufzte Rarosha, die die beiden nur mit einem Seitenblick bedachte. »Ich glaube, ihr tut ihr Unrecht. Die ist zäher, als sie aussieht.« Sie knackte auffordernd mit den Fingerknöcheln. »Oder nicht?«

Lijas Mundwinkel hoben sich zu einem herausfordernden Lächeln. Oh, ja … das war sie. Sie wandte sich von Tahro ab, um ihre Kampfhaltung einzunehmen. Dabei schob sie einen Fuß vor, so wie er es ihr beigebracht hatte. Damit sie sich schneller bewegen und besser reagieren könnte. Auf diese Weise war es ein Kinderspiel, Raroshas erstem Flammenball auszuweichen.

Es war Lija nicht mehr fremd, gegen Feuer zu kämpfen. Sie kannte die Natur dieser Magie mittlerweile zu gut, kochte sie doch ständig in ihrer Brust. Zudem war Raroshas Feuer völlig anders als Tahros. Es war viel kälter, hatte eine geringere Substanz. Spielend leicht löste Lija es auf, verschlang die Funken mit dem Mal, bis sie die Flammen so zersetzt hatte, dass sie hindurchtreten konnte.

Rarosha hatte damit nicht gerechnet. Das sah man ihr an. Sie war so überrumpelt, dass Lija sie mit einem einzigen gezielten Tritt am Fußgelenk erwischen konnte. Das Feuerblut ging in die Knie, hatte gerade genug Zeit, verwirrt den Kopf zu heben, bevor Lija aus einer Drehung heraus ihre Stirn mit einem weiteren Tritt traf. Die Wucht schleuderte Rarosha zur Seite. Lija setzte ihr nach und stemmte ihren Stiefel auf ihre Brust, damit sie nicht mehr aufstehen konnte. So, wie Tahro es tausende Male bei ihr getan hatte.

Voller Verblüffung sah die Soldatin zu ihr auf. Es dauerte einen Moment, bevor sie zu grinsen begann. Und Lija war nicht weniger verblüfft, als sie feststellte, dass diesem jede Spur von Hochmut fehlte.

»Nicht schlecht«, erkannte Rarosha an, was nur noch mehr erstaunte. Denn sie war sicherlich so streitsüchtig und arrogant wie jedes andere Feuerblut, aber offenbar keine schlechte Verliererin. Sie konnte akzeptieren, dass Lija einen fairen Kampf gewonnen hatte. Rarosha zwinkerte sogar, als sie hinzufügte: »Für ein Mischblut.«

Nun musste auch Lija grinsen. Sie packte die ausgestreckte Hand, um ihre Kameradin auf die Füße zu ziehen. Ihr Herz klopfte immer wilder. Die Aufregung geriet außer Kontrolle und die Hitze … sie nahm unaufhaltsam zu.

»Achtung, sie fällt um!«, hörte sie Zikan rufen. Bevor sie reagieren konnte, kippte die Welt auf die Seite. Zähneknirschend verkrampfte sie sich. Sie hatte nicht aufgepasst. Sie hatte den Punkt schon wieder verpasst, an dem sie das Feuer hätte halten müssen. Wie hatte ihr das *schon wieder* passieren können?

Zikan packte sie an den Schultern. Irgendwie bekam sie Samjus Arm zu fassen, in dem sie sich verkrallte, während sie an ihrem Bewusstsein festhielt. Sie musste die Kontrolle zurückbekommen. Ihr Körper durfte nicht schon wieder zusammenbrechen.

Festhalten, ermahnte sie sich stur, trieb mit ihrem Willen das Feuer von ihrer Haut zurück in ihre Adern. Sie wehrte sich mit aller Kraft gegen die Weichheit ihrer Beine. Rührte sich nicht mehr, hielt den Atem an, krampfte verbissen. *Aushalten.*

Und dann ging es vorüber.

Einfach so.

Sie blieb stehen, während alles wieder seine Ordnung fand. Ihr Körper beugte sich ihrem Willen. Das Feuer drang nicht hinaus. Es war das erste Mal, dass sie vor der Schwäche ihres eigenen roten Blutes nicht hatte kapitulieren müssen. Und in dem Moment ahnte sie, wovon Tahro ständig sprach.

Es ging nicht um Schmerz.

Es ging um Stärke.

KAPITEL 14

ATTENTÄTER

»Hinzu kommen die Verletzungen des Kopfes: Der Schädel ist zertrümmert. Die aufgerissene Haut, die zerbrochenen Knochen und Quetschungen sind identisch mit denen, die von Löwenklauen verursacht werden. Die Rückstände, die im Fleisch zu finden sind, geben allerdings Rätsel auf. Denn Klauen hinterlassen keine Asche.«

Zitiert aus einem Protokoll von Tahmir Rhaa, Balsamierer der Bergfußstadt

»Isch kenn'dahwehn«, schmatzte Samju mit vollem Mund. In der einen Hand hielt er eine Gabel, auf der sich in Salz eingelegte und weich gedämpfte Kartoffeln stapelten, und in der anderen ein großes Stück Fladenbrot. Beides hievte er in Richtung seines Mundes, obwohl er noch nicht einmal heruntergeschluckt hatte.

»Du kennst immer irgendwen«, erwiderte Zikan desinteressiert. Im Gegensatz zu Lija schien er sich nicht so sehr an Samjus schlechten Manieren zu stören. Sie hingegen mochte Samju beim Essen gar nicht mehr ansehen.

»Sie sahgt, dasch der Wachenkö'ik die Schdadt valäscht.«

»Blödsinn«, kam es prompt von Yoph. Er aß sein Abendbrot mit solch einer Konzentration und so einem Tempo, dass er beim Sprechen nicht einmal aufsah.

»Is'wahr!«

»Schluck runter«, brummte Lorell. Lustlos schob er seine Kartoffeln von einer Tellerseite zur anderen. Lija musste schmunzeln, als sie ihn dabei beobachtete. Wahrscheinlich lag es an der Palasterziehung, dass ihn die einfachen Speisen der Kaserne nicht begeistern konnten. Sein Gaumen war mit Sicherheit Feineres gewohnt als Kartoffeln und Brot. Das band er zwar niemandem auf die Nase, gab sich aber auch keine Mühe, seinen Missmut zu verbergen.

»Weg'n dah Löw'n!« Qualvolle Geräusche drangen aus Samjus Mund. Es klang beinahe so, als würde er seinen Kehlkopf beim Herunterschlucken mit dem gigantischen Kloß zerquetschen. »Es heißt, dass Lion in wilde Raserei verfallen ist, als er von den Streifzügen durch die Nordwälder erfahren hat. Die Löwen und Wölfe sind zwar keine Freunde, aber angeblich hat der Löwenkönig mit seinen Löwinnen die Wüste verlassen und plündert nun die Steppengebiete im Nordosten.«

»Dann soll sich das Ostvolk darum kümmern. Das ist deren Land«, brummte Yoph zwischen jedem Bissen, den er sich in gleichmäßigem Tempo in den Mund schob. »Der General kann doch nicht alle retten.«

»Er ist schon aufgebrochen.« Cirill blickte mit einem ähnlich missmutigen Blick auf ihren Teller wie Lorell. »Piron hat den Palast schon vor Tagen verlassen. Er soll richtig wütend gewesen sein. Das hat zumindest mein Vater erzählt. Er arbeitet im Verwaltungsbezirk und meint, dass der Feuersohn mit dem Finanzminister gebrochen hat, weil die Goldstadt nicht für seinen Feldzug aufkommen will.«

»Du meinst die Kaiserin.«

Beinahe jeder Kopf drehte sich zum Kopfende des Tisches. Sirio hatte seinen leeren Teller von sich geschoben und seine verschränkten Arme auf den Tisch gelehnt.

»Die Kaiserin will die Feldzüge nicht unterstützen«, präzisierte er, obwohl alle verstanden hatten, was er meinte.

»Närrische alte Frau«, murmelte Krysander leise. »Wenn sie bei klarem Verstand wäre, würde sie doch begreifen, dass wir jeden Mann und jede Münze gegen die Onen brauchen.«

»Das hat nichts mit Torheit zu tun«, versuchte Lorell einzulenken.

»Nein. Nur mit Feigheit.« Wieder drehten sich die Köpfe zu Sirio. »Sie war nie eine Kriegerin. Sie ist eine Herrscherin ohne …« Welche Unzulänglichkeit dies sein sollten, wurde vom Poltern der Saaltüren verschluckt. Ka trieb beim Hereinstürmen die Luft so peitschend vor sich her, dass Teller zu klappern begannen und hier und da sogar ein Krug umfiel. Sein Mund war krummer verbogen als seine Nase. Und das konnte nur eines bedeuten.

»Wäre ja auch zu schön gewesen.« Krysander hatte den Gesichtsausdruck wohl ebenfalls deuten können. Er ließ seine aufgepiekten Kartoffeln zurück auf den Teller fallen, als Ka mit ausgestrecktem Finger auf ihren Tisch deutete.

»Hoch mit euch! Wir machen einen Ausflug zum Ostmarkt! Beeilung!«

Das knappe Dutzend Soldaten erhob sich sofort vom Tisch. Während die Ashkaja-Brüder hinausstürmten, als würden sie den Einsatz kaum erwarten können, blickten Hroka und Cirill sehnsüchtig über ihre Schultern zum Rest der Kompanie, die seelenruhig sitzenblieben und weiter aßen.

»Keine Glocken«, bemerkte Lija, die den Blicken ihrer Kameradinnen genauso neidisch folgte.

»Dann ist ein Bote gekommen.« Samju schob Lija und Cirill an den Schultern vorwärts, damit sie sich in Bewegung setzten. Hroka wurde von Krysander mitgezogen. Als die Soldaten den

Innenhof erreichten, dauerte es jedoch eine Weile, ehe sie den vermuteten Boten entdeckten. Der Schatten der Mauer verschluckte die Silhouette auf dem abenddunklen Platz. Erst beim Näherkommen konnte man den hageren Mann als einen Windblut-Domestiken in abgetragenen weißen Roben erkennen.

»Beeilt Euch. Bitte.« Unruhig trat der Mann von einem Bein aufs andere. Die Antwort auf sein Drängen erhielt er prompt: »Habt ihr nicht gehört? Ihr sollt die Beine in die Hand nehmen!«

Hauptmann Agnice Sjord marschierte kurz nach den Soldaten und Ka aus der Kaserne. Neugierig reckte Lija den Kopf, um einen Blick auf sie zu erhaschen, denn sie bekam den Hauptmann nur selten zu Gesicht. Sjord hatte noch nie großes Interesse an der Ausbildung der Soldaten gehabt. Nur für einen Einsatz verließ sie die Ruhe ihres Arbeitszimmers.

»PILOTEN!«, übernahm sie energisch – ja, fast schon aufgeregt – das Kommando. Samju und Hroka eilten augenblicklich zur Mauerkrone hinauf. Die Windblüter mussten dafür nicht einmal die Lastenzüge benutzen. Die Fenstervorsprünge und Seile, in denen sich die Flachsgeister erbost schüttelten, reichten ihnen aus, um sich zur Brücke hinaufzuschwingen und nur Augenblicke später mit einem der kleineren, einmastigen Transportseglern zurückzukehren.

»Aus dem Weg!«, fuhr der Hauptmann die Ashkaja-Brüder an, als sie an ihnen vorbei zum Schiff marschierte. Ohne die beiden eines Blickes zu würdigen, fügte sie hinzu: »Wenn einer von euch beiden Hampelmännern heute auch nur in die falsche Richtung schaut, war das euer letzter Einsatz. Die Ausmusterungsgesuche liegen schon auf meinem Schreibtisch.«

Tahro und Sirio warfen sich einen vielsagenden Blick zu. Ein Teil von Lija hoffte, dass einer von ihnen etwas Trotziges tun würde. Denn wie gerne würde sie sehen, wie der Hauptmann ihnen dafür einen gepfefferten Kinnhaken verpasste – aber leider stieß Ka Tahro warnend an, als dieser den Mund öffnete.

»Das heißt: *Jawohl, Hauptmann!*«, legte er ihm die Worte zurecht. Wieder wechselten die Brüder einen kurzen Blick, bevor sie schließlich ein leises »Jawohl« zustande brachten.

»Brav«, lobte Ka und stieß sie abermals an, damit die beiden sich mit dem Rest der kleinen Truppe in Bewegung setzten. Der Hauptmann bedachte die Brüder mit einem vor Verachtung triefenden, vielleicht sogar enttäuschten Seitenblick, weil sie ihr keinen Grund zum Zuschlagen gegeben hatten, ehe sie den Domestiken ansah.

»Zeig den Weg«, wies sie ihn an. Das Windblut nickte eilig und sprang auf seinen winzigen Segler. Dieser bestand aus nicht mehr als einem ausgefransten Tuch, das über einen langen Stock an einem Brett befestigt war. Darin fing der Domestik mit einem Fingerschnippen die kühle Abendluft ein, um es zum Fliegen zu bringen. Und er war damit überraschend schnell.

Wie Ka verkündet hatte, führte der Domestik den Trupp zum Ostmarkt. Vom Weg dorthin bekam Lija wenig mit. Sie hatte gewagt, über die Reling zu spähen, um die abertausenden Lichter über den dunklen Dächern der Stadt zu sehen. Von diesem einen kurzen Blick wurde ihr sofort so schlecht, dass sie für den Rest des Fluges angespannt und mit geschlossenen Augen auf dem Deck hocken blieb und verzweifelt versuchte, ihren Mageninhalt dort zu behalten, wo er hingehörte. Als sie die Augen nach der Landung öffnete, überraschte sie die Farbenpracht.

Diese stammte weder von Lampions noch von den Häusern. Die Fassaden waren nicht so bunt bemalt wie im Vergnügungsviertel und auch nicht so ordentlich weiß verputzt wie in den Bezirken um den Palast herum. Die Bauwerke hatte man nur mit einem ungebleichten, eintönigen Putz überzogen, der den

Eindruck vermittelte, man hätte einfach den Straßendreck an die Wände gerieben. Der östliche Teil der Goldstadt gehörte nämlich nicht zu den wohlhabendsten, obgleich auf seinen Märkten unschätzbare Vermögen gehandelt wurden. Und genau dort erstrahlten all diese Farben.

Unzählige Tücher spannten sich von jedem möglichen Fenster, jedem Balken und jeder Laterne. Durch das hindurchscheinende Licht der fliegenden Kerzen hatte man den Eindruck, als würden sie im Dunkeln leuchten. Über jedem Stand spannte sich ein solches, denn die Händler nutzten sie, um zu zeigen, welche Auslagen zu ihnen gehörten. Das war auch nötig, denn ein Stand drängte sich so dicht an den nächsten, dass es schwer zu sagen war, wer die eine Ware verkaufte und wer die andere.

Da jeder Platz und jede Straße als Handelsfläche diente, wurden die flachen Häuserdächer als Landeplätze für die Schiffe genutzt. Jenseits des bunten Tuchmeeres ragten überall weiße Segel auf. Zwischen diesen herrschte ein wilderes Treiben als auf den Straßen, da die Kaufleute so spät am Abend ihre unverkaufte Ware zurück auf ihre Galeeren brachten.

Das Nächste, das Lija überraschte, war die Vielfalt der Gerüche, die sich in ihrer Intensität gegenseitig überboten. Unterschwellig roch man den Schweiß in den Kleidern der Händler, die den ganzen Tag hinter ihren Ständen stehend verbracht hatten. Genauso wie den der Domestiken und Sklaven, die von einem solchen zum nächsten hetzten. Dieser leicht säuerliche Geruch wurde jedoch so stark von den Düften der Früchte, Nüsse und Gewürze, des Tabaks, der frisch gefärbten Stoffe und dem kaum getrockneten Lack auf den Porzellangefäßen übertüncht, dass sich Lija am liebsten die Nase zugehalten hätte.

Der Domestik führte die Soldaten durch das Gewirr aus Verkäufern und Käufern, Boten und Bummlern, bis zu einem älteren Mann, der trotz seines weißen, ungestutzten Bartes und halbkahlen Kopfes ungesund blass erschien. Auch er trug einen ausrangierten Kaftan, wirkte kaum erhabener als der Domestik, doch zeigte sein Abzeichen die Münze der Händler-Gilde und nicht die offene Hand.

»Ihr seid Fahri, der Feigenhändler?«, versicherte sich der Hauptmann, als sie den Alten erreichten. Für ein Windblut waren sowohl seine Reaktion als auch seine Bewegungen auffällig langsam. Sein Nicken war kaum wahrnehmbar, wirkte wie in Trance, trotzdem fuhr der Hauptmann ungerührt über seinen Zustand fort: »Was ist geschehen?«

»Mein Sohn …«, erwiderte dieser leise. Mit ausgestrecktem Finger deutete er scheinbar nirgendwo hin. Die Hand blieb unschlüssig in der Luft hängen. Sein glasiger Blick verlor sich irgendwo in seinen Gedanken. Erst als der Domestik überraschend laut »Hier!« rief, setzten sich die Soldaten in Bewegung.

Er führte den Trupp in eine dunkle Gasse. Zwischen den engstehenden Häusern spendet nicht einmal eine fliegende Kerze Licht. Daher hüllten die Schatten der Tücher und Segel über den Dächern den schmalen Gang in ein tiefes Schwarz. Der Hauptmann hob ihre Hand, die sie wie eine Fackel entzündete, um den Weg zu leuchten.

»Dort«, bemerkte Ka als Erster. Lija folgte seinem Fingerzeig. Am Boden lag eine gekrümmte Gestalt. Helle, wenn auch schmutzige Umhänge. Keine Bewegung. Und je näher man kam, umso heftiger roch man den widerwärtigen Gestank. Wenn es eines gab, das Lija noch mehr als Fliegen hasste, dann war es der Geruch von verbranntem Fleisch. Doch das, was für sie so unerträglich war, dass sie sich den Handrücken gegen die Nase drücken musste, waren die unterschwelligen Spuren von saurer Asche.

Schon wieder ein Toter.

Beinahe jeden Tag wurden Soldaten in die Stadt gerufen, um ein weiteres Opfer mit ausgebrannter Brust aufzulesen. Unzählige Male hatten die Soldaten die Viertel der Goldstadt schon durchkämmt und vergeblich nach Spuren oder Zeugen gesucht. Man hörte nur Geschichten und Hysterien über ein schwarzes Monstrum, das sich wie Rauch im Nichts auflöste. Deswegen nannte man ihn den *Geist*. Trotz dieses Namens war man in der Wache davon überzeugt, dass es sich um einen gewöhnlichen Menschen handelte. Ein Feuerblut, das entweder aus eigenem Interesse handelte oder ein bezahlter Auftragsmörder war. Lija musste sich bei diesen Überlegungen stets auf die Zunge beißen, damit ihr auf keinen Fall *oder ein Rebell* über die Lippen rutschte. Denn der *Geist* wurde schon viel zu sehr mit den Rotblütern in Verbindung gebracht. Es kursierten Gerüchte, dass sämtliche Opfer bei der Züchtigung ihrer Sklaven getötet worden waren. Und auch das Getuschel über das Monster aus Rauch hatte seinen Ursprung in den Rotten, wo sich wahrscheinlich die einzig lebenden Zeugen verbargen …

»Als wir unsere Auslage zusammenräumten, wurden wir bestohlen.« Die Worte des Händlers ließen Lija aus ihren Gedanken aufschrecken. Der alte Mann war ihnen nachgeschlurft. Nun trat er zwischen dem Hauptmann und Ka hindurch und ließ sich neben seinem toten Sohn auf die Knie sinken. Dann sagte er die Worte, die bei Lija augenblicklich ein flaues Unbehagen verursachten: »Ein Rotblut hat sich an einer der Kisten zu schaffen gemacht, die wir für das Beladen des Schiffes vorbereitet haben. Suhri hat ihn verjagt, bevor er etwas stehlen konnte. Ich habe ihm gesagt, er soll es auf sich beruhen lassen, aber er ist hinterher. Als er nicht wiederkam, habe ich nachgesehen. Und …«

»Gibt es Zeugen?«, fragte der Hauptmann. Sie hatte den Toten und die Wunde in seiner Brust nur für einen Moment betrachtet. Nun suchte sie mit zusammengekniffenen Augen die Hauswände sowohl nach Fluchtwegen als auch nach Fenstern und Balkonen ab, von denen aus jemand etwas beobachtet haben könnte.

»Niemand …«, schüttelte der Feigenhändler wieder so unnatürlich langsam den Kopf. »Er ist einfach …«

»Sein Abzeichen fehlt«, stellte Ka fest, der sich ungeniert neben den Toten hockte, um den Körper genauer zu untersuchen. Fahri schien sich wieder in seinen Gedanken verirrt zu haben, denn an seiner Stelle erhob der Domestik das Wort: »Auch sein Gold. Und sein Schmuck. Es ist alles weg.«

»Eigenartig …« Ka erhob sich vom Boden und gab ein Signal in Richtung des Trupps. Krysander, Yoph, Ezran und Hroka traten mit der Trage vor, die sie vom Schiff mitgebracht hatten. Sie begannen, den Kopf und den Oberkörper des Opfers ungeschickt mit Tüchern zu umwickeln. Lija ließ das ausgebrannte Loch in der Brust dabei nicht aus den Augen. Denn Ka hatte recht. Das hier war eigenartig. Bei keinem der vorherigen Toten waren je die Habseligkeiten entwendet worden.

»Ein Dieb also«, murmelte Yoph leise, der dasselbe gedacht haben musste. »Meint ihr, das alles ist am Ende der *Spieler* gewesen?«

»Blödsinn!«, fuhr Cirill ihn kopfschüttelnd an. »Hast du die Wunde in der Brust übersehen? Das ist doch alles verbrannt. Und der *Spieler* ist kein Feuerblut.«

»Weißt du das?«, gab Yoph spitz zurück. Lija hätte beinahe genickt. Sie konnte sich nur in letzter Sekunde zurückhalten, bevor das Feuerblut weiter laut überlegte: »Vielleicht hat er ja auch einen Komplizen.«

»Wisst ihr, was mich noch mehr wundert?«, unterbrach Ezran die beiden. Sein Blick glitt aus der Gasse heraus über die Marktstraßen. Seine Augen verengten sich dabei zu Schlitzen, wann immer sie an einem grauen Kittel hängen blieben. Für eine Sekunde wich die Hitze aus Lijas Körper. Ihr Herzschlag setzte aus, als sie erkannte, was dieser harte Gesichtsausdruck zu bedeuten hatte. Und sie wünschte sich, es hätte einen Weg gegeben, die Worte in seinen Mund zurückzuschieben: »Jedes Mal, wenn wir so einen Toten finden, ist ein Rotblut in der Nähe.«

Es war jener Gedanke, der sich nicht noch weiter streuen durfte: Dass Rotblüter neben ihren toten Herren kauerten. Dass diese von den Orten flohen, an denen die Goldblüter starben. Denn wenn Lija recht hatte und es ein Rotblut war, das diese Menschen tötete, würde die Hölle über die Rotten hereinbrechen. In der Welt der Goldblüter gab es keine Rebellen. Und selbst die Idee eines Aufstandes, nur die *Möglichkeit* einer Auflehnung, würden diese gnadenlos im Keim ersticken.

»Meinst du, das hat etwas zu bedeuten?« Es war Cirill, die Ezrans Bemerkung nicht im Sande verlaufen ließ. Die sich neben ihn stellte und die Straßen nach grauen Kitteln absuchte. »Ist wahrscheinlich einfach nur ein Zufall. Die sind schließlich überall.«

»Dreckspack.« Sirio sah gelangweilt und mit vor der Brust verschränkten Armen umher. Nur seine angewidert angehobene Oberlippe verriet seine Abscheu. Tahro hingegen starrte Lija so eindringlich an, als wollte er sie darauf aufmerksam machen, dass diese Beleidigung auch ihr galt. Dabei tobte eine Wut in seinen Augen, als könnte er sich kaum zurückhalten, Lija nicht hier und jetzt als Bluttäuscherin anzuklagen.

Trau dich!, hätte sie ihn am liebsten provoziert. Wissend, dass er sich in diesem Moment wahrscheinlich die Zunge abbiss, um ihren Pakt nicht aufzugeben.

»Wir brechen auf!« Der Hauptmann wirkte unzufrieden, als sie dabei zusah, wie die Soldaten den Toten anhoben. Anscheinend hatte sie sich mehr von diesem Einsatz versprochen.

Lija reihte sich mit Samju und Lorell hinter den Kameraden ein, die die Trage geschultert hatten. Sie würden diese wie die anderen ins Totenhaus des Raphaelen-Hospitals bringen. Gedankenverloren malte sich Lija aus, wie Ginra den Toten betrachten würde. Wie das schwarze Loch seiner Kapuze in das ausgebrannte und stinkende Fleisch starren würde. Was er wohl empfand, wenn er diese Wunden sah? Brachte es ihn auch ins Schwanken zwischen Aufregung und Besorgnis? Glaubte *er* an Rebellen?

Nachdenklich ließ Lija ihren Blick umherschweifen. Der kühle Abendwind streifte ihr zusammengebundenes Haar. Er trieb die Gerüche des Marktes vor sich her, sammelte sich unter jedem Baldachin, die er wie Segel blähte. Saftige Früchte. Scharfe Gewürze. Süße Parfums. Deftiges Essen. Und dazwischen … Lija stutzte. Zwischen all den Düften stach eine Spur hervor, die sie sofort erkannte. Die ihre Haut zum Prickeln brachte. Ruckartig drehte sie sich um.

Da war Minze in der Luft.

Cirill, die nicht bemerkt hatte, dass Lija stehen geblieben war, stieß gegen diese. Auch Krysander und Yoph fluchten, weil sie durch den abrupten Halt ins Stolpern gerieten. Lija ignorierte jeden von ihnen, schob sich durch die Reihen hindurch. Tahro ließ sie anscheinend wirklich keine Sekunde aus den Augen, denn er folgte ihr auf dem Fuße – und entdeckte dasselbe wie sie: Die wehenden, sandfarbenen Umhänge, die sich in die Gasse schwangen, aus der sie den Toten geborgen hatten.

»Der *Spieler!*« Krysander hatte sich ebenfalls umgedreht.

»FASST IHN!«, brüllte der Hauptmann. Tahro und Ezran schossen daraufhin mit einem solchen Tempo an Lija vorbei, dass es sie fast von den Füßen riss. Ob Sirio sie beim Vorpreschen absichtlich anstieß, sodass sie letztlich doch fiel, konnte sie nur vermuten.

»Ich habe es doch gesagt!«, hörte sie Yoph Cirill zurufen, als auch diese beiden an ihr vorbeirannten. Bevor Lija überhaupt die Chance hatte aufzustehen und ihnen zu folgen, packte sie eine Hand im Nacken. Sie wurde hochgezogen und so kraftvoll vorwärtsgestoßen, als würde man sie werfen.

»Lieg da nicht so nutzlos rum, Prinzessin!« Der Hauptmann ließ Lija ungeduldig hinter sich und stürmte ebenfalls in die Gasse. Als Lija die Seitenstraße schließlich erreichte, war diese leer. Weder Katzenauge noch die Ashkaja-Brüder oder der Rest ihrer Kameraden waren zu sehen.

»Mimpo«, hauchte Lija und legte den Kopf in den Nacken. Von hier unten war die Verfolgung nutzlos. Sie musste auf die Dächer! Und der kleine Wassergeist verstand. Er spuckte den ersten Eiszapfen, an dem Lija sich hochziehen konnte. Es brauchte nur einen weiteren, um sich daran hinaufzuschwingen. Die Hitze in ihrem Körper nahm schlagartig zu, durchdrang jeden ihrer Muskeln, bis ihr Herz vor ungezügelter Aufregung raste.

Lija kniff die Augen zusammen, um besser über die Dächer spähen zu können. In der Nähe war durch die wehenden Umhänge der Windblüter, die flinken Segler und die großen Handelsgaleeren wenig zu erkennen und in der Ferne verschwammen die Konturen zwischen dem Nachthimmel und dem

Leuchten der Stadt. Es war reiner Zufall, dass sie die ersten Kameraden entdeckte. Ka, Samju und Ezran rannten zwischen den festgemachten Schiffen und den gemütlich schippernden Transportgaleeren hindurch. Sie sprangen von einer Reling, einem Dach, einem Schornstein zum nächsten, um Katzenauge den Weg abzuschneiden, den die Ashkajas vor sich hertrieben.

Ohne lange darüber nachzudenken, rannte Lija ihnen hinterher. Sie stieß sich an der Dachkante ab, überflog die Straße darunter und landete auf der nächsten. Die Entfernung kümmerte sie nicht. Die Feuermagie trieb ihre Muskeln über die Grenzen des Möglichen. Und Lija ließ sich mitreißen – denn das hier war ihre Chance. Sie musste Katzenauge einholen. Zu fassen bekommen. Ihn nur für einen Augenblick mit dem Sichelmond berühren. Also rannte sie noch schneller.

Den nächsten Sprung schaffte sie nur knapp. Ihr Füße rutschten die Ziegel herunter. Ihre Finger hätten sich fast nicht mehr an den Vorsprüngen halten können. Für einen Moment hielt sie überrascht inne, horchte in sich hinein. Und tatsächlich fand sie dort weniger Feuer, als sie gewohnt war.

Während der Zweikampfübungen mit Rarosha hatte Lija ihre Magie gebannt. Auch wenn die Hitze im ersten Moment Tahros ähnelte, löste sich Raroshas Magie um ein Vielfaches schneller auf als seine. Das war nicht dieselbe Stärke … nein … im Vergleich zu seinem Feuer war das hier … *lächerlich*.

Noch während sich Lija aufrichtete, brach die Erschöpfung über sie herein. Die Kälte übermannte sie zuerst im Nacken. Kalter Schweiß rann daran hinab. Der feuchte, modrige Geruch von Moos stieg ihr in die Nase. Die Bilder verschwammen vor ihren Augen.

Nicht jetzt.

Sie verkrampfte sich, rührte sich nicht mehr, während sie die Reste von Raroshas Magie zusammenhielt. Dabei brannten ihre Lungen, sodass sie kaum atmen konnte. Nicht nur vor Erschöpfung von diesem Lauf, sondern auch vom Drill. Ihre Muskeln, die sie den ganzen Tag malträtiert und über ihre Grenzen hinausgezwungen hatten, gaben auf.

Nicht jetzt, flehte sie. Sie musste durchhalten. Sie musste Katzenauge erwischen. Das hier war die Chance, die sie nicht verstreichen lassen durfte. Das Feuer musste reichen. Also hielt sie an dem schwachen Knistern fest und zwang ihre Füße vorwärts. So schnell sie konnte rannte sie über das flache Dach, während sie über den Ostmarkt spähte.

Wo waren ihre Kameraden hin?

Und wohin war dieser verdammte Windsohn verschwunden?

Beim nächsten Schritt gab ihr Bein einfach unter ihr nach. Sie rutschte von der Dachkante ab und stürzte hinab in die Gasse. Ihr Kopf und ihr Rücken schlugen hart auf, obgleich Mimpo versucht hatte, sie in einem Kissen aus Pulverschnee zu fangen. Für einen Moment wurde Lija schwarz vor Augen. Jeder Knochen in ihrem Körper gaukelte ihr vor, gebrochen zu sein, damit sie endlich aufhörte. Damit sie sich endlich ausruhte. Ihre Wunden heilen ließ. Doch das konnte sie nicht. Schon gar nicht, als sie die schnurrende Stimme hörte: »Deine Verfolgungen sind immer noch so kümmerlich wie eh und je.«

Mühsam erhob sich Lija aus dem Schnee. Ihre Arme und Beine waren schwer wie Blei. Ein leises Klirren klang in ihren Ohren. Vielleicht Mimpos Stimme, vielleicht die drohende Ohnmacht. Sie vermochte den Unterschied nicht zu erkennen. Das Einzige, worauf sie sich konzentrierte, war, an der Hitze festzuhalten. An der letzten Kraft, die ihr blieb.

Katzenauge beobachtete sie mit schiefgelegtem Kopf. Eine halb neugierige, halb herablassende Geste. Denn ihm konnte unmöglich entgehen, dass sie ihren rechten Fuß vorschob. Leicht in die Knie ging. Die Arme kampfbereit hob. Ob er wohl auch bemerkte, dass sie die nackte Haut an seinem linken Arm anvisierte?

Ein kraftvoller Sprung. Ein Aufbegehren der letzten Magie. Dann könnte sie ihn erreichen. Alles, was ihr noch im Weg stand, war der Handschuh, der den Sichelmond verbarg. Sie musste ihn ausziehen, ohne dass er es bemerkte – und sie hatte eine Idee, wie sie das anstellen konnte.

»Du bist festgenommen!«, rief sie, als sie vorsprang. Nicht weit. Nicht ernsthaft. Doch es erfüllte seinen Zweck: Auch Katzenauge sprang. Das war der Moment, in dem er nur für den Bruchteil eines Augenblicks seinen wachsamen Blick von ihr lösen musste. Jener Moment, in dem sie sich unbemerkt den Handschuh von der Hand reißen konnte. Kaum lag die Mondsichel frei, rauschte eine wilde Aufregung durch Lija hindurch. Als wäre der Fluch zum Leben erwacht.

Jetzt, schoss es ihr durch den Kopf. Sie konnte ihn erwischen. Sie *würde* ihn erwischen. Als sie herumwirbelte, jauchzte der Fluch, ließ ihre Nerven vor Ungeduld flimmern – doch das Bild, das sich ihr bot, lähmte sie.

Katzenauge war längst auf seinen Füßen gelandet. Seine Hände waren gehoben. Und darin … Ein Pfeil. Ein Bogen. Lija erkannte sofort, womit er auf sie zielte.

»Ich habe die Asche in der Gasse gerochen. Der Tote ist einer von ihnen, richtig?«

Lija ließ sich von dem Schnurren in seiner Stimme nicht verführen. Ihre ganze Aufmerksamkeit richtete sich auf die

Katzenkralle in seinen Händen. Sie bildete sich ein, die Wärme des Holzes und das Surren der Magie darin in ihren eigenen zu spüren.

»Wenn sie allerdings dich mit der Verfolgung beauftragt haben, nehme ich an, dass der *Geist* entkommen konnte?«, stellte er – in unverschämt charmant klingender Herablassung verpackt – die Frage, für deren Antwort er den Schutz des Teehauses verlassen hatte. Doch spielte in diesem Moment weder der Tote noch der *Geist* eine Rolle für Lija. In ihrem Kopf kreiste nur ein einziger Gedanke. So laut, dass er selbst den ungeduldig zerrenden Sichelmond zu übertönen imstande war.

»Die Katzenkralle gehört mir!«

»*Katzenkralle*?«, unterdrückte der Windsohn hörbar bemüht ein Lachen. Seine goldgelben Augen blitzten begeistert auf. Ob sich hinter den Stoffen wohl auch Grübchen auf seinen Wangen abzeichneten? »Das ist wahrlich der schönste Name, den sie je gehabt hat – aber der falsche.«

Ärger brachte die letzten Funken des Feuers zum Flackern, sodass es die Erschöpfung für einen Moment verjagte.

»Du hast sie gestohlen!«, rief sie empört.

»Du hast sie verloren«, korrigierte Katzenauge nüchtern. »Wenn der Bengel sie nicht aus dem Eberkopf gezogen hätte, wäre sie vielleicht für immer im schwarzen Wald verschollen. Und dass du nicht weißt, nicht einmal ahnst, was das angerichtet hätte …« Das Schnurren löste sich auf. Die Silben bekamen einen harten Schliff. Eine kalte Brise schlug ihr entgegen, als Katzenauge die Sehne noch stärker spannte.

Zum ersten Mal löste Lija die Augen vom Holz. Hier ging es nicht um Sentimentalität. Dieser schneidende Wind und das Flackern in der goldgelben Iris … es ging um mehr als nur um das Erbe des Katers. Katzenauge hatte diesen Zauber nicht ohne

Grund gestohlen. Genauso wenig wie das Tränenjuwel. Daher deutete Lija mit einem Nicken und einer vagen Ahnung auf die Katzenkralle: »Warum stiehlst du diese Dinge?«

Die Frage schien ihn zu überraschen. Der Wind kam zum Erliegen. Die Pfeilspitze senkte sich zum Boden. Dabei nahm er sich viel zu viel Zeit, um zu antworten. Wenn er seine Worte so lange zurechtlegte, musste Lija schon jetzt bezweifeln, dass die ganze Wahrheit seinen Mund verließ. Wenn er überhaupt die Wahrheit sagte.

»Weißt du noch, was ich dir über die Frau aus dem Wald sagte?«, setzte er schließlich an. Lija nickte nach kurzem Überlegen.

»Dass sie eine Sucherin ist.«

Katzenauge lockerte die Sehne, bis sie begann, sich aufzulösen. Das Holz schrumpfte in seiner Hand, legte die Form des Bogens ab. Stattdessen zog es sich in die Länge, schnitzte sich selbst die Verzierungen eines Knaufes.

»Dies sind die Dinge, die sie sucht«, erklärte er. Und dann machte er einen Fehler: Er ließ Lija aus den Augen. Nur einen Moment. Eine kurze Sekunde, um den Spazierstock zu betrachten. Das Letzte, was von Tigon Samtpfote, dem dritten Fürst des Katzentals, übriggeblieben war.

Mit aller Kraft stieß Lija sich vom Boden ab. Der Funken verglomm noch bevor sie ihre rechte Hand nach ihm ausstrecken konnte. Der Geruch von Moos füllte ihre Nase.

Nicht jetzt, flehte sie den Fluch an. Sie streckte die Finger aus, ließ ihr Ziel nicht aus den Augen. Auch nicht, als Katzenauge überrascht den Kopf hob. Sie hatte ihn fast erreicht, als das Kreischen zu einem Fiepen wurde. Gelbe Augen leuchteten vor ihr auf. Und dann ein bestialischer Schmerz, der ihr sowohl die Sicht als auch die Luft zum Atmen nahm.

KAPITEL 15

HERBST

»Der Herbst steht unter Ethiels Stern. Er beginnt mit der Oktarengleiche – jener Zeit in der Ära des aufsteigenden Mondes, an dem die Nächte genauso lang wie die Tage werden.
Mit der Januarenwende, wenn Nyxiel ihren höchsten Punkt erreicht, findet der Herbst sein Ende. Danach beginnt die Ära der aufsteigenden Sonne.«

Zitiert aus Madam Kalinesas »Pangaeischer Sternenkalender«

Das Schwindelgefühl ließ seit der Rückkehr vom Ostmarkt nicht mehr nach. Just in diesem Moment überkam Lija eine solch heftige Welle, dass sie in ihrer Bewegung erstarrte.

»Fällt sie wieder um?« Zikan reckte neugierig den Kopf in ihre Richtung.

»Die ist wirklich zu nichts zu gebrauchen«, seufzte Yoph nur resigniert als Antwort.

»Onenfutter«, schloss sich auch Hroka der Spottrunde an. Lija warf allen dreien einen warnenden Blick zu, den vor allem das Windblut hausfordernd erwiderte. Sie hatte schon nicht mit ihrem Spott gegeizt, als sie Lija in der Gasse aufgelesen hatte, nachdem der Trupp die Verfolgung des *Spielers* aufgegeben hatte. Lija erinnerte sich kaum noch an das, was die Soldatin gesagt hatte. Nur noch daran, wie wütend sie geworden war.

»Seid still oder ich komme rüber!«, knirschte sie daher grimmig, doch entlockte es Hroka nur ein Augenrollen und ein müdes »Oh, nein! Bitte nicht!«, bevor sie ihr Interesse wieder ganz auf ihre Schwertkampfübung richtete. Ihre Herablassung machte Lija nur noch wütender. Sogar der Sichelmond begann viel zu stark zu prickeln. Nervös schielte sie zu ihrer rechten Hand. Obgleich sie ein Schwert darin hielt, einen Handschuh trug und Bandagen um die schwarze Sichel gebunden waren, hatte sie das Gefühl, die schwarze Sichel sehen zu können. Krumm gebogen wie ein freches Grinsen.

Ob es wohl funktioniert hatte?

Hatte sie Jawih damit berührt?

Er war ihr so nahe gewesen … sie konnte ihn unmöglich verfehlt haben. Und dieser Schmerz … war das nur die Erschöpfung gewesen? Ihr geschundener Körper, der aufgab? Aber wenn sie ihn berührt hätte, hätte er sie einfach so in der Gasse liegen lassen?

Egal wie oft sie diese Gedanken wälzte, sie konnte sich diese Fragen nicht beantworten. Sie bekam nur Kopfschmerzen davon. Am liebsten hätte sie sich neben Ka ins Gras gelegt. Dort schlief er seelenruhig und interessierte sich kein bisschen für die Übungen seiner Soldaten. Er hatte sich sogar eine Decke mitgenommen. Ansonsten wäre es ihm an diesem herbstlichen Nachmittag ja auch sicherlich zu kühl beim Schlafen geworden.

Eine kleine Brise alarmierte Lija, die Augen vom Waffenmeister zu lösen. Eilig wich sie zur Seite aus und riss ihr Übungsschwert in die Höhe. Samjus Klinge schlug krachend darauf ein. Lija fehlte die Kraft, seinen Hieb vollständig zu parieren. Sie hatte viel zu wenig Feuer im Blut. Daher stolperte sie unter der Wucht hilflos zurück. Sie sah seinen Tritt kommen, wusste auch, wie sie sich drehen müsste, um auszuweichen, doch ihre Muskeln konnten nicht mit ihren Gedanken mithalten. Er traf sie im

Bauch. Nicht fest genug, um ihr wehzutun, doch ausreichend heftig, sodass sie stürzte.

Wie sie es hasste … bei Schneebelles Fell, wie sie es *hasste*, zu Boden zu gehen.

»Jetzt sei kein schlechter Verlierer.« Samju schien es nicht schwer zu fallen, ihren Gesichtsausdruck zu deuten. Er wartete, bis sie wieder auf den Füßen stand, bevor er sie erneut umstieß. »Aber tatsächlich konntest du das schon einmal besser.«

»Nochmal!«, gab sie ärgerlich zurück. Sie klopfte sich den Sand von der Hose und richtete sich auf. Als sie den Kopf hob, fuhr sie erschrocken zusammen. Das Rot … das war … Lija konnte ihr Schwert nicht schnell genug hochziehen, um Tahros Schlag zu parieren. Er traf sie zwar mit einer stumpfen Holzklinge, trotzdem fühlte es sich an, als würde er sie damit entzweischlagen. Gnadenlos drosch er auf sie ein – obwohl er genau wusste, dass sie kaum noch Feuer im Blut hatte. Aber er hatte noch nie Mitgefühl für ihre langsamen Bewegungen oder ihre Schwäche gehabt. Daher schmetterte er sie gewaltsam und voller Gleichgültigkeit zu Boden. Spielend leicht.

»*Arsch*-kaja«, fuhr Lija ihn an. Der Schlag in ihre Magengrube hatte ihr das Frühstück die Kehle hochgetrieben und sie musste sich enorm anstrengen, sich nicht zu übergeben. Tahro war das vollkommen egal. Sie hatte sein Interesse längst verloren. Argwöhnisch sah der Soldat zu Samju hinüber, der unter seinem stechenden Blick erstarrte. Tahros Augen verengten sich zu Schlitzen. Das Rot darin flackerte viel zu gefährlich auf, als er knurrte: »Du schonst sie.«

Es war nicht nur eine Behauptung. Es war eine Anklage. Denn es gab keinen Grund, warum Samju Lija nicht genauso gewaltsam in den Boden rammte. Warum er nicht stutzig über ihre

Schwäche wurde. Außer, wenn er die Wahrheit kannte … Tahro hätte also genauso gut *Blutsverräter* ausspeien können.

Kopflos preschte Lija vor und holte mit ihrem Holzschwert nach dem Feuerblut aus, damit es Samju nicht länger auf diese Weise ansah. Tahro stieß sie unbeeindruckt mit einem Tritt zurück.

»Bist du eigentlich vollkommen bescheuert?« Er setzte ihr so schnell nach, dass sie befürchtete, er würde erneut zuschlagen. Stattdessen packte er jedoch ihr Handgelenk und verdrehte es so lange, bis das Holzschwert zu Boden fiel. Und noch weiter, bis er ihr die leere Hand vor die Nase halten konnte, in der der Sichelmond so gefährlich pulsierte. »Das ist die stärkste Waffe, die du hast«, erklärte er leise, nicht hörbar für die anderen. »Benutz sie.«

Er ließ ihre Hand los. Lija stöhnte zischend auf und rieb sich über das schmerzende Gelenk. Auch wenn sie ihm am liebsten den Sichelmond direkt ins Gesicht geschmettert hätte – er hatte recht. Warum benutzte sie den Fluch nicht? Warum führte sie das Übungsschwert mit der rechten Hand, wenn der Mond doch so viel stärker war? Gedankenverloren zupfte Lija an den Spitzen des Handschuhs. Der Verband darunter fiel bereits auseinander. Der Fluch hatte ihn längst zerfressen – so wie den größten Teil ihrer Hand.

Es war ein ekelhafter Anblick. Von der Handfläche aus reichte verdorrtes schwarzes Fleisch bis zu ihrem kleinen Finger. Auch der Ringfinger begann, allmählich dunkel zu werden. Manchmal hatte Lija das Gefühl, dass sie zusehen konnte, wie das Mal größer wurde. Aber … einem Teil von ihr war es egal. Zumindest solange sie Feuer unter der abgestorbenen Haut spüren konnte.

Aufgeregt ließ sie ihren Finger tanzen, während sie die Funken auffing, die Tahro auf den Mond niederregnen ließ. Sie hörte sich selbst, wie sie erleichtert Luft holte. Es war so ein herrliches Gefühl, wenn sich das Feuer in ihren Adern ausbreitete. Sie genoss es, wie schon diese kleine Menge reichte, um ihre Erschöpfung auszubrennen. So, als würde sie zum Leben erwachen … und das würde sie ausnutzen.

Täuschend langsam beugte sie sich zu ihrem Holzschwert hinab, nahm es mit der linken Hand auf – und stieß es ruckartig vor. Ihre Linke war zwar nicht ihre starke Hand und die Muskeln dieses Armes waren es nicht gewohnt, eine Waffe zu halten, aber sie baute auf das Überraschungsmoment. Sie zielte auf Tahros Schulter, dieser drehte sich jedoch im letzten Moment zur Seite.

Lija wusste, was nun kam. Er würde sein Knie hochziehen, um sie damit an ihrem vorgebeugten Oberkörper zu erwischen. Also warf sie sich zur Seite, nutzte ihre Hände, um den Sturz abzufangen und sich zurück auf die Füße zu überschlagen. Als sie Tahro wieder ins Visier nahm, glaubte sie, eine Art Grinsen in seinem Gesicht zu erkennen.

»Zu langsam«, urteilte er missmutig und kehrte ihr den Rücken zu.

»Irgendwann erwische ich dich!«, rief sie ihm hinterher. Er tat, als hätte er es nicht gehört. Als sie sich wieder zu Samju umdrehte, stand er mit hängenden Schultern da und sah aus, als hätte er ein Trauerspiel beobachtet.

»Was guckst du so?« Abermals ließ Lija die Finger ihrer rechten Hand tanzen. Jedes Mal, wenn ihre Knöchel aneinander rieben, fühlte es sich an, als würden Funken zünden. Es begeisterte sie so sehr, dass sie grinsen musste. Übermütig schwang sie das Schwert in ihrer Linken umher und streckte auffordernd ihre Rechte in Samjus Richtung. »Hast du etwa Angst?«

»Vor dir? Natürlich!«, lachte Samju laut auf, bevor er angriff. Dieses Mal war es ein Leichtes, zu parieren. Auch wenn Lija schnell feststellen musste, dass sie trotz Tahros Feuer äußerst schlecht mit links kämpfte. Allerdings hatte sie genug Zeit, die Kraftdefizite in ihren Armen auszugleichen. In den darauffolgenden Tagen wurden die Schwertkampfübungen als Vorbereitung für den kommenden Einsatz wiederholt. Lija nutzte nicht nur diese, um ihren linken Arm zu trainieren, sondern stemmte auch jeden Abend nach dem Glockenläuten Gewichte oder folgte Tahro in den Park, um dort mit ihm zu kämpfen.

Als die Kompanie am Ende der Woche in Richtung Norden aufbrach, hatte Lija das Gefühl, dass ihre Muskeln einigermaßen mit dem rechten Arm mithalten konnten. Zumindest, wenn Tahros Feuer darin Adern brannte. Dieses knisterte so wild, dass Lija den bevorstehenden Einsatz kaum erwarten konnte.

Diesen verdankten sie dem General. Da Piron Feuersohn den schwarzen Wald verlassen hatte, waren die Routen ungeschützt zurückgeblieben. Viele der Dörfer und Städte der Grenzgebiete hatten ihre Soldaten Pirons Kommando unterstellt, als dieser sich entschied, gegen Lion und die Löwinnen in den Osten zu ziehen. Daher oblag der Schutz der Vasallen und Handelsrouten nun der Goldstadt-Wache. Insbesondere die Straßen zur Waldauenstadt waren bedroht. Diese Stadt lag so tief im Nordwald, dass sie durch Luftschiffe nicht zu erreichen war. Sämtliche Routen von der Goldstadt dorthin verliefen durch das schwarze Königreich. Und nun hatten die sechzehnte, elfte und vierte Kompanie den Auftrag, einen dieser Handelswege zu sichern.

Nach einer halben Tagesreise erreichten sie die Vasallengebiete. Mit der Mittagssonne bezogen die Soldaten ihre Stellung an der Handelsroute. Schon nach dem ersten Schritt in den Wald hinein verflogen die Reste von Lijas Flugübelkeit. Der Duft der Blätter ließ Lijas Glieder weich werden. Das sachte Rauschen des Windes in den Baumkronen hatte ihr gefehlt. Genauso wie die Art, wie das Laub am Boden ihre Schritte dämpfte, während sie neben ihren Kameraden den befestigten Weg entlang marschierte. Alle paar Dutzend Meter blieben zwei Soldaten stehen, stellten sich zu je einer Seite des Weges paarweise auf und blieben dort stehen.

Endlos.

Lange.

Die Sonne neigte sich noch nicht einmal dem Horizont entgegen, als Lija glaubte, die Langeweile nicht mehr aushalten zu können. Während die vierte und elfte Kompanie den Befehl hatten, die Onen aus der Umgebung zu töten oder zumindest zu vertreiben, hatte die sechzehnte den Auftrag, als letzte Schutzinstanz die Route zu sichern. Für den Fall, dass ein On bis dorthin vordringen könnte.

Was würde sie nur dafür geben, mit den Kameraden zu tauschen!

Was würde sie nur dafür geben, an ihrer Stelle die Wälder zu durchstreifen und Onen zu jagen …

Für einen Moment schloss Lija die Augen und stellte sich vor, wie sie einen stromernden Fuchs mit dem Schwert an ihrem Gürtel niederstreckte. Oder wie sie einen Wolf, der ihre Kameraden angriff, mit dem Fluch vernichtete, bevor er einen davon reißen konnte. Sie malte sich aus, wie erst das Fell und dann das Fleisch unter der schwarzen Sichel zerging. Die Mondsichel in ihrer Hand antwortete mit einem genüsslichen Ziehen und einem leisen Flüstern.

Ein toter Wolf.

Ein toter On.

Für jeden Toten des Waldranddorfes. Für jedes Opfer des Wolfssturms. Für jeden Händler, der es nicht überlebt hatte, diese Route zu nehmen.

Gib ihnen, was sie verdienen.

Ein lautes Knacken ertönte. So plötzlich, dass Lija zusammenfuhr. Ein weiterer empörter Ton. Ein vorwurfsvolles, kaltes Stechen an ihrem Hals. Erst dann machte Mimpo einen langen Satz vom Abzeichen hinab ins Gras. Wie feiner Tau kroch er darüber hinweg. Lija verfolgte ihn mit den Augen bis zu Lorell, auf dessen Abzeichen er sich festfror.

Das Wasserblut tat, als würde er es nicht bemerken. Mit lässig vor der Brust verschränkten Armen stand er Cirill gegenüber auf seinem Posten. Letztere hing so offensichtlich an seinen Lippen, dass sie Mimpo wohl kaum bemerkt hatte. Offenbar vertrieb sich ihr Cousin die Zeit damit, ihre Kameradin zu seinem puren Vergnügen um den Finger zu wickeln. Und Cirill hatte nichts Besseres zu tun, als ihm zu verfallen.

Halbherzig verdrehte Lija die Augen darüber und wandte sich ab. Dabei schüttelte sie ihre rechte Hand, um den Mond zum Schweigen zu bringen. Im Gegensatz zu Mimpo hatte er noch lange nicht genug. Ohne Unterlass flüsterte er ihr die immer selben Gedanken ein und verkrallte sich an den bitteren Gefühlen, damit Lija es ja nicht wagte, von diesen abzulassen.

Du willst es ihnen heimzahlen?, stellte er die immer gleiche Frage. Lija bemühte sich, nicht hinzuhören. Stattdessen ließ sie ihren Blick umherschweifen. Für einen Moment betrachtete sie Samju, der sich auf der anderen Straßenseite auf den Boden gesetzt und mit dem Rücken an einen Baum gelehnt hatte. Sein Gesicht hatte er zur Sonne gedreht und die Augen genießerisch geschlossen. Das leise Schnarchen verriet, dass er eingeschlafen war.

Als Lija den Kopf nach rechts drehte, setzte ihr Herz einen Schlag aus und nur für einen Augenblick, nur eine Sekunde, verstummte sogar der Sichelmond.

Die Ashkajas.

Sie waren nicht mehr da.

Ungläubig starrte sie die leeren Posten an. Die Abwesenheit der Brüder konnte nur eines bedeuten: Sie hatten sich dazu entschieden, sich nicht nutzlos die Beine in den Bauch zu stehen. Nein … Sie hatten sich dazu entschlossen, zu jagen.

Bei diesem Gedanken verselbstständigte sich das Pochen des Sichelmondes, bis es jeden Funken Feuer entzündete. Wilde, unbändige Aufregung kochte in ihr hoch. Die Brüder konnten noch nicht weit gekommen sein! Wenn sie sich beeilte, könnte sie sie einholen. Ohne auch nur eine Sekunde länger darüber nachzudenken, rannte sie los. Sie wandte sich gen Norden, da ihr dies als einzig sinnvolle Richtung erschien, denn dieser Weg führte tiefer in den schwarzen Wald.

Als die immer enger verschlungenen Sträucher und Büsche den Boden für Lija unbegehbar machten, nutzte sie die Baumstämme, um das Dickicht zu überqueren. Mit weiten Sprüngen stieß sie sich von einem Ast zum nächsten ab. Mit jedem Satz klopfte ihr Herz aufgeregter. Oh, wie sie dieses Knistern liebte! Wie sie das Gefühl genoss, wenn ihre Muskeln nicht versagten. Wenn sie sich bewegen konnte, als würde sie nichts aufhalten können. Die scheinbar unerschöpfliche Kraft des Feuers … davon konnte sie nicht genug bekommen.

Trotzdem blieb sie von Zeit zu Zeit in einer Astgabel stehen, um die Umgebung abzusuchen. Sie hielt nach einem roten Glimmen Ausschau, das ihr verriet, wo sich die Brüder verbargen. Schließlich entdeckte sie es: Das kurze Aufleuchten von Flammen.

Augenblicklich ließ Lija sich aus der Baumkrone hinabfallen und marschierte mit großen Schritten auf das Flackern zu. Sie glaubte, die Silhouetten der Brüder zwischen den Bäumen erkennen zu können, als sie ein Stoß im Rücken traf.

Sie musste nicht einmal darüber nachdenken, was zu tun war. Ihre Arme streckten sich von selbst aus. Ihr Körper drehte sich und landete auf den Füßen, als hätte er die Bewegungen einstudiert. All das war für Lija so natürlich geworden wie gewöhnliches Gehen. Tausende Male hatte Tahro sie bei seinem Drill auf genau diese Art angegriffen. Doch als sie mit der Hand am Schwertknauf herumwirbelte, war es nicht das Feuerblut, das ihr gegenüberstand.

»Hast du den Verstand verloren, Lija?«, fauchte Samju außer Atem. Das hatte sie selten bei ihm gesehen. Er musste wie von Sinnen gerannt sein, um sie einzuholen. »Was genau tust du da?«

»Jagen«, presste sie hervor. Sie hatte nicht gespürt, wie außer Atem sie war. Wie fiebrig sie sich fühlte. Wie ihr Körper vor Aufregung zitterte.

»Was?« Samjus Stirn kräuselte sich irritiert. Er folgte Lijas Fingerzeig, die sich bemühte, ruhiger zu sprechen: »Die gehen jagen.«

»Weil die wahnsinnig sind«, entgegnete er prompt. Die Irritation wandelte sich in ärgerliches Unverständnis. »Lass sie einfach ziehen. Die bekommen vielleicht keinen Ärger dafür – wir aber schon.«

»Dann geh du doch zurück!«, blieb sie stur. »Ich werde nicht nutzlos herumstehen!«

»Aber so lautet dein Befehl!« Samjus Stimme war kaum mehr als ein Knurren. Es ähnelte sogar einem Fauchen, als sie ihm den Rücken zukehrte. »Lija, bleib stehen!«

Er griff nach ihr. Wieder reagierten ihre Muskeln wie von selbst. Ihre Hände packten seinen Arm, hielten ihn fest, als sie ihren Rücken gegen seine Brust presste und sich vorbeugte, um ihn über ihre Schulter zu werfen. Er versuchte, sich in der Luft zu drehen, doch das Feuer in ihr war stärker als er. Obwohl er sich wand, ließen ihre Finger nicht ab. Und noch bevor er blinzeln oder auch nur die kleinste Böe beschwören konnte, presste sie ihn mit ihrem Stiefel auf seiner Brust auf den Boden.

»Lass mich kämpfen!«, fuhr sie ihn an. Sie wusste, dass er es gut meinte. Dass er sie beschützen wollte. Dass er sie davon abzuhalten versuchte, vermeidbare Fehler zu begehen – aber sie *wollte* das. Sie war nicht leichtsinnig, nicht naiv und schon gar nicht schwach. Sie brauchte seinen Schutz nicht. »Ich kann das.«

»Darum geht es doch nicht.« Samju verkrampfte sich unter ihrem Gewicht. Er hob seine freie Hand – zumindest versuchte er es. Denn noch bevor er diese vom Boden lösen konnte, wurde sie zurück ins Laub getreten. Es wunderte sie, wie überrascht Samju wirkte, als er den Kopf drehte. Hatte er die Hitze wirklich nicht bemerkt?

Ein leises Knurren drang aus Tahros Kehle, als er Samjus Blick erwiderte. Er sah wütend aus. Zumindest wirkten seine dunklen Augen mehr denn je wie glühende Kohlen.

»Lass sie kämpfen.« Tahro musste sein Gewicht verlagern, während er sprach. Samju verzog den Mund, presste ihn zusammen, als wollte er mit aller Macht verhindern, dass ihm ein schmerzhaftes Ächzen entfuhr, als das Feuerblut seine Hand tiefer in den Boden trat.

»Schön! Ihr habt mich überzeugt«, stieß er schließlich hervor. Er war so wütend, dass er die Zähne bleckte. »Jetzt lasst mich los!«

Lija trat zurück, um ihn freizugeben. Tahro rührte sich nicht. Nicht einmal, als sie ihm mit der Faust gegen den Arm schlug. Er hob erst seinen Stiefel von Samjus Hand, als die Stimme seines Bruders hinter ihnen ertönte: »Was wollen *die* hier?«

Samju sprang augenblicklich auf seine Füße. So wie er die Brüder anschaute, musste es ihm schwerfallen, ihnen nicht mit einer messerscharfen Windklinge über die Kehlen zu fahren. Sirio erwiderte seinen Blick mit derselben mühsamen Disziplin. Seine beiden Fäuste glühten bereits, als wollte er sie sowohl Samju als auch Lija ins Gesicht schmettern.

»Weiter«, war alles, was Tahro auf Sirios Frage entgegnete. Er deutete mit einem knappen Nicken in Richtung der Lichtung, auf der die beiden zuvor gekämpft hatten.

»Ich kämpfe nicht neben solchen …«

»Dann lass es«, fuhr Tahro ihm schulterzuckend dazwischen, doch Sirio ließ sich nicht beirren: »… Drecksblütern und Rottenfreunden.«

»*Kameraden*«, korrigierte Samju, der bei Sirios scharfem Blick sein Grinsen wiedergefunden hatte. Er schob seine verbrannten Hände in die Jackentaschen, während er Sirio, dessen Feuer nicht unschuldig an diesen Narben war, mit herausfordernd wackelnden Augenbrauen provozierte. Sirio ging nicht darauf ein. Er starrte lediglich seinen Bruder auffordernd an, der seinerseits ungerührt zurück starrte.

»Nur fürs Jagen«, willigte Sirio schließlich ein. Trotzdem glätteten sich die harten Kanten um sein Kinn und seine Wangenknochen nicht. Schon gar nicht, als Lija zu Tahro aufschloss, der ungerührt voranmarschierte.

»Geh mir bloß nicht auf die Nerven, Bharriq«, hörte sie Sirio hinter sich murren, bevor auch seine Schritte im Laub raschelten.

»Ach, das ist gar nicht meine Art«, flötete Samju. Das Grinsen konnte man schon aus seiner Stimme heraushören. Die vertraute Wärme von aufflackerndem Feuer tauchte in Lijas Rücken auf, verschwand jedoch in dem Moment, in dem sie auf die Lichtung traten.

Schwarze Lachen spickten den laubbedeckten Boden. Nicht weit entfernt entdecke Lija den Körper eines Luchses. Er war nicht besonders groß. In seiner ganzen Länge vielleicht so lang wie sie. Und er war dürr. Die Rippen zeichneten sich deutlich unter dem Fell ab. Er konnte kein starker Gegner für die Ashkaja-Brüder gewesen sein.

»Seltsam.« Samju hockte sich zu dem abgetrennten Kopf, der in einiger Entfernung zum Körper lag. »Die Provinz des Luchsvolkes ist doch viel weiter nördlich. Das hier ist das Gebiet der Waldkatzen.«

»Wen kümmert's? Sie sind hier.« Tahro war ebenfalls stehen geblieben. Seine Augen fixierten einen Punkt in der Ferne. Als er sein Schwert zog, erhob sich Samju alarmiert vom Boden. Auch Lija suchte mit zusammengekniffenen Augen das Dickicht ab – und da sah sie es. Ein Augenpaar. Und noch eines. Dieser Luchs war nicht allein gewesen.

»Dort«, flüsterte Samju. »Vier … fünf … sechs …«, zählte er leise, während sein Blick über die Bäume glitt. Die Luchse mussten die Lichtung eingekreist haben.

»Aber …«, murmelte Samju erstaunt. »… sind Luchse nicht Einzelgänger?«

»Wen kümmert's?«, fauchte dieses Mal Sirio, als er sich ebenfalls mit dem Rücken zu ihnen stellte, sodass sie sich gegenseitig in alle Richtungen Deckung gaben. »Steh nicht im Weg, Mischblut.«

Lija hörte ihm nicht zu. Ihre ganze Konzentration galt dem gelben Augenpaar. Mit einer geschmeidigen Bewegung zog sie sich den Handschuh von der rechten Hand, bevor sie mit der Linken ihr Schwert zog. Es war für sie unmöglich zu sagen, ob diese Aufregung vom Fluch, vom Feuer oder von ihrem eigenen Herzen kam – aber sie war es, die den ersten Schritt machte.

Mit jedem weiteren nahm sie an Geschwindigkeit auf. Der Luchs, auf den sie zustürmte, zögerte jedoch. Er drückte sich im Schutz des Dickichts näher an den Boden, wartete auf den richtigen Moment zum Sprung. Wachsam lehnte Lija ihr Gewicht zur Seite, wusste, dass Tahro direkt neben ihr war. Dass ihre Klinge auf seine treffen würde, wenn sie sie an die Kehle des Ons trieb, der den Moment längst versäumt hatte.

Stahl kratzte über Stahl. Tahro und Lija drehten sich vollkommen synchron, sammelten Kraft durch den Schwung. Ein fester Schlag. Ein präziser Schnitt. Der Kopf fiel zuerst zu Boden. Der Körper blieb eigenartig lange stehen, bevor auch dieser stürzte. Schwarzes Blut. Und ein Surren, eine Aufregung, ein Kreischen in ihrem Inneren, weil sie bekommen hatte, wonach sie sich so sehr sehnte. Dieselbe Genugtuung, die sie in Tahros Gesicht erkannte.

Gib ihnen, was sie verdienen.

Mit diesen Klängen im Ohr trat sie an ihn heran. Auch wenn er den Blick nicht vom On abwandte, erkannte Lija den Ausdruck auf seinem Gesicht. Dieses Mal hatte sie nicht den geringsten Zweifel, was die Härte darin bedeutete. Es war blanker Hass. Derselbe, den ihr Herz mit jedem Schlag durch ihren Körper pumpte. Dies war die eine Sache, die sie gemeinsam hatten. Vielleicht glommen seine Augen auch deswegen auf diese Weise auf, als sie leise raunte: »Weiter.«

Nach einem knappen Nicken trat er an ihre Seite. Ihre Bewegungen fanden denselben Takt. Dasselbe Tempo. Dieselbe Entschlossenheit. Die nächsten Luchse fielen. Keiner der Krallenjäger hatte ihnen etwas entgegenzusetzen. Sie alle waren kümmerliche Exemplare ihrer Art. Lija glaubte sogar, dass die Spinne, die sie nach dem Brand des Waldranddorfes angegriffen hatte, mehr Kraft gehabt hatte als diese ausgehungerten Kreaturen. Selbst in ihrem kleinen Rudel waren sie keine Gegner. Sie alle fanden ihren Tod auf dieser Lichtung.

»Die sehen krank aus.« Abermals beugte sich Samju über die Körper. Gleichermaßen neugierig und irritiert glitt sein Blick über die stumpfen Pelze, das Gerippe und die kümmerliche Größe. Abgesehen von ihm hatte niemand besonderes Interesse am Zustand der Onen. Sirio lief die Baumgrenze ab und prüfte, ob dort übersehene Gefahren lauerten. Tahro und Lija hingegen starrten beide denselben Punkt in nördlicher Richtung an.

»Weiter.« Auch dieses Mal war es Lijas Stimme. Ihre Stiefel verursachten ein schmatzendes Geräusch, als sie durch die schwarzen Lachen marschierte. Erst nach einer Weile hörte sie weitere Schritte hinter sich, die ihr weiter Richtung Norden folgten. Wachsam durchstreiften die vier den Wald. Dabei achteten sie nicht nur auf das Knacken von Zweigen aus dem Unterholz, das Rascheln der Blätter am Boden und in den Laubkronen, sondern auch auf die Stimmen der anderen Soldaten. Sie mussten sich von den Einheiten der vierten und elften Kompanie fernhalten, um nicht bei ihrem unerlaubten Streifzug entdeckt zu werden. Dafür trennten sie sich von Zeit zu Zeit auf, wenn sie sich vor einem kleinen Trupp verstecken mussten.

Die Gruppe von sechs Soldaten, die ihnen dieses Mal gefährlich nahe kam, schien zur vierten Kompanie zu gehören. Sirio und Samju zogen sich in Baumkronen zurück, Lija wollte schon im Dickicht Schutz suchen, doch Tahro marschierte ungerührt weiter. So als ob es ihm egal wäre, wenn man ihn entdeckte. Oder wenn seine Kameraden zurückblieben. Er setzte seinen Weg so stur fort, als wollte er jeden On allein töten.

Das konnte er vergessen.

In einem günstigen Moment setzte Lija ihm aus dem Dickicht nach. Tahro schien es nicht einmal zu bemerken. Oder es war ihm einfach egal. Nachdenklich legte sie den Kopf schief, während sie seinen Rücken musterte. Sie hatte schon viele gesehen, die die Onen hassten. Oder sie so fürchteten, dass es sich wie Hass anfühlte. Aber er …

Ein Schritt.

Knacken.

Lija verharrte instinktiv in ihrer Position. Tahro wirbelte herum, sein Schwert gehoben und mit roten Augen nach dem suchend, was sie zum Stehenbleiben gezwungen hatte.

»Was ist?«, zischte er enttäuscht, als er nichts fand.

»Hörst du das nicht?« Lija schloss die Augen, um sich besser konzentrieren zu können. Da war dieses Surren in der Luft. Eines, das nicht von Stimmen kam. Ein Rauschen, das nichts mit dem Wind in den Baumkronen zu tun hatte. Und das Gefühl unter ihren Füßen …

Lija sah hinab. Das Laub bewegte sich. Zweige stachen daraus hervor. Auf einen davon war sie getreten. Im ersten Moment wirkte das dürre Ästchen wie jeder andere Zweig, doch als sie genauer hinsah und bemerkte, wie das Laub über den Boden glitt, erkannte sie das verdorrte Holz wieder.

»Faahn …«, entfuhr es ihr tonlos. Den formlosen Kopf konnte sie in dem Haufen verwelkter Blätter kaum erkennen. Jedes Mal, wenn sich das Laub zu diesem zusammensetzen wollte, fiel es wieder auseinander.

»*Was?*«, wiederholte Tahro noch ungeduldiger. Lija warf ihm einen verständnislosen Blick zu. War er denn wirklich so blind für fremde Magie?

»Das ist Faahn, der Blumengeist«, erklärte sie, als sie die Augen wieder über die vertrockneten Zweige und Blätter gleiten ließ.

»Der Haufen? Das ist doch kein Geist.« Tahro schüttelte verständnislos den Kopf. Und er hatte recht. Dieses Laub, zu dem Faahn geworden war … das konnte man als nichts anderes bezeichnen als *Überreste*.

»Was ist mit dir geschehen?« Lija beugte sich zu dem Geist hinab, der sich so verzweifelt am Boden wand. Der Anblick versetzte ihr einen Stich. Sie erinnerte sich nur zu gut daran, wie sie ihm zum ersten Mal begegnet war. An seine Größe. Seine Kraft, die einer Naturgewalt gleichkam … Davon war nichts mehr übrig. Wo war nur die Magie, die ihn zusammenhielt?

Verzweifelt versuchte Faahn, seinen Kopf von der Erde zu heben. Er war so schwach, dass selbst der laue Wind ausreichte, um sein Laub auseinanderzutreiben. Das mächtige Haupt des Geistes schmolz darin wie Eis. Und die Töne, die er von sich gab … es war fürchterlich. Er litt. Quälte sich.

Lija lauschte dem herzzerreißenden Rauschen seines Laubs. Jeder seiner verzweifelten Rufe stieß Wellen durch ihr Blut. Diese sammelten sich alle an demselben Punkt, den sie festhalten konnte. Sie fühlte, wie sie von diesem Punkt aus die Flammen anziehen konnte. Das Feuer, das sich ihrem Willen beugend ihre Adern hinabrann, bis die Funken durch den schwarzen Sichelmond hindurchtraten. Diese tropften herab in Faahns Laub. Es war so trocken, dass es sofort zu knistern begann. Dünne Rauchschwaden schlängelten sich hinauf. Faahn brüllte ohrenbetäubend, als er in Flammen aufging.

Reglos stand Lija dort inmitten der Glut und sah zu, wie sich die Blätter in Asche verwandelten. Es war kein Akt der Grausamkeit. Es war ein Akt der Gnade. Und doch fühlte sie sich schwer. Müde. Betäubter mit jedem weiteren Funken, der aus ihrer Hand tropfte.

Sie ließ zu viel Feuer frei.

Es war nicht mehr nur Faahn, der brannte.

»Weg da!« Tahro tauchte wie aus dem Nichts neben ihr auf. Er zerrte sie an ihrem Kragen zurück. Sein Blick glitt dabei unruhig über den Brand, der sich vor ihnen ausbreitete. »Warst du das?« Seine Stimme klang belegt, während er weiter zurückwich. Das trockene Laub funktionierte wie Zündholz. Die Flammen bahnten sich ihren Weg, den selbst Tahro nicht mehr aufzuhalten vermochte. Das Löschen lag nicht in der Natur des Feuers. Keiner von ihnen hatte mehr Kontrolle über das, was geschah.

»Gehen wir«, entschied Tahro, als er erkannte, dass er nichts mehr ausrichten konnten. Er zögerte nicht, drehte sich nicht noch einmal um, um zu prüfen, ob Lija ihm folgte. Hätte er es getan, hätte er bemerkt, wie gelähmt sie vor dem Flammenmeer stand, in dem Faahn, der mächtige große Blumengeist, sein Ende fand.

Das Knistern und Brüllen vermischten sich bis zur Taubheit mit dem Fiepen in ihren Ohren. Grelles Leuchten blitzte vor ihren Augen auf, das so tief in ihren Kopf drang, dass sie glaubte, es auf der Zunge zu schmecken. Und mitten darin tönte die Stimme, die sie einfach nicht vergessen konnte.

Wo bist du?

KAPITEL 16

NARBEN

»Ich kann nicht in Worte fassen, wie es sich anfühlt, wenn die eigene Magie dir die Kehle aufschlitzt. Es ist beschämend ... Nein ... schlimmer als das ... Dafür gibt es kein Wort. Ich bin diesem bedauernswerten und gleichsam so erstaunlich talentierten jungen Heiler also zu ewigem Dank verpflichtet, weil er mir ein solch würdeloses Ende erspart hat ... Auch wenn ich anmerken muss, dass er nicht besonders gut nähen kann. Diese hässlichen Narben werden wohl für immer bleiben.«

Zitiert aus einem Brief von Jawih Windsohn an seine Schwester Gilevie Erdtochter, V. Königin des Nordlandes

»Ich hoffe, dein Kopf platzt.«

Tahro warf Lija einen gehässigen Seitenblick zu, als diese ihre Hände hob, um ihre Schläfen zusammenzupressen. Seit Stunden hingen sie kopfüber von einem Ast, an den Ka sie mit den Füßen voran angebunden hatte. Nach dem Ausbruch des Waldbrandes hatten Samju und Sirio es irgendwie geschafft, rechtzeitig auf ihre Posten zurückzukehren, bevor Ka die Reihen inspiziert hatte – Tahro und Lija nicht.

»Sie werden uns hinrichten ...« Ächzend spannte Lija ihre Bauchmuskeln an, beugte sich zum Seil hinauf und hielt sich daran für eine Weile fest, damit das Blut aus ihrem Kopf laufen konnte.

»Werden sie nicht.« Tahro ließ seine Arme baumeln und hing so entspannt dort, als würde es ihm überhaupt nichts ausmachen.

»Natürlich werden sie das!«, fuhr sie ihn bissig an. »Sie werden uns vor ein Kriegsgericht stellen und hinrichten!«

»Werden sie nicht«, wiederholte er gelangweilt. »Du bist die Enkelin der Kaiserin. Sie können dir *gar nichts* anhaben. Neria wird es nicht zulassen. Und bei mir ...« Sein Blick richtete sich kampflustig auf den Wald. »... sollen sie es nur versuchen.«

»Du bist so arrogant, dass mir die Kotze hochkommt!«, presste Lija hervor, während sie sich mit aller Macht am Seil festzuhalten versuchte. Ihre Hände glitten jedoch vor Erschöpfung ab. Sie fiel zurück und versetzte dabei das Seil in Schwingung, was den Druck in ihrem Kopf nur noch erhöhte. Schlimmer als das war jedoch die Faust, die sie im Magen traf.

»An deiner Stelle würde ich nicht so große Töne spucken, Rotblut! Schließlich ist das alles deine Schuld!« Wieder heftete er seine Augen auf die Bäume, doch glitten sie dieses Mal daran hinauf, bis sie den Himmel fanden. Obgleich dieser schon mehr schwarz als blau war, konnte man die Rauchschwaden darin noch viel zu deutlich erkennen. »Du hattest es nicht unter Kontrolle.«

Lija folgte seinem Blick. Sie betrachtete den Rauch, den der Ostwind beharrlich vor sich hertrieb, ohne ihn zerstreuen zu können. Schließlich glitt ihr Fokus durch die formlosen Schatten hindurch in die Schwärze, in der die ersten weißen Punkte schillerten. Nyxiel hatte den Himmel also erreicht.

»Doch ...«, murmelte sie leise. »... das hatte ich.«

Erst hoben sich Tahros Augenbrauen überrascht, bevor sie sich ruckartig zusammenzogen. Sein Gesicht wurde zusehends finsterer, je mehr er begriff, was sie damit sagte.

Dass sie den Brand absichtlich gelegt hatte.

Dass sie das Feuer mit ihrem Willen benutzt hatte.

Für einen Moment sah es so aus, als würde er etwas sagen wollen, doch dann drehte er den Kopf zurück zu den Bäumen. Auch dieses Mal folgte Lija seinem Blick, entdeckte die Konturen, die zwar genauso steif wie die Baumstämme waren, sich im Gegensatz zu diesen jedoch auf sie zubewegten.

Lija hatte damit gerechnet, dass es der Hauptmann sein würde, der zu ihrer Verurteilung kam. Denn diese würde es sich sicherlich um keinen Preis der Welt nehmen lassen, einen der beiden Ashkaja-Brüder das Abzeichen von der Brust zu reißen. Doch anstelle von Agnice Sjord kam Leutnant Plofond vor ihnen zum Stehen.

Kaum hatte er sie erreicht, nahm er sich die Brille von der Nase und zog sein lupenreines Taschentuch aus der Brusttasche. Wortlos polierte der die Gläser, setzte sich diese wieder auf die Nase und schnippte mit den Fingern. Zwei gebogene Klingen aus Eis bildeten sich in der Luft neben seinem Kopf. Ohne Warnung schossen sie vor und durchtrennten die Seile. Tahro landete mühelos auf seinen Füßen, Lija hingegen stürzte wie ein nasser Sack zu Boden. Als sie aufstand versagte ihr Kreislauf, sodass sie beinahe direkt wieder umgefallen wäre.

»Wo seid ihr gewesen?«, begann Plofond das Verhör, als beide Soldaten schließlich Haltung angenommen hatten.

»Im Wald«, antwortete Tahro so knapp, dass es einer Frechheit gleichkam. Lija warf ihm einen warnenden Seitenblick zu. Er würde den Offizier doch jetzt nicht auch noch provozieren wollen?

»Etwas genauer bitte, Soldat«, hakte Plofond höflich nach, doch war sein Ton so kalt, dass Lija Tahro ins Wort fiel, bevor dieser noch mehr Schaden anrichtete.

»Luchse haben angegriffen«, erklärte sie und hielt dem eingefrorenen Blick des Leutnants stand, der sich die Brille wieder von der Nase nahm, um die beschlagenen Gläser aufs Neue zu polieren. »Sechs Stück. Wir haben sie zu einer Lichtung in nordöstlicher Richtung getrieben.«

»Soso. *Luchse*«, wiederholte Plofond. Lija kannte den Ton in seiner Stimme nur zu gut: Er glaubte kein Wort. Triefend vor Zorn glitt sein Blick an Lija herab, bevor er den Kopf zu Tahro drehte. Dabei knackte es leise. So, als hätte sich dünnes Eis in den Metallmaschen seiner Erzelin-Uniform verfangen, das bei seinen Bewegungen brach.

»Und das Feuer?«

»Ist halt ausgebrochen.« Tahro sagte es so lapidar, als wäre es eine Kleinigkeit. »Passiert, wenn man kämpft.«

»Sicher«, entgegnete Plofond mit derselben Schärfe, mit der er *Luchse* ausgesprochen hatte. Die Brillengläser waren bereits wieder so zugefroren, dass das fahle Nachtleuchten sie wie weiße Kreise in einem völlig leblosen Gesicht wirken ließen. In jedem starren Muskel war abzulesen, wie wütend der Leutnant war. Wie dringend er sie für ihren Ungehorsam, ihre Disziplinlosigkeit bestrafen wollte. Für welche Schande er es hielt, dass sie die Ordnung der Mission missachtet hatten.

»Sechs erlegte Luchse.« Jedes Wort betonte er gedehnt. Lija runzelte die Stirn, spürte, dass ihr Mund ein Stück aufklappte. Denn dieser Ton war derselbe, den er angeschlagen hatte, als er sie nach ihrer Rückkehr in die Kaserne begnadigt hatte: Widerwille, den er unter größter Anstrengung überwand. Und der keinen Zweifel daran ließ, dass seine Milde einen Preis hatte.

»Wegtreten.« Mit steifen Bewegungen drehte Plofond ihnen den Rücken zu und entfernte sich in Richtung des Lagers. Tahro lehnte sich zu ihr, als der Leutnant sich einige Schritte entfernt hatte, und zischte: »Du hattest es *nicht* unter Kontrolle!«

»Das hatte ich sehr wohl!«, zischte sie zurück, doch hatte er es wohl kaum noch gehört. Er marschierte Plofond mit solch einem Tempo hinterher, dass es Lija mit diesem kläglichen Rest Feuer in ihrem Blut und ihrem lädierten Kreislauf schwerfiel, ihn einzuholen. »Und ich kann es beweisen!«

Ein Beweis interessierte ihn jedoch nicht. Er hielt nicht inne, drehte sich kein einziges Mal um. Im Gegenteil, er schien jeden seiner Schritte größer zu machen, während sie zum Lager eilten. So, als würde er ihren Behauptungen entkommen wollen.

»Du wirst schon sehen!«, rief sie ihm nach, als er zielstrebig auf Sirio zuhielt, der zwischen den Feuerblut-Kameraden an einem Lagerfeuer hockte. Sie erhielt keine Antwort.

Mit einem ärgerlichen Schnauben wandte sie sich ab, ließ ihren Blick durch das Lager gleiten, bis sie Samju und Lorell entdeckte, zwischen die sie sich setzte.

»Und? Hat sich das gelohnt?«, hörte sie Samju brummen. Er war offensichtlich wütend, denn er mied nicht nur ihren Blick, sondern hatte sogar seine Unterlippe etwas vorgeschoben, sodass er wie ein schmollendes Kind aussah. Lorell nahm Lija die Antwort ab. Seine Stimme triefte dabei vor Zynismus: »Natürlich. Sie hat sechs Luchse getötet.«

Lija stieß ihm für seine Gehässigkeit gedankenverloren gegen den Arm. Unruhig rieb sie ihre Handflächen übereinander. Der Sichelmond pochte schmerzhaft darin. Angespannt starrte sie ins Lagerfeuer, lauschte dem Knistern und Knacken, machte sich die Wärme und das Leuchten bewusst, das sie auch in ihrem Inneren suchte. Während der gesamten Mission konzentrierte sie sich auf nichts anderes, als diesen Punkt wiederzufinden, an dem sie danach greifen konnte.

Jeden Tag, den sie am Rande der Handelsrouten stand, horchte sie in sich hinein. Sie malte sich vor geschlossenen Augen aus, wie sich die Feuermagie durch ihre Adern bewegte. Wie sie diese mit ihrem Willen lenken könnte, obgleich sich jeder Funke wehrte, von ihr gebeugt zu werden – doch sie war sturer. Sie zerrte an der Magie, nutzte jeden Atemzug und jeden Herzschlag, um es zu sammeln, bis sie sicher war, dass es ihren rechten Arm hinabrann. Bis sie den feinen Gestank von verbrannten Bandagen roch, weil Funken über dem Sichelmond zündeten.

Tahro wollte davon nichts wissen. Er glaubte ihr nicht, dass sie das Feuer willentlich gelegt hatte, hielt es für eine Art Unfall oder unverschämtes Glück. Etwas, das sich nicht wiederholen ließ. Erst als die Kompanien in die Goldstadt zurückkehrten, konnte Lija ihn dazu bewegen, es sich anzusehen.

Mit dem Läuten der Abendglocken waren sie zum Park aufgebrochen. Schon eine geraume Zeit standen sie sich auf der kleinen Lichtung gegenüber und starrten auf Lijas schwarze Hand.

»Es passiert nichts.«

Das hatte Tahro wahrscheinlich schon an die hundert Mal kritisiert. Daher verdrehte Lija übertrieben die Augen, bevor sie ihn anfuhr: »Wenn du endlich den Mund halten würdest, könnte ich mich konzentrieren!«

Sie nahm einen tiefen Atemzug und schüttelte ihre Hände. Abermals hob sie diese mit zum Himmel gedrehten Handflächen vor sich und schloss die Augen. Sie fand die Bahnen des Feuers, die die Magie durch ihren Körper zog. Suchte nach einem Punkt, an dem sie danach greifen konnte, sie sammeln konnte, wie sie es im Wald getan hatte.

Es dauerte eine schiere Ewigkeit, bis sie diesen gefunden hatte. Der Sichelmond gab ihrem Willen nicht so leicht nach. Er erwachte langsam, regte sich nur zögerlich. Doch schließlich spürte sie das sachte Ziehen an der toten Haut – und das Feuer, das dem Sog folgte. Genauso wie sie es stunden-, nein, *tage*lang geübt hatte. Lija öffnete die Augen, um zu sehen, wie es durch ihre Haut trat und sich über ihrer schwarzen Handfläche zu einer lodernden Flamme sammelte. So, als wäre es ihr eigenes Feuer.

Von unbändiger Aufregung erfasst betrachtete sie, wie sich das orangerote Licht in Tahros dunklen Augen spiegelte. Sie glaubte sogar, den Anflug von Erstaunen um seinen Mund herum zu entdecken. Zumindest hing einer der Mundwinkel höher als der andere. Tatsächlich hatte er noch nie so wenig wütend ausgesehen wie jetzt. Und das wiederum brachte Lija zum Grinsen. Sie bewegte ihre Hand, ließ die Flamme hinauf und hinab schnellen, als jonglierte sie einen gewöhnlichen Ball. Wahrscheinlich wäre es besser gewesen, wenn sie sich auf die Zunge gebissen hätte. Schließlich gab es nur eine Weise, wie Tahro auf ihre überheblichen Worte reagieren konnte: »Wie ein echtes Feuerblut.«

Die Wut kehrte zurück. Die Härte. All die Abscheu und Verachtung. Es überraschte sie überhaupt nicht, dass er nach ihr ausholte – nur, mit welcher Gewalt er es tat. Er rammte sie geradezu mit seinen Fäusten in den Boden.

»Vergiss nicht, was du bist, Rotblut!« Er drückte seine Faust auf ihre Brust, um ihr das Atmen zu erschweren. Gleichzeitig heizte er das Erzelin mit seiner Glut so unerträglich auf, dass es sich anfühlte, als presste er glühendes Eisen auf jede Stelle ihres Körpers.

»Glaubst du, das könnte ich?« Sie sah ihm mit einer Wut in die Augen, die vielleicht nicht so sichtbar loderte, wie der rote Ring in seiner Iris, doch die er unmöglich übersehen konnte. Die Kanten seines Gesichts schärften sich noch weiter. Seine Kiefer mahlten auf die Weise, wie sie es immer taten, wenn er versuchte, Worte zu zerbeißen, die ihm dennoch über die Lippen kamen: »Das hast du doch längst.«

Er zog seine Hand zurück. Sofort schnappte sie nach Luft, riss an den Knöpfen ihrer glühenden Jacke und zerrte sich das aufgeheizte Erzelin vom Körper. Eine Gänsehaut bildete sich, als die kühle Abendluft wie Eiswasser das hauchdünne Leinenhemd durchdrang.

»*Arsch*-kaja«, knurrte sie, als sie sich aufrichtete und streckte, um besser atmen zu können. Er antwortete nicht. Er umkreiste sie nur lauernd, musterte sie, als würde er die Stelle suchen, an der seine Schläge am meisten schmerzen würden.

Ungerührt blieb Lija auf dem Boden hocken, auch wenn sie versuchte, ihn im Auge zu behalten. Mit jedem weiteren Kreis, den er um sie zog, versteifte sie sich mehr. Sie achtete auf seine Füße, um nicht zu verpassen, wann er sein Gewicht für einen Tritt verlagerte. Beobachtete seine Fingerspitzen, um das Glühen nicht zu übersehen, das verriet, wann er zuschlagen würde. Doch anstatt, dass er sie angriff, blieb er unvermittelt vor ihr stehen.

»Was sind das für Narben?« Seine Augen hafteten auf ihrem rechten Arm. Lija folgte seinem Blick über das zerklüftete Fleisch. Das dicke, hässliche Geflecht aus Haut, die versucht hatte, den Schaden zu reparieren, den man ihr angetan hatte.

»Wolfsbisse.« Als würde sie die Narben mit diesen Worten wachrufen, loderte ein längst vergangener Schmerz darin auf. Auch wenn es nicht mehr als eine Erinnerung war, zog es so unangenehm, dass das verdammte Heulen wieder in ihren Ohren ertönte.

Tahro sagte nichts darauf. Er fing nur wieder an, sie zu umkreisen. Sein Blick streifte die nächste Narbe. Und die nächste.

Die meisten waren von ihm. Verbrannte Haut an ihren Händen und Armen. Der hässliche Krater an ihrem Bauch. Das gebrochene Schlüsselbein, das schief zusammengewachsen war.

»Und die?«

Er war hinter ihr stehen geblieben. Lija wusste genau, was er betrachtete. Die Narben auf ihrem Rücken mussten durch den dünnen Stoff schimmern. Augenblicklich erhob sie sich und drehte sich um, um ihm in die Augen sehen zu können, bevor sie mit fester Stimme sagte: »Peitschen.«

Tahros Reaktion darauf irritierte sie. Sein Gesicht veränderte sich. Nur für die Dauer eines Augenaufschlags verschwanden die harten Kanten. Er wusste, was diese Narben bedeuteten. Sie erzählten von Lijas Ungehorsam. Wie oft sie das Kinn gehoben hatte, obwohl es ihr nicht zustand. Wie oft sie auf ihren Namen anstelle einer Nummer beharrt hatte. Wie viele Fehler sie gemacht hatte. Wie oft sie sich widersetzt hatte. Und wenn er für nichts anderes an ihr Respekt aufbringen konnte – das konnte er verstehen.

»Was ist das?«, brach Lija die Stille, als ihm seine Blicke zu unangenehm wurden. Mit einem Nicken deutete sie auf das glänzende Mal an seiner linken Seite. Es war ihr schon ein paar Mal aufgefallen, wenn er bei ihren Übungen die Jacke und das Hemd abgelegt hatte. Es war keine Kampfnarbe, das war ihr klar. Dafür war die Form viel zu präzise.

Auch wenn Lija jede einzelne Kante erkennen konnte, die sich in sein Gesicht meißelte, noch während sie die Frage stellte, bemerkte sie den Zorn nicht. Die plötzliche Gewalt, mit der er sie gegen einen der Bäume schleuderte, überrumpelte sie vollkommen. Eine Hand packte sie an der Kehle, die andere verdrehte ihr rechtes Handgelenk, damit sie sich nicht wehren konnte.

»Genug«, fuhr er sie an. Seine Hitze war unerträglich. Verzweifelt versuchte Lija, sich loszuwinden, nach ihm zu schlagen oder zu treten, um diesem Inferno zu entkommen, doch er ließ sie nicht.

»Ich habe endgültig genug«, knurrte er weiter. »Du wolltest Feuer und du hast es bekommen. Und jetzt benutze es auch.« Er löste seine Hände von ihr und sah zu, wie sie hustend in die Knie ging. Zitternd ballte sie die Fäuste, verkrallte sich im Gras und spürte jeden einzelnen Halm, den sie zwischen ihren Fingern zerquetschte.

Sie wusste, was er mit diesen Worten einforderte.

Aber … sie konnte ihm Jawih nicht geben.

Noch nicht.

»Der Fluch …«, erinnerte sie ihn, nahm einen tiefen Atemzug, um sich zu beruhigen. Als der Schmerz an ihrer Kehle nachließ, hob sie den Kopf. Sein Gesicht wirkte versteinert. Jede unnatürlich harte Kante darin kam ihr wie eine Mauer vor.

»Du schuldest mir einen Verräter«, forderte er mit einer Stimme voller Gleichgültigkeit. Er wandte ihr den Rücken zu, griff nach seiner Jacke und seinem Hemd. Und dann erinnerte er sie an das, was sie beinahe vergessen hatte: »Oder dein Leben.«

»Was ist, wenn es nicht funktioniert?« Lija drehte sich zum tausendsten Mal um. Mit zusammengekniffenen Augen suchte sie die Umgebung ab, denn sie konnte dieses Gefühl, verfolgt zu werden, nicht abschütteln.

»Das werden wir sehen, wenn es soweit ist«, entgegnete Lorell wie jedes Mal, wenn Lija sich umdrehte. Und wie bei jedem Mal davor nickte sie und stach nervös mit den Fingernägeln in den Sichelmond. Nicht um ihn zum Schweigen zu bringen. Im

Gegenteil: Das vertraute Kribbeln in ihrer Handfläche hatte eine erstaunlich beruhigende Wirkung. Es erinnerte sie an das, was sie nicht vergessen durfte. Warum sie sich nicht erlauben konnte, die Nerven zu verlieren: Sie hatte keine Zeit mehr.

Sie kannte Tahro. Was er zu ihr gesagt hatte, war sein Ernst: Jawihs Leben oder ihres. Eines davon schuldete sie ihm. Welches, war ihm gleich. Er hatte seinen Teil des Paktes erfüllt. Sie hingegen stand noch in seiner Schuld.

Deswegen musste sie sich jetzt zusammenreißen. Sie musste mit Katzenauge sprechen. Herausfinden, ob sie ihn auf dem Ostmarkt mit dem Sichelmond berührt hatte oder nicht. Ob er den Fluch brechen würde, und sei es nur, um sein eigenes Leben zu retten – oder ob sie ihn dazu zwingen müsste. Und dieser Gedanke führte sie nur unweigerlich zurück zur immer selben Frage: »Was ist, wenn es nicht funktioniert?«

»Das werden wir sehen, wenn es soweit ist«, wiederholte Lorell. Diese Phrase schien ihn nie zu ermüden. Argwöhnisch schielte Lija zu ihm hinüber. Zu seinem hübschen Profil, dem leuchtend roten Schopf der Mizulins und den eisblauen Augen der Kaiserin. Jedes einzelne Detail war ihr so vertraut. Abgesehen von den Wolfsbissnarben, die sie immer noch erschreckten. Wahrscheinlich würde sie sich an diesen Anblick nie gewöhnen …

Erst als sie den Innenhof des Teehauses betraten, hörte das Gefühl, verfolgt zu werden, auf. Erleichtert atmete Lija auf, denn es kam ihr vor, als wäre eine erdrückende Last von ihren Schultern gefallen. Als würde sie nicht länger getrieben werden, sondern sich einem Kampf stellen, den sie selbst gewählt hatte.

Lorell schien es ähnlich zu gehen. Im Augenwinkel bemerkte Lija, wie sich seine Miene mit jedem weiteren Schritt durch den Innenhof erhellte. Ein ansteckendes Lächeln legte sich über seine Lippen und seine Augen blitzten so verlockend auf, dass es ein Leichtes war, in dem tiefen Blau zu versinken.

»Bei Raphaels Glut!«, rief Clarin bei seinem Anblick verzückt aus. Ungestüm eilte sie ihm entgegen und es war sicherlich kein Zufall, dass die Träger ihrer Seidenroben dabei so unanständig verrutschten. »Die sechzehnte Kompanie ist siegreich heimgekehrt!«

»Das sind wir!«, lachte Lorell, als er einen Schritt zu dicht vor ihr zum Stehen kam. »Und wir brauchen einen Tisch, um das zu feiern«, hauchte er etwas zu nah an ihren Lippen, die Clarin bestürzt schürzte.

»Ich fürchte, dass alle Tische belegt sind.«

Für einen Moment verlor Lorell sein Lächeln. Verwirrt runzelte er die Stirn, als hätte er diese Worte nie zuvor gehört. Sein Blick wanderte zu Disar, die wie immer einen Bogen Papier beschrieb. Der Windgeist darin zappelte schon ungeduldig, bevor sie fertig war. Mit unsauber gefalteten Kanten segelte er durch die Luft, als die Erdblut-Söldnerin endlich von ihm abließ. Lija verfolgte den Flug des Geistes hinauf zu den Türmen, in denen er verschwand.

»Dann ohne Tisch«, forderte Lija einem Befehl gleich. Die Augen beider Söldnerinnen hefteten sich überrascht auf sie. Clarin ließ ihren Blick dabei unverhohlen spöttisch an Lija auf und abgleiten.

»Bedaure«, entgegnete sie unbeeindruckt. »Ich fürchte, wir werden euch nicht empfangen können. Weder heute …« Erst sah sie Lija kampflustig an, dann drehte sie sich wieder Lorell zu. Für einen kurzen Moment glaubte Lija, echtes Bedauern in dem trügerisch mädchenhaften Gesicht aufblitzen zu sehen. »… noch sonst irgendwann.«

»Verstehe.« Die Milde, mit der Lorell antwortete, machte Lija rasend. Genauso wie die Hand, mit der er nach ihrem Arm griff, um sie mit sich zu ziehen.

»Ich nicht!« Lija schüttelte ihn ab. Sie konnte jetzt nicht gehen. Nicht so einfach. Nicht ohne Kampf. Entschlossen trat sie auf Clarin zu. Die junge Feuerblut-Söldnerin richtete sich zu voller Größe auf. Kampflustig straffte sie die Schultern, legte eine Hand an ihre Hüfte und streckte die andere vor. An ihrer Fingerspitze bildete sich eine kleine brennende Kugel, mit der sie einem Geschoss gleich auf Lijas Stirn zielte. »Was gibt es da nicht zu verstehen? Die Regeln sind doch ganz einfach.«

Lija gab nicht nach. Schließlich kannte sie die Magie des Feuers. Sie hatte gelernt, sie zu brechen. Mit vorgerecktem Kinn zerrte sie an den Fingerspitzen ihres rechten Handschuhs. Mal sehen, ob Clarins Feuer Tahros gewachsen war …

»Lija«, versuchte Lorell sie zu beschwichtigen. Der Griff um ihren Arm wurde fester, doch Lija hatte sich längst den Handschuh von der rechten Hand gezogen. Er konnte sie nicht mehr aufhalten.

»Soldaten sind im Teehaus ebenso wenig willkommen wie Verbrecher«, vollendete Disar Clarins Drohung, die sich zum ersten Mal von ihrem Platz an der Tür erhob. Sie war erstaunlich groß. Größer als Clarin. Mit jedem ihrer Schritte wurde das Rascheln im Innenhof lauter. So, als würde jeder Busch, jeder Baum, ja, selbst der Efeu warnend flüstern.

»Lija«, versuchte es Lorell noch einmal. Doch seine Stimme drang nicht so deutlich zu ihr durch wie das laute Zischen. Erst einen Augenblick später durchbohrte sie das stechende Gefühl. Wie tausend kleine Splitter in ihrem Nacken. Eis drang durch ihren Kragen, rann unter dem Stoff ihre Uniform entlang, sodass es ihre aufgeheizte Haut zum Zittern brachte. Mimpo kreischte wie von Sinnen. Ein Vorwurf jagte den nächsten, während er ihren gesamten Rücken mit Frost überzog. So gelähmt von dem plötzlichen Schreck, war es für Lorell ein Leichtes, Lija mit sich zu ziehen.

»Bist du eigentlich noch bei Trost?«, zischte Lorell, als sie wieder auf der Straße vor dem hell erleuchteten Teehaus standen. »Mit diesen beiden fängt man keinen Streit an!«

»Du hast zu schnell aufgegeben!«, erwiderte sie mit demselben scharfen Ton. Sie schüttelte sich, zerrte an ihrer Jacke und griff in ihren Kragen, um den schimpfenden Wassergeist dort herauszuholen.

»Wir konnten nicht gewinnen.« Lorells Stimme klang nicht resigniert. Eher distanziert. Steif vielleicht, weil er seine Ratlosigkeit nur fahrig verbarg, während sein Blick zu den Türmen des Teehauses hinaufglitt. Er kannte den Grund, warum ihnen der Eintritt verwehrt worden war: Lija hatte Katzenauge nicht mit dem Sichelmond berührt – sie hatte sich nur als Feind verraten.

Deswegen brachte Lorell es auch nicht über sich, sie anzusehen. Stattdessen musterte er jeden Millimeter der Fassade. Suchte, welchen Weg es hinein gab. Mit welchen Worten, welchen Mitteln sie Katzenauge herauslocken könnten.

Er würde keinen finden.

Lija hatte ihre Chance vertan.

Und diese Erkenntnis machte ihren Kopf unendlich schwer. Ihr Kinn sank herab, ihre Schultern beugten sich. War das alles nun doch umsonst gewesen? Der Fluch, das Feuer, die Kämpfe … Mit bleischweren Bewegungen wandte Lija sich ab. Das Schweigen, das Lorell umgab, wurde zu laut. Es ließ zu viel Platz für das Echo seiner Worte: *Wir konnten nicht gewinnen.*

Mimpo versuchte gar nicht erst, sie durch leise Töne zu besänftigen. Als könnte auch er weder die Stille noch den Widerhall der Worte ertragen, tropfte er aus Lijas Uniform. Mit stumpfen Schuppen rollte er zum Fuße der kleinen Mauer hinüber, die den Innenhof des Teehauses von dem Treiben auf der Straße trennte. Erst glaubte Lija, dass er sich dort im Schatten verstecken wollte, doch seine Bewegungen waren so zielsicher, dass es sie stutzig machte. Neugierig versuchte sie zu erkennen, was ihn derart angezogen hatte. Vielleicht … das dort unten … war das etwa …?

Mimpo war neben einem kleinen, länglichen Gegenstand stehen geblieben. Sein Melonenkopf war gesenkt und seine kurzen Ärmchen hingen leblos herab. Er wirkte so bestürzt, dass es Lija einen Stich versetzte. Zaghaft trat sie zu ihm heran und hob das milchige Stück auf. Diese Oberfläche … der Docht … war das etwa … eine *fliegende Kerze*?

»Hast du so etwas schon einmal gesehen?«, murmelte sie, während sie die Kerze ratlos zwischen ihren Fingern drehte. Den Ton, den Mimpo als Antwort von sich gab – tieftraurig und gleichermaßen besorgt – verstand sie sofort.

»Ich auch nicht … aber vielleicht … Hier, halt mal!« Auffordernd hielt sie Lorell die Kerze hin. Der junge Mann drehte den Kopf wie zufällig in ihre Richtung und blinzelte so überrascht, als hätte er nichts von dem mitbekommen, was die beiden direkt neben ihm getrieben hatten.

»Ist das eine fliegende Kerze?«, wiederholte er matt, drehte diese ebenso irritiert hin und her, bis seine Augen an dem Docht hängen blieben. »Sie ist erloschen.«

»Nicht mehr lange.« Wachsam spähte Lija über ihre Schulter, während sie die Bandagen an ihrer rechten Hand zur Seite zog. Sie spannte die Haut an ihrer Handfläche, bis sie das Ziehen in der Mondsichel spürte. Sie konzentrierte sich auf das Prickeln, sammelte die Glut darunter, bis sie genug hatte, um sie aus dem schwarzen Mal heraustreten zu lassen. Die Flamme knisterte verlockend, wurde ein bisschen zu groß, weil Lija sich dem berauschenden Gefühl der Magie hingab. Bevor jedoch unkontrollierte Funken zu den Seiten springen konnten, ermahnte sie sich zur Vernunft. Vorsichtig brachte sie das Feuer an den Docht heran, bis sich dieser entzündete. Ein verzücktes Gefühl jagte durch sie hindurch. Als sie den Blick hob, erwartete sie, in Lorells Gesicht dieselbe Aufregung, gemischt mit etwas Erstaunen oder vielleicht sogar Bewunderung, zu entdecken, aber alles, was sie sah, war Entsetzen. Denn Lorell betrachtete weder den Feuergeist noch die Flamme, die nach wenigen Augenblicken wieder erlosch. Sein Blick haftete einzig und allein auf Lijas rechter Hand.

An der abgestorbenen Haut.

An den schwarzen Fingern.

Beschämt versuchte sie, diese hinter ihrem Rücken zu verstecken. Er packte ihr Handgelenk, bevor es ihr gelang. Mit offenem Mund musterte er jeden Zentimeter, den sich der Sichelmond einverleibt hatte. All das tote Fleisch. Ausgetrocknet. Halb verwest und doch so fest, dass es sich nicht auflöste.

»Was bei Njoriels Schaum …«, setzte er an. Seine Augen zuckten zu ihr hinauf. »Lija, es wird größer«, erklärte er, als würde sie das nicht wissen. Windend entzog sie ihm ihre Hand, zerrte mit verkrampften Fingern die Bandagen zurecht, bevor sie sich ihren Handschuh ungeschickt überstülpte. Dieses Mal war sie es, die ihn nicht ansehen mochte.

»Gehen wir.« Ihre Stimme war so leise, dass sie nicht sicher war, gesprochen zu haben. Stumm rief sie Mimpos Namen, der sich an ihren Stiefel klammerte, als würde er sie umarmen wollen.

»Das ist alles?«, rief Lorell ihr nach. Offenbar war ihre Reaktion nicht das, was er erwartet hatte. Wahrscheinlich fühlte er sich deswegen dazu genötigt, zu fragen: »Hast du nicht begriffen, was das bedeutet?«

Lija antwortete nicht. Sie kam nur ein paar Schritte weit, ehe Lorell sie an den Schultern packte und zum Stehenbleiben zwang. »Es tötet dich«, raunte er, als hätte er wirklich erst jetzt in voller Gänze begriffen, was der Sichelmond war.

»Ich weiß …«, murrte Lija und schüttelte seine Hände von sich. »Deswegen müssen wir einen Weg finden, diesen verdammten Windsohn aus seinen Türmen zu holen.« Sie schob sich an ihm vorbei. Mit unruhig pochendem Herzen schob sie ihre Hände tief in ihre leeren Taschen. Es raubte ihr fast den Verstand, dass die Katzenkralle nicht darin war. Wie sollte sie den tobten Fluch nur ohne sie verstummen lassen?

»Warum genau glaubst du eigentlich, dass nur Jawih es aufhalten kann?«, fragte Lorell, als er folgte. Seine Stimme klang bissig. So bissig, dass Lija wenig Lust hatte, ihm zu antworten. Daher murmelte sie nur ausweichend: »Das hat mir jemand gesagt, der den Fluch brechen wollte.«

»Samtpfote.«

Mimpo löste sich schneller von ihr, als sie reagieren konnte. Mit einem Satz schwappte er auf Lorells Abzeichen hinüber und verkrallte sich darauf, als würde er befürchten, dass sie ihn andernfalls davon abkratzen würde.

Diese alte Petze.

»Ja. Samtpfote«, bestätigte sie zähneknirschend.

»Und sein Wort ist alles, was du hast?«

»Alles, was ich brauche.«

»Das ist zu wenig.« Lorell blieb stehen. Sie musste ihn nicht ansehen, um zu wissen, welchen Vorwurf sie in seinem Gesicht finden würde. »Weißt du denn nicht, was man über Krallenjäger sagt?«

Lija ging stur weiter und vermied es, ihn anzusehen. Natürlich wusste sie das. Aber Samtpfote war nicht einfach nur ein Krallenjäger gewesen. Er war ein Freund. Einer, der sein Leben bei dem Versuch gelassen hatte, ihres zu retten.

»So war er nicht …«, versuchte sie kläglich in Worte zu fassen, warum sie ihm so bedingungslos vertraute. Doch Lorell schien davon nichts hören zu wollen.

»Werden wir sehen«, sagte er kalt, beinahe kampflustig, als er sich wieder in Bewegung setzte. »Aber ich bin mir sicher, dass Jawih und dieser Kater nicht die Einzigen sein können, die wissen, wie man einen Götterfluch bricht.«

Es war das Letzte, das er an diesem Abend zu ihr sagte. Schweigend marschierte er neben ihr her, den Blick immer starr geradeaus gerichtet. Lija hatte schon einmal einen ähnlichen Ausdruck auf seinem Gesicht gesehen. Damals, als Katzenauge ihn im Shirosh geschlagen hatte. Und seine Miene wurde sogar noch finsterer, als er den Palastboten vor den Kasernentoren erblickte, der auf sie gewartet hatte …

KAPITEL 17

VERURTEILT

»Von all meinen Kindern ist Sineal die größte Enttäuschung. Sie hat bei jedem ihrer Brüder gesehen, wohin der Weg eines Soldaten führt. Sie hat gesehen, was sie mit ihrem Freund angestellt haben. Mit diesem armen Jungen. Und trotzdem verschwendet sie ihren Geist und ihr Herz an die Wache. Dieses törichte Kind ...«

Zitiert aus dem Tagebuch von Cazhar Rajha, Meister der Luftschiffwerft der Goldstadt

Aufgeregt zupfte Lija an einem der azurblauen Ärmel herum. Obgleich man es geändert hatte, sodass es ihr genau passte, schien dieses Kleid – dieses wahnwitzige, teure, atemberaubende Kleid, das der Palastbote gebracht hatte – an keiner Stelle ihres Körpers vernünftig zu sitzen. Am liebsten hätte sie es abgelehnt. Doch die beigelegte Nachricht, die die Kaiserin wohlgemerkt mit eigener Hand geschrieben hatte, hatte dies unmöglich gemacht:

Es gehörte deiner Mutter. Trage es auf dem Siegerfest.

Jenes Fest, so hatte Lorell ihr erklärt, wurde zu Ehren des Siegers der *fünften Prüfung* veranstaltet. Laut seiner Erzählung war dies nicht nur ein alter Brauch, sondern auch ein alljährliches

Spektakel – und Lija bekam in den nächsten Tagen bewiesen, dass das eine haltlose Untertreibung gewesen war.

Am dreißigsten Tag der Oktarengleiche pilgerten sämtliche Bürger von Rang und Stand in die Arena des Universitätsviertels, um dort dem Kampf der vier talentiertesten Absolventen des Goldstadt-Instituts beizuwohnen – einer aus jeder Blutlinie. Die ganze Stadt schien wie berauscht von diesem Ereignis und Lija glaubte sogar, dass die Stimmung noch ausgelassener war als bei der Ankunft des Wachenkönigs.

Wie gern hätte auch sie sich diesen Kampf angesehen! Allerdings hatte man die sechzehnte Kompanie als rangniedrigste Einheit *vor* der Arena abgestellt, um für Ordnung zu sorgen. Sie hatte sich also nur anhand des Jubels und der Schreie ausmalen können, was hinter den strahlendweiß verputzten Mauern vor sich ging. Ein ums andere Mal erwischte sie sich sogar dabei, wie sie sich auf Zehenspitzen gestellt hatte, um vergeblich über den Rand der Arena zu spähen. Sie war so neugierig gewesen, dass sie ernsthaft in Erwägung gezogen hatte, ihren Posten aufzugeben und hineinzuschleichen. Das Einzige, was sie davon abgehalten hatte, war die Erinnerung daran, wie sie nach ihrer letzten Fehlentscheidung stundenlang an einem Baum gehangen hatte. Daher hatte sie sich eines Besseren besonnen und geduldig auf das Ehrungsfest gewartet, auf dem sie den Sieger mit eigenen Augen sehen könnte – auch wenn sie dabei lieber ihre Uniform getragen und bei ihren Kameraden gestanden hätte als zwischen dem Wesir und seiner Gemahlin.

Es war den beiden an der Nasenspitze abzulesen, dass sie nicht begeistert waren, Lija zwischen sich zu wissen. Aber sie hatten sich der Einladung der Kaiserin beugen müssen wie einem Befehl. Das betretene Schweigen vor den geschlossenen Toren zum Festsaal, vor dem die Mizulins auf ihre Ankündigung warteten, ließ Lija die Ablehnung nur umso stärker spüren – egal wie oft Lorell ihr aufmunternd über den Rücken strich.

Die gnädige Frau war schließlich die Erste, die das Wort erhob. Sie tat es nach einem lauten Atemzug, als würde sie Kraft sammeln, doch mit einem so herzlichen Lächeln, als würde ihr nichts leichter fallen. Offenbar waren alle Mizulins gleich.

»Du siehst genauso aus wie deine Mutter«, sagte sie. *Eranez.* So hatte sie sich Lija zumindest vorgestellt, als diese gemeinsam mit Lorell am Palast angekommen war. Ihre Bemerkung klang weder wie ein Lob noch wie Kritik, aber Lija glaubte, dass die Bewunderung, mit der sie die famose blaue Seide betrachtete, echt war. Die gnädige Frau ließ ihren Blick bis zum Saum hinabwandern, bevor sie ihrem Mann eine Hand auf den Arm legte. »Nicht wahr, Jaquel? Du erinnerst dich doch. Roielle trug dieses Kleid, als …«

»Ich weiß«, brach der Wesir ihren Satz ab. Und erstickte mit seinem Schweigen und seinem starr auf das Tor gerichteten Blick jedes weitere Wort. Bis die Stimme des Einlassdieners durch jede Ritze zu tönen schien. So laut, dass Lija erschrocken zusammenfuhr. Die Mizulins hingegen schienen alle ein Stück größer zu werden. Wie einstudiert richteten sie sich auf, strafften die Schultern, hoben ihre Köpfe und wirkten dabei so stolz, als würden sie in einen Krieg ziehen.

»Lächle, *Aurelija*«, befahl die gnädige Frau, als sie die Hand ergriff, die Lorell ihr anbot. Der Wesir war bei Weitem nicht so galant, als er Lijas Arm packte, um sie in den Saal zu führen.

Dieser war in allen Farben des Feuers geschmückt. Rote Baldachine spannten sich unter der Decke, durch die das Lichtspiel der fliegenden Kerzen wie Feuer wirkte. Fackeln brannten an den Wänden. Rote Blumenarrangements schmückten die reich gedeckten Tafeln. Selbst die Gäste hatten sich in rote Festroben gehüllt. Offenbar entstammte der Sieger der Feuerlinie.

»Wehe, du blamierst uns«, zischte der Wesir leise. Seinen Blick behielt er geradeaus gerichtet. Dabei fragte sich Lija, ob er es nur einfach nicht ertrug, sie anzusehen, oder ob er versuchte so zu tun, als würde er nicht bemerken, wie der ganze Saal empört nach Luft schnappte. Wie den hochwohlgeborenen Aristokraten, Diplomaten und Würdenträgern die Augen aus dem Kopf zu fallen schienen, als ein Mischblut – auch wenn es die Ururenkelin der Kaiserin war – wie eine von ihnen in den Festsaal geführt wurde. Das Raunen wurde noch lauter, als Lijas Kinn sich mit jedem weiteren Schritt anhob, bis ihr Haupt ebenso hoch erhoben war wie das der anderen Mizulins.

Verachtung hatte Lija nie erschreckt.

Und Mutter hatte sie gelehrt, davor nie den Kopf zu beugen.

Trotzdem hinterließen die Blicken und das Getuschel eine unangenehme Enge in ihrer Brust. War es wirklich nur ihr erhobenes Haupt, das diese Leute so echauffierte? Denn Hände hoben sich vor Münder, um flüsternde Lästerzungen zu verbergen. Anderswo zeigten Finger ganz offen auf das Kleid ihrer Mutter. Dieses stach so provokant zwischen all den Rottönen hervor, dass Lija sogar verstehen konnte, wie leicht es war, es zu verurteilen. Und das taten sie alle – abgesehen von der Kaiserin.

Als sie den Thron erreichten, schwangen sich Nerias Lippen nach oben. Ihr Kopf hob sich ein Stück und ihre Augen blitzten voller Stolz auf. So gut für alle ersichtlich, dass es Lija argwöhnisch stimmte. Schließlich hatte sie nichts getan, um sich dieses Wohlwollen zu verdienen …

»Verbeug dich«, zischte der Wesir, als er sich vorlehnte. Lija hätte es ihm beinahe gleichgetan, doch dann fiel ihr ein, dass Damen sich nicht verbeugten, sondern knicksten. Also beugte sie unbeholfen die Knie. Mutter hätte dabei sicherlich eleganter ausgesehen. Weniger unterwürfig.

»Es steht dir«, hörte Lija die Kaiserin trotzdem gurren. Für einen Moment trafen sich ihre Blicke.

»Habt Dank«, erwiderte der Wesir an Lijas Stelle mit einer weiteren Verbeugung. Sie spürte, wie sich seine Finger dabei in ihre Hand bohrten. Also knickste auch sie ein zweites Mal, ehe der Wesir sie fortführte.

Als sie den Rand der Tanzfläche erreichten, ließ er so schnell von Lijas Hand ab, als hätte er sich daran verbrannt. Kaum kamen Lorell und seine Mutter neben ihnen zum Stehen, löste sich auch die gnädige Frau von ihrem Sohn und strich ihre Röcke zurecht. Ihr Gesicht wirkte dabei so wild entschlossen, als würde sie sich für einen Kampf zurecht machen.

»Bringen wir es hinter uns …«, murrte der Wesir, der seine Robe ebenso akkurat richtete. Sein Blick fand dabei die Traube rotgekleideter Edelleute. Diese betrachtete er mit noch größerem Missmut als seine Frau.

»Lächle, Jaquel«, erinnerte ihn die gnädige Frau, nahm seine Hand und stolzierte an seiner Seite durch den Saal.

»Dein Vater sieht aus, als müsste er Sand kauen«, tauchte Samjus Stimme aus dem Nichts auf.

»Glaube mir, das würde er tausendmal lieber tun, als den Sinnatres zu gratulieren.«

»Sinnatre?«, horchte Lija auf. »So wie *Aedhin* Sinnatre?« Sie ertappte sich abermals dabei, wie sie sich auf die Zehenspitzen stellte und neugierig den Kopf reckte.

»So wie *Oberst der Frontkämpfer*«, bestätige Samju. »Sein Sohn hat gewonnen. Ein arroganter Fatzke ist das … der wird dadurch sicher nicht bescheidener.«

Aufgeregt trat Lija ein paar Schritte vor, um einen Blick in das Zentrum der Traube zu erhaschen. Die Edelleute wichen ein Stück beiseite, um dem Wesirspaar Platz zu machen, doch erst als die Schaulustigen nach dem lauten »LAVIO, MEIN JUNGE!« des Kommandanten aufgescheucht zur Seite sprangen, konnte Lija sehen, was vor sich ging.

Zwei Männer standen nebeneinander. Den einen deutlich älteren konnte sie anhand seiner Uniform ohne Zweifel als Oberst der Frontkämpfer identifizieren. Der jüngere zu seiner Rechten war unverkennbar sein Sohn. Er war recht hübsch, wie Lija fand. Stattlich gebaut. Das helle Haar trug er wie ein Soldat an den Seiten kurz rasiert. Und auf den Lippen hatte er dieses selbstgefällige Lächeln, das offenbar jedem Feuerblut in die Wiege gelegt wurde.

Mit ausgebreiteten Armen marschierte der Kommandant auf den jungen Mann zu. Als er ihn erreichte, drückte er ihn so herzlich an sich, als wäre er sein eigener Sohn. Dabei lachte er und klopfte auch immer wieder dem stolzen Vater lobend auf die Schulter.

»Das kann man sich ja nicht mit ansehen.« Nach einem abschätzigen Kopfschütteln drehte Samju den Feuerblütern den Rücken zu.

»Wieso?«

»Noch ein Sieger aus Pirons Linie«, erklärte Lorell, der gelangweilt eine Augenbraue hob, als würde er einem schlecht inszenierten Theaterstück beiwohnen. »Das wird es Neria noch schwerer machen, sich gegen den General zu behaupten …«

Lija nickte gedankenverloren, bevor sie neugierig aufhorchte: »Noch einer?«

»Sirio hat im vergangenen Jahr unsere fünfte Prüfung gewonnen.«

»Erinnere ihn bloß nicht daran«, stöhnte Samju auf. Neugierig blickte Lija zurück zu den Ashkaja-Brüdern und dem Sinnatre-Sprössling. Sirio hatte Lavio einen Arm um die Schultern gelegt und schien einen Scherz auf Tahros Kosten zu machen. Denn während der eine schallend lachte, verdrehte der andere genervt die Augen.

Dass einer der Ashkaja-Brüder die fünfte Prüfung gewonnen hatte, überraschte Lija wenig. Beide hatten ein außergewöhnliches Talent, für das sie selbst als Soldatenfrischlinge berühmt waren. Sirio war zweifelsohne ein hervorragender Kämpfer, aber Tahro … Lija kannte seine Magie besser als jede andere. Seine Stärke, sein Feuer … es war mehr als nur *außergewöhnlich*. Allein das bisschen, das sie davon beherrschte, hatte ausgereicht, um einen Wald niederzubrennen. Es erschien ihr schwer vorstellbar, dass Sirio das noch übertreffen können sollte. Daher fragte sie mit skeptisch gerunzelter Stirn: »Warum ist Tahro nicht angetreten?«

»Wollte er. Die beiden haben *wochenlang* um den Platz gekämpft. Tahro hat Sirio schließlich den Vortritt gelassen«, erklärte Lorell belustigt darüber, wie Lija den Hals reckte, um nichts davon zu verpassen, was um die Siegerfamilie herum geschah.

»Das behauptest aber auch nur du«, warf Samju ein. »Sirio hat fair gewonnen. Mit weniger hätte der sich auch nie zufriedengegeben.«

Lorell hob eine Augenbraue, als würde er diese Behauptung herausfordern wollen, doch entschied er sich dann doch dafür, keine Diskussion anzuzetteln und bemerkte lediglich: »Auf jeden Fall können wir froh sein, dass Tahro nicht angetreten ist. Der wäre als Sieger noch unerträglicher gewesen.«

»Wer hat noch an eurer Prüfung teilgenommen?«, fragte Lija neugierig und durchsuchte den Saal, als könnte sie es erraten.

»Das Erdblut hieß Mill Rhadasson. Ich sage dir, Lija, keiner konnte Gestein so brechen wie er!« Der Anflug eines Grinsens legte sich über Samjus Lippen. Sein Blick driftete in die Ferne ab, als beobachtete er den Kampf in seiner Erinnerung. »Der Gute lebt schon lange nicht mehr in der Goldstadt. Nach der Prüfung hat er sich der Handwerker-Gilde angeschlossen und ist ins Südland verschwunden. Ist bestimmt ein guter Baumeister geworden.«

»Und wer noch?«

»Hroka. Sie wurde als Erste von Sirio aus dem Ring geworfen. Hat sich erstaunlich gut gewehrt, das muss man ihr lassen.« Samju wurde beim Erzählen immer schneller, bis sich seine Worte schließlich vor Aufregung überschlugen. Selbst seine Gesten wurden so überschwänglich, dass es Lija ansteckte.

»Wer noch?«, fragte sie mit leuchtenden Augen. Sie schüttelte ungeduldig an Samjus Arm, als er nicht sofort antwortete. Das übernahm Lorell für ihn: »Halvar.«

Der junge Soldat wandte die Augen ab, sodass man sein Gesicht nicht sehen konnte. Gedankenverloren glitt sein Blick durch die Halle. Lija ahnte, dass er wider besseres Wissen seinen Freund in der Menge suchte. Dass er dieselbe irrwitzige Hoffnung hegte wie sie, ihn doch zu entdecken, obwohl sie beide wussten, dass er tot war.

»Entschuldigt mich«, murmelte Lorell leise. Sein Blick kam nicht mehr bei Lija und Samju an.

»Ist doch kein Grund abzuhauen …«, wandte Letzterer ein, schob jedoch verunsichert seine verbrannten Hände in die Jackentaschen seiner blauen Festagssuniform.

»Ich habe noch etwas vor«, behauptete Lorell, als er sich ihm doch noch zuwandte. Dabei wirkte sein Gesicht wie immer. So überzeugend, dass Lija nicht sagen konnte, was in ihm vorging.

»Brautschau?«, hakte Samju nach, wobei sein linker Mundwinkel zaghaft hochrutschte.

»Heute nicht. Das wäre vergebene Liebesmüh.« Mit einer ausladenden Geste deutete Lorell auf Lavio. »Heute Abend werden alle Mädchen nur ihn heiraten wollen. *Ich* habe mir daher etwas Besseres vorgenommen.«

»Und das wäre?« Samju erhielt keine Antwort darauf. Lorell verschwand ohne ein weiteres Wort zwischen den tanzenden Paaren.

»Dann besorge *ich* uns doch mal ein paar Kelche Wein!«, äffte er den leicht überheblichen Ton des Wasserbluts nach, bevor er sich zu Lija umdrehte. Als wäre es ein Zauberwort, begann Mimpo auf ihrem Abzeichen freudig zu klimpern.

»Still!«, wollte Lija ihn ermahnen, doch da war er schon auf Samjus goldene Feder gesprungen, die er übermütig schillern ließ.

»Ich eile, kleiner Freund!«, lachte Samju so herzlich, dass es auch Lija zum Schmunzeln brachte. »Nach welchem Tropfen steht dir denn heute der Sinn?«, scherzte er, als er sich zu den Tafeln aufmachte. Schon während er sich den ersten Becher einschenkte ahnte Lija, dass sie die beiden so schnell nicht wiedersehen würde, denn Mimpo war kopfüber in den Kelch gesprungen und Samju hörte nicht mehr auf, lachend Wein nachzukippen. Aus der Ferne betrachtet wirkte er wie ein Irrer.

Mit federleichten Schritten machte auch sie sich auf den Weg zu den Tafeln. Während sie leise die Musik mitsummte, ließ sie ihren Blick über all die Köstlichkeiten gleiten, ohne sich entscheiden zu können, worauf sie Lust hatte. Drapierte Türmchen aus gefüllten Törtchen reihten sich neben goldene Etagere voller kandierter Früchte, polierter Trauben und feinstem Gebäck. Allein beim Betrachten lief Lija das Wasser im Munde zusammen. Als sie sich endlich entschieden hatte, welches Törtchten am besten aussah, ertönten Schritte hinter ihr.

»Ein spektakuläres Kleid.«

Verwundert drehte Lija den Kopf. Ein junger Mann in einem maßgeschneiderten dunkelgrünen Anzug, ordentlich frisiertem braunen Haar und perfekt rasiertem Kinn kam neben ihr zum Stehen. Es dauerte einen Moment, bis sie das milde Gesicht wiedererkannte. Das war der Botschafter Talmond. Ronas Gemahl.

»Steht Euch besser als die Uniform. Vielleicht hätte ich mich damals doch mehr dagegen aussprechen sollen, dass der Kommandant Euch in seine Wache holt.«

»Ja … Vielleicht«, murmelte Lija leise. Für einen Moment breitete sich eine betretene Stille aus, in der sie nicht so recht wusste, wohin sie blicken sollte. Nach einem hörbaren Atemzug, als müsste auch er sich überwinden, etwas zu sagen, fuhr der Botschafter fort: »Ehrlich gesagt bin ich froh, dass ich es nicht getan habe. Ansonsten hätte sich die Botschafterin wohl kaum als Freiwillige im Mycaelen-Hospital gemeldet. Ich wollte Euch schon lange meinen Dank dafür ausgesprochen haben, dass Ihr sie dazu ermutigt habt.«

»Ich weiß nicht, ob *ermutigen* so recht …«, entgegnete Lija verunsichert. Der Botschafter räumte ihren Einwand jedoch mit einer lapidaren Handbewegung beiseite.

»Ihr könnt nicht ahnen, wie viel Trost ihr diese Arbeit gespendet hat. Dieses Gefühl, etwas von Bedeutung zu tun …« Sein Blick glitt durch den Saal, bis er den Blumenkranz entdeckte, der Rona von all den anderen Edeldamen abhob. Als würde sie seinen Blick im Nacken spüren, drehte sie den Kopf über ihre Schulter. Und wenn es überhaupt möglich war, wurden seine Züge bei ihrem Anblick noch milder. »… jemanden vor dem bewahren zu können, was ihrer Familie widerfahren ist … es war sehr … *heilsam*.« Nun sah er Lija wieder direkt an. Und da wurde ihr bewusst, warum es ihr so schwerfiel, ihm in die Augen zu sehen: Weil sie das, was er am meisten liebte, in Gefahr brachte.

»Redet ihr über mich?« Rona musste gerannt sein, so schnell wie sie zu den beiden hinzustieß. Ihre Augen waren etwas zusammengekniffen, was sie skeptisch erscheinen ließ.

»Wo denkst du hin, Liebste. Wir …«

»Wenn du so schaust, redest du immer über mich«, fiel sie ihm ins Wort. »Versuchst du, Lija zu bereden? Das kannst du dir sparen! Ich werde mich nicht aus dem Hospital zurückziehen.«

»Bei Mycaels Laub!« Der Botschafter legte sich eine Hand aufs Herz. »Ich schwöre feierlich, dass ich es nicht wagen würde, deine Freundin deswegen zu behelligen. Ich habe lediglich deine Leistungen im Hospital gelobt. *Einzigartig* nennt man dich dort.«

Der argwöhnische violette Schatten an den Spitzen der Blüten lichtete sich ein wenig. Verlegen senkte Rona den Blick. »Das ist nicht wahr.«

»Du hast recht, meine Liebe. Es war ein anderes Wort. Doktor!« Der Botschafter winkte zum anderen Ende der Tafel, wo sich der Stabsarzt des Mycaelen-Hospitals gerade ein paar Leckerbissen gönnte. »Ihr habt doch so schöne Worte für die Arbeit der Botschafterin gefunden!«

»Außergewöhnlich!«, rief dieser sogleich zurück, schenkte sich seinen Krug randvoll ein und trottete zu ihnen herüber. »Sie leistet bessere Arbeit als die meisten – wenn nicht *alle* – meiner Heiler!«

Mit schimmernden Wangen knickste Rona um ein Vielfaches eleganter vor dem Stabsarzt als Lija. »Nur unter Eurer Anleitung.« Sie senkte den Blick demütig, wie es eine Edeldame zu tun hatte, aber ihr Lächeln … und ihre Blumen … Das Gelb darin leuchtete so kräftig, dass es wie Gold erschien. Es war eine Farbe, die Lija nie zuvor in Ronas Blüten gesehen hatte.

Stolz.

»Nicht so bescheiden, Madam«, winkte der Stabsarzt ab. »Gerade gestern hat sie einem armen Burschen ganz allein beide Beine amputiert!«

»Doktor!«, schnappte der Botschafter empört nach Luft. Er deutete auf Lija, während er sich übertrieben fassungslos echauffierte: »Es sind Damen anwesend!«

Lijas Augenbrauen schossen synchron zu denen des Stabsarztes in die Höhe.

»Meint Ihr damit etwa den Soldaten hier?«, hakte der Alte irritiert mit dem Daumen auf Lija deutend nach. »Oder Euch selbst?«

»Bitte?« Auf die Wangen des Botschafters legte sich ein ähnlicher Schimmer wie über die seiner jungen Frau. Nur hatte dieser nichts mit Anstand, sondern mit Scham zu tun.

»Mussten es denn gleich beide Beine sein, Rona? Hat eines nicht gereicht?«, versuchte sich Lija an einem steifen Scherz, als keiner die beklemmende Stille brechen wollte.

»Es ging nicht anders. Sie waren vollkommen zertrümmert. Ich habe noch versucht, die ganzen Knochensplitter abzutragen, um die Beine zu retten, aber der Wundbrand kam zu schnell.«

»Liebste, das ist doch nun wirklich kein Gespräch für …«

»Hat ekelhaft gestunken!«, unterbrach der Stabsarzt grinsend. Die Blässe um die Nase des Botschafters schien ihm eine diebische Freude zu bereiten. »Alles vereitert. Mehr Fäulnis als

Fleisch! Da war nichts mehr zu retten. Die Schlangen haben ganze Arbeit geleistet.«

»War das ein Soldat der Hunderteinundzwanzigsten?«, hakte Lija überrascht nach. Sie hatte bisher nichts von der Rückkehr des West-Bataillons aus der Golduferstadt gehört. Dort hatten sie ein Schlangennest ausgehoben, das sich am Ufer des breiten Flusses angesiedelt und die Wasserstraße blockiert hatte.

»Die Schlangen gibt es nicht mehr«, nickte der Stabsarzt mechanisch. Zum ersten Mal wirkten seine Bewegungen so alt, wie er war. »Aber das halbe Bataillon auch nicht.« Für eine Weile schaute er ins Nichts. Dieses Mal war es Rona, die das angespannte Schweigen brach: »Zumindest haben wir so viele gerettet, wie möglich.«

»Und seit wann genau steht Ihr im Dienst des Hospitals, Madam?«, mischte sich eine Stimme aus dem Nichts mit ein. Lija glaubte, nicht richtig zu sehen, als sie Tahros aschblonden Schopf entdeckte. Er stand nur wenige Schritte entfernt. Sein Oberkörper war leicht in ihre Richtung vorgebeugt, als hätte er ihre Unterhaltung belauscht.

»Bitte?«, fragte Rona irritiert. Lija trat zwischen sie und das Feuerblut, bevor dieses den Mund aufs Neue öffnen konnte.

»Hör ihm nicht zu! Der sucht nur Ärger«, rief sie etwas zu laut. Sie drückte ihre mit Verbänden verdeckte rechte Faust in seine Brust. Anders als mit der Nähe des Fluches hätte er sich sicher nicht zurücktreiben lassen.

»Seit *du* in der Wache bist, oder etwa nicht?«, zischte Tahro kaum hörbar. Er ging immer weiter rückwärts, trotzdem glitt sein Blick zurück zu Rona. Er musste gar nicht aussprechen, was ihm auf der Zunge lag. Man konnte es in jeder der scharfen Linien lesen, die der Zorn in sein Gesicht meißelte.

Blutsverräterin.

»Such deinen Ärger woanders!« Lija schlug ihm warnend gegen die Brust, um seine Aufmerksamkeit zu erregen. Er sollte es nicht wagen, Rona auf diese Weise anzusehen. Als sie »*Arschkaja*« fauchend noch einmal ausholte, zuckten seine roten Augen zu ihr hinab.

»Pass auf, wie du mit mir sprichst, Drecks…«

»*Drecks*-was?«

Im Gegensatz zu Lija hatte Tahro nicht kommen sehen, wer sich ihnen mit weiten, raumgreifenden Schritten, denen eine gewisse Anmaßung innewohnte, näherte. Tahro drehte erst mit einem warnenden Knurren den Kopf, doch beim Anblick der Kaiserin fuhr sogar er zusammen.

»Majestät«, grüßte er leise. Steif neigte er seinen Oberkörper vor. Offenbar fielen ihm Verbeugungen genauso schwer wie Lija das Knicksen. Und vielleicht konnte sie sich deswegen ihre Gehässigkeit nicht verkneifen.

»Tiefer.«

Tahros stechender Seitenblick traf sie wie ein Schuss. Lija grinste nur noch breiter. Es war ihr egal, dass er sie dafür windelweich prügeln würde. Sie stimmte trotzdem diesen einmalig abstrafenden Ton an, den der Wesir ihr gegenüber nur zu gern auflegte, und deutete dabei auf seine kümmerliche Verbeugung: »Tiefer. Du stehst vor deiner Kaiserin.«

Während Tahro sie warnend anfunkelte, lachte Neria glockenhell auf. Mit einer eleganten Handbewegung scheuchte sie den jungen Soldaten fort, bevor sie Lija mit eben dieser zärtlich über die Wange strich. Als ihre Finger das spitze Kinn erreichten, hob sie dieses noch höher. Dann trat sie einen Schritt zurück und betrachtete Lija in dem blauen Kleid wie ein Künstler sein Meisterwerk.

»Wie deine Mutter«, lobte sie. Zufrieden kringelten sich ihre Mundwinkel in ein erhabenes Lächeln. »Genau heute vor zwanzig Jahren stand sie in diesem Kleid vor mir – als *sie* die fünfte Prüfung gewann.« Neria sagte es laut. Jeder sollte es hören. Wahrscheinlich vor allem diejenigen, die an diesem Abend Lavio Sinnatre zugejubelt hatten.

Vorsichtig spähte Lija umher. Aberhunderte Augenpaare ruhten auf ihr. Diejenigen, die Roielle Mizulin vor zwanzig Jahren in diesem Kleid gesehen hatten, konnten sich wohl kaum davon abhalten, einen Vergleich zu wagen – und Lija wusste, wer diesen gewinnen würde.

Schließlich hatte Mutter immer gewonnen.

Warum sollte die fünfte Prüfung eine Ausnahme sein?

»Ihr habt Euch damals gut geschlagen, Kommandant«, fuhr Neria fort. Ihre kalten, blauen Eisaugen durchkreuzten die Halle, bis sie Kastar Ashkaja fand. Er stand immer noch neben dem Oberst und zwischen deren Söhnen. Als er den Blick der Kaiserin erwiderte, mahlten seine Kiefer wie Lija es von Tahro kannte, wenn er Worte zerbiss, die er nicht aussprechen wollte. Doch im Gegensatz zu seinem Sohn gelang es dem Kommandanten tatsächlich, diese zurückzuhalten. Selbst als Neria provozierend hinzufügte: »Aber Roielle war einfach besser.«

Die Kaiserin wartete einen Augenblick, ob der Kommandant das Wort erheben würde, doch dieser neigte nur sein Haupt. Leicht. Kaum respektvoll zu nennen, doch tief genug, um nicht für Empörung zu sorgen. Und er trat vor. So, als würde er die Kaiserin herausfordern, weiterzumachen. Es erzeugte eine solche Spannung, dass selbst das Orchester versäumte, weiterzuspielen. Dadurch hörte auch das letzte Paar auf, sich auf der Tanzfläche zu drehen. Nun ruhten endgültig alle Augen des Saals auf der Kaiserin.

Diese streckte dem Kommandanten ihren Kelch entgegen, als hielte sie ihm eine Klinge an den Hals: »Auf Roielle!«

Ein Klirren. Metall auf Marmor. In der angespannten Stille klang es wie eine Explosion. Jeder Kopf wirbelte herum, alle Augen des Saals hefteten sich auf Korrin Valois, die Herrin des Teehauses. Zu ihren Füßen ergoss sich der rote Wein aus dem Kelch, der zu Boden gefallen war.

»Verzeihung«, bat sie, doch der Frost auf ihrer Haut schillerte so gefährlich, als würde sie jeden Augenblick die Kontrolle über ihre Magie verlieren. Und ihr Gesicht … dieser Ausdruck … er ließ Lija ahnen, dass sie den Kelch absichtlich zu Boden geworfen hatte.

»Auf Roielle«, wiederholte die Kaiserin ungerührt und hob ihren Kelch an die Lippen. Die Edelleute im Saal taten es ihr gleich. Alle außer dem alten Direktor Myrall. Der greise Mann stand wie stets neben der Teehausherrin. Seine trüben, ergrauten Augen funkelten, während er Neria zusah. Jenes unerwartete Blitzen zeugte von einer Entschlossenheit, für die er zu alt geworden war. Einen Groll, von dem er beinahe abgelassen hatte. Doch als seine Augen von der Kaiserin zu Lijas blauem Kleid wanderten, wirkte es, als würde er seine verbliebene Kraft zusammennehmen, um noch ein letztes Mal voller Inbrunst zu hassen.

»Deine Mutter wäre so stolz, wenn sie sehen könnte, wie du ihr nacheiferst«, hörte Neria nicht auf, so laut zu sprechen. Dabei sah sie Lija nicht an. Mit vorgerecktem Kinn erwiderte sie den eiskalten Blick der Valois und auch ihre nächsten Worte klangen, als wären sie nicht für Lija, sondern für jeden anderen bestimmt, der nicht auf den Namen von Roielle Mizulin trank: »Bei ihrem ersten Einsatz jagte sie allein acht Löwinnen zurück in die Wüste – und du hast bei deinem letzten *sechs* Luchse erlegt!«

Leises Raunen erklang ringsumher. Es war nicht mehr als Erstaunen, aber hier und da glaubte Lija, ein wenig Anerkennung zu hören. Denn Neria hatte es klingen lassen, als hätte sie diese Onen ganz allein erlegt. Als wäre es eine Heldentat gewesen. Als hätte sie einen famosen Sieg gegen das schwarze Volk errungen.

Unauffällig schielte sie zu den Offizieren herüber, die in Reih und Glied an einer Wand des Festsaals standen. Darunter Leutnant Plofond. Als die Kaiserin ihn mit einem wohlwollenden Blick streifte, verbeugte er sich so tief, dass er ihr die Füße hätte küssen können.

Deswegen hatte er sie nicht bestraft.

Weil er wusste, was die Kaiserin von Lija wollte.

Und was dabei für ihn abfallen könnte.

Dieser skrupellose Opportunist.

»Auf Roielles Kriegertochter!« Neria nutzte die zaghaft aufkeimende Zustimmung über ihre haltlose Übertreibung als Aufwind. Abermals streckte sie ihren Kelch in die Höhe. Auch dieses Mal hoben die meisten Gäste gehorsam die ihren. Doch hatte es nichts mit der Euphorie gemein, die die Trinksprüche auf den General enthielten. Die Menschen in diesem Saal tranken darauf, weil sie es mussten, nicht weil sie es wollten.

Roielles Kriegertochter.

So ein Blödsinn.

»Gut gemacht.« Zum ersten Mal war Nerias Stimme nicht laut genug, damit alle sie hören konnten. Diese Worte galten Lija allein. Und sie lösten etwas in ihr aus, das Panik gleichkam. Denn mit einem Mal wurde ihr bewusst, was Neria für ihr Wohlwollen verlangte. Sie wollte eine Heldin. Eine waghalsige, mutige, unbesiegbare Kriegerin mit ihrem Blut. Eine, die den Menschen das Gefühl gab, dass das schwarze Volk keine Gefahr war. Eine, die sie anstelle des Generals bewundern konnten. Und die sie nicht daran zweifeln ließ, dass Nerias Zeit nicht vorbei war.

Aber diesen Preis könnte Lija nie bezahlen.

»Ich habe die Luchse nicht allein getötet«, kam es leise über ihre Lippen. Es reichte nicht aus, um die Aufmerksamkeit der Kaiserin zu erregen. Schließlich wollte sie das nicht hören. Also fügte Lija lauter hinzu: »Ich bin nicht wie meine Mutter. Bei allem Respekt …« Vorsichtig spähte Lija zu den Seiten. Immer noch ruhten zu viele Augen auf ihr. Sie musste noch leiser sprechen, um sicherzugehen, dass niemand sie hörte: »…Ihr setzt auf die Falsche.«

»Vielleicht …«, räumte Neria ein. Ihre Stimme veränderte sich so deutlich, dass auch Lija den Kopf drehte, um ihrem Blick zu folgen. »… aber auf wen soll ich sonst setzen?«

Das Leuchten in Nerias Augen erstarb, je näher Lorell kam. Es brach Lija das Herz zu sehen, wie sich bei seinem Anblick Gleichgültigkeit im Gesicht der Wassertochter ausbreitete. Desinteresse. Er war nicht der Held, der Roielle ersetzen könnte. Aber das war Lija auch nicht.

»Amüsiert euch«, empfahl sich die Kaiserin, als Lorell sie erreichte. Sie drehte ihren Enkeln den Rücken zu und nahm alle Aufmerksamkeit mit sich, als sie ging. Auch Lorell blickte der Wassertochter hinterher. Die Härte um seine Narben verriet dabei, dass ihm die Gleichgültigkeit seiner Ahnin nicht entgangen sein konnte.

»Ein Problem für eine andere Zeit«, presste er hervor. Lija sah deutlich, wie er sich darum bemühte, sein Gesicht unter Kontrolle zu bekommen. Wie er die scharfen Linien zu glätten versuchte, damit niemand das sah, was sie gesehen hatte. Als es ihm nicht gelang, schien es, als würde er sich trotzig seinem Zorn ergeben, wenn er diesen schon nicht brechen konnte.

»Dieser Kater war Abschaum!«

Er zwang ihr ein zusammengeknülltes Blatt Papier in die Hände, bevor sie protestieren konnte. Trotzdem funkelte sie ihn böse an. Der Graf war das letzte Geschöpf auf dieser Welt, das es verdient hatte, Abschaum genannt zu werden. Lorell ließ sich von ihrer Empörung nicht beirren. Wenn möglich wurde sein Gesicht nur noch härter. Sogar Zornesfalten zeichneten sich auf seiner Stirn ab, die ihn ähnlich entfremdeten wie die derben Narben.

»Weißt du eigentlich, wie leicht es war, die Antwort zu finden?«, fuhr er sie an, als wäre es ihre Schuld. Im ersten Moment schienen seine Worte keinen Sinn zu ergeben. Sachte schüttelte Lija den Kopf, um ihre kreisenden Gedanken zu entwirren. Lorell musste ihr die Verwirrung an der Nasenspitze ablesen können. Ungeduldig befahl er: »Lies!«

Mit bebenden Händen entfaltete Lija das Blatt. Es schien die Seite eines Buches zu sein. Demnach hatte Lorell der Palastbibliothek einen Besuch abgestattet. Lija hatte es kaum entblättert, da tippte er ungeduldig auf das Papier.

»Es steht alles hier. Wir haben nur nicht danach gesucht, weil dich dieser Kater auf eine falsche Fährte geführt hat.«

»Blödsinn.« Lija schüttelte ihren Kopf immer stärker. Ihre Gedanken überschlugen sich, sodass sie jedes gelesene Wort sofort wieder vergaß. »Das hätte er nicht getan.«

»Es steht alles da!«, knurrte er, als würde es ihn wütend machen, dass sie ihm nicht vorbehaltlos glaubte. »Es ist so leicht: Magie bricht Magie. *Götter*magie bricht Göttermagie.«

Lijas Mund öffnete sich, doch kamen keine Worte heraus. Es erschien ihr so sinnig, so offensichtlich, dass Lorells Ärger auf sie abzufärben begann. Wie oft hatte sie genau das schon gespürt? Den Widerstand der einen Magie gegen die andere? Die

Art, wie sie sich voneinander bis zu dem Punkt abstießen, an dem eine überwog? Und das bedeutete … um den Fluch zu brechen …

»Es gibt nur eines, das stärker als die Berührung eines Gottes ist …«, sprach Lorell den Gedanken aus, den Lija vor Aufregung kaum festhalten konnte. Sie wehrte sich fast dagegen, weil sie an etwas rührte, das so tief in ihr vergraben war, dass es ihr ganzes Sein erfüllte. Das, was sie immer gewollt hatte: »… Sein Blut.«

Ihr Herz setzte mit der letzten Silbe aus.

Einen Tropfen Götterblut.

Wie oft hatte sie sich genau das gewünscht?

Wie oft hatte sie davon geträumt, der Göttin gegenüberzutreten? Wie oft sich ihr zufriedenes Lächeln ausgemalt, wenn sie ihr diesen einen Tropfen ihres Blutes gab, den sie so sehr begehrte?

»Aber … Götter erwählen die Menschen. Man kann sie nicht finden, wenn sie nicht gefunden werden wollen …«, führte Lija jenen Grund an, der sie ein Leben lang davon abgehalten hatte. Doch auch dafür hatte Lorell eine Antwort.

»Reliquien.« Abermals tippte er auf das Blatt Papier. »Lies doch endlich. Da steht es!«

Lija überflog die winzig kleine Schrift, die durch das Knittern der Seite noch unleserlicher geworden war. Mit geschwollenen Worten behauptete der Autor, dass Reliquien imstande wären, den Weg zu den Göttern zu weisen. Weil sie ein Teil eben dieser waren. Sie würden immer den Weg zurück zu ihrem Ursprung finden. Als Lija Jawihs Namen auf der Seite entdeckte, lachte sie bitter auf. Er war offensichtlich der Erste, der Reliquien auf diese Weise benutzt hatte. Dort stand, dass er Menschen wie Perlen ausgesucht und nach seinem eigenen Belieben den Göttern vorgeführt hatte. Diese hatten sich wiederum die

Besten davon herausgepickt. All ihre Namen waren dort aufgelistet. Jedes Götterkind, das sein Blut niemand Geringerem verdankte als Jawih Windsohn.

War das also der Grund, warum Samtpfote sie zu ihm geschickt hatte? Weil er den Fluch mit Götterblut brechen könnte? Aber was hielt ihn davon ab? Was war so verkehrt an ihr, dass er sich nicht nur dagegen sträubte, sondern … entgeistert löste Lija den Blick von der Seite.

»Das Tränenjuwel«, entfuhr es ihr fassungslos. Lorell antwortete mit einem verbissenen Nicken. Und an der Kälte seiner Augen erkannte sie, wie groß seine Wut wirklich war.

»Dieser Mistkerl!« Das Papier knisterte zwischen Lijas vor Zorn krampfenden Fingern. Katzenauge wollte sie nicht nur nicht zu den Göttern bringen, nein, er hatte ihr auch den Schlüssel gestohlen, den sie bereits in den Händen gehalten hatte.

Aber bei Schneebelles Fell, den würde sie sich zurückholen …

KAPITEL 18

GEWITTER

»Anders als Geister, die aus Magie geboren werden, werden Reliquien erschaffen. Sie sind lebendig, mögen eine Seele besitzen, doch fehlt ihnen der freie Wille. Daher lassen sich diese, obgleich ihre Macht so groß ist, wie Werkzeuge benutzen.«

Zitiert aus »Register der Geister, Reliquien und Zauber« (Autor unbekannt)

Nur einen Abend später machte sich Lija im frühen Dämmerlicht der Herbstnacht in einer abgelegenen Seitengasse bereit. Diese lag nicht weit vom Teehaus entfernt, das sich in seiner nächtlichen Pracht und dem Glanz seiner Einzigartigkeit bis in den Himmel zu erheben schien.

»Das wird nicht leicht«, murmelte Lorell nicht zum ersten Mal. Er stand am Eingang der Gasse Wache. Zum einen, damit keine ungebetenen Beobachter entdeckten, was sie dort trieben, zum anderen, da er nicht aufhören konnte, die hell erleuchteten Türme des Teehauses anzustarren, als würde ihm noch ein anderer Weg hinein einfallen.

»Was ist schon leicht?«, zuckte Samju mit den Schultern, während er unruhig von einem Bein aufs andere trat. Er war so aufgeregt, als wäre das Ganze nur ein großer Spaß. Seine Aufregung war derart ansteckend, dass Lija sich bereits mehrfach gewünscht hatte, dass sie ihn einfach in der Kaserne zurückgelassen hätten.

»Am besten gehe ich mit dir. Als Rückendeckung«, versuchte es Samju wieder. Er drehte sich zu Lija um, die mit großer Mühe ihre Haare unter das Tuch stopfte, das sie sich um den Kopf gewickelt hatte.

»Du bleibst, wo du bist«, murmelte sie ungeduldig. Sie tastete über ihre Stirn, um zu prüfen, ob irgendwo noch eine verräterisch rote Locke hervorlugte. Erwartungsvoll blickte sie zu ihrem Kameraden hinüber. »Alles weg?«

»Du bist nicht mehr zu erkennen«, bestätigte Samju. Seine weißen Zähne blitzen in der Dunkelheit auf. Mit aufgeregt hüpfenden Sprüngen umkreiste er sie und betrachtete sie von allen Seiten.

Lija hatte ihren alten Kittel von Rona bekommen. Sie war etwas überrascht gewesen, dass die Botschafterin ihn nicht verbrannt hatte, nachdem sie Mimpo damals in den Bädern so dafür gerügt hatte, den alten Fetzen zu waschen. Stattdessen hatte sie ihn unter einer losen Fliese in ihren Gemächern verborgen. Als wäre es ein Andenken oder etwas Ähnliches. Ein kleines Überbleibsel an ihre verlorene Heimat. Man sah sogar noch die Spuren all dessen, was während des Brandes des Waldranddorfs und der Reise durch den schwarzen Wald daran hängen geblieben war. Allerdings hatte Mimpo es mit dem Waschen völlig übertrieben. Trotz der Flecken war der Kittel viel zu sauber für ein echtes Rotblut. Deswegen wirkten die Rußflecken, die sie sich ins Gesicht und in den Stoff gerieben hatte, auch so inszeniert.

Es war schwer das Seufzer zurückzuhalten, als sie an sich hinabblickte. Sie hatte nicht geglaubt, diesen zerschlissenen Fetzen jemals wieder tragen zu müssen. Wahrscheinlich war das auch der Grund, warum Samjus nächsten Worte sie derart zur Weißglut trieben: »So sieht also Lija, das Rotblut aus.«

Ohne nachzudenken holte sie nach ihm aus. Funken sprangen dabei von ihrer rechten Hand, die die schmale Bandage um den Sichelmond gefährlich kokeln ließen. Ihre Handschuhe hatte Lija nicht tragen können. So etwas besaßen Sklaven nicht. Doch selbst wenn sie sie angehabt hätte, hätten auch diese ihr Feuer nicht zurückhalten können.

»Hört auf!«, schimpfte Lorell sofort, dem das Glimmen in der Gasse nicht entging. »Du brauchst das Feuer noch. Verschwende es doch nicht für diesen Idioten!«

»Kein Grund, beleidigend zu werden«, murrte Samju, der vor den Funken auf einen höhergelegenen Fenstersims geflohen war. Während er geistesabwesend seine Hände in die Taschen schob, ließ er Lija nicht aus den Augen. Diese schritt entschlossen auf das schwarze Loch am Ende der Gasse zu.

»Wenn du bis zum ersten Nachtläuten nicht zurück bist, holen wir dich«, erklärte Lorell wie eine Drohung, als er vor dem Eingang zur Rotte stehenblieb. Gedankenverloren fuhr Lija mit der Hand über die Wölbung an ihrer Hüfte, während auch sie in das dunkle Loch blickte. Sie tastete nach der Form von Mutters Abzeichen, das sie dort in der eingenähten kleinen Tasche verbarg. Mimpo sang darauf lauthals irgendwelche Reiselieder, die Lija noch nie gehört hatte. Der kleine Geist hatte sich von Samjus fehlplatzierter Begeisterung derart anstecken lassen, dass auch er glaubte, hier ginge es nur ums Vergnügen.

»Schluss jetzt, Mimpo!«, wies Lorell ihn zurecht. »Du hast eine Aufgabe: Sorg dafür, dass Lija heil zurückkommt – schaffst du das?«

Der Wassergeist tropfte aus Lijas Tasche, bevor er sich in der Form einer dürren Stange vom Boden erhob. Er sah verdächtig wie Leutnant Plofond aus. Vor allem, als er so vorbildlich salutierte, wie er es abertausende Male in der Kaserne gesehen hatte.

»Gut«, lobte Lorell. »Denn ich würde diese Aufgabe niemand anderem anvertrauen als dir.«

Lija verdrehte milde die Augen über das Aufleuchten von Mimpos Schuppen. Er legte sich richtig ins Zeug, sodass man sein Eis Diamanten zum Verwechseln ähnlich wurde. Schmeicheleien funktionierten einfach immer.

»Los jetzt«, ermahnte Lija. Mimpo flitzte wie ein kleiner runder Schneeball voraus und sprang kopfüber hinein in das dunkle Loch. Lija hatte ihm nicht einmal einen Schritt hinterhergetan, da hielt Samju sie zurück: »He, Kamerad!«

»Was denn noch?«, fuhr sie ihn ungeduldig an.

»Komm nicht mit leeren Händen zurück.« Das verwegene Grinsen in dem sonnengebräunten Gesicht wurde noch breiter. So breit, dass er es endlich schaffte, auch Lija mit seinem Wagemut anzustecken. »Ich meine, ein paar Goldmünzen weniger werden Jawih schon nicht arm machen.«

»Nein, das werden sie sicher nicht«, stimmte Lija mit demselben übermütigen Grinsen zu. Funken knisterten zwischen ihren Fingern, als sie endlich in die Rotte hinabstieg. Nach wenigen Schritten hatte das Loch sie vollkommen verschluckt. Der Tunnel bohrte sich schier endlos in die Erde und wurde nach jedem Meter noch dunkler. Aber es war nicht nur absolute Finsternis, die sie umgab, sondern auch eine allumfassende Stille. Hin und wieder blieb Lija stehen, um zu lauschen, doch hörte sie abgesehen von ihrem eigenen Atem nichts. Es war so ruhig, als würde sich die ganze Welt auf die Zunge beißen, um keinen Laut zu machen.

Vorsichtig setzte Lija einen Fuß vor den anderen. Zum einen bedacht darauf, keinen Lärm zu verursachen, zum anderen, da sie so schlecht sehen konnte. Egal wie lange sie wartete, ihre Augen gewöhnten sich einfach nicht an die Dunkelheit. Ohne Mimpos Schuppenklirren, mit dem er sie leitete, hätte sie nicht gewusst, ob sie vorwärts, seitwärts oder rückwärts ging.

Wie fanden sich Rotblüter hier unten nur zurecht?

Angestrengt malte sie sich die Straßenverläufe über ihrem Kopf aus, um sich zu orientieren. Das Teehaus hatte sich in nördlicher Richtung zum Loch befunden. Sie musste sich links halten, um näher heranzukommen. Daher löste sie die Hände nicht von den Wänden des Tunnels, um zu spüren, wo sich eine Abzweigung auftat. Schließlich stießen ihre Finger ins Nichts. Es war die Stelle, an der sie abbiegen musste. Der Weg, den Mimpo bereits einschlug, doch Lija starrte mit aufgerissenen Augen geradeaus.

Dort hinten … am Ende des Ganges war Licht. Fahl und weit entfernt. Es war sicher nicht der Aufgang eines anderen Loches, sondern … Wie hypnotisiert schlich sie vorwärts. Immer näher auf den erleuchteten Kreis zu, der sich wie ein Tor vor ihr auftat.

Dahinter offenbarte sich ein riesiges Gewölbe. Zwischen unzähligen Stalagnaten, jede einer breiten Säule gleich, die die Decke stützten, erkannte sie hausartige Baracken am Boden. Diese wirkten eher wie große Holzkisten und wurden wohl kaum als Häuser genutzt. Bei näherem Betrachten erkannte Lija, dass in jeder dieser Kisten alte Frauen und Männer hockten. Jene waren zu alt für die harte Arbeit als Sklave geworden und dienten nun offenbar hier unten. Sie hatten Tücher und Kittel auf dem Schoß, die sie wuschen oder flickten. Andere spielten mit kleinen Kindern. Die meisten davon hatten gerade erst Laufen gelernt. Nur wenige Jahre trennten sie noch von der Arbeit in der Stadt. Aber Lija entdeckte auch mehrere Säuglinge auf den Armen der

Alten, die sich um sie kümmerten, solange die Eltern an der Oberfläche waren.

Bei diesem Gedanken wanderten Lijas Augen nach oben. Ein Anflug von Erstaunen breitete sich in ihr aus, denn den Rotblütern mochte es an Baumaterialien fehlen, doch offensichtlich nicht an dem Willen, aus dieser Höhle ein Zuhause zu machen. Die Arbeit von Tausenden über unzählige Jahre hinweg hatte die Steinwände geformt. Teilweise überaus kunstvoll. Lija entdeckte geschwungene Wege und Treppen, die die Höhlenwände hinaufführten. An diesen hingen hunderte Laken. Manche ausgeblichen, manche gefärbt, sodass es ein eigentümliches Mosaik ergab. Offenbar wurden diese Tücher als Türen genutzt, denn da, wo die Laken beiseite gezogen waren, erkannte Lija in Stein geschlagene Kammern. Ehrfürchtig malte sie mit den Augen die verzierten Bögen der Eingänge nach, bevor sie die Wege hinauf bis unter die gewölbte Decke verfolgte. Manche führten sogar bis zu den riesigen Stalaktiten, die Speerspitzen gleich über der Siedlung hingen – aber dazwischen funkelten *Sterne*.

Keine echten. Das war nur der Name, den Lija und die anderen Kinder diesen leuchtenden Splittern gegeben hatten. Letztendlich waren es nur gewöhnliche Kiesel, die ein Lichtgeist berührt hatte. Je nachdem, was für ein Stein es war, leuchteten sie blau, grün, manchmal gelb oder sogar rot. Sie waren wunderschön, aber nicht besonders wertvoll. Zum einen, weil sie nicht selten waren. Man konnte sie überall entdecken, wenn man danach Ausschau hielt. Zum anderen, weil die darauf abgefärbte Magie nach einer Weile erlosch. Danach waren es nicht mehr als gewöhnliche Steine.

Wahrscheinlich hatten die Rotblüter sie dort oben weniger als Zierde, sondern vor allem als Lichtquelle eingelassen. Es war pfiffig, denn auf diese Weise mussten sie keine Öllampen entzünden, die die wenige Frischluft hier unten verbrauchen würden. Zudem sah es auch noch deutlich hübscher aus. Dennoch fühlte Lija sich von dem Anblick zurückgestoßen. Denn das da war der einzige Himmel, den man hier unten je zu sehen bekam. Egal wie viele Sterne sie dort oben anbrachten, die Rotte blieb ein Gefängnis. Und wenn Lija sich nicht Mutters Abzeichen an die Brust gesteckt hätte, wäre es ihres.

Hätte sie dem Kommandanten damals widersprochen, als sie in die Goldstadt gebracht worden war, hätte man sie hier heruntergebracht. Sie hätte diese Höhle nur verlassen dürfen, um einem Goldblutherren zu dienen, dem sie egal gewesen wäre. So lange, bis sie starb. Ja … arbeiten und sterben … das wäre alles gewesen, was sie von so einem Leben hätte erwarten können.

Allein der Gedanke daran löste eine diffuse Angst in ihr aus. Eine unlogische Sorge, dass man sie nicht töten würde, sollte man ihre Bluttäuschung aufdecken, sondern dass man sie stattdessen dazu verurteilte, dieses Leben zu führen, das sie nicht einmal ertragen konnte, sich auszumalen. Für sie gab es keinen Weg zurück in diese Welt. Aber wenn sie Njoriel fand … wenn sie den Fluch mit ihrem Blut brechen könnte, dann müsste sie es nicht. Dann wäre sie frei.

Doch dafür brauchte sie das Tränenjuwel.

Mit einem mulmigen Gefühl kehrte sie der Rotte den Rücken zu. Sie entfernte sich mit immer größeren Schritten, bis es sich wie eine Flucht anfühlte. Als sie in den nördlichen Gang abbog, rannte sie. Blindlings. Oft ratschte sie mit den Armen an den Steinwänden entlang. Trotzdem blieb sie nicht stehen, denn sie hatte das Gefühl, die Rotte einfach nicht hinter sich lassen zu können. Genauso wenig wie die längst vergessenen Worte.

Fliehen ist nicht dasselbe, wie frei zu sein.

Vaters Stimme verklang erst, als dumpfe Schritte zu hören waren. Nach der ersten kleinen Abzweigung tauchten leuchtende Punkte auf. Eilig flitzten die Lichter umher, tauchten auf und verschwanden wieder.

Noch mehr Kieselsterne.

So bewegten sich die Rotblüter also hier unten.

Lija folgte dem Leuchten. Nach jeder Abzweigung wurde es stärker. Dutzende Rotblüter sammelten sich mit ihren Sternen in der Hand und eilten alle in dieselbe Richtung.

Nach der nächsten Abbiegung wurde das Licht so grell, dass es sie für einen Augenblick blendete. Es stammte von einem riesigen Haufen, auf den die ankommenden Rotblüter ihre Kieselsterne abwarfen und die entgegenkommenden welche aufnahmen. Nicht weit von diesem Sternenhaufen entfernt erkannte Lija das Holztor. Dieses war so übertrieben poliert und mit solch wahnwitzigen Schnitzereien verziert, dass Lija keine Sekunde daran zweifelte, dass hinter diesem Tor das Teehaus lag.

Widerstandslos ergab sie sich in den Strom der Sklaven. Als sie dem Tor näher kam, entdeckte sie zu jeder Seite zwei Aufseher. Ein Blick auf ihre Abzeichen reichte, um sie als Feuerblut-Söldner zu identifizieren. Jedes Rotblut blieb vor den Männern stehen, um eine glänzende, blaue Marke vorzuzeigen. Den Beweis für ihre Anstellung. Erst dann wurden sie eingelassen.

Scheiße.

Langsam, um kein Aufsehen zu erregen, ließ Lija sich zurückfallen und schob sich an den Rand des Stroms. Von dort aus verschaffte sie sich einen Überblick. Die meisten Rotblüter trugen ihre Marken mit Bändern um den Hals. Es wäre für Lija ein Leichtes, es einem abzunehmen, doch allein für diesen Gedanken schämte sie sich. Diese Marken sicherten das Überleben der Rotblüter. Wenn sie einem die Marke stehlen würde, würde dieses kein Brot oder Wasser als Lohn erhalten. Vielleicht würde es sogar seine Anstellung verlieren, weil es nicht zum Arbeiten erschienen war. Oder sogar bestraft werden, weil es nicht gut genug auf die Marke geachtet hatte …

Je länger Lija am Rand des Tunnels stehen blieb, umso mehr Aufmerksamkeit erregte sie. Sie war die Einzige, die sich nicht bewegte und das führte dazu, dass sich immer wieder Köpfe mit gerunzelter Stirn zu ihr umdrehten. Irgendwann reckte auch einer der Söldner seinen Hals, um sie argwöhnisch zu mustern.

Sie musste sich entscheiden.

Sie musste eine Marke stehlen oder umkehren.

Als der Söldner einen Schritt in ihre Richtung machte, setzte Lija sich in Bewegung. Sie tauchte in den Sklavenstrom und watete auf den Sternenhaufen zu. Daneben waren zwei Burschen stehen geblieben. Sie unterhielten sich, während sie ihre Sterne abwarfen. Der eine trug seine blaue Holzmarke schon um den Hals, der andere kramte in der Tasche seines Kittels. Daraus zog er mehrere miteinander verhedderte Kordeln hervor, an denen unterschiedlich farbige und geformte Plaketten festgemacht waren. Offenbar hatte dieser junge Mann mehr als einen Dienstherrn.

Wir geben sie zurück, schwor Lija, als sie sich erhob und dabei den Burschen anstieß. Der dürre Junge stolperte zurück, wäre gefallen, wenn sein Freund ihn nicht am Arm festgehalten hätte. Mit vor Überraschung geweiteten Augen sah er Lija an.

»Tut mir leid!«, beteuerte sie überschwänglich und griff nach seinem anderen Arm, um ihm ebenfalls zu helfen.

»Du hast ganz schön Kraft …«, brummte der Junge, während er sich über die Stelle rieb, an der sie ihn getroffen hatte. Er musterte sie dabei argwöhnisch, weil ihm unmöglich entgehen konnte, dass sie nicht so hager war wie er. Dass sie nicht ausgehungert war und sich sogar Muskeln an ihren Armen abzeichneten. »Wo arbeitest du bloß? Im Steinbruch oder so was?«

»Öfen«, korrigierte Lija. Sie deutete auf die Rußflecken an ihrem Kittel.

»Ach so?« Der Bursche schien überrascht. »Bist du dann nicht am falschen Tor?«

»Bin ich.« Lija bemühte sich, ihre Stimme am Ende nicht in die Höhe schnellen zu lassen, als ob es eine Frage wäre. »Deswegen muss ich mich jetzt auch beeilen. Entschuldige noch mal!« Sie nickte ihm und seinem Freund zum Abschied zu, bevor sie auf dem Absatz kehrtmachte. Viel zu schnell, um keinen Argwohn zu erregen, schlüpfte sie wieder in den Strom der Arbeiter, die auf das Tor zu pilgerten.

Sie ließ ihre Finger in die Tasche unter dem grauen Stoff gleiten. Zuerst spürte sie Mimpos Frost, danach das Holz, an das er sich klammerte.

»Gut gemacht«, flüsterte sie tonlos, als sie die blaue Marke hervorzog, um sie um ihren Hals zu binden. Mimpo wurde schwer in ihrer Tasche. Er fühlte sich schäbig, diesen Jungen bestohlen zu haben. Er bereute es. Das ekelhaft klamme Gefühl färbte deutlich auf sie ab.

Wir geben sie zurück, versuchte sie sie beide zu beschwichtigen, bevor sie entschlossen vor den Söldner trat und ihre Marke prüfen ließ. Dies tat er mit nicht mehr als einem gelangweilten Seitenblick. Doch kaum war sie durch das Tor geschritten, hörte sie es: Die Stimme des Jungen. Seine verzweifelten Rufe. Besorgt spähte sie über ihre Schulter und sah, wie er sich durch die Masse auf das Tor zu schob. Auch wenn Lija seine Worte nicht verstand, konnte sie es von seinen Lippen ablesen: *Dieb*.

Der Bursche hatte es fast hindurch geschafft, als einer der Söldner ihn packte. Wild gestikulierend erzählte der Junge, was geschehen war. Es erstaunte Lija, dass der Söldner zuhörte. Was scherten ein Feuerblut die Geschichten eines Rotbluts? Und er würde doch wohl nicht … oder doch?

Der Söldner drehte den Kopf und spähte in den Gang. Eilig zog Lija den Kopf ein und ging zwischen den Sklaven in Deckung. Sie rannte den Tunnel entlang, bis die unbefestigte, von größtenteils nackten Füßen plattgedrückte Erde nahtlos in mit Wasserflecken übersäte Holzplanken überging. Vor ihren Augen wandelte sich der schmale Gang in einen riesigen Keller.

In ordentlichen Reihen standen meterhohe Waschkübel, aus denen heiße Schwaden aufstiegen. Der Dampf sättigte die Luft so mit Wasser, dass es einem sofort den Schweiß auf die Stirn trieb. Junge und alte Frauen in nassgeschwitzten grauen Kitteln beugten sich auf Hockern über die Beckenränder und rührten mit langen Stöckern in der Kochwäsche herum. Burschen rannten mit Körben voll nasser Laken und Badetüchern hin und her, die ihnen von den Frauen aufgeladen wurden.

Mimpo vergaß bei diesem Anblick seinen Kummer über den Diebstahl. Er jauchzte laut auf, denn wie sehr sehnte er sich nach seinem alten Leben in den Waschküchen! Er vermisste die plätschernden Klänge, das Klatschen der nassen Wäsche und den Geschmack von Dingen, die sauber wurden. Lija bekam regelrecht Angst, dass er in eines der Becken springen und nie wieder herauskommen würde.

Bleib bei mir, flehte sie still, als sie ihren ersten Schritt in die Waschküche setzte. Die sachte Kälte, mit der er antwortete, war leicht zu verstehen: Er würde niemals weichen.

Dieser gute, tapfere Geist.

Niemand achtete auf Lija, die sich ihren Weg durch das Gedränge bahnte. Es dauerte, bis sie in der riesigen Halle eine

Treppe fand, die nur in eine weitere Halle voller Chaos führte. Verglichen zur Waschküche erschien ihr die Luft hier eiskalt.

Im ersten Moment wirkte es, als würden in diesem Stockwerk alle kopflos durcheinander rennen. Aber niemand trat sich in den Weg oder stieß gegen seinen Nächsten. Jeder wusste ganz genau, was er zu tun hatte und wohin er gehen musste. Je länger man hinsah, umso mehr glich das Gewusel einem einstudierten Tanz. Leutnant Plofond wäre bei dieser Ordnung das Herz aufgegangen.

»Schnell!«, rief es aus allen Richtungen. Als wäre es das einzige Wort, das die Rotblüter kannten. Sie schleppten dreckige Wäsche, schmutzige Teller und Kelche, Weinfässer und Roben. Für jedes dieser Dinge schien es einen Platz zu geben. Man lud sie auf Lastenzüge, die entweder in den Wänden, dem Boden oder der Decke verschwanden und mit neuen Gegenständen wiederkehrten.

»He, du! Steh doch nicht so nutzlos herum!« Ein junger Mann, unmöglich älter als Lija, stieß sie mit dem Ellenbogen an. »Bring das ins untere Badehaus, wenn du nichts zu tun hast!« Er drückte ihr einen Korb mit sauberer Wäsche in die Hand und bellte: »Schnell!«

Lija nickte eifrig und rannte los. Auch wenn sie große Mühe hatte, sich durch die scheinbar festgelegten Routen zu bewegen, ohne jemandem in den Weg zu treten. Daher dauerte es eine Weile, bis sie den nächsten Aufgang fand.

Dort oben war die Welt wieder eine ganz andere. Breite Flure kreuzten sich wie in einem Straßennetz. Das Gewusel der Sklaven war perfekt, um darin unsichtbar zu werden. Niemand achtete auf sie, als sie in die Knie ging und im richtigen Moment mit nur einem Sprung hinauf ins Gebälk gelangte. Dort legte sie die Laken im Schatten über den rotbemalten Balken ab und verschaffte sich einen Überblick. Wie auch in den oberen Stockwerken des Teehauses waren die meisten der Holzsäulen reines Zierwerk und kreuzten sich in symmetrischen Mustern unterhalb der Decke. Sie waren mehr als doppelt so breit wie die Schwebebalken von Ztihts Parcours. Lija konnte sie fast schon bequem benutzen, um unentdeckt über den Köpfen der Sklaven, Domestiken und Gäste immer höher aufzusteigen – und das war deutlich leichter, als sie sich vorgestellt hatte. Sie passierte keine Wachen. Niemand prüfte, was im Halbdunkel unter der Decke vor sich ging. So, als hätte es noch nie einen Eindringling im Teehaus gegeben.

Von wegen Festung, schüttelte Lija verständnislos den Kopf. Das Teehaus war genauso wenig uneinnehmbar wie Clarin und Disar wilde Bestien waren. Lorell hatte mit allem übertrieben, was das Teehaus betraf. Nur nicht mit dessen Größe. Zwar konnte sich Lija nur vage daran erinnern, wo Katzenauges Räume lagen, aber eines wusste sie: sie musste noch viel, viel höher. Vorbei an den Galerien über der großen Halle. Weit hinaus über die Ebenen der Spielsalons, wo sich Geschäfts- und Arbeitszimmer auftaten. Räume und Säle voll von Büchern und Antiquitäten, die gleichermaßen an Bibliotheken und Museen erinnerten. Einfache Arbeiter flanierten ebenso durch sie hindurch wie feine Damen in noch feineren Kleidern. Die ganze Goldstadt schien sich in diesem Haus zu sammeln, das kein Ende nahm.

Bis sie schließlich einen Flur erreichte, so verwinkelt und abgelegen, dass er einer Sackgasse ähnelte. Sie hätte sich beinahe davon täuschen lassen. Mimpo jedoch nicht. Er erinnerte sich genau, dass er hier schon einmal gewesen war. Ohne Warnung sprang der kleine Geist aus ihrer Tasche, als sie schon zum nächsten Balken hinaufgeklettert war.

»Mimpo!«, zischte sie ihm hinterher, doch da verschwand er schon in dem dunklen Schacht. »Mimpo!«, zischte sie lauter, ließ sich wieder hinabfallen, um ihm hinterherzukriechen. Der schmale Weg führte nicht besonders weit. Er endete abrupt in einer Sackgasse. Doch Mimpo ließ sich davon nicht blenden. Er *wusste*, dass er schon einmal hier gewesen war. Deswegen ließ er seinen Frost über die Holzverkleidung frieren, rutschte in die Ecken und versuchte durch die Fugen zu tropfen – ohne Erfolg.

Neugierig legte Lija eine Hand auf das Holz. Es war schwer zu spüren. Die Magie war so gleichmäßig aufgebracht, dass sie mit dem Holz verschmolzen schien. Würde sich die Feuermagie in ihr nicht dagegen auflehnen, hätte Lija das Siegel gar nicht bemerkt.

»Kannst du es brechen, Mimpo?« Mit einer gewissen Ehrfurcht strich sie immer wieder über die Oberfläche. Siegel waren schwer herzustellen. Sie bedurften einer absolut präzisen Anwendung von Magie. Zumeist wurden Metalle oder Steine dazu benutzt, da es ihnen von Natur aus innewohnte, nicht gebrochen zu werden. Aber das hier war nicht einmal ein Siegel aus Holz, es war ein Siegel aus Luft. Es konnte nicht besonders fest sein. Trotzdem fand Mimpo keinen Riss und keinen Makel, durch den er hindurchschlüpfen konnte.

»Er geht mir jetzt schon auf die Nerven …«, knurrte Lija. Sie konnte sich bildlich vorstellen, wie selbstzufrieden und herablassend Katzenauge sie kritisieren würde, wenn er erführe, dass sie sich von seinem Zauber hatte aufhalten lassen. Ungeduldig zerrte sie die schmutzigen Verbände an ihrer rechten Hand zur Seite. Vielleicht mochte diese Luft so verdichtet sein, dass es einer Wand glitt, aber sie war mit Holz verwoben. Und Holz hatte dem Sichelmond nichts entgegenzusetzen.

Ohne zu zögern legte Lija ihre schwarze Hand auf die Oberfläche. Sie konnte sich nicht gegen den Anflug von Ekel wehren, als sie ihre Finger betrachtete, die dürr und knochig unter dem toten Fleisch wirkten. Die Finger eines Toten. Aber der Fluch ließ sie kribbeln, als wären sie lebendig.

Der Sichelmond biss in die Magie, zerfetzte die Schichten, bis er das Holz erreichte. Funken glommen zwischen ihrer Haut und der Wand auf. Es war kein Feuer, das die Fasern zu verglühter Kohle zerfallen ließ. Es war die dunkle Magie, die Asche daraus machte. So lange, bis das Loch groß genug war, sodass Lija hindurchschlüpfen konnte.

Ihr Herz hämmerte wie wild, als sie die Kammer betrat. Sie musste einen Moment stehen bleiben, um das aufgeregte Flüstern zu ersticken. Erst nach einer Weile fand sie die Ruhe, den dunklen Raum zu betreten.

In diesem brannte keine einzige Öllampe. Kein Feuergeist spendete Licht. Die Fenster waren so dicht von den Teppichen und Vorhängen verhangen, dass auch durch diese kein Nachtleuchten fiel. Wenn Katzenauge hier wäre, würde irgendwo ein Licht brennen, doch Lija starrte in leere Finsternis. Trotzdem war überall leises Rascheln zu hören, als würde Papier verschoben werden. Geräuschlos zog Lija sich in eine Ecke zurück, lauschte angespannt und suchte wachsam in der Finsternis, bis sie sich sicher war, dass die Geräusche von nichts anderem verursacht wurden als von den Windgeistern, die hier lebten.

»Mimpo«, flüsterte sie, der sofort verstand. Er sprang vom Abzeichen, kullerte wie eine Kugel über den Boden. Auch er war ein Teil der Wassergöttin. Geboren aus ihrer Magie. Er würde in diesem Chaos finden, was sie suchten. Allerdings stellte sich ausgerechnet das als nicht so leicht heraus, wie Lija es sich vorgestellt hatte.

Mimpo fand tausende Sachen – Bücher, Kompasse, Dolche, Amulette – an denen Magie haftete. Fast jedes Ding in dieser Kammer hatte Spuren davon. Entweder weil sich formlose Windgeister darin eingenistet hatten und die Gegenstände als Hüllen benutzten oder weil sich ihre oder eine andere Magie daran abgefärbt hatte.

»Wir suchen das *Tränenjuwel*, Mimpo«, erinnerte sie den Wassergeist, der abermals eine Kette zu ihr brachte, die vielleicht irgendwann mal mit einem Geist in Berührung gekommen war. Als Lija sie in die Hand nahm, spürte sie nichts weiter als lebloses Metall, so gering waren die Rückstände der Magie.

»Du kannst doch nicht schon vergessen haben, wie das aussieht!«, knirschte sie, als sie die Kette zu Boden fallen ließ. »Erinnere dich«, sagte sie sanfter, während sie sich zu ihm hinabkniete. »Es ist so groß.« Sie hielt ihm ihren gespreizten Daumen und Zeigefinger vor den Melonenkopf. »Blau. Schimmert *fast* so schön wie du.«

Freudig wackelte Mimpo mit seinen kurzen Ärmchen, bevor er sich zusammenrollte und aufs Neue durch den Raum flitzte. Lija schmunzelte. Schmeicheleien funktionierten einfach *immer.*

»Ich helfe dir«, rief sie ihm nach. Doch dafür musste sie etwas sehen. Ungeduldig fummelte sie die Bandagen an ihrer Hand beiseite. Nach einigem Zerren an den festgezogenen Verbänden hatte sie die Sichel freigelegt, streckte ihre Finger und dehnte die ausgezehrte schwarze Haut, bis der Fluch zu kribbeln begann. Konzentriert malte Lija mit den Augen die Konturen des Mals nach, um sich das Feuer darunter besser vorstellen zu können. Sie spürte die Funken durch ihre Adern wandern, die sie mit ihrem Willen in Richtung der Sichel zerrte. Bis die Flamme über ihrer Hand aufloderte.

Im Schein des Feuers sah sie sich um. Sie marschierte die Regale an den Wänden hinab, in die allerlei Schriftstücke und Krimskrams achtlos – ja manchmal sogar gewaltsam – hineingepresst worden waren. Alles war überfüllt mit Kostbarkeiten, Artefakten, Gold, Silber, Magie und Geistern.

Warum stahl Katzenauge nur all diese Dinge?

Wohl kaum, um sich damit zu bereichern. Ansonsten hätte er die Schätze doch verkauft und nicht in dieser Rumpelkammer versteckt. Sie konnten ihm auch nichts bedeuten, so schäbig, wie er sie verwahrte. Was hatte er nur mit diesem ganzen Zeug vor?

Vor einem der Schränke blieb Lija stehen. Dort zwischen einem Haufen Garnichts entdeckte sie den schwarzen Dolch. Dieser surrte scheinbar vor Magie, als das Licht des Feuers darauf fiel. Ehrfürchtig nahm Lija ihn in die Hand. Der Stahl war so heiß, dass es sich anfühlte, als wäre er gerade erst aus dem Schmiedeofen genommen worden. Es konnte nur ein Zauber von Raphael, dem Feuergott sein. Vielleicht wurde dieses Eisen in seiner Glut geschmiedet. Das würde erklären, warum es heiß genug war, um eine Kerbe in das Holz der Katzenkralle schlagen zu können.

Göttermagie bricht Göttermagie.

Bei diesem Gedanken ertönte ein Klackern hinter ihr. Nicht weit entfernt. Als hätte ein Regalboden angefangen zu zittern. Ihr Griff um Raphaels schwarzen Dolch wurde fester, während sie suchend den Kopf drehte. Das Geräusch wurde lauter, je näher sie kam. Es führte sie zu einem Schrank, vor dem ein beachtlicher Haufen aus Büchern auf dem Boden lag. Katzenauge musste sie achtlos davor gekippt haben, um eines der Bretter freizumachen. Jenes Brett war mit purpurnen Stoffen ausgelegt und darin lag das Einzige, das nicht wie Abfall in irgendeine Ecke geschmissen worden war.

Samtpfotes Spazierstock.

Es klirrte, als Lija vor Erleichterung der Dolch aus den Fingern glitt. Haltlos stürzte sie auf das Regal zu. Die Flamme in ihrer Hand erlosch, kaum dass sich ihre Gedanken nur noch um das warme Holz drehten, das sie mit der Linken ergriff. Sofort verformte es sich zu der Katzenfigur, die sie fest gegen ihr Herz presste. Wie sehr hatte sie diese Wärme vermisst! Die Ruhe der Erde. Die Kraft, die so ganz anders war als das unruhige, treibende Knistern des Feuers.

»Sieh dir das an, Mimpo!« Sie drehte sich um, wunderte sich ein Moment über die Dunkelheit, da sie das Feuer hatte ausgehen lassen. Doch den kleinen Wassergeist entdeckte sie trotzdem. Er rief genauso aufgeregt wie sie, brachte seine Eishaut schwach zum Leuchten und sang eine Melodie, die Lijas Herz berührte.

Auch er war fündig geworden.

Eilig schob Lija die Katzenkralle in ihre Tasche und watete durch die Unordnung. Mimpo hüpfte immer höher auf etwas, das eine Art Schreibtisch verborgen unter Polstern, Stoffen und Briefen war. Als sie ihn erreichte, machte er sich platt, zerlief zu einer Pfütze, die über die Kante tropfte und in die Fugen einer Schublade rann. Mit einem heftigen Ruck zog Lija sie auf. Es empörte sie regelrecht, dass diese nicht verschlossen war. Denn darin lag zwischen einem Haufen stumpfer Ringe, Schreibgriffeln, Zeichenkohle und Papier das wertvollste Erbstück der Mizulin-Familie: Die Träne der Wassergöttin Njoriel.

»Du hast es gefunden«, hauchte Lija voller Stolz. Mimpo ließ die Schuppen über seinen Augen leuchten. Mit seinen kurzen Ärmchen stemmte er das Juwel hoch, um es Lija zu reichen, während er immer noch diese wunderschöne Melodie sang. Doch als sie danach greifen wollte, packten sie Klauen an der linken Hand. Zwei gelbe Punkte leuchteten neben ihr in der Dunkelheit auf.

»Das würde ich an deiner Stelle nicht tun«, drohte Katzenauge leise. Lija wollte zurückweichen, aber er hielt sie so fest, als hätten sich seine Finger in ihr Fleisch gebohrt.

»Oder weißt du nicht, welchen Preis ein Rotblut zahlt, das man beim Stehlen erwischt?« Er bewegte seine freie Hand. Schwarzer Stahl blitzte in Mimpos fahlem Schein auf. Raphaels Dolch, den sie so unbedacht hatte fallen lassen. Und der um einiges schärfer war als seine schneidende Stimme: »Es kostet die Hand.«

Er ließ die Klinge ruckartig auf ihr Handgelenk niederfahren, das er fest umklammert hielt. Doch auch Lija zögerte nicht. Er war zu stark, sie würde sich nicht losreißen können – aber sie konnte ihn aus dem Gleichgewicht bringen, damit er nicht traf. Also sprang sie, warf ihren Körper zurück. Ihre Wendigkeit überraschte ihn, da war sie sich sicher. Ansonsten hätte sie ihn nicht mit ihrem Tritt in der Brust treffen können, bevor sie sich rückwärts überschlug.

Tahro hätte sie auf diese Weise niemals getroffen.

Und Tahro hätte auch niemals losgelassen.

»Welch überraschend guter Schlag«, hörte sie Katzenauges Schnurren. Er fand seine Balance im Nu wieder. Als sie den Kopf hob, stand er jedoch nicht mehr vor ihr. Er hatte sich viel zu schnell in die Dunkelheit zurückgezogen. Wie schnell er wirklich war, begriff sie erst, als sie seine Stimme im nächsten Augenblick direkt hinter sich hörte: »Jetzt bin ich dran.«

Sein Wind traf sie im Rücken. Ein heftiger Stoß drückte sie vorwärts. Nur im letzten Moment konnte sie sich mit den Händen abfangen und die Kraft nutzen, um sich wieder auf die Beine zu schwingen. Augenblicklich wirbelte sie herum, wich mit dem

Rücken an eine Wand zurück, hob die Fäuste sowohl kampfbereit als auch verteidigend vor ihr Gesicht.

Sie konnte nicht sehen, wo Katzenauge sich befand oder woher seine Winde kamen, mit denen er immer und immer wieder auf sie einschlug. Der Sturm tobte überall um sie herum, wurde stärker, zerrte an ihr, als würde er versuchen, sie zu zerreißen. Sie konnte kaum atmen, denken, geschweige denn sich bewegen. Sie musste diesen Wind brechen.

Also sammelte sie das Feuer. Sie hielt sich daran fest, als sie ihre Hand vor sich ausstreckte. Konzentrierte sich auf den Widerstand, den die eine Magie gegen die andere aufbaute. Zumindest für einen Augenblick drang der Orkan nicht mehr zu ihr durch. Tahros Feuer war tatsächlich imstande, Katzenauges Sturm Widerstand zu leisten – aber das würde nicht sehr lange andauern. Anders als der Wind in Katzenauge war das Feuer in ihr endlich. Es war nicht ihr eigenes. Auf diese Weise hatte sie keine Chance gegen ihn.

Wenn sie nur etwas sehen könnte … So konnte sie ihm weder ausweichen noch angreifen. Der Wind tobte aus allen Richtungen um sie herum, sodass sie völlig orientierungslos war. Sie brauchte Licht. Daher blieb ihr nur eine Möglichkeit: Sie ließ das Feuer frei.

Erst eine kleine Flamme über ihrer Hand. Genug, um zu sehen, wie nahe Katzenauge ihr war. Die verräterische Haltung, der vorgebeugte Oberkörper, bereit zum Sprung. Und der schwarze Dolch in seiner Hand, der treffen würde, wenn sie nichts tat.

Also entfesselte sie alles.

Das Feuer tropfte auf den Holzboden, fraß sich in die Pergamente und Papiere. Sie steckte das Teehaus in Brand, doch es war ihr egal. Denn die Flammen erleuchteten die Kammer hell wie den Tag. In diesem Inferno konnte er sich nicht verstecken. Sie hatte ihn gefunden und würde ihn nicht mehr aus den Augen lassen.

Katzenauge stand nur ein paar Schritte vor ihr. Mit dem Ausbrechen des Brandes hatte er ihr den Rücken zugekehrt. Erstarrt blickte er in die Flammen, die sich in seinem Chaos so spielend leicht ausbreiten konnten.

»Was hast du getan?« Langsam drehte er sich zu ihr um. Auf seinem Gesicht mochte sich Überraschung abzeichnen. Skeptischer Unglaube. Doch seine Augen … er war wütend. Wütender als Lija ihn je zuvor gesehen hatte. Instinktiv hob sie die Fäuste, um sich zu verteidigen. Doch ihre Muskeln waren schwer. Lahm sogar. Tahros Feuer brannte diese Kammer nieder, aber sie hatte kaum noch genug davon in ihrem Blut, um sich zu bewegen. Ihr Atem ging schwer, es fiepte in ihren Ohren. Schweiß stand auf ihrer Stirn. Sie war am Ende – doch Katzenauge hatte noch mehr als genug Kraft, um sie zu zerfetzen.

Und als wollte er genau das beweisen, hob er seine Hände. Ein Sturm zog auf, der wirbelnde Kreise durch das Zimmer zog und mit sich riss, was auch immer in seinem Weg lag. Blitze zuckten durch den Raum, als befänden sie sich im Zentrum eines Gewitters, dessen Herr er war. Und mit einem einzigen Schnippen seiner Finger ließ er es über sie hereinbrechen. Lija hatte ihm nichts entgegenzusetzen. Nichts außer dem Sichelmond.

Verzweifelt hob sie ihre Hand, hielt sie mitten in den Wirbel scharfer, eiskalter Winde. Es war eine beängstigende Kraft. Auch wenn sie keine Schmerzen spürte, spürte sie doch, dass seine Magie wie Klingen durch ihre schwarze Haut schnitt. Das tote Fleisch regte sich erst, als der Sturm an ihrer Hand vorbeidrängen wollte. Der Sichelmond erwachte in den Schnitten, stemmte sich gegen Jawihs Wind. Es raubte Lija den Atem. Denn diese

Gewalt … der Widerstand des Fluches gegen Jawihs Magie war kaum auszuhalten.

Aber der Mond hatte gerade erst begonnen.

Neugierig kostete er von dem Sturm. Eine sachte Brise wehte durch Lijas Blut. Es löste ein Kribbeln unter ihrer Haut aus, von dem sie wusste, dass es ein fremdes Gefühl war. Nicht ihre überwältigte Überraschung. Nicht ihre Gier. Nein … das alles war der Mond. Und er wollte mehr. Er sog den Wind in sich auf. Alles, was er kriegen konnte. Er bekam gar nicht genug davon.

Lija riss die Augen auf, wagte es nicht, sich zu bewegen. Solch eine Kraft hatte sie noch nie gespürt. Auch wenn es in ihr knisterte, hatte es nichts mit Tahros Feuer gemein. Das waren keine Funken. Es waren Blitze. Sie hielt ein Gewitter in ihrer Hand. Roher Wind rauschte zwischen ihren Fingern. Sie ahnte, wie scharf dieser war. Und welchen Schaden sie damit anrichten könnte …

Ihr Herz hüpfte vor Aufregung, während sich ihre Augen auf den Windsohn legten. Dieser starrte sie regungslos an. Sein Blick klebte an den Blitzen, die sie in der Hand hielt.

»Du kannst es kontrollieren …«, murmelte er verblüfft. Er breitete die Arme aus. Die Luft im Raum verschwand für einen Moment, doch raubte es Lija nicht den Atem. Sie hatte genug davon unter ihrer Haut. Das Einzige, das erstickte, war das Feuer. Langsam ließ Katzenauge die Arme wieder sinken. »… das ändert alles.«

KAPITEL 19

ROTBLUT

»Es war das reinste Blutbad. Ein solches Gemetzel habe ich noch nie gesehen ... Er muss es nachts getan haben, als seine Herrin schlief. Anders kann ich mir nicht erklären, wie er ihr und ihrer ganzen Sippe die Kehlen durchschneiden konnte ... Und das Schlimmste ist, dass es dieser Abschaum geschafft hat, lebendig zu entkommen. Ich bitte dich also: Entsende deine Männer. Statuiere ein Exempel. Das Drecksblut darf den Süden nicht erreichen.«

Zitiert aus einem Brief von Yon Van Halldan, Kommandant der Wüstenrandstadt an Bahltar Qrell, Baron des Schluchtgassendorfes

»Das würde ich nicht tun.«

Katzenauge streckte besänftigend eine Hand aus. Er musste sofort begriffen haben, welcher Gedanke Lija gekommen war, als diese in die Knie ging. Dass dies hier die beste Chance wäre, die sich ihr bieten würde, um ihn mit dem Fluch zu berühren. Denn diese Geschwindigkeit … ihre Gedanken, ihr Herz, ihr Blut … alles raste mit seinem Wind um die Wette. So würde er ihr nicht entkommen können. Sie würde ihn erwischen, zu Boden ringen und ihm den Sichelmond in sein bildhübsches Gesicht pressen, wenn es nötig wäre.

»Aurelija, ich warne dich«, wiederholte er. »Du bedenkst nicht alles.«

Entschlossen drückte Lija sich vom Boden ab. Sie versuchte zu springen, doch fiel sie einfach vorne über. Ein Schmerz zuckte durch ihr rechtes Bein, das sich nicht von den Dielen gelöst hatte. Mit einem wütenden Aufschrei drehte sie den Kopf, besah sich ihren Knöchel – wo kam das Eis denn plötzlich her? Und es wurde mehr. Es fraß sich ihr Bein hinauf, bildete sich an ihren Armen, fror auch diese am Boden fest, bis sie sich nicht mehr rühren konnte.

»Du wolltest ja nicht hören«, seufzte Katzenauge, der sich neben sie hockte. Neugierig blickte er auf sie hinab. Seine goldgelben Augen glitten funkelnd vor Begeisterung über sie hinweg. Sie hatte ihn selten als so schön empfunden wie jetzt. Und das machte sie nur noch wütender.

»Hast du das gesehen, Korrin?«, fragte er über seine Schulter. Lija war im Eis so begraben, dass sie den Kopf kaum anheben konnte. Alles, was sie sah, waren die Füße, die unter dem teuren Saum der himmelblauen Roben aufblitzten. Jeder Schritt durch die flatternden Windgeister und qualmenden Papiere war so anmutig, als würde sie schweben.

»Was ich sehe …«, grollte die Valois leise, während sie immer größere Kreise zog. »… ist, dass ihr mein Teehaus angezündet habt!« Mit jedem Zentimeter, den sie tiefer in den Raum glitt, brachte sie Licht mit sich. Fliegende Kerzen verteilten sich, die das Ausmaß der Zerstörung sichtbar machten. Eine der Wände war durch das Feuer so dünn geworden, dass sie knarzte, weil sie ihr eigenes Gewicht nicht mehr halten konnte. Die Verzierungen in den alten Balken waren ausgebrannt. Asche bedeckte den Boden.

»Das wird ein Vermögen kosten«, murmelte die Teehausherrin geistesabwesend. »Die Schnitzereien in diesen Balken stammen von Granhal Erdsohn persönlich. Sie haben zweitausend Jahre überdauert und du …«

»Ach, das ist halb so schlimm!« Katzenauge erhob sich, um zu ihr hinüberzuschlendern. Locker legte er die Hände an seine Hüfte. »Ein bisschen gutes Holz und Ginra kann …«

Die Valois strafte ihn mit einem Blick ab, der Lija mehr zum Zittern brachte als das Eis an ihrem Körper. »Ginra kann nicht all deine Scherben aufsammeln!«, schrie sie wutentbrannt. Asche wirbelte durch den schwingenden Saum ihrer Roben auf, als sie zu Katzenauge herumwirbelte. Ihre Augen waren stechend scharf, bohrten sich geradezu in den Windsohn, sodass sie nicht bemerkte, wie Mimpo das Eis zum Schmelzen brachte.

Unruhig stemmte sich Lija gegen die Magie. Erst als diese dünn genug war, konnte sie die gefrorenen Fesseln durchbrechen. Eis rieselte dabei klirrend wie Glasscherben von ihr herab. Laut genug, um die Aufmerksamkeit der Teehausherrin auf sich zu ziehen.

Der Blick, den sie ihr zuwarf, war nicht weniger angsteinflößend als den, den sie für Katzenauge übriggehabt hatte. Frost schimmerte auf ihrer Haut, sodass sie mehr wie eine Figur aus Porzellan als ein echter Mensch wirkte. Die Valois machte einen Schritt vor. Eissplitter formten sich dabei in der Luft um ihren Kopf, die sich wie Pfeilspitzen auf Lija richteten.

»Korrin, ich warne dich. Du bedenkst nicht alles«, wiederholte Katzenauge deutlich überspitzt seine vorherigen Worte. Er trat vor, legte ihr beschwichtigend eine Hand auf den Arm, doch die Teehausherrin wandte die Augen nicht von Lija ab. Schon gar nicht, als diese auffordern ihr Kinn vorreckte.

»Verschwinde«, zischte die Valois. Es war deutlich, dass dies die einzige Warnung war, die sie aussprechen würde. Und Lija brauchte keine zweite. Auch wenn Katzenauge so aussah, als würde er noch etwas sagen wollen, machte sie auf dem Absatz kehrt, nahm mit wenigen Schritten eine wahnwitzige Geschwindigkeit auf. Mimpo konnte sich nur noch in letzter Sekunde in ihrem Kittel verfangen, bevor sie furchtlos durch das Fenster sprang, durch das Katzenauge sie gestoßen hatte.

Doch dieses Mal fiel sie nicht.

Mit demselben Willen, mit dem sie die Funken von Tahros Feuermagie in ihrem Blut bewegte, sammelte sie Katzenauges Wind. Sie ließ ihn aus dem Sichelmond dringen, spürte, wie er unter ihren Beinen und Armen für Auftrieb sorgte. Die Luft trug sie über den Garten des Teehauses. Brachte sie zu den benachbarten Dächern, als würde sie fliegen.

Berauschend.

Das war das einzige Wort, mit dem man dieses Gefühl beschreiben konnte. Es kostete sie einige Überwindung, mit dem Rennen wieder aufzuhören. Wie gern wäre sie nur dem Wind bis ans Ende der Welt gefolgt? Vielleicht sogar über den Rand hinaus? Doch stattdessen ließ sie sich in die Gasse fallen, in der Samju und Lorell ungeduldige Kreise umeinander zogen.

»Und?« Aufgeregt trat Lorell an sie heran. Lija ließ ihre linke Hand in ihre Tasche gleiten. Das Gefühl des warmen Holzes auf ihrer nackten Haut war beinahe so herrlich wie das Rennen mit dem Wind. Sie konnte sich das Grinsen nicht verkneifen, als sie die Katzenkralle triumphierend hochhielt. Der Einzige, der darüber jedoch jubilierte, war Samju. Lorell runzelte nur irritiert die Stirn.

»Was ist mit dem Tränenjuwel?«, fragte er. »Wir brauchen es doch, um …«

»Ich habe etwas Besseres«, fiel sie ihm ins Wort. Ihr Blick wanderte zurück zu den Türmen des Teehauses, von denen dünne Rauchschwaden aufstiegen. Geistesabwesend stach sie ihren Fingernagel in den Sichelmond, der im selben Takt pulsierte wie ihr Herz. »Ich habe einen Köder.«

»Einen Köder für *was*?«, hakte Lorell verdutzt nach.

»Jawih«, gab Lija zurück. Mit unruhigen Fingern fummelte sie das Abzeichen aus der Kitteltasche heraus und legte es vorsichtig neben der Katzenkralle auf die Pflastersteine, bevor sie sich weiter erklärte: »Selbst, wenn ich das Tränenjuwel bekommen hätte – weißt du, wie man es benutzen muss?«

Lorell wandte den Kopf, als würde er Lija aus einer anderen Perspektive betrachten wollen. Diese grinste ihn verwegen an: »*Er* schon.«

»Und was soll das für ein Köder sein?« Samju drehte sich um, als Lija sich den Kittel über den Kopf zog.

»Der Fluch«, erklärte Lorell seinem Kameraden leise. Offenbar verstand er Mimpos sich wild überschlagenden Töne. Lija hingegen hörte nichts anderes als hysterisches Gekreische. Aber als Lorell die Klänge übersetzte, flutete eine neue Welle der Aufregung durch sie hindurch. Ja, der Fluch …

»Ich dachte, der interessiert ihn nicht?« Samju kratzte sich am Kopf. Unschlüssig wog er sich hin und her und wirkte dabei, als wüsste er überhaupt nicht, was er von alledem zu halten hatte.

»Hat sich geändert«, rief Lija über ihre Schulter. Ihre Finger waren noch nicht ruhiger geworden, als sie sich bemühte, die Knöpfe ihrer Jacke zu schließen. Sie konnte es kaum erwarten, diese zurechtzuziehen, denn es fühlte sich an, als hätte sie mit dem grauen Kittel auch eine Last abgelegt. Als wäre sie wieder sie selbst. Egal was es kostete, sie würde ihn nicht noch einmal anziehen. Und wenn sie auch nur noch einen Tropfen Feuer in sich gehabt hätte, hätte sie die Fetzen verbrannt.

»Sicher?« Samju legte zweifelnd seine Stirn in Falten. Lorell trat so unvermittelt an ihm vorbei, dass sich das Windblut ins

Wort gefallen fühlen musste. Den Rothaarigen kümmerten die skeptischen Sorgenfalten seines Kameraden jedoch nicht im Geringsten. Er blieb dicht vor Lija stehen, legte ihr eine Hand an die Wange und lehnte seine Stirn gegen ihre.

»Das hast du gut gemacht.« Er sagte es so leise, dass Lija glaubte, nur sie hätte ihn gehört, doch als Samju verständnislos »Ist das dein Ernst?« hinüberrief, trat sie zurück. Mit verlegen abgewandtem Blick verwahrte sie die Katzenkralle in ihrer Tasche und befestigte das Abzeichen an ihrer Jacke. Den Kittel ließ sie achtlos liegen, doch die blaue Marke berührte sie vorsichtig wie einen Schatz und trat an das Loch heran.

»Mimpo«, flüsterte sie, als sie sich zum Boden kniete. Eilig flitzte er zu ihr, denn er ahnte längst, worum sie ihn bitten würde, und stimmte zu, bevor sie fragen konnte. »Kannst du das dem Jungen zurückbringen? Findest du ihn da unten?«

Der kleine Geist schnappte sich die Marke mit einem Happs. Genauso wie die Goldmünze, die Lija aus dem Beutel auflas, in dem sie ihren Sold aufbewahrte. Das blaue Holz und dunkle Gold schimmerten durch die Eishaut an Mimpos breitem Maul, bevor er sich zusammenrollte und im dunklen Loch verschwand.

»Gehen wir heim«, murmelte Lija, als sie sich erhob. Sie kehrte dem alten Kittel und dem Loch den Rücken, ohne sich noch einmal umzudrehen.

»Ich will wirklich kein Spielverderber sein, aber Jawih ändert doch nicht einfach so seine Meinung«, hörte sie Samju hinter sich flüstern, kaum dass sie die Seitengasse des Teehauses verlassen hatten. »So naiv kann sie nicht sein. Und du …«

»Das Teehaus hat gebrannt«, entgegnete Lorell trocken. Es klang sogar ein wenig stolz. »Sie wird ihn schon überzeugt haben.«

»Du sagst das, als wäre es etwas Gutes«, zischte Samju weiter. »Ich weiß, ihr habt beide denselben Sprung in der Schüssel, aber hast du gar keine Sorge, dass sie …«

»… nicht taub ist?«, knurrte Lija über ihre Schulter. Es wunderte sie, dass das garstige Getuschel sie nicht wütender machte. Aber sie war einfach zu aufgeregt, um lange genug an dem Ärger darüber festzuhalten. Er glitt durch sie hindurch wie jeder andere Gedanke. Nichts konnte länger als einen Herzschlag an ihr haften bleiben. Diese Unruhe breitete sich in ihre Finger aus, bis sie das Zappeln nicht mehr verhindern konnte. Weiter in ihre Füße, bis jeder Schritt einen hüpfenden Schwung bekam. Sie hatte sich noch nie so leicht gefühlt. Zwar kannte sie diese unerschöpfliche Energie vom Feuer, aber die des Windes war eine gänzlich andere. Es glich mehr einer aufgeregten Vorfreude. Einer völlig grundlosen Euphorie, die sich von allem anstecken ließ. Von jedem Gesprächsfetzen auf der Straße. Jeder Note der Musik, die aus den Läden und Schenken drangen. Von dem Duft des warmen Essens, dem frisch gezapften Bier und dem kräftigen Aroma des Weines, das sie anzog wie ein Magnet.

Schließlich war die Anziehung so groß, dass sie nicht an den Toren des Hamatsús vorbeigehen konnte. Es war eine der vielen Soldatenkneipen in der Nähe der Kaserne. Ihr Blick wanderte über die Terrasse hinweg, auf der es sich unzählige Gäste gemütlich gemacht hatten, um ihren Feierabend zu genießen. Die wild durcheinander gebrüllten Gespräche, das Lachen, das Singen – all das kam ihr unwiderstehlich vor. Vor allem, als sie den Tisch entdeckte, an dem so viele bekannte Gesichter saßen.

»Lass es, Lija. Das ist doch Blödsinn!« Lorell musste ihr die Idee an der Nasenspitze abgelesen haben, bevor diese überhaupt gänzlich in ihr aufgekeimt war. Noch während des Sprechens griff er nach ihrem Arm, aber Lija war zu schnell für ihn. Sie entwand sich seinen Fingern, bevor er sie erreichen konnte.

»Ich bin gleich zurück«, sagte sie mit einem Blick, der wie hypnotisiert an den Terrassen hing.

»Was macht sie?« Samju blickte ihr mit gerunzelter Stirn hinterher.

»Ärger«, behauptete Lorell missmutig. Die Stiefelschritte in ihrem Rücken verrieten ihr, dass die beiden ihr folgten. Also ging sie noch schneller, damit sie sie nicht einholten. Sie marschierte direkt auf den Tisch zu, auf den sie es abgesehen hatte. Dort saßen knapp ein Dutzend ihrer Kameraden über leeren Tellern und vollen Krügen. Rarosha bemerkte sie als Erste. Ihre Augenbrauen hoben sich überrascht und sie stieß Flav gegen den Arm, der daraufhin ebenso überrascht sein Bier sinken ließ.

»Seht euch das an!«, rief er und machte so den Rest des Tisches auf Lija aufmerksam. »Welch hoher Besuch in dieser bäuerlichen Spelunke – das Lieblingskind der Kaiserin persönlich!«

Die Aufregung machte aus ihrem scharfen Blick eine herausfordernde Geste. Sie wehrte sich nicht einmal gegen den Wind, der aus dem Mal herausdrängte. Sie ließ ihn frei, stieß damit aus der Ferne gegen Flavs Krug, als er diesen an seine Lippen hob. Das Bier spritzte ihm so plötzlich ins Gesicht, dass es für die Umstehenden gewirkt haben musste, als hätte sie das Wasser darin bewegt.

»Du mieses …«, fluchte er, als er auf die Füße sprang. Das Bier ergoss sich vor ihm über den Tisch. Auch die anderen Kameraden wichen zurück, damit ihnen die Flüssigkeit nicht in den Schoß tropfte. Mit einem grimmigen Blick, der gut zu seinen abstehenden, glühenden Ohren passte, stierte Flav sie an. »Willst du dich streiten, Mischblut?«

»Will sie nicht. Es tut ihr leid«, seufzte Lorell. Er hatte sie eingeholt und legte ihr nun eine Hand auf die Schulter, mit der er sie nicht besonders sanft zurückzog.

»Gar nichts tut ihr leid!«, deutete Flav den Ausdruck auf Lijas Gesicht völlig richtig. »Aus der mach ich Kleinholz!«

»Setz dich hin, Flav«, brummte Krysander gelangweilt über seinen Teller voll herb riechendem Gewürzreiß. Als das Feuerblut nicht hören wollte, zog das Erdblut kräftig an dessen Jacke, sodass er sich hinsetzen musste.

»Was ist daraus geworden, dass du die Mauer mit ihrem Gesicht polierst?«, pöbelte Flav frustriert weiter. Diesmal in Tahros Richtung. Lija wusste nur eine Antwort darauf. Eine, die den Blonden so zur Weißglut treiben würde, dass er den starren Blick von seinem Teller lösen musste: »Hat er nicht geschafft.«

Die dunklen Augen zuckten zu ihr hoch. Sofort hob Lija ihr Kinn. Ihr Herzschlag ging immer schneller. Denn dieser Sturm in ihr … Es war genug Kraft, um Tahro zu Brei zu schlagen. Oder ihn zumindest einmal zu Boden zu ringen. Das war es, warum sie hergekommen war. Warum sie ihr Kinn noch weiter in seine Richtung reckte, um ihn noch wütender zu machen.

Die Art, wie Tahro daraufhin seine Kiefer zusammenpresste, verriet ihr, wie gerne er ihren Kopf auf die Tischplatte geschmettert hätte. Solange, bis sie sich daran erinnerte, dass ihr das Recht, mit ihm zu sprechen oder ihm überhaupt in die Augen zu sehen, von Geburt an fehlte. Wahrscheinlich hätte sie sich ihre letzte Provokation sparen können. Er hätte sie mit Sicherheit auch angegriffen, wenn sie nicht behauptet hätte: »Ich wette drei Goldmünzen, dass du keine Chance hast.«

Mit einem langen Satz wich sie seiner Faust aus. Der Schlag überraschte sie nicht im Geringsten, schließlich hatte sie es darauf abgesehen. Was sie jedoch verwunderte, war das Grinsen auf seinen Lippen, als er zum nächsten Schlag ausholte. Schnell, kontrolliert, unerschrocken, warf Lija sich zurück und wich über einen der umstehenden Tische aus. Teller brachen, Gäste schrien, verschüttetes Bier spritzte unter ihren Stiefeln zu allen Seiten, während sie gefolgt von Tahro zum nächsten Tisch sprang. Nur knapp schaffte sie es über die Hecke, bevor er sie einholte. Und auch nur in letzter Sekunde konnte sie auf das nächstgelegene Dach fliehen, ehe sich sein brennender Faustschlag so gewaltsam in das Straßenpflaster vor ihr bohrte, dass es splitterte.

»Du bist schnell geworden«, rief er zu ihr hinauf. Eine Bewegung. So ruckartig, dass wenn Lija nicht Katzenauges Wind im Blut gehabt hätte, sie kaum in der Lage gewesen wäre, diese zu verfolgen. Er landete nicht weit entfernt auf einem Dachvorsprung, ging in die Knie, als würde er sich für einen Wettlauf bereit machen. »Aber vergiss nie, dass ich schneller bin.«

Lija ahmte seine Bewegungen nach. Sie sammelte den Wind, spürte, wie das Gewitter in ihrer Brust aufzog. Ein wildes Gemisch, das sich wie Leichtsinn anfühlte. Als wären nicht nur ihre Knochen hohl. Als hielten sie keine Wurzeln mehr auf dieser Welt.

»Werden wir sehen.«

Die beiden rannten los, als ginge es um ihr Leben. Sie überflogen die Dächer in Richtung der Kaserne. Sie rutschten unter Rümpfen von Passagiergaleeren hindurch, die ihre Routen über der Stadt befuhren. Schaulustige lehnten sich über die Reling, sahen ihnen amüsiert hinterher. Die gemütlich spazierenden Windblüter hingegen sprangen ihnen aufgebracht aus dem Weg. Manche riefen ihnen Flüche hinterher oder schüttelten ihre erhobenen Fäuste, doch weder Tahro noch Lija achteten auf das Chaos, das sie in den Luftwegen verursachten. Sie bemühten sich nur schneller zu sein als der andere. Sie rannten und rannten, ließen erst die Kaserne und dann das Stadttor hinter sich. Und für einen kurzen Moment, eine winzige Sekunde, sah es so aus, als würde Lija Tahro abhängen. Als würde er müde werden. Und dieser Übermut verleitete sie dazu, sich ruckartig umzudrehen. Mit vor Aufregung angehaltenem Atem sammelte sie die wild zuckenden Blitze in ihrer Hand und schmetterte sie in Richtung seines Kopfes.

Ein Treffer.

Ein einziger.

Auch wenn er sie kommen sah, auch wenn er zur Seite wich, traf sie ihn an der Wange. Mit einer Wucht, die ihn von den Füßen riss. Lija warf sich mit aller Gewalt auf ihn, bohrte ihre Knie in seinen Brustkorb, stemmte ihre Hände auf seine Arme, damit er nicht zurückschlagen konnte. Schwer atmend und mit aufgerissenen Augen starrten sie sich an.

Sie hatte ihn geschlagen.

»Du schuldest mir drei Goldmünzen«, japste sie erschöpft. Sie ließ sich zur Seite fallen, drehte sich neben ihm auf den Rücken.

»Und du mir einen Verräter«, keuchte er genauso nach Luft schnappend. Er nahm ein paar tiefere Atemzüge, die seine Lungen nicht zu sättigen schienen, bevor er weitersprach: »Ist das seine Magie?«

Lija nickte. Selbst diese kleine Bewegung fühlte sich schwer an. Alles an ihr war so träge geworden … der Wind hatte sich aufgelöst. Sie hatte es übertrieben. Und nun zitterte ihr ganzer Körper vor Erschöpfung, war so müde, dass sie glaubte, nie wieder aufstehen zu können.

Tahro hatte diese Müdigkeit schon nach kurzer Zeit abgelegt. Er sprang auf seine Füße, doch hörte sie sein anhaltendes, leises Keuchen, während er ruhelos auf und ab lief, weil er seine eigene Hitze nicht mehr aushielt. Irgendwann riss er ungeduldig seine Jacke auf und zerrte sich diese samt Hemd noch ungeduldiger über den Kopf. Lija sah ihm eine Weile zu, wie er trotzdem noch seine ruhelosen Kreise zog. Wie er versuchte, die Magie in sich wieder unter Kontrolle zu bringen. Als seine Schritte langsamer wurden, drehte sie den Kopf zurück zum Himmel. Eine unpassende Traurigkeit übermannte sie, als sie keinen einzigen Stern darin finden konnte. Jene weit entfernten Lichter vermochten es nicht, die der Stadt zu überstrahlen.

»Keine Sterne …«, entfuhr es ihr tonlos. Im Waldranddorf hatte man immer welche sehen können. Erstaunlich, welch tiefes Bedauern dieser simple Gedanke in ihr auslöste. Tahro schien der Schwermut in ihrer Stimme vollkommen egal zu sein. Er sah weder sie noch das Firmament an, sondern ließ sich mit einem so lauten Schnauben an der Wand des Hindernisparcours nieder, dass Lija verwundert zu ihm hinüberspähte. Nach einigen erzwungenen ruhigen Atemzügen legte er seine Arme auf seine Knie, lehnte den Kopf gegen das Holz und hielt sein Gesicht in die frische Herbstluft, die ihn genauso wenig kühlen konnte wie heißer Sommerwind.

So wie er dort saß, konnte Lija zum ersten Mal die Form der Narbe erkennen, die er an seiner linken Seite hatte. Sie glich mehr einem Kunstwerk als einer Verletzung. Jemand musste sie ihm eingebrannt haben. Mit den Augen malte Lija den perfekten Kreis nach, in dessen Mitte die Flamme der Feuerlinie prangte. Um diese herum waren drei Namen zu erkennen.

ALDA.

KENNO.

»Fjuroff«, flüsterte sie den letzten. »Ist das der Name deiner Familie?«

Tahro antwortete nicht darauf. Seine Augen loderten im Bruchteil einer Sekunde auf. Feuer sprang wie ein Inferno von seiner Haut. Mit letzter Kraft hob Lija den Sichelmond an, ließ ihn die Flammen verschlingen. Erleichtert nach Luft schnappend richtete sie sich auf, als sie spürte, wie sich die Hitze unter ihrer Haut verteilte. Eine Stärke, die ihr vertrauter war als die Magie des Windes.

»Was hat Jawih gesagt?«, knurrte Tahro, der sie nicht aus den Augen ließ. Er konnte mit diesem Feuer kaum ernsthaft versucht haben, sie zu verletzen. Trotzdem sah er sie an, als wäre er unzufrieden, weil sie nicht zu Asche verbrannt war. »Wird er den Fluch brechen?«

»Das wird er.«

»Du Närrin«, spie er aus. Mit einer einzigen Bewegung erhob er sich vom Boden. Lija tat es ihm gleich, hob sofort die Fäuste. Es überraschte sie, dass diese Antwort ihn noch wütender machte als ihre Frage nach seinen Eltern. Genauso wie es sie irritierte, dass er trotz seiner wutlodernden Augen nicht angriff. Er musterte sie lediglich mit einer Verachtung, die sie lange nicht mehr auf seinem Gesicht gesehen hatte. »Wie kannst du das …«, er deutete mit einem Nicken auf ihre rechte Hand, »… aufgeben?«

»*Aufgeben*?«, entfuhr es Lija ungläubig. Auch ihr Blick richtete sich auf ihre schwarze Hand. Auf das tote Fleisch. Auf den Sichelmond, der schon so viel von ihr verschlungen hatte … und der nicht aufhören würde, bis er alles von ihr hatte. Bis sie langsam und qualvoll gestorben war. Wie konnte er das nur immer noch nicht verstanden haben?

»Du bist nichts ohne den Fluch.«

Im ersten Moment lösten diese Worte eine Leere aus. Ein hohles Gemisch aus Fassungslosigkeit und Bloßstellung. Denn er rührte an ihrer nie heilenden Wunde. An der Machtlosigkeit, die ihr von Geburt an auferlegt worden war. Und die sie nur aus einem einzigen Grund hatte brechen können: Wegen des Mondes. Kaum hatte sie diesen Gedanken zu Ende geführt, regte sich die schwarze Sichel. Sie jagte ein Inferno durch ihren Körper, eine Wut, an der sie zu zerspringen glaubte.

Gib ihnen, was sie verdienen, hauchte der Fluch, während Lija sich ausmalte, wie sie Tahro ihre schwarze Hand auf die nackte Haut presste. Wie er darunter zergehen würde. Wie der Fluch ihn zerfressen würde. Wie er mit derselben Machtlosigkeit dabei zusehen müsste. Denn all seine Stärke, all seine Magie, all sein Goldblut war nutzlos gegen den Sichelmond.

»Und was wärst du ohne dein Feuer?« Sie hatte geglaubt, dass sie vor Wut schreien würde, doch klang ihre Stimme vollkommen ruhig. Sein Gesicht blieb ebenso ungerührt. So, als bedeuteten ihm ihre Worte gar nichts. Sich diese Gleichgültigkeit anzusehen war kaum zu ertragen. Daher drehte sie ihm den Rücken zu, ballte immer wieder ihre Faust, um das Prickeln zu ersticken. Der Fluch entglitt ihr bereits. Es war fast zu spät, um es aufzuhalten. Sie konnte die Funken nicht festhalten, die aus dem Sichelmond tropften. Genauso wenig, wie ihre Worte: »Auch nicht mehr als Abschaum.«

Die Glocken rissen Lija aus ihrem unruhigen Schlaf. Es hatte eine Ewigkeit gedauert, bis sie endlich weggedämmert war. Ohne die Katzenkralle, an die sie sich die ganze Nacht geklammert hatte, hätte sie vielleicht gar keine Ruhe gefunden. Selbst Mimpos herrliche Stimme hatte ihr nicht helfen können, obwohl er seit seiner Rückkehr pausenlos für sie gesummt hatte. Aber weder er noch das warme Holz hatten die Spannung lichten können, die durch das Aufreiben der Feuermagie gegen den Sichelmond entstand. Diese hielt sie so lange wach, dass Lija die Glocken im ersten Moment mit dem Morgenläuten verwechselte.

»Beeil dich!« Cirill rüttelte an ihrem Arm, nachdem sie sich bereits angezogen hatte. Auch die anderen Soldaten im Mannschaftszimmer warfen sich allesamt ihre Uniformen über.

Alarmglocken also.

Schon wieder.

Lija beeilte sich, in ihre Uniform zu schlüpfen und den Kameraden hinab in den Innenhof zu folgen. Dort warteten bereits der Hauptmann und Ka mit Ausdrücken auf ihren Gesichtern, als ob jemand gestorben wäre. Etwas abseits von ihnen stand ein Bote. Ein dürrer Junge mit dem Abzeichen eines Erdblut-Domestiken an der Brust. Er hatte den Kopf gesenkt und starrte beharrlich auf seine Füße.

»Ein Rotblut ist geflohen«, verkündete der Hauptmann, als auch der letzte Soldat seinen Platz in den Reihen eingenommen hatte. Eine Totenstille kehrte ein. Der Hauptmann deutete mit dem Daumen über ihre Schulter, während sie die Botschaft des Jungen wiederholte: »Es kann noch nicht lange her sein. Der Sklave hat das Frühstück gestohlen, das er vorbereiten sollte, und ist auf und davon – IHR!« Sie zog ihren ausgestreckten Arm senkrecht vor der Kompanie durch die Luft, als würde sie diese teilen. Mit einer wischenden Bewegung deutete sie auf die größere Gruppe. »Rotten!«

Dieser Brauch schien in jedem Teil der Welt derselbe zu sein. Und das bedeutete, dass Lija und die acht anderen verbliebenen Kameraden …

»Und ihr fangt den Flüchtling!«

Wie Lija zur Brücke hinaufkam, konnte sie nicht sagen. Verzweifelt hielt sie sich an der Katzenkralle fest, die sie in ihrer Faust verbarg. Sie musste sich sogar von Rarosha auf einen der Segler heben lassen, wo Samju sie entgegennahm, als würde man ein lebloses Bündel aufladen.

»Kippst du schon wieder um?«, stöhnte die Soldatin genervt, ehe sie sich an der Reling festhielt und zu den anderen beiden kleineren Transportseglern spähte. Dort gaben Hroka und Ezra das Zeichen zum Aufbrechen. Als ihr Schiff ablegte, sendete Lija ein Stoßgebet nach dem anderen zum Himmel. Sie betete, dass sie das Rotblut nicht finden mögen. Dass es eine kluge Route gewählt hätte. Dass sie es nicht einholen würden. Doch sie fanden seine Spur so schnell …

Die Grasfelder vor den Südtoren verrieten ihn. Das Rotblut musste geglaubt haben, sich zwischen den hohen Halmen verstecken zu können, doch man sah den Weg der umgetretenen Ähren deutlich vom Himmel aus. Samju musste es auch gesehen haben. Trotzdem bewegte er den Segler nicht. Es war Ezran, der als Erster mit einem Bogen näher zur Erde sank.

Anstatt zu landen, schwebte er über den Halmen. Lija sah, wie er den Arm ausstreckte. Mit dieser einfachen Bewegung fegte er den Mann, der von oben betrachtet so winzig aussah, von den Füßen. Dieser stürzte, rollte hilflos von den Böen getrieben über den Boden, bis er auf dem befestigten Weg aufschlug, der neben den Feldern entlangführte.

Der Mann sah fürchterlich aus. Die Haut in seinem Gesicht war überall blutunterlaufen. Offene Stellen zeigten sich an seinen Wangenknochen. Eines seiner Augen war zugeschwollen. Er musste heftig verprügelt worden sein.

»Bitte«, flehte er, als die Soldaten von ihren Seglern sprangen und sich um ihn sammelten.

»Halt's Maul«, antwortete irgendjemand. Das Rotblut senkte unterwürfig den Kopf. Er kauerte sich wie ein Häufchen Elend zusammen.

»Bitte.«

Rarosha trat aus dem Kreis der Soldaten vor. Mit gleichgültigem Blick zog sie ihr Schwert. Sie brauchten nur seinen Kopf. Diesen würde man hinab in die Rotten werfen. Als Warnung für die anderen, die in diesem Moment ausgepeitscht wurden. Den Rest von ihm würde man den Onen oder der Verwesung überlassen.

»Ihr Herren …«

Die brüchige Stimme fegte durch Lija hindurch. Verzweifelt blickte sie sich um, suchte nach einem Weg, um Rarosha aufzuhalten, aber sie war wie erstarrt.

»Warte!«

Das war nicht ihre Stimme. Nicht ihre Hand, die die Soldatin am Handgelenk packte. Es war Sirio. Er hielt Rarosha zurück, die ihn fragend ansah.

»Das ist ihre Aufgabe«, entschied er und nickte in Lijas Richtung. Diese vermochte es nicht, sich zu rühren. Sie spürte, dass sie Sirios Blick erwiderte, auch wenn es sich anfühlte, als würde sie durch ihn hindurchsehen. Wieder war es nicht ihre Stimme, die protestierte: »Das hast du nicht zu entscheiden, Ashkaja.«

Samju trat aus der Reihe hervor. Er stellte sich dicht neben Lija. Sirio überging ihn, als hätte er nichts gesagt. Grausam langsam zog er sein Schwert, das er Lija mit dem Knauf voran entgegenhielt.

Teilnahmslos starrte sie auf die Klinge. Krampfhaft hielt sie sich an der warm glühenden Figur in ihrer linken Hand fest. Diese schien das einzige zu sein, das sie noch aufrecht hielt. Wie Wurzeln, die sie davor bewahrten, zu wanken.

»Was ist?« Sirios aschgrauen Augen blitzten auf. Das schiefe Grinsen ließ ihn gleichermaßen verwegen, aufgeregt und grausam erscheinen. Er hatte seinem Vater nie ähnlicher gesehen. »Kannst du es nicht?«, hakte er ungeduldig nach. »Wer hätte das gedacht … Die onenschlachtende Enkelin der Kaiserin – bist wohl doch nicht so mutig, hm?«

»Das hat nichts mit Mut zu tun!«

»Nein«, gab Sirio Samju Recht, ohne die Augen von Lija zu lösen. »Es hat mit *Blut* zu tun.« Er machte einen Schritt auf sie zu. Die Hitze seiner Feuermagie strahlte bis zu dem Ort, an dem Lija verharrte. »Was überwiegt, *Prinzessin*?« Mit einer geschickten Bewegung drehte er das Schwert in seiner Hand, hielt die Klinge an ihre Kehle. »Das Blut deiner Mutter oder das deines Vaters?«

»Das reicht.« Lorell trat an Lijas andere Seite. Er streckte die Hand aus, als würde er Sirios Arm mit dem Schwert fortdrücken wollen. Ein Zischen ertönte, bevor jemand Lorell warnen konnte. Sirios Haut war zu heiß. Es war Irrsinn, sie zu berühren. Hatte er nicht gesehen, dass der Stahl in dessen Hand bereits zu glühen begann?

»Du musst doch wütend sein, oder nicht?«, fuhr Sirio ungerührt fort. Mit einem knappen Nicken deutete er auf das Rotblut, das seine Stirn in den Dreck presste. Sich so tief verbeugte, wie es konnte. Sich so klein machte, wie möglich. »Wenn sich deine Mutter nicht für einen räudigen Sklaven hergegeben hätte, wäre dein Blut nicht so dreckig wie seines.«

Das Kreischen des Sichelmondes donnerte wie Gewitter. Mit jedem Herzschlag wurde es lauter, bis Lija die Stimmen der Wirklichkeit nicht mehr hörte. Weder Samjus noch Lorells, die Sirio den Mund verbieten wollten, oder Krysanders, der schlichtend Partei ergriff. Der krampfhafte Griff ihrer Finger um die Holzfigur lockerte sich. Sie verlor das Gefühl für die Wärme der

Magie. Und für die Wurzeln, die sie davon abhielten, dem Flüstern zu verfallen.

»Nun?«, forderte Sirio sie auf, der die Kameraden mit seiner Hitze zurücktrieb. Er drückte den glühenden Stahl seines Schwertes noch näher an Lijas Kehle. Unerschrocken hob sie ihr Kinn. Denn das hier war die Grenze, die sie nicht überschreiten würde. Sie würde diesen Mann nicht töten. Auch nicht, wenn es hieß, dass es hier endete. Denn selbst wenn Sirio nicht bemerkte, dass sie an den Fingerspitzen ihres rechten Handschuhs zog, wäre sie nicht schnell genug. Sie würde ihn nicht berühren können, bevor er ihren Hals verletzte, wo ihr rotes Blut so wild pulsierte. Doch sie würde seine Hand zu fassen bekommen, ehe er sie getötet hätte. Sollten sie ihren Kopf ruhig zusammen mit dem des Rotbluts in die Rotten werfen – Sirio würde auch nicht heimkehren.

Ein dumpfer Schlag ertönte. So leise, dass Lija erst glaubte, ihn sich eingebildet zu haben, und doch so laut, dass sie zusammenfuhr. Ebenso wie Sirio, der sich irritiert umdrehte.

Das Rotblut kauerte nicht mehr am Boden. Es lag auf der Seite. Der Kopf war einige Schritte fortgerollt. Blut sickerte aus dem Hals, als würde das Herz noch schlagen. Es dauerte einen ganzen, zittrigen Atemzug, bis der Puls versiegte. Das Blut jedoch ergoss sich weiter über den Boden. Und klebte an Tahros Klinge.

»Gehen wir«, forderte er. Seine Augen glühten. Das Rot hatte die gesamte dunkle Iris zerfressen. Und mit diesem glühenden Blick starrte er auf Lijas rechte Hand, von der sie beinahe den Handschuh gezogen hätte. Erst als jede ihrer Bewegungen erstarrt war, hob Tahro den Kopf und sah ihr direkt in die Augen. Die stumme Warnung war unmissverständlich: Sie sollte es nicht wagen, seinen Bruder mit dem Fluch zu berühren.

»Den Göttern sei Dank«, murmelte es irgendwo leise. Die Hitze nahm ab. Ein Aufatmen ging durch die Kameraden, als wäre eine Katastrophe nicht eingetreten. Hatten sie nicht verstanden, was passiert war?

»Was …?«, entfuhr es Sirio überrascht, der langsam zu begreifen schien. Sein Mund stand ein Stück offen und seine Augen, die eben noch so kampflustig geblitzt hatten, richteten sich verwirrt auf seinen Bruder. Nein … nicht verwirrt. Fassungslos. »Warum hast du …«

»Weil ich es konnte. Gehen wir.« Tahro trat einen Schritt zurück, um Hroka Platz zu machen. Diese packte den Kopf und wickelte ihn in ein Tuch. Lija konnte den Ekel kaum ertragen, der sich dabei auf dem Gesicht des Windbluts widerspiegelte. Es zog ihr den Boden unter den Füßen weg. Ihre Beine gaben nach. Sie sank neben dem leblosen Körper auf die Knie.

»Vorsicht …« Lorell griff nach ihren Schultern, um sie aufrechtzuhalten.

»Kippt sie schon wieder um?«, fragte Krysander mit belegter Stimme. Er betrachtete sie einen Moment, wartete, ob sie bewusstlos werden würde. Als sie jedoch nur den Toten anstarrte, forderte er schließlich: »Steh auf, Mizulin.«

»Lass sie«, fuhr Samju ihn im Befehlston an. Ein leiser Wortwechsel. Lija hörte nicht zu. Es könnte ihr nicht gleichgültiger sein, worüber sich die Kameraden stritten. Wie wichtig es wäre, den Kopf des Rotbluts zurückzubringen und in die Rotten zu werfen. Das sei schließlich der Auftrag.

Das Bild, wie der Schädel in der Dunkelheit auf unbefestigten Wegen aufschlug, wie jemand ihn finden würde, zeichnete sich deutlich vor Lijas tränennassen Augen ab. Sie sah die Gesichter vor sich: Die Wut über den Toten, wegen dem sie alle ausgepeitscht worden waren. Die Trauer, weil sein Weg in die

Freiheit ins Nichts geführt hatte. Das Mitgefühl, weil sein Wagnis unbelohnt geblieben war. Und die Verzweiflung, weil der eigene Weg im selben Nichts enden würde.

Ein Fiepen.

Direkt neben ihrem Bein.

Mimpo stand dort und wackelte aufgeregt mit den Armen. Seine Schuppen blitzten, als hätte er keine Angst, entdeckt zu werden. Er kreischte so verzweifelt, dass es Lija unter größter Anstrengung gelang, den Kopf zu heben, um zu sehen, was ihn so in Panik versetzte.

Die Kameraden hatten sich zu den Seglern aufgemacht. Keiner von ihnen schien den schwarzen Rauch zu bemerken. Formlos hing dieser in der Nachtluft hinter ihnen. Lija stutze, als sich der Nebel veränderte. Das war kein Rauch. Dafür war die Form zu fest. Nein … das war …

Der *Geist.*

Tote Augen starrten aus dem Nichts heraus, bohrten sich in Tahros Rücken. Aber er war zu spät gekommen. Dieses Goldblut hatte er nicht rechtzeitig töten können. Trotzdem wurden die Konturen eines Gesichtes immer klarer, formten sich aus flimmernder Luft zu etwas, das Substanz hatte.

»Du bist …«, entfuhr es Lija tonlos. Die Gestalt wandte sich ihr zu. Erstaunen. Verwunderung, als sich ihre Blicke trafen – nur eine Sekunde. Gerade lang genug, um zu erkennen, was sie dort aus der Schwärze heraus ansah. Es löste sich auf, ehe sie sicher war, es gesehen zu haben. »… ein Mensch.«

KAPITEL 20

ACHT

»Vermutlich ist die Absonderheit seiner Augen auf den Verzehr des Onenfleisches zurückzuführen. Bei meinen Versuchen stellte sich diesbezüglich heraus, das schwarzes Blut für goldenes wie Gift wirkt. Daher müssen die Katzen ihm das Fleisch verabreicht haben, als er noch ein Rotblut war. Dies hat ganz offensichtlich nicht nur seinen Geist, sondern auch seinen Körper stark geprägt. Ein Umstand, aus dem sich eine interessante Hypothese ergibt, die es zu prüfen gilt: Ist das rote Blut tatsächlich so versatil, dass es sich nicht nur mit goldenem mischen lässt, sondern auch mit schwarzem?«

Zitiert aus persönlichen Notizen des Wissenschaftlers Arture Le-Mall

Es fühlte sich nicht so an, als würde sie den Körper tragen. Im Gegenteil. Sie hatte eher den Eindruck, als würden Samju und Lorell sie ebenso ins Totenhaus schleppen wie das Rotblut.

»Geht zurück …« Ihre Stimme klang völlig kraftlos, als sie den Toten am Eingang zur kuppelbedachten Halle ablegten.

»Das kannst du vergessen«, protestierte Samju. »Das musst du nicht allein tun.«

»Wenn euch jemand sieht …« Lija fühlte sich so schwer, dass sie nicht einmal den Kopf heben konnte, um ihn anzusehen. Das, was sie hier taten, war eine Schande, die an ein Verbrechen grenzte. Dieser Körper hatte draußen vor den Toren liegen zu bleiben. Jemand wie dieser arme Mann, der beim Kampf um seine Freiheit gefallen war, verdiente keinen Frieden. Und diejenigen, die ihm halfen, auch nicht.

Lija konnte das egal sein. Sie wurde wegen ihres Mischblutes ohnehin schon verachtet. Samju hingegen nannte man nur selten Rottenfreund. Und dass jemand diese Beleidigung Lorell gegenüber in den Mund nahm, hatte sie noch nie gehört. Doch wenn jemand sah …

»Dann ist es so«, beharrte Samju. Lorell legte ihm eine Hand auf die Schulter. Mit einem auffordernden Blick ersparte er es Lija, Samju noch einmal bitten zu müssen. Denn er kannte sie. Er wusste, dass es nichts gab, dass sie dazu bringen konnte, von diesem Toten abzulassen.

»Wir warten beim Segler«, sagte er, als er sich erhob. Samju zögerte, doch schließlich gab er nach. Er folgte Lorell im Schatten der Gebäude, geschützt vor etwaigen Blicken, zurück zu dem abgelegenen Winkel, wo sie gelandet waren.

Lija sah ihnen nicht einmal nach. Sie fühlte sich so leer, dass sie kaum bemerkte, wie Mimpo vom Abzeichen sprang. Wie er unter den Fugen der Tore des Totenhauses hineinkroch. Es dauerte nicht lange, bis diese aufschwangen. Durch tränennasse Augen blickte Lija die Stufen hinauf zu der Umhanggestalt, auf dessen Schulter Mimpo sang.

»Er ist tot.« Es auszusprechen war albern, denn es offensichtlich. Trotzdem wiederholte Lija es mehrere Male, während der Balsamierer sich stumm zu ihr hinunterbeugte. Er hob den Körper in seine Arme. Das schwarze Loch richtete sich wachsam auf Lija, als sie sich mit wackligen Beinen erhob. Hilfesuchend fasste sie nach seinem Arm. Die Muskeln unter dem Stoff verkrampften jedoch so schlagartig, dass sie schnell wieder von ihm abließ.

»Kümmere dich um das Blut«, wies Ginra den kleinen Geist an, als er sich abwandte. Dieser legte sich gehorsam über die Stufen und verwischte die Spuren mit seinem Wasser.

»Der Kopf …«, entfuhr es Lija, als der Balsamierer in der Dunkelheit hinter den Toren zu verschwinden drohte. »… ich habe den Kopf nicht …« Ihr Blick sank in ihre Hände. Rotes Blut, längt sich mehr flüssig war, klebte daran. Sie hatte die anderen mit dem Kopf gehen lassen. Sie hatte zugelassen, dass er in die Rotten geworfen wurde. Der Tote war unvollständig. Wie sollte er denn so Frieden finden?

»Ich habe …« Ihre Stimme zitterte. Ginra ließ ihr keine Gelegenheit, sie brechen zu lassen.

»Komm«, befahl er. Kurz darauf versank er vollständig in der Finsternis. Lija folgte ihm. Als sie ihn eingeholt hatte, bettete er den Körper bereits auf eine Bahre. Im Licht dreier fliegender Kerzen trat sie sich ihm gegenüber und betrachtete genauso schweigend all die Spuren auf dem geschundenen Körper: Der schmutzige Kittel, der seit Wochen nicht gewaschen worden sein konnte. Blaue Flecken und Kratzer an den nackten Knien. Entweder, weil er sich so oft auf diese hatte fallen lassen müssen, oder weil er so oft darauf gestoßen worden war.

»Hast du es getan?«

Es überraschte sie, dass er mit ihr sprach. Als sie den Blick hob, war seine Kapuze jedoch immer noch in Richtung des Toten gesenkt. Nicht einmal, wenn er so etwas fragte, sah er sie an. Und auch nicht bei seinen nächsten Worten: »Es ist erschreckend, was Angst mit Menschen macht. Es gibt unzählige Mischblüter, die grausamer zu einem Rotblut sind, als es ein Goldblut jemals sein könnte. Nur um zu beweisen, dass sie mehr zum einen gehören als zum anderen«, erklärte er, als würde er ihr damit Raum verschaffen wollen, ihr Gewissen zu erleichtern. Als sie schwieg, machte er weiter: »Ich habe Rotblüter gesehen, die ihre Familien verraten haben, um sich selbst zu retten. Mütter, die ihre Söhne opfern. Väter, die ihre Töchter verkaufen. Kinder, die ihre Geschwister zurücklassen … Verzweiflung macht uns unberechenbar.« Als sie ihr Schweigen nicht brach, hob er endlich den Kopf, bis das Loch seiner Kapuze genau auf sie gerichtet war. Er stellte seine Frage ein zweites Mal: »Hast du es getan?«

Erst wollte Lija den Kopf schütteln, doch lähmte sie das Nichts, in das sie starrte. Ihr Mund war trocken, als sie zu sprechen versuchte.

»Ich habe es nicht verhindert.« Kaum hatten diese Worte ihren Mund verlassen, biss sie sich auf die Lippe. Heiße Tränen brannten in ihren Augen. Wut und Scham kochten in ihr hoch, bis ihre Wagen glühten.

»Dann tilge deine Schuld«, war alles, was er darauf sagte. Er legte seine flachen Hände auf die Brust des Rotbluts. Es war eine respektvolle Geste des Abschieds. Der erste Schritt der Balsamierung. Es war eine Möglichkeit, um Vergebung zu bitten. Also legte Lija ihre Hände neben seine. Sie murmelte ein stummes Gebet an jeden Gott, dass einer von ihnen die Gnade haben möge, die Seele dieses Mannes zur anderen Seite zu bringen.

Vorsichtig befreiten sie den Toten von seinem blutverschmierten Kittel. Sie tupften die Wunden ab. Die alten, die nie richtig verheilt waren und die neuen, die sich niemals schließen würden.

»Er war dort … der *Geist*«. Lija erzählte es, ohne eine Antwort zu erwarten. Es reichte ihr vollkommen, dass er ihr zuhörte, während er friedlich und unbeirrbar seine Arbeit verrichtete. Wie zu sich selbst, als würde sie nichts weiter tun als laut nachzudenken, fuhr sie fort: »Er wollte den Soldaten töten, der es getan hat.« Sie blickte auf die Stelle, an der Tahro den Kopf abgeschlagen hatte. Und je länger sie das geronnene Blut ansah, desto mehr wünschte sie sich, dass Mimpo den Geist nicht entdeckt hätte, bevor er es hatte tun können. »Ich weiß, dass es ein Mensch war …«, murmelte sie weiter, während sie sich in Erinnerung rief, was sie gesehen hatte. Die Augen. Die Schatten. Die Art, wie er sich … *aufgelöst* hatte. Er hatte mehr aus Magie als aus Fleisch bestanden. »Das *war* ein Mensch …«, wiederholte sie gedehnt, um sich selbst davon zu überzeugen. »Mit der Macht eines Geistes.«

Langsam glitt ihr Blick an den nackten Händen hinauf zu den Ärmeln, weiter zum Kragen und schließlich zu dem schwarzen Loch an der Stelle, wo sein Gesicht sein müsste. Wie würde es sich wohl verändern, wenn er ihre nächsten Worte hörte?

»Das war ein Rebell.«

Es war das Erste, das sie sagte, das ihn dazu brachte, mit seiner Arbeit aufzuhören. Er ließ seine Hände sinken, ohne den Blick von dem Toten zu lösen. Mit wild pochendem Herzen sah auch Lija wieder hinab. Niemand hatte ihn gerettet. Sie nicht und kein anderer. Auch der Rebell war zu spät gewesen. Doch dass es ihn gab und dass er zu dem imstande war, was sie gesehen hatte … er würde andere retten können. Er *hatte* andere gerettet. Mit einer Magie, wie sie sie noch nie bei einem Menschen gesehen hatte. Daher zitterte ihre Stimme vor aufgeregter Ehrfurcht, als sie wisperte: »Es gibt Geister, die mit Rebellen kämpfen.«

»Nein.« Ginra sagte es leise, trotzdem klang es hart. Voller Überzeugung. Seine Hände, die eine ganze Weile bewegungslos auf dem Rand der Bahre geruht hatten, nahmen ihre Arbeit wieder auf. »Die Kriege der Menschen gehen sie nichts an. Es gibt keinen Grund für sie, sich einzumischen. Das widerspricht ihrer Natur.«

»Aber …«, wollte Lija einlenken. Sie wollte ihm davon erzählen, was Mimpo für sie getan hatte. Wie er sie mit seiner Magie beschützte. Wie er für sie kämpfte. Wie er sie auf unendlich viele Weisen gerettet hatte. Doch der Balsamierer schnitt ihr das Wort ab.

»Der kleine Kerl dort meint es gut mit dir. Aber es gibt Grenzen, die er für dich nicht überschreiten würde. Eure Wege werden sich an dem Tag trennen, an dem du ihn dazu zwingst.«

Lija folgte seinem Blick zu dem kleinen Wassergeist. Mimpo saß nicht weit entfernt auf dem Boden und wusch andächtig den grauen Kittel, den das Rotblut nie mehr tragen würde. Seine Schuppen wurden stumpf, als er die Blicke erwiderte. Die sachten Töne, die er von sich gab, verstand Lija nur schlecht. Beunruhigt spitzte sie die Ohren, konzentrierte sich, lauschte angestrengt, als wären das die wichtigsten Worte, die Mimpo je zu ihr gesagt hatte. Denn das, was der Balsamierer sagte, war nicht gelogen. Mimpo war kein Kämpfer. Er kämpfte nur um ihretwillen. Und er zog es schon eine ganze Weile vor, auf Lorells Abzeichen zu ruhen anstatt auf ihrem …

»Geister lassen sich nicht für etwas benutzen, das nicht in ihrer Natur liegt. Sie sind nicht dazu geschaffen worden, um Werkzeuge zu sein«, stach der Balsamierer noch tiefer in die Wunde. Tief genug, sodass ihre aufkeimende Furcht und laue Zweifel in trotzige Wut umschlugen.

»Und warum glaubt Ihr, dass man sie dazu benutzen müsste?«

Die Kapuze drehte sich in ihre Richtung, bis sich Lija sicher war, dass er ihr direkt in die Augen sah.

»Geister sind sehr wohl imstande zu erkennen, dass das hier falsch ist!« Mit ausgestrecktem Finger deutete sie auf den Toten zwischen ihnen. Der allem Widerstand zum Trotz versucht hatte, für seine Freiheit zu kämpfen – und gescheitert war. Ihre Zähne knirschten übereinander, jeder Muskel verkrampfte sich vor Wut. Mimpo würde nie zulassen, dass die Goldfressen mit ihr dasselbe taten. Dass sie dort mit abgeschlagenem Kopf auf der Bahre liegen würde. Und woher wollte Ginra wissen, dass es nicht noch mehr dieser tapferen, guten Seelen gab?

»Was lässt Euch glauben, dass Geister nicht für Gerechtigkeit kämpfen würden?« Sie schrie und doch war ihre Stimme nicht laut genug. Sie konnte den Sichelmond nicht übertönen. Nur im Augenwinkel sah sie, wie der Balsamierer zurückwich.

Fürchtete er sie?

Gut.

Denn dann konnte er an ihrem gehobenen Kinn, ihrer glühenden Faust und ihren gnadenlosen Augen ablesen, was der Fluch in ihre Ohren kreischte: *Gib ihnen, was sie verdienen.*

Hände packten sie aus dem Nichts. Ihr Kopf wurde gewaltsam gedreht. Es war unmöglich, sich gegen die Kraft zu wehren, die sie vorwärts presste, bis sie über eine weitere Bahre gebeugt stand. Auch auf dieser lag ein Toter. Einer, wie sie ihn schon so oft gesehen hatte. Mit aufgerissener Brust. Stinkende Asche im getrockneten, goldenen Blut. Augen voller Angst ins Nichts starrend. Der Mund vor Schmerz verzerrt.

»Du willst also Gerechtigkeit?«, flüsterte Katzenauge in ihr Ohr, verkrallte seine Hände fester in ihrem Kragen. »Ich zeige sie dir.«

Die Kraft, mit er sie durch die Deckenfenster in den Himmel hinauf zerrte, glich einer Naturgewalt. Kalter Wind schlug ihr entgegen. Zu schnell, um zu atmen. Katzenauge riss sie durch die Wolken, während sie verzweifelt schrie. Sie hasste das Fliegen. Sie hasste die Höhe. Die Geschwindigkeit. Die Schwäche. Zu wissen, dass sie nichts tun konnte, wenn er sie fallen ließ.

Dass ihr Leben gänzlich davon abhing, dass er sie festhielt. Und es hörte nicht auf. Eine schier endlose Zeit, eine andauernde, endlose Panik lang, trug er sie durch bodenlose Höhen – nur, um sie schließlich doch fallen zu lassen. In absoluter Finsternis. Nahe über dem Boden. Er warf sie in Erde, Laub und Zweige, die sich in ihren Haaren verfingen. Sie hustete, als Staub in ihre Nase und ihren Mund drang. Zischend hob sie ihren Blick, ließ ihn durch den dunklen Wald gleiten, doch entdeckte sie Katzenauge erst, als er zu sprechen begann.

»Das ist Grimmohr.«

Auch wenn sie kaum mehr als Konturen erkennen konnte, war das Bild, das sich ihr bot, erschreckend klar. Ein grauer Katzenpelz hing in den Bäumen vor ihr. Es war abgezogen worden. An jede der vier Pfoten waren Seile gespannt, die den Pelz über die Erde spannten. Genauso, wie der General es befohlen hatte, als er die Goldstadt-Wache und sein Heer in den schwarzen Wald geschickt hatte.

»Ich war so wütend, als ich ihn gefunden habe …«

Lija hörte, wie Katzenauge einatmete. Erst einmal. Dann ein zweites Mal. Genauso wie sie es tat, wenn sie den Sichelmond zu ersticken versuchte.

»Der alte Grimmohr war mein Freund«, sprach er leise weiter. Er wendete die Augen ab, als könnte er den Anblick nicht länger ertragen.

»Vielleicht«, räumte Lija ein. »Aber er war ein On.« Was sie damit sagen wollte, wusste sie nicht. Sollte das vielleicht eine Rechtfertigung dafür sein, wie viele Onen sie selbst in die Bäume gehangen hatte? Wusste er das? Waren seine Pupillen deswegen so schmal, als er sie ansah?

»Dann weißt du also, was du hier siehst?« Wieder kam er näher. Mit federleichten Schritten, die keinen Laut auf der Erde hinterließen. »Das ist Pirons Gerechtigkeit«, hauchte er in ihr Ohr. Auf dieselbe Weise wie im Totenhaus. Und er zerrte sie mit derselben Gnadenlosigkeit vom Boden. Dieses Mal war nicht der Himmel sein Ziel. Er sprang durch die Baumkronen hindurch. Schmale Zweige trafen sie wie Peitschen im Gesicht. Lija hob schützend ihre Hände, machte sich bereit, achtlos auf den Boden geworfen zu werden. Dieses Mal kam der Aufschlag wenig überraschend. Anders als das, was sich vor ihren Augen auftat.

Trümmer.

Darüber lag nur wenig Laub. Der Wind hatte kaum etwas von den Bäumen des Waldrandes über die uneben gepflasterten Straßen getrieben, die sich durch abgebrannte Häuser und eingestürzte Mauern schlängelten.

»Und das ist deine.« Dieses Mal bemühte sich Katzenauge nicht um lautlose Schritte. Er wollte offenbar, dass sie die Asche unter seinen Sohlen knirschen hörte. »Erkennst du einen Unterschied?«

Die Frage erstickte sie. Ihre Augen glitten über das, was einst die Handelshäuser des Marktes gewesen sein mussten. Sie richteten sich in die Ferne, bis sie glaubte, die Türme des Tempels in den Himmel ragen zu sehen, die es nicht mehr gab. Und die Burg, deren eingestürzten Wände sich eisern auf der Spitze des Hügels hielten, zu dessen Füßen einst das Waldranddorf gelegen hatte.

»Du musst doch stolz darauf sein«, spottete er. In immer größeren Kreisen watete er durch die Trümmer. Nur unter größter Mühe brachte sie es zustande, ihren Kopf zu schütteln.

Stolz.

Das hier hatte sie nie gewollt. Sie würde es rückgängig machen, wenn sie könnte … Sie hatte diesen Gedanken nicht einmal beendet, als sie erkannte, dass er gelogen war. Unruhig sank ihr Blick zurück auf ihre Hand. Auf die Stelle, an der Nyxiel sie berührt hatte.

Wenn sie der Nachtgöttin nie begegnet wäre … wenn diese sie nicht mit dem Fluch gezeichnet hätte, hätte man sie hier auf genau diesem Platz hingerichtet. Vor den Augen ihres Vaters. Ohne diesen Fluch würde man sie immer noch niederschlagen, wenn sie sich erhob. Sie müsste immer noch das Knie vor jedem beugen, der es von ihr verlangte.

Nein.

Sie würde nichts davon rückgängig machen.

Denn wäre dieses Dorf nicht untergegangen, würde es sie immer noch gefangen halten.

»Tu das nicht.«

Sie wirbelte den Kopf herum und erschreckte sich, weil Katzenauge direkt neben ihr hockte. Auch er starrte auf ihre rechte Handfläche. Auf das Loch in ihrem Handschuh, durch den sich der Fluch gefressen hatte. »Er täuscht dich. Das ist keine Freiheit.«

Eilig verbarg sie den Mond in ihrer Faust, um ihm seinem verurteilenden Blick zu entziehen.

»Was verstehst du schon davon?«, raunte sie kaum hörbar. Die Macht, die Ethiel ihm gegeben hatte, ließ ihn sich über alles erheben. Wie leicht musste es für so jemanden sein, zu missbilligen, was die taten, die kämpfen mussten?

Katzenauge sah sie lange an. Für einen Moment glaubte sie, dass er auf eine ähnliche Weise in ihren Augen lesen konnte wie es Lorell vermochte. Denn sie entdeckte Enttäuschung auf seinen Lippen, die nicht lächelten. Und eine Melancholie, die seine Lider schwer machte, bis er die Augen für einen Moment schloss.

»Acht.«

Es war so nichtssagend, dass Lija irritiert den Kopf schief legte, und doch so verheißungsvoll, dass sich das Kribbeln des Sichelmondes über ihren Arm ausbreitete. Immer stärker, je länger er sie betrachtete, als würde er einen Grund in ihrem Gesicht suchen, um weiterzusprechen.

»Ich war der achte Bastard des Barons des Steppengründorfes. Aber der Erste ohne goldenes Blut«, fuhr er schließlich fort. Langsam. Entweder, weil er sich dagegen sträubte oder weil er wollte, dass sie jedes Wort verstand. »Ihm war das egal. Aber meine Mutter …« Ein Seufzen kam über seine Lippen. Zum ersten Mal wandte er die Augen von ihr ab. »Sie hat ihn so sehr geliebt. Sie konnte es nicht ertragen, wie meine Geburt seinem Ansehen geschadet hatte. Aber sie konnte es aushalten, wie ich weinte, als sie mich im Wald zurückließ.« Er schloss die Augen. Nur eine Sekunde. Doch war es eine solch hilflose Geste, wie sie es noch nie bei ihm gesehen hatte. »Ich habe nicht aufgehört, nach ihr zu rufen. Bin ihr hinterhergerannt. So schnell ich konnte. Sie hat sich nur ein einziges Mal umgedreht. Ihre Worte werde ich nie vergessen.« Er erhob sich und ließ seinen Blick endlos lang über die Trümmer des Waldranddorfes fahren, bevor er flüsterte: »Sie sagte, dass ich leben werde, wenn ich leben soll.«

Auch Lija stand auf. Sie hatte das Gefühl, ihn stützen zu müssen, obgleich er weder schwankte noch so aussah, als würde er diese Last nicht stemmen können, die diese Worte, die vor über einem Jahrtausend gesprochen worden waren, ihm auferlegt hatten.

»Danach konnte ich meine Füße nicht mehr heben. Ich blieb an demselben Fleck stehen. Tagelang. Und ich wäre auf diesem Fleck gestorben, wenn der Graf mich nicht gerettet hätte.« Sein Blick glitt zu Lija zurück. Er betrachtete sie für eine ganze Weile.

Sie fragte sich, ob sie wohl denselben Ausdruck auf ihrem Gesicht hatte, als sie an den Kater dachte. Denn genau dasselbe wäre ihr widerfahren, wenn der Graf sie nicht gefunden hätte. Auch sie wäre genau an diesem Fleckchen Erde gestorben.

Die Gedanken trugen sie so weit fort, dass sie erschrak, als seine Fingerspitzen ihre Schläfe berührten. Sanft stricht er ihr eine Strähne aus der Stirn, während sich eine melancholische Milde über sein Gesicht legte.

»Ich wurde auch mit rotem Blut geboren. Ich kenne deinen Zorn.« Dieses Mal sagte er es auf eine Weise, dass sie ihm glauben konnte. Und das machte es ihr so viel leichter, auch seinen nächsten Worten zu vertrauen. »Und ich weiß, dass sich kein Geist dieser Welt dafür hergeben würde. Nicht freiwillig.«

»Du meinst …« Lija musste schlucken, weil sich ein Kloß in ihrer Kehle bildete. Es wäre klug gewesen, die Augen von ihm abzuwenden, aber dafür war es zu spät. Sie war gefangen in seiner Aura. Stand mitten darin, benebelt von diesem verführerisch frischen Sommerduft, sodass sie beinahe vergaß, was sie hatte sagen wollen: »… sie werden gezwungen?«

Katzenauge wog unschlüssig den Kopf hin und her. So, als würde er seine eigene Behauptung nicht vollkommen glauben. Daher klang es auch danach, als würde er mit sich selbst sprechen: »Sie hätte die Macht dazu.«

»Wer?«, fragte sie, obwohl sie wusste, von wem er sprach. Die fahrigen Bewegungen stoppten. Die wandernden Augen kehrten zu ihr zurück. Seine Haltung, seine Aura, selbst seine Stimme veränderte sich.

»Czarina.«

Das war also ihr Name. Lija wiederholte ihn mehrfach im Geiste. Rief sich ihr Gesicht vor Augen, das sie im Wald gesehen hatte. Die helle Haut. So weiß, als wäre sie aus Licht gemacht.

Die Spannung, die sie umgeben hatte. Und von der Lija heute wusste, dass es der Widerstand der einen Magie gegen die andere war – ihre gegen die des Sichelmondes.

Ob diese Magie Geister genauso quälte? Denn in jenem Moment hatte Lija es kaum ausgehalten, sich in ihrer Nähe zu befinden. Jene Macht hatte sie gelähmt, durchdrungen, in ihrer Tiefe erschüttert. War diese Frau wirklich imstande, Geister auf dieselbe Weise ihrem Willen zu beugen? Sich ihrer Magie zu bemächtigen, um sie wie Waffen zu benutzen?

»Ist ihre Macht so groß?« Lija hörte die Ehrfurcht in ihrer Stimme. Die Anspannung verkehrte sich in Aufregung. Es gab ohne Zweifel einen Teil in ihr, der diese Frau wegen dem fürchtete, was sie gesehen hatte. Einen, der sie für das hasste, was sie Samtpfote angetan hatte. Und einen, der sie für das bewunderte, was sie imstande war zu tun.

Es war eine seltsame Antwort, die Katzenauge ihr darauf gab: »Sie ist wie du.«

Mit einem Nicken deutete er auf ihre rechte Hand. Lija spürte den Impuls, sie zurückzuziehen, beschämt hinter ihrem Rücken zu verbergen, doch zwang sie sich, stillzuhalten. Nicht unter seinem Urteil einzubrechen, das in seiner Stimme mitschwang: »Dein Mal ist nicht einzigartig. So viele andere sind im Laufe der Jahrtausende von den Göttern berührt worden. Die meisten haben diese Art der Zauberei jedoch nie sehr lange überlebt. Der Schaden, den sie damit anrichten konnten, ging selten über ihren eigenen Untergang hinaus. Aber Czarina … sie lebt schon viel zu lange damit. Und du …« Er ließ seinen Satz unvollendet. Dabei wirkte sein Gesicht so leer, dass es sie erschreckte. Es gefiel ihr nicht, wie er sie ansah. Was er von ihr hielt. Welche Worte er nicht ausgesprochen hatte und die sie doch in seinen Augen lesen konnte. Daher trat sie noch einen

Schritt näher an ihn heran, gab ihre Mauern auf, hoffte, dass er etwas dahinter fand, dass seine Meinung ändern könnte.

»Der Graf hätte dich nicht am Leben gelassen, würdest du es nicht verdienen …«, murmelte er geistesabwesend, während seine Augen abermals über die Trümmer glitten. Lija folgte seinem Blick. Betrachtete das, was sie Gerechtigkeit und er Zorn nannte. Und in diesem Moment fiel es ihr schwer, den Unterschied zu erkennen.

»Das hier muss enden … « Katzenauges Blick kam wieder bei ihr an. »Deswegen darf Piron nicht Kaiser werden. Er kennt nur diesen einen Weg. Das ist die einzige Gerechtigkeit, an die er glaubt. Und Neria … sie ist zu blind geworden, um zu erkennen, dass sie diesen Krieg weder verhindern noch gewinnen kann. Oder dass es Feinde gibt, deren Blut weder schwarz noch golden ist, und die ebenso nach Freiheit streben wie du und ich.«

Nun wandte auch Lija ihren Blick von den Trümmern ab, um ihn anzusehen. Das war also seine Sache. Jene, die sie nicht gefährden sollte. Jene, für die die Valois, Oberst Bharriq und Ginra treu zu ihm standen: Er wollte Frieden. *Echten* Frieden. Für das goldene Blut. Für das schwarze. Ja, sogar für das rote.

Und er könnte ihn erreichen, wenn er Kaiser wäre.

»Das hier ist keine Gerechtigkeit«, fuhr er fort. Dabei kam er noch näher. Er und seine ganze gefährliche Anziehung. »Also bitte …« Jedes Wort wirkte erschöpft, verzweifelt beinahe, als er seine Stirn an ihre legte. »… hilf mir, es zu beenden.«

»Dann brich den Fluch.« Ihre Stimme könnte kaum weniger verzweifelt klingen. Denn dafür würde sie alles tun. Sie würde jede Schlacht für ihn kämpfen. Sich gegen jeden stellen, der seine Sache gefährden könnte. Bei allen Göttern, er wäre ein Kaiser, für den es sich zu sterben lohnte. Aber das konnte sie nicht, wenn sie tot war. Also was nützte sie ihm mit diesem Fluch?

Den Blick, den er ihr zuwarf, vermochte Lija nicht zu deuten. Seine Augen wirkten so leer, so unentschlossen, als wäre er in eine Starre verfallen. Als hätte er sich weit entfernt. Und ihr fiel nur eines ein, um ihn zurückzuholen: »Jawih.«

Er horchte auf. Blinzelte, als käme er zu sich. Skeptisch wich Lija zurück, spannte ihre Muskeln an, um sich bereit zu machen, falls er vor lauter Wut über diesen Namen angreifen würde. Doch dieses Mal seufzte er nur resigniert.

»Na schön«, gab er sich geschlagen. Einfach so. Er wandte den Kopf von ihr ab, sodass sie nicht mehr von ihm sehen konnte als sein Profil. Die Wange ohne Grübchen. Die Lippen ohne Lächeln. Und trotzdem brachte sein Anblick ihr Herz zum Rasen.

Er würde den Fluch brechen.

Die Aufregung kitzelte wie ein Sturm auf ihrer Haut. Sie konnte nicht anders, als nach seiner Hand zu greifen, doch das nahm er kaum zur Kenntnis.

»Wann?«, fragte sie, um seine längst verlorene Aufmerksamkeit zurückzuerlangen. »Jawih!«, drängte sie, zog sachte an seiner Hand, als könnte es helfen, ihn aus den Gedanken zu holen, in denen er verschwand. Er wandte ihr jedoch nicht einmal den Kopf zu, als er seufzte: »Weißt du, was er bedeutet?«

»Dein Name?« Sie hob überrascht die Augenbrauen. Als er ihr einen Blick zuwarf, glaubte sie, von seiner unmenschlichen Aura erschlagen zu werden. Sein Gesicht … dieser Ausdruck … es machte ihn schöner, als sie ihn je zuvor gesehen hatte. Wie viel ihres Willens wollte er denn noch auf diese Weise brechen?

»Neria hat ihn mir gegeben …« Seine Stimme wurde immer leiser. Eisern versuchte Lija, sich nicht von dem Schnurren darin bezirzen zu lassen.

»*Jawih* leitet sich vom Urwort *jvh* ab«, hörte er nicht auf. Er legte diesen gefährlichen Bann über sie, gegen den sie sich kaum wehrte. Sie atmete seinen Sommerduft ein, wollte diesen weder herrlich noch betörend finden, und trotzdem kitzelte er durch ihre Haut und ihre Nerven, bis diese ruhig und weich waren. Es riss den letzten Rest ihrer Mauern ein, ließ ihr keine andere Wahl, als ihm zu verfallen.

Dieser verdammte Bastard …

Jawih schmunzelte, als hätte sie es laut ausgesprochen.

»*Jvh* bedeutet Erlöser …« Er flüsterte seine nächsten Worte so leise, dass sie sie kaum hören konnte. Aber sie spürte sie auf ihren Lippen: »Das ist die Bürde, die sie mir auferlegt hat.«

Dann küsste er sie.

Und zwischen ihren Lippen hauchte er Worte, die sie nicht mehr losließen. Gedanken, von denen sie wusste, dass es nicht ihre Eigenen waren. Er zwang ihr diese rücksichtslos mit jeder Berührung, mit jedem Flüstern, mit jedem Blick auf, bis sie sie nicht mehr vergessen konnte.

»Hilf mir, es zu beenden.«

KAPITEL 21

GEFUNDEN

»Nyxiel und Albael sind stärker als ihre Geschwister. […] Es ist ein Segen für alle Götter und für diese ganze Welt, dass die beiden nicht zur selben Zeit existieren können. Allein der Gedanke, was sie anrichten könnten, wenn sie Seite an Seite stünden, ist angsteinflößend genug. Doch noch beängstigender ist es, dass niemand sie aufhalten könnte, sollte es jemals so weit kommen.«

Zitiert aus einem Tagebucheintrag von Kalli Valhall, Hohepriester des Wüstenranddorfes

Zehn Tage. So viel Zeit hatte Jawih eingefordert, um zu entscheiden, welcher Gott den Willen haben könnte, Lija sein Blut zu geben. Ihre Meinung dazu hatte er nicht hören wollen, als er sie mit dem Morgenläuten auf dem Wachturm der Kaserne abgesetzt hatte. Er war verschwunden, bevor sie etwas sagen konnte. Daher blieb ihr nichts anderes, als sich redlich darum zu bemühen, geduldig zu sein.

Schon der erste Tag fühlte sich wie zehn an. Der zweite erschien ihr noch länger. Am dritten war sie bereits so gereizt, dass Mimpo sich nicht mehr von Lorells Abzeichen heruntertraute. Dieser wiederum bemühte sich, sie weder anzusehen noch mit ihr zu sprechen, während sie auf ihr Mittagessen starrte. Ebenso wenig wie irgendeiner der anderen Kameraden, die allesamt so taten, als gäbe es sie nicht. Ihre Anspannung musste eine wahrlich abschreckende Wirkung haben.

Aber … ein *Gott!* Katzenauge würde sie zu einem Gott bringen! Ihr Magen zog sich vor Aufregung zusammen. Ein Tropfen Götterblut … Wie sollte sie nur sieben weitere Tage ausharren?

»Hört ihr das?« Ezran legte ruckartig den Kopf in den Nacken. Suchend blickte er sich um, während sich die anderen Soldaten ungerührt bemühten, ihren Eintopf herunterzustürzen, ehe Ztiht mit seinem fertig war.

»Nah«, schmatzte Samju, dessen Kopf so nahe über der Schüssel hing, dass Lija sich wunderte, ob er den Löffel wirklich brauchte.

»Doch … Glocken …«, behauptete Ezran.

»Nah«, wiederholte Samju mit vollem Mund. Just in diesem Moment schlugen die Alarmglocken des Wachturmes so laut an, dass der gesamte Saal in eine erschrockene Stille verfiel.

»Was ist denn nun schon wieder?«, brummte Krysander und warf seinen Löffel frustriert in den Eintopf. Und damit war er nicht der Einzige. Die Soldaten waren erschöpft. Das nächtliche Ausrücken wegen der sogenannten *Geistermorde* und die Einsätze in den Vasallengebieten zerrten an ihren Kräften. Niemand – abgesehen von den Ashkaja-Brüdern und einiger anderen Verrückten, die neugierig die Hälse reckten – wollte sich die Nachricht des Boten auch nur anhören. Zumindest nicht, bis sie merkten, dass der Mann, der in den Saal stürmte, ein Soldat war.

»Die Schlangen greifen den Hafen an!«, brüllte er in das anhaltende Läuten der Glocken. Nach einem ersten ungläubigen Kopfschütteln, weil Lija diese Behauptung absurd vorkam, glitten ihre Augen über das Abzeichen – Njoriels Träne gekreuzt mit dem Schwert – weiter zum Anker an seiner Schulter – das Zeichen der Marine – und zum goldenen Blut, das an seiner Schläfe klebte.

»WORAUF WARTET IHR?« Ztiht sprang so abrupt auf seine Füße, dass der Stuhl zurückkippte. Seine Schritte brachten die Wände zum Beben, doch gaben sie den Takt vor, in dem die Kompanie ihm in den Innenhof folgte, wo Ka bereits die Waffen aus dem Lager hinaus auf den Platz warf.

»Bewaffnet euch!«, befahl er dabei. Die Soldaten taten wie geheißen, doch Lija machte keine Anstalten, sich eine Waffe zu nehmen. Schließlich hatte sie die Katzenkralle. Das war alles, was sie brauchte.

Kies knirschte neben ihr. Sie drehte nicht den Kopf, denn die Hitze hatte ihr längst verraten, wer sich ihr näherte. Wortlos hielt Tahro ihr ein Schwert hin, das sie mit gerümpfter Nase betrachtete. Eine schmale, gebogene Klinge. Eine solche, mit der er nur zu gerne kämpfte. Eine solche, mit der er das Rotblut getötet hatte.

»Brauche ich nicht.«

Er quittierte es mit einem Schnauben, drückte ihr das Schwert gewaltsam in die linke Hand. So fest, dass Lija zurückstolperte. Seine Kraft war Absicht. Er trieb sie von den anderen weg. Weit genug, sodass niemand sein Zischen hören konnte: »Nimm es.«

»Nein.« Sie streckte die Hand aus, hielt ihm das Schwert entgegen, das er nicht zurücknahm. Also warf sie es vor seine Füße. Er knurrte wütend.

»Du brauchst ein Schwert, um sie zu töten. Feuer reicht nicht.«

»Ich brauche auch kein Feuer.« Stur reckte sie ihm das Kinn entgegen. Abermals hörte sie ihn knurren. Und hätte sie nicht so hochmütig die Augen abgewandt, hätte sie ausweichen können, bevor er ihren Kragen packte. Er zerrte sie daran herum und zwang sie, ihn anzusehen.

»Du hast mir keine Wahl gelassen.« Seine Zähne waren so fest zusammengepresst, seine Stimme so scharf, dass sie ihn kaum verstand. Doch die Art, wie er sie ansah, verriet ihr, dass er genau wusste, warum sie dieses Schwert nicht nehmen würde.

»Das ist also *meine* Schuld?«, fuhr sie ihn an. Mit aller Kraft stemmte sie sich zurück, versuchte, seinem Griff zu entkommen, doch er ließ sie nicht.

»Du hättest es nicht getan.« Es war ein Vorwurf. Mit diesen wenigen Worten klagte er alles an: Ihr Zögern. Ihre Schwäche. Das, was er für Feigheit hielt. Lija spürte, dass ihr Mund vor Fassungslosigkeit aufklappte. Er musste glauben, dass sie ihm widersprechen wollte, denn er zischte sofort: »Und Sirio hätte nicht aufgehört.«

Obgleich sich weder ihre Anspannung löste noch ihre Wut erlosch, lockerte er seinen Griff. Er ließ von ihrem Kragen ab, trat auf die Klingenspitze und drückte auf diese Weise den Griff hoch genug, sodass er ihn greifen konnte. Wortlos hielt er ihr das Schwert entgegen.

Lija hatte den Mund noch nicht wieder ganz geschlossen, als sie es wider besseres Wissen entgegennahm. Er hatte ein erstaunlich leichtes Schwert gewählt. Hervorragend ausbalanciert. Genau das Richtige für sie. Und doch wog es schwer in Lijas Hand, als sie begriff, was Tahro getan hatte. Er hatte das Rotblut getötet, um sie beide zu retten. Seinen Bruder und …

»Dein Handschuh«, brach er ihren Gedanken ab. Feuer knisterte nahe ihrer Hand. Verstohlen schielte Lija zu den anderen hinüber. Niemand achtete auf sie oder die Flamme, die Tahro ihr entgegenhielt. Eilig, mit einem ungeduldigen Zerren unter der schwarzen Mondsichel, zog sie sich den Handschuh aus und hielt ihre Handfläche nah an seine. Der Mond sog die Flamme auf, kaum dass sie sie berührte. Lija konnte sich nicht gegen den Genuss wehren, als das Blut in ihren Adern zu Glut wurde.

»Schlangen sind schwer zu töten.« Tahro hörte nicht auf, über seine Schulter zu spähen. Wachsam behielt er jeden Kameraden im Auge, damit bloß niemand sah, was er tat. Gerade als ihre Haut zu spannen begann, als die Hitze wie Fieber in ihr aufstieg, ließ er seine Magie erlöschen.

Mehr, hätte sie um Haaresbreite gefordert, wenn er ihr nicht zuvorgekommen wäre: »Gerate nicht zwischen sie. Da kommst du nie wieder heraus.«

Lija war zu abgelenkt, um ihm mit einem Nicken zu verstehen zu geben, dass sie verstanden hatte. Sie starrte auf diese kaum sichtbaren Furchen auf seiner Stirn. Im ersten Moment wirkte es wie angespannte Konzentration. Im zweiten wie Wut. Aber das war kein Zorn … das war etwas anderes. Irgendetwas, das sie nicht benennen konnte.

»Jetzt zieh den Handschuh wieder an, verdammt!« Er stieß mit so viel Kraft gegen ihre Schulter, dass sie zurückstolperte. Es musste ihn wütend gemacht haben, dass sie ihn so lange angestarrt hatte. Er hasste das … Daher beeilte sie sich, den Stoff zurück über ihre Finger zu stülpen, auch wenn sie sich dies hätte sparen können. Der Sichelmond pochte noch wilder als ihr Herz. Wahrscheinlich würde er sich schon durch den Handschuh gefressen haben, ehe sie auf dem Luftschiff stand.

»ABMARSCH!« Dieses Mal war es nicht Ztiht, der brüllte, sondern der Hauptmann. Sie eilte aus dem Hauptgebäude hinaus in Richtung der Lastenzüge und von dort aus zur Brücke. Die Kompanie folgte ihr im Eilschritt.

»Schlangen sind verdammt schwer zu töten!«, wiederholte sie an Bord des größten Transportschiffes der sechzehnten Kompanie angekommen, was Tahro bereits behauptet hatte. Mit zusammengekniffenen Augen musterte sie ihre Soldaten, während diese sich für den Kampf bereit machten. »Sie heilen schneller als Wölfe. Manche Wunden verschließen sich sogar nur Sekunden, nachdem sie zugefügt worden sind. Es gibt nur einen Weg, sie zu töten: Ihr *müsst* den Kopf abschlagen.«

»Wie haben die es in die Stadt geschafft?«, fragte Zikan, als sich über die Reling lehnte, um in die Straßen hinabzuschauen.

»Über die Hafenschleusen. Wie sonst?«, gab Rarosha spitz zurück.

»Sind die verrückt, den Hafen anzugreifen? Was wollen die hier?«

»Vergeltung.«

Neugierig drehten die beiden die Köpfe herum, als sich Lija neben sie an die Reling stellte. Wie stark ihr Magen rebellierte musste ihr anzusehen sein, denn Zikan hob besorgt die Augenbrauen und Rarosha wich ein Stück zurück, als hätte sie Sorge, dass Lija sich auf ihre frisch polierten Stiefel erbrechen könnte. Es wäre sicherlich besser gewesen, wenn Lija sich wieder auf das Deck gehockt hätte, aber sie musste sehen, was dort unten vor sich ging. Was die Schlangen taten, weil ihr Nest nahe der Golduferstadt vernichtet worden war. Und ein kleiner, ein winziger Teil in ihr, konnte sie verstehen. Derjenige, der so unbeirrbar an den Worten festhielt, die Katzenauge ihr eingeflüstert hatte.

Das ist keine Gerechtigkeit.

Hilf mir, es zu beenden.

Kaum waren sie über die sechste alte Stadtmauer geflogen, war die Unruhe am Boden nicht mehr zu übersehen. Lija erkannte dieses Getöse sofort wieder. Derselbe Lärm hatte über dem Waldranddorf gelegen, als die Wölfe angegriffen hatten.

Als sie die neunte alte Mauer überflogen, tat sich unter ihnen der Westhafen auf. Es war das erste Mal, dass Lija diesen zu Gesicht bekam. Er bildete sich aus einem Geflecht unterschiedlicher Hafenbecken, die sich in- und übereinander verschachtelten. Alle waren über Schleusen verbunden, von denen breite Wasserfälle von einem Becken zum anderen verliefen. Die Matrosen und Hafenarbeiter lenkten deren Ströme, um die Schiffe von einer Ebene in die nächste zu versetzen, damit die richtige Fracht am richtigen Ort gelöscht wurde. Doch im Moment kontrollierte niemand anderes das Wasser als die Schlangen.

Wie viele es waren, war unmöglich zu schätzen. Vielleicht waren es Hunderte, vielleicht Tausende. Ihre mächtigen Körper waren so wild ineinander verschlungen, dass man nicht sagen konnte, wo die eine Schlange begann und die andere endete. Sie waren zu einer gigantischen Masse verschmolzen, deren wilden, gewaltvollen Bewegungen das Wasser aufpeitschten. Die Straßen um den Hafen waren bereits ähnlich geflutet wie die Becken. Ein Schiff nach dem anderen versank zwischen den Onen. Sowohl die Handelsschiffe, die dort festgemacht waren, als auch die der Marine, die einrückten, um das Chaos zu beenden – falls das überhaupt noch möglich war.

»Komme, was wolle, ihr hindert das Schlangenpack daran, in die Stadt vorzudringen! Die Onen im Hafen übernimmt die Marine!«, brüllte der Hauptmann, als die Kompanie am Rande des Hafenviertels anlegte.

»JAWOHL!«, riefen die Soldaten wie aus einem Mund.

»Worauf wartet ihr dann? LOS!«

Die Züge setzten sich ruckartig in Bewegung, liefen erst gemeinsam, teilten sich dann in ihre Gruppen auf, wie sie es tausende Male während des Drills geübt hatten. Als Gruppenführer marschierte Samju an der Spitze ihrer Gruppe. Er hatte sich umgedreht und lief rückwärts weiter, während sein Blick über die Kameraden glitt.

»Egal, was passiert, wir werden uns nicht trennen!«, wiederholte er die Lektion, die Plofond und Ztiht ihnen eingebläut hatten. »Keine vermeidbaren Fehler!«

»Was siehst du mich so an?«, knirschte Lija über ihre Schulter, als sie Lorells anhaltenden Blick in ihrem Nacken bemerkte.

»Ich wollte nur sichergehen, dass du zugehört hast.«

»Soll ich es noch einmal wiederholen?« Samju ließ sich zu Lija und Lorell zurückfallen und grinste: »Das mache ich gern!«

»Nicht nötig.« Lija rollte übertrieben mit den Augen, weil ihre Kameraden nicht aufhörten, sie so auffordernd anzusehen. »Ich habe es verstanden.«

»Das glauben wir erst, wenn wir es sehen.« Samjus vielsagender Blick glitt weiter zu Lorell und wurde mit einem überheblichen Grinsen beantwortet.

»Keine Sorge«, knurrte sie etwas zu laut und knuffte beiden mit ihren Fäusten in den Arm. »Ich muss doch aufpassen, dass euch Hohlbirnen nichts passiert.«

»Das hätte Halvar nicht schöner sagen können«, entfuhr es Samju steif. Dabei vermied er es, sowohl Lija als auch Lorell anzusehen. »Er hätte nur fester zugeschlagen …«

»Still jetzt!«, fauchte Cirill zu ihnen hinüber. »Oder wollt ihr, dass die Schlangen uns finden?«

»Sollen sie kommen«, erstickte Tahro den Wortwechsel. Er hatte neben seinem Bruder den Platz an der Spitze eingenommen. Ein rotglühender Blick glitt über seine Schulter. Als Lija ihn einfing, hatte sie das Gefühl, dass die Funken in seiner Iris auf sie übersprangen. Als stiftete er einen Brand in ihr. Denn sie kannte diesen Ausdruck nur zu gut.

Hass.

Das Feuer zündete an einem Punkt, so tief in ihr verankert, dass es ihr Kern zu sein schien. Die Leere, die Verlust hinterlassen hatte. Sehnsucht nach dem, was man verloren hatte. Zorn, weil man es nie zurück bekäme. Und unendlicher Hass gegen die, die es einem genommen hatten.

Du willst es ihnen heimzahlen?, erhob der Sichelmond die Stimme seiner Herrin. Lija hörte sie so deutlich, als stünde Nyxiel vor ihr. Es war wie Öl, das man ins Feuer goss. Es ließ Lija vergessen, was Katzenauge zu ihr gesagt hatte. Es begrub diese Idee von einem besseren Weg unter den lauten Stiefelschritten der Soldaten, die tiefer in das Hafenviertel marschierten.

Die meisten Straßen waren leergefegt. Die Menschen hatten sich in ihren Häusern verbarrikadiert. Abgesehen vom Kampfgetöse, das vom Hafen her durch die Stadt drang, herrschte eine gespenstische Stille.

»Schlangen sind Lauerjäger. Gerade die Wasserschlangen haben irrwitzige Anpassungsfähigkeiten«, plapperte Zikan irgendwann vor sich hin. »Sie warten, bis ihre Beute nahe genug herankommt, und greifen dann an. Es ist regelrecht angsteinflößend, wie spät man eine Schlange erkennt. Es könnte sein, dass direkt vor uns eine liegt und wir sie nicht einmal bemerken.«

»Wir sollten lieber zurück in Richtung Hafen gehen. Weiter als hier werden die Schlangen sicher nicht in die Stadt gekommen sein«, überging Krysander ungerührt Zikans nervösen Vortrag.

»Wir kehren nicht um«, entschied Tahro, noch bevor Samju den Mund aufmachen konnte. Unbeirrbar marschierte er vorwärts. Sirio schritt zu seiner Linken. Und Lija hätte beinahe zu seiner Rechten aufgeschlossen, wenn nicht dieses Stechen durch den Sichelmond gezuckt wäre. Jeder Muskel erstarrte unter der Gewalt. Denn das war nicht Lijas Zorn oder ihre Entschlossenheit, zu kämpfen. Und es war nicht Tahros Feuer. Nein … Es war derselbe fremde Instinkt, den sie damals im Wald gespürt hatte, bevor die Dachse den Trupp angegriffen hatten. Dasselbe Gefühl, bevor Halvar gestorben war.

Hilflos wandte sie sich zu Lorell. Dieser musterte sie forschend, während er zu ergründen versuchte, woher der plötzliche Schock in ihren Augen kam. Sie spürte seine Finger an ihrer Hand, die er so zart drückte, als könnte er mit dieser liebevollen Geste das Chaos ersticken. Aber das war unmöglich. Denn das Brennen in jedem Zentimeter ihrer schwarzen, abgestorbenen Haut machte keinen Hehl daraus, was es bedeutete: Sie hatte Lorell mit dem Mond berührt. Und nun würde er ihn sich holen.

Nicht ihn, flehte Lija zu allen Göttern. Seine Zeit war noch nicht gekommen. Der Fluch durfte ihn nicht haben. Nicht so. Nicht jetzt. Niemals.

»Was ist los?« Samju schien der Ausdruck auf ihrem Gesicht ebenso zu beunruhigen, denn er musterte es von allen Seiten. Auch die anderen Kameraden blieben stehen. Selbst Sirio und Tahro wandten sich um. Doch erst als Lija Tahros Blick wiederfand, kam ihr endlich über die Lippen, was der Sichelmond ihr zuflüsterte: »Es ist so weit.«

»Was ist so weit?« Flav drehte misstrauisch den Kopf. Mit zusammengekniffenen Augen suchte er die leeren Straßen ab.

»Sie sind hier.« Diese Worte kamen von Tahro. Ohne weiter zu zögern, bezog er Stellung auf dem nächstgelegenen Dach. Sirio schien überrascht, doch folgte er seinem Bruder.

»Und das sagt euch jetzt euer Instinkt, oder was?«, knurrte Flav verständnislos, während er einem Kameraden nach dem anderen dabei zusah, wie sie auf die Dächer sprangen, bevor er sich selbst hinaufschwang.

Lija war die Einzige, die auf der Straße stehen blieb.

»Bist du verrückt?« Als er das sah, machte Lorell Anstalten, wieder hinabzuspringen, doch Tahro hielt ihn zurück.

»Du willst sie als *Köder* benutzen?«, entfuhr es ihm entsetzt, doch kümmerte es Tahro wenig.

»Steh ihr einfach nicht im Weg«, fuhr er ihn an und stieß Lorell unsanft in die hinteren Reihen zurück. Weit hinter Rarosha, Zikan und Yoph, die sich auf ihrer Seite der Straße bereithielten. Krysander, Flav, Cirill und Samju taten dasselbe auf der anderen. Sie alle behielten Lija im Auge, die entschlossen den ersten Schritt machte. Langsam zog sie sich den rechten Handschuh von den Fingern, ballte ihre schwarze Hand ein paar Mal zur Faust, um den Sichelmond besser spüren zu können. Dieser glühte heißer als das Feuer in ihren Adern. Er hatte erkannt, was sie vorhatte.

Eine tote Schlange war keine Gefahr für Lorell.

Aufmerksam ließ sie ihre Augen über die Wände gleiten. Über das bunt bemalte Holz, dessen Lack an ein paar Stellen abblätterte. Über das bogenförmig gelegte graublaue Pflaster, das charakteristisch für die Straßen des Hafenbezirks war. Ihr Herz hämmerte wie wild, als ihre Augen das Ende der Straße erreichten.

»Ich sehe dich!«, rief sie in die Leere. Zunächst geschah nichts. Dann hörte sie das Klappern, bevor die Häuser begannen, sich zu bewegen. Zufrieden blieb Lija stehen, um zu beobachten, wie die Fenster aus den Steinen flossen, die Konturen verschwammen, ohne dass sie bröckelten. Schließlich änderten die Wände ihre bunten Farben in ein bläuliches Grün, das im Licht heftig schimmerte. Ein Zischen ertönte.

»*Kluger Mensch.*«

Allein der Kopf der Schlange war so groß wie sie. Die gelben Augen mit den schlitzförmigen Pupillen – schmaler als sie es je bei Samtpfote oder Katzenauge gesehen hatte – fixierten sie. Wohl überlegt legte Lija ihr Gewicht auf ihr hinteres Bein. Zwar bewegte sich die Schlange täuschend langsam, doch sie musste bereit sein, wenn das Ungetüm vorschnellen würde. Daher spannte sie ihre Muskeln kampfbereit an und ging vorsichtig in die Knie, während der On immer näher kam. Der Sichelmond pulsierte indes ungeduldig in ihrer Faust. Er konnte es nicht erwarten, war so *gierig* auf das, was kommen würde.

Kaum mehr zehn Meter trennten Lija und den On. Eine einzige schnelle Bewegung würde reichen und sie würde im Maul der Schlange verschwinden. Eine schmale, gespaltene Zunge trat aus diesem hervor, tänzelte durch die Luft, als würde sie diese abtasten, um zu entscheiden, ob sie schon nahe genug an ihrer Beute war.

Und dann war es soweit.

Der Kopf der Schlange schnellte vor. Augenblicklich riss Lija ihre rechte Faust zurück. Sie hielt die Flammen darin fest, sammelte all die Kraft, die Tahros Magie und der Fluch zu bieten hatten, bevor sie ihre Hand auf den Kopf des Ons krachen ließ.

Es war ein berauschendes Gefühl. Die Druckwelle des Schlages presste den On gewaltsam zurück. Lija konnte jeden einzelnen Knochen spüren, der sich unter der gebündelten Kraft deformierte. Es knackte. Und knackte. Und *knackte!*

Dann war es still.

Die Schlange regte sich nicht mehr. Aufgeregt versuchte Lija, sich ans Atmen zu erinnern, aber diese Kraft benebelte sie bis hin zur schieren Euphorie. Sie ließ ihre Augen über den reglosen Körper und den zerklüfteten Schädel gleiten. Schwarzes Blut sickerte in pulsierenden Schüben aus den Rissen zwischen den Schuppen. Und dieser Anblick … er brachte Lijas Herz zum

Beben. Wie eine zu heftige Resonanz, die ein Glas zum Bersten brachte, das sie in Schwingung versetzt hatte. Und … es *gefiel* ihr.

Es knackte wieder.

Ein gurgelndes Geräusch folgte, bevor die Schuppen zu zittern begannen. Lijas Herzschlag stockte, als sie beobachtete, wie sich der Kopf der Schlange vom Boden erhob. Ein tiefer Krater spaltete den Schädel von der Schnauze bis zwischen die Augen. Und trotzdem riss der On sein Maul zu einem Brüllen auf. Schwarzes, stinkendes Blut ergoss sich über die Steine. Wie konnte die Schlange noch leben?

»Weg da, Lija!«

Samju sprang von den Dächern. Geschickt landete er auf dem aufgebrochenen Kopf, der sich entgegen aller Gesetze der Natur vom Boden erhob. Die Schlange schüttelte sich, versuchte, ihn abzuwerfen, doch Samju rammte sein Schwert in eines ihrer Augen. Der Schrei, den das Tier daraufhin ausstieß, musste in der ganzen Stadt zu hören sein. Der Laut war so gequält, so furchtbar, dass Lija davon schwindelig zu werden drohte. Sie hatte zu viel Kraft mit diesem einen Schlag vergeudet. Nun hatte sie kaum noch genug, um dem Gebrüll standzuhalten. Geschweige denn, um ihre Beine zu bewegen. Und … war das Moos, was sie da roch?

Die Schlange warf ihren Kopf heftig umher, schmetterte ihn in die Häuserwände. Wie Sandburgen stürzten diese unter ihrem Gewicht ein. Steine flogen. Mörtelstaub und Geröll regneten auf Lija nieder, zwangen sie, rückwärts zu taumeln. Doch egal wie sich der On wand, er konnte Samju nicht abwerfen. Sein Schwert steckte zu tief in ihrer Augenhöhle.

Im nächsten Augenblick spritzte schwarzes Blut über die Straße. Als die Schlange ihre Kehle entblößte, waren Tahro und Sirio von den Dächern gesprungen. Die Klingen ihrer glühenden

Schwerter schnitten in das Fleisch des Ons, hinterließen eine klaffende Wunde. Doch waren die Schnitte nicht tief genug gewesen, hatten den Kopf nicht abtrennen können.

Geschickt drehten sich die Brüder in der Luft. Sie landeten an einer Häuserwand, stießen sich sofort wieder davon ab. Ihre Bewegungen waren vollkommen synchron, perfekt aufeinander abgestimmt. Lija verfolgte mit Erstaunen jeden ihrer Sprünge. Unverkennbar, dass diese beiden bereits ein ganzes Leben Seite an Seite kämpften.

Die röchelnde Schlange bäumte sich immer höher auf, schlug ihren Kopf voller Verzweiflung gegen die Häuser, gegen den Boden, bis Samju von ihr ablassen musste. Er ließ sich vom Kopf werfen und nutzte seinen Wind, um auf einen der Schornsteine zu landen, auf dem er verharrte. Unschlüssig, ob die Brüder ihn bräuchten, oder ob er ihnen im Weg sein würde.

Mit einem letzten Sprung, einem letzten Kreuzen ihrer Klingen, schlugen Tahro und Sirio den Kopf ab. Das Krachen des Schädels auf den Pflastersteinen war so laut, als würden diese unter dem Gewicht bersten.

»Steh auf!«

Nur schwer konnte Lija die Augen von dem lösen, was auf der Straße geschehen war. Wann war Tahro neben ihr aufgetaucht?

»Deine Hand«, sagte er leiser und kniete sich zu ihr hinab. Selbst für diese einfache Bewegung fehlte ihr die Kraft. Tahro explodierte fast vor Wut, als er das sah. Denn er hasste es, wenn sie zögerte. Er hasste es, wenn sie schwach war. Ungeduldig packte er ihr Handgelenk, verdrehte ihre rechte Hand, bis sie dicht vor seiner hing. Seine Magie sickerte durch das Mal, verteilte sich in ihr wie ein Lauffeuer. Lija atmete auf, als hätte er sie vorm Ertrinken gerettet.

»Weiter«, brachte sie zustande, als sie seinen glühenden Blick erwiderte. Von der dunklen Iris war kaum mehr etwas zu erkennen. Alles darin war zerfressen von Feuer. Genau wie sie.

»Weiter«, stimmte er zu. Während Tahro bereits auf eines der Dächer sprang, löste Lija das Schwert von ihrem Gürtel. Auch wenn sie seine Geste schätzte, hatte sie nicht gelogen: Sie brauchte kein Schwert. Sie brauchte nur die Katzenkralle. Die Magie dieses Zaubers könnte Schlangenschuppen tausendmal besser zerteilen als Stahl. Also ließ sie ihre linke Hand in ihre Tasche gleiten, zog die hölzerne Figur hervor, die längst verstanden hatte, was Lija brauchte. Noch bevor sie zu Tahro aufs Dach aufgeschlossen hatte, hielt sie eine Klinge in der Hand.

»Wo geht ihr hin?«, brüllte Krysander ihnen hinterher. »Wir sollen uns nicht trennen!«

Keiner der beiden blieb stehen. Und damit ließen sie ihren Kameraden keine Wahl.

»Hinterher!«, befahl Samju der Gruppe, die die beiden hartnäckig in Richtung Hafen verfolgte. Dort war das gesamte Wasser vom Blut der Onen dunkel verfärbt. Überall schwammen Schuppen, Trümmer von Schiffen oder Häusern und Teile von Soldaten. Ringsherum hörte man Schreie und Befehle, die im Getöse untergingen. Lija erlaubte sich nicht, sich davon ablenken zu lassen. Sie trieb nur ein einziger Gedanke in all seinen Facetten an.

Mehr.

Weiter.

Nicht genug.

Deswegen jagten Lija und Tahro jede Schlange, die ihren Weg kreuzte. Sie trieben sie dazu, ihre Köpfe bis über die Dächer zu recken. Ihre Kehlen zu entblößen, damit sie diese zerschneiden konnten. Gerade bei den großen Schlangen war es erstaunlich schwer. Ihre Körper waren so breit, dass die Klingen die Muskeln kaum zur Gänze durchdrangen. Und wenn man es nicht schaffte, den Kopf abzuschlagen, konnte man buchstäblich dabei zusehen, wie sich die Schnitte unter neuen glänzenden Schuppen verschlossen.

»Zähe Biester«, fauchte Tahro, dessen Stiefel im schwarzen Blut schmatzten, als er neben einem abgetrennten Kopf auf der Straße landete. Lija schaffte es nicht so elegant. Sie schlug auf Händen und Knien auf, schnappte erschöpft nach Luft. Mit allem Willen, den sie aufzubringen vermochte, ignorierte sie die Lichtblitze vor ihren Augen, damit sie ihren Körper zum Durchhalten zwingen konnte.

»Steh auf«, befahl Tahro ungeduldig. Auffordernd hielt er ihr sein Feuer entgegen. Seine Kraft schien nie zu versiegen.

»Wenn du müde bist, können wir aufhören«, triezte sie ihn trotzdem, auch wenn sie dabei kaum Luft bekam. Besonders lustig fand er das offenbar nicht.

»Hör auf zu heulen«, knurrte er matt. Als Lija genug Feuer in sich hatte, um aufstehen zu können, beruhigten sich ihre Lungen. Genussvoll dehnte sie ihre Muskeln, machte sich all die Magie bewusst, die sich darin ausbreitete. Es war genug Feuer, um den ganzen Bezirk niederzubrennen.

»Weiter«, nickte sie also und rannte los. Er folgte ihr zurück auf die Dächer, auf deren Rücken sie einen so viel besseren Überblick hatten. Aufmerksam wandte Lija ihren Blick nach rechts. Sie waren den Hafenbecken mit den Schlangen gefährlich nahe gekommen. Und Tahro hatte sein nächstes Ziel bereits gefunden. Er sprang in eine Straße hinab, in der sich eine kleinere Schlange unentdeckt von den Marinesoldaten in Richtung Stadt davonmachen wollte. Lija folgte ihm, stürmte an seiner Seite die

Hafenpromenade entlang. Aber … Warum waren ihre Füße plötzlich so schwer?

Erschrocken horchte sie in sich hinein. Da war noch Feuer. Mehr als genug. Und trotzdem dröhnte dieses Fiepen in ihren Ohren. Das konnte doch wohl nicht … hatte sie wirklich wieder die Grenze ihres Körpers erreicht, von der sie geglaubt hatte, dass es diese nicht mehr gab?

Jeder ihre Schritte wurde langsamer, bis sie hinter Tahro zurückblieb. Eine Kraft zerrte einem Magneten gleich an ihren Gliedern. Es war unmöglich, diese Spannung zu durchbrechen. Als Lija begriff, was es war, ergab sie sich voller Entsetzen diesem fremden Sog. Das hier … das hatte sie schon einmal erlebt. Damals im Wald, als …

Langsam drehte sie sich um. Ihr Blick folgte diesem Gefühl, das sie im selben Maße anzog wie es sie abstieß. Und dort am Beckenrand voller Schlangen stand sie – die Frau aus Licht.

Czarina.

Sie bewegte sich kaum. Nur ihre weißen Roben und die Kapuze, die sie sich über das helle Haar gezogen hatte, wiegten sich sacht im Wind. Es wirkte, als würde die Welt, die um sie herum unterging, sie nicht einmal berühren. Vielleicht war sich Lija deswegen nicht sicher, ob sie wirklich da war. Träumte sie? Trafen sich ihre Blicke wirklich? Hörte sie tatsächlich ihre Stimme?

Da bist du.

Irgendetwas traf Lija im Rücken. Im nächsten Augenblick lag die Welt auf der Seite. Sie war zu unachtsam gewesen. Zu abgelenkt. Hatte den Schlag des Schlangenschwanzes nicht einmal kommen sehen. Und nun fiel sie haltlos über den Kai. Obwohl ihr Blick auf die bunten Häuser des Hafens gerichtet war, konnte sie in ihrem Geiste das schwarze Wasser unter sich sehen, das sich wie Finsternis ausbreitete.

Instinktiv streckte sie ihre Hand aus, strampelte in der Luft, aber diese bot ihr keinen Widerstand, mit dem sie sich zurück zur Kante hätte drücken können. Diese rückte beständig in immer weitere Ferne. Es fühlte sich wie eine Ewigkeit an, bevor sie auf dem Wasser aufschlug. Wie ein Stein versank sie unter den Wellen. Das Gewicht der Erzelin-Uniform zerrte sie einem Anker gleich herab. Das Gemisch aus schwarzem Blut und Wasser drang durch ihre Nase. Ihren Mund. Sie musste es loswerden. Wenn sie nicht ertrinken wollte, musste sie …

Verzweifelt öffnete sie ihre Hand, ließ alles von Tahros Feuer frei, was sie in sich finden konnte. Das Wasser schlug zu den Seiten. Dampf stieg auf. Zu heiß zum Atmen, doch Lija war alles recht, um nicht zu ertrinken. Sie hustete die Reste des schwarzen Wassers aus, das von den Beckenwänden auf sie zurückschlug. Es war jedoch so viel verdampft, dass es ihr nur noch bis zu den Knien reichte. Auf allen Vieren kauerte sie darin, zitterte, keuchte, hustete und kämpfte darum, sich zu erheben. Das Fiepen in ihren Ohren war so laut geworden, dass es ihr den Gleichgewichtssinn raubte. Zudem übertönte es die Schreie der anderen Soldaten, die sich oben auf der Kaimauer sammelten.

Erschöpft sank Lija ins Sitzen zurück. Ohne Tahros Feuer hatte sie nicht mehr genug Kraft, um aufzustehen. Geschweige denn den Beckenrand zu erreichen. An der Grenze ihres Endes taumelnd beobachtete sie teilnahmslos, wie all die Kameraden dort oben auf sie zeigten und brüllten. Wie sie kopflos durcheinanderliefen und mit aufgerissenen Augen das betrachteten, was sich um Lija herum sammelte.

Überall im leeren Becken bewegten sich schuppige Muskeln. Überall waren Zungen, Köpfe, Augen.

»*Mensch*«, dröhnte es ununterbrochen. Zuerst hinter ihr, dann von allen Seiten. Die Laute vibrierten in ihren Knochen, lähmten sie nur noch mehr. Sie konnte ihnen ohnehin nicht entkommen. Es gab keinen Ort, an den sie noch hätte laufen können. Es war genau, wie Tahro gesagt hatte: *Gerate nicht zwischen sie. Da kommst du nie wieder heraus.*

Daher achtete sie nicht einmal auf den Schlangenkopf, dessen Zunge die Luft vor ihr abtastete. Der das Maul aufriss, weil er erkannt hatte, dass sie leichte Beute war. Sie starrte nur weiter auf die Kaimauer, suchte jedes Gesicht dort oben in der Hoffnung ab, dass sie Lorells roten Schopf erblicken würde. Wie gerne hätte sie ihn noch einmal gesehen … doch statt des roten Haars entdeckte sie nur rote Augen in einem mit schwarzem Blut verschmierten Gesicht.

Völlig außer Atem tauchte Tahro am Kai auf. Er erstarrte, als er Lija am Boden des Beckens kauern sah. Sein Mund stand offen. Wahrscheinlich zeichneten sich deswegen kaum Kanten in seinem Gesicht ab. Er hatte noch nie weniger wie ein Ashkaja ausgesehen.

Plötzlich wich er zurück. Einen Schritt. Einen zweiten. Langsam und präzise. Seine stechenden Augen fixierten den Schlangenkopf, der sich auf Lija zubewegte. Und dann nahm er Anlauf.

»Nicht!«, brüllte sie, als er vorschoss. Unaufhaltsam. Egal wie laut sie schrie, er blieb nicht stehen. Nein … er würde springen. Hinein in ein Becken voller Schlangen. Zu ihr.

»ZURÜCK!«, brüllte Lija noch lauter und tat das Einzige, das ihr einfiel, um ihn davon abzuhalten. Mit aller Macht trieb sie den Mond vor sich in das flache, schwarze Wasser. Sie ließ ihn davon kosten, darin hineinsickern, sich verteilen, bis es sich wie Säure anfühlte.

Der Schlangenkopf vor ihr war das Erste, das erstarrte. Unerschrocken blickte Lija in den Schlund, der kaum einen Meter vor ihr schwebte. Der On wirkte wie aus Stein gemeißelt. Nur sein säurebrennender Atem verriet, dass er lebendig war. Doch er bewegte sich nicht – er und auch keine andere Schlange in diesem Becken. Sie alle waren erstarrt, als würden sie nicht begreifen, was mit ihnen geschah. Was sie dort im Wasser auf ihren Schuppen brennen fühlten. Und genauso erstarrt blickten die Soldaten von der Kaimauer hinab, bis irgendein wahnsinniger Offizier eine Chance zu wittern schien.

»Tötet sie!«, brüllte er und deutete auf die Schlangen, die so wirkten, als wären sie mit einem Mal leichte Beute geworden. Plötzlich war es nicht mehr nur Tahro, der sich kopfüber in das fluchgetränkte Becken stürzen wollte.

Diese Idioten!

Lija schrie auf. Verzweifelt presste sie den Fluch noch tiefer in die Fugen des Beckens. In ihr Kreischen mischte sich das Brüllen aberhunderter Schlangen, die ihre Köpfe schmerzverzerrt in die Luft reckten. Sie wanden sich umeinander, drängten sich zu den Schleusen, durch die sie hinab und hinauf aus dem Hafen flohen. Sie alle.

Die letzten Tropfen Wasser lösten sich um Lijas schwarzen Finger auf, bis schließlich jeder Rest verdampft war. Sie hatte das seltsame Gefühl, sich mit ihm aufzulösen. Ihre Knochen gaben nach. Ihre Muskeln fielen in sich zusammen. Und ihr Kopf schlug auf den Steinen auf, als sie im Nichts versank.

Da bist du.

KAPITEL 22

FALLE

»Das Erstaunliche ist, dass jede Eigenschaft eines Feuerbluts gleichsam eine Tugend wie ein Laster ist. Ihre wilde Natur ist im selben Maße mutig wie streitsüchtig. Ihr kompromissloses Herz gleichermaßen ehrenvoll und grausam. Ihnen mag kaum etwas so viel Bedeutung haben wie sie selbst, doch für ihre Ideale sterben sie. Ja – ein Feuerblut ist gleichwohl der treuste Freund und der tödlichste Feind.«

Zitiert aus Arture LeMalls »Blutstudien - Band II«

Ein Sturm aus Jubel schlug Lija entgegen. Dabei hatte sie den Saal noch gar nicht betreten. Der Wesir musste bemerken, wie sie sich deswegen verkrampfte, trotzdem führte er sie gnadenlos in die Festhalle hinein. Er schien in den Zurufen regelrecht zu baden. Zumindest bis er den Namen ihrer Mutter hörte, bei dem er sich wiederum unübersehbar verkrampfte.

Kriegertochter, schallte es aus allen Ecken. Dieser alberne Titel, der wie eine Hymne auf sie gesungen wurde. *Schlangentöter*. Und irgendwo dazwischen tauchte immer wieder ihr eigener Name auf. Ihr echter Name. Der, den ihre Mutter ihr gegeben hatte.

Aurelija.

Sie hätte gelogen, wenn sie behauptet hätte, dass es ihr nicht gefiel. Dass sie nicht genug von diesen verzückten Seufzern und den Lobeshymnen bekam, die auf sie niederregneten, während der Wesir sie zur anderen Seite der Halle führte.

Dort auf der baldachingeschmückten Anhöhe thronte Neria Wassertochter. Dies tat sie für gewöhnlich allein, doch am heutigen Abend hatte man einen weiteren opulent gepolsterten Sessel zu ihrer Rechten aufgestellt. Darauf saß eine alte Frau, gebeugt und krumm unter der Last der Lebenszeit, die auf ihren Schultern wog. Ihr Gesicht war so faltig, dass es aussah, als würde es von ihrem Schädel schmelzen. Ihr glasiger Blick war gesenkt und sie bewegte sich so wenig, als wäre sie gestorben und niemand hätte es bemerkt. Trotzdem stockte bei ihrem Anblick Lijas Atem vor ungläubiger Ehrfurcht.

Denn das war Gilevie Erdtochter.

Die Nordkönigin.

Die Kaiserin erhob sich vom Thron, bevor Lija und der Wesir diesen erreichten. Mit großen Schritten und einem Lächeln auf den Lippen, das nach dem Genuss eines Sieges aussah, eilte sie auf Lija zu. Sie umfasste ihre Wangen, die sie beide küsste. Ungeduldig schob die Wassertochter sie bis zur Anhöhe vor, auf der sich die Nordkönigin immer noch keinen Millimeter bewegt hatte.

»Sieh sie dir an!«, rief Neria mit leuchtendem Blick zu ihrer Schwester hinauf. »Habe ich zu viel versprochen?«

Gilevie hob ihren Kopf. Ihre Augen waren so milchig, als wäre sie schon vor Ewigkeiten erblindet. Trotzdem hatte Lija das Gefühl, dass die Königin sie ansah. Zumindest eine flüchtige Sekunde lang. Dann verfiel sie zurück in ihre halbtote Starre. Aber diese Stille ließ Neria nicht einfach so über sich ergehen.

»Auf Roielles Kriegertochter!«, rief sie in die Halle. Diese antwortete mit einem Sturm. Kelche hoben sich. Weitere Lobeshymnen regneten auf sie nieder, als der Wesir Lija zu den Tafeln führte, an denen sich die Menschen scharrten.

Sie nannten sie eine Heldin.

Dass Lija die mittlere Ebene des Hafens mit dem Sichelmond zerstört hatte, kümmerte keinen. Diese Schuld gab man den Schlangen. Jenen, die sie vertrieben hatte, wie jedermann ihr immer wieder lobend erzählte, als würde sie das nicht wissen. Sie konnte sich vor all den Komplimenten gar nicht retten, die auf sie niederprasselten. Die edlen Hochwürden drängelten sich um Lija, als hätten sie vollkommen vergessen, dass sie sie und ihr Mischblut verachteten. Auch der Wesir schien sich kaum noch daran zu erinnern, der all diese Leute höflich, aber voller Genuss zurückwies.

»Nun seid doch nicht so, Jaquel. Wir kennen uns«, schnalzte eine alte Dame. »Erinnert Ihr euch nicht?«, fragte sie an Lija gewandt. Diese erinnerte sich tatsächlich nicht im Geringsten an das faltige Gesicht. Nur an die lackierte Pfeife.

»Ich habe einen entfernten Neffen, der Bursche ist Offizier in der Marine«, erklärte sie ungefragt, als sich der Wesir erweichte, stehen zu bleiben. »Er hat gesehen, was Ihr getan habt, Madam.«

Madam.

Lija kam sich selten alberner vor, als wenn jemand sie Madam nannte.

»Das muss man erst einmal fertigbringen, seine Wassermagie so zu beherrschen, dass es Schlangen aus einem Becken treibt. Wer weiß, ob Eure Mutter so etwas geschafft hätte.«

»Hätte sie«, sagte Lija und klang dabei etwas zu patzig. Denn ihre Mutter hätte echte Magie dazu benutzt. Wahrscheinlich wäre sie auch gar nicht erst in dieses Becken gefallen. Und hätte schon gar nicht dafür gesorgt, dass das gesamte Wasser des Hafens umkippte. Auch dafür gab man übrigens dem Onenblut die Schuld.

»Nicht so bescheiden!«, rief die Alte aus, während sie an ihrer lackierten Pfeife zog. »Ihr habt *tausende* Leben gerettet!«, betonte sie. Ihre glasigen Augen musterten sie neugierig, bis sie an den zweifelnden Falten auf Lijas Stirn hängen blieben. »Seid stolz auf Euch. Eure Mutter wäre das sicherlich.«

»Das sind wir alle«, stimmte der Wesir in die Lobeshymne mit ein. Und nutzte dieses sogleich für ein politisches Manöver: »Doch hätte das Eindringen der Schlangen gar nicht erst möglich sein dürfen. Es ist die Pflicht des Kommandanten, die Stadtmauern entsprechend zu sichern …« Der Wesir reckte seinen Kopf, als würde er nach eben diesem Ausschau halten, um zu prüfen, ob dieser auch ja die diskreditierenden Worte hörte. »… doch dieser ist er offenkundig nicht nachgekommen.«

Die Alte nickte zustimmend, was dem Wesir die Tore für den nächsten Dolchstoß öffnete: »Umso mehr sollten wir uns glücklich schätzen, dass das Siegen nicht nur in der Natur des Feuers liegt.«

Dieser Seitenhiebe auf den Kommandanten schien der Wesir niemals müde zu werden. Er verkrallte sich in Lijas Hand, führte sie einem jedem Entscheidungsträger vor, der sie mit offenen Armen empfing, und säte mit präziser Sorgfalt die immer gleiche Botschaft, für die die Ohren dieser Leute einige Zeit verschlossen gewesen waren: Dass Neria, ihr Blut und ihre Erben ebenso stark waren wie Pirons.

Der Einzige, dem er diese Nachricht nicht überbrachte, dem er Lija nicht wie ein Mahnmal für Nerias allumfassende Stärke vorführte, war der alte Direktor Pallad Myrall.

Dieser stand weit abseits des Trubels an einer Tafel. Zwei Damen – aus der Ferne glaubte Lija die geschlossenen Beamtenbücher auf ihren Abzeichen zu erkennen – standen neben ihm. Die beiden erwiderten die Gesprächsversuche des Alten nicht einmal mit abgewandtem Gesicht. Lija wusste genau, woran das lag: Zum einen, weil der Direktor eine große Menge der Lagerbestände in die Rotten hatte bringen lassen, nachdem die Sklaven Tag und Nacht pausenlos hatten arbeiteten müssen, um die Trümmer im Hafenbezirk zu beseitigen. Zum anderen, weil die Valois nirgendwo zu sehen war, die auf diesen Festen ansonsten nie von seiner Seite wich. Es war niemand da, um diesen gutherzigen, alten Mann vor den giftigen Zungen zu bewahren.

Also würde Lija es tun.

Mit einem Ruck entriss sie dem Wesir ihre Finger, woraufhin dieser mitten in seiner Ausführung über die unerfüllten Pflichten des Kommandanten den Faden verlor. Hocherhobenen Hauptes marschierte sie durch die Edelleute hindurch. Die meisten wichen ehrfürchtig vor ihr zur Seite. Manche neigten sogar ergeben ihren Kopf, aber sie alle blickten ihr hinterher, bis sie direkt vor dem Direktor zum Stehen kam. Der Alte blickte sie weder ergeben noch ehrfürchtig an. Nicht einmal freundlich. In seinen Augen spiegelte sich blankes Entsetzen. So, als würde er sich wünschen, dass sie jeden anderen in diesem Saal mit ihrer Aufmerksamkeit geehrte hätte – nur nicht ihn.

»Madam!«, rief eine der Ministerinnen, als Lija den Mund öffnete, um ihn trotzdem zu begrüßen. Sie trat vor und knickste höflich. Ihre Begleitung tat es ihr gleich.

»Was für ein Sieg!«, rief Zweitere aus und streckte Lija ihren Kelch entgegen. Diese nickte jedoch nur knapp, anstatt anzustoßen. Dafür war sie schließlich nicht hergekommen. Doch als sie den Kopf zu der Stelle zurückdrehte, an der der alte Direktor eben noch gestanden hatte, stand dort ein gänzlich anderer.

»Hervorragende Leistung, Soldat«, lobte der Mann, der den leeren Platz wie selbstverständlich eingenommen hatte. Lija blinzelte ungläubig, als sie erkannte, wer ihr da gegenüberstand: Niemand Geringeres als Jannivir Melafair. Der Oberst der Marine.

»Du machst deiner Mutter alle Ehre«, lobte er, klopfte ihr sogar auf die Schulter. »Wenn sie nur sehen könnte, was für eine Kriegerin aus dir geworden ist …« Ein wehmütiges Lächeln breitete sich unter dem hellgrauen, sorgfältig gestutzten Bart aus. »Wahrlich eine Schande, dass sie nie erfahren wird, wie weit du es mit deinem Talent bringen wirst. Hätte deine Mutter die Stadt damals nicht verlassen, wäre mit ziemlicher Sicherheit *sie* Oberst der Marine geworden. Aber du …« Er zwinkerte ihr zu, bevor er mehr scherzhaft als ernsthaft behauptete: »So, wie sich dein Onkel anstrengt, macht er dich zum Kommandanten, noch bevor der Abend vorüber ist.«

Lija stolperte über vieles, was er sagte, aber am meisten über das Wort *Onkel*. Denn noch vor Kurzem hätte der Wesir jedem den kleinen Finger abgeschlagen, der es gewagt hätte, ihn als ihren Onkel zu bezeichnen. Er hatte stets sorgfältig darauf geachtet, dass die Entfernung ihrer Verwandtschaft nie vergessen wurde. Denn Roielle Mizulin war nicht seine Schwester, sondern seine Cousine gewesen. Und Lija, ihre Schandtochter, kaum mehr als eine Fremde. Wahrscheinlich wunderte sie sich deswegen erst so spät über das laute Lachen hinter ihrem Rücken.

Dort stand Kastar Ashkaja mit in den Nacken geworfenem Kopf. Er lachte und lachte, hielt sich den Bauch und kam fast gar nicht mehr zur Ruhe.

»Aaaaaaah …«, seufzte er schließlich »Was erzählst du da nur, Janni?« Seine stahlgrauen Augen hefteten sich an Lija. Sein Grinsen war so breit, dass es nichts Gutes bedeuten konnte. Schließlich war ihm genauso wenig wie Oberst Melafair entgangen, welche Politik gegen ihn betrieben wurde. Doch brauchte es sicher mehr als das, um den Kommandanten zu erschrecken. Sonst würde er sie nicht so ansehen.

»Kannst du dich noch daran erinnern, wie Roielle auf diesen Festen getanzt hat?«, fragte er an den Oberst gewandt. Dieser begann verzückt zu lächeln.

»Niemand konnte es so wie sie«, nickte er, während sich sein Blick nostalgisch in die Ferne richtete.

»Nun, *du* wirst es doch können, *Prinzessin*? Deine Mutter wird dir sicherlich ihre hübsche Njorielen-Gillardie beigebracht haben.«

»Ich kenne keine Tänze«, log Lija augenblicklich. Dabei versuchte sie, möglichst betreten auszusehen. Nicht diesen verträumten Gesichtsausdruck des Obersts zu bekommen, der ihr ebenfalls auf das Gesicht schleichen wollte, als sie daran dachte, wie Mutter beim Tanzen ausgesehen hatte. Tausende Male hatte sie ihre Gillardie für Lija getanzt. Dabei war *Tanz* das falsche Wort. Es ähnelte vielmehr einer Aufführung, in der die Bewegung des Wassers und des Eises eine größere Rolle spielte als die der Füße.

»Ach was!«, winkte der Kommandant ab und wandte sich dem Oberst zu: »Was ist, Janni? Du bist doch ein ganz passabler Tänzer. Zeig ihr doch ein paar Schritte.«

Lija war sich sicher, dass Mimpos Schreck auch ihr Blut zum Gefrieren brachte. Denn wenn sie mit dem Oberst eine Gillardie tanzte, würde dieser sofort bemerken, dass sie keinen Tropfen Wasser bewegen konnte. Genauso wenig wie ihm entgehen könnte, wenn Mimpo es an ihrer Stelle versuchen würde. Und das war genau der Grund, warum der Kommandant wollte, dass sie mit ihm tanzte.

»Wenn ich darf?«, mischte sich eine vertraute Stimme ein. Lorell griff nach Lijas Hand, bevor jemand etwas antworten konnte. Mit einem charmanten Lächeln unterband er jeden Protest darüber, dass er Lija ohne ein weiteres Wort zu den so hochrangigen Offizieren zur Tanzfläche zu führte.

»Was tust du da?« Unruhig spähte sie über ihre Schulter zurück zum Kommandanten. Im ersten Moment schien dieser verdutzt, sah unzufrieden zwischen Lija und Lorell hin und her. Doch dann erhellte sich seine Miene so schlagartig, dass es Lijas Sorge nur noch verstärkte. »Wenn du mit mir tanzt, wird er wissen, dass du mich schützt«, zischte sie kaum hörbar.

»Wenn ich es nicht tue, wird er dich verraten«, gab Lorell genauso tonlos zurück. Als sie das Zentrum der Tanzfläche erreichten, waren die anderen Gäste an den Rand gewichen, als würden sie den Kaiserinnenenkeln eine Bühne überlassen. Lorell trat selbstsicher auf eben diese und drehte Lija herum, als würde er sie präsentieren.

»Lächle«, flüsterte er, als sie sich bereit machten. »Denn er erwischt dich nicht heute.«

Nein, dachte Lija, als die Musik begleitet von Applaus einsetzte. *Aber wenn es so weit ist, erwischt er uns beide.*

Lorell machte den ersten Schritt. Lija musste nicht einmal darauf achten, wie er sich neben ihr bewegte. Er tanzte exakt denselben Tanz, den Mutter ihr beigebracht hatte. Er lenkte sein Wasser auf dieselbe zauberhafte Weise. Nicht nur für sich selbst. Auch für sie. Egal wohin Lija schritt, es sah so aus, als wäre sie diejenige, die die Wogen beherrschte. Die das Eis im Schein der fliegenden Kerzen wie Diamanten funkeln ließ. Es täuschte sie selbst beinahe so sehr wie alle, die ihr zusahen. Und für einen Moment erinnerte sie sich daran, wie oft sie sich gewünscht hatte, genau dies zu tun. Genau in so einer Halle. Vor genau solch verzückten Augen. Und für genau diesen Applaus. In ebendiese strahlenden Gesichter zu blicken, wenn sie sich verbeugte.

Für eine Sekunde war dieses Trugbild so echt, dass sie es glaubte. Dass ihr Herz vor Aufregung aus ihrer Brust springen würde. Wie im Rausch verschwammen die Stimmen und Gesichter.

»Nein, danke«, hörte sie sich auf jede Aufforderung zum Tanz antworten. Sie hielt sich an Lorell fest, der ebenfalls höflich die Hände der Damen von sich wies, die sich mit aufschlagenden Augen und verführerischen Lächeln an ihn klammerten. So, als wären die Mizulin-Sprösslinge die einzigen Menschen auf dieser Welt.

»Seid doch nicht so unhöflich!«, rügte Lorells Mutter, als sie zu ihnen herantrat. Kurzerhand wählte sie eine der Damen für ihren Sohn aus. Dann ließ sie ihren Zeigefinger wählerisch über die Herren gleiten. Bevor sie sich für einen entscheiden konnte, presste Lija leise »Ich habe Durst« hervor und schob sich zwischen den Umstehenden hindurch. Mit großen Schritten eilte sie auf die Tafel zu. Dabei schüttelte sie ununterbrochen ihre rechte Hand. Das Rauschen hörte einfach nicht mehr auf. Die Aufregung geriet aus den Fugen. Und ihr Herz … oh, ihr *Herz* … wie sollte sie das nur je wieder bändigen?

»Was möchtet Ihr trinken?«

Verdutzt blickte Lija zur Seite. Einer der Edelleute war ihr von der Tanzfläche gefolgt. Ein junger Mann mit dem Abzeichen eines Wasserblut-Aristokraten an der Brust. Flüchtig musterte Lija sein schwarzes Haar, dessen Locken so akkurat lagen, als wäre jede einzelne frisiert worden. Der Rest von ihm interessierte sie nicht mehr, nachdem sie seinen Blick gesehen hatte. Jene arrogant geschwungene Augenbraue über langweiligen blauen Augen, die sie mit einer Selbstverständlichkeit ansahen, als hätte sie nicht das Recht, ihn zurückzuweisen.

Der würde sich wundern.

»Wasser.«

Als er ihr mit derselben Selbstverständlichkeit einen Weinkelch reichte, griff sie selbst nach der Karaffe, um sich einzuschenken. Und obwohl sie sich Mühe gab, ihn zu ignorieren, spürte sie deutlich seine Blicke.

»Sogar in der Kaltwasserstadt hat man von Euren Heldentaten gehört!«

»Hm«, machte Lija nur, ohne ihn anzusehen. Allerdings ließ er sich von ihrer Ignoranz nicht beeindrucken.

»Sagt bloß, Ihr seid bescheiden – so seht Ihr gar nicht aus!«, gurrte er hartnäckig, während er seinen Blick an ihr herabgleiten ließ. Er fuhr den Kragen des blauen Kleides nach, das sie von Lorells Mutter bekommen hatte. Dieser bedeckte ihre Schultern nicht und es war ihr unangenehm, wie er seine Augen erst über die nackte Haut ihres Nackens und dann über die ihres Beines wandern ließ, das unter dem Schlitz am Rock hervorblitzte. »Das müsst Ihr auch gar nicht sein …«, fuhr er fort, als seine Augen wieder an ihr hinaufwanderten und er sie mit dieser Selbstverständlichkeit angrinste: »… schließlich habt Ihr *einhundert* Schlangen getötet.«

»Das habe ich auch.«

Die Stimme kam von der anderen Seite der Tafel. Überrascht drehten sie beide den Kopf. Und noch überraschter war Lija, als sie Tahro erblickte, der dort gelangweilt Pasteten hin- und herschob.

»Gratulation«, bemerkte der Aristokrat trocken. Für einen Augenblick musterte er das Feuerblut mit gerunzelter Stirn, bevor er sich wieder Lija zuwandte und ihr seinen Kelch auffordernd entgegenstreckte. »Auf Euch!«

Doch an Lijas Stelle beugte sich Tahro über den Tisch, um seinen Kelch geräuschvoll gegen den des Wasserbluts zu stoßen.

»Danke. Nett von Euch«, sagte er und leerte seinen Krug in einem Zug, ehe er diesen mit einem lauten Knall auf die Tischplatte pfeffert. »Denn irgendwie scheint das heute unterzugehen.«

All das schien den Aristokraten vollkommen aus der Fassung zu bringen. Seine Stirn war ebenso verständnislos wie ärgerlich gerunzelt. Es war wirklich nicht schwer zu erkennen, wie wenig amüsant er Tahro fand.

»Kommt, Madam …«, murmelte er kopfschüttelnd, bevor er Lija eine Hand ins Kreuz legte. »Suchen wir uns nettere Gesellschaft.«

»Ich bin noch durstig«, widersprach sie, ohne sich von dem sanften Druck seiner Hand auch nur einen Millimeter bewegen zu lassen. Das Wasserblut seufzte, schien allmählich die Lust zu verlieren, öffnete jedoch noch ein letztes Mal den Mund.

»Bei Raphaels Glut, verpiss dich endlich!«, gab Tahro ihm jedoch keine Gelegenheit, zu sprechen. Vielleicht erschreckte sich der noble Kerl mehr über die laute Stimme als über den derben Ton, doch so oder so fuhr er zusammen wie ein kleines Kind. Als er dann auch noch das gefährliche, rote Glühen in Tahros Iris aufflackern sah, nahm er die Beine in die Hand. Lija sah ihm breit grinsend hinterher, doch Tahro knurrte ärgerlich: »Du bist zu höflich.«

»Da bist du aber der Einzige, der das über mich sagt.«

Der glühende Blick zuckte zu Lija zurück, doch damit konnte er sie schon lange nicht mehr erschrecken. Genauso wenig, wie ihn ihr auffordernd vorgerecktes Kinn noch provozierte.

Unbeeindruckt glitt sein Blick von diesem ab. Auch er musterte sie von Kopf bis Fuß, fuhr mit den Augen die Säume ihres Kleides nach, doch war seine Art, sie anzusehen, Lija bei Weitem nicht so unangenehm wie die des Aristokraten. Ob sie ihm wohl gefiel? Das konnte sie nur daran erahnen, wie er mit den Zähnen knirschte, als er schließlich urteilte: »Blau steht dir nicht.«

Warum sie über diese Worte noch breiter grinsen musste, konnte sie nicht sagen. Ungeniert ließ auch sie ihren Blick an ihm hinabgleiten. Von seinem aschblonden Haar über die vertrauten, widerspenstigen Kanten seines Gesichtes bis zu seiner kaiserinnenblauen Festagsuniform, von der sie behauptete: »Dir auch nicht.«

»Ich sehe besser aus als du.« Tahros linker Mundwinkel rutschte beim Sprechen nach oben. Nur für eine Sekunde. Der Anflug des Lächelns verschwand so schnell, wie er gekommen war. Zurück blieb jener abweisende Ausdruck, den Lija nur zu gut kannte. Nachdenklich legte sie den Kopf schief, während sie dabei zusah, wie die Kanten seines Kinns immer schärfer hervorstachen. Wie es Verachtung immer ähnlicher wurde, aber … er wirkte zu wütend für Verachtung. War es vielleicht Abscheu? Das richtige Wort lag Lija schon auf der Zunge, bevor sie es jedoch fand, wandte Tahro den Kopf von ihr ab. Seine Augenbrauen zogen sich noch dichter zusammen, weshalb sie seinem Blick folgte.

Dort drüben entdeckte sie Sirio. Er sah wütend aus. Immer wieder flitzten seine Augen zwischen Tahro und Lija hin und her. Schließlich verlagerte er sein Gewicht, als wollte er auf sie losstürmen, aber sein Vater hatte eine Hand auf seine Schulter gelegt. Er hielt Sirio zurück, während er ihm anhaltend Worte ins Ohr raunte. Und Lija ahnte, welche Worte das waren.

Abwarten.

Es ist noch nicht an der Zeit.

»Dein Vater …«, flüsterte sie, während sie diesen nicht aus den Augen ließ. »… er weiß es.«

Im ersten Moment erwiderte Tahro nichts darauf. Als Lija sich ihm zuwandte, erkannte sie seine Unruhe lediglich anhand seiner mahlenden Kiefer.

»Sie wissen nur vom Fluch«, murmelte er schließlich. Vielleicht sollten diese Worte sie beruhigen, doch spielte es im Moment keine Rolle, ob er seiner Familie verraten hatte, dass sie ein Rotblut war oder nicht. Denn der Kommandant wusste es seit jenem Moment, als sie den ersten Schritt in seine Kaserne gesetzt hatte.

»Er wird mich anklagen«, beharrte sie. »Früher oder später wird er es tun.« Sie trat noch einen Schritt näher an die Tafel, die sie trennte. Tahro löste endlich den Blick von seinem Vater und seinem Bruder, doch anstatt sie anzusehen, schob er nur wieder die Pasteten umher.

»Tahro«, versuchte sie ihn dazu zu zwingen, sie anzusehen – vergebens. Trotzdem gab sie nicht nach: »Wenn es so weit ist, pass auf Lorell auf.«

Die Kanten in seinem Gesicht wurden so scharf, wie es sich für einen Ashkaja gehörte. Er musste sich mit aller Macht dagegen sträuben, das auch nur in Erwägung zu ziehen. Denn er hatte gesehen, was der Rest der Halle nicht einmal zu ahnen vermochte. Er wusste, dass Lorell während der Gillardie das Wasser für Lija bewegt hatte. Er kannte die Wahrheit längst. Er wusste, dass Lorell ein Blutsverräter war – und dafür verachtete Tahro ihn. Doch das war ihr egal.

»Sorg dafür, dass ihm nichts geschieht«, forderte sie dennoch – und *endlich* hob Tahro den Blick. Das Mahlen seiner Kiefer hatte aufgehört.

»Dann gib meinem Vater etwas Besseres als die Mizulins.«

Sie wusste, was er meinte – *wen* er meinte. Aber sie konnte ihm Jawih nicht ausliefern. Nicht jetzt. Vielleicht nie. Denn dass Katzenauge den Fluch noch nicht gebrochen hatte, war das eine. Aber das andere war, dass sie weder seine Worte vergessen konnte noch die Art, wie er sie ihr eingeflüstert hatte. Dass sie seinen Wind immer noch schmeckte … und als würde Tahro spüren, wie sie sich gegen den Pakt sträubte, erinnerte er sie: »Du schuldest mir einen Verräter.«

Er wandte sich ruckartig von ihr ab. Angst kroch ihre Glieder hoch. Denn sie brauchte seine Hilfe. Wenn der Kommandant sie verriet, bevor Jawih den Fluch gebrochen hatte, könnte sie nichts tun, um die zu retten, die sie liebte. Nicht ohne ihn.

»Tahro!«, rief sie ihm nach. Er hielt inne, spähte über seine Schulter, sah ihr direkt in die Augen, als sie flehte: »Bitte.«

Er zögerte. Lange. Mit jeder Sekunde, die verstrich, wurde sein Gesicht härter und seine Mauern unüberwindbarer. Schließlich drehte er sich um und verschwand zwischen den tanzenden Gästen. Die Bewegung war so knapp gewesen, dass Lija nicht sagen konnte, ob sie sich das Nicken eingebildet hatte oder nicht.

»Die sehen aus, als würden sie gleich umfallen.« Samju stand zwischen Zikan und Lija in der Reihe und betrachtete die Frischlinge mit etwas, das Lija als Schadenfreude bezeichnen würde. Die vergangenen Wochen hatten hohe Einbußen in der Wache gefordert. Der Schlangenangriff hatte sein Übriges dazu getan, sodass eine Aufstockung der Truppen durch Soldaten aus den Vasallendörfern und -städten unvermeidbar geworden war. Ein Dutzend von diesen standen nun in Reih und Glied vor der

Übungsanlage. Alle kaum älter als die Kompanie-Soldaten, aber alle offensichtlich weniger kampferprobt.

»Der eine kotzt gleich«, grinste Zikan zurück. Krysander schnalzte warnend mit der Zunge, um sie daran zu erinnern, still zu sein. Seine Disziplin kümmerte das Windblut jedoch herzlich wenig: »He, Lorell! Ich wette drei Goldmünzen darauf! Steigst du ein?«

»Ruhe jetzt«, zischte Lija vehementer als Krysander. Sie warf Samju dabei einen scharfen Blick zu, um ihn an die wichtigste Lektion zu erinnern, die sie je von Halvar gelernt hatte: Gegen Lorell wettete man nicht.

»Ich wette drei Goldmünzen, dass sich die *Arsch*-kajas den Blonden zuerst vorknöpfen«, provozierte Lorell Samju jedoch und Lijas Warnung zum Trotz schlug dieser ein.

Idiot.

Kaum hatte Ztiht das Aufwärmen befohlen, stellten sich die Soldaten paarweise für die Zweikampfübungen auf. Nur Tahro trat aus der Gruppe der Feuerblüter hervor, dicht gefolgt von Sirio. Breit grinsend marschierten die Brüder auf genau den kurzgewachsenen, rundgesichtigen blonden Soldaten zu, dem Lorell das Unglück des Exempels prophezeit hatte. Jenes, das all die Frischlinge wissen ließ, wer die Ashkajas waren – und dass sie das Sagen hatten.

»Und es geht los …«, seufzte Samju kopfschüttelnd. Keiner von ihnen konnte hören, was die Brüder zu dem armen Erdblut-Jungen sagten. Das konnte sich Lija nur an der Art zusammenreimen, wie der Blonde die beiden mit aufgerissenen Augen ansah. Dieser Ausdruck erinnerte sie nur zu gut daran, wie sie bei ihrer Ankunft in der Kaserne von den Ashkajas malträtiert worden war.

»Das wagt er nicht!«, knurrte sie, als Tahro seinen Oberkörper kaum sichtbar nach vorne beugte. Er lenkte das arme Erdblut mit seinen Drohungen dermaßen ab, dass es nicht einmal mitbekam, wie er den Schwung für einen Tritt sammelte. Samju hingegen sah es genauso deutlich wie Lija. Auch er sprang vor, um dem Frischling zur Hilfe zu kommen, doch sie war schneller. Sie warf sich zwischen die Soldaten, parierte Tahros Tritt mit ihrem rechten Unterarm, in dem die Mischung aus seiner Feuer- und ihrer Fluchmagie kräftig genug brodelte, um ihn damit ein ganzes Stück zurückzuschleudern. Tahro landete jedoch sicher auf seinen Füßen. Langsam drehte er sich zu Lija herum, die schon bereit für seinen Gegenschlag die Fäuste gehoben hatte und genauso kampflustig grinste wie er.

»Das ist Aurelija Kriegertochter«, hörte sie irgendjemanden murmeln. Es klang zwar so albern, dass sie für einen Moment ihre Haltung vergaß, dennoch jagte der Tonfall ihr eine Gänsehaut über den Nacken. Das war derselbe Ton mit dem man im Waldranddorf den Namen ihrer Mutter geflüstert hatte.

»Es heißt, dass sie gegen hundert Wasserschlangen gekämpft hat.«

»*Allein?*«

»Ja, das ist sie!«, zog das Raunen immer weiter durch die Reihe der Frischlinge, bis es bei Tahro ankam, der laut und ermüdet aufstöhnte. So, als könnte er es nicht ertragen, diese Geschichte auch nur noch ein einziges weiteres Mal zu hören.

»Was?« Mit vor Stolz geschwollener Brust reckte Lija ihr Kinn in seine Richtung. Und als würde ihn das noch nicht genug provozieren, erinnerte sie ihn: »Es waren hundert Schlangen.«

Tahro warf ihr einen warnenden Blick zu, auch wenn sein linker Mundwinkel verdächtig amüsiert zuckte. Er nahm wieder seine Haltung an und hätte sicherlich angegriffen, wäre sein

Bruder ihm nicht mit einem lauten »Jetzt reicht's!« in den Weg getreten.

»Du hast nicht gegen sie gekämpft! Sie sind geflohen. Der einzige Grund, warum du lebst, ist Glück!«, fuhr er sie an. Mit wutverzerrtem Mund baute Sirio sich vor ihr auf. »Du bist keine *Kriegertochter*«, schnaubte er verächtlich weiter, machte den ersten Schritt in ihre Richtung, der einer Aufforderung zum Kampf gleichkam. »Du bist und bleibst nicht mehr als ein dreckiges Mischblut!«

»Willst du dich streiten?« Ohne zu zögern trat auch Lija vor. Das konnte er haben! Noch während sie auf ihn zu marschierte, zerrte sie an ihren Handschuhen. Sie riskierte einen kurzen Blick zu Tahro, der scheinbar gleichgültig zwischen Lija und Sirio hin und her blickte – aber der rote Schatten in seiner Iris verriet seine Anspannung.

Ob Sirio genauso kämpfte wie er?

Schließlich waren sie zusammen aufgewachsen, hatten es gemeinsam gelernt. Die Art, wie sie es taten, musste sehr ähnlich sein. Und als würde Sirio ihr dies beweisen wollen, stieß er seine rechte Faust vor. Jene, mit der auch Tahro stets einen Kampf begann.

Konzentriert wich Lija dem Flammenstoß aus. Nach links und vorne. Denn nach dem brennenden Faustschlag bereitete Tahro stets einen Tritt vor, mit dem er sowohl weiter vorrücken als auch seinen Flammen Raum verschaffen konnte. Und Sirio tat das Gleiche.

Als er Lija zwischen dem Feuerschweif zu seiner Linken entdeckte, schien er aufrichtig überrascht zu sein. Nun war es zu spät, um sein Gewicht anders zu verlagern und den Tritt abzubrechen. Er hatte nicht einmal mehr die Gelegenheit, um seine Seite wegzudrehen, in die Lija ihre Faust trieb. Die Kraft der

Funken unter dem Sichelmond explodierte bei dem Schlag auf das Erzelin. So heftig, dass es Sirio zurückschleuderte.

Auch wenn er vor Überraschung ins Taumeln geriet, ging er nicht zu Boden. Genau wie Tahro kam er ohne Probleme auf den Füßen auf und gewann innerhalb von Sekunden seine Kampfhaltung zurück. Augenblicklich machte er einen Ausfallschritt, zog seine Arme wie Klingen durch die Luft. Immer wieder schossen Feuerpfeile in Lijas Richtung. Einigen wich sie aus, andere fing sie mit dem Sichelmond auf.

»Ist das alles, Mischblut?«, provozierte Sirio, während sie ihn lauernd umkreiste. Es verfehlte nicht seinen Zweck. Es brachte die Wut in Lija zum Sieden.

Er würde es bereuen.

Jedes seiner Worte. Jeden Spott über ihre Mutter. Jede Verachtung gegen ihren Vater. Jede Gehässigkeit gegen sie. Und dass er versucht hatte, sie dazu zu zwingen, das Rotblut zu töten. Sie würde ihn dafür in Stücke reißen.

Ich kann dir die Macht dazu geben.

Bei seinem nächsten Angriff wich Lija nicht aus. Sie ließ Sirio und sein Feuer kommen, das sie mit ihrem eigenen vermischte. Der Widerstand, den sie dadurch erzeugte, brachte ihn aus dem Gleichgewicht. Diesen Moment nutzte Lija aus: Sie trat mit aller Kraft gegen seine Fußknöchel. Er stolperte vorwärts, musste sich vorbeugen, um seine Balance zurückzugewinnen. Bevor es ihm gelang, riss Lija ihren Arm in die Höhe und schlug ihm mit dem Ellenbogen in seinen Nacken. Sirio ging sofort zu Boden. Er blieb benommen liegen. Doch das reichte Lija nicht. Sie stemmte ihren Fuß zwischen seine Schulterblätter, legte ihr ganzes Gewicht darauf, damit er nicht mehr atmen konnte. Sie hörte ein Ächzen, bevor sie nach seinem Arm griff, sich in dem Stoff verkrallte und diesen gewaltsam verdrehte.

»Wie hast du mich genannt?« Der Sichelmond kreischte mit ihr um die Wette, biss hartnäckig in das Erzelin des Ärmels, das ihm im Weg war. »Sag es nochmal!«

Als er nicht antwortete, zog sie noch fester. Ihre Kraft würde reichen, um ihm den Arm abzureißen. Ein Ruck verriet ihr, dass der Gelenkkopf aus der Pfanne gerutscht war. Dass sein Arm nur noch von den Muskeln gehalten wurde, an denen sie riss. Die sie immer weiter dehnte. Bis zu dem Punkt, an dem Sirio endlich vor Schmerzen aufschrie. Aber Lija hörte trotzdem nicht auf.

»Das reicht!« Arme schlangen sich um ihre Taille und zerrten sie fort. Wütend schrie sie auf, strampelte und wehrte sich. Sie schlug mit den Händen durch die Luft, um Sirio wieder zu fassen zu bekommen.

»Die ist ja verrückt!«, hörte sie durch den Nebel in ihrem Kopf. Rarosha und Yoph sprangen zu Sirio, der sich am Boden krümmte. Sein Arm hing nutzlos an seiner Seite herunter.

»Lija, du wildes Tier!«, Samju lachte, als wäre das alles nur ein riesiger Spaß. Nur sein Unterton verriet, wie erschrocken er sein musste.

»Ich bringe sie um!«, schrie Sirio, als er von der Erde aufgelesen wurde. Rarosha und Yoph hielten ihn fest, während Tahro seinen ausgerenkten Arm packte.

»Halt still!«, befahl er seinem Bruder. Doch Sirio schrie und wand sich, als Tahro den Arm mit einem Ruck zurück in die Gelenkpfanne schob. Es sah kurz so aus, als würde Sirio vor Schmerzen das Bewusstsein verlieren, doch dann zuckte sein Blick nach oben. Seine grauen Augen fanden Lija über den Platz hinweg.

»Ich bringe sie um!«, wiederholte er und versuchte, seine Kameraden abzuschütteln.

»Versuch es doch!«, brüllte Lija zurück.

»Schluss jetzt!«, befahl Ztiht. Schlagartig kam der Tumult zum Erliegen. »Immer das Gleiche mit euch …«, seufzte er, wobei er gleichsam die Ashkaja-Brüder als auch Lija mit einem ärgerlichen Blick bedachte. Letztlich blieben seine Augen jedoch an Sirio haften, der immer noch auf der Erde hockte. »Bringt ihn ins Hospital! Na los!«, befahl er Yoph und Tahro. Kaum hatten die beiden Sirio auf die Beine gestellt, drehte sich Ztiht zu Lija herum.

»Das war ein Unfall«, behauptete diese prompt.

»Oooh, Prinzessin …« Anstatt dass Ztihts Narbenkopf vor Wut zu schillern begann, schlich sich der Anflug eines Grinsens auf seine Lippen. »Wenn ich dem Hauptmann von diesem *Unfall* erzähle, macht sie *dich* zum Kampfmeister.« Er klopfte ihr auf die Schulter, ohne seine Zufriedenheit zu verbergen, fügte jedoch etwas förmlicher hinzu: »Gute Übung, Mizulin. Deine beste bisher.«

Irritiert sah Lija ihm nach, als er sich aufmachte, um den anderen Soldaten beim Kämpfen zuzusehen. Dabei konnte sie nicht aufhören, ihre rechte Hand zu schütteln. Die nervenzerreibende Taubheit in ihren Finger ließ nicht nach.

Sie hätte es besser wissen müssen.

Sie hätte diesen Kampf nicht kämpfen dürfen.

Sirio war der schlechteste Feind, den sie wählen konnte. Sein Vater kannte ihr Geheimnis. Genauso wie sein Bruder. Und was er wusste, wagte sie sich nicht auszumalen. Und nun hatte Sirio sie angesehen, als könnte ihn nichts mehr davon abhalten, den Weg zu gehen, den er vom Kommandanten gelernt hatte – den des größtmöglichen Schadens.

KAPITEL 23

MÖRDER

»Alda muss sich keine Sorgen um ihren Sohn machen. Der Junge ist ein tapferes Kind. Vielleicht tapferer als mein eigenes. Du hättest ihn sehen sollen … er hat es getan, ohne auch nur eine Sekunde zu zögern. Er hat die Gabe zu tun, was nötig ist. Eines Tages wird ihn das zu einem Krieger machen. Er verdient diese Chance. Und er soll meinen Namen haben, um sie zu nutzen.«

Zitiert aus einem Brief von Kastar Ashkaja, Leutnant des zweiten Zuges des elften Regiments an Aedhin Sinnatre, Leutnant des vierten Zuges des elften Regiments der Goldstadt-Wache

»Ich hätte etwas Vernünftiges lernen sollen.« Samju schlurfte für seine Verhältnisse überaus schwerfällig an der Spitze der Gruppe. Jeder seiner Kameraden teilte heute wohl denselben Gedanken, denn sie hatten den Drill wieder einmal abbrechen müssen, um dem Ruf der Alarmglocken in die Stadt zu folgen.

»Ich hätte Ingenieur werden sollen«, überlegte Samju laut weiter. »Dann würde ich das Rajha-Vermögen erben und andere schuften lassen.«

»Du bist zu einfältig für die Ingenieurskunst!«, fuhr Ka ihn an, packte ihn am Kragen und zog seine Haltung zurecht. Auch der Waffenmeister schien heute für Scherze nichts übrig zu haben. »Beeilung«, brummte er, ehe er zum Hauptmann an die Spitze aufschloss. Diese war die Einzige, die so stramm marschierte, als würde sie den Einsatz kaum erwarten können. Sie war wirklich durch und durch Soldatin. Dem Rest der Kompanie fiel es jedoch überaus schwer, ihren Enthusiasmus zu teilen.

»Wenn du ein Ingenieur geworden wärst …«, stimmte Lorell daher bereitwillig in Samjus Aufheiterungsversuch mit ein, als Ka außer Hörweite war. »… und dein Großvater dich wirklich beerbt hätte, wäre es mir eine Ehre gewesen, dir dein Vermögen beim Spielen abzuknüpfen.«

Mit einem schiefen Grinsen schüttelte Samju seinen Lockenkopf: »Da hast du etwas nicht verstanden, Lorell. Ich wäre dann Ingenieur. Und als Ingenieur wäre ich zu klug, um beim Spielen gegen dich zu verlieren.«

»Ah«, machte Lorell, als ergäbe das Sinn. Lija hasste es, wenn die beiden so einen Blödsinn redeten. Wenn sie deswegen, nur um nicht zu lachen, die Augen vielsagend dorthin verdrehte, wo Halvar stets marschiert war. Aber sie war sich sicher, dass wenn er noch hier stehen könnte, sogar er ein wenig darüber geschmunzelt hätte. Auch wenn es nicht sehr lange angehalten hätte. Und sei es nur, weil die Unruhen des Lagerviertels schon zu spüren waren, bevor sie es erreichten.

Die Straßen waren voll. Menschen drängten sich an den Soldaten vorbei, rannten alle in dieselbe Richtung. Aus dem Gleichschritt der Kompanie wurde ein Lauf. Sie folgten dem Strom der Menschen zu einem der größeren Plätze, den man vor lauter Schaulustigen kaum betreten konnte. Zumindest nicht, bis der Hauptmann ihnen einen Weg bahnte.

»AUS DEM WEG!«, brüllte sie mit einer Stimme, die Männer, Frauen und Kinder zusammenfahren ließ. Diese sprangen zur Seite, als würde Raphael persönlich auf den Platz gestürmt kommen. Zunächst suchte Lija in der Menge den Grund, warum die Kompanie hatte ausrücken müssen, doch dort war nichts zu finden. Also folgte sie den offenstehenden Mündern, den zeigenden Fingern und fassungslosen Blicken hinauf Richtung Himmel. Und dort oben, über den Köpfen all dieser Menschen, hing der Grund für das Entsetzen.

Es war ein grausiger Anblick. Ein Kreuz aus Eis stach aus der Mitte des Platzes heraus. An dieses war ein Körper gebunden worden. Aus der Ferne erkannte Lija zunächst nur grüne Umhänge. Stoffe, die zu edel für einen einfachen Arbeiter waren. Solche passten eher zu einem Händler, Beamten oder Architekten. Eissplitter durchbohrten die Hände, Arme und die Brust, wodurch der Körper am Kreuz gehalten wurde. Dass sein Kopf fehlte, war nicht einmal das, was Lija am meisten erschreckte. Sie nahm es nur beiläufig wahr. Das, was ihr die Kehle zuschnürte, war das rote Blut, mit dem der Körper besudelt war.

Das war es, was man mit Blutsverrätern tat.

»Ist das …« Ka war stehen geblieben, während die Soldaten weiter versuchten, sich durch das Chaos zu drängen. Mit vor Entsetzen verzogenem Mund starrte er zu dem Toten hinauf. »… bei allen Göttern … Pallad …«

»Holt ihn da herunter!«, übertönte der Hauptmann Kas Erschütterung. Sie blieb in seiner Nähe stehen, während dieser die Augen nicht von dem Mann lösen konnte, den er gut gekannt haben musste. Denn das war nicht nur Schock auf seinem Gesicht. Das war Verlust.

Lorell und Cirill drängten sich zum Kreuz vor. Sie legten ihre Hände auf das Eis, beugten es mit ihrer Magie und zogen es auf diese Weise zu Boden. Hroka und Ezran kamen ihnen zu Hilfe, um den Körper von den Eissplittern zu zerren.

Sie hatten nicht einmal den ersten Arm lösen können, da bohrte sich ein Eispfeil in den Ellenbogen – knapp vorbei an

Lorells Kopf. Ein Aufschrei ging durch die Menge. Die gerade verebbte Unruhe kehrte schlagartig zurück.

»Da oben!«, Samju zeigte auf eines der Hallendächer. Dort stand eine Gestalt, aufrecht und stolz wie ein Krieger und doch in zerschlissenen Umhängen, mit solch ausgewaschener Farbe, dass das Blau nicht von Grau zu unterscheiden war. In der Hand hielt sie bereits den nächsten Pfeil, mit dem sie auf Lorells roten Schopf zielte.

»Nieder mit der Kaiserin!«, brüllte der Attentäter, als er die Sehne losließ. Lija konnte nicht sagen, wer von ihnen schneller reagierte. Sie stürzte vor, schlang die Arme um ihren vor Schreck erstarrten Cousin. Der Pfeil traf jedoch nicht sie, sondern Mimpo, der sich ebenfalls vor ihn geworfen hatte. Eissplitter stoben in alle Richtungen. Als sich der feine Staub lichtete, erkannte Lija erleichtert, dass Mimpos Magie fester war als die des Attentäters. Nur der Pfeil war zu Bruch gegangen.

»Was …«, presste Lorell verwirrt hervor. Völlig verdattert starrte er immer noch hinauf zum Dach.

»FESTNEHMEN!«, übertönte die Stimme des Hauptmanns jedes weitere Wort.

»Bleib bei ihm«, raunte Lija Mimpo zu und preschte vorwärts. Widerstandlos ließ der Geist sie durch seine Magie gleiten, während er zurückblieb, um Lorell zu schützen. Denn er liebte ihn genauso wie sie. Er würde nicht zulassen, dass ihm jemand schadete. Und Lija würde sich denjenigen holen, der es versucht hatte.

»Es sind vier!«

»Nein fünf!«, riefen die Windblüter von den Dächern, die die Verfolgung aufgenommen hatten. Die Soldaten am Boden teilten sich in die Richtungen auf, in die sie wiesen.

Die Verbrecher waren schnell. Es mussten mehr als fünf sein, da war sich Lija sicher. Sie tauchten überall auf, verschwanden in jeder Gasse und lenkten durch ihre schnellen Bewegungen voneinander ab, sodass man sie viel zu leicht aus den Augen verlor. Daher teilten sich die Soldaten immer weiter auf, um ihre Spuren nicht zu verlieren.

»Wohin?«, rief Lija Samju zu, nachdem sie sich von Zikan und Ezran an einer Kreuzung getrennt hatten.

»Dort!«, rief er, zeigte mit seinem Finger Richtung Osten. Lija folgte seiner Anweisung, raste die Abzweigung entlang. Kaum war sie um die Ecke gebogen, verloren ihre Füße den Halt auf spiegelglatten Steinen. Hilflos rutschte sie über den gefrorenen Boden. Nur im letzten Augenblick erlangte sie genug von ihrer Balance zurück, um sich mit den Händen vor einem Sturz zu bewahren und gleichzeitig dem Geschoss zu entgehen, das dort einschlug, wo sie zu Boden gegangen wäre.

Scharfe Splitter stoben explosionsartig auf. Schützend hob Lija die Hand vor ihr Gesicht und ließ kleine Flammen aus dem Sichelmond treten. Diese fraßen sich durch die Verbände und den Handschuh und strahlten dabei genug Hitze ab, um die einschlagenden Eisfragmente zum Schmelzen zu bringen.

Feiner Dunst blieb in der Luft hängen, durch den Lija nichtsdestotrotz das schmale Gesicht der Frau erkennen konnte. Sofort wanderten ihre Augen zu dem Abzeichen an ihrer Brust: Njoriels Träne, durchstoßen von einem Dolch.

Eine Söldnerin.

»Sieh an, sieh an … Nerias heißgeliebte Mischblut-Enkelin.« Selbst durch den Nebel sah Lija die Reflexionen des Eises, mit dem die Frau ihre Fäuste überzog. Spitz zulaufend. Wie Klingen. »Ich dachte, du wärst hübscher.«

Ruckartig wirbelte sie herum. Sie erwischte Samju am Arm, der sich aus dem Hinterhalt auf sie hatte werfen wollen. In letzter Sekunde konnte er zurückweichen. Gerade weit genug, um dem nächsten Hieb zu entkommen. Doch abschütteln konnte er die Söldnerin nicht.

Die Art, wie diese ihre Magie beherrschte, war beeindruckend. Vollkommene, perfekte, erschreckende Präzision. Angespannt suchte Lija nach einer Schwachstelle, die sie nutzen könnte, um ihrem Kameraden zu helfen. Aber so, wie diese Frau Samjus Angriffe kommen sah, diese parierte und ihn mit Gegenschlägen erwischte, war sie ohne Zweifel um einiges kampferfahrener als sie beide zusammen.

»Hier!«, brüllte Lija, als Samju zu Boden ging. Die Söldnerin ließ sich nicht ablenken, zögerte nicht, drehte sich nicht um. Sie spähte nicht einmal über ihre Schulter. Stattdessen sammelte sie Schwung für ihren Tritt. Kaum hatte sich ihr Fuß von der Erde gelöst, überzog sie auch diesen mit dickem Eis. Genauso hart und schwer wie Stahl.

Samju hatte keine Chance, aufzustehen. Seine Hände und Füße hatte das Wasserblut mit Eis überzogen und sie auf diese Weise am Boden festgekettet. Für die Söldnerin war es daher leicht, ihn an der Schläfe zu erwischen. Durch die Wucht wurde das Windblut zur Seite geschleudert. Der Ton, als sein Schädel gegen eine Häuserwand krachte, war dumpf und erschien doch um einiges lauter als das brechende Eis. Er blieb liegen, nachdem sein Körper auf dem Boden aufschlug.

Die Söldnerin trat an ihn heran. Die Eisklinge an ihrer Hand wurde noch länger, bis sie wie eine Speerspitze aussah. Mit dieser zielte sie auf Samjus Rücken.

»Rühr ihn nicht an!« Lija sprang vor. Als ihre Füße den Halt auf der glatten Oberfläche verloren, ließ sie sich einfach auf die

Knie fallen. So konnte sie den Schwung nutzen, um zu ihrem Kameraden zu rutschen und sich schützend über ihn zu beugen. Ihre schwarze Hand streckte sie dabei warnend in Richtung der Frau, die daraufhin zum ersten Mal innehielt.

Für einen Augenblick betrachtete sie die beiden Soldaten zu ihren Füßen. Sie schien sich köstlich darüber zu amüsieren, wie Lija über ihrem Kameraden kauerte. Dass sie bereit war, ihn mit ihrem Leben zu beschützen.

»Du bist mutig«, gab sie zu, nur um im nächsten Atemzug zu fordern: »Dann zeig doch Mal, ob du all das Lob verdienst.« Sie trat einen Schritt zurück, als wollte sie Lija Raum geben, um sich zu erheben. Diese zögerte nicht. Kampfbereit suchte sie ihre Balance auf dem Eis, während das Wasserblut sie so neugierig betrachtete, als könnte sie kaum erwarten, was Lija als Nächstes tun würde.

»Es heißt, dein Wasser wäre siedendheiß«, überlegte sie laut, bevor sie mit den Fingern schnippte.

Ein Knacken.

Irritiert richtete Lija den Blick zum Boden. Risse zogen sich durch den Frost. Überall glänzte Tau. Die Oberfläche schmolz.

»Angeblich hast du die Schlangen so lange im Hafen gekocht, bis sie geflohen sind.«

Angespannt behielt Lija das Wasser im Auge, das auf sie zukroch, als hätte es einen eigenen Willen. Schwankend zwischen der Dichte von Tau und Eis, verfestigte es sich erst, als es Lijas Füße erreichte. Sie wollte zurückweichen, doch das Eis war zu schnell. Es überzog ihre Stiefel bis zu den Waden. Und egal, wie kräftig sie strampelte, das Eis gab nicht mehr nach. Es war hart wie Stein. Eher würden ihre Knochen brechen, als dass sie sich daraus befreien könnte.

»Worauf wartest du?« Die Söldnerin verschränkte die Arme vor der Brust. Mit einem irritierten Stirnrunzeln legte sie den Kopf schief. »Schmilz es.«

Doch Lija bekam gar nicht die Gelegenheit, sich hinabzubeugen und den glühenden Sichelmond gegen den Frost zu pressen. Ein Gemisch aus Wasser und Eissplittern schlug ihr entgegen. So gewaltsam, dass es ihren Körper zurückschleuderte, während das Eis ihre Beine festhielt. Lija war sich sicher, es knacken zu hören. Dass mindestens einer ihrer Wadenknochen an den Kanten brach. Sie biss sich auf die Lippen, erlaubte sich nicht, unter dem Schmerz einzubrechen. Sie hatte gelernt, es auszuhalten. Sie wusste, wie sie die Glut benutzen, wie sie sich daran festhalten musste, um die Schwäche ihrer Knochen auszubrennen. Sie ließ die Hitze in sich aufsteigen, in jede Faser ihres Fleisches dringen, bis sie sich fühlte, als würde sie in Flammen stehen. Bis sie das Eis nicht mehr berühren musste, um es zu schmelzen.

»Sieh an …«, nickte die Söldnerin anerkennend. Andächtig lauschte sie dem Zischen, das die Berührung von Feuer und Eis erzeugte und betrachtete dabei die Dampfschwaden, die sich in der Gasse ausbreiteten. Lija kämpfte indes um ihren Halt. Denn auch wenn sie den Schmerz mit Tahros Feuer ausbrennen konnte, änderte es nichts daran, dass ihre Knochen gebrochen waren. Dass ihr rechtes Bein ohne das Eis unter ihrem Gewicht nutzlos wegsackte.

»Es gibt wirklich nicht viele von uns, die heißes Wasser im Blut haben«, drang die Stimme durch die Schwaden. Diese wurden so dicht, dass Lija dadurch nicht mehr als Schemen erkennen konnte. Hob sie ihre Arme?

»Wie schade, dass diese Gabe an *dich* verschwendet wurde. Du verdienst sie nicht, Mischblut!«

Die nächste eiskalte Fontäne schoss auf sie zu. Instinktiv presste Lija den Mond hinein, brach das Wasser an ihrer Hand. Immer mehr Hitze ließ sie daraus hervortreten, um dem anhaltenden Strom Widerstand zu leisten. Die Stärke von Tahros Feuer überwog die Kraft des Eises – zunächst. Aber Lija wusste, dass die Söldnerin den längeren Atem haben würde. Ihre Magie war nicht endlich. Lija hingegen verbrauchte zu viel. Die Hitze schwand. Sie würde die Balance zwischen der einen und der anderen Magie nicht mehr lange halten können.

Also riss Lija ihre Hand zur Seite. Sie hielt an beiden Magien fest. Am Wasser und am Feuer, die sich gegeneinander aufgelehnt hatten, bis sie verschmolzen waren. Sie stieß beides zur Seite. Es würde ihr nicht viel Zeit verschaffen, also musste sie sofort handeln.

Entschlossen sammelte Lija alle Kraft in ihrem unverletzten Bein, um sich vom Boden zu stoßen. Doch sie hatte unterschätzt, wie schnell die Reaktionsfähigkeit dieser Frau war. Wie geschickt sie ihre Parade nutzte, mit der sie Lijas Schlag nicht nur aufhielt, sondern die Kraft so umlenkte, dass sie diese zu Boden schleudern konnte.

»Ist das alles?« Die Söldnerin grinste, als sie sich über Lija beugte. Wieder bildete sich der weißbläuliche Spieß an ihrem Arm, mit dem sie ausholte. Diesen stieß sie gnadenlos in die Hand, die Lija schützend vor ihren Kopf hob. Das Feuer explodierte, als die Spitze in das schwarze Fleisch drang. Ob die Söldnerin die Flammen gesehen hatte, spielte keine Rolle mehr. Es waren die letzten Funken gewesen. Und diese hatten ihr nur gerade genug Raum verschafft, sodass Lija sich auf ihre Füße schwingen konnte.

Dann kamen die Schmerzen.

Ihr leeres rotes Blut konnte das gebrochene Bein nicht ausblenden. Die Atemlosigkeit. Die Prellungen vom Aufschlag auf den Steinen. Ihre eigene Kraft reichte nur noch dazu, um nicht auf die Knie zu sinken.

»Das *ist* alles«, urteilte die Söldnerin mit einem gewissen Anflug von Enttäuschung in der Stimme, als sie Lijas schweren Atem und ihre gekrümmte Haltung musterte. »Also ist es wahr, was behauptet wird: Nerias Blut ist verbraucht. Ihre Zeit ist vorbei.« Langsam hob sie beide Arme. Eis formte sich in der Luft zu einem gläsernen Bogen. Der Frost knarzte, als die Sehne spannte und mit der Spitze des Eispfeiles auf Lijas Brust zielte. »Lang lebe der Wachenkönig!«

Nur eine Chance.

Verbissen sammelte Lija ihre letzte Kraft. Sie durfte nicht aufhören. Sie durfte den Moment nicht verpassen, wenn die Söldnerin den Pfeil losließ. Egal wie sehr es schmerzte, egal wie viele Lichtblitze vor ihren Augen flimmerten, egal wie stark der Geruch von Moos in ihrer Nase war, sie musste es aushalten.

Sie hatte nur eine – verdammte – Chance!

Ein Klirren. Leise. Weit entfernt. Ausgelöst von dem Pfeil, als er über den Bogen glitt. Lija riss ihre schwarze Hand nach oben. Mit einer unerwarteten Härte schlug die Spitze darin auf. Es fühlte sich an, als würde der Pfeil direkt durch sie hindurchschießen. Die Kälte schmerzte, lähmte, schnitt und splitterte. Quälend langsam kroch sie durch das Mal hinein, brachte das Blut in ihren Adern zum Gefrieren. Lija konnte jeden Millimeter davon spüren, bis es sich zu ihrem Herzen ausgebreitet hatte. Es schlug langsamer und langsamer gegen den Widerstand des Eises. Bis zu dem Moment, als alles taub wurde.

Von einer Sekunde auf die andere waren die Schmerzen vorbei. Genussvoll horchte Lija in sich hinein, lauschte den Klängen der Wassermagie. Dem Knistern und Knacken, das nichts mit Tahros Funken oder Katzenauges Blitzen gemein hatte. Alles war so gestochen scharf. *Geschliffen.* Ihre Sinne waren so wach, präzise, konzentriert, dass es ein Leichtes war, die Söldnerin mit ihrer eigenen Magie zu Boden zu ringen. Diese wollte sich wehren, aber Lija presste ihren Rücken gegen den Boden, während sie sich über sie beugte. Es war so ein Genuss, als sie zum ersten Mal ein Schatten von Furcht in den schmalen Augen flackern sah.

»Ist das alles?«, fragte sie leise. Drohend. Die Attentäterin hob ihre Arme. Eisklingen bildeten sich daran, mit denen sie auf Lijas Hals zielte. Sie würde keine Gelegenheit bekommen, diese zu benutzen. Denn Lija presste den Sichelmond auf ihre Brust.

Das Prickeln wurde immer verlockender. Ihr ganzer Körper verzehrte sich. Es war so verführerisch, so betörend, dass Lija es nicht mehr aufhalten konnte – selbst, wenn sie es gewollt hätte.

Sie hörte nicht auf, als die Söldnerin die Klingen fallen ließ.

Sie hörte nicht auf, als sie zu flehen begann.

Sie hörte nicht auf, als sie vor Todesangst kreischte.

Lija presste ihre schwarze Hand nur noch tiefer in den Brustkorb. Dieser gab nach wie Schnee unter glühendem Eisen. Der Fluch brannte sich durch das Fleisch. Durch die Knochen. Toste haltlos voller Verzückung, flehte sie an, weiterzumachen. Nicht aufzuhören. Und Lija würde ihn nicht enttäuschen.

Gib ihnen, was sie verdienen.

Immer tiefer trieb sie den Sichelmond in die Brust, bis sie das Herz in ihren Fingern hielt. Bis sie es packen konnte. Es mit dem Eis überzog, das sie der Söldnerin gestohlen hatte. Sie ließ es in die Muskeln dringen, an Stellen, an die es nicht gehörte. In eine Tiefe, in der der Schaden nicht mehr rückgängig zu machen war.

Und dann war es vorbei.

Die Söldnerin regte sich nicht mehr. Und der Fluch verstummte. Für einen Moment fühlte sich Lija, als erwachte sie aus einem Traum. Das Bild vor ihren Augen erkannte sie nicht wieder. Warum hielt sie dieses Herz in der Hand?

Erschrocken zuckte sie zurück. Sie hörte das knackende Geräusch, das Eis von sich gab, wenn es brach. Ihre Finger waren an dem toten Muskelklumpen festgefroren. Fassungslos starrte sie auf ihre Hand, bevor ihr Blick zurück in die Brust glitt. Das Eis darin begann zu schmelzen, taute durch das Blut und das Fleisch, das noch warm war. Und das, was zurückblieb, war eine Wunde, die dem Fraß von Feuer so unwahrscheinlich ähnlich sah …

Kein Muskel gehorchte ihr mehr, als Lijas Blick auf ihre schwarze Hand sank. Der geschwungene Sichelmond stach so deutlich aus der schwarzen Haut hervor, als würde er sie angrinsen. Sich über sie lustig machen, weil sie sich schon wieder nicht gewehrt hatte. Weil er sie verführt und sie ihm nicht einmal den kleinsten Widerstand geleistet hatte. Sie hatte es nicht einmal versucht.

Plötzlich setzte das Zittern ein. Das Eis unter dem schwarzen Mal war nicht verbraucht. Es verkrallte sich in ihrem Blut, ließ ihr so kalt werden, dass sie es kaum ertragen konnte.

Als nach einer Ewigkeit die Schritte der Kameraden zu hören waren, kauerte Lija mit dem Rücken an einer der Häuserwände. Die Hände hatte sie fest um sich geschlungen, um sich zu wärmen – vergeblich.

Die Kameraden stutzten über das, was sie in der Straße fanden. Das erkannte Lija an dem immer langsameren Takt ihrer Schritte. Aus den knappen Wortwechseln hörte sie heraus, dass sie Samju als erstes erreichten. Offenbar regte er sich immer noch nicht. Dann entdeckten sie Lija und schätzten, dass sie unverletzt war. Und dann fanden sie die Söldnerin.

Lija konnte sich die verwirrten Gesichter ausmalen, die in das Loch in der Brust starrten. Jenes, das genauso aussah, wie eine Feuerwunde. Daher stotterte einer von ihnen: »Was zum … war das … der *Geist?*«

Mechanisch schüttelte Lija den Kopf, bevor auch sie in den ausgebrannten Krater blickte.

Nein … das war nicht das Werk eines Geistes.

Es war das Werk eines Monsters.

Die Kälte ließ Lija nicht mehr los. Die Magie hatte sich in ihr verkrallt, als würden sich Klauen von innen in ihr Fleisch treiben. Seit sie mit ihrem gebrochenen Bein in das Mycaelen-Hospital gebracht worden war, hatte sie nicht mehr aufhören können, zu zittern. Egal wie viele Decken Rona über ihr auftürmte. Egal wie oft sie Holz in dem kleinen Ofen nachlegte. Egal wie viele scharfe Kräutertees sie ihr einflöste, die Säure gleich ihre Kehle hinabrannen, als wäre es selbstgebrannter Schnaps. Die Kälte taute nicht.

Das, was Rona jedoch mehr besorgte als Lijas geringe Körpertemperatur, war das gebrochene Bein und wie sie es schaffen sollte, dieses innerhalb der Zeit heilen zu lassen, die Goldblut dafür bräuchte. Wie sie verhindern könnte, dass Lija über Wochen hinweg in diesem Bett lag, anstatt nach wenigen Tagen wieder auf dem Feld bei ihren Kameraden zu stehen.

»Vielleicht wirkt das«, murmelte sie mehr zu sich selbst als zu Lija unter dem Deckenberg. Vorsichtig trug sie die aus allerlei Tinkturen und magiegschaffenen Pflanzen zusammengemischte Salbe über die Schwellung auf. Beim Kontakt mit der Haut wurde diese nach kürzester Zeit fest. Bereits nach ein paar Minuten fühlte es sich so an, als hätte Rona ihr Bein mit Beton übergossen.

»Sicher, dass das gesund ist?«, murrte Lija müde vom Zittern.

»Da ich so etwas noch nie gemacht habe: Nein«, gab Rona kratzbürstig zurück und schob das frisch verbundene Bein zurück unter die Decke. »Wir werden morgen sehen, was dabei herauskommt. Es wird die Nacht über vielleicht wehtun. Ähnlich wie Wachstumsschmerzen. Und vielleicht schwillt dein Bein noch etwas weiter an. Auch das könnte wehtun, weil der Verband nicht nachgibt – aber du bist ja Schmerzen gewohnt«, bemerkte sie spitzer als nötig gewesen wäre.

»Mir ist kalt«, erinnerte Lija sie daher an das, was sie um so vieles mehr quälte als dieses verdammte Bein.

»Das geht vorüber«, entgegnete Rona unbeeindruckt. »Und bis dahin besorge ich dir warme Kohlen.« Mit diesen Worten griff sie unter die Laken, um das verschnürte Paket hervorzuziehen. Mittlerweile wickelte Rona frisch ausgeglühte Kohlen zusammen mit Kohlegeistern in kleine Bündel, wodurch diese eine ganze Weile länger warm blieben. Kaum hatte die Botschafterin den Raum mit dem letzten ausgekühlten Päckchen verlassen, wurde es noch kälter. Erst glaubte Lija, dass dies eine dem Frust geschuldete Einbildung war, doch dann spürte sie Mimpos kurzes Ärmchen, das aufmunternd gegen ihre Wange stieß.

»Nicht, Mimpo«, flüsterte sie, als der kleine Geist es sich mit einer hübschen Melodie zwischen seinen Schuppen neben ihrem Kissen gemütlich machte. »Du bist zu kalt.«

Für einen Moment verlor Mimpo den Takt seiner Klänge. Er rückte etwas von ihr ab und versuchte, sie mit einem lichtblitzenden Feuerwerk über seiner Eishaut aufzuheitern.

»Einmalig. Du bist der schönste Geist der Welt …«, hauchte Lija mit klappernden Zähnen. Verzweifelt rieb sie über ihre Arme, wusste, dass es nichts bringen würde und schnaubte trotzdem frustriert. Widerwillig drehte sie den Kopf. Neben ihr lag die Katzenkralle. Lija hatte sie nur ein einziges Mal in der Hand gehalten, seit sie gegen die Attentäterin gekämpft hatte. Es war ihr vorgekommen, als hätte sie sich daran verbrannt. Nicht, weil das Holz so warm war, sondern weil es sich auf eine Weise verändert hatte wie nie zuvor – eine, die sie nie wieder sehen wollte. Aber … die Wärme … und ihr war so kalt … Also schob Lija das beklemmende Gefühl zur Seite und tastete nach dem Holz. Sie hatte es kaum berührt, da begann es, sich zu verändern. Wie stets nahm der Götterzauber die Form dessen an, was sie am meisten brauchte. Er horchte in sie hinein und fand dort inmitten ihrer Seele die stärkste Wärme, die sie je gespürt hatte.

Die Katzenfigur flachte ab. Die Oberfläche wurde stumpf. Risse zeichneten sich darauf ab, während sie immer kleiner wurde. Es blieb nichts weiter übrig als ein schäbiger, alter Knopf. Genauso einer wie die, die Lija ein Leben lang von Vaters Hosen gestohlen hatte. Und das Holz glühte auf eine Weise, als wäre Vaters Wärme noch immer da – doch alles, was Lija spürte, wenn sie diesen Knopf berührte, war seine Abwesenheit.

Und die hielt sie nicht aus.

Abermals warf sie das Holz beiseite, als hätte es ihr die Haut von den Fingern geschmolzen. Flehend blickte sie zu Mimpo, der verstummt war, während er ihr zugesehen hatte. »Ich brauche deine Hilfe, Mimpo.«

Auch das letzte Funkeln in seinem Eis erlosch, als er spürte, was sie meinte. Sie glaubte sogar, dass seine Schuppen scharfe Kanten bekamen, so sehr widerstrebte ihm ihre Bitte. Sie sprach sie trotzdem aus: »Ich brauche Feuer.«

Der kleine Wassergeist zögerte. Schließlich knackte die Schuppe über seinem Auge ohrenbetäubend auf, um sie wissen zu lassen, unter welchem Protest er bereit war, Tahro zu holen.

»Ich danke dir … aber sei hartnäckig. Er versteht deine Magie nicht. Und du weißt, wie stur er ist.«

Und grausam.

»Ja … ich weiß …«, flüsterte sie tonlos. Sie sah ihm nach, als er durch die Fugen des Fensters floss, durch das man auf die grünen Ebenen vor der Stadt blicken konnte. Dort hinter dem Horizont beugte sich die Sonne gemächlich zur Erde hinab. Das Licht wurde immer weniger. Als sich der Himmel lila färbte, kam Rona das erste Mal, um ihr frische, warme Kohlen und zappelnde Geister auf den Bauch zu legen. Als das sternenlose Firmament vollkommen eingeschwärzt war, kam sie zum zweiten Mal. Bereits dann hatte das Warten Lija schon so zermürbt, dass sie die Augen nicht mehr hatte aufhalten können. Und als das Knarzen von Scharnieren zum dritten Mal zu hören war, hob sie nicht einmal mehr den Kopf.

»Du zitterst.«

Die tiefe Stimme ließ sie hochschrecken. Sie brauchte einen Moment, um sich schlaftrunken zu orientieren. Ein Blick durch das offene Fenster verriet ihr, dass es stockfinstere Nacht war. Es hatte wirklich *Stunden* gebraucht, bis Mimpo ihn dazu bewegen konnte, herzukommen? Und offensichtlich hatte er auch noch Gewalt dazu gebraucht, denn Lija entdeckte einen langen, goldenen Schnitt an Tahros linkem Jochbein, wo ihn eine scharfe Schuppe getroffen haben musste.

Wahrscheinlich stand er deswegen mit einer solch wütenden Mine neben ihrer Liege, während er ihr wortlos eine Flamme entgegenhielt. Eine warme, knisternde, *brennende* Flamme. Wild strampelnd wühlte Lija den Berg aus Decken zur Seite, richtete sich so weit auf, wie es ihr gebrochenes Bein zuließ und zerrte die Bandagen an ihrer rechten Hand zur Seite.

Kaum hatte sie die schwarze Hand befreit, hielt sie diese direkt in das Feuer. Verzweifelt versuchte sie, sie aufzusaugen, doch nichts regte sich. Ihr Blut war blockiert von all dem Eis. Und diese kleine Glut konnte den Widerstand der Magie nicht überwinden. Im Gegenteil. Als sie ihre Hand zu nahe an den Flammenkegel hielt, wich dieser vor dem Mal zurück, bis er erlosch.

»Dieses verdammte Eis!« Frustriert raufte sie sich das Haar, vergrub ihre Hände in den losen Locken. »Es ist überall.«

»Dann lass es frei«, entgegnete Tahro trocken. Und sie verstand seine Gereiztheit. Denn sie hatte gelernt, wie man Magie kontrollierte. Wie sie den Fluch benutzen konnte, um sie zu lenken. Doch das Eis gehorchte ihr nicht.

»Ich habe es versucht.« Sie wandte den Kopf ab, damit er ihren Ausdruck nicht sah. Es beschämte sie, dass ihr die Magie des Wassers so fremd war, dass sie diese nicht beherrschen, ja, nicht einmal ertragen konnte.

Tahro betrachtete sie eine ganze Weile. Und ob die Luft um ihn herum nur deswegen heißer wurde, weil es ihn wütend machte, sie so gebrochen zu sehen oder ob es Absicht war – es wurde immer noch nicht warm genug. Die Kälte gab nicht nach.

»Wärmer«, bat sie verzweifelt. Die Bewegung, die sie daraufhin spürte, erschreckte sie so heftig, dass sie beinahe aus dem Bett gesprungen wäre. Sie hätte sich weniger erschrocken, wenn er mit der Faust nach ihr ausgeholt hätte. Doch er berührte lediglich ihre Schläfe mit seiner Hand. Und an diesem einen Punkt wich das Eis.

Also lehnte sie sich vor, ignorierte, wie er sich versteifte. Gleichwohl zog er seine Hand nicht zurück. Seine Hitze brannte an ihrer Stirn wie ein glühendes Eisen. Es schmerzte, doch war das die einzige Stelle ihres Körpers, die aufgehört hatte, zu frieren.

»Wärmer. Bitte.«

Tahro knurrte. Sein Kopf war von ihr abgewandt, während er verbissen in die Leere starrte. Sie spürte seine Wut in der krampfhaften Weise, mit der er seine Hand bewegte. Lija fürchtete, dass er sie zurückziehen würde, doch stattdessen legte er sie gegen ihre Wange. Das Glühen strahlte von dort bis zu ihrem Hals, vertrieb einen Teil der Kälte, aber war noch lange nicht genug. Also klammerte sie sich an seine Finger, legte seine Hand auf ihre Stirn. Sie hoffte, dass er vor Wut Feuer fangen würde, denn selbst eine Verbrennung wäre besser als dieses gefrorene Gefühl.

Ein Schnauben. Ein Zögern. Dann setzte er sich auf die Kante der Liege. Nahe genug, dass es sich anfühlte, als säße sie an einem Ofen. Erschöpft lehnte sie sich vor, bis ihre Stirn seine Schulter berührte. Und das erste Mal seit Tagen hörte sie auf zu zittern.

Tahro brummte ein Geräusch, das sie sehr an Mimpos protestverkündendes Schuppenknacken erinnerte. Er war zum Zerbersten angespannt, hatte immer noch den Kopf von ihr abgewandt. Wenn Lija bei klarem Verstand gewesen wäre, wäre sie so weit von ihm gewichen, wie möglich. Würde jede überflüssige Berührung vermeiden. Denn jede davon ging weit über die Schmerzgrenze hinaus und war doch immer noch nicht genug.

»Du musst loslassen«, murmelte er zähneknirschend.

»Noch nicht.« Sie presste sich näher an ihn. Drückte ihr Gesicht in den Stoff seiner Jacke, bis sie seinen Duft riechen konnte. Warmes Holz. Und etwas, das so ähnlich roch wie gebrannte Nüsse.

»Ich meine das Eis«, knurrte er und schüttelte ungeduldig seinen Arm, um sie zurückzudrängen. »Du kannst es nicht freilassen, weil du daran festhältst.«

»Tu ich nicht«, protestierte sie. Sie würde sich das Eis am liebsten aus den Adern kratzen. Sie würde sich in Öfen stürzen, um ihm zu entkommen. Und sie würde sich an ihn klammern, bis er es nicht länger ertragen könnte.

»Natürlich tust du das. Du weißt, wie man Magie kontrolliert. Aber diese hier kontrolliert dich«, erkannte er mit erschreckender Klarheit. Es trieb sie dazu, ihr Gesicht noch tiefer an seinem Arm zu vergraben, damit er die Scham darin nicht sah. Ohne Rücksicht darauf zu nehmen, sprach er weiter all das aus, das sie nicht hören wollte: »Du kannst sie nicht beherrschen, weil du sie fürchtest. Wegen dem, was du damit getan hast.«

Die Kälte schien noch schlimmer zu werden, als er dieses so schonungslos offenlegte. Selbst als sie die Arme um ihn schlang, reichte die Hitze nicht mehr aus, um sie zu wärmen. Denn er hatte recht. Mit allem, was er sagte. Sie fürchtete sich. Nicht, weil sie die Attentäterin getötet hatte – sondern weil sie es gewollt hatte.

»Woher weißt du diese Dinge?«

»Weil es eine Zeit gab, in der ich meine Magie auch nicht benutzen konnte.«

Zaghaft hob sie den Kopf, wunderte sich, als sich ihre Blicke trafen. Dass er sie so ohne Weiteres die Spuren von dem finden ließ, worüber er sprach. Jede noch so harte Kante, die seine Wangenknochen zeichneten. Jeden noch so scharfen Zug um seine dunklen Augen, in denen das Rot nur zu erahnen war. Sie kannte diesen Ausdruck.

Schuld.

Aber keine Reue.

»Lass los«, wiederholte er. »Das ist alles, was du tun musst.«

»Und dann? Was passiert dann?«

»Hörst du auf zu frieren.« Er sagte es so trocken, dass es ihr wie ein Scherz vorkam. Völlig absurd. Viel zu simpel.

»Und wenn ich es nicht schaffe?«

»Wirst du untergehen.« Auch das sagte er vollkommen trocken. »*Niemand* kann dich davor bewahren.«

Er erhob sich zu schnell. Sie schaffte es nicht, ihn festzuhalten. Mit nur wenigen Schritten durchquerte er den Raum, doch vor dem Fenster geriet er ins Stocken.

»Auch *er* nicht.« Er warf einen flüchtigen Blick über seine Schulter. In der Dunkelheit könnte er jedoch unmöglich sehen, was diese Worte in ihr auslösten. Was er damit ins Wanken brachte. Doch selbst wenn er es gesehen hätte, hätte er diese Worte trotzdem nicht erspart: »Wenn Jawih dich retten wollte, hätte er es längst getan.«

»Ich weiß …« Lija brachte kaum ein Nicken zustande. Sie hatte diese Worte schon so oft gedacht, aber sie zu hören … es machte es ihr umso schwerer, an das Gegenteil zu glauben. Und obwohl er das ahnen musste, schonte er sie auch dieses Mal nicht: »Dann lass endlich los.«

Er war so schnell durch das Fenster verschwunden, wie er gekommen war. Noch bevor Lija die Schritte auf dem Flur hörte, die ihm anscheinend nicht entgangen waren.

»Die Fenster sind auf?«, wunderte sich Rona, kaum dass sie die Tür aufgestoßen hatte. Eilig lief sie hinüber, um die klappernden Läden zu verschließen. Kraftlos ließ sich Lija zurück in ihre Kissen sinken. Tahro hatte all sein Feuer mit sich genommen. Ohne ihn versank sie wieder im Eis. Die Kälte kroch ihre Zehen und Finger entlang, bis jeder Millimeter ihres Inneren gefroren war. Und bis sie wieder mit diesem verdammten Zittern anfing.

»Hier, das hilft.« Vorsichtig legte Rona ihr das nächste warme Bündel Kohle auf den Bauch. Sie beugte sich milde lächelnd über sie, um ihr einen Kuss auf die Stirn zu geben, doch zuckte sie erschrocken zurück, kaum dass ihre Lippen Lijas Haut berührt hatten.

»Lija! Du glühst!«

»Das geht vorüber …«, murmelte sie. Sie schloss die Augen, ließ Ronas prüfenden Hände über sich ergehen, die nach weiteren fiebrigen Stellen suchte, ohne welche zu finden.

Lass los, forderte sie sich selbst in einem stetigen Mantra auf, während sie jeden kühlen Wickel ausblendete, den Rona ihr auf die Stirn legte. Sie ignorierte, wie ihr rechtes Bein unter den steifen Verbänden zu brennen und zu drücken begann.

Lass los, betete sie sich unaufhörlich vor. Jeden Tag und jede Nacht. So lange, bis sie jede Bedeutung verstanden hatte, die diesen Worten innewohnte. Bis sie ohne eine Spur von Zweifel wusste, was sie zu tun hatte.

KAPITEL 24

OFFENE RECHNUNG

»Ehrlich gesagt weiß ich nicht, warum ich diese lange Reise auf mich nehmen musste. Ich werde dir wohl kaum etwas sagen können, das du nicht schon weißt. Du musst doch gesehen haben, dass ihr Herz leer ist. Dass das der Grund ist, warum sie an den Widerständen festhält, die andere ihr auferlegen. Warum sie so entschlossen ist, vor diesen nicht in die Knie zu gehen, dass sie Kämpfe wählt, die zu groß für sie sind. Und dass sie alles tun würde, um diese zu gewinnen. Sie würde alles tun für Macht – denn sie ist genau wie die Letzte.
Du kannst sie nicht kontrollieren.«

Zitiert aus einem Brief von Gilevie Erdtochter, V. Königin des Nordlandes an ihren Bruder Jawih Windsohn

Nach sieben Tagen war der Bruch tatsächlich verheilt. Ronas Betonverband – was auch immer das gewesen war – hatte funktioniert. Er hatte Lija zwar fast das Bein abgequetscht, doch als die Botschafterin diesen abnahm, konnte sie gehen, als wäre nie etwas gewesen.

Mit dem Abendläuten war Lija aus dem Hospital entlassen worden. Die Kameraden kehrten gerade vom Drill zurück, als sie den Innenhof betrat.

»Aye, Prinzessin!«, rief Ka von der Spitze des Zuges zu ihr herüber. Ein krummes Grinsen prangte unter der krummen Nase. »Eines kann ich dir sagen: Plofond hatte noch nie solch einen regen Schriftverkehr mit dem Hospital wie seit deiner Ankunft in der Wache! Er hat für dich eigens ein neues Formular erfunden. Und er wird ganz aus dem Häuschen sein, wenn ich ihm erzähle, dass er es wieder ausfüllen darf!«

Fröhlich pfeifend verschwand der Waffenmeister im Hauptgebäude der Kaserne. Die meisten Soldaten folgten ihm, doch der Frischling namens Clemm, den Tahro und Sirio bei seiner Ankunft als Exempel hatten nutzen wollen, blieb stehen, als er sie entdeckte.

»Du bist zurück«, winkte er ihr freundlich lächelnd zu.

»Klar ist sie zurück.« Samju trat mit beiden Händen in der Tasche neben das Erdblut. »Die ist zäher als jede Schlange.«

Ihren tadelnden Blick beantwortete Samju mit einem Zwinkern. So heiter und sorgenfrei, dass es Lija zum Lächeln brachte, obgleich ihr nicht danach zumute war. Aber sie war einfach so erleichtert, dass er sich von seiner Kopfverletzung erholt hatte, dass ihr Gemüt ein wenig leichter wurde.

»Hast du Hung…«, versuchte Clemm, eine Unterhaltung zu beginnen. Seine Worte verendeten in einem unverständlichen Gestammel, als Lija wortlos an ihm vorbeimarschierte.

»Mach dir nichts draus, Kamerad«, lachte Samju darüber schallend auf. Allerdings verging ihm das Lachen, als er erkannte, was Lijas Ziel war.

Tahros Schritte wurden langsamer, je näher Lija kam. Auch Sirio, der neben ihm zum Hauptgebäude stapfte, blieb stehen. Wut war für das Blitzen in dessen aschegrauen Augen gar kein Ausdruck. Es hätte sie nicht gewundert, wenn er hier und jetzt seine Drohung, sie zu töten, wahrgemacht hätte – sein Bruder ließ ihm nur nicht Gelegenheit dazu. Tahro drückte gegen Sirios Schulter und schob ihn den anderen Feuerblut-Soldaten hinterher, die sich auf zum Speisesaal machten.

»War ja klar …«, knurrte der Dunkelhaarige missmutig. Lija erkannte nicht, welchen Blick der eine Ashkaja dem anderen zuwarf, aber sie erkannte den Ausdruck, mit dem Sirio sie ansah, als er an ihr vorbei stapfte.

Er hasste sie.

Daher ließ sie ihn nicht aus den Augen, bis er mit den anderen Soldaten in der Kaserne verschwunden war, und achtete darauf, ihm nicht den Rücken zuzukehren. Erst als sie allein im Innenhof waren, wandte sie sich wieder Tahro zu, der sie mit einem ganz ähnlichen Ausdruck ansah wie Sirio. Daher behielt sie ihr Kinn oben, als sie zu sprechen begann: »Du irrst dich.«

Fragend hob er eine Augenbraue an, während er dabei zusah, wie sie an den Fingerspitzen ihres rechten Handschuhs zupfte. Ihr entging nicht, wie sein Blick über die schwarzen Finger, den schwarzen Handrücken und weiter bis zum schwarzen Handgelenk wanderte. Sie glaubte sogar, den Anflug eines Stirnrunzelns darüber zu erkennen, wie groß das Mal geworden war.

Gedankenverloren berührte sie das Fleisch. Auch wenn sich die Muskeln und die Haut bewegen konnte, waren diese tot. Sie spürte ihre eigene Berührung nicht. Diese Hand gehörte ihr nicht mehr. Und es würde nicht mehr lange dauern, bis der Fluch alles von ihr besaß. Sie wusste genau, was ihr bevorstand: Je mehr sie den Fluch benutzte, desto geringer wurde ihr Widerstand. Und je geringer ihr Widerstand wurde, umso schneller breitete er sich aus. Es konnte also nur auf eine Weise enden, wenn sie weiter daran festhielt.

Also ließ sie los.

Das Eis brach knackend durch die Mondsichel, wuchs in gefrorenen Fontänen weit über ihre Köpfe hinaus. Die scharf geschliffenen Kanten des Eises reflektierten jedes Licht, das sie einfingen, während es immer größere Bögen um sie zog. Tahro verfolgte jede davon. Sie sah ihm dabei zu, wie er mit seinen dunklen Augen die Bahnen des Eises nachmalte. Wie sich sein Gesicht veränderte. Wie sich die Kanten darauf lichteten. Und mit ihnen lichtete Lija das Eis. Sie ließ es tauen, herabregnen, von ihren Fingern tropfen und im Kies versiegen. Bis nichts mehr übrig war und das Zittern endlich aufhörte.

»Er wird mich retten.«

Tahro drehte den Kopf, bis er ihr in die Augen sah. Sie spürte die Hitze vor ihrer Handfläche. Die Flamme in seiner Hand, die er so nah an ihre hielt. Sie suchte seinen Blick über das Leuchten hinweg, als sie es nahm, es durch jede Faser ihres Körpers sickern ließ. Sie fand den roten Ring, der sich in seiner Iris bildete, und das verwegene Grinsen, als sie flüsterte: »Weil wir ihn dazu zwingen.«

»Wird auch Zeit«, raunte er, als er auf das Tor zustürmte. So eilig, dass Lija Mühe hatte, ihn einzuholen. Sie kannte den Takt dieser Schritte nur zu gut. Den Blick auf seinem Gesicht. Das Leuchten, die Ungeduld.

So jagte Tahro.

»Du weißt doch nicht, wohin wir gehen!«, rief Lija ihm kopfschüttelnd nach, zog sich eilig die Handschuhe über und schloss in einem lockeren Laufschritt zu ihm auf. Tahro antwortete mit einem verächtlichen Ton. Weder blieb er stehen, um auf sie zu warten, noch wurden seine Schritte langsamer. Solange Lija ihn nicht woanders hinlenkte, bewegte er sich stetig durch den Strom der Bürger geradeaus in Richtung des Vergnügungsviertels.

Obgleich Lija sich bemühte, Schritt mit ihm zu halten, hatte sie es nicht leicht. Denn Mimpo war nicht mit dem einverstanden, wozu sie sich entschlossen hatte. Er zerrte an ihrem

Abzeichen, an der Uniform und ihren Haaren, um sie dazu zu bringen, umzukehren.

Wählt nicht den falschen Weg, Aurelija, mahnte er sie anhaltend mit den Worten des Katers, von denen er hoffte, dass diese sie zur Vernunft bringen würden. Und Lija versuchte ihm angestrengt begreiflich zu machen, dass sie vernünftig war.

Ihr gefiel dieser Weg genauso wenig, doch Katzenauge ließ ihr keine Wahl. Er hatte sicher gute Gründe, warum er so lange zögerte, den Fluch zu brechen. Schließlich kämpfte er für eine Sache, die größer war als sie. Vielleicht sogar größer als der Fluch. Und sie glaubte an diese Sache. Sie war sich sicher, dass er den Frieden erreichen konnte, von dem er träumte. Es lag ihr fern, ihn davon abzuhalten. Oder ihm zu schaden. Im Gegenteil. Könnte er ihr je verzeihen, was sie tun würde, würde sie ihm helfen – aber sie war immer noch nicht bereit, wegen seiner Gleichgültigkeit unterzugehen.

Er musste den Fluch *jetzt* brechen.

Und es gab nur einen Weg, ihn dazu zu bringen.

Es hatte immer nur einen gegeben.

Sie musste ihn mit dem Fluch berühren.

Deswegen war sie zu Tahro gegangen, anstatt Samju oder Lorell um Hilfe zu bitten. Denn sie traute dem Fluch nicht. Sie war sich nicht sicher, ob diese Gewissheit nichts anderes als eine Täuschung war. Ob es nichts weiter war als der Sichelmond, der sich danach verzehrte, Katzenauge zu verschlingen. Aber wenn sie wieder die Kontrolle verlieren sollte, hätte Tahro keine Skrupel, sie aufzuhalten. Selbst wenn er sie dafür verletzen müsste.

Mimpo seufzte so laut, dass Lija glaubte, die ganze Stadt hätte ihn gehört. Dabei erschütterten seine verzweifelten Töne nichts anderes als ihr Herz, brachten nur ihre Schritte aus dem

Takt. Verwundert warf Tahro einen flüchtigen Blick über seine Schulter, musterte sie abschätzig, als sie stehenblieb.

»Wir sind zu langsam«, sagte sie, ohne ihn anzusehen. Sie wollte nicht, dass er die Zweifel bemerkte, die Mimpos Beben verursachte. Daher sprang sie zur Seite, machte einen Satz auf einen der Straßenpavillons, um über dessen Gerüst auf das nächstgelegene Dach zu gelangen.

»Vandale!«, rief der Wirt ihr ärgerlich hinterher, weil die dekorativen Windspiele klimpernd von den Baldachinen auf die Tische fielen. Und er fing noch ausfallender an zu fluchen, als Tahro denselben Schirm nutzte, um Lija zu folgen.

»Wohin?« Ungeduldig lief er auf dem Dachrücken hin und her. Die fest zusammengepressten Kiefer verrieten ihr, dass er sich gegen ein amüsiertes Grinsen wehrte, während sein Blick suchend über das Panorama der Stadt glitt. Auch Lija betrachtete die bunten Lichter und Dächer des Viertels. Die fliegenden Kerzen in den Straßen. Die Lampions an den Fassaden. Schließlich fand sie jene Türme, die alles andere überstrahlten.

»Dort«, wisperte sie. Mit ausgestrecktem Finger deutete sie auf das Teehaus, das sich wie ein Palast über das Vergnügungsviertel erhob.

Noch bevor Tahro ihrem Fingerzeig folgen konnte, knallte es. Ohrenbetäubend. So laut, dass sie glaubte, taub zu werden. Ein Gestank breitete sich über dem Dach aus, brannte wie Säure in ihren Lungen. Ungläubig wirbelte sie herum, starrte auf die Stelle, an der Tahro eben noch gestanden hatte. Dort flimmerte die Luft. Schwarzer Rauch, dichte Schatten. Jene, die Lija vor der Stadt gesehen hatte. Dieses Mal lichtete sich mehr von dem Nebel. Genug, um erkennen zu können, was sich hinter den Spiegelungen verbarg. Dass es *wirklich* ein Mensch war.

Fasziniert streiften Lijas Augen das helle Haar, das beinahe weiß erschien. So, als wäre es von der Sonne ausgeblichen worden. Sie entdeckte dunkle Haut, die von ebendieser gegerbt war. Das meiste seines Gesichts war verborgen – doch nicht diese starren, toten Augen, die über die belebte Straße glitten, auf der sich die Menschen bewegten, als hätten sie nichts gehört. Als hätte der Widerhall der Explosion die Dächer nicht verlassen.

Der Mann, der aus nicht mehr bestand als einem Kopf und einem Arm inmitten von schwarzem Nichts, hob seine Hand. Die Abendlichter der Stadt ließen den Stahl glänzen. Lija erkannte die Waffe sofort. Auch wenn diese kürzer als die Eisenrohre der Soldaten aus dem Wald war. Es war dasselbe Material. Und er richtete den Lauf auf den Trubel der Straße hinab, wo ihn noch immer niemand bemerkt hatte. Niemand außer Tahro, auf den er zielte.

Er hatte Tahro vor den Toren der Stadt nicht aufhalten können, bevor dieser das Rotblut getötet hatte. Er hatte ihn nicht hingerichtet, weil Mimpo ihn zu früh entdeckt hatte. Aber nun würde er sich nicht aufhalten lassen. Er würde beenden, was er begonnen hatte.

Also dachte Lija gar nicht nach. Sie schoss vor, holte mit der Faust aus, wollte ihm das Eisen aus der Hand schlagen, bevor er abdrücken konnte – doch ihr Schlag traf ins Nichts. Er bewegte sich so schnell, dass Lija den Eindruck hatte, er würde sich vor ihren Augen in Luft auflösen. Er verschwand an der einen und setzte sich an der anderen Stelle wieder zusammen. Direkt neben ihr. Sein gezielter Schlag war nicht einmal besonders kraftvoll, aber er traf sie so präzise in ihrer linken Seite, dass es ausreichte, um sie vom Dach zu stoßen.

Das war doch kein Rotblut.

Kein gewöhnlicher Mensch.

Lija drehte sich in der Luft, landete neben Tahro auf den Füßen. Keiner der spazierenden Bürger scherte sich darum. Keiner von ihnen folgte ihren Blicken. Keiner starrte hinauf auf das Dach, auf dem man die schwarze Gestalt kaum vom Nachthimmel unterscheiden konnte. Nahm ihn wirklich niemand wahr? Hatte niemand den Schuss gehört? Sah niemand, wie er diesen einen menschlichen Arm aufs Neue aus dem unnatürlichen Flimmern erhob? Bemerkte niemand die Lichtreflexionen auf dem Stahl, mit dem er hinunter in die Straße zielte?

Auch dieses Mal bewegte sich Tahro keinen Millimeter, als sich die Waffe auf ihn richtete. Er wusste nicht, was das war. Dass diese imstande war, ihn zu töten. Und er wusste nicht, was Furcht war. Der Idiot wich nicht einmal zurück, dachte gar nicht erst daran, zu fliehen. Er erwiderte stur den starren Blick des *Geistes* – oder was auch immer dieser Mann war –, ballte die Fäuste und ging in die Knie. Er würde angreifen. Einen Gegner mit einer Waffe, die er nicht schlagen konnte.

Ein weiterer Knall, den niemand hörte. Der Schall blieb auf dem Dach hängen, doch Lija roch die Asche. Und sie sah den Stahl. Die schwarzglänzende Kugel schoss hinab, glitt gleichgültig durch Tahros Feuer, das das Eisen nicht zu schmelzen vermochte.

Auch dieses Mal dachte Lija nicht nach, als sie sich zur Seite warf. Als sie Tahro anstieß, damit der Idiot aus dem Weg ging. Doch dieser war nicht nur stur, sondern auch schwer aus dem Gleichgewicht zu bringen. Es waren nur ein paar Zentimeter, die sie ihn fortstoßen konnte. Doch genug, sodass die Kugel sich nicht in seine Brust bohrte. Stattdessen traf sie Lijas Schulter.

Es fühlte sich wie eine Explosion an, als das Eisen auf dem Erzelin aufschlug, es zerriss, sich hindurchbohrte. Der Schmerz war bestialisch. Er fraß sich widerstandslos durch die

Feuermagie in ihrem Fleisch. Atemlos krümmte sie sich unter dem Schmerz. Es war unmöglich, sich aufrechtzuhalten. Sie sank auf die Knie – und da sah sie es. Etwas, das ihr noch mehr Angst einjagte als die stinkende, beißende Wunde in ihrer Schulter.

Die roten Tropfen auf den Steinen.

Erschrocken hob sie den Kopf, wollte sich umsehen, ob irgendjemand bemerkte, dass sie blutete. Ob irgendjemand die Farbe erkannte. Doch alles, was sie sah, war Feuer.

Das knisternde Leuchten schlug von allen Seiten um sie, trieb die Leute zurück, die zu schreien begannen. Die Flammen verbrannten das Blut genauso wie die trockenen Herbststräucher am Straßenrand und sprang auf jeden Baldachin über.

»Steh auf!«, brüllte Tahro durch das Knistern. Er dehnte sein Feuer aus. Trieb es höher, verbrannte alles, was ihnen zu nahe kam. Er versteckte sie in diesem Inferno.

»Los!«, knirschte er wieder, doch es fehlte ihr die Kraft, um aufzustehen. Ungeduldig hob er sie hoch, zerrte sie durch das Feuer, über das er die Kontrolle verloren hatte. Brachte sie weit fort von den Augen der Bürger, trug sie in immer kleinere Seitengassen. Er fand schließlich eine abgelegene Kanalbrücke, in deren Schatten er sie verbergen konnte.

»Bist du noch bei Trost?«, fuhr er sie an, kaum dass er sie auf den feuchten Steinen abgesetzt hatte. Ohne eine Antwort abzuwarten, riss er ihre Jacke auf, um die Wunde freizulegen. Lija schielte darauf hinab. Die Verletzung sah anders aus als die aufgerissenen Brustkörbe, die der Geist für gewöhnlich verursachte. Diese war um einiges kleiner. Nicht größer als eine halbe Faust. Es schien auch kein Durchschuss zu sein. Das Erzelin musste den Schuss abgeschwächt haben. Trotzdem blutete es gefährlich stark. Tahro knirschte beunruhigt mit den Zähnen: »Legst du es darauf an, zu sterben?«

»Du etwa? Hast du nicht gesehen, dass er auf dich gezielt hat?« Ihre Stimme klang bei Weitem nicht so bissig wie seine. Und selbst diese kleine Bewegung zerrte an der unaufhörlich blutenden Wunde.

»Halt still«, befahl er schroff, als er sah, wie sie sich unter den Schmerzen wand. »Und sei leise.« Mehr Warnung bekam sie nicht, bevor er seine glühende Hand in ihre Schulter drückte. Sie spürte seine Finger zwischen den Fasern ihrer Muskeln. Er wühlte darin, suchte die Kugel, die stecken geblieben war. Es schmerzte so höllisch, dass sie schrie, zappelte, weinte. *Das* konnte sie nicht aushalten. Schon gar nicht, als er die Wunde auch von innen auszubrennen versuchte.

Tahro hörte erst auf, als Mimpo vom Abzeichen sprang. Es war unmöglich, dass er die wütenden Schreie des Geistes verstehen konnte, doch er verstand die Bedeutung der scharfen Schuppen und der spitzen Eiszähne, mit denen der Geist ihn zurückdrängte. Und die Art, wie sich Mimpo schützend um Lija schlang, damit er und sein Feuer ihnen nicht zu nahe kamen.

»Was bei Raphaels Glut ist das?« Tahro starrte an Mimpos Echsenkopf vorbei. Er hatte das Fleisch und jedes Gefäß darunter, gefühlt ihre gesamte Schulter verödet, doch trotzdem hörte die Wunde nicht auf zu bluten. Verwirrt richtete sich sein Blick auf die Kugel, die er in seiner blutüberzogenen Hand hielt.

Lija sah zu, wie Tahros Finger abermals in Flammen aufgingen. Das Blut gerann stinkend bis es zu Asche zerfiel, doch das Eisen glühte nicht einmal.

»Was ist das?« Dieses Mal klang er vorwurfsvoll. So, als würde Lija ihm die Antwort vorenthalten. Auffordernd hielt er ihr die Eisenkugel vor die Nase, die sie mit ihrer linken Hand ergriff.

Die Wärme durchdrang sowohl den Handschuh als auch ihre Haut. Trotzdem war sie sich sicher, dass es nicht die Rückstände von Tahros Hitze war. Sie kannte sein Feuer. Das Glühen in diesem Eisen war eine andere Magie …

Als Mimpo brüllte, fuhr Lija heftig zusammen. Ein Stechen zuckte dabei durch ihren Körper, sodass ihr schwarz vor Augen wurde. Mimpo brüllte noch einmal, gab Tahro die Schuld, der trotzdem näher kam.

»Halt's Maul«, fuhr dieser den Wassergeist an, der spitze Eissplitter in die Hände trieb, die Tahro nach Lija ausstreckte. Das Feuerblut ließ sich davon nicht zurücktreiben. Er griff unter ihre Knie und Schultern und brüllte, als Mimpo nicht aufhörte: »Sie verblutet!«

Er machte Anstalten, sie zu heben. Der Schmerz, den er damit auslöste, kam zwar nicht dem Ausbrennen gleich, führte jedoch dazu, dass Lija schrie. Er tat ihr so weh, dass sie ihn gerne selbst zurückgestoßen hätte, doch Mimpo war schneller. Er spuckte spitzere Kristalle aus, die Tahros Kopf nur um Haaresbreite verfehlten. Kaum wich dieser zurück, baute sich Mimpo wie ein Monstrum vor Lija auf. Es brachte sie fast zum Schmunzeln. Der kleine Kerl suchte nie einen Kampf – aber Tahro konnte er wirklich nicht ausstehen.

»Was tust du?«, keuchte sie matt zwischen den brennenden Wellen, die von ihrer Schulter aus durch ihren Körper jagten.

»Was schon?« Tahro ließ Mimpo nicht aus den Augen. Er hatte den Oberkörper vorgebeugt, als suchte er nach einem Weg, um an dem Geist vorbeizuspringen. »Ich bringe dich ins Hospital.«

»Ach ja?« Angestrengt drehte sie den Kopf, um ihn anzusehen. »Und wie willst du mich durch die Stadt und die Mauer voller Soldaten schleppen, ohne dass jemand mein Blut sieht?«

Ein Teil seiner Kampfeslust erlosch. Für einen Moment sanken seine Fäuste unschlüssig hinab, doch richtete er sich nur eine Sekunde später wieder auf. »Dann hole ich die Talmond eben her!«, sagte er fast trotzig, bevor er sich umdrehte. Eilig lief er zum Treppenaufgang. Auf der ersten Stufe geriet er jedoch ins Stocken. Widerstrebend drehte er sich zu Mimpo um und starrte ihn so drohend an, dass dieser mit einem Kreischen antwortete, das wie berstendes Glas klang.

»Wehe, du lässt sie sterben«, fuhr er ihn unbeeindruckt an, da er die Laute der Wassermagie nicht hören konnte. Ohne Lija auch nur eines Blickes zu würdigen, als er die Treppe hinaufstürmte, fügte er hinzu: »Sie schuldet mir noch einen Verräter.«

Kaum war er verschwunden, schrumpfte Mimpo erleichtert in sich zusammen. Die messerscharfen Kanten seiner Frosthaut schwanden, bis er sich in der gewohnten kleinen, kugelrunden Form neben Lija hockte.

Nicht sterben, hörte sie ihn klirren. Lauschte, wie er ihr mit seinem Gesang versprach, dass er auf sie aufpasste. Sie erkannte Passagen aus Mutters Melodie, von denen er wusste, dass sie sie beruhigen würden. Zaghaft legte er sich über die Wunde an ihrer Schulter.

»Nicht«, murmelte Lija, doch der kleine Geist ließ sich nicht aufhalten. Die Kälte seiner Magie sickerte in das aufgerissene Fleisch, ohne dass es die geringste Wirkung hatte. Das Eis verlor sich zwischen der stinkenden Asche. Tonlos ließ Mimpo sich zu Boden sinken, als er erkannte, dass auch er nicht imstande war, ihr zu helfen.

Tahro hatte recht: Sie verblutete.

Resigniert drehte Lija die Eisenkugel in der Hand. Das Glühen darin war bei Weitem nicht so beruhigend wie die friedliche Wärme der Katzenkralle, doch es tat seinen Zweck. Es hatte genug Kraft, um sie zu halten. Sie nicht in dem versinken zu lassen, was über ihr zusammenzubrechen drohte. Vielleicht lange genug, bis Rona hier war.

Sie malte sich die grünen Augen aus, die sie mit einer Mischung aus Angst, Entsetzen und Wut ansahen, weil sie Lija doch gerade erst zusammengeflickt hatte. Sie stellte sich die rotschimmernden Blumen vor und hörte die zischende Stimme deutlich in ihrem Geist, die ihr vorwarf, dass es nicht einmal eine Nacht her war, seit sie das Hospital verlassen hatte.

Was sie sich allerdings nicht ausmalen konnte war, wie Rona sie hier unter dieser dunklen Brücke retten wollte. Welche Kräuter sie aus ihrer Magie erschaffen könnte, die mächtiger waren als Tahros Feuer oder Mimpos Eis. Rona kannte diese Art der Schäden nicht, hatte solche Asche noch nie gesehen, die Fleisch wie Säure zersetzte. Wie wollte sie diese unbekannte Wunde hier säubern und verschließen, bevor Lija verblutet war?

Vielleicht wäre sie aber auch schon tot, wenn Rona sie erreichte. Dann läge kein ärgerlicher roter Schatten über den Blütenblättern. Nein. Dann wären diese schwarz. Vielleicht würden sie sogar welken, weil all das, was Rona getan hatte, umsonst gewesen war. Weil Hanos Opfer umsonst gewesen war. Weil das alles doch im Totenhaus geendet hatte.

Lija riss die Augen auf.

Das Totenhaus.

Ginra.

KAPITEL 25

LÜGNER

»Für ein Feuerblut ist ein Versprechen eine Frage der Ehre. Für ein Erdblut eine Frage der Pflicht. Wasserblüter stehen zu ihrem Wort, um zu bekommen, was sie wollen. Doch bei einem Windblut weiß man nie, ob es sein Versprechen schon vergessen hat, kaum dass es ausgesprochen ist.«

Zitiert aus Arture LeMalls »Blutstudien – Band III«

Nicht sterben, erinnerte Mimpo sie, als sich Lija ächzend die Treppe hinaufschleppte. Jede Stufe war ein Kraftakt. Jeder Schritt brachte sie näher an den Rand der Bewusstlosigkeit.

»Ich versuch‘s ja«, knirschte Lija zwischen zusammengepressten Zähnen, als sie sich mit den Händen auf einer Stufe abstützen musste. Der erste rote Tropfen fiel auf die Steine. Der zweite. Der dritte. Wie Regentropfen. Die Wunde hörte einfach nicht auf zu bluten. So würde sie Ginra nie erreichen.

Keine Angst, sang Mimpo, der eilig ihren Arm hinaufkletterte. Sein Frost breitete sich über der Wunde aus, ohne in diese hineinzusickern. Er wusste, dass er sie nicht heilen konnte, aber er konnte sie mit seinem Eis verschließen. Für eine Weile. Er würde dafür sorgen, dass sie das Totenhaus erreichte.

Weiter, klirrte er ungeduldig. Erinnerte sie mit diesen rhythmischen Klängen daran, was es zu erreichen galt. Denn im Gegensatz zu Rona kannte der Balsamierer die Wunden, die die Eisenwaffen zufügten. Auch wenn er nie eine hatte heilen müssen, hatte wahrscheinlich kein anderer diese besser studiert als er. Wenn es einen Weg gäbe, die Blutung zu stillen, die Asche aus Lijas Fleisch zu holen und sie zu retten, dann wäre er derjenige, der diesen Weg kannte.

»Weiter«, stimmte Lija zu, richtete sich zaghaft auf. Krampfhaft hielt sie die Eisenkugel in der Hand, als würde sie sich damit auf die Beine ziehen können. Auch nachdem sie endlich stand, hielt sie sich weiter daran fest. Weder Mimpos Eis noch die Feuermagie oder der Fluch konnte die Schmerzen übertünchen, wie sie es bei anderen Verletzungen gewohnt war. Jede Bewegung, egal wie klein, zerrte an dieser stinkenden Wunde. Als würde es nicht nur ihren Arm, sondern ihren ganzen Körper betreffen. Daher war es überaus schwer, den Aufgang zu erklimmen.

Erleichtert stellte Lija fest, dass die Straße über der Brücke leer war. Scheinbar waren alle Bürger damit beschäftigt, den Brand im Vergnügungsviertel unter Kontrolle zu bekommen, den Tahro gelegt hatte. Für einen Moment betrachtete sie das entfernte Leuchten über den Dächern und die dicken Rauchschwaden, die davon aufstiegen.

Tahro hatte es übertrieben.

Vorsichtig spähte sie zu beiden Seiten, bevor sie in die nächste Seitengasse schlich und von dort aus weiter zum ersten Loch, das sie finden konnte. Denn das unterirdische Tunnelgeflecht war ihre einzige Chance, es ungesehen bis zum Raphaelen-Hospital in den nördlichen Bezirken zu schaffen – zumindest glaubte sie das, bis sie die erste Rotte durchquerte.

Es war ein anderes Gewölbe als das in der Nähe des Teehauses. Die Art und Weise, wie die Höhlenwände verziert waren, war gänzlich anders. Die Sterne hingen hier nicht unter der Decke, sondern waren ringsherum um jeden Bogen eingelassen, hinter dem eine Rotblut-Familie lebte. Als ihr müder Blick durch die Höhle glitt, fragte sich Lija, wie viele dieser unterirdischen Orte es wohl gab. Wie viele Siedlungen fügten sich zur Rotte zusammen? Wie viele Sklaven beugten sich der Goldstadt?

Ihr Auftauchen löste zumindest unter den knappen Hundert, die in dieser Rotte lebten, eine regelrechte Panik aus. Die Rotblüter warfen sich flach auf den Boden, versuchten, entsetzte Kreischer zu unterdrücken. Manche rannten in abzweigende Tunnel, um vor Lija zu fliehen. Denn das letzte Mal, dass Soldaten zu ihnen hinabgekommen waren, nachdem das Rotblut geflohen war, musste ihnen noch tief in den Knochen stecken.

Als Lija also in ihre Rotte kam, sahen sie nichts anderes als einen Soldaten. Jemanden, dem sie sich unterwerfen mussten. Und auch wenn Lija dieser Anblick mehr schmerzte als ihr rechter stinkender, blutender Arm, musste das genauso bleiben. Denn hier unten durfte ebenso wenig jemand die Farbe ihres Blutes sehen wie dort oben. Wenn auch nur ein Rotblut dies entdeckte – das Flüstern ließe sich nicht mehr aufhalten. Es würde die gesamte Rotte durchdringen, durch die Löcher hinaufkriechen bis in die Stadt. Solange, bis ein jeder Bürger wusste, dass es eine Bluttäuscherin in der Wache gab.

Daher blickte Lija stur durch all die Menschen hindurch, die sich unterwürfig vor ihr auf die Erde pressten. Sie versuchte dabei auszusehen, als wäre es selbstverständlich. Sich nicht zu krümmen, keine zaghaften Schritte zu machen. Ihren rechten Arm so wenig wie möglich zu bewegen, der sich anfühlte, als wäre Mimpos Eis das Einzige, das diesen an ihrem Körper hielt.

Auf diese Weise schaffte es Lija, die erste Rotte zu durchqueren. Vor dem zweiten Gewölbe wurden ihre Schritte kleiner. Es fiel ihr immer schwerer, die Füße zu heben, den Blick nicht zu senken. Sie kämpfte sich Schritt für Schritt durch das schummrige Licht der Öllampen. Doch ihre Kraft ließ nach. Mit ihrem Blut schwand auch Tahros Feuermagie und damit die Quelle all ihrer Kraft. Sie begann zwischen den knienden Rotblütern zu taumeln.

Weiter, flüsterte Mimpo, doch Lija konnte nicht mehr. Sie blieb stehen, verkrampfte sich, um nicht zu stürzen. Sie schaffte es nicht weiter. Mit jeder Sekunde verlor sie mehr Blut, auch wenn Mimpo es nicht aus der Wunde herauslaufen ließ.

»Herrin«, hörte sie eine dünne, ängstliche Stimme. Eine Frau erhob sich vom Boden. Den Blick demütig gesenkt, doch immer wieder wachsam hinaufschielend. Sie sah, dass Lija wankte. Und sie machte Anstalten, auf sie zuzugehen, um sie zu stützen.

»Komm nicht näher!«, fuhr Lija sie an. Wusste, dass diese gute Seele ihre Angst als Ekel verstand. Und es tat ihr leid, sie so zu erschrecken. Aber sie durften ihr Blut nicht sehen. Koste es, was es wolle …

»Das ist die Kriegertochter«, murmelte irgendjemand, der im fahlen Licht ihr Haar erkannt haben musste.

»Sie ist verletzt.«

»Still!«, zischte jemand anderes wie ein Befehl. Trotzdem brach das Geflüster nicht ab.

»Aber das ist die Enkelin der Kaiserin!«, beharrte der Erste. »Wenn sie hier unten zusammenbricht, bringen die uns um!«

Ja …, dachte Lija bitter. *Uns alle.* Also zwang sie sich trotz der Taubheit, die sich ihres Körpers bemannte, ihren linken Arm zu heben. Mit ausgestrecktem Finger deutete sie auf einen Burschen. Einen drahtigen Jungen mit rußbedecktem Kittel. Einer, der offenbar in der Jagd von Kohlegeistern geübt war. Einer, der schnell laufen konnte.

»Du«, befahl sie um die Stimme einer Herrin bemüht. »Hol den Balsamierer aus dem Raphaelen-Hospital.«

Der Junge erstarrte unter ihrem Fingerzeig. Jeder seiner angespannten Muskeln verriet seine lähmende Zerrissenheit zwischen Angst und Gehorsam.

»Beeil dich«, mahnte eine Alte neben ihm. »Lauf so schnell du kannst.« Ihre Stimme war genug, damit der Bursche die Angst überwinden konnte. Er sprang auf seine Füße, hielt den Kopf gesenkt, damit er Lija nicht versehentlich in die Augen sah, und verschwand flink in einem dunklen Loch der Höhlenwand. Bewegten sich die Rotblüter denn selbst hier unten über Schleichwege?

Ein ungutes Gefühl überkam sie, verzerrte für einen Moment ihre Sicht, ehe es vorüberzog. Eine erste Warnung ihres Körpers, dass er am Ende war. Direkt gefolgt von einer zweiten.

»Ich kann nicht mehr stehen«, presste Lija hervor. Die Rotblüter mussten glauben, dass sie sie gemeint hatte, doch ihre brüchigen Worte galten nur Mimpo. Schwindel übermannte sie, der sie in die Knie zwang. Sie sah Hände, die sich ausstreckten, um sie zu fangen.

»Fasst mich nicht an!«, schrie sie verzweifelt. Sie durften nicht zu nahe kommen. Nicht sehen, was sie war. Und Mimpo ließ es nicht zu. Er dehnte sich aus, ließ die Luft wie einen Kokon um sie herum gefrieren. Das Eis, mit dem er sie umspannte, schützte sie vor den aufgerissenen Augen, die sie erschrocken anstarrten.

»Mir ist schwindelig«, flüsterte sie, während sie eisern versuchte, sich zumindest auf ihren Knien aufrecht zu halten.

Keine Angst, wiederholte Mimpo seinen wunderschönen Gesang. *Nicht sterben.*

Immer fester ballte Lija ihre Faust um die Eisenkugel, als könnte sie sich daran festhalten. Sie schloss die Augen, suchte jeden Funken von Tahros Feuer, der in ihr übriggeblieben war. Jede noch so kleine Flamme, die sie am Leben halten könnte.

Aushalten, stimmte sie still in Mimpos Gesang mit ein. Sie hatte gelernt, wie das ging. Sie hatte begriffen, was Tahro ihr beigebracht hatte. Was es bedeutete, stark zu sein. Und als Mimpo endlich in den schönsten Tönen *Lass los* summte, fiel es ihr so leicht, dieser herrlichen Melodie nachzugeben. Sie sank in Hände, die Mimpo durch das Eis hatte dringen lassen. In Arme, die sie mühelos heben konnten. Die sie mit einer Leichtigkeit und Ruhe fortbrachten, als könnten sie die ganze Last der Welt tragen.

»Du hast viel Blut verloren«, brummte der Balsamierer, als er sie auf einer der Bahren in der halbdunklen Halle des Totenhauses ablegte. Sie wollte ihm antworten, doch verließ kein Ton ihre Lippen. Ihr fehlte sogar die Kraft, um den Kopf zum Trinken anzuheben, als er ihr eine herb riechende Flüssigkeit einflößte. Ob diese eine Wirkung hatte, vermochte sie nicht zu sagen. Denn weder ließ es sie in Bewusstlosigkeit sinken noch übertünchte es das, was an ihrer Schulter geschah. Sie spürte jede Bewegung von Ginras Händen. Jedes Instrument, das er benutzte, um die Asche von ihrem Fleisch zu trennen. Je mehr sie sich darauf konzentrierte, umso mehr nahmen die Schmerzen zu. Daher ließ sie kraftlos ihren Kopf zur Seite fallen und beobachtete Mimpo dabei, wie er das Totenhaus erkundete. Es gefiel ihm nicht besonders. Das erkannte sie daran, dass seine Schuppen nicht funkelten. Dass er erst kleine Kreise um die näherliegenden Bahren zog, auf denen verdeckte Silhouetten ruhten, bevor er sich traute, weiter in die Dunkelheit zu wandern.

Lija verfolgte ihn mit den Blicken. Betrachtete alles, was er betrachtete, um sich von dem abzulenken, was Ginra mit ihrer verletzten Schulter tat. Und als Mimpo dort am anderen Ende der Halle auf eine Bahre sprang, erkannte sie, warum seine Schuppen mit einem Mal so aufgeregt blitzten – denn dort stand die Valois.

Im Licht des Totenhauses wirkte sie wie ein anderer Mensch. Kein Frostschimmer auf ihrer hellen, makellosen Haut. Keine opulenten Roben. Keine Pfeife in der Hand. Mit gesenktem Blick stand sie an einer anderen Bahre. Auf dieser lag ein Körper, dessen Balsamierung Ginra vollendet hatte.

Dieser Tote musste ihm viel bedeutet haben. Das erkannte sie nicht nur an der Art, wie der Körper aufgebahrt war. Es verrieten auch die Opfergaben, die Ginra ihm auf den Weg zur anderen Seite mitgab. Keine praktischen Dinge wie Kleider, Waffen oder Leibspeisen, wie es manche Windblutstämme im Osten zu tun pflegten. Stattdessen lagen auf der Bahre alte Briefe mit Worten, die er nicht vergessen sollte. Bücher stapelten sich um ihn herum, deren Lektüre er genossen haben musste. Aufgerollte Pergamente mit den Noten der Lieder, die er am liebsten gehört hatte, oder mit Kritzeleien seiner Kinder und Enkel, die ihn nie vergessen würden. Und darauf blühten nie welkende Blumen, geschlagen aus Steinen und Eis.

Wer dieser Tote war, der zwischen all den Kostbarkeiten ruhte, deren Wert man nicht benennen konnte, ahnte Lija wegen zweierlei Dingen: dem fehlenden Kopf und den tränennassen Wangen der Valois.

Das war der alte Direktor.

Pallad Myrall.

Es wunderte Lija, mit welcher Selbstverständlichkeit Mimpo auf die Schulter der Valois sprang und tröstlich in ihr Ohr sang.

Sie neigte ihren Kopf etwas zur Seite und schloss die Augen, um ihm zu lauschen. Es störte Lija, wie liebevoll der kleine Geist gegen ihre Wange stupste. So, als wären sie sich vertraut. Als würden sie sich schon seit einer Ewigkeit kennen.

Ein gutes Herz erkennt ein anderes, war alles, was ihr dazu einfiel. Aber doch nicht diese Frau … nicht diese gnadenlose Schönheit mit dem Blick aus Eis, mit dem sie Lija streifte.

Ein Stich ließ sie zusammenfahren. Ruckartig drehte sie den Kopf, blickte auf die Nadel und den Faden, die der Balsamierer durch ihre Haut stach, um die Wundränder zusammenzunähen. Selbst aus dieser Nähe und obwohl sie direkt in die Umhänge hineinsehen konnte, erkannte sie nichts von Ginras Gesicht. Da war nur ein schwarzes Loch, das sich über sie beugte.

»Beweg dich nicht«, brummte er hörbar unzufrieden. »Es hat immer noch nicht aufgehört zu bluten.«

»Zeig her.« Leise hallten die Schritte der Valois wider. Es klang wie nackte Füße, die über polierte Fliesen glitten. Lief sie etwa barfuß durch das Totenhaus?

Ihr Gesicht tauchte über Lija auf, bevor diese den Kopf zu ihr drehen konnte. Die Augen der Teehausherrin, wenn auch weich vom Weinen, hatten nichts von der stechenden Kälte verloren. Sie nahm sich eine Weile Zeit, um Lija zu betrachten. Vorwürfe blitzten auf dem Frost auf, der sich über ihre Haut legte. Ablehnung. Herablassung. Und doch war ihre Stimme überraschend sanft, als sie sagte: »Du hast Pallad gerächt.«

Es überraschte Lija so sehr, dass sie im ersten Moment nicht begriff, was sie damit meinte. Dass es Dankbarkeit war. Dafür, dass sie die Söldnerin getötet hatte, die dem Direktor den Kopf abgeschlagen und dessen Leiche an ein Kreuz gefroren hatte. »Ich schulde dir etwas.«

Mit diesen Worten legte sie eine Hand über Lijas Wunde. Ihr Eis sickerte vorsichtig in die Haut. Überaus langsam. Keinen Millimeter zu tief. Und ohne die Rückstände jener Waffe war die Magie der Valois imstande, die Blutung zu stillen.

Weitere leise Schritte ertönten. Der Klang brachte die Herrin dazu, die Augen von Lija zu lösen. Auch Lija wollte den Kopf drehen, doch das musste sie gar nicht. Bevor sie sich überhaupt bewegen konnte, tauchte Katzenauges goldblonder Schopf an der Bahre auf.

»Was ist geschehen?« Die Frage stellte er nicht Lija, obgleich er die Augen nicht von ihr löste.

»Ginra hat sie in den Rotten aufgelesen.« Eiskalte Finger berührten Lijas Stirn. Sie fuhr leicht zusammen, fühlte sich beschämt, als die Teehausherrin so ungeniert ihre zerzausten Locken zurecht strich. »Halb verblutet.«

»Ihre Schulter«, zog der Balsamierer die Aufmerksamkeit des Windsohns auf die Wunde. Dieser besah sich die frisch vernähte Haut, an der geronnene Blutkrusten klebten. Für eine Weile betrachtete Katzenauge das Werk, bevor er auf die Naht zeigte: »Ich hoffe, du hast dir Mühe damit gegeben!«

Ginra ersparte sich eine Antwort darauf. Katzenauge schien auch keine erwartet zu haben, denn er senkte sogleich wieder seinen Blick auf Lija, die ohne ihre Uniformjacke entblößt vor ihm lag.

»Sie braucht nicht noch mehr Narben …« Er fuhr mit seinen Augen all die Spuren vergangener Verletzungen nach. Die Wolfsbisse. Die unzähligen kleinen Brandnarben, die ihre Arme übersäten. Den verbrannten Krater an ihrem Bauch. »So viel Feuer …«, murmelte er und lehnte sich noch näher zu ihr hinab. Die Valois schlug seine Hand weg, als er Lija berühren wollte.

Dies überraschte Katzenauge scheinbar ebenso wie Lija, denn seine Pupillen wurden gefährlich schmal.

»Du hättest im Teehaus bleiben sollen«, fuhr die Valois ihn unbeeindruckt an. »Weißt du eigentlich, wie schwer es ist, deine Spuren zu verwischen? Es macht es mir nicht leichter, wenn du ständig durch die Stadt spazierst! Es war nicht nötig, dass du kommst.«

»Doch.« Es war Lija, die widersprach. Sie drehte den Kopf, um Katzenauge anzusehen. Sie musste lächeln, als sie die belustigten Grübchen in seinen Wangen entdeckte. »Ich war auf dem Weg zu dir«, gab sie zu.

»So?« Katzenauges Augenbrauen hoben sich ein kleines Stück. »Könnte ich doch bloß erahnen, was du von mir gewollt haben könntest.«

Der Spott in seiner Stimme machte sie schlagartig wütend. Fiel ihm wirklich nichts anderes ein, als über sie zu lachen? Schlimm genug, dass er sie um seine Hilfe betteln ließ. Dass er sie mit seinem schönen Gesicht und seinen hübschen Worten hinhielt. Aber das würde nun ein Ende haben.

Mit allem Willen, den sie aufzubringen vermochte, versuchte sie, ihre rechte Hand zu heben. Sich den Handschuh abzuziehen, um ihre schwarzen Finger auf diese herrlichen Grübchen zu legen. Doch ihr Arm gehorchte ihr nicht. Ihre Schulter war steif und völlig nutzlos. Sie konnte ihn nicht berühren … also blieb ihr nur eine andere Möglichkeit.

Zähneknirschend hob sie ihre Linke. Sie hielt die schwarze Kugel zwischen Daumen und Zeigefinger direkt vor seine Augen.

Die Grübchen verschwanden schlagartig. Er betrachtete jeden Millimeter der matten, schwarzen Oberfläche, die das Licht der fliegenden Kerzen schwach reflektierte. Sein Nasenrücken kräuselte sich angeekelte. Er musste die Rückstände der sauren Asche riechen.

»Das stammt von einer der Waffen, die du so gerne in die Finger bekommen würdest«, erklärte sie ihm, was er längst erkannt haben musste. »Brich den Fluch und sie gehört dir.«

»Aurelija …«, seufzte Katzenauge lächelnd. Er klang belustigt. Milde. Liebevoll. Und doch klang es wie ein *Nein*.

»Du hast es versprochen«, erinnerte sie ihn. Der Valois entfuhr daraufhin ein ungeduldiges Zungenschnalzen.

»Wir sollten das hier beenden, bevor es noch trauriger wird«, entschied sie mit schneidend kalter Stimme und griff nach der Kugel. Lija versuchte sich zu sträuben, doch ihre Finger waren so kraftlos, dass sie die Valois nicht davon abhalten konnte, den Gegensand an sich zu nehmen. Bevor sie die Stimme heben konnte, um gegen den Diebstahl zu protestieren, richtete die Valois das Wort an Ginra: »Die Nachtglocken läuten bald. Sie muss zurück zur Wache.«

»Nicht in diesem Zustand.«

»Sie kann nicht hierbleiben. Was glaubst du, wird passieren, wenn Nerias Lieblingskind verschwindet? Sie wird die ganze Stadt umkrempeln, um sie wiederzufinden.« Ihre Augen wanderten zu Katzenauge zurück. »Und keiner von uns will, dass sie dabei Dinge findet, die verborgen bleiben sollten.«

»In diesem Zustand kann sie nicht einmal stehen, geschweige denn in einer Kompanie …«

»Sie hat Schlimmeres überstanden«, unterbrach Katzenauge seinen Freund. Es klang überaus nüchtern. So, als spräche er über etwas völlig Belangloses. Denn diese ganze Szenerie hatte sein Interesse in dem Moment verloren, als die Valois ihm die Eisenkugel überreicht hatte. Nun klebte sein Blick an der dunkel glänzenden Oberfläche. Je länger er sie betrachtete, desto mehr verzog sich seine Oberlippe. Er sah aus, als würde er die Zähne blecken.

»Jawih«, versuchte Lija, seine Aufmerksamkeit zu erregen. Kraftlos bemühte sie sich aufzubäumen, aber ohne die Hilfe der Valois schaffte sie es weder, sich hinzusetzten, noch, die Jacke ihrer Uniform anzuziehen.

»So ein Gesudel …«, zischte sie, als sie dabei in das getrocknete rote Blut an der Schulter griff. Eiskaltes Wasser goss sich darüber, lief ihren Rücken und ihren Arm hinab, sodass sie zu zittern begann. Mimpo bemühte sich eilig, dieses samt der Blutsspuren aus dem Erzelin zu waschen, doch wurde Lija davon nur noch kälter. Trotzdem ließ sie es widerstandslos über sich ergehen. Sie versuchte dabei nur verzweifelt, Katzenauges Blick einzufangen. Doch dieser stand dort wie eine leere Hülle, dessen Geist das Hier und Jetzt verlassen hatte.

»Jawih!«, rief sie so laut, dass es von den Wänden widerhallte. Im Gegensatz zur Valois zuckte dieser nicht einmal zusammen. Er drehte nur den Kopf und schien einfach durch sie hindurchzusehen.

»Ich bringe sie heim«, murmelte er gedankenverloren. Er trat an die Liege heran, schob einen Arm unter ihre Knie und legte den anderen an ihren Rücken, um sie hochzuheben. »Verwischt ihre Spuren«, forderte er, als er sich vom Boden abstieß.

Es war das erste Mal, dass der Wind nicht triezend an ihren Haaren zog. Dass die Geschwindigkeit ihren Magen nicht zum Drehen brachte. Dass er sie so festhielt, dass sie keine Sekunde fürchtete, dass er sie fallen lassen könnte. Ja … vielleicht war es das erste Mal, dass es ihr nichts ausmachte, zu fliegen.

Noch bevor die Nachtglocken anschlugen, setzte Katzenauge sie in einer Seitengasse nahe der Kaserne ab. Lija kam gar nicht auf den Gedanken, von ihm abzulassen. Ihr rechter Arm mochte nutzlos an ihrer Seite herabhängen, doch mit der linken verkrallte sie sich in den Stoffen seines Kaftans. Denn sie fürchtete, dass er sein Versprechen vergaß, wenn sie ihn entkommen ließ.

»Aurelija …«, seufzte er resigniert. Wie eine Aufforderung, von ihm abzulassen.

»Bring mich zu den Göttern«, widersprach sie jedoch vehement. Sie hob den Kopf, sah ihm direkt in die Augen. Konzentrierte sich nur auf die Schönheit, tat, als würde sie nicht ahnen, was er dahinter verbarg.

»Das ist nicht so leicht, wie du denkst …«

»Doch. Das ist es. Der Fluch wird mich töten, wenn er nicht gebrochen wird. Mich, meinen Cousin und alles andere, was ich damit berühre.«

Katzenauge seufzte. Sie spürte, wie sich seine Muskeln unter den Stoffen anspannten. Die Anspannung ging augenblicklich auf sie über. Sie senkte bereits den Kopf, noch ehe er die Stimme erhob: »Glaube mir, ich will nicht, dass dir etwas geschieht. Aber …«

Sie lehnte den Kopf gegen seine Brust. Sie hatte es geahnt. Sie hatte es befürchtet. Warum hatte Tahro sich nicht irren können?

»*Aber?*«

Katzenauge wog sich unschlüssig hin und her. Je länger er wartete, desto sicherer war sie, dass er sich seine Worte zurechtlegte. Dass irgendetwas über seine Lippen käme, dass sie hinhalten würde. Sie vielleicht sogar dazu brächte, ihn loszulassen. Doch stattdessen murmelte er: »Du kannst ihn kontrollieren …«

Im ersten Moment erschienen ihr diese Worte zusammenhangslos. Doch dann wurde ihr bewusst, was sie bedeuteten.

Worum es ihm ging. Warum er den Fluch nicht längst gebrochen hatte.

Weil der Sichelmond eine Waffe war.

Und Jawih einen Krieg führen wollte.

Hilf mir, es zu beenden.

»Na und?«, forderte sie ihre Befürchtung heraus. Sie sah ihm direkt in die Augen, suchte nach etwas, dass sie vom Gegenteil überzeugte. Doch alles, was sie fand, war gar nichts. Sein Gesicht war vollkommen leer. »Du hast es mir versprochen!«, fuhr sie ihn lauter an. Auch das brachte ihn nicht dazu, sein Schweigen zu brechen. Und dieses war Futter für ihren Zorn, der sich in ihren Adern verselbstständigte. Der sie hinter seine bildschöne Fassade blicken ließ, von der sie sich so bereitwillig hatte blenden lassen.

Er war ein verdammter Lügner.

Aber das war sie auch.

Also trat sie einen Schritt zurück. Ein heftiger Schmerz zuckte bei dieser kleinen Bewegung durch ihre Schulter. Trotzdem hob sie stolz das Kinn.

»Von einem Lügner zum anderen«, sagte sie laut und mit fester Stimme. Es war eine Drohung. Und sie wollte, dass er zurückwich. Wollte ihn von sich stoßen. Sich aus seinem Bann befreien. Sie wollte, dass er sie ansah, als wäre sie eine Gefahr. Denn bei Schneebelles Fell, das war sie: »Ich habe dich an die Ashkajas verkauft.«

Katzenauge nahm einen tiefen Atemzug. Auch wenn es wirkte, als würde er sich sammeln, entdeckte Lija nicht einmal die Spur von Überraschung in seinem Gesicht. Nur Enttäuschung.

»Von einem Lügner zum anderen«, willigte er ein. Seine Stimme klang vollkommen ruhig. Und dann sagte er endlich die Wahrheit: »Ich hatte nie vor, den Fluch zu brechen.«

Die Worte schlugen ähnlich hart in ihr ein wie die davor. Ihr Blick glitt durch ihn hindurch. Der Sichelmond wurde lauter. Schriller. Fordernder. Und warnte sie vor dem, was ihr beinahe entgangen wäre.

Ruckartig packte sie seine Hand. Er musste überrascht sein, dass sie seine Bewegung wahrgenommen hatte, obwohl sie ihre entsetzt aufgerissenen Augen nicht von seinen gelöst hatte. Dass seine Worte sie nicht genug abgelenkt hatten. Forsch drückte sie seine Finger von ihrer Jackentasche fort, in die er hatte greifen wollen. Die, in der sie die Katzenkralle verbarg. Drohend reckte sie ihm das Kinn entgegen, zischte kaum hörbar: »Du hättest mich töten sollen, als du die Chance dazu hattest.«

Dann kehrte sie ihm den Rücken. Ihrer schmerzenden Schulter und dem zum Zerbersten angespannten Muskeln zum Trotz eilte sie in Richtung der Kaserne. Dabei schob sie ihre linke Hand tief in ihre Tasche, umfasste die Katzenfigur, die er niemals bekommen würde, während sie sich bemühte, ihre Schritte nicht wie eine Flucht wirken zu lassen.

Ein Teil von ihr fürchtete, dass er sie angreifen würde. Der andere wusste, dass er das nicht täte. Er würde sie nicht töten. Denn er wollte den Fluch. Darauf hatte er es abgesehen. Dafür hatte er sie mit seinen verdrehten Worten gefügig gemacht. Ihr seinen Willen eingeflüstert. Er hatte versucht, sie mit dem zu kontrollieren, was sie sich so sehr wünschte. Und er würde alles tun, um zu verhindern, dass sie es bekäme. Er würde nicht zulassen, dass sie die Götter fand. Sie würde weder das Tränenjuwel noch eine andere Reliquie in die Finger bekommen, die sich in seinem Besitz befand.

Ihr Zorn erstickte an der Resignation, die dieser Gedanke auslöste. Stocksteif, da jeder Schritt die frische Wunde an ihrer Schulter erschütterte, reihte sie sich zwischen den Kameraden ein, die in den Innenhof eilten, um rechtzeitig vor Beginn der Ausgangssperre in der Kaserne anzukommen.

Hilflos drehte sie dabei die Katzenfigur in ihrer Hand. Versuchte, sich der Wärme bewusst zu werden. Die Ruhe der Erde auf sich abfärben zu lassen. Es gelang ihr nicht. Also blieb Lija inmitten der leeren Eingangshalle der Kaserne stehen und schloss die Augen. Sie konzentrierte sich auf jede Kerbe des Holzes, suchte dessen Magie. Doch alles, was sie entdeckte, war ihre Verzweiflung.

Was konnte sie noch tun?

Wer könnte ihr helfen?

Wo sollte sie hin?

Sie hatte nicht erwartet, eine Antwort zu erhalten. Aber das Holz … es hörte sie. Es bewegte sich. Überrascht öffnete Lija die Augen, starrte auf ihre Hand, in der sich die Figur verbog. Die Züge der Katzen verschwanden von der Oberfläche. Es zog sich in die Länge, schwebte über ihrer Handfläche. An beiden Enden spitz zulaufend. Verblüfft hob Lija die Augenbrauen, während die Spitze zu kreisen begann. Wie eine Kompassnadel. Sie blieb abrupt stehen, als sie die richtige Richtung gefunden hatte – und in diesem Moment begriff Lija, was sie in den Händen hielt. Warum Katzenauge es so oft hatte stehlen wollen. Die Katzenkralle war nicht nur ein Götterzauber – sie war eine *Reliquie!* Ein Teil des Waldes. Ein Teil von Mycael. Und er wies zu jenem Ort, an den er gehörte. An den Ort, zu dem Lija gehen musste.

Es war genau, wie Samtpfote gesagt hatte.

Das ist alles, was Ihr braucht.

KAPITEL 26

AUFBRUCH

»Du musst zurückkommen. Jetzt. Und mach dich auf das Schlimmste gefasst. Das Mädchen hat uns verraten.«

Zitiert aus einer Nachricht von Korrin Valois, Herrin des Teehauses, an Sineal Bharriq, Oberst des 21. Regiments der Goldstadtwache

Samju war mit dem Nachtläuten ins Handwerkerviertel aufgebrochen, um seinem Großvater ein Schiff zu stehlen. Er hatte noch gescherzt, dass er ja ohnehin kein Erbe zu verlieren hätte. Lorell hatte gelacht, Lija nicht.

Seit Ztiht sie während des Drills vom Übungsplatz geworfen hatte, konnte sie ihre Kiefer vor Anspannung nicht mehr voneinander lösen. Nicht zuletzt hatte dies auch mit ihrer Wunde zu tun. Geistesabwesend rotierte sie ihre Schulter, als sie sich an ihren kläglichen Versuch erinnerte, die Wand zu erklimmen. Die Muskeln fühlten sich steif an, die Knochen und Gelenke hingegen wie Brei. Jede Bewegung war eingeschränkt. Diese verdammte Wunde, die das Eisen in ihre Schulter eingebrannt hatte, schien ihren gesamten Körper nutzlos zu machen. Auch wenn Ginra die Asche sorgfältig aus ihrer Wunde entfernt hatte, auch wenn die Magie der Valois diese verschloss, auch wenn Lija noch genug Feuer im Blut hatte, half bei dieser Wunde alles nichts. Nichts übertünchte die Schmerzen. Und eine ungewisse Angst überkam sie, dass sie diesen Arm vielleicht nie wieder vernünftig benutzen können würde …

Schnaufend schob sie den Gedanken beiseite. Sie biss die Zähne zusammen und hob – trotz eines Stechens, das ihr die Tränen in die Augen trieb – ihren rechten Arm, um nach einem der Schwerter an der Lagerwand zu greifen. Sie gab sich große Mühe, keinen Lärm zu verursachen, doch entfuhr ihr ein leises Ächzen, als sie es mit ihrem verletzten Arm von den Haken zog. Vorsichtig spähte sie über ihre Schulter zum Waffenmeister hinüber.

Ka schnarchte auf einem Stuhl. Sein Oberkörper lag auf dem Tisch, auf dem noch die Würfel und Karten ausgebreitet waren, die Lorell mitgebracht hatte. Und die Reste des teuren Weins, mit dem er den Leutnant zum Spielen verführt hatte. Einen Moment lang lauschte sie den unregelmäßig lauten Atemzügen, um sicherzugehen, dass sie seinen Schlummer nicht gestört hatte, bevor sie nach dem nächsten Schwert griff.

So viel du tragen kannst, hatte Lorell sie angewiesen. Sie mussten sich darauf gefasst machen, dass die Wache sie verfolgen würde. Drei Deserteure würde man nicht einfach entkommen lassen. Daher zog Lija noch drei weitere Schwerter von den Haken. Sechs Dolche verwahrte sie entweder an ihrem Gürtel oder im Schaft ihrer Stiefel und schulterte zwei Köcher voller Pfeile, bevor Lorell aus der Nebenkammer zurückkehrte. Er nahm Lija den Bogen ab, ohne den Blick vom schnarchenden Waffenmeister zu lösen, denn Lija konnte diesen wegen ihres verdammten rechten Armes nicht mehr halten.

»Das reicht …«, raunte er ihr tonlos zu. »Gehen wir.«

Sie mussten schleichen, damit die Waffen unter ihren Umhängen, auf ihren Rücken und an ihren Gürteln nicht klimperten. Als sie auf den Innenhof hinaustraten, war dieser vollkommen leer. Nur wenige fliegende Kerzen schwebten in der Nähe des Hauptgebäudes, hinter dessen Türen die gesamte Kompanie schlief. Argwöhnisch spähte Lija zum Tor hinüber, an dem für gewöhnlich zwei Soldaten zur Nachtwache standen. Einer davon hätte Samju sein müssen. Der hatte seinen Posten allerdings längst verlassen. Um die zweite Nachtwache hatte Lorell sich gekümmert: Er hatte Cirill bezirzt, ihr angeboten, den unbeliebten Dienst für sie zu übernehmen. Mit diesem verbotenen Lächeln und dem unwiderstehlichen Leuchten in den eisblauen Augen hatte er es klingen lassen, als würde er ihr einen Gefallen tun. Ihr und nur ihr. Und Cirill hatte ihm geschworen, sich dafür zu revanchieren. Auf eine Art und Weise, die Lija stark an Clarin erinnert hatte.

»Schade, dass ich diesen Gefallen nie einlösen werde«, seufzte Lorell, als wäre ihm just in dem Moment derselbe Gedanke gekommen.

»Hurenbesteiger«, brummte Lija halbherzig. Unruhig drehte sie sich immer wieder um. Mit jedem Mal nahm das beklemmende Gefühl zu. Ihre Schritte wurden langsamer. Ihr suchender Blick zog immer größere Kreise.

»Worauf wartest du?«, drängelte Lorell, als er bemerkte, dass sie zurückblieb.

»Mimpo ist nicht hier.«

»Was?!« Er machte einen Satz an ihre Seite und musterte das Abzeichen an ihrer Brust, als würde er erst glauben, dass der kleine Wassergeist nicht da war, wenn er es sah. »Wo ist er?«

»Auf dem Weg …«, entgegnete sie leise, vermied es jedoch, ihren Cousin anzusehen.

»Dann holt er uns schon ein. Gehen wir. Je länger wir warten, desto größer ist die Gefahr, dass wir entdeckt werden.«

»Ich geh nicht ohne ihn«, beharrte sie, den Kopf immer noch dem Hauptgebäude zugewandt. Zähneknirschend folgte Lorell ihrem Blick.

»*Das* …«, betonte er vorwurfsvoll, als er erkannte, wovon sie sprach. »… wird uns den Kopf kosten.« Er nahm ihr die Waffen ab und ersparte es ihr, noch einmal widersprechen zu müssen. Er kannte sie. Er wusste, dass sie nicht gehen würde. Nicht ohne ihn.

»Ich gehe vor. Beeil dich.«

Lija nickte knapp, bevor sie sich tiefer in den Mauerschatten zurückzog, um jedweden Blicken zu entgehen. Mit jeder verstreichenden Minute malte sie sich aus, wie Ka gähnend aus seinem Schlaf erwachte. Wie er erst die Karten, dann den Wein und schließlich die fehlenden Waffen bemerken würde. Und wie er sie am Tor entdecken würde, wenn er aus seiner Halle stürmte. Immer wieder glitten ihre Augen hinauf zur Mauerkrone, um zu prüfen, ob sie schon zu spät war. Ob das erste Glimmen des Morgens dort zu sehen wäre …

Ein Flackern.

Erschrocken drehte sie den Kopf. Ein Blitzen glitt über die Treppe vor dem Eingang des Hauptgebäudes – Mimpo!

Als gefrorene Kugel raste er auf Lija zu und sprang in ihre Arme. Er zeterte und wetterte fürchterlich. Tau lag auf seinen Schuppen. So viel, dass Lija schon befürchtete, dass das Warten nutzlos gewesen war, doch dann sah sie ihn.

Er zerrte noch an seiner sporadisch übergeworfenen Jacke, während er die Stufen vom Hauptgebäude heruntereilte. Auch dieses Mal prangte ein tiefer Schnitt an seiner Schläfe. Tatsächlich überraschte es sie ein wenig, dass Mimpo ihn nur einmal hatte schneiden müssen, damit er herkam. Denn nachdem er nichts weiter als eine rote Blutlache unter der Brücke vorgefunden hatte, als er mit der Botschafterin zurückgekehrt war, war er so wütend gewesen, dass er sie nicht mehr ansah.

»Hör auf zu heulen«, antwortete sie auf den ersten glühenden Blick, den er ihr seither zuwarf. Sein Mund verzog sich grimmig, als er vor ihr zum Stehen kam. Leiser fügte sie hinzu: »Es ist so weit.«

»Was?«, fauchte er patzig. So patzig, dass Lija ärgerlich knurrte: »Was schon? Ich verschwinde.«

»Na endlich!« Es war eine lange Pause, die er machte, bevor er zähneknirschend fragte: »Wohin?«

»Norden. Mycael wird den Fluch brechen.«

»Wie?«

»Mit seinem Blut«, murmelte sie und machte einen Schritt zurück. Mimpo klagte in ihren Armen über die Hitze, die Tahro ausstrahlte. Seine Schuppen tauten bereits. Lija spürte seine Erleichterung in jeder Faser ihres Körpers, dass er Tahro nach diesem Abend nie wieder sehen müsste.

Wenn Mycael den Fluch gebrochen hatte, wenn sie sein Blut bekäme, gäbe es für sie keinen Weg zurück in die Goldstadt. Nicht solange noch jemand lebte, der sich an sie, ihr Gesicht oder ihren Namen erinnern könnte. Denn wie würde sie erklären können, dass sie, die Enkelin der Kaiserin – ein Wasserblut – mit einem Mal ein Erdblut war?

»Und was stehst du dir dann hier die Beine in den Bauch?« Tahro machte sich nicht einmal die Mühe, ihrem trotzigen Stoß auszuweichen. Die Kraft in ihrem verletzten Arm war so kümmerlich, dass dessen Wucht an seiner Brust verpuffte. Zögernd stützte sie ihre Hand daran ab – und selbst durch den Handschuh, selbst durch ihr totes Fleisch spürte sie seine Hitze. Jeden Tropfen seines brennenden Blutes. Jeden Funken Feuer.

»Ich schulde dir noch einen Verräter.« Mit diesen Worten brachte sie den Willen auf, ihre Hand von ihm zu lösen. Den Kopf zu heben, um ihm in die Augen zu sehen. Diese glühten lichterloh. Sein Gesicht war hart wie Granit. Eine Härte, die sie so lange nicht mehr gesehen hatte. Und die ihre Stimme dünn werden ließ, als sie sagte: »Jawih ist im Teehaus.«

Tahro antwortete mit einem Schnauben. Zum einen wohl wütend über die falschen Fährten, denen sein Vater in alle Teile der Welt nachgejagt war, und zum anderen wütend, weil diese Information ihm vollkommen nutzlos erscheinen musste. Jeder wusste, was das Asyl des Teehauses bedeutete.

»Es gibt einen Weg hinein«, entgegnete sie auf die Frustration, die sich auf seinem Gesicht ausbreitete. »Durch die Rotten.«

Gleichwohl neugierig und angeekelt legte er den Kopf schief. Aus dieser Perspektive wirkte er umso mehr wie ein Feind. Mehr wie ein Feuerkrieger. Mehr wie ein Ashkaja. Genau der Verbündete, den sie nun brauchte.

»Du musst dich beeilen. Töte ihn, wenn es sein muss. Sonst hält er mich auf.« Sie sagte es lauter als alles zuvor. Entschlossener. Und das brachte Tahro dazu, eine seiner Augenbrauen anzuheben.

»Warum sollte er?«

»Ich habe ihm gedroht.« Ihre Stimme wurde kaum leiser, sodass Mimpo warnend knackte. Ihm gefiel nichts von dem, was er mit anhören musste. Und schon gar nicht das, was er beobachtete. Wie Tahro schnaubte. Einen eigenartigen Ton, der beinahe wie ein Lachen klang. Oder wie er sich daraufhin verkrampfte, um es zu ersticken. Doch egal, wie hart sein Gesicht wurde, dieser Ausdruck … in diesem Moment verstand Lija, was es war.

Es war keine Verachtung.

Es war Widerstand.

Er wehrte sich mit aller Macht dagegen, sie nicht *nicht* zu hassen. Er hielt so eisern daran fest und konnte doch nicht verhindern, seine Hand zu heben, um sie nach ihr auszustrecken.

»Du bist zu schade für Mycael«, raunte er leise, ließ eine ihrer roten Strähnen durch seine Finger gleiten. Seine Kiefer mahlten, während er jeden Millimeter ihres Gesichts betrachtete. Stur versuchte er, jedes Wort auf seiner Zunge zu zerbeißen, ehe es seinen Mund verlassen könnte – doch das war ihm noch nie gelungen. »Ich hoffe, du findest, was du suchst … *Aurelija.*«

Es war das erste Mal, dass er sie bei ihrem Namen nannte. Und das Letzte, das er zu ihr sagte, bevor er sich abwandte. Er drehte sich nicht mehr um, als er zur Kaserne zurückkehrte.

»Ich hoffe, wir sehen uns wieder«, entfuhr es ihr leise. Ein Teil von ihr wünschte sich, dass er es gehört hatte. Dass es ihn dazu bewegen könnte, stehenzubleiben. Umzudrehen. Ihr zu folgen. Bis in den Norden. Auch wenn sie wusste, wie närrisch diese Hoffnung war. Sie waren fertig miteinander. Er hatte sie zu einem Krieger gemacht und sie hatte ihm Jawih gegeben. Der Pakt war erfüllt. Also kehrte auch sie ihm den Rücken.

Endlich, atmete Mimpo erleichtert auf, als er sich über Mutters Abzeichen legte. *Weg vom Feuer.*

Was für ein seltsamer Gedanke. Es machte Lija schmerzlich bewusst, dass sie zum letzten Mal Feuer in ihrem Blut spürte.

Endlich, wiederholte Mimpo ein bisschen zu laut. Lija tat, als hörte sie ihn nicht. Sie versuchte, in einen Laufschritt zu fallen, auch wenn es ihr die verletzte Schulter und die Waffen unter ihrem Umhang schwer machten.

Es dauerte eine ganze Weile, bis sie das Stadttor erreichte, und noch länger, bis sie am Übungsplatz ankam. Dort hatte Samju den Segler, der gerade groß genug war, um sie alle zu transportieren, hinter der Wand des Parcours versteckt. Lija verschluckte sich bei dessen Anblick fast an ihrer eigenen Spucke. Denn das war kein Schiff – das war ein Wrack.

Der Rumpf sah wie ein Flickenteppich aus. Überall war unterschiedliches Holz festgezimmert worden, als hätte man die Löcher darin nur provisorisch geflickt. Oder nur versucht, die morschen Stellen zu verstecken. Vom Bug aus spannte sich ein dreieckiges, schmutziges Segel bis zum kleinen Decksaufbau am Heck. Eine dicke Staubschicht bedeckte diesen ebenso wie die horizontal von Rumpf abragenden Windfänger. Dieses Schiff bot ein solches Bild des Elends, dass Lija stark bezweifelte, ob es überhaupt fliegen konnte.

»Wo bist du gewesen?«, riss Ronas Ruf sie aus ihrer Schreckstarre. Sie beugte sich so weit über die Reling, dass sie hinübergefallen wäre, wenn Samju und Lorell sie nicht an beiden Armen festgehalten hätten. »Weißt du eigentlich, was für Sorgen wir uns gemacht haben?«

Kaum sah Lija den roten Schatten in den Blumen, brannte die Erinnerung an die Ohrfeige auf ihrer Wange. Das war Ronas Antwort auf Lijas Entschuldigung gewesen, nachdem sie am Mittag von Ztiht wegen ihrer Schulter ins Mycaelen-Hospital geschickt worden war. Die Botschafterin war noch wütender als Tahro gewesen, weil sie unter der Brücke nur die rote Lache vorgefunden hatte. Es war überaus mühsam gewesen, sie zu besänftigen. Lija hatte kaum ein Wort zwischen all den Vorwürfen und Tränen einwerfen können. Erst als Lija von der Katzenkralle erzählt hatte und wohin sie wies, war Rona verstummt. Danach war ihr Entschluss, sie zu begleiten, nicht mehr zu ändern gewesen.

Bis zum Läuten der Nachtglocken hatte sie Lija im Hospital behalten. Danach hatte sie ihr den Schleichweg durch die

Kräutergärten verraten, über den sie niemand entdecken würde, wenn sie sich hinausschlich, um mit Lorell die Waffen zu stehlen. Und nun war auch sie hier. Sie und Säcke voller Kleidung und Kisten voller Proviant, von denen sich Lija fragte, wie sie all dies in der Kürze der Zeit hatte besorgen können.

»Habt Ihr vor, zurückzukehren?«, spottete auch Lorell, der mühsam über eine Truhe kletterte. »Der Botschafter muss doch denken, dass Ihr ihn mit wehenden Fahnen verlasst.«

»Ich habe ihm gesagt, dass ich in die Waldstadt reise. Zur Kur.«

»*Kur* nennt Ihr das?«, fragte Lorell spitz, doch Rona tat, als hätte sie ihn nicht gehört. Sie konzentrierte sich voll und ganz darauf Lija zu helfen, die mit ihrer Schulter Probleme hatte, an Deck zu klettern.

»Und er lässt dich gehen?«, ächzte diese, als sie sich über die Reling hievte.

»Er hält es für eine gute Idee. Angesichts der Umstände …«

»Ruhig!«, fuhr Samju ihnen dazwischen. Er stand am Bug und starrte in den leeren, schwarzen Nachthimmel. Dabei hielt er seine Nase in den Wind. Niemand anderes an Bord konnte in der Stille dasselbe hören wie er. Aber er … er *spürte* es. Das Flattern all der Segel auf den Himmelsstraßen über ihren Köpfen. Mit dem Wind in seinem Blut vermochte er es, die Handelsfregatten und Späher der Luftwaffe dort oben zu erahnen. Die Reisegaleeren und Forschungsschiffe. Und so konnte er den günstigsten Moment abpassen. Jenen, an dem der Himmel über ihnen leer genug war, um den Segler ungesehen bis in die Sterne hinaufschießen zu lassen.

Mit einem waghalsigen Manöver trieb er das Schiff in eine ebenso wahnwitzige Höhe. Der nahezu senkrechte Aufstieg zerrte dabei so an den maroden Planken, dass es überall klapperte und knarzte. Der Gegenwind fuhr durch jede Ritze. Dies erweckte den Eindruck, als würde das Schiff auseinanderfallen.

»Es bricht!«, versuchte Lija, Samju zu warnen. Allerdings bezweifelte sie, dass ihre Stimme durch das Tosen des Windes, die schrecklichen Töne des Wracks oder Ronas panischem Kreischen zu ihm durchdrang. Er blieb mit ausgebreiteten Armen am Bug stehen. Nur anhand seiner verkrampften Haltung konnte sie erahnen, dass auch er befürchtete, ob das Schiff diesen gnadenlosen Start überstand. Aber er wusste auch, dass er das Tempo nicht zügeln konnte. Nicht, bis sie hoch genug waren, weit über den Reisewegen, wo sie niemand entdecken würde.

Erst als sie in eisig kalte Wolken tauchten, zügelte er den Wind. Das Klappern wurde leiser, auch wenn es nie gänzlich verstummte. Trotzdem konnte man Samjus erleichtertes Aufstöhnen deutlich hören. Rona hatte hingegen Schwierigkeiten, sich zu beruhigen. Mit aufgerissenen Augen starrte sie ins Nichts. Ihre Finger hatte sie in Lijas Uniform verkrallt. Jeder Muskel war zum Zerbersten angespannt. Selbst ihre Lippen waren so verkrampft, dass man ihre zusammengebissenen Zähne sehen konnte.

»Hier, Madam.« Lorell hatte eine der Truhen geöffnet und näherte sich mit einer Decke. Fürsorglich legte er der Botschafterin den warmen Stoff über die Schultern, die leise murmelte: »Wir werden alle sterben.«

»Wahrscheinlich«, gab Lorell mit einem Schmunzeln zu. Er löste die verkrampften Finger von Lijas Armen und wickelte Rona noch fester in die Decken. »Aber nicht auf diesem Schiff. Samju ist ein hervorragender Pilot.«

»*Das* nennt ihr *hervorragend?*«, entfuhr es Rona erschüttert. Sie presste ihre Hände auf die Ohren, als würde sie auf diese Weise das Tosen des Gegenwindes und das Knarzen der Planken nicht mehr hören können. Manchmal tat Lija es ihr gleich, denn auch ihr fiel es schwer, gegen die Flugangst anzukämpfen. Jedes Mal, wenn einer der Windfängermasten klapperte, kreischte sie. Jedes Mal, wenn die Reling so stark bebte, als würde sie abreißen, schlug sie sich die Hände vor die Augen, weil sie den Anblick nicht ertragen konnte. Nichtsdestotrotz zwang sie sich irgendwann dazu, vom Decksaufbau hinunterzuklettern. Auf wackeligen Beinen watete sie durch Ronas Gepäck auf Samju zu.

»Ein schäbigeres Schiff hast du wohl nicht gefunden?«, brummte sie leise, als sie sich neben ihn stellte. Fasziniert sah sie ihm dabei zu, wie er immer wieder die Arme hob, seine Hände drehte und auf diese Weise den Wind bewegte, wie er es brauchte, damit das Schiff nicht an Höhe verlor. Er warf ihr einen scharfen Seitenblick zu – aber Lija sah genau, wie seine Mundwinkel nach oben zuckten. Denn er kannte sie mittlerweile gut genug, um zu hören, was sie sagte, ohne es auszusprechen: *Danke, dass du ein Schiff für mich gestohlen hast.*

Sein Grinsen wurde noch breiter, als er sah, dass auch sie schief lächelte. Trotzdem zog er sie auf: »Ich warne dich nur einmal: Kein schlechtes Wort über die alte ›Schrott‹!«

»Die alte ›Schrott‹?« Lija runzelte zwar die Stirn, doch konnte es für diesen fliegenden Haufen Holz kaum einen besseren Namen geben.

»Sie ist ein Stück Geschichte«, nickte Samju unverhohlen stolz. »Alle Rajhas haben das Fliegen auf ihr gelernt.« Er deutete mit einer fließenden Bewegung, mit der er gleichzeitig einen kräftigen Aufwind in einen der Windfänger lenkte, auf ein Stück der Reling. Dieses hatte eine andere Farbe als der Rest.

»Das da hat Onkel Khanji bei seinem ersten Flug rausgebrochen. Ist mit voller Fahrt gegen die Bibliothek geknallt und hat eine der Statuen vom Dach gerissen. Dafür hat es ordentlich Ärger gegeben!« Samju schwoll beim Erzählen die Brust an. So, als würde er von einer Meisterleistung seines Onkels berichten. Mit einer weiteren Bewegung deutete er auf den Boden. »Die meisten Löcher im Bug hat meine Mutter verursacht. Sie ist schon als Kind immer die waghalsigsten Manöver geflogen. Die arme ›Schrott‹ hat furchtbar unter ihr gelitten.« Sein ausgestreckter Finger deutete schließlich auf die Mitte des Decks. Dort fand sich ein ausgeblichenes Viereck und in gleichmäßigen Mustern angeordnete Bohrlöcher. »Den Hauptmast hat meine Cousine Majhanna abgebrochen. Sie hält sich für eine *unglaublich* gute Pilotin.« Dieses Mal tropfte seine Stimme vor Ironie. Er rollte mit den Augen, als hätte er sich das schon abertausende Male anhören müssen. »Deswegen gibt es jetzt nur noch dieses Dreieckssegel.« Er deutete mit einem Nicken zum Stoff über ihren Köpfen.

»Und du?« Neugierig betrachtete Lija all die kaputten Teile, all die mit mehr oder weniger Liebe geflickten Schäden, die ihr mit einem Mal nicht mehr ganz so schäbig erschienen.

»*Ich* …«, betonte Samju ausladend und legte sich eine Hand aufs Herz. »… habe der alten ›Schrott‹ noch nie einen Kratzer zugefügt.« Noch einmal schweifte sein Blick umher. Er nickte, als würde er seinen eigenen Gedanken zustimmen: »Sie ist ein gutes Schiff.«

»Scheint so«, stimmte Lija leise zu. Dabei musterte sie die Züge auf dem Gesicht ihres Kameraden, als dieser den fliegenden Haufen Schrott betrachtete. Sie mochte die Art, wie er es ansah. Wie er dabei lächelte. Doch als er über seine Schulter zurück in Richtung Stadt spähte, erstarb sein Schmunzeln. »Hoffen wir nur, dass sie uns in den Norden bringt, bevor die anderen uns einholen.«

KAPITEL 27

NORDEN

»Ich habe mich schon oft gefragt, ob Mycael es je bereut hat, sein Blut an einen Menschen gegeben zu haben.«

Zitiert aus einem Tagebucheintrag von Kalli Valhall, Hohepriester des Wüstenranddorfes

Die Reise auf der alten ›Schrott‹ kam Lija eher wie eine Spazierfahrt als eine Flucht vor. Obwohl jede Minute, vielleicht sogar jede Sekunde, zählte, kamen sie nur äußerst langsam voran. Dabei mussten sie damit rechnen, dass die Wache ihnen längst eine Truppe hinterhergeschickt hatte. Schließlich waren sie nicht nur Deserteure, sondern auch Diebe. Trotzdem schipperten sie auf der alten ›Schrott‹ so gemütlich durch die Wolken, als wüssten sie nicht, was Eile war.

Samju wäre gerne schneller geflogen. Das sah man ihm an. Doch jedes Mal, wenn er es versuchte, drohte das Schiffchen auseinanderzubrechen. Wenn er seinen Wind in den horizontalen Segeln fing, klapperten die Maste, als würden sie abfallen. Kreuzte er zu stark gegen den Wind, schwankte der Decksaufbau, sodass Rona darin zu kreischen begann. Die meiste Zeit traute sich die Botschafterin gar nicht aus der kleinen Kammer darin heraus. Stattdessen war sie bemüht, sich durch das unermüdliche Ordnen ihrer Kisten, das Aufsetzen von Tees oder dem Zubereiten kleiner Mahlzeiten von ihrer Flugangst abzulenken. Lorell hockte indes den ganzen Tag im Schneidersitz auf dem kleinen Plateau über der Kammer. Er spähte über das Heck hinaus, um Alarm zu schlagen, falls Verfolger sie einholten.

Als einziger Pilot war Samju hingegen an das Deck gefesselt. Da niemand sonst die alte ›Schrott‹ zum Fliegen bringen konnte, wehrte er sich vehement gegen jede Rast, ja sogar dagegen, zu schlafen. Denn schlafend konnte er seine Windmagie nicht wirken und ohne die konnten sie nicht fliegen. Er wollte es unbedingt zu den Grenzen des Nordwaldes schaffen, bevor er eine Pause einlegte. Erst dort hatten sie die Möglichkeit, das Schiff zu verstecken.

Mit den robusten Transportschiffen der Wache wäre es unter normalen Umständen eine Reise von wenigen Stunden. Mit der alten ›Schrott‹ jedoch waren sie zwei Tage unterwegs, ehe sie die Wälder am Horizont sehen konnten. In dieser Zeit schlief Samju kein einziges Mal. Aber je müder er wurde, umso langsamer flogen sie und umso häufiger passierten ihm Fehler. Manchmal setzte der Auftrieb seines Windes aus. Dann fiel das Schiffchen sekundenlang ins Bodenlose. Einmal hatte Lija geglaubt, dass er es nicht mehr rechtzeitig fangen würde. Danach hatten sie alle händeringend auf ihn eingeredet, dass er endlich ruhen sollte, aber sie stießen auf taube Ohren. Samju blieb verbissen wach.

Kurz nachdem sie *endlich* die Waldgrenze erreicht hatten, brach er zusammen. Als der Rumpf mit einem besorgniserregenden Poltern den Boden berührte, sank er auf die Knie. Er versuchte noch, sich auf allen Vieren abzustützen, aber Lorell und Lija mussten ihn auffangen, damit er nicht mit dem Kopf auf den maroden Planken aufschlug.

»Der Arme …«, murmelte Rona, als sie ihm vorsichtig ein Kissen unter den Kopf schob. »Ruht Euch aus, Soldat«, fügte sie sanft flüsternd hinzu und breitete eine hübsch bestickte Decke über ihm aus, bevor sie energisch mit den Fingern schnippte und auf Lorell und Lija deutete: »Helft mir mit dem Laub!«

Auf Zehenspitzen schlichen die Freunde umher, um Samju nicht zu wecken. Auch wenn dieser so fest schlief, dass ihn sicherlich nicht einmal Kampfgetöse geweckt hätte.

Das Gute an der alten ›Schrott‹ war, dass sie aussah wie ein Haufen Schrott. Unter dem Laub, das Rona mit ihrer Magie darüber bettete, wirkte sie wie irgendein abgestürztes Segelschiffchen, das seit Ewigkeiten im schwarzen Wald verschollen war. Selbst wenn Händler oder Reisende vorbeigekommen wären, hätten sie sich bei dem Anblick nichts weiter gedacht.

Während sich Rona wieder in die kleine Kammer zurückzog, hielten Lorell, Mimpo und Lija Wache. Unter dem Laub ebenso verborgen wie das Schiff spähten sie ins Dickicht hinaus. Sie hielten die Ohren gespitzt, um das verräterische Flattern von Segeln, Stimmen von Soldaten oder das Knurren von Onen rechtzeitig zu bemerken. Aber der Wald blieb vollkommen still. Man hörte nicht einmal das Rascheln von Geistern.

Von Zeit zu Zeit spähte Lija über ihre Schulter. Lorell saß halb von ihr abgewandt, sodass sie nur sein Profil sehen konnte. Doch das reichte, um an den steifen Zügen um seinen Mund, dem starren Blick und seinem geistesabwesenden Schweigen zu erkennen: »Du machst dir Sorgen.«

»Natürlich …«, gab er sofort zu. »Oder glaubst du etwa nicht, dass Jawih einen Weg findet, um uns aufzuhalten?«, fügte er nach kurzem Zögern hinzu. Es überraschte Lija nicht, dass er den Windsohn mehr fürchtete als die Wache. Anders als die Soldaten wusste dieser, was sie vorhatten. Wahrscheinlich ahnte er längst, dass die Katzenkralle Lija den Weg zum Waldgott offenbart hatte. Und sie mussten davon ausgehen, dass auch er den Weg dorthin finden konnte. Er war die größte Gefahr.

»Tahro wird sich darum kümmern«, flüsterte sie leise und drehte dabei die Kompassnadel gedankenverloren zwischen den Fingern.

»Tahro ist kräftig, sicher … aber er ist kein Göttersohn.«, überlegte Lorell laut. Lija brummte zustimmend, während sie die Augen schloss. Sie hatte die Macht von Jawihs Magie am eigenen Leibe zu spüren bekommen. Aber … sie kannte auch Tahros Stärke. Es mochte kein Götterblut in seinen Adern fließen, aber seine Magie war ebenso angsteinflößend. Selbst in Lijas Adern hatte sie ausgereicht, um sich im Teehaus gegen Jawih behaupten zu können. Selbst *sie* hatte damit Widerstand gegen den Sturm eines Göttersohnes leisten können … wozu wäre *er* also imstande?

»Unterschätze ihn nicht«, beharrte sie. Für einen Moment hörte sie auf, die Figur zu drehen. Stattdessen lauschte sie dem Knistern von Tahros Funken in ihrem Blut. »Er wird nicht zulassen, dass Jawih ihm entkommt.«

»Und wenn er *uns* verfolgt?« Lorell hatte sich ihr zugewandt. Es entging ihr nicht, dass sein Kinn ein Stück angehoben war. Instinktiv reckte auch Lija ihres vor, obgleich ihre Überzeugung bröckelte, je länger sie darüber nachdachte. Dieser Gedanke war ihr nie gekommen. Und sie wagte nicht, sich zu fragen, wie viel von Tahros Loyalität übriggeblieben war, nun da der Pakt erfüllt war.

»Wird er zulassen, dass *wir* entkommen?«, bohrte Lorell tiefer in diesen Zweifel. Lija wandte sich von ihm ab. Was sollte sie darauf auch antworten? Gedankenverloren drehte sie wieder die Katzenkralle in ihren Händen und stimmte in Lorells Schweigen ein, während sie den schlafenden Samju und die alte ›Schrott‹ bis zum Morgengrauen bewachten.

Es kostete Samju noch den ganzen folgenden Tag, bis er wieder genug Kraft gesammelt hatte, um das Schiff zurück in den Himmel zu hieven. Und als hätte er es nicht schon unzählige Male zuvor versucht, sammelte er wieder mehr Wind in den Segeln, als das fliegende Wrack ertragen konnte, nur um nach Ronas spitzen Aufschrei über die knarzenden Masten wieder zu bremsen.

»Wenn wir das hier überleben, verbrenne ich dieses Schiff …«, knurrte die Botschafterin Lija leise zu. Sie waren noch nicht einmal eine ganze Sonnenstunde unterwegs, trotzdem war bereits sämtliche Farbe aus ihrem Gesicht und ihren Blumen gewichen.

»Ich tanze mit dir in der Asche«, schwor Lija, die wusste, dass ihr Gesicht genauso fahl aussah. Sie nahm Rona den kleinen Teller ab, auf dem diese das nach drei Tagen schon recht hart gewordene Fladenbrot neben eingelegten Schoten und getrockneten Früchten für Samju angerichtete hatte. Da sie selbst beim Fliegen keinen Bissen herunterbekam, nahm sie die würzigen, roten Schoten von ihrem Teller und legte sie auf Samjus. Diese aß er am liebsten. Zusammen mit einem Krug Wein brachte sie die Mahlzeit hinaus aufs Deck.

»Sind das Pfefferschoten?«, leuchteten Samjus Augen auf, als er Lija kommen sah. Trotzdem biss er als erstes in das Fladenbrot. Die sonst so weiche Rinde knackte zwischen seinen Zähnen, was er mit einem lauten »Bah!« quittierte. Mit offenem Mund zerkaute er das pappige Stück, bevor er abermals mit gerümpfter Nase abbiss. Lija schmunzelte, während sie ihm zusah. Er hob sich den besten Happen stets bis zuletzt auf.

»Ich wünschte, ich könnte dir helfen …«, seufzte sie, als sie ihren Blick über das Dreiecksegel und die Windfänger gleiten ließ. Sie hatte darüber nachgedacht, ihn um seine Magie zu bitten und dass er ihr zeigte, wie sie damit den Wind lenken müsste, um die alte ›Schrott‹ zu fliegen. Aber dafür müsste sie das Feuer loslassen …

»Sei nicht albern!«, unterbrach Samju ihre Gedanken. »*Du* und fliegen? Du kotzt doch schon vom Herumstehen.«

Sie warf ihm einen empörten Blick zu, aber das brachte ihn nur zum Lachen.

»Sag mir einfach nur, in welche Richtung ich fliegen muss. Ich bring uns schon dahin«, zwinkerte er und biss voller Genuss in die erste eingelegte Schote.

Mit einem Lächeln auf den Lippen griff Lija in ihre linke Jackentasche. Das Holz der Katzenkralle schien immer wärmer zu werden, je tiefer sie in den Nordwald reisten. Auch glaubte sie, ein sachtes Zittern zwischen den Fasern zu spüren. Wie die Aufregung, wenn man nach unendlich langer Zeit heimkehrte. Sie öffnete ihre Hand, betrachtete die kleine Nadel darin, die sich zuerst etwas unschlüssig drehte, doch dann abrupt stoppte. Die Spitze deutete über den Bug, über die vom Herbst rotbraun gefärbten Baumkronen und weit hinaus bis zum Horizont.

»Immer weiter nordwärts.«

»Wo'in sonscht?«, schmatzte Samju, dessen Blick sich ebenfalls in der Ferne verlor. »Wih so'n Gott wohl'isch?«

»Mycael soll friedlich sein.« Lija entsann sich an die Geschichten über den Waldgott, die sie aus ihrer Heimat kannte. Im Norden wurde kein anderer Gott so verehrt wie er. Die Menschen liebten ihn. Ihn und seine Art, zu leben. »Es heißt, dass er die Ewigkeit damit verbringen könnte, in Bäumen ruhend den Geräuschen der Erde zu lauschen.«

»Klingt nach keinem besonders lustigen Leben«, murmelte Samju, ehe er Lija einen kecken Blick zuwarf. »Passt zu dir.«

Sie stieß ihn warnend mit dem Ellbogen an, bereute es jedoch sofort, weil es ein Ziehen unter der Naht an ihrer Schulter auslöste.

»Aurelija Erdtochter«, triezte er grinsend über ihren verbissenen Ausdruck, bevor er die erste rote Schote in seinem Mund verschwinden ließ. »Esch giehbt Nahm'n, die schlimmah kling'n.«

»So wie Samju Bharriq?«

»Wih unhöflisch!«

»Wer ist unhöflich?« Neugierig streckte Rona den Kopf aus ihrer Kammer. Dabei hielt sie sich am Türrahmen fest, als müsste sie stärkstem Seegang standhalten. »Wird sie etwa schon wieder frech?«

»Nicht mehr als sonst, Madam«, rief das Windblut an Lijas Stelle hinüber und fügte ein überspitztes »Au!« hinzu, als sie ihm in die Seite knuffte.

»Hör auf damit, Lija!«, japste Rona erschrocken. »Wenn du ihn ablenkst, stürzen wir noch ab!«

»So schnell geht das nicht. Das hält der aus.«

Rona ließ sich auf die Alberei nicht ein. Sie seufzte nur ungeduldig: »Lass ihn in Ruhe fliegen und komm her. Ich will mir die Naht ansehen.«

»Zupft ordentlich daran, Madam! Das hält die aus!«, rief Samju ihnen hinterher. Lija antwortete mit einem kleinen Augenrollen, bevor sie in die Kammer trat.

»Der hat auch nur Wind zwischen den Ohren …«, murmelte Rona, als sie die Tür hinter Lija schloss. »Ich weiß nicht, ob ich froh oder besorgt bin, dass unser Leben hier oben in seinen Händen liegt.«

»Froh«, antwortete Lija ohne zu zögern. »Es gibt keinen besseren Piloten als ihn.« Sie setzte sich auf eine der Truhen und zog sich die Jacke aus, damit Rona sich die Wunde besehen konnte. Eifrig nahm die Botschafterin auf den einzigen Stuhl Platz und kramte so aufgeregt in der Kiste auf ihrem Schoß, als gäbe es seit Tagen den ersten Grund zur Freude. Schließlich zog sie die gesuchte Schere hervor und trennte mit beherzten Griffen den Verband auf. Dank der heilsamen Salben und der magiegetränkten Tinkturen, die Rona in den letzten Tagen aufgetragen hatte, spürte Lija kaum noch Schmerzen. Allerdings waren ihre Muskeln noch ziemlich steif. Trotzdem schien Rona zufrieden.

»Die Naht ist zwar plump …«, bemerkte sie, während sie Lijas Arm und die Schulter prüfend rotierte. »… aber dieser Balsamarier hat hervorragende Arbeit geleistet. Wirklich erstaunlich, dass du diesen Arm noch benutzen kannst. Du stehst tief in seiner Schuld.«

Lijas Blick glitt durch Rona hindurch, als diese vorsichtig die Fäden entfernte. Ihre Gedanken wanderten dabei weit fort ins Totenhaus. Sie malte sich die Konturen der Umhanggestalt aus, die nicht mehr von sich offenbarte als ihre Hände. Mit einem Anflug von Traurigkeit dachte sie an die Art, wie er seine Arbeit verrichtete: Friedvoll. Unbeirrbar. Selbstlos. Das Balsamieren der Toten dankte ihm niemand. Für seine Taten in den Rotten konnte er wohl kaum Dank erwarten. Und Lija … auch sie konnte sich nicht erinnern, sich für seine Hilfe bedankt zu haben. Vielleicht erstickte ihre Stimme deswegen, als sie flüsterte: »Ich weiß …«

Am sechsten Tag ihrer Reise fühlte sich Lija so flau und kraftlos, dass sie sich selbst nicht mehr als lebendig bezeichnet hätte. Mit dem Rücken an die Reling gelehnt kauerte sie zu Samjus Füßen. Ihre Hände ruhten in ihrem Schoß. Die Holznadel schwang darin sanft hin und her. Die Augen hatte sie halbdösend geschlossen. Es war ihr unbegreiflich, wie Samju nach diesen andauernden Strapazen immer noch dort stehen und seine Magie wirken konnte. Denn selbst mit der Hitze der Feuermagie fühlte sie sich wie ausgelaugt. Von der Flugangst war ihr andauernd so übel, dass sie kaum etwas hatte essen können. Und was würde sie nur dafür geben, *baden* zu können.

Ob Mimpo es nur tat, weil er diesen stummen Wunsch hörte, oder weil ihm so langweilig war, war schwer zu sagen, aber er kletterte arbeitswillig in die Maschen ihrer Uniform und breitete sich überall darin aus. Sein Wasser machte das Erzelin klamm und kalt, doch war es ein außerordentlich erfrischendes Gefühl. Manchmal hauchte er ihr sogar kleine Küsse über die Wangen und die Stirn, die sich anfühlten, als würde er die Erschöpfung von ihr abwaschen.

»Du bist der herrlichste Geist der Welt …«, summte Lija ein Lobeslied nach dem anderen, woraufhin Mimpo geschmeichelt das Sonnenlicht spiegelte. Die Reflexionen leuchteten auf dem Dreieckssegel, als hätten sich Sterne darunter verfangen. Verträumt betrachtete Lija das Lichtspiel durch ihre halbgeschlossenen Lider. Sie wäre davon beinahe eingeschlummert, wenn die Katzenkralle nicht ausgeschlagen hätte. So heftig und unvorbereitet, dass es sich anfühlte, als würde sie in Lijas Hände stechen. Die Nadel zitterte, verbog sich bis zum Zerbersten und zeigte mit ihrer Spitze zur Erde.

»LANDEN!«, platzte es aus Lija heraus. Sie sprang so schnell auf die Füße, dass ihr für einen Augenblick schwarz vor Augen wurde. Trotzdem taumelte sie in Richtung des Bugs.

»Hier?«, fragte Samju irritiert.

»Sofort!« Lija lehnte sich über die Reling, auch wenn ihr von der Höhe noch schlechter wurde. Sie ignorierte die zunehmende Übelkeit und spähte hinab auf die dichten rotbraunen Baumkronen. Gewaltige Bäume ragten höher in den Himmel als die Palasttürme der Goldstadt. Die Äste waren breit wie Wege. Die Zweige verschlangen sich miteinander, als würden sie sich an den Händen halten. Als wäre der Wald ein großes Ganzes.

Je näher sie kamen, umso mehr überkam sie ein Gefühl von Ehrfurcht. Sie hatte bisher nur Geschichten über diese einzigartigen Bäume gehört. Im Norden nannte man sie *Götterbäume*. Es hieß, dass sie so alt waren wie die Welt selbst. Dass jeder einzelne von Mycael persönlich gepflanzt worden war. Natürlich war das Unsinn. Aber die Katzenkralle reagierte immer heftiger, je näher sie sich zu diesen Bäumen senkten. Als würde sie sie wiedererkennen. Ob sie wohl von einem solchen stammte? Ob Mycael in so einem Götterbaum ruhte? War er schon so nahe?

Lijas Herzschlag geriet aus dem Takt, kaum dass ihre Füße die Erde berührten. Die Aufregung überrollte sie, was es ihr schwer machte, einen klaren Gedanken zu fassen. Oder die Geduld aufzubringen, die alte ›Schrott‹ nach der Landung unter gefallenem Laub zu verbergen.

»Wir sind ganz nah dran!« Ihre Stimme zitterte so stark, dass Samju zu lachen begann. Er legte ihr eine Hand auf die Schulter und zwinkerte »Dann brechen wir doch mal deinen Fluch!«, bevor er sich mit einem waghalsigen Sprung in die mächtigen Kronen schwang. Er spähte in alle Richtungen, suchte die Umgebung nach Gefahren ab. Als er nichts fand, sprang er zum nächsten Baum.

»Hinterher!«, rief Rona nicht weniger aufgeregt. Sie raffte ihre Röcke und eilte Samju nach. Schon nach wenigen Schritten begann sie zu fluchen, denn mit ihrem feinen Schuhwerk hatte sie es auf dem groben Waldboden schwer.

»Ich helfe dir«, bot Lija an, doch Rona winkte ab.

»Lass nur.« Energisch bewegte sie ihre Hände durch die Luft. Die Blätter wirbelten gehorsam zur Seite, doch die Wurzeln und Zweige blieben liegen. Offenbar hatte sie keine Veranlagung für das Beherrschen von Holz. Trotzdem ließ sich Rona nicht aufhalten. Sie marschierte Samju so entschlossen hinterher, dass man glauben könnte, sie trüge Soldatenstiefel.

Der Einzige, der immer wieder zurückfiel, war Lorell. Schweigsam ging er in einigem Abstand zu den anderen. Die Sorge in seinem Gesicht hatte sich in all den Tagen nicht zerstreut. Immer wieder drehte er den Kopf über seine Schulter, als rechnete er damit, dass jeden Augenblick Verfolger auftauchen könnten.

»Was hast du?«, fragte Lija leise, als er zu ihnen aufschloss. Unsicher griff sie nach seiner Hand, denn aus der Nähe wirkte er noch bedrückter. Dabei waren sie dem Ziel *so* nahe! Der Waldgott war nicht mehr weit entfernt. Er und sein Erdblut, das nicht nur sie, sondern auch Lorell retten würde. Sie beide würden dem Fluch des Sichelmondes endlich entkommen … warum also furchten so tiefe Sorgenfalten seine Stirn?

Verstohlen spähte Lorell zur Botschafterin, die fluchend an einem Baum stehen geblieben war, um Erdkrümel aus ihren Schuhen zu schütteln. Als er sicher war, dass sie nicht zuhörte, wanderte sein Blick in die Baumkronen, in denen Samju nicht zu sehen war. Schließlich sah er Lija direkt in die Augen.

»Aurelija Erdtochter.« Der Ton in seiner Stimme gefiel ihr nicht. Es ließ sie unsicher den Kopf einziehen, denn sie ahnte, worauf er hinauswollte.

»Götter geben ihr Blut nur denjenigen, in denen sie sich selbst erkennen …«, sprach er den Zweifel aus, den sie so eisern von sich geschoben hatte. Denn auch wenn sie kein Goldblut war, waren da Spuren von Wasserblut in ihr. Mutters Erbe. Müsste sie Njoriel damit nicht viel ähnlicher sein? Denn auch wenn ihr Blut rot war, war die Wassermagie so stark ausgeprägt, dass sie sogar Mimpos Gesang hören konnte …

War es möglicherweise zu viel?

Was, wenn Mycael ihr sein Blut nicht geben *konnte*? Die eine Magie stieß die andere ab … diese Wahrheit kannte sie nur zu gut. Aber sie war nichtsdestotrotz ein Rotblut … Wäre die Magie des Wassers, die sie von Mutter geerbt hatte, so stark, dann würde sie nicht hier stehen. Dann wäre ihr Schicksal ein anderes gewesen. Es gab nur eine Frage, die sich stellte: Würde Mycael genug vom Herz der Erde in ihr sehen, um sie zu erwählen?

Lorell musste dieselben Gedanken haben, denn er beugte sich noch näher zu ihr heran. Er raunte ihr den einen Zweifel zu, den sie nicht hören wollte: »Was ist, wenn er dir sein Blut nicht gibt?«

Lija spannte sich an, als würde sie auf diese Weise verhindern können, von dieser Angst befallen zu werden. Wenn sie ihm nicht gefiele, wenn da zu viel Wasser in ihr war, dann hoffte sie zumindest auf die Gnade des Waldgottes. Dass er sich erweichen ließe, sie nicht an diesem elenden Fluch verenden zu lassen. Doch wenn er nicht einmal Gnade für sie erübrigen könnte, gäbe es nur eines, was sie tun könnte: »Dann werde ich ihn zwingen.«

»Ich habe befürchtet, dass du so etwas sagst.«

Der Schreck über die Stimme durchzuckte sie so heftig, dass ihr das Blut in den Adern gefror. Sämtliche Hitze wich aus ihrem Gesicht. Jedes Härchen in ihrem Nacken stellte sich auf. Und ihr Herz setzte einen Schlag aus, als sie sich umdrehte.

Katzenauge stand nicht einmal zehn Schritte entfernt. Seine Hände ruhten locker an seiner Hüfte. Die Tücher seines Kaftans verbargen sein Gesicht, doch durch den schmalen Schlitz blitzten die goldgelben Onenaugen gefährlich hervor. Diese streiften erst Rona, die ebenso erschrocken herumgewirbelt war, wanderten weiter zu Lorell und bleiben schließlich an Lija haften.

»Ihr habt ja eine Ewigkeit gebraucht! Hätte ich geahnt, dass ihr derart trödelt, hätte ich mich nicht so beeilen müssen.«

Lija hatte Schwierigkeiten, ihm zuzuhören. Die Gänsehaut breitete sich so prickelnd über ihren Körper aus, dass es sie lähmte. Wie hatte Katzenauge sie einholen können? Ja, er war schnell … tausendmal schneller als die alte ›Schrott‹. Aber er hätte die Chance nicht haben dürfen, sie zu verfolgen. Tahro sollte doch …

»Ich wusste, dass ich es bereuen würde, sie dir zu überlassen«, unterbrach Katzenauge ihre Gedanken. Mit einem Nicken deutete er auf die Katzenkralle in Lijas linken Hand. Augenblicklich schloss sie die Faust um die kleine Nadel, die sie nicht mehr öffnen würde. Nicht, solange sie lebte.

»Ich hasse es, dass ich mich dir gegenüber immer wiederholen muss, Aurelija.« Noch während er sprach, hob er seine Hände. Allein diese sachte Bewegung reichte aus, um das Laub aufwirbeln zu lassen, das sich konzentrisch um ihn ausbreitete. Als wäre er das Auge eines Sturms.

»Das täuscht dich«, knurrte er, als sie sich den Handschuh von der rechten Hand riss.

»Tu das nicht«, warnte er fauchend, als Lija eine Flamme in ihrer Hand entzündete.

»Du bedenkst nicht alles«, war das Letzte, das über seine Lippen kam, bevor sie auf ihn zu stürzte. Er ließ sich zurück in seinen Wind fallen, bevor ihre brennende Faust seinen Kaftan berühren konnte.

»AUFHÖREN!«, hörte Lija Rona kreischen. Die zarte Frau klammerte sich an Lorell, der an ihre Seite gesprungen war und sich schützend vor ihr aufgebaut hatte. Weder Katzenauge noch Lija hörten ihr zu.

»Geh zurück in dein Teehaus!«, rief Letztere dem Windsohn nach, als dieser in den Baumkronen verschwand. Mit kraftvollen Sprüngen von einem Stamm zum nächsten, verfolgte sie ihn dort hinauf. »Das hier geht dich nichts an!«

Der Schlag traf sie unerwartet im Rücken. Augenblicklich verlor sie den Halt, stürzte zurück zum Boden. In letzter Sekunde konnte sie sich drehen, um auf ihren Füßen zu landen, doch als sie den Kopf hob, um den Windsohn anzuvisieren, befand sich dieser direkt vor ihr.

»Da irrst du dich gewaltig.« Seine Bewegung war zu flüchtig, um sie wahrzunehmen. Lija hatte nur eine vage Ahnung, spürte die Veränderung in der Luft … es war mehr Instinkt als Berechnung, als sie ihren Arm nach oben riss. Auf diese Weise schützte sie ihren Kopf vor seinem Tritt, der aus dem Nichts zu kommen schien. Und er war nicht nur schnell … er war überaus kräftig. Aber bei Weitem nicht so gnadenlos wie Tahro. Von ihm hatte sie gelernt, wie es sich anfühlte, wenn es jemand darauf anlegte, sie zu verletzen. Jawih tat das nicht – und das war sein Fehler.

Lija stieß die Katzenkralle vor. Noch während der Bewegung veränderte sich die kleine Nadel, zog sich in die Länge, ragte als spitzer Dolch aus ihrer Hand hervor, mit dem sie ihn am Arm erwischte. Er zuckte zurück, brachte mit einem Sprung genug Abstand zwischen sie. Für einen Moment hielt er inne, um die Wunde zu betrachten. Goldenes Blut sickerte an seinem Arm herab. Ein Fauchen. Als er Lija wieder ansah, war keine Spur

Menschlichkeit mehr in den gelben Augen zu erkennen. Nur noch der Zorn eines Krallenjägers.

»Zwinge mich nicht dazu, Aurelija.« Blitze zuckten auf. Aber auch die würden Lija nicht dazu bringen, aufzugeben. Er würde sie nicht davon abhalten, Mycael gegenüberzutreten. Er würde nicht verhindern, dass sie diesen Fluch brach. Also entzündete sie das Feuer über ihrer schwarzen Hand. Ein Inferno, das knisterte, sogar zu kreischen schien, und so heiß brannte, dass sie sehen konnte, wie Lorell und Rona ängstlich vor der Hitze zurückwichen.

»AUFHÖREN!« Ronas Kreischen war so angstverzerrt, so fürchterlich, dass Lija für einen Moment zögerte. Die Flammen verloren ihre Dichte. Die Luft kühlte ab. Und in dem Raum, der entstand, breitete sich ein Nebel aus. Ein seltsamer, schwerer Dunst, der sich in Katzenauges Blitzen verfing. Lija bemerkte einen herben Geruch. Zwei Hände legten sich über ihre Nase und ihren Mund.

»Nicht einatmen!« Samjus Stimme war nah an ihrem Ohr. Woher er gekommen war, konnte sie nicht sagen. Er musste in einer der Baumkronen gelauert und den richtigen Moment zum Eingreifen abgewartet haben. Und nun zog er sie von diesem Nebel fort, während sie mit aufgerissenen Augen beobachtete, was mit Katzenauge geschah.

Der Windsohn schwankte. Seine Hände griffen ins Leere, bevor er einen Ast fand, an dem er sich aufrecht halten konnte. Er sank auf ein Knie, verharrte einen Augenblick wie betäubt, bevor sich sein Kopf wieder hob. Die gelben Augen wanderten erstaunt zu Rona, die schwer atmend und mit glühenden Wangen neben Lorell stand. Ihre hohlen Hände hatte sie wie eine Schüssel vor ihren Mund gelegt. Darin häufte sich ein gräuliches Pulver, das dem Dunst sehr ähnlich sah.

»Genug!«, forderte die Botschafterin, als sie den Rest zu Boden fallen ließ. Kaum hatte sie ihre Hände wieder gehoben, wuchsen neue Kräuter daraus empor.

Katzenauge beobachtete es mit so leuchtenden Augen, als hätte auch er nie zuvor ein Erdblut gesehen, das so etwas fertigbrachte. Offenbar wollte er sogar, dass die Botschafterin sein begeistertes, lobendes Lächeln sah, denn er zog seinen Schal hinab. Oder vielleicht wollte er sie auch einfach nur blenden, denn in dem Moment, als Rona sein Gesicht sah, konnte man ihr an der Nasenspitze ablesen, wie seine Schönheit sie überwältigte.

»W-wir suchen keinen Streit«, hauchte Rona sichtlich bemüht, wenngleich erfolglos, ihre Verzückung zu verbergen. Es erstaunte Lija bei dem Anblick ihrer verträumten Augen und ihrer schillernden Wangen, dass die Kräuter in ihren Händen dennoch zu trockenem, feinem Staub zerfielen. Katzenauges Nasenrücken kräuselte sich, während er dabei zusah. Wahrscheinlich konnte er die giftigen Spuren in der Luft riechen. Wie eine Liebeserklärung wiederholte Rona mit zart gehauchten Worten: »Hört auf. Bitte.«

»Ich fürchte, dass ich das nicht kann, Madam.« Katzenauge richtete sich auf, doch hatte die betäubende Wirkung von Ronas Kräuterpulver scheinbar noch nicht nachgelassen. Seine Bewegungen waren unsicher und wackelig und er schien all seine Kraft aufbringen zu müssen, um auf den Beinen zu bleiben.

»Lasst uns gehen. Oder dieser Fluch tötet sie.« Tiefes Bedauern schwang in Ronas Worten mit, während sie das giftige Pulver an ihre Lippen hob, als täte sie es gegen ihren Willen. Egal wie hübsch sie Jawih fand, egal wie stark er sie mit seiner Anziehung gefangen genommen hatte – sie würde es über diese Lichtung verteilen, wenn er ihr keine Wahl ließ.

»Das ist bedauerlich …«, räumte Katzenauge ein, doch klang seine Stimme dabei vollkommen gleichgültig. Zaghaft schüttelte er den Kopf, wodurch er noch benommener wirkte. »… aber es geht hierbei nicht um nur ein Schicksal allein.«

»Glaub Ihr, das wissen wir nicht?« Das Entzücken auf Ronas Gesicht löste sich zusehends auf. Aufgebracht trat sie einen Schritt vor. »Welchem Ziel ist damit gedient, wenn dieser Fluch noch größer wird? Wie viel Unheil muss er noch verursachen, bis es genug ist?«

Nachdenklich glitt Katzenauges Blick von Rona zu Lija. Diese ließ das Feuer in ihrer rechten Hand erlöschen. Ohne die Augen vom Windsohn zu lösen, hob sie ihre schwarze Hand, während sie den Ärmel ein wenig herabzog, um zu offenbaren, wie viel der Fluch schon von ihr verschlungen hatte: Jeden Finger. Davon hatte er nur knochige Krallen übriggelassen. Der Handrücken glich dem einer Mumie. Die Haut war verschrumpelt ausgetrocknet und nicht mehr als ein dünner Fetzen, der sich über ihr schwarzes Handgelenk spannte. Und von dort aus zogen bereits erste feine, schwarze Linien ihren Unterarm hinab. Der Fluch würde nicht aufhören, bis er alles von ihr zerfressen hatte. Das wusste Katzenauge. Und deswegen wusste er auch, wie ernst sie jedes ihrer Worte meinte: »Töte mich oder lass mich weitergehen.«

Der Windsohn schwieg. Lange. Erst nach einer schieren Ewigkeit verdrehte er den Kopf, als würde man ihn unter ein Joch zwingen.

»Schön … Ich lasse dich gehen.« Er wandte ihr den Kopf so widerspenstig zu, als könnte er es nicht ertragen, sie anzusehen. So, als hätte sie ihn bitterlich enttäuscht. »Unter einer Bedingung: Wenn Mycael dir sein Blut gibt, wirst du mir helfen, es zu beenden.«

Lija nickte, noch bevor das letzte Wort seine Lippen verlassen hatte. Es kam ihr nicht einmal wie ein Preis vor, den er verlangte. Doch Katzenauge sah sie an, als würde sie ihm nicht richtig zuhören.

»Schwöre es«, forderte er. »Denn der Moment wird kommen, an dem du dein Wort halten musst. Diese Sache ist so viel größer als du und ich – und ich muss wissen, dass du dein Leben dafür gibst, wenn es nötig ist.« Er kam näher. Nur einen Schritt. Aber das reichte, damit Lija seine Anziehung spürte. Die, in der man sich so leicht verlieren konnte, wenn man auch nur eine Sekunde unaufmerksam war.

»Ich schwöre es bei meinem Leben.«

»Nein.« Katzenauge blieb direkt vor ihr stehen. Er blickte zu Rona, die unschlüssig hinter den beiden Soldaten stand. Samju hatte die Hände immer noch kampfbereit gehoben. Lorell hingegen stand vollkommen entspannt da. Mit eingefrorenem Ausdruck zerlegte er mit seinen Blicken das Gesicht des Windsohns, um zu ergründen, was hinter der hübschen Fassade vor sich ging. Nur für eine Sekunde schielte er zu Lija hinüber, aber das reichte aus, damit sie begriff, dass Lorell diesen Pakt niemals eingehen würde. »Schwöre bei *ihren* Leben.«

Als Lija den Kopf zurück zu Jawih wandte, wunderte es sie nicht, dass sie statt in die Augen eines Menschen in die eines Krallenjägers blickte. Sie hatte bereits an seiner Stimme gehört, wie ernst er es meinte, doch seine Onenaugen ließen keinen Zweifel daran, dass er jeden einzelnen ihrer Freunde töten würde, wenn sie ihren Schwur brach – aber das würde sie nicht. Selbst wenn sie sich in diesem Moment als Feinde gegenüberstanden, glaubte sie an seine Sache. Denn sie hatte es gesehen. Sie hatte *ihn* gesehen. Er war genauso, wie Samtpfote gesagt hatte: *Außergewöhnlich.* Außergewöhnlich genug, um die Welt zu verändern.

»Ich schwöre es«, wiederholte sie daher mit fester Stimme. Seine linienförmigen Pupillen veränderten sich daraufhin genauso schnell wie seine Aura. Jede Anspannung schien von ihm abzufallen und es klang sogar wie ein erleichtertes Seufzen, als er sagte: »Gut.«

Als er an ihr vorbeischritt, hatte das Schwanken aufgehört. Die Wirkung von Ronas Pulver konnte jedoch noch nicht gänzlich nachgelassen haben, denn Lija bemerkte, dass seinen Bewegungen die natürliche Eleganz fehlte. »Von hier an werden wir allein weitergehen.«

»Nein«, widersprach Lorell sofort. Entschlossen trat er vor, doch Katzenauge unterband seinen Vorstoß mit einem höhnischen Fauchen: »Mit Verlaub, *kleiner Prinz* …«

Sofort warf Lija ihm einen warnenden Blick zu. Sie hatte zwar keine Ahnung, woher er diese Bezeichnung kannte, oder warum er wusste, wie sehr es Lorell ärgerte, aber es war sicherlich genau das, worauf er abgezielt hatte. »… Dem Zorn eines Gottes habe nicht einmal ich etwas entgegenzusetzen. Jenseits dieser Grenzen kann ich keinen von euch beschützen.«

»Schon gut«, kam Lija Lorell zuvor, als dieser erneut widersprechen wollte. »Ich komme zurück«, versicherte sie ihm mit einem aufmunternden Nicken. Die Sorgenfalten hatten sich jedoch so tief in seine Stirn gegraben, dass Lija befürchtete, sie würden sein Gesicht so dauerhaft verändern wie die Narben.

»Pass auf sie auf, solange ich weg bin, Mimpo«, rief sie hinüber. Ein sachtes Funkeln auf Lorells Abzeichen war alles, was sie als Antwort erhielt. Es würde sie nicht wundern, wenn Lorell den kleinen Geist mit all seinen Zweifeln angesteckt hatte. Daher entfuhr ihr ein Seufzen, bevor sie sich wieder Katzenauge zuwandte. Dieser schmunzelte amüsiert.

»Folge uns.«

Mit *uns* meinte Katzenauge sich selbst und den kleinen Laubgeist in den Falten seines Kaftans. Lija hatte erst geglaubt, dass es nur ein gewöhnliches, verwelktes Blatt war, aber wie ungewöhnlich und lebendig es tatsächlich war, erkannte man an der Art, wie es an Katzenauge herumkletterte.

»Ein Samen von Mycaels Baum«, antwortete er auf Lijas unausgesprochene Frage. Mit einem Fingerzeig deutete Katzenauge auf den Bauch des braun angelaufenen Geistes. Erst bei näherem Hinsehen erkannte sie das Leuchten zwischen den Blattfasern. Anscheinend hatte Katzenauge diesen an das kleine Geschöpf verfüttert, damit dieser ihm den Weg zu Mycael wies. »Überaus ärgerlich, dass ich so etwas Seltenes wegen dir und deiner Widerspenstigkeit verschwenden musste. Wir sprechen noch darüber, wie du diese Schuld begleichen kannst.«

»Ich schulde dir gar nichts.«

Die Art, wie sie es sagte, stieß ihm offensichtlich bitter auf. Er blieb stehen, wandte sich ihr vollkommen zu. Sein Gesicht war wie aus Stein. Und selbst so kalt war es beinahe zu schön, um einem Menschen zu gehören.

»Ich bin nicht dein Feind, Aurelija.«

»Sagt der, der immer noch so schaut, als hätte er mich lieber töten sollen.«

»Vielleicht sollte ich das wirklich.« Das war keine Ironie. Es klang so gefährlich, dass Lija erschrocken stehen blieb. Angespannt bemerkte sie, wie unruhig seine Finger tanzten. Jedes Mal, wenn diese einander berührten, zuckten kleine Blitze auf. Doch als er lang und resigniert seufzte, erloschen sie.

»Vergib mir, ich wollte dir keine Angst machen. Es ist nur … Das letzte Mal, als ich einen Menschen zu einem Eel gebracht habe, endete es in einer Katastrophe …« Schon wieder glitt sein Blick so forschend über ihr Gesicht und schon wieder hatte sie das Gefühl, dass ihn alles darin enttäuschte. Schon bevor er flüsterte: »… und ich fürchte, dass ich meinen Fehler von damals wiederhole.«

Steif schüttelte Lija den Kopf. Sie öffnete den Mund, ohne zu wissen, was sie sagen sollte, doch schnitt ihr die Art, wie sein Blick über ihre Schulter glitt, ohnehin das Wort ab.

»Dort ist es.«

Lija drehte sich um. Vor ihr tat sich nichts anderes als Wald auf. Laub raschelte, als Katzenauge sich bewegte. Er beugte sich nahe zu ihrem Ohr und flüsterte: »Sieh genau hin.«

Bemüht, sich nicht von der Aura abzulenken, die er ihr jedes Mal aufdrängte, wenn er ihr so nah war, spähte sie in die Ferne. Dabei ließ sie ihre Augen aufmerksam über die Bäume gleiten, ohne mehr zu sehen als vorher. Sie hielt den Atem an, damit sein nervtötend einnehmender Duft sie nicht ablenkte – und da hörte sie es!

Nichts.

Der Wald war hier stumm. Die Blätter rauschten nicht. Keine Zweige knackten. Keine Geister tanzten durch das Laub. Vollkommene Ruhe.

»Folge der Stille.« Katzenauge griff nach ihrer linken Hand, die sie immer noch zur Faust geballt hatte, um die Katzenkralle zu verbergen. Er zog sie hinter sich her in die Stille. Nach wenigen Metern verschwand auch das Geräusch ihrer Schritte. Lija spürte, dass ihre Füße den Waldboden berührten, dass sich das trockene Laub unter ihr bewegte, aber die Töne wurden verschluckt. Genauso wie die Laute ihres Atems. Es war eine solch unnatürliche Stille, dass ihr davon schwindelig wurde. Daher hätte sie auch beinahe nicht bemerkt, dass sie ein Tor durchschritten. Von einer Sekunde auf die andere wölbten sich Bögen aus Bäumen über ihren Köpfen. So plötzlich, als hätten sich diese just über sie gebeugt. Die dicht verschlungenen Zweige und riesigen Blätter verschluckten sämtliches Licht. Der Schatten, den sie auf die Erde warfen, war so allumfassend, dass Lija sich fühlte, als wäre sie mit einem Mal erblindet.

Es dauerte, bis sich ihre Augen an die Dunkelheit gewöhnten. Die absolute Stille verursachte zudem eine starke Orientierungslosigkeit, sodass sie im Gemisch mit der Finsternis nicht sicher war, ob sie immer noch lief oder ihr Ziel schon lange erreicht hatte.

Als durch das Dach aus stummen Baumkronen schließlich wieder Licht auf den Boden drang, blendete es Lijas Sicht so heftig, dass sie nichts anderes sah als Weiß. Zunächst glaubte sie, deswegen zu zittern, doch dann bemerkte sie, dass es die Katzenkralle in ihrer Hand war. Diese vibrierte, bog und wand sich, bis sie ihren Fingern entglitt. Im nächsten Moment raunte Katzenauge tonlos: »Bei Schneebelles Fell …«

Nur langsam gewöhnten sich ihre geblendeten Augen an das Licht. Und noch langsamer erkannte sie, was er längst gesehen hatte.

Ausgebrannte Erde.

Am Boden lag nichts anderes als schwarze Asche, die sanft und tonlos vom Wind aufgewirbelt wurde. Je näher sie dem Zentrum kamen, umso mehr ging der schwarze Grund in schwarze Wurzeln über. Nur eine davon hatte noch etwas Farbe – die Katzenkralle. Sie war an den Ort zurückgekehrt, von dem sie gebrochen worden war. Und an diesem Ort starb sie.

Voller Angst glitten Lijas Augen weiter den riesigen Baum hinauf. Wie mächtig, wie prachtvoll musste er einst gewesen sein, doch nun waren nur verkohltes Holz und kahle Äste übriggeblieben. Der Stamm sah aus, als wäre er aufgeplatzt, nein … *aufgerissen* worden. Die Rinde klaffte weit auseinander, offenbarte eine gellende, pechschwarze Leere.

Hier war kein Gott mehr.

»Was …« Ob dieser entsetzte Laut ihr oder dem Windsohn entfahren war, konnte sie nicht sagen. Sie spürte nur, wie sie vorwärtsstolperte. Wie sie dem leeren Baum näher kam. Den Überresten von Mycaels Haut. Verzweifelt streckte sie den Arm aus, berührte die Brandnarben der Rinde – kalt.

Ihre Beine gaben nach. Sie sackte auf die Knie. Asche wirbelte unter ihr auf, zu der auch Katzenauge sich hinabbeugte.

»Czarina …« Sachte fuhr er mit seiner Hand über den Boden, grub seine Finger in den grauschwarzen Staub, der ebenso kalt war wie das Holz. Sie hörte ihn Worte murmeln, die sie nicht richtig verstand. Sah im Augenwinkel, wie er den Kopf hob und voller Entsetzen den toten Götterbaum anstarrte. »… was hast du getan?«

EPILOG

Obontu liebte den Herbst. Das spürte er an jedem Abend, an dem das wankelmütige Geschöpf durch die Straßen dieser grotesk schönen Stadt tanzte. Anders als er war der Windgeist nicht in der Wüste geboren worden, sondern in den Bergen. Er war geformt aus kalter, rauer Luft, die immer etwas feucht war, als müsste man jeden Augenblick mit Regen rechnen. Und wenn er durch genau diese Herbstluft schwebte, konnte man seine Sehnsucht nach der Heimat viel zu deutlich spüren.

Auch in dieser Nacht wählte Obontu seine Wege willkürlich. Er stromerte einfach genüsslich umher, verborgen hinter den Spiegelungen, die er in der Luft erzeugte. Keiner der Menschen, zwischen denen sie wandelten, bemerkte sie. Niemand roch sie. Keiner hörte ihre Schritte oder ahnte auch nur, dass sie existierten. Sie beide waren noch weniger als Luft. Zumindest so lange, bis Obontu seine Richtung änderte.

Offenbar hatte er eine Spur gefunden. Möglicherweise hatte er weit entfernte Schreie gehört. Vielleicht geflüstertes Flehen. Peitschen. Faustschläge. Rotes Blut, das auf kalten Stein tropfte.

Gedankenverloren wanderte seine Hand zu dem Halfter an seinem Gürtel. Er berührte den warmen Stahl, bevor seine Finger weiter zu seiner Tasche glitten. Diese war schon viel zu leicht geworden. Dabei hatte er nie vorgehabt, so viele Kugeln zu verbrauchen. Das hatte nichts mit seinem Auftrag zu tun. Er war nicht hierhergekommen, um zum *Geist* zu werden. Aber …

Das bist du immer schon gewesen.

Obontus Rascheln wurde lauter. Seine Magie zerrte immer stärker. Widerstandslos ergab er sich in das Flimmern, mit dem der Windgeist ihn durch die Straßen der Goldstadt trug. Als sie die Mauerkrone erreichten, war der Morgen noch nicht angebrochen. Im ersten Moment konnte er nicht erkennen, aus welchem Grund Obontu ihn hierher gebracht hatte. Die Kaserne lag völlig still dort. Es war kein einziger Soldat zu erkennen und schon gar nicht eine Truppe, die im Begriff war, aufzubrechen, um einen weiteren Menschen seiner Freiheit, seiner Würde oder seines Lebens zu berauben. Erst als Obontu ihn auf der Spitze des Wachturms der sechzehnten Kompanie absetzte, entdeckte er die beiden Silhouetten, die sich im Schatten der Mauerkrone verbargen.

Eine davon war der, den er so lange gesucht hatte.

Aufmerksam musterte er die Szenerie, suchte nach den Details, die wichtig waren. Der Windsohn war nicht allein. Das Mädchen war bei ihm. Die Enkelin der Kaiserin. Jenes Kind, das tat, als wäre es ein Goldblut. Das über ein totes Rotblut weinte und doch denjenigen schützte, der dieses tötete. Der kleine Mond, der nicht wusste, wo sein Platz war.

Sie hatte den Schuss also überlebt. Wie lange war es her, dass er sie getroffen hatte? Sieben Tage? Vielleicht acht? Erstaunlich, dass sie nach so einer kurzen Zeit wieder auf den Beinen war. Nichtsdestotrotz hielt sie sich am Windsohn fest, als würde sie ohne ihn in sich zusammenfallen.

Für eine Weile lauschte er ihren Stimmen. Wie sie gebrochen flüsterte, dass sie nicht zurückkehren könnte. Und er ihr erklärte, dass sie es müsste. Sie bräuchten Soldaten für das, was käme. Die Luftwaffe würde bald heimkehren. Dann würde sich alles ändern. Er versprach es.

Armes Mädchen.

Czarina hatte ihm erzählt, wie viel seine Versprechen wert waren.

Zeit, es zu beenden.

Obontu raschelte in seinen Umhängen. Die Luft teilte sich. Das Flimmern löste sich auf, als er vortrat. Der Hall des ersten Schrittes, wenn auch so weit entfernt, reichte, damit der Windsohn ihn bemerkte.

Dieser hob den Kopf, legte ihn leicht in den Nacken. Seine goldenen Augen fanden den Punkt auf dem Wachturm, an dem er sich hinter dem Blendwerk der Windmagie verborgen hatte.

Es kümmerte ihn nicht, wie sich die Katzenaugen veränderten, als der Windsohn ihn ins Visier nahm. Er nahm sich ebenso die Zeit, um diesen Mann, der nicht älter aussah als ein Bursche, genau zu betrachten. Er fand nichts, das ihn überraschte. Jawih war genauso, wie sie gesagt hatte: Bildschön, aber leer. Eine leere Hülle mit nichts weiter gefüllt als den Idealen dieses Katers.

Das Mädchen brach zuerst die Stille. Ihr Gesicht veränderte sich schlagartig, als ihre Augen zur Turmspitze wanderten.

»Das ist er.« Sie starrte auf sein helles Haar, musterte den Kragen, der nicht mehr als das Nötigste von seinem Gesicht offenbarte. Und ihm entging nicht, wie sie die Lippen leicht zusammenpresste, als sich ihre Blicke trafen. Obontu lachte, weil sie seine Augen so unheimlich fand. Doch ihm verging das Lachen schnell, als er bemerkte, wie Angst dieses Mädchen veränderte.

Die gebrechliche Haltung verschwand. Sie stieß die Hände des Windsohns zurück, auf die sie sich eben noch so hilflos verlassen hatte. Seine Reaktion darauf interessierte sie nicht. Ohne über Konsequenzen nachzudenken, sprang sie vor, um anzugreifen. Nach eigenem Ermessen. Wie impulsiv für eine Soldatin.

Auch wenn ihr rechter Arm nach der Verletzung ganz offensichtlich noch nicht vollkommen verheilt war, war sie schnell. Das musste er zugeben. Doch ihre Bewegungen waren zu roh. Nicht zielgerichtet genug. So kämpfte nur jemand, dem es mehr ums Schaden als ums Siegen ging. Es erinnerte ihn so sehr an Jato, dass ihm ein resignierter Seufzer entfuhr. Alles an dieser Art zu kämpfen war zu viel. Zu chaotisch. Zu unkontrolliert. Es war so leicht, ihr auszuweichen. Ihre Schläge vorherzusehen. Schneller zu sein. Es gab nur eines an ihr, das ihn wirklich beeindruckte: Jenen Moment, als sie sich den rechten Handschuh von den Fingern zog.

Die Hand darunter war ebenso schwarz wie der Stoff, sodass man den Unterschied kaum bemerken konnte. Als sie ihre Faust jedoch öffnete und eine Flamme darin entzündete, spürte er etwas, das er lange nicht mehr erlebt hatte: echtes Erstaunen. Das dort war fremde Magie. Und sie benutzte diese wie ihre eigene. Er konnte das Gesicht der Herrin förmlich vor sich sehen, wenn sie erfuhr, was dieses Mädchen mit der Magie des Mondmals fertigbrachte.

Doch alles zu seiner Zeit.

Eine kleine Neigung seines Kopfes in die richtige Richtung reichte, um dem brennenden Schweif ihres Schlages auszuweichen. Das Erstaunen erstarb. Denn auch wenn sie Feuermagie benutzen konnte, änderte das nichts daran, dass sie diese nicht beherrschte. Nicht wirklich. Sie war kein Feuerkrieger. Das war die falsche Art für sie, zu kämpfen. Ein schlechter Lehrer, der das nicht erkannt hatte.

Zeit, es zu beenden, erinnerte ihn Obontu. Er nickte, griff an seinen Gürtel, um das Eisen aus dessen Halfter zu lösen. Das Magieflimmern teilte sich an seinem Arm, als er diesen erhob. Es gefiel ihm nicht, diese Waffe auf jemanden zu richten, der dasselbe Blut teilte. Dasselbe Schicksal. Aber seine Drohung verfehlte nicht ihren Zweck.

Der Windsohn tauchte in seinem Augenwinkel auf. Jawih musste sich darauf verlassen haben, dass er sich von dem unbedachten Angriff des Mädchens ablenken lassen würde. Er hatte sich im Hinterhalt über die Mauer bewegt, sich mit seinen gefährlichen Katzenaugen ein Bild seines Gegners gemacht und Obontu in den Umhängen entdeckt. Er hatte gewartet, gelauert – und nun griff er an.

Doch sein pfiffiger Kamerad hatte ihn bemerkt, bevor der Windsohn die Hand auch nur ausstrecken konnte. Widerstandslos ließ er es zu, dass der Geist an seiner Substanz zog. Er ergab sich in die Ströme, die ihn trieben. Verschwand zwischen dem Flimmern, in das Obontu ihn hüllte und mit dem er ihn zurück auf den Wachturm brachte.

»Von dir habe ich schon gehört«, rief der Windsohn zu ihm hinauf. »Du bist Jasaran vom Wüstenrand!«

Es war kein Zufall, dass er so nahe bei dem Mädchen stehen geblieben war. Dass er mit seiner Haltung verhinderte, dass er ihr zu nahe kommen könnte. Woher auch immer er seinen Namen kannte … er kannte auch den Wert des Sichelmondes.

»Im Ostland erzählt man sich überall von dir.« Jahwis linienförmigen Pupillen rasten in der gelben Iris. Es verlieh ihm täuschend kindhafte Züge. Doch wenn man sich nicht von seinem hübschen Gesicht blenden ließ, erkannte man den Krallenjäger, zu dem der Kater ihn gemacht hatte. »Aber das sind keine schönen Geschichten, mein Freund!«

Nein.

Das waren sie nicht.

Das Mädchen ging abermals in die Knie. Dieses närrische Kind hatte immer noch nichts begriffen. Der Windsohn musste sie am Arm packen, um sie zurückzuhalten. Anscheinend wusste er, wie wenig Kontrolle er über sie hatte.

»Nicht«, befahl er mit nichtsdestotrotz seelenruhigem Schnurren. »Er hat etwas zu sagen.«

Endlich.

Jasaran ließ seine Waffe sinken, verwahrte sie wieder unter dem Flimmern, das Obontu ausdehnte. Dabei zog er den winzigen Gegenstand hervor, den er zum Windsohn hinunterwarf.

Jawih fing das kleine, goldene Ding auf, betrachtete es, wie es in seiner Handfläche lag. Der Anblick der Taschenuhr brachte seine gefährlich schöne Fassade zum Bröckeln. Auch die Flammen des Mädchens erloschen. Sie wussten beide, was der Windsohn dort in der Hand hielt. Und wem es gehörte.

Gut.

Weißblaue Blitze zuckten durch die Luft. Gelbleuchtende Augen, schmal und lauernd wie die einer Katze, starrten zu ihm hinauf. Jasaran hatte nichts anderes erwartet. Daher ließ er sich geduldig in Obontus Spiegelungen sinken, die ihn nicht nur verbargen, sondern weit forttrugen. Alles außer seiner Stimme. Die Nachricht, für die er hergeschickt worden war, hallte über der Mauer wider. Jene Worte, die nur dem Windsohn galten.

»Komm und hol ihn dir.«

DANKE

Es ist geschafft: Du hältst den dritten Band der Sichelmond-Saga in den Händen! Und ich hoffe, dass Du beim Lesen genauso viel Spaß hattest wie ich beim Schreiben.

»Lija Rising« – so hieß der Entwurf dieses ARCs. Für mich trifft das den Nagel auf den Kopf. Endlich hat Lija die Chance, sich gegen die zu erheben, vor denen sie ein Leben lang in die Knie gehen musste. Sie hat die Chance, zu kämpfen. Das ist es, was ihre Mutter ihr beigebracht hat. Das, was sie immer wollte, aber nie imstande war zu tun. Dank der Magie des Fluches ist sie jetzt nicht mehr nur ein hilfloses, trotziges Kind, nein, sie ist eine Kriegerin. Allein hätte sie es jedoch niemals an diesen Punkt geschafft – und ich auch nicht.

Ich habe so großes Glück, diese Vielzahl an Menschen in meinem Leben zu haben, die mich auf so viele unterschiedliche Arten unterstützen. Es ist schwer in Worte zu fassen, was Eure Hilfe mir bedeutet … aber ich werde es versuchen:

Ronja – Dir verdanke ich die Meisterwerke, die diese Geschichte zieren. Jedes Cover ist so einzigartig, so individuell und doch gehören sie alle zusammen – weil Du der gemeinsame Nenner bist. Danke für deine Geduld. Danke für dein Talent. Danke für deinen Zuspruch. Danke für das Essen, das du immer für mich parat hast, egal, wann ich bei dir reinstürme. Danke für Alles.

Vicky – Ich habe mich so gefreut, dass »Feuerkrieger« zum Teil deiner Morgenroutine geworden ist. Danke für all deine Mühe, dein Feedback und die Zeit, die Du dir genommen hast, um das Buch mit mir aus so unterschiedlichen Perspektiven zu betrachten. Ich freu mich schon aufs nächste Mal!

Tobi – Du hast eine Meisterleistung hingelegt. Die Zeit, in der ich dir diese abverlangt habe, war knapp. Und doch hast du es allen Widerständen zum Trotz geschafft – wie ein echter Held! ;) Und nicht nur, ich kann dankbar für deine Hilfe sein, sondern jeder Leser auch. Denn ohne Dich würde das gesamet Buch genauso aussehen würde. Danke, dass du das verhindert hast!

Meine kleine Schwester Alice – Du bist wahrscheinlich die schnellste Leserin auf diesem Planeten. Keine Ahnung, wie du es neben Vorlesungen und Klausuren schaffst, meine Bücher nicht nur zu lesen, sondern dich auch noch in stundenlangen Zoom-Meetings mit mir darüber zu unterhalten. Deine Meinung ist mir so wichtig und ich freue mich jeden Tag darüber, dass du mit mir zusammen an diesem Herzensprojekt arbeitest.

Elena – Es ist eine unendliche Freude, deine Kommentare durchzulesen. Von Tränenlachen bis Verblüffung über deine Kombinationsgabe zu Grinseanfällen bei deinen entzückenden Katzenauge-Reaktionen ist alles dabei. Mit deinen Adleraugen findest du jede Lücke in der Geschichte, entwirrst verhedderte Zehn-Zeilen-Sätze und bereinigst das Grammatik- und Komma-Chaos. Du arbeitest so unermüdlich und fleißig an dieser Geschichte, dass es mir die Sprache verschlägt. Ohne dich wäre es nicht dasselbe. ♡

Torben – Hiermit küre ich Dich zum geduldigsten Menschen der Welt. Weil Du jeden Morgen um 5 Uhr mit mir aufstehst, obwohl Du es hasst, so früh aufzustehen. Weil Du hinnimmst, dass ich weder zuhören noch antworten kann, wenn ich schreibe. Und weil Du verstehst, wie wichtig mir das alles ist. Danke.

Und natürlich danke ich auch DIR, lieber Leser, dass Du immer noch dabei bist! Hoffentlich sehen wir uns auch im nächsten Buch wieder. Denn mit dem Ende des Herbstes beginnt die Ära der aufsteigenden Sonne – das willst Du nicht verpassen!

Also bis zum nächsten Buch. ♡

Nora

Dir gefällt die Sichelmond-Saga?

Dann unterstütz mich!

Positive Rezensionen bei Amazon, Goodreads und Lovely-Books sowie Empfehlungen an alle, die Fantasy-Geschichten lieben, sind der Rückenwind der Sichelmond-Saga!

Du willst mehr über die Welt der
Sichelmond-Saga erfahren?

SCAN ME

Neuigkeiten und viele weitere Infos gibt es bei Instagram, Facebook, auf meiner Homepage www.nora-nyberg.de und/oder in meinem Newsletter!

SICHELMOND-SAGA

Figurenregister

DIE MENSCHEN

Name	Blutlinie	Beschreibung
Agnice Sjord	Feuerblut	Hauptmann der sechzehnten Kompanie *(gespr. Aknis Sord)*
Ahmyn Ztiht	Erdblut	Leutnant der sechzehnten Kompanie, Kampfmeister *(gespr. Amin Tstieht)*
Aurelija »Lija« Mizulin	Rotblut	Soldatin der sechzehnten Kompanie, Bluttäuscherin
Cazhar Rajha	Windblut	Meister der Luftschiffwerft der Goldstadt *(gespr. Kasar Radscha)*
Clarin	Feuerblut	Söldnerin des Teehauses
Cirill	Wasserblut	Soldatin der sechzehnten Kompanie
Disar	Erdblut	Söldnerin des Teehauses
Ellar Plofond	Wasserblut	Leutnant der sechzehnten Kompanie, strategische Ausbildung
Ezran	Windblut	Soldat der sechzehnten Kompanie *(gespr. Esran)*
Eranez Mizulin	Wasserblut	Ehefrau des Wesirs, Lorells Mutter *(gespr. Eranes Misulin)*
Ginra	Erdblut	Balsamierer im Raphaelen-Hospital

Halvar Coubert	Wasserblut	Soldat der sechzehnten Kompanie *(gespr. Halwar Kubär, verstorben)*
Hroka	Windblut	Soldatin der sechzehnten Kompanie *(gespr. Roka)*
Jawih Windsohn // Katzenauge	Windblut	Dieb, Betrüger, Hochverräter *(gespr. Dschawi)*
Jaquel Mizulin	Wasserblut	Wesir am Hof der Kaiserin *(gespr. Jakell Misulin)*
Kajika »Ka« Rajha	Windblut	Leutnant in der sechzehnten Kompanie, Lager- und Waffenmeister *(gespr. Kadschika Radscha)*
Kastar Ashkaja	Feuerblut	Kommandant der Goldstadt-Wache *(gespr. Kasta Aschkaja)*
Korrin Valois	Wasserblut	Herrin des Teehauses *(gespr. Kohrin Waloar)*
Krysander	Erdblut	Soldat der sechzehnten Kompanie *(gespr. Krisanda)*
Lorell Mizulin	Wasserblut	Sohn des Wesirs, Soldat der sechzehnten Kompanie
Neria Wassertochter	Wasserblut	Kaiserin Pangaeas *(gespr. Nerija)*
Oza	Wasserblut	Händlerin im Teehaus
Pallad Myrall	Erdblut	Direktor der Händler-Gilde der Goldstadt *(gespr. Pahlah Müral)*

Piron Feuersohn	Feuerblut	General und oberster Befehlshaber aller Wachen-Gilden, »Wachenkönig« *(gespr. Pir-ronn)*
Rarosha	Feuerblut	Soldatin der sechzehnten Kompanie
Roielle Mizulin	Wasserblut	Lijas Mutter (verstorben) *(gespr. Reujell Misulin)*
Rona Talmond	Erdblut	Botschafterin am Hofe der Kaiserin, Heilerin des Mycaelen-Hospitals
Samju Bharriq	Windblut	Soldat der sechzehnten Kompanie *(gespr. Samju Bariek)*
Sineal Bharriq	Windblut	Oberst des einundzwanzigsten Regiments *(gespr. Sineal Bariek)*
Sirio Ashkaja	Feuerblut	Soldat der sechzehnten Kompanie, Sohn des Kommandanten
Tahro Ashkaja	Feuerblut	Soldat der sechzehnten Kompanie, Sohn des Kommandanten
Tjure Talmond	Erdblut	Botschafter am Hofe der Kaiserin, Ronas Gemahl
Ylmi	Windblut	Magd im Teehaus *(gespr. Ilmi)*
Yoph	Feuerblut	Soldat der sechzehnten Kompanie *(gespr. Joff)*
Zikan	Erdblut	Soldat der sechzehnten Kompanie *(gespr. Sikaan)*

DIE ONEN

Name	Volk	Beschreibung
Aqilon	Fliegendes Volk	Adlerkönig *(gespr. Akilon)*
Hydron	Geschupptes Volk	Schlangenkönigin *(gespr. Hüdron)*
Iron	Fangzahnjäger	Wolfsfürst
Lion	Krallenjäger	Löwenkönig *(gespr. Lijonn)*
Lupon	Fangzahnjäger	Alte Wolfskönigin (verstorben)
Lykon	Fangzahnjäger	Jüngerer Wolfskönig *(gespr. Lükonn)*
Tigon »Samtpfote«	Krallenjäger	Dritter Fürst des Katzentals
Werion	Fangzahnjäger	Älterer Wolfskönig *(gespr. Werijonn)*

DIE GÖTTER

Name	Element	Beschreibung
Albael	Zeit	Sonnen- und Taggöttin *(gespr. Alba-eel)*
Nyxiel	Zeit	Mond- und Nachtgöttin *(gespr. Niksijell)*
Njoriel	Wasser	Göttin des Reichtums und des Glücks *(gespr. Norijell)*
Raphael	Feuer	Gott des Krieges und der Rache *(gespr. Rafa-eel)*
Ethiel	Wind	Gott der Weisheit und der Künste *(gespr. Etijell)*
Mycael	Wald	Gott der Gnade und der Familie *(gespr. Mika-eel)*

DIE GEISTER

Name	Element	Beschreibung
Faahn	Erde	Großer Blumengeist
Gurgum	Erde	Großer Steingeist
Mimpo	Wasser	Kleiner Wassergeist